Psychoanalytische Entwicklungspsychologie

Herausgegeben von
W. Mertens und C. Rohde-Dachser

Die Kenntnis der psychoanalytischen Entwicklungspsychologie gehört zu den wichtigsten Grundlagen der modernen Psychotherapie und Psychoanalyse. Auch Therapeuten anderer psychologischer Richtungen greifen mehr und mehr auf entwicklungspsychologisches Wissen zurück, das ihnen in ihren eigenen Theorieansätzen fehlt.
Deshalb orientiert sich diese neue, in sich geschlossene Reihe konsequent an den Erfordernissen der Praxis.

Übersichtlich und mit vielen anschaulichen Fallbeispielen versehen, präsentiert jeder neue Band in verständlicher Form das vor allem für praktizierende Psychotherapeuten wesentliche Grundwissen aus den verschiedensten Bereichen der psychoanalytisch orientierten Entwicklungspsychologie.

Prof. Dr. **Wolfgang Mertens** lehrt Klinische Psychologie mit Schwerpunkt Psychoanalyse an der Ludwig-Maximilians-Universität München. Prof. Dr. **Christa Rohde-Dachser** ist Lehrstuhlinhaberin für Psychoanalyse an der Johann-Wolfgang-Goethe-Universität Frankfurt.

- W. Mertens, Entwicklung der Psychosexualität und Geschlechtsidentität, Band 1: Geburt bis 4. Lebensjahr, 2. Auflage
- A. Hamburger, Entwicklung der Sprache
- L. Schon, Entwicklung des Beziehungsdreiecks Vater–Mutter–Kind
- H.-P. Kapfhammer, Entwicklung der Emotionalität

Wolfgang Mertens

Entwicklung der Psychosexualität und der Geschlechtsidentität

Band 2: Kindheit und Adoleszenz

Zweite, überarbeitete Auflage

Verlag W. Kohlhammer
Stuttgart Berlin Köln

Die Deutsche Bibliothek - CIP-Einheitsaufnahme

Mertens, Wolfgang:
Entwicklung der Psychosexualität und der Geschlechtsidentität
/ Wolfgang Mertens. - Stuttgart ; Berlin ; Köln : Kohlhammer.
(Psychoanalytische Entwicklungspsychologie)
Bd. 2. Kindheit und Adoleszenz. - 2., überarb. Aufl. - 1996
ISBN 3-17-014065-5

Zweite, überarbeitete Auflage 1996

Stuttgart Berlin Köln
Verlagsort: Stuttgart
Umschlag: Studio 23
Gesamtherstellung:
W. Kohlhammer Druckerei GmbH + Co. Stuttgart
Printed in Germany

Inhalt

Entwicklung der Psychosexualität und der Geschlechtsidentität
Band 1: Geburt bis 4. Lebensjahr

Inhalt

Vorwort

Der zweite Band in der Reihe »Psychoanalytische Entwicklungspsychologie« beschäftigt sich wie schon der erste Band mit der Entwicklung der Psychosexualität und der Geschlechtsidentität und umfaßt nunmehr die Zeit, in der die ödipalen Strebungen und Konflikte des Kindes zum ersten Mal entstehen (fünftes und sechstes Lebensjahr), die sog. Latenzphase, von der angenommen wurde, daß sie die Ruhe vor den Stürmen der Pubertät darstelle, schließlich die wichtige Lebenszeit der Adoleszenz mit ihren verschiedenen Subphasen und letztendlich noch die Anfänge der Erwachsenenzeit.

Die psychosexuelle Entwicklung galt lange Zeit in der Psychoanalyse als die einzige genetische und entwicklungspsychologische Betrachtungsdimension. Das ist – wie auch anhand dieser Reihe deutlich wird – natürlich schon seit geraumer Zeit nicht mehr der Fall. Andere Entwicklungsdimensionen rückten in den Vordergrund, und in manchen Theorieansätzen – wie z.B. in einigen Varianten der Objektbeziehungspsychologie oder der Selbstpsychologie – drohte die Psychosexualität nahezu verloren zu gehen. Die sicherlich auch notwendige Besinnung auf komplexe Prozesse der Beziehungs- und Selbstwertregulierung sollte jedoch den Reichtum einer psychosexuellen Betrachtungsweise nicht aus den Augen verlieren. Denn natürlich nicht alle Probleme und Konflikte von Menschen lassen sich als Ausdruck mangelhafter Autonomiefindung oder einer gestörten Selbstwertbalance definieren. Dabei ist klar, daß die Perspektivität, die auch in dieser Reihe mit der Aufteilung in verschiedene Entwicklungsdimensionen zum Ausdruck kommt, erst in einer Synopsis ihre volle Überzeugungskraft gewinnt. Ein weiteres Anliegen dieser Abhandlung ist sicherlich auch, daß bei der Betrachtung psychosexueller Probleme und der Geschlechtsidentität jede reduktionistische Betrachtungsweise, die ausschließlich von einer bestimmten Entwicklungsphase ausgeht, verfehlt ist. Vielleicht ist es mir gelungen, dem Leser einen kleinen Einblick in die Komplexität des jeweiligen altersspezifischen Erlebens von Psychosexualität zu geben.

Herrn Dr. Beyer und Frau Stotz vom Kohlhammer-Verlag danke ich für die kompetente und umsichtige Betreuung des Manuskripts.

München, im Juni 1993 Wolfgang Mertens

Vorwort

5 Fünftes und sechstes Lebensjahr: Die ödipale Phase

5.1 Kurze Charakterisierung des fünften und sechsten Lebensjahres aus psychoanalytischer Sicht

Nachdem im dritten und vierten Lebensjahr bereits eine Festigung des kindlichen Selbstgefühls und Identitätserlebens beim durchschnittlich normal entwickelten Kind eingetreten ist, die Fähigkeit zur Perspektivenübernahme im kindlichen Spiel und die moralische Entwicklung deutliche Fortschritte gemacht haben, verfügt das Kind nunmehr schon über eine viel reichere, komplexere und höher differenzierte Persönlichkeit als in den ersten Lebensjahren. Werfen wir zu Beginn dieses Kapitels über die Entwicklung der Psychosexualität und Geschlechtsidentität noch einen kurzen Blick auf die in psychoanalytischen Darstellungen zumeist etwas vernachlässigte Denkentwicklung, weil diese ja auch für das Thema der Geschlechtsrollen-Sozialisation, der narzißtischen Phantasien, der Wahrnehmung des ödipalen Rivalen, der Urszene u. a. m. von Bedeutung ist.

Nach dem vorbegrifflichen, symbolischen Denken (etwa anderthalb/zwei Jahre bis vier Jahre) entwickelt das Kind in den folgenden Jahren (viertes bis siebtes Lebensjahr) das vorbegriffliche, anschauliche Denken (vgl. Abb. 1). Kann das Kind in der Phase des vorbegrifflichen, symbolischen Denkens bereits mit Symbolen (zunächst noch mehrheitlich mit nichtsprachlichen Bildern und Symbolen, dann aber zunehmend mehr mit sprachlichen Symbolen und Begriffen) operieren und werden damit Vorstellungs- und Denkakte unabhängiger von der realen Anwesenheit der Dinge und Personen, so findet in der Phase des anschaulichen Denkens (vier bis sieben Jahre) eine zunehmende Verbegrifflichung statt. Die Begriffe bleiben aber noch eng an die Anschauung gebunden, denn das Kind dieser Entwicklungsphase beurteilt einen Sachverhalt entsprechend seiner wahrgenommenen Erscheinungsform und kann deshalb die wahren Verhältnisse (wie in der Phase der konkreten Operationen im Alter von sieben bis elf Jahren) noch nicht erschließen.

Alter	Phasen der Intelligenzentwicklung
0–2	Phase der sensomotorischen Intelligenz
2–7	Phase der vorbegrifflichen (präoperationalen) Intelligenz
	2–4 Stufe des symbolischen Denkens
	4–7 Stufe des anschaulichen Denkens
7–11	Phase der konkreten Operationen
ab 12	Phase der formalen Operationen

Abb. 1: Phasen der Intelligenzentwicklung nach Piaget

Ein Beispiel aus Piaget (1969 b, S. 317), der Beobachtung seiner eigenen Kinder entnommen, verdeutlicht die Art des Erklärens in der Phase des vorbegrifflichen, anschaulichen Denkens:

»Mit 4;6 (4 Jahren, 6 Monaten) sagt J.: ›Die Wolken gehen sehr langsam, weil sie keine Füße und Beine haben. Sie machen sich lang wie Würmer und die Raupen, daher gehen sie so langsam.‹

Noch mit 6;5 sagt sie, als die Tür des Hühnerstalles vom Wind zugeschlagen wird und sie vor Schreck aufschreit: ›Er ist böse, der Wind, er macht uns Angst.‹ ›Aber nicht absichtlich?‹ ›Doch absichtlich. Er ist böse, er hat gesagt, daß wir böse wären.‹ ›Aber weiß der Wind, was er tut?‹ ›Er weiß, daß er bläst.‹«

Verschiedene psychoanalytische Autoren haben von einer kognitiven Wende gesprochen, die der kindliche Geist beim Übergang von der präoperationalen Logik zur operationalen Logik in der Phase der konkreten Operation vollzieht (z. B. Melito, 1983; Posener, 1989; Mahon, 1991). Gegenüber dem präoperationalen Fixiertsein am konkret Wahrgenommenen kann das zur operationalen Logik fähige Kind zwar schon Konzepte bilden, aber es kann noch nicht von seinen egozentrischen Erfahrungen und Beobachtungen abstrahieren und geht deshalb davon aus, daß seine Sichtweise nicht eine von vielen, sondern vielmehr die allein richtige ist. Die Zentrierung auf einen Aspekt bringt es z. B. auch mit sich, daß Menge und Form nicht miteinander in Bezug gesetzt werden können. Wenn man z. B. den Inhalt eines Bechers Milch in ein schmaleres Glas umfüllt, werden viele Kinder sagen, daß in dem Glas mehr Milch enthalten sei, weil sie sich an der Höhe orientieren.

Auf das Thema der psychosexuellen Entwicklung bezogen, heißt dies z. B., daß ein fünfjähriger Junge, der die Größe seines Penis oder seines Körpers mit dem seines Vaters vergleicht, eine massive ödipale Enttäuschung und Kränkung erleidet, wenn er sich auf seine Wahrnehmung verläßt. Denn das präoperationale Kind ist auf die Erscheinungsform zentriert und nimmt nur einen besonders hervorstechenden Aspekt eines Sachverhalts wahr (wie z. B. die Größe), aber nicht mehrere Aspekte (wie z. B. das Alter, die Entwicklungsmöglichkeit u. a. m.). Erst in der Phase der konkreten Operationen mit den Möglichkeiten der Erschließung der Wirklichkeit und der stärkeren Dezentrierung (siehe Kap. 6.1) wird es sich mit der Erkenntnis trösten können, daß alle Penisse, egal wie groß oder klein sie auch immer sind, zu der Klasse der Penisse gehören, und von daher wird der Junge sich nun als ebenbürtig mit seinem Vater erleben können. Dieser kognitive Sprung führt nach Mahon (1991) nicht nur zur Verdrängung von Wahrnehmungen und Vorstellungen, die zu stark auf die äußere Erscheinung fixiert sind, sondern auch zu einer stärkeren Identifizierung mit einer abstrakteren und erwachseneren Denkweise. So wird aus psychoanalytischer Sicht ein siebenjähriges Kind mit Hilfe von Verdrängung und Identifizierung seine ödipalen Konflikte recht und schlecht zu bewältigen versuchen und sich dabei aus Piagetscher Sicht auf die neu erworbenen kognitiven Operationen stützen können. Und umgekehrt betrachtet wird das »Piagetsche Kind«, das darum kämpft, seine neu erworbenen Denkweisen aufrechtzuerhalten, aus psychoanalytischer Sicht darin unterstützt, wenn es ihm gelingt, seine inzestuös omnipotente Wahrnehmungs- und Vorstellungswelt mit Hilfe einer Identifizierung mit den elterlichen Geboten einzuschränken und zu modifizieren.

5.2 Theoretische Überlegungen

5.2.1 Zum Stellenwert des Ödipuskomplexes in der heutigen klinischen Theorie der Psychoanalyse

Die klinischen Theorien der letzten zwei Jahrzehnte haben nicht nur Zweifel darüber aufkommen lassen, ob der Ödipuskomplex in der von Freud beschriebenen Form immer noch als Kernkomplex der Neurosen anzusehen ist, sondern auch hinsichtlich der Frage, ob die in der Literatur erwähnten Patienten mit einem Ödipuskomplex nicht eine theoretische Fiktion darstellen. Wird hierbei nicht ein idealisierter Patient beschrieben, der in der klinischen Realität gar nicht mehr anzutreffen ist bzw. den es auch zu Freuds Zeiten nicht gegeben hat? Müssen z. B. bei den klassischen hysterischen Patienten nach heutiger Erkenntnis die orale und narzißtische Thematik nicht ungleich stärker berücksichtigt werden, als Freud dies jemals festgestellt und ausgearbeitet hat (vgl. z. B. Zetzel, 1974 b; Kernberg, 1978; Khan, 1988)? Und steht es nicht mittlerweile fest, daß eine erneute Betrachtung der klassischen Fallgeschichten Freuds eine ganz andere Psychodynamik und Ätiologie zutage gefördert hat? So konnte Blum (1974) z. B. beim Wolfsmann borderlinetypische Kindheitserlebnisse ausfindig machen oder Frankiel (1992) aufzeigen, welche Interaktionsthemen zwischen dem Kleinen Hans und seiner Mutter vermutlich seine Störung bedingten. Und sind nicht Fallbeschreibungen über eine ausschließlich ödipal bedingte Pathologie in der psychoanalytischen Literatur mittlerweile äußerst selten geworden?

Eine klinische Vorlesung bei heutigen Psychologie-Studenten und -Studentinnen über den Ödipuskomplex und dessen neurotische Verarbeitungen und Erscheinungsformen löst bei nicht wenigen ungläubiges Staunen, ja sogar Ablehnung aus. Sollen z.B. Arbeitsstörungen, keinen Erfolg haben, Autoritätsprobleme, unbefriedigende Beziehungen wirklich mit dem mangelnden Verzichtenkönnen auf die ödipale Liebe und mit unbewältigten Aggressionen gegenüber den Eltern zu tun haben? Bietet sich hier nicht eher die Erklärung einer zu wenig verständnisvollen Umgebung, schlechter Arbeitsbedingungen oder ausbeuterischer Vorgesetzter an? Wenn psychoanalytische Rekonstruktionen einleuchten, dann eher solche, die auf entwicklungsbedingte strukturelle Ich-Störungen, narzißtische Phänomene und Pathologien Bezug nehmen. Könnte es sein, daß der Ödipuskomplex, dessen trivialisierte Beschreibung fast schon zum Alltagswissen gehört, ungleich stärker verdrängt ist als die Auswirkungen sogenannter ichstruktureller Pathologie?

Bei einer Neueinschätzung des Ödipuskomplexes wird im folgenden davon ausgegangen, daß entsprechend dem Stand eines Großteils der klinischen Literatur und der eigenen klinischen Erfahrung die ödipale Dynamik und ihre Verarbeitung in Charakterzügen und Symptomen keineswegs ihre klinische und sozialpsychologische Bedeutung verloren haben; auch Argumentationen, die den Ödipuskomplex als typisch partriarchalische Erscheinung, als soziokulturelles und -ökonomisches und damit zeitbedingtes Phänomen einschätzen wollten, haben angesichts neuerer kulturvergleichender und ethnopsychoanalytischer Arbeiten an Beweiskraft eingebüßt (vgl. z. B. Stephens, 1962;

Parsons, 1964; Ortigues & Ortigues, 1966; Devereux, 1967; Parin et al., 1963, 1971; Reiche, 1972; LeVine, 1973; Spiro, 1982; Wax, 1990).

Allerdings wird auch deutlich werden, daß die von Freud noch stillschweigend angenommene hohe Korrelation von Triebentwicklung und Entwicklung der Ich-Funktionen nicht mehr aufrechterhalten werden kann (vgl. Ross, 1970). Dies hat gravierende Konsequenzen, die sich inhaltlich in den beiden Bänden zur Entwicklung der Psychosexualität und Geschlechtsidentität niederschlagen und einen Großteil der Argumentation ausmachen. Ödipuskomplex ist nicht gleich Ödipuskomplex! Je nach den ichstrukturellen Voraussetzungen, die ein Kind mitbringt, und je nach den Sozialisationsverhältnissen, die sich familiendynamisch konkretisieren (und zu einer ganz spezifischen Psychodynamik führen), gestaltet sich das Erleben der ödipalen Situation und der ödipalen Konflikte anders. Rohde-Dachser (1987) spricht in diesem Zusammenhang von einem »unreifen oder strategischen Ödipuskomplex« und von einem »reifen Ödipuskomplex«. Dabei sind die ichstrukturellen Voraussetzungen nicht nur wichtig für die Art und Weise des Erlebens der ödipalen Konflikte, sondern vor allem auch für die Verarbeitung derselben und für das sich daraus ergebende Niveau der Persönlichkeitsorganisation.

Eine andere Ergänzung ist ebenfalls seit vielen Jahren eine vertraute klinische Interpretationsfolie, auch wenn es einige Zeit gedauert hat, bis sie Eingang in die offizielle Lehre vom Ödipus gefunden hat: die Berücksichtigung der Vorgeschichte, d. h. vor allem der Eltern von Ödipus, Laios und Iokaste, und damit in der Theoriebildung und in der klinischen Arbeit die Einbeziehung der bewußten und unbewußten Phantasien, Einstellungen und Verhaltensweisen der Eltern eines Patienten sowie deren Beziehungen zueinander. Zwar geht es in der Psychoanalyse nach wie vor um die psychische Realität des einzelnen, aber diese läßt sich nicht mehr nur in ihrer Eigendynamik betrachten. Deshalb müssen auch die selektive Interpretation des Ödipus-Mythos bei Freud und die Ausblendung der elterlichen Einflüsse, die schon von Ferenczi aufgegriffen wurden, kritisch betrachtet werden.

So wichtig allerdings die Ergänzung der väterlichen »laioshaften« und mütterlichen »iokastehaften« Affekte gegenüber einem Kind sowie die Beschaffenheit der elterlichen Beziehung zueinander für das ödipale Drama auch sein mögen, so dürfen dennoch die triebhaften Bedürfnisse des Kindes nicht ausgeklammert werden. In einigen neueren, populärpsychologischen Abhandlungen verkommt nämlich das dialektische Spannungsverhältnis zwischen triebhafter Körperlichkeit des Kindes und ebenso triebhaftem Erleben der Eltern (ihr Neid, ihre Eifersucht, ihre Rivalität, ihre Verführungs- und Tötungswünsche) zu einer einseitigen Schuldzuweisung in Form einer kausalistischen Täter- und Verführungstheorie bei gleichzeitiger Entsexualisierung des Kindes.

Der triebtheoretischen Sichtweise, die eine relative Eigendynamik der psychischen Realität des Kindes betont und die psychischen Inhalte und Strukturen nicht als ein bloßes Abbild beziehungs- und familiendynamischer Kräfte postuliert, kommt also in dieser Abhandlung auch weiterhin ein wichtiger Stellenwert zu. Diese Auffassung schließt aber keineswegs eine moderne objektbeziehungstheoretische und familiendynamische Konzeptualisierung aus. Eltern und Kinder stehen in einer viel stärkeren Wechselbeziehung zueinander, als dies zu

Beginn dieses Jahrhunderts nicht nur von Freud, sondern z. B. ebenso in der akademischen Psychologie geahnt werden konnte.

Und so ist es schon zu Beginn des Lebens die Macht elterlicher unbewußter Phantasien, Rollenzuschreibungen, erzieherischer Intentionen und Handlungen, denen sich ein Kind gegenübersieht – aber auch seine bloße Existenz, seine Körperlichkeit, sein Geschlecht, seine Affekte, sein Liebreiz und seine Schreie üben einen nicht zu übersehenden Einfluß auf die Eltern aus, auf den diese wiederum mit ihren Phantasien, Konflikten und Einflußnahmen reagieren.

Aber haben nicht neuere Arbeiten, wie z. B. die in Band 1 erwähnte von Lichtenberg (1989), klare und überzeugende Belege dafür erbringen können, daß die zentrale Bedeutung der psychosexuellen Determination menschlichen Verhaltens eingeschränkt werden muß, da das Streben nach sinnlichem Genuß und sexueller Erregung nur *ein* Motivationssystem von insgesamt fünf Systemen bildet? Wie in Band 1 bereits ausgeführt, führen die elterlichen geschlechtsspezifischen Erwartungshaltungen, Rollenvorstellungen und unbewußten Phantasien das Geschlecht ihres Kindes betreffend zum Aufbau geschlechtsspezifischer Interaktionen und Identifikationen, die den Grundstein für Geschlechtsrolle und -identität legen und ebenfalls eine dichte erotische und sinnliche Atmosphäre zwischen Eltern und Kind von klein auf entstehen lassen. Der anmutige Körper des Kleinkindes, das sich neugierig auf die Welt zubewegt, das Zuneigung und Bindungsverhalten äußert oder gelegentlich kräftig Unbehagen und aversives Verhalten zum Ausdruck bringt, löst in beiden Eltern zärtliche, erotische oder aggressive Phantasien aus, die auch Triebkonflikte im engeren Sinn triggern. So wird sich vielleicht eine Mutter, die ihrer kleinen Tochter beim Spielen mit dem Vater zuschaut, denken: »Bald wird er auf ihre verführerische Art völlig reinfallen, ihr keinen Wunsch abschlagen können, und ich werde an Bedeutung für ihn verlieren; andererseits liebe ich sie dafür, wie weiblich und verführerisch sie ihren Vater schon jetzt umgarnt. Ich habe Angst, daß sie ihn eines Tages ganz für sich einnehmen wird.« Die Mutter wird diese Interaktion hingegen nicht folgendermaßen wahrnehmen: »Jetzt hat sie ihren Erkundungsdrang und ihre Neugierde aktiviert, sie versucht sich selbst zu behaupten und physiologische Bedürfnisse zu regulieren. Ich reagiere darauf mit verstärkter Aversion.« Aber selbstverständlich erotisieren Eltern ihre Kinder nicht fortwährend, sondern freuen sich auch über Kompetenzlust, Individuationsdrang, Abgrenzungsaggression und über die zunehmenden Fähigkeiten zur Selbstregulierung ihres Kindes.

5.2.2 Inzest als Fiktion?

»Ein neues Motto:
Was hat man Dir, Du armes Kind getan?
Genug von meinen Schweinereien.
Auf Wiedersehen!«
(Freud an Fließ, 22.Dez. 1897, S. 315)

Es hat in den letzten Jahren nicht an Stimmen gefehlt, die die psychoanalytische Auffassung des Ödipuskomplexes vor allem dadurch pauschal zu widerlegen versuchten, indem sie ihn in einem ersten Schritt auf die Inzestthematik reduzierten und in einem zweiten Schritt das Inzesttabu bzw. die Inzestvermeidung als transkulturelle universale Phänomene aufgrund einer ethologischen und biologischen Argumentation nachzuweisen versuchten (so z. B. Bischof, 1985, in seiner monumentalen Abhandlung über das »Rätsel Ödipus«). Es ist hier nicht der Platz gegeben, genauer auf die differenzierten Ausführungen von Bischof (1985) einzugehen. Eine kleine Auswahl aus dem Belegmaterial von Lloyd DeMause (1991) zur Ubiquität inzestuösen Verhaltens seitens der Eltern (und Geschwister) kann jedoch sehr schnell deutlich machen, daß die Übertretung des Inzesttabus zum gängigen Verhalten bei vielen Völkern dieser Erde gehört. Lloyd DeMause weitet allerdings Inzestverhalten und Inzestwünsche deutlich aus (geht dabei auch nicht in erster Linie von den kindlichen Triebwünschen, sondern von den elterlichen Impulsen und Verhaltensweisen aus) und bezieht auch den indirekten Inzest und den Körper verstümmelnde sexuelle und sadistische Praktiken, wie z. B. die pharaonische Beschneidung islamischer Frauen oder die zur Zeit vor allem in den Vereinigten Staaten regelhaft praktizierte Vorhautentfernung bei männlichen Säuglingen (vgl. z. B. Wallerstein, 1989), mit ein.

Nach dem Überblick von Lloyd DeMause ist trotz des universalen Inzestverbots inzestuöses Verhalten von Eltern gegenüber ihren Kindern weltweit verbreitet, wobei auch verführerische Handlungen von Müttern mehr und mehr als problematisch erkannt werden (z. B. Knopf, 1993). Dieser Autor begrüßt es deshalb auch, daß psychoanalytische Forscher sich in den zurückliegenden Jahren intensiv mit diesem Thema auseinandergesetzt haben, wie z. B. Hirsch (1987) in Deutschland. Auch wenn in einer Art hysterischer Ansteckung mittlerweile nahezu jede zweite erwachsene Frau glaubt, sich an unsittliche Berührungen seitens ihres Vaters oder gar an sexuellen Mißbrauch erinnern zu können, und diese anklagende Argumentation zu einem Feldzug gegen Sexualität überhaupt mißbraucht werden kann (vgl. Rutschky, 1992), muß die Häufigkeit inzestuöser Übergriffe doch als wesentlich höher eingeschätzt werden, als dies noch in den 60er oder 70er Jahren in Deutschland angenommen wurde. Sexueller Mißbrauch von Kindern kann auch in anderen als offen sexuellen Handlungen agiert werden: so z. B. in dem verführerischen Exhibitionismus von Müttern gegenüber ihren kleinen Kindern oder in den sexuell sadistischen Prügeleien von Vätern und Müttern (vgl. Rheingold, 1964).

Außerhalb von Europa und Nordamerika ist der Mißbrauch von Kindern sehr viel verbreiteter. Auch sind die Zeiten noch nicht allzu lange vorbei, als nahezu jedes zweite Kind von seinen Eltern aus den verschiedensten Gründen getötet wurde. Nach den Untersuchungen von DeMause werden indische Kinder von ihren Müttern masturbiert, die Mädchen mit der Begründung, daß sie besser einschlafen können, die Jungen, damit sie männlich werden. Wie auch in Japan, China und nahezu allen nicht westlichen Kulturen schläft das Kind im Bett der Eltern und beobachtet selbstverständlich auch deren Geschlechtsverkehr.

In China ist es noch nicht allzu lange her, daß – neben der Päderastie und Kastration von Knaben – die Mädchen an ihren Füßen über Jahre hinweg so verstümmelt wurden, daß ihr Fuß schließlich die Form eines »Penis-Zehs« angenommen hatte. Diese schmerzhafte Zurichtung diente dem späteren fetischistischen Gebrauch des Mannes, dessen Angst vor der Vagina, wohl auch aufgrund der engen Mutter-Kind-Symbiose in den ersten Lebensjahren, sehr stark war. Das Einführen des Penis-Zehs in den Mund und das wollüstige Saugen daran blieb dem kleinen Mädchen, das neben den Eltern im Bett lag, nicht verborgen. Eigener Schmerz und sexuelle Empfindungen beim Betrachten der »Urszene« sind auf diese Weise eine Verbindung eingegangen.

Auch japanische Mütter masturbieren ihre Kinder, die gewöhnlich bis zum 15. Lebensjahr im Bett ihrer Eltern schlafen (was aber nichts mit Raummangel zu tun hat). In vielen Familien werden dabei die Kinder eng von Eltern oder Großeltern während des Schlafens umarmt, mit der Begründung, daß dies der Gesundheit der Erwachsenen gut tue. Der häufigste Inzest in Japan ereignet sich jedoch immer dann, wenn eine Mutter ihren pubertierenden Sohn onanieren sieht und ihn dann mit den Worten unterbricht: »Es ist nicht gut, das alleine zu machen. Deine Intelligenz wird geringer. Ich werde dir helfen« oder »Du kannst nicht lernen, wenn du keinen Sex hast. Du kannst meinen Körper benützen« oder »Ich möchte nicht, daß du Schwierigkeiten mit einem Mädchen bekommst, du kannst statt dessen Sexualität mit mir haben«. Viele heranwachsende japanische Männer haben zunächst keine sexuellen Erfahrungen mit anderen Frauen als mit ihren Müttern, die ihnen beibringen, wie man beim Onanieren den größten Lustgewinn bekommen kann. Es verwundert deshalb auch nicht, daß diese jungen Männer eifersüchtig werden, wenn sie den Geschlechtsverkehr zwischen ihren Eltern mitbekommen, denn sie haben ihrer Meinung nach schließlich das Monopol auf den Körper ihrer Mutter. Es gehört nicht allzu viel psychoanalytische Erfahrung dazu, um die folgende Äußerung eines Japaners einschätzen zu können: »Wir haben keine ödipalen Probleme in Japan – es gibt keine Rivalität von seiten des Vaters«.

In Thailand ergab eine Umfrage aus dem Jahr 1990, daß 75 Prozent der Thai Sexualität mit weiblichen Prostituierten im Kindesalter gehabt hatten, von denen 20 bis 40 Prozent mit HIV infiziert sind. Das in vielen Teilen der Welt beobachtete Ansteigen der Inzidenzrate von Aids bei Kindern ist für DeMause ein weiteres Anzeichen dafür, wie durchgängig der sexuelle Mißbrauch von Kindern ist.

Inzestuöses Verhalten unter Geschwistern ist ebenfalls weltweit verbreitet: »Von dem Augenblick, da ein Junge laufen kann, sich Älteren zugesellt und aus der Wiege herausgenommen wird, um ins Gemeinschaftsbett gesteckt zu werden, sind seine Genitalien einem irgendwie systematischen Reiz ausgesetzt. Kleine Mädchen, die mit älteren männlichen und weiblichen Personen zusammen schlafen, müssen sich Manipulationen mit ihrer Klitoris gefallen lassen und machen ihre erste Bekanntschaft mit dem Cunnilingus. Wenn es auch ziemlich selten zu einem Eindringen in die Scheide kommt, so wird ein Vater seinen Penis doch oft zwischen den Oberschenkeln oder Hinterbacken seiner Tochter reiben und ihre Genitalien befingern. Unter sehr jungen Knaben ist gegenseitige Fellatio ein spontanes Phänomen, vielleicht auch kraftvolle Äußerung des Stillkomplexes. Sie liegen oft entgegengesetzt, einer hat des anderen Penis im Mund, und so schlafen sie ein. . . . Der Cunnilingus ist bei kleinen Mädchen selten eine Spontanäußerung, sie reizt gewöhnlich das männliche Glied zur Befriedigung irgendeines oralen Impulses. Die Bruder-Schwester-Fellatio ist weitverbreitet. Wenn ein kleines Mädchen ihre oral-erotischen Gefühle befriedigen will, wird es den Penis eines Säuglings zunächst in die Hand nehmen und dann in den Mund stecken«, schreiben Edwardes und Masters (1967, S. 164/5) über die nordafrikanischen Juden in Tanger, Fes, Marrakesch oder Algier. Das Masturbieren des kindlichen Penis von seiten der Erwachsenen mit der Begründung, diesen damit zu vergrößern und zu stärken, ist ebenfalls ein gängiger Brauch in den Ländern des Mittleren Ostens.

Schließlich erwähnt DeMause noch die Klitoris- und pharaonische Beschneidung und Infibulation bei Mädchen. Die offizielle Begründung für die Klitorisbeschneidung (die nach einer jüngeren Statistik z. B. bei 97% ägyptischer Mädchen und Frauen aus Familien mit niedrigem Bildungsstand und bei 66% Mädchen und Frauen aus Familien mit höherer Bildung praktiziert wurde) lautet dahingehend, daß man die Frauen dadurch von ihrem völligen Ausgeliefertsein an die Sexualität befreien und sie vom ständigen Onanieren müssen abhalten wolle.

Nach DeMause (1991) stellt die genitale Verstümmelung von Kindern eine der am meisten verbreiteten »Erziehungspraktiken« dar, wobei der sexuelle Charakter in der Regel verleugnet und rationalisiert wird. So wird auch in der Literatur von »Übergangs- oder Pubertätsriten« gesprochen und der sexuelle Mißbrauch dabei ausgeklammert. Wenn man zum Inzestverhalten noch Prügel und die Androhung von Prügel, die ja häufig verbrämte sexuelle Triebhandlungen darstellen, hinzunimmt, scheint es dann nicht gerechtfertigt zu sein, vom Inzest als einer nahezu universellen Praxis im Erziehungsgeschehen zu sprechen?

5.2.3 Erkenntnistheoretischer Exkurs: Wie manifestieren sich ödipale Phantasien beim Kind?

Gemäß einem weitverbreiteten (Miß-)Verständnis können »Hinz und Kunz« behaupten, daß sich die Psychoanalyse mit der Postulierung einer bei jedem Kind vorhandenen ödipalen Phase und eines bei jedem Erwachsenen recht und schlecht bewältigten Ödipuskomplexes gewaltig geirrt habe, weil sie sich an derartige Regungen, ihre Mutter oder ihren Vater als Kind jemals erotisch begehrt zu haben, nicht erinnern können. Und das Argument, daß diese Impulse verdrängt worden seien, stelle eine »Killerphrase« dar, mit der die Psychoanalyse alles und jedes beweisen könne. Und je gebildeter »Hinz und Kunz« sind, um so eher fällt ihnen dann noch ein, daß das zuletzt genannte Argument schließlich kein Geringerer als Karl Popper gegen den Wissenschaftscharakter der Psychoanalyse ins Feld geführt habe. Gegenüber dieser häufig anzutreffenden »Beweisführung« soll in Erinnerung gerufen werden, daß viele ödipale Affekte, Triebimpulse und entsprechende Phantasien auch dem fünf- oder sechsjährigen Kind manchmal nur für Augenblicke, z. B. einen Nachmittag lang, bewußt zu sein brauchen und sich in der Folgezeit nur noch in Abkömmlingen äußern, die für das Kind selbst und auch für die Erwachsenen nicht mehr als ursprüngliche Impulse erkennbar sind, aber von einem geschulten analytischen Therapeuten z. B. sehr rasch identifiziert werden können (vgl. z. B. A. Freud, 1968).

Das folgende Beispiel von Fraiberg (1972, S. 147f.) kann diese Argumentation in trefflicher Anschaulichkeit vor Augen führen:

»›Wenn ich groß bin‹, sagt Christian am Mittagstisch, ›werde ich Mami heiraten.‹

– ›Christian ist verrückt!‹ ertönt die vernünftige Stimme der achtjährigen Petra. ›Du kannst Mami nicht heiraten, und außerdem, was soll dann aus Papi werden?‹

– Ein aufreizendes, logisches Weibsbild! Wer kümmert sich um deine Vernunftgründe und dein langweiliges logisches Denken! Aber darauf gibt es auch eine Antwort: ›Er wird dann alt sein‹, sagt der Träumer, mit vollem Mund kauend. ›Und er wird tot sein.‹ – Dann, entsetzt über die Ungeheuerlichkeit seiner Worte, fügt er hastig hinzu: ›Aber er braucht gar nicht tot zu sein. Vielleicht heirate ich Anke statt dessen.‹ –

Das ist absurd – könnte man meinen –, es ist einer von den ›unmöglichen‹ Tagträumen der Kindheit. Wenn Christian beim Mittagessen verkündet, daß er beschlossen hat, Mami später zu heiraten – ist das denn so verschieden von zahlreichen anderen Plänen, die in der blühenden Phantasie dieses Vierjährigen entstehen?«

Will nicht ein vierjähriges Kind in seiner Phantasie heute dies und morgen jenes? Warum also auch nicht einmal zur Abwechslung seine Mutter oder seinen Vater heiraten? Ist es wirklich gerechtfertigt, dieser Phantasie so viel Gewicht beizumessen, wie die Psychoanalyse dies tut? Nebenbei bemerkt, die

Psychoanalyse mißt den menschlichen Phantasien ohnehin eine große Bedeutung bei, vor allem den nicht bewußten und konflikthaften Phantasien. Sie geht davon aus, daß es vermutlich keine Wahrnehmung, keine Realitätskonstruktion, kein Denken und keine Handlung gibt, die nicht mehr oder weniger von Phantasien gefärbt ist.

Dem ödipalen Tagtraum kommt nach Fraiberg (1972) deshalb eine größere Bedeutung zu als anderen Tagträumen, weil er für das Kind eine besondere Wichtigkeit besitzt, es eine ganze Weile lang beschäftigt im Vergleich zu anderen Phantasien, die vielleicht eher flüchtig und vorübergehend sind, und weil die kindliche Liebe und Zuneigung, die sich in dieser Phantasie ausdrükken, tief empfunden sind. Zur gleichen Zeit entstehen aber auch Rivalität und aggressive Wünsche gegenüber dem Elternteil des eigenen Geschlechts. Die geliebte und bewunderte Mutter wird vom Mädchen z. B. in der Phantasie auch herabgesetzt und – zumindest vorübergehend – weggewünscht; der Gedanke an eine nur ansatzweise Realisierung verursacht dem Kind einen starken Schrecken; kurzum, es gehört nicht viel erwachsene Phantasie dazu, sich vorzustellen, wie intensiv Liebes-, Eifersuchts-, Rivalitäts- und aggressive Gefühle sind, verbunden mit entsprechenden Ängsten. Diese starke Konzentration von Gefühlen und die heftige Ambivalenz der Trieb- und Affektregungen waren es, die Freud (1910h) in Anlehnung an C. G. Jung dazu bewogen haben, von einem »Komplex« (i. S. einer stark affektbesetzten Vorstellungsgruppe) zu sprechen. Besonders deutlich werden in dem Beispiel von Fraiberg (1972, S. 149) auch die Gefühlsströmungen, die für Freud der Anlaß waren, von einem negativen Ödipuskomplex zu sprechen: »Wenn Christian an den Tod seines Vaters denkt und daran, daß er ihn ersetzt, steht er einem mächtigen gegensätzlichen Gefühl gegenüber. Er liebt seinen Vater sehr innig, und der Gedanke an dessen Tod erfüllt ihn mit Schrecken.«

In der lebensnahen Schilderung von Fraiberg (1972, S. 149f.) läßt sich auch verfolgen, wie ohne Kenntnis des Ödipuskomplexes viele kindliche Phänomene wie Verhaltensauffälligkeiten, Verstimmungen, nächtliche Angstträume von Ungeheuern und furchterregenden Tieren, aber auch Symptome den Eltern unverständlich bleiben.

»Christian fühlte sich unbehaglich, nachdem er beim Mittagessen seinen Tagtraum preisgegeben hatte, obgleich sich nur die ›zynische‹ Petra zu diesem Thema geäußert hatte. Er wünschte wirklich nicht, daß sein Vater alt würde und stürbe; er liebte ihn innig. Es gibt noch genug Magie im Denken des Vierjährigen, die bewirkte, daß Christian sich sehr unbehaglich fühlte, nachdem er diesen Gedanken geäußert hatte. Angenommen, der schreckliche Gedanke könnte Wahrheit werden? Angenommen, sein Vater würde wirklich sterben?

Christian verbrachte den Rest des Abends in düsterer Laune und war äußerst reizbar. Er schien eine seiner schwierigen Phasen zu haben. Zur Schlafenszeit wollte er, daß der Vater ihm eine Geschichte vorliest. Nein, *diese* Geschichte wollte er nicht. Dann diese vielleicht? Nein. Er wollte überhaupt keine Geschichte. Was wollte er denn? Jetzt Schallplatten. Würde der Vater ihm eine vorspielen? Nein, nicht die da – die andere. Nein, die doch nicht, sondern diese. Aber was wollte er wirklich? Und er schrie, daß alle gemein zu ihm wären, daß er dieses alte Haus haßte, daß er weggehen würde, um bei seinem Freund zu wohnen, und nie, niemals wiederkommen – dann schlug er in kalter Wut auf seinen Vater ein. Die verdutzten Eltern wußten nicht, was sie von diesem Benehmen halten sollten. Schließlich sagte sein Vater, er hätte jetzt genug von diesem Theater; Christian sollte in sein Zimmer gehen, bis er sich beruhigt hätte, und heute abend gäbe es weder eine Geschichte noch Schallplatten.

Darauf schien Christian nun aber gerade gewartet zu haben. – ›Du bist gemein! Du bist der gemeinste Vater in der ganzen Welt. Ich wollte, du wärest tot!‹ Und er stampfte mit dem Fuß auf, rannte in sein Zimmer und knallte die Tür hinter sich zu.

›Was in aller Welt ist heute in das Kind gefahren?‹ fragten sich die Eltern gegenseitig. Inzwischen hatten sie das Mittagsgespräch vergessen. Wer kann schließlich all diese Dinge im Laufe eines ausgefüllten Tages im Kopf behalten? Und wer würde dieses launische Benehmen mit der Unterhaltung beim Mittagstisch in Verbindung gebracht haben, selbst wenn er sich daran erinnert hätte?

Auf den ersten Blick gibt es sicherlich keine sichtbaren Zusammenhänge mit den Ereignissen beim Schlafengehen. Aber wir wollen sehen, ob wir im Ablauf der Ereignisse nicht doch einen Sinn finden können. Beim Mittagessen teilt Christian vertraulich seinen Tagtraum mit, seine Mutter nach dem Tod des Vaters heiraten zu wollen. Dann versucht er, schuldbewußt und verwirrt, schleunigst seine Worte zurückzunehmen. Später, in der Zeit des Erzählens – sonst der schönsten Zeit mit seinem Vater –, ist er reizbar und weinerlich. Nichts stellt ihn zufrieden. Er möchte dies; nein, er will es nicht. Er kann sich zu nichts entschließen und schwankt hin und her in einer geradezu aufreizenden Weise.

Vermutlich kann sich Christian zu etwas ganz anderem, viel Wichtigerem nicht entschließen als der Wahl zwischen einer Geschichte und einer Schallplatte. In Wirklichkeit ist es das ›Möchte ich?‹ oder ›Möchte ich nicht?‹, das ihn beim Mittagstisch beschäftigte. ›Möchte ich, daß mein Vater tot ist?‹ – ›Will ich nicht, daß er tot ist?‹ – die Unentschiedenheit bei diesem schrecklichen Problem hat sich auf das relativ unwichtige Problem der Wahl zwischen einer Geschichte und einer Schallplatte übertragen.«

In seiner Unentschiedenheit, seinem Verzweifeltsein, seinem launischen Benehmen äußert sich Christians inneres Drama, sein Konflikt im Verhältnis zu seinen Eltern: »Er möchte seine Mutter allein besitzen und möchte es wieder nicht, er möchte seinen Vater loswerden und möchte es wieder nicht. Christian weiß nicht, warum er durch die Geschichten und Schallplatten so aus der Fassung geraten ist, und seine Eltern wissen es auch nicht.« (S. 150)

Als dem Vater schließlich die Geduld reißt und Christian schreit, ›Papi ist gemein‹, hat er seinen Vater endlich dahin gebracht, daß dieser ihn – für seine bösen Wünsche – bestraft; aber die Bestrafung dient ihm zur gleichen Zeit auch als Rechtfertigung für seine ›negativen‹ Gefühle seinem Vater gegenüber und damit auch als Rechtfertigung für seinen ödipalen Wunsch, denn nun kann er wütend äußern: ›Ich wollte, du wärest tot!‹

Und nachts träumte Christian, daß ein Tiger aus seinem Zoo ausgebrochen sei und Christian durch das Haus jage, um ihn zu töten. Verzweifelt schrie er im Traum nach seinem Vater, aber niemand kam.

Egal, ob wir als Erwachsene an ödipale Wünsche Erinnerungen haben oder nicht, für uns als Kind war es ein intensiver Tagtraum, der – abgesehen von noch zu besprechenden Konstellationen – keine Aussicht auf Realisierung hatte. »Er ist« – so Fraiberg (1972, S. 148) – »ein Tagtraum der Liebe, der für alle Kinder in Enttäuschung und Verzicht enden muß. Dieses Ende liegt im Aufgeben der widersprüchlichen, der unmöglichen Wünsche und normalerweise auch in der Lösung der Konflikte, die er hervorrief. Die Rivalität legt sich, und die Persönlichkeit wird in ihrer Ganzheit wiederhergestellt. Denn schließlich wird die Rivalisierung mit dem Elternteil des eigenen Geschlechts durch die Stärke der *positiven* Bindungen überwunden.«

Diese von Fraiberg mit viel Einfühlung geschriebenen Schilderungen spiegeln in mancher Hinsicht den Theoriestand der 50er Jahre wider. Der Fokus liegt auf der kindlichen Entwicklung im Sinne von Reifung, die Umwelt wird überwiegend als Konstante betrachtet, elterliche Phantasien und Konflikte werden so gut wie überhaupt nicht erwähnt. Dem Kind obliegt die Lösung der Konflikte, das Aufgeben seiner ödipalen Phantasien und Strebungen. Das ist zwar nicht falsch, aber doch einseitig; und so musterschülerhaft wie von Fraiberg beschrieben verhalten sich viele Eltern leider nicht. Nicht nur, daß in der Gegenwart immer stärker bekannt wird, wie groß die Zahl derjenigen Eltern ist, die ihre Kinder real verführen, also kindlichen Tagträumen bitteren Ernst folgen lassen, sondern auch die Tatsache, daß die bloße Existenz von Kindern bei vielen Eltern eigene ungelöste ödipale Konflikte wieder virulent werden läßt und es auf diese Weise zu einer auch von den Eltern induzierten Konflikthaftigkeit kommt, muß in der Theoriebildung berücksichtigt werden. Aus einer bloßen Reifungstheorie muß deshalb eine psychoanalytische *Sozialisationstheorie* des Ödipuskomplexes werden, die auch die Phantasien, Konflikte und Haltungen der Eltern mitberücksichtigt.

Auch Fraiberg schließt natürlich die Haltungen – »die erzieherische Rolle« – der Eltern während der ödipalen Phase nicht gänzlich aus. Aber mehr am Rande, als dies in der heutigen Theoriebildung und klinischen Vorgehensweise geschieht, erwähnt sie auch Schwierigkeiten von Eltern, die ihrem Erziehungsauftrag nicht gerecht werden: wie z. B. das Empfinden von Schuldgefühlen, wenn sie das Kind aus ihrer Intimität ausschließen, eine gestörte elterliche Beziehung, die darin resultieren kann, daß ein Elternteil das Kind zum Ersatzpartner macht (vgl. auch Richter, 1963), ungenügend bewältigte Aggression und Rivalität eines Vaters mit seinem Sohn.

Es ist die Frage, ob man in der Theoriebildung die Eltern, deren eigenes Triebschicksal und deren Beziehung zueinander nur für die klinisch relevanten Fälle mit einbezieht oder ob die angemessene Konzeptualisierung nicht eher darin besteht, in jedem Fall von einer Verschränkung elterlicher und kindlicher Phantasien und Haltungen auszugehen. Aus klinischer Sicht wurde dies in den letzten Jahren ausreichend berücksichtigt, die theoretische Konzeptualisierung betonte hingegen – zumindest in der Vergangenheit – zu stark den one-body triebpsychologischen Gesichtspunkt des reifenden kindlichen Organismus, der tendenziell ein geschlossenes System gegenüber seiner Umwelt darstellt.

Betrachten wir deshalb am Ende dieses Abschnittes noch das Beispiel einer jungen Mutter, die selbstkritisch und reflektiert über diese »Verschränkung« nachdenkt, wobei ihr deutlich wird, daß sich ihre Schwierigkeiten nicht nur als Konflikt zwischen beruflicher Selbstverwirklichung und ihrem Wunsch, eine liebevolle und kompetente Mutter zu sein, begreifen lassen (was ja auch mehr dem common sense entspräche), sondern wie sehr ihr Junge sie an ihre eigenen, ungelösten ödipalen Wünsche und Konflikte erinnert.

»Zu meinem Sohn habe ich zur Zeit ein ganz schwieriges Verhältnis. Ich bin so ungeduldig mit ihm und schimpfe ganz schlimm mit ihm. Es kommt mir so vor, als ob ich an ihm etwas bestrafe, was ich an mir nicht akzeptiere.

Ich kaufte ihm am Samstag einen Lego-Bausteinkasten. Später stellte er fest, daß offensichtlich ein wichtiges Teil fehlte. Er bekam daraufhin einen Riesenwutanfall. Mein Mann gab ihm dann 10 Mark, daß er sich eine Packung mit Ersatzsteinen kaufen kann. Dann wollte er aber gar nicht die Ersatzsteine, sondern er wollte ein anderes Spielzeug. Und da bekam ich solche Wut auf diese Unersättlichkeit und kriegte mich nicht mehr ein.

Und in letzter Zeit häuft es sich, daß er meint, es werde ihm etwas Wichtiges vorenthalten. Z. B. glaubte er, er bekommt keine Schultüte zum Schulanfang. Und dabei hatte ich ihm sogar eine besonders schöne Tüte selber gebastelt. Und jetzt dachte er, der Nikolaus komme nicht zu ihm und beklagte sich schon vorher wortreich. Immer glaubt er, daß wir ihm etwas Entscheidendes vorenthalten.

Vielleicht paßt dazu, daß ich mich mit meinem Mann zur Zeit ganz gut verstehe. Und da kann er nicht teilhaben und fühlt sich wohl ausgeschlossen. Heute morgen lag z. B. mein Parfumflakon in der Diele, da hat er sich über und über mit eingesprüht.

Irgendwie kann ich bei ihm nicht die Grenzen ziehen: Wie mache ich es richtig, wo verführe ich ihn zu viel, wo weise ich ihn zu stark zurück? Es sind keine normalen Wünsche, es sind Riesenwünsche, die er zur Zeit hat.

Wenn er z. B. mit mir schmusen will, geht es ja ganz schnell weiter. Dann will er meine Brüste anfassen und meinen Po. Und gestern abend, wie ich im Wohnzimmer auf der Couch lag, legte er sich auf mich drauf und sagte: »Ach, Liebe ist so schön!«

Aber andererseits möchte ich ihn nicht zu triebfeindlich erziehen. Und wenn ich nur Zärtlichkeiten zulasse, mache ich ihn doch zum kleinen Jungen. Er ist doch aber schon größer. Und wenn ich sage, große Jungen in deinem Alter tun das nicht, sich auf die Mutter drauflegen, dann wird er ärgerlich.

Wenn ich wegen seiner Riesenwünsche so wütend werde, vielleicht muß ich da meine eigenen Wünsche an ihm bekämpfen?

Und warum kann ich mich ihm gegenüber nicht deutlicher abgrenzen? Ich glaube, daß ich auch Schuldgefühle habe, daß ich ihn wegen meiner beruflichen Tätigkeit tagsüber so oft allein lassen muß. Aber das, denke ich, kann nicht der einzige Grund sein. Ich glaube, es sind eher meine eigenen unbefriedigten Wünsche, die mich an ihm besonders aufregen.«

Ohne psychoanalytische Reflexionsmöglichkeit wäre dieser Mutter nur wenig von dem Verhalten ihres Jungen und wie dieses mit ihren eigenen Wünschen und Konflikten zusammenhängt verständlich. Ist es da verwunderlich, wenn Laien ungläubig den Kopf schütteln, sobald die Rede auf den Ödipuskomplex kommt? Abgesehen davon, daß sich Impulse und Konflikte der ödipalen Situation zumeist nur in vermittelter Form äußern (siehe die Beispiele in Kap. 9), muß allerdings aus heutiger Sicht auch die Frage in Betracht gezogen werden, ob manche Menschen tatsächlich bewußt keine ödipalen Konflikte erleben. Denn die ichstrukturellen Voraussetzungen, von denen Freud stillschweigend ausging, sind bei manchen Individuen nicht gegeben. Bei einer männlichen narzißtischen Persönlichkeitsstörung auf Borderline-Niveau z. B. tauchen zwar ödipal-inzestuöse Wünsche und Phantasien auf, aber die Zerklüftetheit des Seelenlebens, der immense Neid und die Wut auf die Mutter lassen dem Betreffenden dauerhafte ödipale Liebesstrebungen wie Hohn erscheinen, und in den narzißtischen Größenphantasien kann der Vater nur wie ein kümmerlicher Wicht wahrgenommen werden, der keines Blickes gewürdigt wird und deshalb auch nicht als Rivale wertgeschätzt und gefürchtet werden kann. »Warum sollte ich mit meinem Vater rivalisieren? Meine Mutter hat ihn gehaßt und mich als Ersatz für ihn benützt; ich selbst habe für meinen Vater nur Verachtung übrig. Zum Rivalisieren hat er überhaupt nicht getaugt«, sagt z. B. ein Patient. Diese Einschätzung schließt allerdings nicht aus, daß sich in den unbewußten Phantasien dieser Patienten in der Regel archaische Konflikte auffinden lassen, die um Inzest und Elternmord kreisen.

Des weiteren muß geprüft werden, ob die sinnlichen Liebesstrebungen, die der Junge für seine gegengeschlechtliche Mutter empfindet und die der Anlaß dafür waren, diese Regungen jedem Kind zu unterstellen, auch für das Mädchen mit den entsprechenden Änderungen gelten.

»Alle Erwartungen eines glatten Parallelismus
zwischen männlicher und weiblicher Sexualentwicklung
haben wir ja längst aufgegeben«
(Freud, 1931b, S. 519)

5.2.4 Zum sogenannten Elektrakomplex – Oder Ödipus nur für den Jungen?

Es ist Heigl-Evers und Weidenhammer (1988, S. 127) beizupflichten, wenn sie schreiben, daß das ödipale Erleben des Mädchens »in den psychoanalytischen Konzepten der Gegenwart womöglich so blaß bleibt wie zu Freuds Zeiten«. Die Anzahl moderner und ausführlicher Arbeiten speziell zum weiblichen Ödipuskomplex ist tatsächlich nicht sehr groß (so z. B. Parens et al. 1976; van Dam 1980; Bergmann 1982; Ogden 1987; Heigl-Evers und Weidenhammer 1988; Bernstein 1990, 1991; Benjamin 1990, 1992; Rohde-Dachser 1990, 1991; Lax, 1992), ganz im Unterschied zum Ödipuskomplex des Jungen. Diese Verteilung gilt allerdings nicht für Arbeiten zur psychosexuellen Entwicklung der Weiblichkeit; auf diesem Gebiet gibt es in den letzten 15 bis 20 Jahren mindestens zehnmal soviel Arbeiten wie zur Entwicklung des Jungen. Woran liegt die Unterbelichtung des weiblichen Ödipuskomplexes nicht nur bei Freud, sondern auch noch in der Gegenwart? Kein Psychoanalytiker würde behaupten wollen, daß das ödipale Thema bei Mädchen und Frauen seine Bedeutung verloren hat; im Gegenteil, gerade aufgrund der differenzierteren Erforschung der ersten Lebensjahre lassen sich ja heutzutage die Bedingungen viel genauer präzisieren als für Freud, der als alter Mann in seiner Arbeit *Über die weibliche Sexualität* (1931) zwar noch zu der Einschätzung gelangte, daß die präödipalen Jahre für ein Mädchen von großer Bedeutung seien, ohne dies im einzelnen jedoch genauer ausführen zu können.

Hat es damit zu tun, daß sich bei diesem Thema die von Freud präferierte Sichtweise des männlichen Ödipuskomplexes ungebrochen bis in die Gegenwart fortsetzt?

»*Freud hat bei der Beschreibung des Ödipuskomplexes stets den Standpunkt des Jungen privilegiert.* Ihn wählt er als Beispiel aus, er gibt dem Komplex seinen Namen, er ist es auch, der in den Fallbeschreibungen bevorzugt entwickelt wird etc. Die Probleme schienen ihm beim Jungen einfacher zu liegen. Und schließlich geschah es ja auch während seiner Selbstanalyse, daß seine Entdeckung ihn in Bann schlug.

Allerdings vergißt er das Mädchen nie, wobei er lange, sehr lange, nämlich genau gesagt bis 1925, davon ausgeht, daß die Probleme mutatis mutandis für das Mädchen und den Jungen dieselben sind« (Chiland 1986, S. 35).

Bei der Beschreibung der Psychodynamik und Psychogenese eines Falles von weiblicher Homosexualität stellt Freud (1920a, S. 281) angesichts der Erwähnung des weiblichen Ödipuskomplexes in einer Fußnote erstmalig fest, daß er in der Einführung des Terminus »Elektrakomplex« keinen Fortschritt oder Vorteil erblicken könne und aus diesem Grund denselben nicht befürworten möchte.

In seinem Aufsatz *Über die weibliche Sexualität* betont Freud (1931b, S. 521f.) erneut:

»Wir haben auch bereits erkannt, daß eine weitere Differenz der Geschlechter sich auf das Verhältnis zum Ödipuskomplex bezieht. Unser Eindruck ist hier, daß unsere Aussagen über den Ödipuskomplex in voller Strenge nur für das männliche Kind passen und daß wir recht daran haben, den Namen Elektrakomplex abzulehnen, der die Analogie im Verhalten beider Geschlechter betonen will. Die schicksalhafte Beziehung von gleichzeitiger Liebe zu dem einen und Rivalitätshaß gegen den anderen Elternteil stellt sich nur für das männliche Kind her. Bei diesem ist es dann die Entdeckung der Kastrationsmöglichkeit, wie sie durch den Anblick des weiblichen Genitales erwiesen wird, die die Umbildung des Ödipuskomplexes erzwingt, die Schaffung des Über-Ichs herbeiführt und so all die Vorgänge einleitet, die auf die Einreihung des Einzelwesens in die Kulturgemeinschaft abzielen. Nach der Verinnerlichung der Vaterinstanz zum Über-Ich ist die weitere Aufgabe zu lösen, dies letztere von den Personen abzulösen, die es ursprünglich seelisch vertreten hat.«

Welches sind die Unterschiede der Geschlechter in der psychosexuellen Entwicklung nach Freud, die den Ausschlag dafür geben, daß der Ödipuskomplex des Mädchens keine reine Analogie zum männlichen darstellt (was in der unterschiedlichen Bezeichnung des Elektrakomplexes – von Jung vorgeschlagen – zwar nicht unbedingt zum Ausdruck kommen müßte, in der Terminologie von männlichem und weiblichem Ödipuskomplex aber doch deutlicher als Differenz festgehalten wird)?

- Unter Einbeziehung der präödipalen Phase kommt Freud (1931b, S. 518) zu der Feststellung, daß es eine starke Mutterbindung des kleinen Mädchens gibt, die manchmal sogar bis ins fünfte Lebensjahr hineinreicht. »Ja man mußte die Möglichkeit gelten lassen, daß eine Anzahl von weiblichen Wesen in der ursprünglichen Mutterbindung stecken bleibt und es niemals zu einer richtigen Wendung zum Manne bringt.«
- Die für beide Geschlechter postulierte Bisexualität tritt bei der Frau viel deutlicher hervor als beim Mann: »Der Mann hat doch nur eine leitende Geschlechtszone, ein Geschlechtsorgan, während das Weib davon zwei besitzt: die eigentlich weibliche Vagina und die dem männlichen Glied analoge Klitoris« (Freud, 1931b, S. 520).
- Während die erste Liebesbeziehung für beide Geschlechter die Mutter ist und während der Junge in seiner ödipalen Liebe bei seiner Urbeziehung bleiben kann, muß das Mädchen einen »Objektwechsel« vollziehen.
- Während der Junge aufgrund seines Kastrationskomplexes zu einer Abwertung der penislosen Frau neigt bis hin zu einer Hemmung der Objektwahl, die sich – bei entsprechender Disposition – bis zur homosexuellen Geschlechtspartnerorientierung erstrecken kann, sind die Auswirkungen des Kastrationskomplexes beim Mädchen andere: »Das Weib anerkennt die Tatsache seiner Kastration und damit auch die Überlegenheit des Mannes und seine eigene Minderwertigkeit, aber es sträubt sich auch gegen diesen unliebsamen Sachverhalt« (Freud, 1931b, S. 522).

Aus dieser zwiespältigen Einstellung leitet Freud (1931b, S. 522) drei Entwicklungsrichtungen ab:

»Die erste führt zur allgemeinen Abwendung von der Sexualität. Das kleine Weib, durch den Vergleich mit dem Knaben geschreckt, wird mit seiner Klitoris unzufrieden, verzichtet auf seine phallische Betätigung und damit auf die Sexualität überhaupt wie auf ein gutes Stück seiner Männlichkeit auf anderen Gebieten.

Die zweite Richtung hält in trotziger Selbstbehauptung an der bedrohten Männlichkeit fest; die Hoffnung, noch einmal einen Penis zu bekommen, bleibt bis in unglaublich späte Zeiten aufrecht, wird zum Lebenszweck erhoben, und die Phantasie, trotz alledem ein Mann zu sein, bleibt oft gestaltend für lange Lebensperioden. Auch dieser »Männlichkeitskomplex« des Weibes kann in manifest homosexuelle Objektwahl ausgehen.

Erst eine dritte, recht umwegige Entwicklung mündet in die normal weibliche Endgestaltung aus, die den Vater als Objekt nimmt und so die weibliche Form des Ödipuskomplexes findet.

Der Ödipuskomplex ist also beim Weib das Endergebnis einer längeren Entwicklung, er wird durch den Einfluß der Kastration nicht zerstört, sondern durch ihn geschaffen, er entgeht den starken feindlichen Einflüssen, die beim Mann zerstörend auf ihn einwirken, ja er wird allzuhäufig vom Weib überhaupt nicht überwunden.«

- Rivalität und Feindseligkeit bei der Frau entstammen ursprünglich nicht dem Ödipuskomplex, sondern der präödipalen Phase und erfahren in der Ödipussituation nur eine Verstärkung (vgl. 1931b, S. 524).
- Während der Junge seine nicht minder starke Ambivalenz gegenüber seiner Mutter in der präödipalen Phase beim Wechsel in die ödipale Phase auf seinen Vater verschieben kann, somit die ödipale Mutter idealisiert, dem ödipalen Vater mit Feindseligkeit begegnet, bleibt beim Mädchen die präödipale Ambivalenz gegenüber der Mutter auch in der ödipalen Phase erhalten, ja steigert sich sogar noch wegen der Enttäuschung, daß ihm die Mutter einen Penis vorenthalten hat.
- »Mit dem Wegfall der Kastrationsangst entfällt das Hauptmotiv, das den Knaben gedrängt hatte, den Ödipuskomplex zu überwinden. Das Mädchen hingegen ›verbleibt in ihm unbestimmt lange. . .‹« (1933a, S. 138).

»Für das Mädchen ist die Ödipussituation der Ausgang einer langen und schwierigen Entwicklung, eine Art vorläufiger Erledigung, eine Ruheposition, die man nicht so bald verläßt, besonders da der Beginn der Latenzzeit nicht fern ist. Und nun fällt uns im Verhältnis des Ödipuskomplexes zum Kastrationskomplex ein Unterschied zwischen den Geschlechtern auf, der wahrscheinlich folgenschwer ist. Der Ödipuskomplex des Knaben, in dem er seine Mutter begehrt und seinen Vater als Rivalen beseitigen möchte, entwickelt sich natürlich aus der Phase seiner phallischen Sexualität. Die Kastrationsdrohung zwingt ihn aber, diese Einstellung aufzugeben. Unter dem Eindruck der Gefahr, den Penis zu verlieren, wird der Ödipuskomplex verlassen, verdrängt, im normalsten Falle gründlich zerstört und als sein Erbe ein strenges Über-Ich eingesetzt. Was beim Mädchen geschieht, ist beinahe das Gegenteil. Der Kastrationskomplex bereitet den Ödipuskomplex vor, anstatt ihn zu zerstören, durch den Einfluß des Penisneides wird das Mädchen aus der Mutterbindung vertrieben und läuft in die Ödipussituation wie in einen Hafen ein. Mit dem Wegfall der Kastrationsangst entfällt das Hauptmotiv, das den Knaben gedrängt hatte, den Ödipuskomplex zu überwinden. Das Mädchen verbleibt in ihm unbestimmt lange, baut ihn nur spät und dann unvollkommen ab. Die Bildung des Über-Ichs muß unter diesen Verhältnissen leiden, es kann nicht die Stärke und Unabhängigkeit erreichen, die ihm seine kulturelle Bedeutung verleihen und – Feministen hören es nicht gerne, wenn man auf die Auswirkungen dieses Moments für den durchschnittlich weiblichen Charakter hinweist« (Freud, 1933a, S. 138/9).

Sollte es angesichts dieser Unterschiede, vor allem angesichts der Bedeutung der präödipalen Phase des Mädchens, erforderlich sein, »die Allgemeinheit des Satzes, der Ödipuskomplex sei der Kern der Neurose, zurückzunehmen«? fragt Freud (1931b, S. 518) und fährt fort: »Aber wer ein Sträuben gegen diese Korrektur verspürt, ist nicht genötigt, sie zu machen. Einerseits kann man dem Ödipuskomplex den weiteren Inhalt geben, daß er alle Beziehungen des Kindes zu beiden Eltern umfaßt, andererseits kann man den neuen Erfahrungen auch Rechnung tragen, indem man sagt, das Weib gelange zur normalen positiven Ödipussituation erst, nachdem es eine vom negativen Komplex beherrschte Vorzeit überwunden hat. Wirklich ist während dieser Phase der Vater für das Mädchen nicht viel anderes als ein lästiger Rivale, wenngleich die Feindseligkeit gegen ihn nie die für den Knaben charakteristische Höhe erreicht. . . Die Einsicht in die präödipale Vorzeit des Mädchens wirkt als Überraschung, ähnlich wie auf anderem Gebiet die Aufdeckung der minoisch-mykenischen Kultur hinter der griechischen.

Alles auf dem Gebiet dieser ersten Mutterbindung erschien mir so schwer analytisch zu erfassen, so altersgrau, schattenhaft, kaum wiederbelebbar, als ob es einer besonders unerbittlichen Verdrängung erlegen wäre.«

Freud begründet somit seine Ablehnung des Terminus Elektrakomplex mit der fälschlichen Unterstellung einer Analogie:

»Unser Eindruck ist hier, daß unsere Aussagen über den Ödipuskomplex in voller Strenge nur für das männliche Kind passen und daß wir recht daran haben, den Namen Elektrakomplex abzulehnen, der die Analogie im Verhalten beider Geschlechter betonen will. Die schicksalhafte Beziehung von gleichzeitiger Liebe zu dem einen und Rivalitätshaß gegen den anderen Elternteil stellt sich nur für das männliche Kind her« (1931b, S. 521).

Aus heutiger Sicht sind die meisten Auffassungen Freuds zum Erleben der ödipalen Situation des kleinen Mädchens und zu den Konsequenzen derselben von den Voraussetzungen und Schlußfolgerungen her nicht mehr zutreffend, wie in den folgenden Kapiteln genauer ausgeführt wird, so daß an dieser Stelle nur einige Punkte angedeutet werden:

- Der Penisneid ist zwar bei kleinen Mädchen z. B. aufgrund von entsprechenden Äußerungen beobacht- oder erschließbar, hat aber eine komplizierte Vorgeschichte, enthält nicht nur den Neid auf die anatomischen Besonderheiten und möglichen Vorzüge, sondern auch auf die der Männlichkeit attribuierten Privilegien (wie z. B. die größere Autonomie von der Mutter) und ist weder der Grund, warum das Mädchen aus der Mutterbindung vertrieben wird (siehe Kap. 5.2.7), noch konstituiert dieser Neid die Geschlechtsidentität des Mädchens.
- Auch das Mädchen erlebt Kastrationsangst, bloß ist diese an die spezifische Form der weiblichen Anatomie gebunden und damit anders zu begreifen, als Freud dies konnte (vgl. auch Bd. 1).
- Das normale Mädchen verbleibt im Ödipuskomplex nicht unbestimmt lange, sondern versucht – nicht viel anders als der Junge –, mit den aufgewühlten Affekten und Leidenschaften umzugehen und ihn allmählich, zumindest tendenziell, zu überwinden; aufgrund patriarchalischer Familienverhältnisse wurde Frauen in der Adoleszenz in der Vergangenheit allerdings oftmals die Auflösung des Ödipuskomplexes von seiten des Vaters erschwert (vgl. Kap. 7.2.3).
- Das Über-Ich von Frauen ist nicht weniger stark als bei Männern; allerdings ist es strukturell und inhaltlich anders, weil die präödipalen Über-Ich-Vorläufer (aber auch die späteren Inhalte) zu einem großen Teil von der Mutter vermittelt werden und das Mädchen aufgrund der Geschlechtsgleichheit diese Ge- und Verbote anders verinnerlicht als der Junge (vgl. Kap. 6.2.4).

Freud hatte, vor allem wegen seiner Entzweiung mit Jung, gute Gründe, den von diesem vorgeschlagenen Terminus Elektrakomplex abzulehnen; wenn aber seine Begründung für die Unterschiedlichkeit des weiblichen gegenüber dem männlichen Ödipuskomplex aus heutiger Sicht nicht mehr zutreffend ist, sollte man dann nicht doch überlegen, ob eine neue Bezeichnung auch den Unterschied zu Freuds Argumentation markieren könnte? Tatsächlich macht Bernstein (1991, S. 185) diesen Vorschlag. Statt Vatermord, Totschlag, Mutter-Inzest und Selbstverstümmelung handelt der Mythos von Elektra von Themen, die für den weiblichen Ödipuskomplex bestimmend sind: »enttäuschte Sehnsucht, Neid, Hilflosigkeit, Rache, Masochismus, Haß und Gewissensbisse«. Elektra, die »Unverheiratete«, begeht keinen Inzest mit ihrem Vater Agamemnon; sie hat noch nicht einmal ein eigenes Sexualleben; sehnsuchtsvoll wartet sie auf den geliebten Vater, für dessen Idealisierung es aber keinen tatsächlichen Grund gibt; Elektra lebt mit ihrer Mutter, die an ihrem Mann, einem Weiberhelden, kein gutes Haar läßt; die Tochter wirft ihrer Mutter ständig ihre mangelhafte Mütterlichkeit vor, und ihre Wünsche, den Vater und Mann im Bett der Mutter zu ersetzen, werden enttäuscht. Trost und Zuwendung sind von beiden Eltern nicht erhältlich, Identifikationen weder mit der enttäuschten Mutter noch mit dem abwesenden Vater möglich. So präsentiert Elektra ein Bild einsamer Hilflosigkeit. Während sich ein ödipaler Junge mit seinem Vater identifizieren kann, wirkt Elektra hinsichtlich ihrer Identifizierungsmöglichkeiten arg beeinträchtigt. Ihre Traurigkeit, die Erotisierung von Leiden und Schmerz sind ein wesentlicher Bestandteil ihrer weiblichen Entwicklung. Auffallend ist vor allem, daß in allen drei Fassungen, von Aischylos, Sophokles und Euripides, der Vater Agamemnon idealisiert wird, obwohl sein tatsächliches Verhalten dies in keiner Weise rechtfertigt. »Wo bleiben die Gefühle des Verletztseins, der Empörung und der Wut angesichts dieses Vaters, der für die Bedürfnisse seiner Tochter so wenig da ist, sie so wenig liebt, schützt, anerkennt und fördert?«, fragt Bernstein (1991). Statt dessen wird der am Schicksal Elektras nahezu uninteressierte Vater von ihr heftig idealisiert.

Aber erinnert diese Beschreibung nicht an moderne Hysterie-Konzepte, in der die gestörte Familiendynamik zum Ausgangspunkt einer Entwertung der Mutter und übermäßigen Idealisierung des Vaters wird? Läßt sich das Schicksal von Elektra zur Grundlage einer zeitgenössischen Betrachtung des ödipalen Erlebens von Mädchen machen? Werden hier nicht möglicherweise Enttäuschtsein über den Vater und erfahrener Mangel von Bernstein zu einer universalen Bedingung der Tochter-Vater-Beziehung bzw. der Familiendynamik theoretisch verabsolutiert? Während im Ödipusmythos ein allgemeines (männliches) Schicksal zum Ausdruck kommt, scheint Elektra doch eher eine partikulare Tochterposition zu verkörpern. Oder führen die patriarchalen Bedingungen letztlich doch zu einem Sozialisationsschicksal von Töchtern, wo trotz vordergründiger liebevoller Bevaterung und (gelegentlicher) väterlicher Präsenz ein eklatanter väterlicher Mangel für die Töchter spürbar wird? Wo die Töchter mit ihren symbiotischen und erotischen Bindungen an ihre Mütter alleingelassen werden? Wo die Rettung immer wieder von außen mit sehnsuchtsvollem Bangen erwartet wird, weil die autonomen Fähigkeiten mangels Identifikationen und Begegnungen mit dem Vater nur unzureichend ausgebildet werden konnten? Oder wenn aufgrund von Enttäuschungen Männer global entwertet werden müssen und das Heil dann nur noch in Frauenbeziehungen gesucht wird, wie manche feministische Positionen dies nahelegen? Wie diese Frage auch immer entschieden werden wird, fest steht auf jeden Fall, daß die ödipalen Konflikte und Probleme mit denen des Jungen nicht vergleichbar sind, dies freilich aus weitgehend anderen Gründen, als sie Freud vor über einem halben Jahrhundert postuliert hatte.

5.2.5 Der vollständige Ödipuskomplex

Der vollständige Ödipuskomplex besteht nach Freud aus der positiven Konstellation, wenn die Wünsche und Affekte auf das andere Geschlecht gerichtet sind, und aus der negativen Konstellation, wenn sich die Wünsche und Affekte auf das gleiche Geschlecht richten.

»Man gewinnt nämlich den Eindruck, daß der einfache Ödipuskomplex überhaupt nicht das häufigste ist, sondern einer Vereinfachung oder Schematisierung entspricht, die allerdings oft genug praktisch gerechtfertigt bleibt. Eine eingehendere Untersuchung deckt zumeist den *vollständigeren* Ödipuskomplex auf, der ein zweifacher ist, ein positiver und ein negativer, abhängig von der ursprünglichen Bisexualität des Kindes, d. h., der Knabe hat nicht nur eine ambivalente Einstellung zum Vater und eine zärtliche Objektwahl für die Mutter, sondern er benimmt sich auch gleichzeitig wie ein Mädchen, er zeigt die zärtlich feminine Einstellung zum Vater und die ihr entsprechende eifersüchtig-feindselige gegen die Mutter. Dieses Eingreifen der Bisexualität macht es so schwer, die Verhältnisse der primitiven Objektwahlen und Identifizierungen zu durchschauen, und noch schwieriger, sie faßlich zu beschreiben. Es könnte auch sein, daß die im Elternverhältnis konstatierte Ambivalenz durchaus auf die Bisexualität zu beziehen wäre« (Freud, 1923b, S. 261).

Freuds Charakterisierung des sog. vollständigen Ödipuskomplexes bot vielfältige Möglichkeiten, verschiedene neurotische Phänomene, wie z. B. Unterwürfigkeit, Passivität, ständiges Konkurrierenmüssen von Männern, zu verstehen; bei übertriebener Passivität z. B. wird der positive Ödipuskomplex mit dem negativen Ödipuskomplex abgewehrt; bei ständigem mit Männern Konkurrierenmüssen wird der negative Ödipus (mit vertrauensvollen, homoerotischen, anlehnenden Tendenzen) mit dem forcierten positiven Ödipus abgewehrt (vgl. Kuiper, 1962, 1968; Mitscherlich-Nielsen, 1962).

Die bei Psychoanalytikern selbstverständliche Redeweise vom positiven und negativen Ödipuskomplex und das damit einhergehende Verständnis hat jedoch nicht immer mit der Theorieentwicklung Schritt gehalten: Die Liebe des Sohnes zu seinem Vater gerät in Gefahr, als etwas Unmännliches, lediglich der Regression Dienendes betrachtet zu werden (zur negativen ödipalen Einstellung beim Mädchen siehe Kap. 5.2.5).

So kann man z. B. bei Kuiper (1968, S. 167) lesen: »Wenn der positive Ödipuskomplex dadurch nicht gut bewältigt werden kann, daß die Schuldgefühle und die Kastrationsangst zu groß sind, sehen wir häufig, daß der kleine Junge seine aktiv erobernde Haltung aufgibt, nicht mehr mit seinem Vater konkurriert, sondern sich ihm unterwirft und viel zu ängstlich ist, sich seiner Mutter aktiv werbend als ein kleiner Ritter zuzuwenden. Meist kehrt er der Heterosexualität nicht ganz den Rücken, aber sie bekommt bei ihm einen passiven Charakter, und er wird Phantasien entwickeln, in denen er zum Beispiel gehegt und gestreichelt wird. Neben der passiven Heterosexualität entwickelt sich auch eine starke passiv-homosexuelle Gefühlsströmung. Das alles führt dazu, daß im sexuellen Erleben dann ›die Triebe mit passiven Zielen‹ die Überhand bekommen und daß Konkurrenzsituationen durch Unterwerfung gemeistert werden. Diese Unterwerfung wird sexualisiert und dadurch masochistisch. Es ist diese passiv-feminine-masochistische Haltung, die den Kern vieler neurotischer Störungen beim Mann bildet, der an seine ödipale Problematik und an den Kastrationskomplex fixiert geblieben ist.«

Diese vor gut 25 Jahren geschriebenen Zeilen aus einer viel beachteten Einführung in die psychoanalytische Neurosenlehre hat den negativen Ödipuskomplex jedoch tendenziell eher pathologisiert, wenn er eine ungenügend männliche Haltung, eine feminine Einstellung, homosexuelle Züge und Bedürfnisse mit passivem Triebziel als Aspekte des negativen Ödipuskomplexes hervorhebt.

Obgleich bei Freuds Wortwahl »positiv« und »negativ« ursprünglich keine Wertung beabsichtigt zu sein schien, haben nach Blos (1990, S. 17), der diese gebräuchlichen Termini in Frage stellt, die Worte »positiv« und »negativ« doch wertende Nebenbedeutungen.

»Wenn das Kind das andere Geschlecht bevorzugt – der Knabe die Mutter, das Mädchen den Vater –, wird damit die Richtung der Libidoentwicklung vorweggenommen, die im späteren Leben (Adoleszenz, Erwachsensein) zu einer heterosexuellen Identität führt. In jenen Tagen, als der psychoanalytische Terminus ›positiver Ödipuskomplex‹ geprägt wurde, trug die lexikalische Bedeutung des Wortes durch folgende Assoziation zu seiner Wahl bei: Was normal ist, ist positiv, und Heterosexualität ist normal; dieselbe Beweisführung gilt für den Terminus ›negativ‹« . . .

Der abwertende Beigeschmack der entsprechenden Termini tritt noch krasser hervor, wenn wir uns vergegenwärtigen, daß sie oft benutzt wurden – und gelegentlich noch werden –, als seien sie gleichbedeutend mit »aktiv« und »passiv« oder mit »männlich« und »weiblich«.

Die Beibehaltung dieser Terminologie bringt nach Blos (1990) die Gefahr mit sich, die dyadische Bindung und die idealisierende Beziehung des kleinen Jungen zu seinem Vater in ihrer Bedeutung für die Bindungs- und Liebesfähigkeit des Jungen und späteren Mannes zu übersehen und die Liebe zum Vater (und später die liebevolle und herzliche Solidarität unter Männern) als regressives Ausweichen vor der allein als männlich betrachteten Konkurrenz- und Rivalitätshaltung einzuschätzen. Um diese möglichen Gefahren zu vermeiden, hat Blos (1990, S. 19) folgende Terminologie vorgeschlagen:

»1. dyadischer gegengeschlechtlicher Komplex (statt positiver präödipaler Komplex),
2. dyadischer gleichgeschlechtlicher Komplex (statt präödipaler negativer Komplex),
3. triadischer gegengeschlechtlicher Komplex (statt positiver Ödipuskomplex)
4. triadischer gleichgeschlechtlicher Komplex (statt negativer Ödipuskomplex).«

Die Konstellation des vollständigen Ödipuskomplexes mit dem gegen- und gleichgeschlechtlichen Komplex läßt somit nicht vergessen, daß der Sohn nicht nur auf den Vater eifersüchtig ist, sondern auch auf die Mutter (und die Tochter nicht nur auf die Mutter, sondern auch auf den Vater). Nach Boehm (1930) verspüren Knaben in der negativen Ödipuseinstellung nicht nur feindselige Impulse gegenüber der Mutter, weil sie den Vater für sich allein haben wollen, sondern weil ihnen auch bewußt wird, welche Wichtigkeit Mütter, aber auch Schwestern und ganz allgemein die Frauen für seinen Vater haben. Neid auf die Bevorzugung von Frauen und auf deren körperliche und sexuelle Attraktivität für Männer und Rachegelüste sind die Folge.

Rangell (1973, S. 199) wies darauf hin, daß der Ödipuskomplex aus verschiedenen Kombinationen von Komponenten bestehe, die eine geometrische Zahl klinischer Möglichkeiten ergeben. Wenn man zum positiven und negativen Ödipuskomplex noch »die reziproken Affekte der Eltern gegenüber dem Kind hinzuzählt, und zwar gegenüber der Tochter wie dem Sohn, so beginnt man, das menschliche Konfliktpotential in seiner ganzen Fülle zu erfassen. Heterosexuelle und homosexuelle Liebe, homoaggressive und heteroaggressive Impulse vom Kind gegen beide Eltern und von jedem Elternteil gegen jedes Kind durchziehen wie ein Gewebe oder Netz alle Familienbeziehungen.«

Aus einer zeitgenössischen, interaktionellen Sichtweise muß deshalb die Dialektik elterlicher und kindlicher Phantasien und Impulse berücksichtigt und der Ödipuskomplex als Ergebnis der unbewußten Interaktionsthemen betrachtet werden, die zwischen Eltern und Kind nicht zur Sprache kommen dürfen. Dabei hat sich der Fokus der im engeren Sinn sexuellen Wünsche mehr auf die Seite der Eltern verlagert; zwar begehrt das Kind seine Eltern im psychosexuellen Sinn, aber die Sexualisierung dieser Beziehung geht von den Eltern aus, so daß genaugenommen psychosexuelle (und sexualisierte), aggressive und narzißtische Wünsche und Phantasien zwischen Eltern und Kind unterdrückt, abgewehrt und ausgehandelt werden müssen.

Familiendynamisch betrachtet ist deshalb ein Kind von klein auf mit den ödipalen Phantasien seiner Eltern konfrontiert und muß darauf reagieren; entwicklungspsychologisch dauert es allerdings einige Jahre, bis es eigene ödipale Impulse erleben kann; die wichtigsten Entwicklungslinien sind hierbei die sich entfaltende Psychosexualität und die Entwicklung der Objektbeziehungen.

Blos (1990) hat mit seinem Plädoyer für eine Änderung der psychoanalytischen Terminologie die Situation des Jungen im Auge gehabt; wie sieht es mit der des Mädchens aus? Wird möglicherweise durch die Bezeichnung »negativer Ödipuskomplex« die erotisch sinnliche Beziehung zur Mutter nur als ein regressives Ausweichen von den einzig und allein angemessenen heterosexuellen Impulsen im positiven Ödipuskomplex nahegelegt? Wäre es deswegen vielleicht angemessener, auch für das Mädchen von den neuen, von Blos (1990) vorgeschlagenen Bezeichnungen auszugehen?

5.2.6 Existenz eines negativen Ödipuskomplexes beim Mädchen?

Gibt es beim Mädchen einen negativen bzw. triadisch gleichgeschlechtlichen Ödipuskomplex und geht dieser zeitlich dem positiven Ödipuskomplex voraus? Werfen wir dazu noch einmal einen kurzen Blick in Freuds Aufsatz aus dem Jahr 1931 *Über die weibliche Sexualität*.

Die eindrucksvolle Psychodynamik der präödipalen Zeit veranlaßt Freud im fortgeschrittenen Alter zu der Frage, ob der Ödipuskomplex wirklich der Kern aller neurotischen Erscheinungen sei. Aber diese Auffassung läßt sich seiner Meinung nach doch beibehalten, wenn man sich zu der Auffassung entschließt, »das Weib gelange zur normalen positiven Ödipussituation erst, nachdem es eine vom negativen Komplex beherrschte Vorzeit überwunden (hat). Wirklich ist während dieser Phase der Vater für das Mädchen nicht viel anderes als ein lästiger Rivale, wenngleich die Feindseligkeit gegen ihn nie die für den Knaben charakteristische Höhe erreicht. Alle Erwartungen eines glatten Parallelismus zwischen männlicher und weiblicher Sexualentwicklung haben wir ja längst aufgegeben.« (1931b, S. 518/19)

An anderer Stelle dieses Aufsatzes macht Freud deutlich, daß die zärtlich-sinnlichen Strebungen der negativen ödipalen Phase des Mädchens gegenüber seiner Mutter noch bis in das vierte, fünfte Lebensjahr hinein andauern können und nicht mit prägenitalen Triebimpulsen zu verwechseln seien. Die erotischen Impulse seiner Mutter gegenüber beginnen für das Mädchen, wenn es passiv erfahrene Erlebnisse des Gestreichelt- und Beschmustwerdens um eine aktive Handlung zu ergänzen versucht.

»Die so überraschende sexuelle Aktivität des Mädchens gegen die Mutter äußert sich der Zeitfolge nach in oralen, sadistischen und endlich selbst phallischen, auf die Mutter gerichteten Strebungen. Die Einzelheiten sind hier schwer zu berichten, denn es handelt sich häufig um dunkle Triebregungen, die das Kind nicht psychisch erfassen konnte zur Zeit, da sie vorfielen, die darum erst eine nachträgliche Interpretation erfahren haben. . . Mitunter begegnen sie uns als Übertragungen auf das spätere Vaterobjekt, wo sie nicht hingehören und das Verständnis empfindlich stören.« (1931b, S. 531) Freud führt des weiteren aus, daß die aktiven phallischen Wunschregungen des Mädchens vor allem auch durch die Geburt eines Geschwisters neuen Auftrieb erhalten können: »Das kleine Mädchen will der Mutter dies neue Kind gemacht haben, ganz so wie der Knabe, und auch seine Reaktion auf dies Ereignis und sein Benehmen gegen das Kind ist dasselbe« (1931b, S. 533).

Es gibt nicht viele Äußerungen und Bezugnahmen von Freud über die negativ ödipale Phase beim Mädchen, aber viele Jahre wurde stillschweigend davon ausgegangen, daß der positiven Form des Ödipuskomplexes beim Mädchen der sogenannte negative Ödipuskomplex vorausgeht, in der das Mädchen seiner Mutter gegenüber eine aktive Liebeshaltung einnimmt und dabei den Vater durchaus schon als (ödipal triangulären) Rivalen erlebt. Diese Liebesbeziehung zur Mutter werde erst durch die narzißtische Enttäuschung und Wut beendet, die das Mädchen erfährt, wenn es die Penislosigkeit seiner Mutter voll wahrzunehmen wagt. Erst dann komme es zu dem einschneidenden Objektwechsel, zur libidinösen Hinwendung zum Vater (siehe Kap. 5.2.6).

Lampl-de Groot (1927) sah die negativ ödipale Phase nicht so eindeutig zeitlich abgehoben (und damit der positiven Phase vorausgehend) wie Freud, sondern betrachtete sie als Teil des gesamten Ödipuskomplexes. Brunswick (1940) datierte diese Phase hingegen wiederum früher und schlug die Bezeichnung »aktiver Ödipuskomplex« vor. Beide Autorinnen gingen allerdings stillschweigend davon aus, daß in dieser Phase auch schon ödipal trianguläre Objektbeziehungserfahrungen gemacht werden können (und berücksichtigten damit noch nicht die spätere Unterscheidung zwischen dem dyadischen und triadischen Stadium der Objektbeziehungen [vgl. Blos, 1990]). Fenichel (1945) hingegen bezweifelte, ob sich eine negativ ödipale Phase regelmäßig bei jedem Mädchen feststellen läßt (wobei dieser Überlegung sicherlich zugestimmt werden kann, wenn man davon ausgeht, daß keineswegs alle Mütter die töchterlichen Liebesbezeugungen annehmen können, so daß diese dann auch bald davon ablassen). Edgcumbe et al. (1976) haben aufgrund einer empirischen Untersuchung von acht Kindern in Kinderanalyse an der Hampstead Child-Therapy Clinic in London angezweifelt, ob es weiterhin sinnvoll ist, von der Existenz einer derartigen Phase auszugehen, weil sich zumindest in ihrem Klientel keine eindeutigen Anzeichen dafür ergeben hatten. Auch Glover und

Mendell (1982) kommen aufgrund ihrer Rekonstruktionen zu dem Schluß, daß in der von ihnen beschriebenen präödipal genitalen Phase die von Freud angenommenen Phänomene einer deutlichen Rivalität des Mädchens mit dem Vater um die sexuell getönte Liebe zur Mutter nicht auffindbar seien. Zwar kann man davon ausgehen, daß Mädchen vor allem in der vierten Subphase mit anderen Personen rivalisieren, um die Aufmerksamkeit und Bewunderung ihrer Mütter zu erhalten, aber diese Beobachtung rechtfertigt deshalb nicht die Annahme einer deutlich ausgeprägten negativen ödipalen Phase. Vor allem in der von den Autoren beschriebenen vierten Subphase ist das sexuelle Interesse für die Eltern noch nicht mit Rivalität und Feindseligkeit verbunden; vielmehr wird der jeweilig andere Elternteil dringend benötigt, um das Kind in seinen genital narzißtischen Bedürfnissen zu unterstützen. Zur Konsolidierung des Gefühls für die eigene Weiblichkeit braucht das Mädchen vor allem die bewundernde Anerkennung seiner Eltern.

Roth (1988) kommt allerdings zu einer anderen Auffassung. Wenn sich das Mädchen mit seiner Mutter identifiziert, gibt es auch die passive Kleinkindrolle auf und nimmt eine aktive Haltung gegenüber seiner Mutter ein. In diesem Zusammenhang treten Wünsche auf, die Mutter auch sinnlich sexuell glücklich und zufrieden zu machen, sie zu stimulieren, zu füttern und ein Kind mit ihr zu haben. Im Unterschied zu den präödipalen Wünschen mit passivem Ziel, nämlich gestreichelt, gehalten, versorgt, bewundert zu werden, ist nunmehr die Aktivität, für die Mutter etwas zu tun, mit dem letztendlichen Ziel, diese genital zu erregen, ein hervorstechender Zug. Dieses Bestreben stellt auch kein oral symbiotisches Verlangen dar, mit der Mutter glückselig zu verschmelzen, obwohl natürlich solche frühen Wünsche in diese homoerotische Haltung miteinfließen können, sondern eine wichtige und eigenständige Etappe auf dem Weg zu einer integrierten Liebesfähigkeit. Wenn diese Wünsche von der Mutter abgewehrt und damit für das Mädchen konflikthaft werden, fehlt die für das positiv ödipale Erleben notwendige Sicherheit, sich der Mutter als Rivalin ebenbürtig fühlen zu können. Allzu häufig wird auch vor allem von männlichen Psychoanalytikern dieser Entwicklungsabschnitt übersehen oder fehlgedeutet, z. B. als Wunsch nach präödipaler Symbiose mit der Mutter oder als regressive Flucht vor der positiven ödipalen Übertragung. Für Roth (1988) gibt es starke Evidenzen dafür, daß die negativ ödipale Phase durch Aktivität und stärker werdende Genitalität gekennzeichnet ist; sie ist objektbeziehungstheoretisch als triangulär bei bereits gut entwickelter Selbst-Objekt-Differenzierung aufzufassen und folgt deshalb zeitlich auf die präödipal genitale Phase i. S. v. Glover und Mendell (1982) (vgl. Band 1, Kap. 4.3.3). Im aktiven Begehren erlebt sich das Mädchen gleichwertig mit der Mutter, was sein Selbstvertrauen als kleine Frau stärkt und es für das ödipale Erleben rüstet. In der analytischen Therapie führt die erfolgreiche Durcharbeitung dieser Phase zu einer Vertiefung und Intensivierung der positiv ödipalen Übertragungsgefühle.

Auch Lester (1990) neigt zu der Auffassung, daß die negativ ödipale Phase ein gewisses Maß an Selbst-Objekt-Differenzierung impliziert und sich innerhalb eines beginnenden ödipal triangulären Kontextes ereignet, in dem der Vater vorübergehend zum Rivalen des Mädchens wird. Für Bell (1991) gehört die von sexueller Neugierde bestimmte Hinwendung zur Mutter zu einem wichtigen Entwicklungsschritt, der eine wesentliche Voraussetzung für das

Erleben der ödipalen Konstellation ist. Und die Beschäftigung mit dem erotischen Mutterkörper löst auch ein Verlangen aus, daß die Mutter ihr Mädchen anziehend und begehrenswert finden möge. Die erotische Besetzung des Mädchenkörpers ist deshalb nicht nur Aufgabe des Vaters.

Eine Neukonzeptualisierung der »negativ ödipalen Phase« beim Mädchen hat deutlich gemacht, daß diese nicht mit der phallisch-narzißtischen Phase i. S. v. Edgcumbe und Burgner (1975) gleichzusetzen ist, sondern weitere Entwicklungsschritte, vor allem auch eine Zunahme an Selbst-Objekt-Differenzierung, erforderlich macht. Nach Kaplan (1991, S. 110 f.) ist auch das *Machtgefühl,* das sich aus der Phantasie der anatomischen Bisexualität ergibt (sofern der Differenzierungsprozeß im Sinne von Fast (1991) noch nicht ganz abgeschlossen ist), Teil des negativ ödipalen Begehrens:

»Das kleine Mädchen fühlt sich in dieser Phase seines Lebens allmächtig und will von seinen Grenzen nichts wissen. Mit diesem ganz und gar phantasierten phallischen Machtgefühl stellt es sich manchmal vor, mit dem Vater um die Gefühle der Mutter zu konkurrieren. Wie ich . . . bereits hervorgehoben habe, finden sich Mädchen und Jungen, auch wenn sie schon ›wissen‹, daß sie entweder weiblich oder männlich sind, noch nicht ganz mit dem Gedanken ab, daß sie nur ein Geschlecht haben können. In seinen ersten Phantasien über die Vorgänge im elterlichen Schlafzimmer wünscht ein Junge sich manchmal, vom Vater in der gleichen Weise geliebt zu werden wie die Mutter. Ein Mädchen wünscht sich manchmal, daß es die Mutter so lieben könnte, wie der Vater es tut. Und diese Wünsche sind verständlich, wenn wir berücksichtigen, wie sehr Kinder beide Eltern lieben und bewundern und wie stark sich sowohl Mädchen als auch Jungen in den ersten Monaten und Jahren ihres Lebens mit der eigenen Mutter identifizieren.

Das kleine Mädchen von drei oder vier Jahren identifiziert sich in der Urszene ohne Schwierigkeiten mit beiden Elternteilen. Während es sich vorher nur Fäzesbabys vorstellen konnte, befaßt es sich jetzt in Gedanken mit der Möglichkeit, daß das, was die Eltern miteinander tun, mit dem Kindermachen zusammenhängen könnte, und gelegentlich hat es vielleicht die flüchtige Phantasie, daß es ebenso die Fähigkeit hat, ein Baby in die Mutter zu legen, wie der Vater. Dieser phallische (Kestenberg würde ihn als außergenital bezeichnen) Wettbewerb, bei dem das kleine Mädchen zur Niederlage verurteilt ist, hat einen deutlich erotischen Beigeschmack.«

Vielleicht ist das Erkennenkönnen, daß das kleine Mädchen den Vater bei seiner Mutter nicht ersetzen kann, durchaus auch ein Entwicklungsschritt – im Sinne des Aufgebenkönnens von (vorübergehenden) Größenphantasien (»ich kann meine Mutter genauso befriedigen, wie mein Vater dies kann«). Bei dieser Betrachtung ist allerdings von der durchschnittlich normalen Entwicklung auszugehen, denn im pathologischen Bereich muß z. B. die gestörte Beziehung zwischen Mutter und Vater, eine homosexuelle Verführung von seiten der Mutter, um ihre Tochter z. B. an sich zu binden oder sie als Gattensubstitut zu mißbrauchen, berücksichtigt werden.

In einer Selbsterfahrungsgruppe, die aus mehreren Frauen und einem einzigem Mann bestand, wurde der männliche Teilnehmer von mehreren Frauen als kompetent eingeschätzt, weshalb seine Meinung auch hin und wieder eingeholt wurde. Eine Frau wehrte sich jedoch gegen diese – wie sie es nannte – Hörigkeit ihrer Geschlechtsgenossinnen und anhimmelnde Bewunderung dieses Mannes. Die Frauen könnten schließlich selbst ihren Verstand gebrauchen und bräuchten sich nicht andauernd an den Mann zu wenden. Dabei übersah sie, daß die Frauen durchaus auch untereinander einen Dialog führten und sich nur gelegentlich an den männlichen Teilnehmer wandten. Es war nicht schwer zu erkennen, daß sich hinter ihrem Ressentiment ein kindliches Neidgefühl auf den Vater verbarg, der es aus der Sicht des kleinen Mädchens vermag, die Mutter genital zufrieden zu stellen, während die Tochter erkennen muß, daß sie aus dieser lustvollen Beziehung ausgeschlossen bleibt.

Mit Hilfe dieses Beispiels kann auch deutlich werden, daß der Rückgriff auf die negativ ödipalen Phantasien wahrscheinlich zum ubiquitären Erleben des gesamten Ödipuskomplexes gehört und keine deutlich abgrenzbare Phase darstellt.

Neben dem Gefühl des Ausgeschlossenseins von etwas Lustvollem, was Mutter und Vater miteinander erleben, spielt vor allem auch der Neid auf den väterlichen Penis, der in den Augen des Mädchens offensichtlich wohl der Grund dafür ist, was den Vater für die Mutter so anziehend macht, eine wichtige Rolle.

Eine Analysandin, die sich bitter über die männlichen Privilegien beklagte und während eines bestimmten Therapieabschnitts an ihrem Analytiker und an den Männern kein gutes Haar ließ (»ich brauche diese Schwanzträger nicht, um glücklich zu sein, die meisten Mann-Frau-Beziehungen sind entweder total verlogen, oder der Mann ist der Unterdrücker, und deswegen fühle ich mich mit Frauen auch viel wohler«), konnte einige Zeit später erzählen, wie sie als Pubertierende zusammen mit einer Freundin Streifzüge durch Warenhäuser gemacht hatte, um dort zu klauen. Es ließ sich rekonstruieren, daß die geklauten Gegenstände unbewußt den Penis des Vaters symbolisierten, der ihrer kindlichen Auffassung nach die Entzweiung der sinnlichen Liebe zwischen ihr und der Mutter ausgelöst hatte. »Ich habe alles, was Vati auch hat und womit er dich glücklich macht, und wenn ich dir den Penis von Vati wegnehme, wirst du dich wieder mir zuwenden. Ich hasse dich dafür, daß du unsere Liebe verraten hast, nur wegen dieses blöden Schwanzes.«

Dieser Exkurs zeigt auf, daß die Psychodynamik der negativ ödipalen Phantasien und Strebungen verschiedene Komponenten umfaßt, so daß die sogenannte negativ ödipale Phase neben den entwicklungsadäquaten Komponenten sowohl regressive als auch progressive Züge aufweisen kann. Regressiv, weil das Mädchen an der ausschließlichen Liebesbeziehung zur Mutter festhält (z. B. wegen phallischer Größenphantasien, aber auch zur Abwehr der Wut und Enttäuschung über die Mutter und den ödipalen Ausschluß aus der Urszene), progressiv, weil die Erfahrung des Liebenkönnens sein Selbstvertrauen als begehren könnende und in seinem Begehren akzeptierte kleine Frau stärkt. Die bei Mädchen und Frauen wegen mütterlicher Lustverbote so weit verbreitete Hemmung, ihren eigenen Körper lustvoll zu berühren, würde durch diese Bestätigung der Sinnlichkeit abgeschwächt oder gar aufgehoben werden (vgl. Bell, 1991; Flaake, 1992). Auch beim Mädchen scheint es deshalb sinnvoll zu sein, mit Blos (1990) von einem dyadisch und triadisch gleichgeschlechtlichen Erleben auszugehen und dem letzteren neben dem triadisch gegengeschlechtlichen Erleben (positiver Ödipuskomplex) einen wichtigen Stellenwert einzuräumen. Und es ist auch der Vermutung von Heigl-Evers und Weidenhammer (1988, S. 138) zuzustimmen, daß gleichgeschlechtliche ödipal triangulierte Beziehungen unter Frauen in verschiedenen Formen das ganze Leben hindurch existieren.

Sicherlich muß auch die Redewendung, daß sich das Mädchen im gleichgeschlechtlichen Erleben ausschließlich phallisch mit seinem Vater identifiziert, wenn es sich der Mutter als Liebhaberin zuwendet, differenzierter betrachtet werden. Denn, wenn in der modernen Psychoanalyse nachgewiesen werden kann, daß das Mädchen von Beginn an eine eigenständige weibliche Identitätsentwicklung durchläuft – die schon in den ersten Lebensjahren zumeist gefestigter ist als die des Jungen (vgl. Band 1) –, dann taucht natürlich auch die Frage auf, ob die erotische Zuwendung des Mädchens zu seiner Mutter immer den Umweg über die phallische Identifizierung mit dem Vater nehmen muß. Ist es nicht angemessener, davon auszugehen, daß sich das Mädchen in seinem erotischen Begehren primär mit der mütterlichen Potenz und mit der Erfahrung des Geliebt- und Begehrtwerdens von Seiten der Mutter identifiziert (vgl. Poluda-Korte, 1992)? Oder verfällt man hierbei in das andere Extrem, aufgrund der Kritik an der phallozentrischen Perspektive der klassischen Psychoanalyse die phallische Identifizierung gänzlich zu vernachlässigen? Für die Beantwortung dieser Frage wird es keine normative entwicklungspsychologische Antwort geben können, und für die klinische Rekonstruktionsarbeit wird es deshalb sinnvoll sein, beide Möglichkeiten in Abhängigkeit von den konkreten Sozialisationserfahrungen der jeweiligen Analysandin ins Auge zu fassen. Wenn man z. B. berücksichtigt, daß das erotische Begehren in der gleichgeschlechtlichen Konstellation in unterschiedlichem Umfang auch Wünsche nach einer Symbiose und Verschmelzung mit der Mutter wieder aktualisieren und damit auch die bereits erreichte Individuation und Loslösung gefährden kann, ermöglicht eine »Anleihe« bei der phallischen Identifizierung mit dem Vater eine gefahrlosere Annäherung an die erotische Mutter (vgl. Lax, 1992).

In einer mit Hilfe von Tiefeninterviews durchgeführten Befragung von 16 lesbischen und 16 heterosexuellen Frauen stellt Gissrau (1993) die Hypothese auf, daß lesbische Frauen in ihren ersten Lebensjahren mit ihren Müttern ein viel stärker lustvoll und erotisch stimulierendes Interaktionsmuster erlebt haben als die interviewten heterosexuellen Frauen, die eher Erfahrungen gemacht zu haben schienen, die denen glichen, die Olivier in starker Verallgemeinerung für die Mutter-Tochter-Interaktion beschrieben hat (vgl. Band 1, Kap. 2.3.4). Das angstfreie Erleben dieser gleichgeschlechtlichen erotischen Interaktionen wird in späteren Jahren weiter gefestigt, wenn die Mütter sich zu ihren homoerotischen Wünschen bekennen können und ihre Töchter nicht rigide zurückweisen. In den Rekonstruktionen der lesbischen Frauen erschienen die Mütter in ihrer weiblichen Geschlechtsrollen-Identität weniger an gesellschaftliche Normvorstellungen angepaßt und festgelegt, so daß die Töchter zunächst ein »brüchigeres« Weiblichkeitsbild via Identifikation erwarben, was sich aber im Erwachsenenalter als größere Rollenflexibilität hinsichtlich einer reflektierten Geschlechtsidentität erwies. In der Adoleszenz kam es allerdings bei den prälesbischen Jugendlichen zunächst zu einer schmerzhaften Identitätsdiffusion, während die heterosexuellen Frauen diese Zeit als Erfüllung ihrer sehnsuchtsvoll erwarteten ödipalen Anerkennungswünsche von einem männlichen Freund erfuhren.

5.2.7 Zum »Objektwechsel« des kleinen Mädchens

Wodurch kommt es, daß sich das kleine Mädchen, das doch die ersten Lebensjahre eine intensive Liebesbeziehung zu seiner Mutter unterhalten hat, eines Tages stärker seinem Vater zuwendet und nun Phantasien von ausschließlicher Gemeinsamkeit und erotischer Intensität entwickelt? Diese Frage hat Psychoanalytiker nahezu ein ganzes Jahrhundert beschäftigt. Für den gesunden Menschenverstand scheint die Antwort einfach zu sein: Was ist naheliegender, als hierfür eine angeborene heterosexuelle Ausrichtung anzunehmen, die sich eben beim drei-, vier-, fünfjährigen Kind allmählich zu manifestieren beginnt? Sollten wir nicht einfach – statt komplizierte psychoanalytische Bauchaufschwünge zu vollziehen – zum common sense zurückkehren?

Freud wollte es sich aber offenbar nicht so einfach machen, indem er auf eine naheliegende, biologische Argumentation zurückgriff, sondern vielmehr war es ihm ein Anliegen, diesen Wechsel des Liebesobjektes psychologisch und psychoanalytisch abzuleiten und zu verstehen.

»...wie kommt das Mädchen von der Mutter zur Bindung an den Vater...? Nun wäre es eine Lösung von idealer Einfachheit, wenn wir annehmen dürften, von einem bestimmten Alter an mache sich der elementare Einfluß der gegengeschlechtlichen Anziehung geltend und dränge das kleine Weib zum Mann, während dasselbe Gesetz dem Knaben das Beharren bei der Mutter gestatte. Ja man könnte hinzunehmen, daß die Kinder dabei den Winken folgen, die ihnen die geschlechtliche Bevorzugung der Eltern gibt. Aber so gut sollen wir es nicht haben, wir wissen kaum, ob wir an jene geheimnisvolle, analytisch nicht weiter zersetzbare Macht, von der die Dichter soviel schwärmen, im Ernst glauben dürfen« (Freud 1933a, S. 127).

Wie aber sieht diese psychoanalytische Ableitung bei Freud aus? Summa summarum handelt es sich um eine Anzahl von narzißtischen Kränkungen aus der Phase der präödipalen Mutterbindung, die eines Tages nicht länger ertragen werden können und schließlich den Ausschlag dafür geben, sich dem Vater zuzuwenden.

Entsprechend den Wünschen aus den einzelnen psychosexuellen Entwicklungsphasen ist es zunächst der Ärger, hinsichtlich der oralen unersättlichen Begierden nicht genügend befriedigt worden zu sein, d. h. zu wenig und nicht genügend lange Milch bekommen zu haben, die Liebe der Mutter vielleicht mit einem verhaßten Neuankömmling, einem jüngeren Geschwister, teilen zu müssen, in der phallischen Phase die lustvolle Betätigung am Genitale verboten bekommen zu haben, und schließlich gipfeln die Vorwürfe in der wütenden Anklage, von der Mutter den beneideten Penis des Jungen vorenthalten oder wieder weggenommen bekommen zu haben.

»Eine Überraschung war es aber, aus den Analysen zu erfahren, daß das Mädchen die Mutter für seinen Penismangel verantwortlich macht und ihr diese Benachteiligung nicht verzeiht. Sie hören, wir schreiben auch dem Weib einen Kastrationskomplex zu« (1933a, S. 133).

Auch der Junge erleidet die Abstillung, möglicherweise auch die Geburt eines Geschwisters, aber das Onanieverbot ist – wie ausgeführt – weniger streng und umfassend. Vor allem hat er aber die Möglichkeit, sich mit dem Phallus seines Vaters zu identifizieren und diese phallische Identifizierung dem kränkenden Gewahrwerden des anatomischen Geschlechtsunterschiedes und der gleichzeitigen Entdeckung des Kastriertseins seiner Mutter und damit aller Frauen ängstlich und siegesbewußt zugleich entgegenzusetzen.

Daß sich das Mädchen allein aus einer Kränkung heraus seinem Vater mit einem heterosexuellen Begehren zuwendet, kann heutzutage nicht mehr als Erklärung angesehen werden. Wie in Band 1 ausgeführt wurde, gibt es in den ersten Lebensjahren des Mädchens eine Vielzahl von Möglichkeiten, sich auf erotische und genitale Weise mit dem Vater und dessen Geschlecht vertraut zu machen, wobei dies noch nicht in einer triangulär rivalisierenden Weise mit der Mutter geschieht. Zudem entwickelt das kleine Mädchen in der geschlechtsbezogenen Identifizierung mit seiner Mutter das Fundament für seine weibliche Geschlechtsidentität, wozu natürlich auch die wahrgenommene (sinnliche) Beziehung der Mutter zu ihrem Mann, dem Vater der Tochter, gehört.

Eine nur aus einer Kränkung heraus erfolgende Liebesbereitschaft wäre zudem eine ziemlich dürftige Liebe und stünde auf schütterem Boden. In dem Bemühen, den Penisneid zum umfassenden und konstitutiven Moment der weiblichen Identitätsbildung zu machen, hat Freud die Vielzahl der sozialisatorischen Einflüsse in der Eltern-Kind-Beziehung zu gering veranschlagt oder gar gänzlich vernachlässigt. Es mag sein, daß er, von seinem spezifischen Klientel ausgehend, seine klinischen Schlußfolgerungen zu stark generalisiert hat. Denn betrachtet man bestimmte psychische Störungen, so läßt sich zweifelsohne ein Sozialisationsschicksal identifizieren, bei dem die Mutter-Tochter-Beziehung von klein auf von vielen Enttäuschungen und Kränkungen begleitet ist. Demzufolge verdichten sich auch im Penisneid so ziemlich alle Kränkungen, die das Mädchen seiner Mutter zuschreibt, und auf der Folie einer solchen Entwicklung ist es dann nicht weiter verwunderlich, daß sich das Mädchen enttäuscht von der Mutter ab- und seinem Vater zuwendet; hierbei kommt es häufig zu einer vorzeitigen und deshalb auch als frühreif bezeichneten Ödipalisierung (wenn z. B. schon im dritten und vierten Lebensjahr heftige rivalisierende Auseinandersetzungen mit der Mutter und deutlich kokett sexuelles Annäherungsverhalten an den Vater stattfinden).

Kliniker sehen in diesem Sozialisationsschicksal die möglichen Vorbedingungen für die Entstehung einer hysterischen Persönlichkeitsstruktur bei einer Borderline-Persönlichkeitsorganisation, d. h., sexuell flirtendes Verhalten wird instrumentell eingesetzt, um schwere Selbstwertzweifel und ichstrukturelle Lükken zu kompensieren; die tatsächliche Liebesfähigkeit und eine umfassende sexuelle Genußfähigkeit sind aber wegen der früh erworbenen Konflikte und Identitätsstörungen eher stark reduziert (siehe 5.3.6.2). Die Rekonstruktion der Familienkonstellation macht auch deutlich, in welcher Herausforderung sich Väter befinden, natürlich nicht nur im dritten oder vierten Lebensjahr, sondern auch in allen folgenden Lebensjahren ihrer Tochter; und es verwundert deshalb auch nicht, daß man in neueren Forschungen bei Borderline-Störungen einen hohen Prozentsatz von sexuellen Verführungen der Töchter gefunden hat (z. B. Emslie und Rosenfeld, 1983; Marcus, 1989).

Marcus (1989) hat eine klinisch empirische Bestätigung für ihre Hypothese erhalten, daß ein realisierter Inzest vor allem die schrittweise Verinnerlichung von mütterlichen und väterlichen pflegenden Funktionen unterbricht. Während das Kind zunächst wie selbstverständlich davon ausgeht, daß die Eltern Hilfs-Ich-Funktionen übernehmen und daß es darüber auch eine Kontrolle ausüben kann, muß es nach und nach lernen, diese Illusion aufzugeben und mit sich selbst fürsorglich umzugehen. Die Fähigkeit des Kindes, diese Kontrolle eines Tages als nicht mehr altersadäquat aufgeben zu können, hängt nun aber auch von der gleichzeitig stattfindenden Bereitschaft der Eltern ab, ihr kontrollierendes »Muttern« oder »Vatern« immer stärker zurückzunehmen, um den Trennungs- und Individuationsprozeß ihres Kindes zu fördern. Während herkömmliche Autoren postulieren, daß dies einzig und allein die Aufgabe der Mutter in den ersten drei Lebensjahren ist, geht die Autorin davon aus, daß hierbei auch der Vater eine wesentliche Rolle spielt und sich dieser Prozeß über die gesamte Adoleszenz erstreckt. Eine Inzesthandlung unterbricht aber auf dramatische Weise diesen Verinnerlichungsvorgang, weil sie entweder die Illusion der Kontrolle weiterhin aufrechterhält oder – sofern das Kind sich bereits zu lösen begann – den Loslösungs- und Individuationsvorgang rückgängig zu machen versucht. Das intrusive Verhalten dieser Väter führt somit auch zu einer Verletzung der Grenzen zwischen dem kindlichen Selbst und dem Erwachsenen, Folge davon kann sein, daß das Kind oder die Heranwachsende zum einen nicht gelernt hat, Grenzen – auch im Sinne von Begrenzungen – zu respektieren, weiterhin von einer illusionären Verbundenheit ausgeht und für sich selbst nicht genügend sorgen kann.

Aber diese klinischen Erscheinungsformen, die gleichwohl ziemlich häufig sind, geben nicht den durchschnittlichen Entwicklungsablauf repräsentativ wieder. Wenn die Mutter-Tochter-Beziehung in den ersten Lebensjahren befriedigend verlaufen ist, wenn schon in dieser Zeit eine liebevolle Hinwendung zum Vater bestanden hat, wenn die Eltern im Kind nicht einen Ersatzpartner gesucht haben (vgl. Bauriedl, 1988), nimmt der Objektwechsel nicht diese drastischen Formen in Gestalt einer übermäßigen Idealisierung des Väterlichen und einer verführerischen Hinwendung zu ihm an. Im ödipalisierten Vater muß dann nicht die ideale Mutter gesucht werden, sondern der Vater wird aufgrund der adäquat verlaufenden ödipalen Entwicklung in einer neuen Beziehungsqualität, als sexueller Mann der Mutter, erlebt.

Ist somit die These vom Objektwechsel des Mädchens in der ödipalen Phase überflüssig geworden? Ist die Hinwendung zum Vater, erst zum frühen triangulierenden Vater und dann zum ödipalen Vater, nicht ein immanenter Bestandteil der psychosexuellen Entwicklung des Mädchens aus heutiger Sicht?

Hat aber die These, daß das Mädchen sich enttäuscht von der Mutter abwendet, wirklich schon ausgedient? Trifft man in Analysen nicht häufig auf erwachsene Frauen, die sich erinnern, von ihrer Mutter als »vom Vater unterdrücktes Heimchen am Herd« enttäuscht gewesen zu sein und daraufhin ihre idealisierende Liebe dem Vater geschenkt haben? Erfordert dieser Vorgang nicht auch eine sozialpsychologische und soziologische Erklärung?

Feministischen Autorinnen ist die herkömmliche psychoanalytische Argumentation zu körperlich und biologisch orientiert und vernachlässigt ihrer Auffassung nach wichtige sozialpsychologische und gesellschaftliche Einflüsse. Die ödipale Entwicklungsphase ist (ebenso wie die der Adoleszenz oder des jungen Erwachsenenalters) ein Zeitraum, in dem die Stellung des eigenen Geschlechts und die Beziehung von Mann und Frau das Kind oder den Heranwachsenden intensiv beschäftigen. Mädchen werden in unserer Gesellschaft schrittweise mit Enttäuschung, Schockiertsein und Ärger auf ihre Mütter reagieren. Es ist ein Ärger, so Herman und Lewis (1986), der entsteht, wenn die Tochter auch aufgrund ihrer wachsenden kognitiven Fähigkeiten immer stärker realisieren muß, daß ihre Mutter ungerechterweise einen Menschen zweiter Klasse darstellt. Es ist so, als ob das ödipale Mädchen zu seiner Mutter sagen wollte: »Wenn du mich wirklich lieb hast und an meinem Selbstwertgefühl als heranwachsender kleiner Frau tatsächlich interessiert bist, dann mußt du gegen deinen eigenen gesellschaftlich vorbestimmten, minderwertigen Status als Frau kämpfen, wo immer du nur kannst. Warum tust du dies nicht, für mich und für dich?«

Die oftmals – nicht nur anhand der Berichte von Frauen in Therapie – beobachtbare Feindseligkeit zwischen Tochter und Mutter läßt sich in einem eher soziologischen Bezugsrahmen nach Herman und Lewis (1986) folgendermaßen erklären: Jungen wie Mädchen erblicken in ihrer Mutter in den ersten drei bis vier Lebensjahren eine mächtige, lebensspendende und mit allen Fähigkeiten ausgestattete Frau, die aber nach und nach immer mehr von ihrer überlegenen und omnipotenten Stellung in den Augen ihrer Kinder verliert. Kinder beiderlei Geschlechts werden sich mit zunehmendem Alter immer mehr der Tatsache der gesellschaftlichen Benachteiligung ihrer Mutter vis-à-vis dem

Vater bewußt. Während sich nun aber der Junge mit der zunehmenden Konsolidierung seiner Geschlechtsidentität mehr oder weniger verächtlich von seiner Mutter, als der ersten Identifikationsfigur, abwenden kann, in der Hoffnung, mit dem Größerwerden in den überlegeneren Status seines Vaters bzw. von Männern hineinzuwachsen, wird das Mädchen mit einer starken Belastung für sein Selbstwertgefühl konfrontiert:

»Es stellt in der Tat einen Schock für das kleine Mädchen dar, wenn es zum ersten Mal zu erkennen beginnt, was es heißt, ein weibliches Wesen in einer Welt zu sein, wo Macht und Privilegien das Vorrecht von Männern sind. Zur gleichen Zeit, wenn es sich anschickt, seinen eigenen minderwertigen Status zu erkennen, wird es auch dazu gezwungen, die bisherige Wertschätzung seiner Mutter kritisch zu betrachten. Diejenige Frau, die ihm als kleines Kind die ganze Welt bedeutete, wird nun als untergeordnet und schwach eingeschätzt« (Herman und Lewis 1986, S. 150).

Weitere Enttäuschungen kommen hinzu: Die Tochter muß erkennen, daß ihre eigene Mutter sich nicht nur den überlegenen Männern unterwirft, sondern diese auch noch liebt, daß sie den Bruder gegenüber der Tochter häufig bevorzugt und daß sie als ödipale Mutter ihre Tochter aus der Beziehung zum ödipalen Vater ausschließt.

Was liegt in dieser Konstellation oftmals näher, als sich dem Vater mit aller Kraft zuzuwenden, ihm, den das Mädchen als Verkörperung von Privilegien und Autonomie betrachtet und von dem es nun eine Befreiung von seinem »minderwertigen Schicksal« als heranwachsende Frau erwartet?

Auch die herkömmlich als naturwüchsig unterstellte Rivalität zwischen Tochter und Mutter unterziehen Herman und Lewis (1986) einer sozialwissenschaftlich reflektierten Argumentation. Wenn man z. B. mit Russel (1983) davon ausgeht, daß etwa fünf Prozent aller Mädchen von Vätern und Stiefvätern sexuell mißbraucht werden, und wenn man ferner aus Untersuchungen weiß, daß ein Drittel aller heranwachsenden weiblichen Jugendlichen unter 18 Jahren mit einem Mann aus dem Bekanntenkreis der Familie ihr erstes sexuelles Verhältnis hat, dann verwundert es nicht, daß Mütter – häufig auch aufgrund ihrer eigenen Erlebnisse – ihre Töchter zu schützen versuchen, indem sie z. B. die sexuelle Neugierde und flirtendkokettes Sichzeigenwollen bei ihren Töchtern sehr viel stärker einzuschränken versuchen als bei ihren Söhnen. Und wie man aus Analysen weiß, können sich mißbrauchte Töchter von ihren Müttern verraten und abgeschoben erleben, wenn diese sie nicht vor sexuell übergriffigen und mißbrauchenden Vätern oder anderen Männern genügend in Schutz genommen haben. Nicht selten wurden die Töchter ihren Vätern sogar »geopfert«, wenn Mütter dem sexuell aufdringlichen Ehemann entgehen oder mehr oder weniger unbewußt ihre eigenen traumatischen Erfahrungen an ihre Tochter weitergeben wollten.

Das, was in der psychoanalytischen Literatur oftmals vorschnell als ödipale Rivalität, Eifersucht und Unterdrückung zwischen Tochter und Mutter eingeschätzt wird, müßte nach dieser Auffassung also differenzierter betrachtet werden.

Wie anhand dieser kurzen Ausführung deutlich werden sollte, versucht eine feministisch sozialwissenschaftliche Argumentation, die Enttäuschung und den Ärger der Tochter und den daraus resultierenden Wunsch, ihre einstmals so starke und liebevolle Beziehung zu ihrer Mutter aufzulockern und sich dem Vater sehnsuchtsvoll zuzuwenden, vor allem mit der gesellschaftlich unterlegenen Position von Frauen und Müttern zu erklären. Kann diese Erklärung als vollständig betrachtet werden, oder muß sie nicht eher als Rückfall z. B. hinter die Position von Horney betrachtet werden, die auch schon gesellschaftliche

Faktoren stark betont hat, aber nicht in den Fehler verfallen ist, genuin psychoanalytische Beobachtungen und Schlußfolgerungen gänzlich aus der Theoriebildung zu eliminieren? So plausibel diese Argumentation der genannten Autoren auf den ersten Blick auch ist, dem inkriminierten Biologismus (z. B. einer naturwüchsigen Rivalität zwischen Mutter und Tochter) entkommen sie nur scheinbar; auch sie müssen bei ihrer Beweisführung von einem offensichtlich naturwüchsigen Streben ausgehen, nämlich dem Wunsch nach Hinwendung zu einem Vater-Mann, der höhere gesellschaftliche Privilegien genießt, also statt libidinöser und aggressiver Impulse ein narzißtisches Streben unterstellen.

Die Diskussion über den sog. Objektwechsel des Mädchens gewinnt an weiterer Klarheit, wenn man sich die in Band 1 ausgeführten Differenzierungen zwischen Kern-Geschlechtsidentität, Geschlechtsrolle und Geschlechtspartner-Orientierung noch einmal verdeutlicht. Der sogenannte Objektwechsel des Mädchens betrifft lediglich die Geschlechtspartner-Orientierung, die im ödipalen Erleben zum ersten Mal einen eindeutig sexuell inzestuösen Akzent bekommt – neben einer weiter fortbestehenden bisexuellen Orientierung z. B. in einer gleichgeschlechtlich dyadischen und triadischen Form; er betrifft aber nicht die Identifikationen mit beiden Eltern, die bereits in den ersten Lebensjahren fortlaufend geschehen, und auch nicht die bei kleinen Mädchen schon gut ausgebildete Kern-Geschlechtsidentität und weibliche Geschlechtsrolle. Schwieriger ist in dieser Hinsicht hingegen die Aufgabe des Jungen: Denn von ihm wird verlangt, eine Änderung in der Rollenbeziehung zu seiner Mutter vorzunehmen, um die ödipale Phase erleben zu können. Während er sich in seinen ersten Lebensjahren vis-à-vis seiner orale und narzißtische Bedürfnisse befriedigenden Mutter (im Status eines Selbstobjekts) als abhängiges und bedürftiges Gegenüber erlebt und erst über geschlechtsbezogene Ent-Identifizierungsprozesse schrittweise eine männliche Geschlechtsrolle erwirbt, muß er als ödipaler Junge die Rollenbeziehung zu seiner Mutter neu definieren bzw. sich erarbeiten: Als kleiner, selbständiger Mann mit einer annäherungsweisen männlichen Geschlechtsrolle wirbt er ödipal um seine Mutter, die nun einen anderen Status, als Frau des Vaters, aufweist. Dies erfordert eine ganze Anzahl von wichtigen Konsolidierungsschritten im Bereich seiner Ich-Funktionen, seiner (Objekt-)Beziehungsfähigkeit, seines Selbstwertgefühls, seiner männlichen Geschlechtsidentität (vgl. ausführlicher Kap. 5.3.5.3).

Trotz der obigen klinischen Einwände (die aber zu stark das Problem der Ödipalisierung betonen und die zugrundeliegenden, bereits stattgefundenen weiblichen Identifizierungsprozesse ausblenden), die eher eine klinische Subgruppe betreffen, kann aus zeitgenössischer Perspektive nicht mehr übersehen werden, daß das Phänomen des Objektwechsels nur eine Teilkomponente, die Geschlechtspartner-Orientierung, betrifft und aus diesem Grund einen Großteil seiner Erklärungsbedürftigkeit verliert.

5.2.8 Zum weiblichen Kastrationskomplex

Vor allem Feministinnen war die Rede vom Kastrationskomplex (und vom Penisneid) des Mädchens seit den Anfängen der Psychoanalyse ein Dorn im Auge. Horney (1926) wurde oft als Kronzeugin zitiert, die sich von der Freudschen Auffassung mit der Einschätzung distanzierte, daß die Vorstellung des Kastriertseins eine männliche, angstgetönte Phantasie darstelle, aber im Erleben von Mädchen und Frauen nicht bzw. nur im neurotischen Fall auftauche. In Freuds angeblich wissenschaftliche Konzeption des Kastrationskomplexes gehe eine Phantasiebildung ein, von der ein vier- bis fünfjähriger Knabe intensiv bewegt wird, die aber nicht zum Ausgangspunkt einer Feststellung über das psychosexuelle Erleben von Frauen gemacht werden dürfe.

Weder Eltern, Kinderbeobachter noch Psychoanalytiker können allerdings die Augen davor verschließen, daß Mädchen oder Frauen von einem Neid berichten, den sie auf den Penis des Jungen einst in ihrer Kindheit oder vielleicht auch noch heute empfunden haben bzw. empfinden. Mit dem Penisneid (der sich *auch* bei Jungen vor allem auf den größeren Penis älterer Spielkameraden, Brüder und besonders des Vates richtet) ist zumeist auch die Phantasie korreliert – so lautet die klassische Annahme –, daß dem Mädchen der Penis weggenommen worden ist. Wo sollte er denn sonst auch sein? Während der Penisneid sich überwiegend auf der Beobachtungsebene manifestiert, wird die dazugehörige Kastrationsphantasie eher erschlossen. Aus diesem Grund ist zu überlegen, ob Mädchen tatsächlich die Phantasie entwikkeln, daß sie »kastriert« worden sind.

In den Jahrzehnten des Forschens und Nachdenkens über den Penisneid und dessen Stellenwert für die psychosexuelle Entwicklung des Mädchens und für spätere psychopathologische Erscheinungen wurde immer deutlicher, daß der Penisneid eine Verdichtung von mehreren oder sogar vielen als belastend erlebten Eindrücken aus den ersten Kindheitsjahren darstellt und von Freud zu sehr als monokausale Ursache für die weitere Identitätsentwicklung betrachtet wurde.

So kommt z. B. schon 1944 (die oft als »hörige Tochter Freuds« diskriminierte) Helene Deutsch zu dem Resümee: »Viele von den Publikationen (inklusive meiner eigenen) scheinen mir im Lichte meiner späteren Erfahrungen zu sehr den Penisneid in seinen normalen und neurotischen Äußerungsformen zu betonen. Das bewußte und unbewußte Begehren des Weibes nach der Übernahme der männlichen Rolle wird zu sehr mit dem Besitz eines männlichen Organs verknüpft« (S. 290). Zwar habe der Penisneid nach wie vor eine große Bedeutung, doch könne er nicht ein primär ursächliches Motiv darstellen: »Die narzißtische Kränkung, der Neid, hervorgerufen durch das reale Erlebnis des Anblickes des männlichen Organs, hinterläßt wohl einen starken Eindruck, kann aber nicht für alle positiven und negativen Folgeerscheinungen der weiblichen Entwicklung verantwortlich gemacht werden« (S. 290). Deutsch weist auch schon darauf hin, was in der späteren Diskussion eine große Rolle spielen wird, daß frühere Enttäuschungen und Neidgefühle (z. B. auf Geschwister) dem möglicherweise traumatisierenden Anblick des männlichen Sexualorgans vorausgehen.

Ferner muß auch der folgende – bereits in Band 1 angeschnittene – Fragenkomplex noch einmal diskutiert werden:

Besteht die Kastrationsangst bei Mädchen nicht eher in der Angst, daß die genuin weiblichen Genitalien beschädigt werden, und nicht so sehr in der Phantasie, einstmals einen Penis besessen und ihn nunmehr verloren zu haben (vgl. z. B. Bernstein, 1990)? Muß auch nicht eher vermutet werden, daß das

Mädchen überwiegend von der Erfahrung ihres eigenen Geschlechts ausgeht und das männliche Genitale als »normabweichend« erlebt (vgl. Mayer, 1985)? Oder ist in der Phantasie eine bisexuelle anatomische Beschaffenheit durchaus vorstellbar (vgl. Fast 1984), so daß einmal mehr die Angst über die Beschädigung des männlichen Genitales, ein anderes Mal mehr die Befürchtung, das eigene weibliche Genitale könne beschädigt sein, existiert?

Was als weibliche Kastrationsangst bzw. -komplex zu gelten hat, ist zunächst einmal sehr stark von der Definition abhängig.

Während Freud die Auffassung vertrat, daß man bei Frauen von einer Kastrationsangst im Sinne einer Realgefahr gar nicht sprechen könne, vermutete Lampl-de Groot (1936), daß in die Kastrationsangst eines Mädchens unbewußte Angstinhalte anderer Herkunft eingehen. Es kann aber auch die Phantasie bestehen, wegen Onanie mit dem Verlust des Penis in der Vergangenheit bestraft worden zu sein.

Wenn man die Kastrationsangst wörtlich nimmt – als Angst vor dem Abschneiden des Penis und der Hoden –, kann man sich wie Horney (1926) und mit ihr viele Feministinnen die berechtigt erscheinende Frage stellen, warum ein Mädchen diese Angst haben sollte und sie als männliche Fehleinschätzung (die Phantasie eines fünfjährigen Knaben wurde zur »wissenschaftlichen« Theorie erhoben) entlarven.

Wenn man hingegen davon ausgeht, daß sich Kastration im weiteren Sinn auf die Verletzung oder Verstümmelung der weiblichen Genitalien (Klitoris, Labien, Vagina) z. B. anhand der pharaonischen Beschneidung (vgl. Lightfoot-Klein, 1989) bezieht, wäre auch von einem weiblichen Kastrationskomplex auszugehen. Nach Mayer (1985) bezieht sich die weibliche Kastrationsangst allerdings primär auf die Angst vor einer Zerstörung des inneren genitalen Raumes, der als kostbare Höhle wahrgenommen werden kann. Und für Bernstein (1990) taucht die Frage auf, ob die aus klinischer Erfahrung ubiquitären »kastrationsähnlichen« Ängste, die sich auf eine Vielzahl beschädigter oder fehlender Körperteile beziehen können, tatsächlich ausschließlich auf genitale Ängste im engeren Sinn hinweisen.

In einer übertragenen Form haben Frauen im Patriarchat ihre Kastration längst erfahren: In der Fehlbenennung weiblicher Genitalien (vgl. Lerner, 1976) und gar im Totschweigen derselben; aber auch in der Enteignung und Abwertung des weiblichen Körpers und seiner spezifischen Funktionen, z. B. der Menstruation (Waldeck, 1988a, b; Olbricht, 1990; siehe hierzu Kap. 7.2.7). Der männliche Brust-, Gebär- und Menstruationsneid ist aus psychoanalytischer Sicht an dieser Form weiblicher »Kastration« maßgeblich beteiligt (siehe hierzu Kap. 5.2.11).

Kastrationsängste und -erfahrungen können sich also auf verschiedene Dimensionen beziehen:

- im körperlichen Sinn direkt auf die weiblichen (äußeren und sichtbaren) Genitalien bezogen, z. B. pharaonische Beschneidung (eher soziokulturell partikular);
- im körperlichen Sinn direkt auf die Genitalien (aber auf den imaginären Penis = Phallus) bezogen;
- im körperlichen Sinn, aber direkt auf die genuin weiblichen Genitalien bezogen;
- im körperlichen Sinn, aber auf andere Körperteile bezogen, die als beschädigt oder fehlend phantasiert werden;
- im übertragenen Sinn, wobei die als körperlich empfundene Phantasie ein Symbol für narzißtische Beschädigung ist;

– im übertragenen Sinn in Form von weiblicher Benachteiligung und »Beschneidung« von Lebensmöglichkeiten.

In Band 1, Kap. 4.2.3 wurde mit Mayer (1985) vorgeschlagen, zwei Arten von Kastrationskomplex beim Mädchen zu unterscheiden: zum einen das klassische Konzept des »phallischen Kastrationskomplexes« (d. h, der imaginäre Phallus ist weggenommen worden) und die »weibliche Kastrationsangst«, worunter die Angst verstanden werden soll, die genuin weiblichen Genitalien zu verlieren.

5.2.9 Berühmt und berüchtigt – aber selten verstanden: Der Penisneid

Schon im dritten und vierten Lebensjahr setzen sich Kinder beiderlei Geschlechts zunehmend mehr mit der subjektiven Differenzierung der Geschlechter auseinander. Für das Mädchen stellt die Erfahrung des Penisneides, weiblicher Genitalangst, das Abtrauern narzißtisch besetzter Androgynievorstellungen einen Meilenstein in der Entwicklung seiner spezifisch weiblichen, vom Männlichen abgegrenzten Identität dar. Betrachten wir im folgenden den auch schon in Band 1 erwähnten Penisneid, der heutzutage in manchen Veröffentlichungen der Frauenliteratur so etwas wie eine Gretchenfrage geworden ist und häufig nach Art eines Glaubensbekenntnisses (»ich bin dagegen, so etwas haben sich die Männer nur ausgedacht, um von ihrem eigenen Neid abzulenken« und »warum sollte ich auf diesen lächerlichen Körperteil jemals neidisch gewesen sein« usf.), aber selten unter Berücksichtigung der tatsächlichen entwicklungspsychologischen und psychodynamischen Gegebenheiten diskutiert wird. Eine Reihe von Psychoanalytikern und Psychoanalytikerinnen hat sich in den zurückliegenden Jahren mit dem Penisneid auseinandergesetzt und für differenziertere Betrachtungsweisen plädiert (z. B. Moulton, 1970; Chasseguet-Smirgel, 1974; Schafer, 1974; Torok, 1974; Fliegel, 1975; Chodorow, 1978; Lerner, 1980a, b; Karme, 1981; Silverman, 1981; Satow, 1985; Cherazi, 1988; Applegarth, 1988; Heigl-Evers und Weidenhammer, 1988; Tyson, Ph., 1989; Tyson und Tyson, 1990; Rohde-Dachser, 1991; Awad, 1992; Benjamin, 1992 u. a.).

Für Freud bedeutete die Entdeckung des kleinen Mädchens, keinen Penis zu haben (das Analogon zur Kastrationsangst beim Jungen), eine massive Kränkung für das Selbstwertgefühl, die keineswegs in den darauffolgenden Monaten und Jahren überwunden wird, sondern mit schwerwiegenden Folgen für die Charakterbildung anhält, vor allem was das Selbstwertgefühl betrifft.

»Die psychischen Folgen des Penisneides ... sind vielfältige und weittragende. Mit der Anerkennung seiner narzißtischen Wunde stellt sich – gleichsam als Narbe – ein Minderwertigkeitsgefühl beim Weibe her. Nachdem es den ersten Versuch, seinen Penismangel als persönliche Strafe zu erklären, überwunden und die Allgemeinheit dieses Geschlechtscharakters erfaßt hat, beginnt es, die Geringschätzung des Mannes für das in einem entscheidenden Punkt verkürzte Geschlecht zu teilen und hält wenigstens in diesem Urteil an der eigenen Gleichstellung mit dem Manne fest« (Freud, 1925j, S. 25).

Betrachtet man zunächst diesen Aspekt der Kränkung, so muß man in der Auffassung, daß die Existenz oder Nicht-Existenz eines Penis die alleinige oder wichtigste Quelle des Selbstwertgefühls darstellt, nach dem heutigen Kenntnisstand eine zu starke Vereinfachung sehen. Sie reduziert zu stark die entwicklungsmäßige Komplexität der Ursprünge und der Regulierung des Selbstwertgefühls. Der Penis stellt z. B. nach Kohut (1973, S. 228/9) nur vorübergehend, aber nicht permanent und auch nicht ausschließlich die leitende Zone des körperlichen Narzißmus dar:

»Die Empfindlichkeit der Kinder hinsichtlich ihrer Genitalien erreicht ihren Höhepunkt während der phallischen Phase, dem richtungsgebenden Wendepunkt der psychosexuellen Entwicklung – spätere Empfindlichkeiten, die sich auf die Genitalien beziehen, müssen als Residuen (z. B. während der Latenz) oder als Wiederbelebungen (z. B. während der Pubertät) der dem Exhibitionismus der phallischen Phase zugehörigen Empfindlichkeiten verstanden werden . . . Die Genitalien stellen während der Dauer der phallischen Phase die *leitende Zone des (körperlichen) Narzißmus des Kindes* dar – sie sind nicht nur Instrumente intensiver (phantasierter) *objektlibidinöser* Interaktionen, sondern sie tragen auch enorme *narzißtische* Besetzungen.« Zwar dürfen nach Kohut die »Intensität der exhibitionistischen Besetzungen« und die »Bedeutung des *sichtbaren* Genitales« nicht unterschätzt werden, doch ist »der phallische Narzißmus mit seinem Wunsch, die Bewunderung des Genitales zu erwecken, nicht mehr – aber auch nicht weniger! – . . . als ein wichtiger spezieller Fall in der Entwicklungsserie der Forderungen des Kindes nach unmittelbaren bestätigenden und beifälligen Widerspiegelungen von konkret exhibitierten Aspekten seines Körpers oder seiner physischen oder geistigen Funktionen«. Trotzdem ist es »ein schwacher Trost für das kleine Mädchen, wenn man ihm erklärt, daß ein komplexer, aber unsichtbarer Apparat heranreifen wird, der es befähigen soll, Kinder zur Welt zu bringen«.

Die Entwicklung und Konsolidierung des Selbstwertgefühls beginnen nach heutigen Erkenntnissen viel früher, als Freud jemals ahnen konnte, nämlich schon im ersten Lebensjahr. Es ist aus diesem Grund nicht zulässig, einen Mangel an Selbstwertgefühl ausschließlich oder überwiegend mit dem Erleben von Penislosigkeit zu korrelieren. »Der Grad an narzißtischer Pathologie in einem Menschen hängt weder von der Anwesenheit noch von der Abwesenheit eines Penis ab, noch von der Position einer Frau in einer männlichen, chauvinistischen Kultur, sondern entwickelt sich aus der Mutter-Kind-Interaktion in den ersten Lebensjahren«, schreiben Barglow und Schaefer (1976, S. 328), wobei man natürlich die Mutter-Kind-Beziehung auch nicht als etwas Letztes betrachten und den Mangel an Empathie (sofern er allein für den gestörten Dialog verantwortlich zu machen ist) nicht nur in der subjektiven Lebensgeschichte der Mutter suchen darf.

Freuds bekannte, pessimistische Einschätzung aus dem Aufsatz »Die endliche und die unendliche Analyse« (1937c), daß, wenn man den Penisneid aufgespürt hat, »man durch alle psychologische Schichtung hindurch zum »gewachsenen Fels« durchgedrungen und so am Ende seiner Tätigkeit« (S. 99) sei, muß im Licht der heutigen Erkenntnisse geradezu auf den Kopf gestellt werden: Die Konstatierung des Penisneides in der analytischen Behandlung wird zum Ausgangspunkt für die Analyse der zugrundeliegenden psychodynamischen Konstellationen, die häufig nur in der Metapher des Penisneides ausgedrückt werden können. Wenn man bei der Deutung des Penisneides qua Penisneid stehenbleiben würde, wäre dies eine ungenaue und unvollständige Deutung; und die Deutung würde das Gefühl dieser Patienten, einen Mangel zu besitzen und zu kurz gekommen zu sein, noch verstärken und das Gefühl, daß ihnen ein Unrecht zugefügt worden ist, anwachsen lassen (vgl. Grossmann und Stewart, 1976; Sherazi, 1988).

Entwicklungspsychologisch betrachtet lassen sich Neidreaktionen, die sich auf den Penis beziehen, beim kleinen Mädchen entweder direkt aus seinen Äußerungen entnehmen oder aufgrund von Stimmungsabfällen (z. B. nach dem Zusammensein mit nackten Jungen) schlußfolgern (wobei natürlich theoretische Voreingenommenheiten einfließen können). Viele Mütter kennen Äußerungen des Neides ihrer kleinen Tochter auf das Organ des Jungen und dessen Funktionen. Nach den Untersuchungen von Mahler et al. (1978) und Galenson und Roiphe (1976) sind Äußerungen, die auf Penisneid rückschließen lassen, bereits in der *frühen genitalen* Phase und nicht erst, wie Freud annahm, in der phallisch-ödipalen Phase zu beobachten. Häufig wird in diesem Zusammenhang argumentiert, daß diese ärgerliche Tatsache des Neides doch wohl nur darauf zurückzuführen sei, weil das Mädchen schon von klein auf mit den Privilegien von Jungen im Patriarchat konfrontiert sei – neben den bekannten Vorwürfen des Adultomorphismus und des Pathomorphismus nun ein neuer »ismus«: das kleine Mädchen als Gesellschaftstheoretikerin! Aus diesem Grund kommentiert Hagemann-White (1979, S. 34) den in den Augen der Frauenbewegung skandalösen Satz von Freud »Irgendwann macht das kleine Mädchen die Entdeckung seiner organischen Minderwertigkeit« (Freud, 1925j, S. 25) folgendermaßen: »Der Satz ist empörend. Doch wer aufklärerisch schreiben wollte: Das kleine Mädchen macht die Entdeckung seiner gesellschaftlichen Unterdrückung, würde lügen.« Denn der Weg zu dieser Erkenntnis wird viele Jahre dauern und von mannigfaltigen Hindernissen umstellt sein.

Denn es ist nicht zu übersehen, was Horney schon zu einer Differenzierung in primären und sekundären Penisneid veranlaßt hat: das anatomische »Mehrhaben« des kleinen Jungen, gepaart mit der Sichtbarkeit seines Organs, dem im Stehen Urinieren-Können, dem Anfassen-Können beim Urinieren, was wie eine Onanieerlaubnis vom Mädchen aufgefaßt werden kann, während dies ihm ja häufig verboten ist. Wer weiß oder sich gar erinnern kann, auf wie viele Dinge und bei wie vielen Anlässen ein Kind neidisch sein kann, wird wohl kaum anzweifeln, daß auch und gerade der Penis des Jungen starke Neidgefühle auslöst. Erst zu einem späteren Zeitpunkt wird dieser primäre Penisneid zu einem sekundären, wenn nämlich das Mädchen seine ersten »soziologischen Reflexionen« über das Verhältnis der Geschlechter anstellt, so z. B. mit berechtigter Empörung reagiert, wenn es der Mutter beim Tischabräumen helfen muß, während Vater und Sohn sitzenbleiben oder schon wieder spielen können und vieles andere mehr.

Trotz der unbestreitbaren Tatsache einer primären Neidreaktion kann der Penisneid einer Heranwachsenden oder erwachsenen Frau aber nicht mehr allein auf die frühen körperlich – im Vergleich zum Jungen – begründeten Affekte zurückgeführt werden (denn der Neid des Erwachsenen ist nicht mehr der Neid des Kindes, so wie der Neid auf das größere Auto eines Bekannten nicht auf den Neid des kleinen Jungen auf das größere Spielzeugauto seines Spielgefährten zurückgeführt werden kann). Des weiteren ist auch wieder daran zu erinnern, daß der Penisneid nicht diese allumfassende persönlichkeits- und identitätskonstituierende Bedeutung hat, die Freud ihm verlieh; wie an vielen Stellen dieser Arbeit ausgeführt, entsteht eine weibliche Kern-Geschlechtsidentität schon in den ersten zwei bis drei Lebensjahren; das Bewußtsein von den inneren Genitalien kann zwar noch lückenhaft sein, ist aber dennoch in Ansätzen schon vorhanden; mit Fast (1984) kann man davon ausgehen, daß das Mädchen in seiner Körperwahrnehmung nicht nichts hat, sondern etwas Weibliches fühlt, was lustvoll ist, und sich trotzdem – und wer wollte ihm dies verübeln – noch das andere Lustvolle des kleinen Jungen dazuwünscht (wobei, wie Tyson und Tyson, 1990 aufgrund ihrer Beobachtungsstudien und klinischen Erfahrungen einschränkend anmerken, Neid auf den Penis bei solchen Mädchen nicht aufzutreten scheint, die keinen Bruder haben und auch niemals – sofern es dies überhaupt gibt – ihren Vater nackt gesehen haben).

Und aufgrund dieser Überlegungen und Beobachtungen liegt der Schluß nahe, daß der Penisneid eine phasenspezifische Reaktion ist, die normalerweise nach einiger Zeit abklingt. »Das Verarbeiten der Penisneid-Reaktion wird durch die kognitive Entwicklung des kleinen Mädchens und dadurch, daß es seine äußeren und inneren Genitalien in vollem Umfang wahrnehmen und schätzen lernt, gefördert. Im Gefolge der libidinösen Besetzung seines eigenen komplexen Genitals und dessen Funktion für die Fähigkeit, Kinder zu bekommen, beginnt das kleine Mädchen allmählich seinen Penisneid aufzugeben. Möglicherweise gehört die damit einhergehende Entidealisierung des Penis auch notwendig zum Prozeß der partiellen oder vollständigen Überwindung des Penisneides. Uns ist geläufig, daß Idealisierung ein wesentlicher Bestandteil des Neides ist« (Cherazi 1988, S. 311).

In den Fällen, wo der Neid erhalten bleibt – und das ist bei manchen neurotischen Frauen ja tatsächlich der Fall – muß sorgfältig analysiert werden, welche psychodynamische Bedeutung dem Penisneid, bzw. dessen Fortbestehen im späteren Lebensalter, zukommt. Warum wird das Männliche so stark idealisiert (oder entsprechend stark entwertet)? Warum können die eigenen weiblichen Genitalien keine genügende Wertschätzung erfahren? Warum wird das Körperselbstbild so mangelhaft erlebt? Warum haben diese Frauen einen solchen untergründigen Haß auf alles Weibliche? Warum erleben sie sich trotz ihrer ständigen und forcierten Selbständigkeitsbemühungen dennoch so abhängig und angewiesen auf Männer, was Haß- und übermäßige Konkurrenzgefühle zur Folge hat? Hängt dies wirklich alles nur mit dem Neid auf das zusammen, was der Junge hat? Oder wird hierbei nicht der Neid auf den Penis, der ja buchstäblich mit Händen zu greifen ist, für andere psychische Erlebnisinhalte benützt, die weniger sichtbare Konkretionen aufweisen (wie z. B. das beschädigte weibliche Selbstwertgefühl einer Mutter, was sich ihrer Tochter subtil mitteilt, aber natürlich viele Jahre lang nicht objektiviert werden kann)?

> »So geht es nach heutiger Auffassung eigentlich um die Frage, was in der Entwicklung des kleinen Mädchens derart schief gehen kann, daß die Überwindung und Auflösung des Penisneides mißlingt und daraus dann pathologisch regressive Züge oder Symptome resultieren. Selbst wenn es zu einer partiellen Auflösung der Penisneid-Reaktion kommt, taucht diese leicht in jedem der folgenden Entwicklungsstadien wieder auf. Solche Wiederkehr muß im Rahmen verschiedener Abwehrfunktionen verstanden werden, denen sie dient« (Cherazi 1988, S. 312/3).

Nach Grossman und Stewart (1977) sollten deshalb Äußerungen des Penisneides wie ein Traum oder eine Deckerinnerung aufgefaßt werden, die hochverdichtet sind, in unterschiedlichem Ausmaß kompromißhaften Charakter aufweisen und auf keinen Fall als nicht mehr weiter hinterfragbares Faktum (etwa in dem Sinn: jetzt haben wir endlich mal wieder den Penisneid entdeckt, war ja auch von Anfang an klar!) behandelt werden. Ob ähnliches auch für den Brust- und Gebärneid des kleinen Jungen gilt? Oder lassen sich beide Konstellationen in dieser Hinsicht nicht miteinander vergleichen?

Erfuhr der Penisneid bei Freud nur eine ödipale Interpretation, so läßt er sich heutzutage folglich als verdichteter Ausdruck von verschiedenen präödipalen konflikthaften Themen betrachten. So sollte man sich fragen, ob der Penisneid einer erwachsenen Patientin in der analytischen Behandlung z. B. den Wunsch nach einem intakten und kohärenten Selbst ausdrückt oder den Wunsch, die symbiotische Beziehung zur Mutter aufrechtzuerhalten, die den Bruder bevorzugt, oder das Bestreben, der symbiotischen Beziehung zu entfliehen wie der Bruder, der hierbei mehr Erfolg hatte, oder den Triumph, sich mit Hilfe des Penis von der Mutter besser abgrenzen zu können, oder ein ödipales Begehren, was nicht befriedigt wurde u. a. m. Es kann also in der analytischen Arbeit nicht mehr darum gehen, Penisneid einfach zu konstatieren, sondern die zugrundeliegenden psychodynamischen Beweggründe ausfindig zu machen.

Ein Fallbeispiel von Karme (1981, S. 428 f.) soll dies noch einmal verdeutlichen.

Bei der zu Behandlungsbeginn 25jährigen, verheirateten Patientin namens Ann ließ sich rekonstruieren, daß sie während ihres ersten Lebensjahres eng mit ihrer Mutter verbunden gewesen war und diese ganz für sich allein hatte. Aber eine erneute Schwangerschaft der Mutter bewirkte, daß das kleine Mädchen eifersüchtig, neidisch und wütend wurde und ihrer Mutter, grollte. Das Kind phantasierte, sie habe den Bauch der Mutter und das Baby angegriffen. Als das Baby zur Welt kam, fühlte Ann sich überflüssig und hatte die Phantasie, den Penis des Brüderchens zu zerstören, von dem sie annahm, er sei das Bindeglied zur Mutter, und dieser Körperteil sei der Grund, warum ihn die Mutter nun vorzog.

Mit fünf Jahren, als Ann sich nun verstärkt ihrem Vater zuwandte, wurde ihre Mutter erneut schwanger. Dieser Umstand rief wieder all jene Konflikte und Ängste der traumatisierenden Periode des zweiten Lebensjahres wach. Ann wandte sich nun wieder ihrer Mutter zu, wertete den Vater ab, wagte aber nicht, Neid, Eifersucht, Haß und Ärger zu zeigen. Um sich vor diesen Gefühlen zu schützen, identifizierte sie sich übermäßig mit ihrer Mutter und dem Baby. All dies führte zu einer überstarken Bindung an die Mutter, was sie auch daran hinderte, ödipal rivalisierendes Verhalten zu entwickeln. Ödipale Wünsche wurden durch eine regressive Rückwendung zur Mutter verdeckt und abgewehrt. In ihrem späteren Beruf verhinderte sie immer wieder Erfolge, und sie wählte einen Mann aus, mit dem sie nicht zufrieden war.

Anns späterer »Penisneid« – das Resultat vieler intrapsychischer Konflikte, Ängste und Abwehrmaßnahmen – war zwangsläufig durch soziokulturelle Einflüsse verdichtet. Die in ihrer Familie gelernte Einstellung, Männer überzubewerten, die Tatsache, daß ihre Mutter ihre eigenen Berufspläne und ihre Karriere aufgab, als sie ihren Vater heiratete, vermischten sich mit Anns eigenen intrapsychischen Konstellationen. In der Summe hatte dies einen bewußten Wunsch nach einem Penis, Gefühle von Minderwertigkeit und Nichtgenügen, Angst vor Erfolg, unbefriedigende Beziehungen zu Männern und Konflikte im Zusammenhang mit ihrer Weiblichkeit und beruflichen Identität zur Folge.

Die intrapsychischen Determinanten für Anns Peniswunsch, die in der Analyse deutlich wurden, sind:

1. Der Penis als Baby, als ein Mittel, die Mutter und/oder sie zu vervollständigen;
2. Der Penis als Nabelschnur, einem Bindeglied zur Mutter;
3. Der Penis als Objekt, das mit der Mutter verbindet und von ihr trennen kann – was lustvoll für beide ist;
4. Der Penis als die unzerstörbare Version der Gebärmutter;
5. Der Penis als Brust;
6. Der Penis als Schutz gegen mörderische Wut;

7. Der Penis als Konkurrenzwaffe für die Mutter in Interaktion mit dem Vater und den Brüdern, die alle einen Penis besitzen;
8. Penisneid als Mittel, den Wunsch nach sexuellem Ausdruck zu blockieren, aus der Angst heraus, sonst die Mutter zu verlieren, was eine Verhinderung sexueller Empfänglichkeit und Lust zur Folge hat;
9. Penisneid als ein Teil allgemeinen Neidgefühls – von Frauen und von Männern.

Durch das Entwirren und Verstehen der persönlichen Bedeutung der intrapsychischen Determinanten des Penisneides und seiner Durcharbeitung gelang es Ann schließlich, besser mit dem soziokulturellen Element der Benachteiligung umzugehen.

Während die frühere psychoanalytische Auffassung davon ausging, daß dem Penisneid die unverrückbare Tatsache der genitalen Minderwertigkeit des Mädchens und der Frau zugrunde liege – was ja zu Recht Empörung über diese falsche »biologische Ontologisierung« ausgelöst hat –, wird heutzutage gesehen, daß im Penisneid eine *Phantasie über das Zukurzgekommensein* zum Ausdruck kommt, die freilich angesichts real existierender Ungerechtigkeiten (z. B. Lohn- und Einkommensunterschiede, Hausfrauentätigkeit als Gratisarbeit) im späteren Leben fixiert werden kann.

Man muß den Penisneid auch in einem entwicklungspsychologischen Kontext betrachten. Dann wird deutlich, daß es im Verlauf der Entwicklung des Mädchens eine kontinuierliche Überarbeitung des Penisneides gibt. Faktoren, die dabei helfen, den Penisneid zu überwinden, sind z. B. die folgenden:

- eine befriedigende Beziehung zur Mutter;
- ein Gewahrwerden und eine Wertschätzung der eigenen Genitalien;
- die weitere kognitive Entwicklung (die gerade in diesem Bereich nicht neurotisch arretiert bleiben darf), die dem Mädchen die differenzierte Wahrnehmung ihrer inneren und äußeren Genitalien ermöglicht;
- die Auflösung des ödipalen Konflikts und die Identifizierung mit der ödipalen Mutter.

Daß es dem Mädchen nicht einfach gemacht wird, seine inneren und äußeren Genitalien wahrzunehmen, hat Lerner (1980a) ausgeführt. So wird dem kleinen Mädchen (und auch Jungen über Mädchen) im allgemeinen zwar von den Eltern gesagt, daß Mädchen eine Vagina haben, aber es erfährt keine Bezeichnung für die Vulva mit Klitoris und die Schamlippen. Was aber folgt daraus für das Mädchen, das in den ersten Lebensjahren seine Klitoris als Hauptquelle sexueller Stimulierung erfährt, wofür es aber keine Bezeichnung gibt und was deshalb aus dem sprachlichen Umgang gleichsam exkommuniziert bleibt? »In der Tat spricht man zum kleinen Mädchen nie von diesem Teil seiner Sexualität, man lehnt es ab, ihm zu sagen, was es hat, und spricht lieber ganz allgemein über den restlichen Genitalapparat, der noch gar nicht in Funktion ist: Man erzählt ihm also von dem, was es nicht hat (Fortpflanzung, Regel), was die ›Mutter‹ aber besitzt« (Olivier 1987, S. 83).

Lerner vermutet, daß im Penisneid auch der Neid auf den Jungen zum Ausdruck kommen kann, dessen Organ von den Eltern benannt wird und dessen Lustempfindungen dadurch auch eine Anerkennung zu erfahren scheinen. Ein tiefgründiger Penisneid kann nach Lerner deshalb auch ein Symptom sein, »das bei manchen Frauen den unerfüllten Wunsch ausdrückt, die Mutter möge ihnen ein aktives und erfülltes Sexualleben gestatten« (1980a, S. 1093). Natürlich ist sich die Autorin auch darüber im klaren, daß die vollständige Benennung weiblicher Genitalien allein noch nicht ausreicht, um eine geglückte weibliche Identitätsentwicklung und eine lustvoll erlebbare Sexualität zu garantieren; dennoch wird das Ausbleiben einer ausdrücklichen, natürlich kindgemäßen Anerkennung und Benennung der äußeren Genitalien, vor allem der Klitoris, nicht ohne psychische Folgen bleiben.

»Eine Konsequenz ist, daß die Fähigkeit des Mädchens, eine genaue und differenzierte psychische Wiedergabe oder ›Landkarte‹ seiner Genitalien zu entwickeln, vermindert wird, was es bei der schwierigen Entwicklungsaufgabe, die inneren von den äußeren Genitalien zu unterscheiden, behindert ... Die Tatsache, daß das Mädchen bei der Erforschung seiner Genitalien nicht durch gleichlautende Informationen aus seiner Umgebung bestärkt wird, kann zur Angst, Verwirrung und Scham in bezug auf seine Sexualität führen. Da beide Geschlechter nicht darüber informiert sind, daß die Klitoris ein Teil dessen ist, ›was Mädchen haben‹, wird dieses Organ als ein kleiner unzureichender Penis angesehen und nicht als ein wichtiger Bestandteil der weiblichen Sexualität libidinös besetzt« (1980a, S. 1098).

Als Folge der Sprachlosigkeit bzw. der Unfähigkeit, sich die Klitoris und die übrigen äußeren Genitalien sprachlich anzueignen, sieht Olivier (1987) eine flächendeckende Sexualisierung: »Das Mädchen sexualisiert alles: seinen Körper, den es weiblich will, seine Handlungen, die denen seines Geschlechts entsprechen sollen, seine Sprache, die verführerisch wird« (1987, S. 85).

Für manche Frauen kann somit der gesamte Körper die Bedeutung eines Sexualsignals bekommen, was wiederum Exhibitionsängste und Scham auslösen kann. So sagte eine Patientin von Olivier: »Wenn ich aufstehen und sprechen soll und alle mich sehen, weiß ich nicht mehr, was ich zu sagen habe, ich habe nichts mehr im Kopf, ich bin stumm vor Scham, ich fühle nur meinen Körper, und ich weiß nicht, wohin ich mich verkriechen soll« (1987, S. 85).

Dem Freud-Kenner wird hierbei der Unterschied nicht entgangen sein: Während für Freud der Körper des Mädchens unbewußt eine phallische Bedeutung erhalten und damit eine Substituierung des Penis annehmen kann, der dann z. B. im beliebten Ballettanz kleiner Mädchen buchstäblich erigiert werden kann, erfolgt die Sexualisierung des Körpers nach Olivier aus der Erfahrung des Numinosen des eigenen Geschlechts; man wird aber weder aus Freuds noch Oliviers Beschreibung eine allgemeine Gesetzmäßigkeit ableiten können; beide Bedeutungsverleihungen lassen sich klinisch antreffen.

Die Fehlbenennung bzw. Nichtbenennung der Klitoris und der übrigen äußeren Genitalien drückt nach Lerner – die auch auf die Praxis der Klitoris- und Schamlippenbeschneidung verweist – vermutlich eine tiefgehende Verleugnung aus, die aus dem Schrecken hervorgeht, die beide Geschlechter in bezug auf die äußeren weiblichen Genitalien entwickeln. Und ist nicht in der Aufmerksamkeit, die man der Furcht vor dem inneren Genitale, der Vagina, gewidmet hat, vermutlich eine Verschiebung am Werk? Oder tritt die Erfahrung der männlichen Kastrationsangst genaugenommen nicht beim Phantasma der verschlingenden Vagina, sondern beim Anblick der an eine Wunde erinnernden Vulva auf (siehe Kap. 5.2.10)? Auf diese Weise betrachtet, käme in dem mütterlichen bzw. elterlichen Unvermögen, die äußeren Genitalien des Mädchens zu benennen, auch diese ursprüngliche Angst zum Ausdruck. Lerner (1980a) räumt aber ein, daß dem Unbehagen der Eltern, die äußeren Genitalien des Mädchens anzuerkennen, sie zu benennen und darüber zu sprechen, auch andere Motive zugrunde liegen, wie z. B. die jahrhundertealte Unterdrückung weiblicher Sexualität.

Selbst wenn es eine teilweise Lösung des Penisneides gibt, taucht er doch in jeder nachfolgenden Phase wieder auf. Dieses Wiederauftauchen kann man sich verständlich machen, wenn man an die verschiedenen Abwehrfunktionen denkt, die er ausüben kann (z. B. statt auf die Mutter wütend und neidisch zu sein, ist es das kleine Mädchen auf den Bruder und dessen Penis). Das erneute Sich-Auseinandersetzen und die Durcharbeitung des Penisneides geben dem Mädchen auch eine Gelegenheit für seine weitere Auflösung, was ebenfalls zu einem stabileren Gefühl, die eigene Geschlechtsidentität betreffend, führt.

Bei der Thematisierung des Penisneides beim kleinen Mädchen dürfen allerdings nicht der Neid auf die mütterlichen Brüste, der stringent nur von Melanie Klein (1957) konzeptualisiert worden ist, und der Neid auf das Gebärenkönnen der Mutter vergessen werden. Vor allem in der ödipalen Phase können das Fasziniertsein von den mütterlichen Brüsten, der Neid darauf, eine rivalisierende Entwertung und die gleichzeitige insgeheime Erwartung, später größere Brüste als die Mutter zu besitzen, beim Mädchen ausgeprägter sein als der Neid auf den Penis (vgl. P. Tyson, 1989).

So konnte sich z. B. eine Patientin, deren Angst unter anderem darin bestand, zu kleine Brüste zu haben, in der Analyse erarbeiten, daß hinter ihrem Wunsch, große, sexuell attraktive Brüste zu haben, um den Vater locken und verführen zu können, sich die tiefere Sehnsucht nach den nährenden Brüsten der Mutter verbarg. Sie konnte ihren Schmerz darüber erkennen, daß ihr selbst die nährende, mütterliche Brust vorenthalten worden war, daß aber die verführerischen, sexuellen Brüste der Mutter dem Vater »zur Verfügung« gestanden hatten.

Freud und mit ihm viele Analytiker, vor allem solche, die Kinder therapiert haben (wie z. B. Kestenberg, 1956), beschrieben immer wieder die Baby-Faeces-Gleichung. Die Phantasie, die Kotstange als eigenes Baby zu betrachten und mit der allmächtigen Mutter gleich potent zu sein, bewegt viele kleine Mädchen, vor allem wenn sie im zweiten oder dritten Lebensjahr damit konfrontiert werden, daß ihre Mutter schwanger wird und ein Kind gebiert. Das Puppenspiel kleiner Mädchen dient nach Novick (1988) vor allem der Abwehr der Enttäuschung und der wütenden Gefühle, selbst kein Kind auf die Welt bringen zu können. Puppen werden in diesem Alter gefüttert, gebadet, an- und ausgezogen, ausgeschimpft, ins Bett gebracht und buchstäblich zu Tode gepflegt. Mit zunehmender kognitiver Entwicklung werden sich drei- bis vierjährige Mädchen jedoch allmählich der Illusion bewußt, daß die Puppe kein Ersatz für ein wirkliches Baby ist, und nach Kestenberg (1956) verliert sich in diesem Alter das Interesse am Puppenspiel drastisch, um dann mit dem Erwachen ödipaler Rivalitätsregungen im fünften und sechsten Lebensjahr eine erneute und oftmals verzweifelte Intensität anzunehmen. Ein Strang der weiblichen Geschlechtsrollen-Identität und der späteren Geschlechtsidentität besteht aus der Fähigkeit, Kinder gebären zu können. Kinder aufzuziehen ist hingegen eher von zweitrangiger Bedeutung und wurde in früheren Jahrhunderten oftmals auch Ammen oder anderen Frauen überlassen. Die schwangere Mutter ist das Urbild von weiblicher Potenz (und dementsprechend erleben viele Frauen während ihrer Schwangerschaft auch ein sonst nie wieder in dieser Stärke auftretendes Glücksgefühl) und nicht die ihrem Kind die Windeln wechselnde oder den Mund abputzende Mutter. Auch in der Adoleszenz mit dem Wiedererstarken ödipaler Impulse kommt es nach Novick (1988) beim Mädchen noch einmal zu den Coping- und Abwehrvorgängen in Form der pflegenden Mutterrolle, wenn das adoleszente Mädchen sich z. B. als Babysitterin verdingen will. Wenn bei erwachsenen unverheirateten und ohne festen Freund lebenden Frauen der starke Wunsch auftritt, sich beruflich um die Pflege und Therapie von Kindern zu kümmern, kann oftmals auf die Persistenz einer Abwehrbewegung gegenüber dem aus unterschiedlichen Gründen als bedrohlich erlebten Wunsch, ein Kind zu gebären, geschlossen werden.

5.2.10 Kastrationsangst und Angst vor der Vagina beim Jungen

Im Leben eines jeden Mannes gab es eine Zeit, da hat seine Mama ihm den Mund und den Popo abgeputzt, ihn gefüttert und schützend die Hand über ihn gehalten, wenn irgendwelche Gefahren drohten. Niemand fürchtet sich so sehr davor, an jene Zeit erinnert zu werden, wie diejenigen Männer, die pausenlos beweisen müssen, wie stark und unabhängig sie sind. Kann es sein, daß heutzutage, wo der Ödipuskomplex nicht mehr das Schibboleth der Psychoanalyse darstellt, andere Ängste der viel zitierten Kastrationsangst den Rang abgelaufen haben, fragt Cooper (1986) in seiner Neueinschätzung der männlichen Kastrationsangst. Stellt die bewußtseinsnahe (und nicht nur beim Elfmeter-Schießen aktivierte und sichtbare) Kastrationsangst nur eine Fassade dar, hinter der sich viel fundamentalere Ängste verbergen?

Mit Freud ist die Mehrzahl der Analytiker davon überzeugt, daß die männliche Kastrationsangst ubiquitär ist. Vor allem das allmähliche Aufhören der Verleugnung, daß Frauen keinen Penis haben, zusammen mit der ödipalen Drohung, vom Vater wegen der verbotenen Inzestwünsche bestraft zu werden, sind die Bedingungen für das Auftreten der Kastrationsangst. Dabei hat aber auch schon Freud angenommen, daß die phallische Kastrationsangst genetische Vorläufer hat: der Verlust der Mutter-Brust im Rhythmus des Stillens und der Entwöhnung und die Erfahrung beim Defäzieren, daß Körperprodukte abfallen, sind nach Freud die oralen und analen Eindrücke und Beweise dafür, daß körperliche Verluste jederzeit geschehen können.

Und obwohl Freud diese Vorläufer und die damit einhergehenden narzißtischen Bedrohungen für das Selbstwertgefühl des kleinen Kindes durchaus würdigte, hielt er doch daran fest, daß die Kastrationsangst im eigentlichen Sinn mit dem Verlust des Penis verknüpft ist. Die ungeheure Wertschätzung, die der Penis des Jungen in der phallischen Phase erhält, und die damit einhergehende Angst, dieses hoch geschätzten Körperteils verlustig zu gehen, verlieren jedoch aufgrund einer objektbeziehungstheoretischen Betrachtungsweise ihre ursprüngliche triebtheoretische Valenz (vgl. Cooper, 1986). Denn angesichts der Möglichkeit einer Bedrohung und Auslöschung des Selbstgefühls des kleinen Kindes ist die am Körperlichen festgemachte Kastrationsangst wie eine Flucht nach vorne, wie eine Verlagerung archaisch narzißtischer Fragmentierungsängste in eine bewältigbare Kastrationsphantasie aufzufassen. Bei den heutzutage in Analysen zumeist antreffbaren Charakterpathologien stellt nach Cooper (1986) die Äußerung von Kastrationsangst eher eine Abwehr gegenüber viel gravierenderen präödipalen Ängsten dar.

Wenn man die Theorie des phallischen Monismus als Phantasie mit defensiven und kompensatorischen Zügen betrachtet, dann läßt sich aufzeigen, daß diese Phantasie, der Penis stelle den Mittelpunkt des Universums dar, sich einer Verschiebung verdankt (vgl. Reinke-Köberer, 1978). Die früh erfahrene und vor allem in den Auseinandersetzungen der Trennungs-Individuationsphase leidvoll erlittene mütterliche Allmacht wird auf den Penis des Vaters projiziert. Der Phallus nimmt dann vorübergehend eine große Bedeutung ein, wobei im gesunden Entwicklungsverlauf die Abwertung des Weiblichen und der weiblichen Genitalien nur passager und in milder Form auftreten. Die Wertschätzung des Phallischen wird aber zum monistischen Idol und die Kastrationsangst entsprechend stark, wenn frühe Mutter-Vater-Kind-Konflikte die Entwicklung des Jungen geprägt haben. Die eigene Enttäuschungsaggression des Jungen lädt die Person der Mutter zu einer übermächtigen Imago auf, mit der das Aushandeln von Unstimmigkeiten die lebensbedrohliche Dimension von Alles-oder-Nichts-Konflikten annimmt. »Das Kind flüchtet sich quasi in einen totalen Entzug der narzißtischen Besetzung mütterlicher Funktionen und in eine ausschließliche Besetzung des väterlichen (und des eigenen) Penis, der unbegrenzte Ausmaße bekommt; die Zukunftsperspektive und die Perspektive des Wachsens können sich nicht entwickeln. Es nimmt zu einer gründlichen Verachtung mütterlicher Züge Zuflucht; die eigenen femininen Tendenzen müssen beständig abgewehrt werden« (Reinke-Köberer, 1978, S. 711).

Zusammenfassend kann somit festgehalten werden, daß die überwertige Stellung der Kastrationsangst im klassischen triebtheoretischen Bezugsrahmen vermutlich auf die nicht ausreichend reflektierte präödipale Mutter-(Vater-) Sohn-Interaktion zurückzuführen ist und daß eine überstarke Kastrationsangst frühere Ängste vor narzißtischer Fragmentierung, existentieller Vernichtung oder totalem Verlassenwerden symbolisiert. Ebenso wie der Penisneid beim Mädchen sich nur zu einem geringeren Teil auf den anatomischen Mehrwert des Penis bezieht, so ist auch die befürchtete Kastration des Penis beim Jungen als Entwicklungsmetapher zu verstehen (vgl. jedoch hierzu die gegenteilige Auffassung von Rangell, 1992).

Nicht immer ist es jedoch in analytischen Psychotherapien möglich, diese Abwehr tiefschürfend genug bearbeiten zu können.

So berichtete z. B. ein männlicher Patient eines Tages von einer Onaniephantasie, die ihn seit seiner Pubertät begleitet hatte. Ausgelöst durch einen Roman »Die Frauen um Nero« hatte er die folgende bewußte tagtraumähnliche Phantasie: Eine mächtige und einflußreiche Frau verlangte von ihm, mit wilden Tieren in einer Arena wie ein antiker Gladiator nackt zu kämpfen, während eine Schar von jungen Frauen lediglich mit einem durchsichtigen Gewand bekleidet auf der Tribüne sitzend ihm bei seinem Kampf zuschaute. Die Vorstellung, vis-à-vis den halbnackten Frauen eine Erektion zu bekommen und zur gleichen Zeit den Kampf mit einem hungrigen Löwen antreten zu müssen, versetzte ihn in eine starke Erregung. Bevor der Löwe ihn jedoch zerfleischen und kastrieren konnte, kam ihm ein anderer, unendlich starker Gladiator zu Hilfe. In der Analyse ließ sich nach und nach herausarbeiten, wie diese Phantasie und ihre Abkömmlinge auch sein privates und berufliches Leben beeinflußt hatten. So begab sich dieser Patient beruflich z. B. immer wieder in sehr riskante Situationen, aus denen ihn letztlich nur »sein Schutzengel« rettete. Mit der Zeit konnte der Patient sich daran erinnern, daß seine Mutter ihm als kleinem Jungen öfters gedroht hatte, seinen Penis abzuschneiden, falls er ihr nicht gehorchen würde, und wie seine älteren Schwestern ebenfalls von dieser mütterlichen Drohung frohlockend und triumphierend Gebrauch gemacht hatten. Es wurde auch deutlich, daß er als Kind seinen Vater eher als Verbündeten erlebt hatte, dessen Körperkraft er oft bewunderte und von dem er den Eindruck hatte, daß er ihn von klein auf gegen die Drohung seiner Mutter in Schutz nahm.

Es ist nicht schwer zu begreifen, daß bei diesem Patienten eine starke Kastrationsangst in eine Tagtraum- und Onaniephantasie umgestaltet wurde, bei der der Patient der Regisseur blieb und damit die Angst beherrschbar werden ließ. Inwieweit die Sexualisierung der Angst auf ein Agieren der verführerischen Aspekte der mütterlichen Drohungen und damit verbundener Phantasien bei der Mutter zurückging, konnte in dieser Analyse niemals geklärt werden, ebenso wenig wie die Frage, inwieweit frühere Traumatisierungen aufgrund von Trennungen und unempathischen Reaktionen seitens der Mutter bereits die Grundlage für seine Kastrationsangst geschaffen hatten.

In einem von Leuzinger-Bohleber (1984) berichteten Fall eines männlichen Transvestiten ließ sich folgende zweiphasige Traumatisierung rekonstruieren:

Ein im sechsten Lebensjahr des Patienten erfolgter Verkehrsunfall hat zur Folge, daß der Patient zum ersten Mal die Unterwäsche seiner Mutter anzieht. Der Unfall verstärkt seine Kastrationsängste; die Unterwäsche seiner Mutter erlebt er als Schutz für seinen bedrohten Penis. Die Verleugnung des Penis bewahrt ihn vor der Kastrationsangst aufgrund seiner ödipalen Wünsche. Ebenso wird der anatomische Geschlechtsunterschied verleugnet. Der Vater eignet sich nicht als Identifikationsfigur für den Sohn.

Die neunwöchige Trennung aufgrund des Krankenhausaufenthalts aktualisiert frühere Trennungstraumata in der Loslösungs- und Individuationsphase: Gegen Ende seines 2. Lebensjahres war der Bruder des Patienten gestorben. In seinen Phantasien erlebt er dies als Folge seiner Eifersuchtsgefühle auf den Bruder und als Rache der Mutter, die – darüber enttäuscht, daß er kein Mädchen war – den Bruder umbringt.

Die Mädchenkleider sind somit auch ein Schutz vor den mütterlichen Todeswünschen.

Der Tod des Bruders und die damit einhergehenden Depressionen der Mutter erschwerten die Ablösungsversuche des Patienten von seiner Mutter. Er wurde von seiner Mutter als Ersatz für den toten Bruder instrumentalisiert und für die symbiotischen Wünsche der Mutter narzißtisch mißbraucht. Im Tragen von Mädchenkleidern sichert er sich somit einerseits die symbiotische Nähe, andererseits dienen ihm die Kleidungsstücke auch als Abgrenzung. Die unterdrückte konstruktive Abgrenzungsaggression führt zu einer Verstärkung reaktiv analsadistischer Impulse, und es kommt zu einer Kontamination phallischer Impulse mit analsadistischen Partialtrieben. Eine Folge davon ist, daß er seine männliche Geschlechtsrolle als zerstörerisch erlebt und ein weibliches Ich-Ideal entwickelt, mit dem er seine männlichen Aktivitäten als Erwachsener entwertet.

Während die genannten Faktoren anhand von Übertragung und Gegenübertragung, der Analyse von Träumen und mit Hilfe der Einfälle des Analysanden mit einiger Evidenz zu rekonstruieren waren, mußten die folgenden ätiologischen Fragen unbeantwortet bleiben: Ist die Selbstwertstörung des Patienten eine Folge der Traumatisierungen in den ersten Lebensjahren? Was bedeutet es, daß der Patient eine Frühgeburt war? Hatte die Mutter eine depressive Persönlichkeitsstruktur? Ist bei dem Patienten bereits die Kern-Geschlechtsidentität nur unvollkommen gelungen und die Entidentifizierung von der Mutter im geschlechtlichen Bereich nicht geglückt?

Eng mit dem Kastrationserleben zusammenhängend ist beim Jungen die Angst vor der Vagina. Wenn der kleine Junge zum ersten Mal mit den Genitalien eines Mädchens oder gar mit denen einer erwachsenen Frau konfrontiert wird, sind in der Regel neben der Neugierde Angstgefühle die Folge, die alsbald von Verleugnung und Spaltung abgelöst werden.

Die sexuelle Vulgärsprache verweist darauf, daß die Vagina oralen und analen Erfahrungen nachgebildet wird, z. B. als verschlingendes und einsaugendes Maul, weil der Junge keine Vorstellung von der weiblichen Körperöffnung hat (vgl. Heigl-Evers und Weidenhammer 1988, S. 80).

»Doch endlich, da legt sich die wilde Gewalt;
Und schwarz aus dem weißen Schaum
Klafft hinunter ein gähnender Spalt,
Grundlos, als ging's in den Höllenraum
Und reißend sieht man die brandenden Wogen
Hinab in den strudelnden Trichter gezogen.

Es freue sich,
Wer da atmet im rosigen Licht!
Da unten aber ist's fürchterlich,
Und der Mensch versuche die Götter nicht,
Und begehre nimmer und nimmer zu schauen,
Was sie gnädig bedecken mit Nacht und Grauen.

Denn unter mir lag's noch bergestief
In purpurner Finsternis da,
Und ob's hier dem Ohre gleich ewig schlief,
Das Auge mit Schaudern hinuntersah,
Wie's von Salamandern, Molchen und Drachen
Sich regt in dem furchtbaren Höllenrachen.«

(F. Schiller, zit. nach Horney, 1932, S. 123)

Herkömmliche psychoanalytische Interpretationen behaupteten, daß die Verleugnung der weiblichen Genitalien und die Abscheu davor – die am stärksten bei manchen Homosexuellen und Fetischisten zum Ausdruck komme – mit der Penislosigkeit der Frau zu tun haben. Übermäßige Idealisierung einerseits, Entwertung andererseits sind häufige Bewältigungsmodi, mit denen Jungen und Männer versuchen, ihre mit Kastrationsangst durchsetzten Affekte angesichts der penislosen, an die Möglichkeit der eigenen Kastration gemahnenden Frau zu meistern.

»Der Mann . . . hat zunächst ein begreifliches taktisches Interesse daran, seine Angst nicht laut werden zu lassen. Er sucht sie aber mit allen Mitteln auch vor sich selbst zu verleugnen. Diesem Zweck dient sein . . . Versuch, sie in künstlerischen und wissenschaftlichen Gestaltungen zu objektivieren. Es läßt sich vermuten, daß auch seine Verherrlichung der Frau nicht nur aus der Quelle seines Liebesverlangens entspringt, sondern gleichzeitig der Verleugnung dieser Angst dient. Dieselbe Entlastung ist aber auch gesucht und gefunden in der Herabwürdigung der Frau, die oft genug in der Haltung des Mannes mit lauter Gebärde im Vordergrund steht. Heißt es in der liebenden und anbetenden Haltung: vor einem so wunderbaren, schönen, ja heiligen Wesen brauche ich keine Angst zu haben, so heißt es in der herabwürdigenden Haltung: vor einem – nehmt alles nur in allem: minderwerten – Wesen Angst zu haben, wäre doch geradezu lächerlich. Diese Form der Angstbeschwichtigung hat den besonderen Vorteil, das männliche Selbstgefühl zu stützen. Das männliche Selbstgefühl scheint sich nämlich durch das Eingeständnis einer Angst vor der Frau viel intensiver, viel mehr im Kern bedroht zu fühlen als etwa durch das Eingeständnis einer Angst vor dem Mann = Vater« (Horney 1932, S. 112/13).

Horney geht von der Hypothese aus, daß es aber nicht nur die Kastrationsangst ist, sondern eine spezifische Angst vor dem weiblichen Genitale, die tiefer gelagert ist als die Kastrationsangst, die ja zumeist mit dem Vater in Zusammenhang gebracht wird, »und daß das Suchen nach dem Penis der Frau in erster Linie einen krampfhaften Versuch darstellt, das unheimliche weibliche Genitale zu verleugnen« (S. 115).

Ein Patient onanierte am liebsten mit Bildvorlage muskulöser Frauen, die er sich aus Magazinen ausgeschnitten hatte, und allein schon die Vorstellung miteinander kämpfender nackter Frauen löste bei ihm wollüstige Gefühle aus. Selbstverständlich war für ihn nicht der Anblick der weiblichen Genitalien wichtig, sondern es war der Anblick oder die Vorstellung des nackten, muskulösen Körpers der miteinander ringenden Frauen. Unbewußt verkörperte dieser Frauenkörper für ihn den Phallus, seine Phantasie von einer phallischen Frau, die nicht kastriert war und mit deren eigentlichem Geschlecht er sich auf diese Weise nicht zu konfrontieren brauchte. So konnte er unbewußt in seiner sexuellen Phantasiewelt an der Vorstellung festhalten, daß seine Mutter – und damit alle Frauen – doch einen Penis haben, und die Existenz weiblicher Genitalien verleugnen. Die Phantasie ermöglichte ihm eine weitere Lustbefriedigung: In verdeckter Form konnte er auch seine homosexuellen Wünsche befriedigen. Er selbst identifizierte sich häufig mit einer der beiden kämpfenden Frauen. So berührte er mit seinem Penis den phallisch phantasierten Körper der anderen Frau. Natürlich handelte es sich hierbei nicht um einen tatsächlichen homosexuellen Akt in Form von Fellatio oder einem analen Koitus, und insofern war die homosexuelle Körperberührung von der sexuellen Endhandlung noch ein ganzes Stück entfernt. Dennoch konnte er homosexuelle Phantasien dabei befriedigen, die er sich selbst jedoch niemals eingestanden hätte.

Wenn man den phallischen Monismus der klassischen Freudschen Psychoanalyse aufgibt, ist es nur konsequent, neben dem phallischen Angstinhalt der Kastration beim Jungen einen weiteren Angstinhalt anzunehmen, der sich auf die Erfahrung der genuin weiblichen Genitalien bezieht. Die Rede von der alleinigen Kastrationsangst beim Jungen, in dem es einzig und allein um den Phallus geht, könnte verdecken, daß es eine vielleicht noch archaischere und intensivere Angst speziell vor der weiblichen Vagina gibt. Erinnert sei in diesem Zusammenhang an die weite Verbreitung der vor allem bei islamischen Völkern in Afrika zwar gesetzlich verbotenen, aber auch heute noch praktizierten Infibulation, die mit dieser männlichen Angst zu tun hat (vgl. Lightfoot-Klein, 1989).

In einer originellen Arbeit beschrieben Ziolko und Hückel (1980), wie der Nabel libidinös besetzt werden kann und zur Bearbeitung und Bewältigung der Kastrationsangst dienen kann. Die Autoren führen aus, wie von Kindern (aber auch Erwachsenen) dem Nabel eine besondere Aufmerksamkeit zuteil werden kann, daß er hergezeigt, bewundert, als erogene Zone berücksichtigt, schamhaft versteckt oder anders gewünscht werden kann. In der Phantasie kann der Nabel zum passiven Penetrationsorgan werden, aus ihm kann aber auch der versteckte Penis hervortreten. Weil er beiden Geschlechtern gemeinsam ist, eignet er sich auch für narzißtisch androgyne Phantasien und kann somit auch im Dienst der Kastrationsverleugnung (vor allem beim Mädchen), aber auch der Bewältigung von Kastrationsangst stehen. Die Autoren zitieren Dali, der während seiner Arbeit an seinem »Phidias Illissos« schrieb: »Meine große Angst ist der Verlust meiner Hoden. Als Kompensation . . . begann ich damit, an zwei getrennten und doch zusammenhängenden Dingen zu arbeiten: zum einen an den Hoden am Torso des Phidias und zum anderen am Nabel an demselben Torso. Ergebnis: Ich hab fast keine Angst mehr. . .« (S. 1116).

Bei der psychoanalytischen Erörterung der Kastrationsangst wird zumeist auf die Angst des Jungen hingewiesen, daß sein Penis in irgendeiner Weise beschädigt, wenn nicht sogar abgeschnitten werden könnte. Feministische Autorinnen haben sich gewundert, warum in der psychoanalytischen Literatur so selten die (empfindlichen) Hoden erwähnt werden und immer nur der (starke) Penis im Mittelpunkt der Kastrationsangst stünde. Auch Kaplan (1991) hat ebenfalls auf die Vernachlässigung der Hoden hingewiesen: »Bis vor kurzem ignorierten psychoanalytische Schriften über die männliche Kastrationsangst jede Diskussion über die Hoden und richteten ihre Aufmerksamkeit ausschließlich auf das »aufrichtigste Organ des Mannes«, den Penis. Wie wir jedoch inzwischen wissen, werden im Phantasieleben von Männern Hoden und Hodensack oft mit Weiblichkeit assoziiert. Außerdem wird der zuverlässigere, sichtbare und kontrollierbare Penis abwehrend als »Gegenmittel« gegen die beschämenden weiblichen Wünsche eines Mannes imaginiert« (S. 177/8).

Davon abgesehen, daß sich schon Freud (1923b, S. 295) darüber wunderte, »ein wie geringes Maß an Aufmerksamkeit der andere Teil des männlichen Genitales, das Säckchen mit seinen Einschlüssen beim Kinde auf sich zieht«, gibt es aber durchaus Literatur zu diesem Thema, so z. B. von Bell (1961, 1964, 1965, 1968), die sogar eine testikuläre Phase der psychosexuellen Entwicklung postulierte, die Arbeiten von Blos (1960), Cytrin et al. (1967), Schweitzer et al. (1970), die sich mit den psychischen Konsequenzen des Kryptorchismus beschäftigt haben, und Autoren, die ganz allgemein die Rolle der Hoden für die Entstehung des Körperbildes, bei der Selbstbefriedigung und im Hinblick auf die Kastrationsangst thematisiert haben (z. B. Glenn, 1965, 1969; Kestenberg, 1968; Meyers, 1976; Yazmajian, 1966a, b).

Bell (1964) z. B. fand in ihrer Untersuchung, daß es Mütter gibt, die mit ihren kleinen Söhnen nicht darüber sprechen können, daß sich die Hoden im Hodensack bewegen und sich auch manchmal in den Körper zurückziehen können. Sie meinte, bei diesen Müttern zusätzlich zum Penisneid auch Neid auf den Hodensack und auf die Hoden feststellen zu können. Vor allem bei Müttern mit jüngeren Brüdern kam es offensichtlich zu einem Wiederaufleben ihrer kastrierenden Wünsche dem männlichen Neugeborenen gegenüber. Die Autorin hat die Hypothese aufgestellt, daß die testikuläre Kastrationsangst bei sehr vielen Jungen und Männern einer Verdrängung unterliegt oder via Verschiebung später der auf den Penis bezogenen Kastrationsangst untergeordnet wird. Daß hier Verleugnungs- und Verdrängungsprozesse am Werk sind, klingt plausibel, da Jungen und Männer sich im allgemeinen ungern mit ihrer Kastrationsangst beschäftigen und die Empfindlichkeit der Hoden ohnehin sehr schnell an diese Angst erinnert. Glenn (1969) geht allerdings davon aus, daß auch die umgekehrte Abwehrrichtung möglich ist: die übermäßige Besorgnis um die Verletzung der Hoden oder das ängstliche Registrieren der Hodenbewegungen kann auch eine Abwehr starker phallischer Kastrationsangst sein. Welches Organ vom Jungen stärker mit Kastrationsangst assoziiert wird, hängt nach Glenn von einer Anzahl von Faktoren ab: so z. B. vom Ausmaß der testikulären Stimulation beim Kleinkind, von der konstitutionellen Überbesetzung dieser Organe, von der Neigung, frühe Verlustängste (z. B. vor Objektverlust) auf bestimmte Genitalien, wie Hoden und/oder Penis, zu verschieben.

Kestenberg (1969) glaubt Belege aus psychoanalytischen Rekonstruktionen für eine auf den ersten Blick kühn anmutende Hypothese erhalten zu haben, daß beim Jungen eine Verschiebung der Empfindungen und Spannungen von den nicht sichtbaren Teilen der männlichen Genitalien (wie Hoden, anale und urethrale Schließmuskulatur) auf den äußeren, sichtbaren Phallus erfolgt. Die passiv erlebten genitalen Empfindungen aus dem Körperinneren werden vom Jungen häufig mit Weiblichkeit gleichgesetzt, erinnern ihn an frühe, leiblich verspürte Erfahrungen mit seiner Mutter. Die Überbewertung der phallischen Empfindungen geht somit auch auf eine Abwehr von Hilflosigkeit und Unbehagen im Umgang mit Spannungen aus dem Körperinneren zurück. Die sich bei emotionaler Veränderung z. B. nach oben bewegenden Hoden können Ängste vor Objektverlust und Kastration auslösen, während der Junge sich des sichtbaren, fühlbaren und in seiner Existenz kontrollierbaren Penis jederzeit vergewissern kann. Die Überbewertung des Phallus führt zu einer Abwertung der als unkontrollierbar und gefährlich wahrgenommenen innergenitalen Erregungen und aufgrund der Gleichsetzung mit den mütterlichen Introjekten zu einer Abwertung der als bedrohlich imaginierten Weiblichkeit.

In diesem Sinn merkt auch Poluda-Korte (1992, S. 103) an, daß Jungen, nachdem sie enttäuscht realisieren mußten, aufgrund der Verschiedenheit ihres Geschlechts niemals so potent werden zu können wie ihre Mütter, »sich kompensatorisch mit dem überwertigen Bild ihres Geschlechts identifizieren und mit Kastrationsangst reagieren, wenn die Frau ihn und sich realistisch begreifen möchte«.

Nach Chasseguet-Smirgel (1974) kann allerdings auch die Entdeckung des Jungen, daß seine Mutter keinen Penis (oder nur einen sehr kleinen, die Klitoris) hat, zu dem Erleben eines großen narzißtischen Triumphes führen, daß er über ein Organ verfügt, was der Mutter fehlt. Der Phallus kann somit auch zum Symbol der Abgrenzung von der als allmächtig erlebten Mutter werden. Das Triumphgefühl des Knaben über die omnipotente Mutter kann sich dann bei ihm später in der Neigung äußern, Frauen gegenüber den Beschützer zu spielen, aus der passiv erlebten Bemächtigung eine aktive, mit liebevollen Gefühlen durchsetzte rücksichtsvolle Haltung entstehen zu lassen. Wenn jedoch das Vertrauen in den narzißtischen Wert des Penis fehlt – z. B. bei Männern mit einer sehr bemächtigenden Mutter, die ihren Sohn zur Befriedigung ihrer narzißtischen Bedürfnisse mißbrauchte –, können sich solche Männer nie sicher sein, »ob die Frau tatsächlich keinen Penis hat, fürchten sich, im Innern der Vagina einen Penis anzutreffen und ejakulieren lieber ›ante portas‹ oder sehr schnell, um so eine ›gefährliche Begegnung‹ zu vermeiden« (S. 162).

Die Angst vor der Vagina relativiert die Bedeutung einer ausschließlichen Kastrationsangst; aber ihr übermäßiges Fortbestehen beim Jungen verweist vermutlich wie die damit zusammenhängende Kastrationsangst auf die oben ausgeführten entwicklungsgeschichtlichen Hintergründe einer konflikthaften präödipalen Vorgeschichte.

In der Begrifflichkeit der Geschlechtsidentitäts-Entwicklung formuliert, unterscheidet Tyson (1992) drei Phasen der Kastrationsangst. Die früheste Entstehung der Kastrationsangst bezieht sich auf den Lebensabschnitt, in dem die Erfahrungen der Selbst-Objekt-Differenzierung, der Überwindung massiver Spaltungsphänomene und der Ent-Identifizierung mit der Mutter gemacht werden. Ein Scheitern in diesen grundlegenden Entwicklungsaufgaben führt zu einem durchdringenden Unsicherheitsgefühl in bezug auf Unabhängigkeit und Getrenntheit und im Hinblick auf ein basales Gefühl männlicher Identität. Jungen, die diese frühe Kastrationsangst durchlitten haben, neigen im späteren Leben dazu, übermäßig Macht und Kontrolle auszuüben, um ihr prekäres Selbst- und Identitätsgefühl kompensatorisch aufrechterhalten zu können. Die zweite Phase der Entstehung von Kastrationsangst bezieht sich auf die frühe phallisch-exhibitionistische Zeit (drittes und viertes Lebensjahr), wenn die Festigung eines als wertvoll erlebten und intakten Körperbildes und der damit einhergehenden männlichen Geschlechtsrolle nicht gelang. Die entsprechende Kastrationsangst wird in späteren Jahren als forcierter phallischer Exhibitionismus, Voyeurismus und einer Idealisierung der machohaften Sexualität (»man muß den Frauen zeigen wo's langgeht, sonst werden sie zu selbstbewußt«) kompensiert. In der dritten Phase schließlich handelt es sich um die ödipale Kastrationsangst, deren Konflikte mit den entsprechenden Triebimpulsen zu tun haben und die sich in Angst vor Demütigung, Liebesverlust und väterlicher Bestrafung äußern. Entsprechend dieser Betrachtung bezieht sich die Kastrationsangst nicht nur auf die Angst, den Penis zu verlieren, sondern der Männlichkeit und der männlichen Identität verlustig zu gehen.

»Wo immer der weiße Mann die Erde berührt
hat, ist sie wund«
(Mc Luhan, 1979, S. 1).

5.2.11 Männlicher Brust-, Vaginal- und Gebärneid

»Ich: ›Möchtest du gerne ein kleines Mäderl haben?
Hans: ›O ja. Warum nicht? Ich mag eins kriegen, aber die Mammi darf keines kriegen, ich mag's nicht.‹
. . .
Ich: ›Es bekommt doch nur eine Frau ein Kind.‹
Hans: ›Ich krieg ein Mäderl.‹
. . .
Ich: ›Du möchtest gerne ein Mäderl haben.‹
Hans: ›Ja, nächstes Jahr krieg' ich eins. . . ‹
. . .
Ich: ›Du kannst aber kein Mäderl bekommen.‹
Hans: ›O ja, ein Bub kriegt ein Mäderl, und ein Mäderl kriegt einen Buben.‹
Ich: ›Ein Bub bekommt keine Kinder. Kinder bekommen nur Frauen, Mammis.‹
Hans: ›Warum denn ich nicht?‹« (Freud, 1909 b, S. 322).

Dieser Dialog aus Freuds (1909 b) Arbeit »Analyse der Phobie eines fünfjährigen Knaben« dürfte in der einen oder anderen Form wahrscheinlich allen Eltern mit einem männlichen Kind bekannt sein. Um so erstaunlicher ist es auf den ersten Blick, daß das Thema des männlichen Neides auf das Schwangersein und die Gebärfähigkeit der Mutter in der Psychoanalyse doch eher ein randständiges Thema geblieben ist.

Ausgehend von Beobachtungen an seinen männlichen Patienten war Greenson (1968) immer wieder davon beeindruckt, daß diese einen starken Neid gegenüber Frauen auf einer tief unbewußten Ebene hegten. »Jedes Geschlecht beneidet das andere, doch scheint der verdecktere Neid des Mannes, der sich hinter einer äußeren Fassade von Verachtung verbirgt, hinsichtlich der Geschlechtsidentität besonders zerstörerisch zu wirken« (1982, S. 259). Neid ist für Greenson eine der wichtigsten Triebkräfte für den Wunsch des Mannes, eine Frau zu sein, und er hat in dem frühen Neid, den alle Kinder auf ihre Mutter empfinden, seinen Ursprung.

Das Thema des Gebär(mutter)- und Brustneides der Jungen und Männer hat zwar bei weitem nicht so viel schriftstellerische und Forschungs-Aktivität ausgelöst wie der Penisneid der Mädchen und Frauen, dennoch haben Psychoanalytiker sich mit ihm befaßt (so z. B. Groddeck, 1923; Boehm, 1930; Landauer, 1931; Bergler und Eidelberg, 1933; Jacobson, 1950; Bettelheim, 1954/1975; v. Leeuwen, 1966; Jaffe, 1968; Kubie, 1974; Deutsch, 1969; Lidz und Lidz, 1977; Bräutigam, 1976; Benz, 1984; Modena, 1986; Reiche, 1990; Barth, 1990).

Beliebt war dieses Thema aber wohl nie so recht. Ihm haftet der Geruch von Unseriosität und Spekulation an. Viele ahnen zwar, was damit gemeint sein könnte, schütteln aber dennoch leicht ungläubig den Kopf. Es ist wohl so, wie Bettelheim (1975) vermutet hat: Die phallozentrische Kultur hat den Neid der Männer auf den weiblichen Körper und ihre prokreativen Funktionen in den Untergrund getrieben. Neidisch sein heißt unmännlich sein, und wer als Mann sich gar zu seinem Neid auf Frauen bekennt, wird von seinesgleichen sehr verächtlich behandelt. Und Frauen rühren dieses Thema lieber nicht an, weil sie ahnen, wie verletzlich Männer in dieser Hinsicht sind.

Viele Befunde sprechen dafür, daß der männliche Gebärneid (als Kurzformel für den Neid auf die Brüste, die Genitalien und das Gebärenkönnen) vom kleinen Jungen um vieles intensiver erlebt wird als der Neid des kleinen Mädchens auf den Penis (und den Hodensack) des Jungen und deshalb vermutlich auch tiefgreifende Auswirkungen auf die kulturelle Entwicklung im positiven wie im negativen Sinn hat. Die Mutter des Jungen besitzt zwei große Brüste, an deren orale, lebensspendende und Zärtlichkeit vermittelnde Kraft auch der zwei- und dreijährige Junge noch viele – vor allem leibbezogene – Erinnerungen hat. Sie und andere Frauen können ein Kind in ihrem Bauch tragen und zur Welt bringen und damit das unbegreifliche Geschehen eines neuen Lebens herbeizaubern; die Mutter, die im »heimlichen Matriarchat« die eigentliche Macht zu Hause hat, läßt in unzähligen Handlungen den kleinen Jungen spüren, wie hilflos und abhängig er von ihr ist. Deshalb ist es nicht verwunderlich, daß der Junge diese erfahrene Macht auch mit dem Ernähren- und Gebärenkönnen der Mutter in Zusammenhang bringt und mit fortschreitender Differenzierung einen intensiven Neid auf diese ihm omnipotent erscheinenden Fähigkeiten entwickelt. Im Unterschied zu M. Klein ist davon auszugehen, daß dieser Neid wahrscheinlich noch nicht beim wenige Monate alten Kleinkind entsteht, sondern erst mit fortgeschrittener Subjekt-Objekt-Differenzierung *und* im Verlauf der Geschlechter-Differenzierung. Was ist sein kleiner Penis schon gegen diese körperliche Omnipotenz seiner Mutter! Und warum sollte deshalb auch ein kleines Mädchen so ungeheuerlich neidisch auf den Penis ihres Bruders oder anderer männlicher Personen sein, zumal es ja deutlich den Vorteil hat, eine kontinuierliche Identifizierung mit den weiblichen körperlichen Vorzügen beibehalten zu können, auch wenn natürlich im Rahmen des Loslösungs- und Individuationsprozesses ein konkretes Trennen und Selbständigwerden erforderlich sind und auch wenn das Mädchen angesichts der Relation groß/klein natürlich nicht frei von Neidgefühlen gegenüber seiner großen Mutter ist.

Diese Attribuierung von mütterlicher Omnipotenz scheint in der Redeweise von der Mutter Erde oder der Mutter Natur wieder auf; und es ist vielleicht nicht nur psychoanalytischer Psychologismus, wenn behauptet worden ist, daß der männliche Eroberungsgeist, beflügelt und legitimiert von einem phallokratischen Schöpfungsauftrag (»Macht euch die Erde untertan«), viele Schätze dieser Erde mutwillig exploitiert und die Natur mißhandelt hat. Dringlicher als je wird deshalb auch für das Überleben der Menschheit die Frage, wie eine allmähliche Intoleranz gegenüber den existierenden Formen der Naturzerstörung entstehen kann (vgl. Busch, 1993).

Es ist in den zurückliegenden Jahren viel darüber spekuliert worden, inwieweit der Begründer der Psychoanalyse sich selbst von einem tiefen Neid auf seine Mutter, deren Beziehung zu ihm durch gravierende Verlusterlebnisse in der frühen Kindheit geprägt war, nur unzureichend befreien konnte, so daß – neben der impliziten Wertschätzung, die er der Frau sehr wohl entgegenbrachte (vgl. z. B. Evert, 1991) – seine Auffassung der Frau und der weiblichen Sexualität zu einem Mängelwesen und -katalog geriet.

Wenn man die noch heute z.B. in weiten Teilen Afrikas praktizierten Initiationsriten der Klitorisbeschneidung und der Infibulation zur Kenntnis nimmt, werden die Parallelen zu manchen Auffassungen des 19. Jahrhunderts, von den sich auch Freud nicht befreien konnte, deutlich: »Die Entfernung der Klitoris garantiere zudem die Unterdrückung der Masturbation, soll die verstümmelte junge Frau in den Genuß eines vaginalen Orgasmus bringen und sie überdies zwingen, sich ganz ihrem Mann zuzuwenden. Es wird ihr dadurch der sogenannte Organwechsel erleichtert, den auch Freud von der Frau fordert, um zu echter Weiblichkeit zu gelangen. Seit Masters und Johnson bewiesen haben, daß es im Orgasmus einen Organwechsel von Klitoris zu Vagina bei der Frau nicht gibt, weil immer beide Organe bei einem Orgasmus beteiligt sind, muß die Neidabwehr – d. h. die Identifikation mit der Mutter und die daraus folgende Phantasie der männlichen Erschaffung und Beherrschung der Frau – die Hauptrolle spielen bei der Behauptung, »die Frau hätte zwei Arten von Orgasmen und deshalb einen Organwechsel zu vollziehen«. Ob bei diesem Gedanken nicht eher die mangelhafte, vorpubertäre Ausstattung des männlichen Genitales auf die Frau projiziert werde, fragt Barth (1990, S. 95) am Ende ihrer Argumentation.

Folgende Varianten des »Weiblichkeitskomplexes« werden anschaulich von Boehm (1930) geschildert:

> »Mit der Tatsache, daß andere Männer und Knaben einen größeren Penis hatten, weiter oder höher urinieren konnten, habe ich mich allmählich abfinden können; aber nie werde ich eine quälende Erinnerung los: Die Amme meines ungefähr acht Jahre jüngeren Bruders hatte ihn auf den Schoß genommen, um ihn zu stillen. Um die eingetrockneten Milchtropfen zu entfernen, nahm sie ihre Brust in die Hand und drückte dieselbe, so daß ein aus der Brustwarze kommender feiner, aber kräftiger Milchstrahl mein Gesicht bespritzte. Der unerwartete Vorgang löste Verwunderung und Schrecken bei mir aus, – und es setzte sich in mir die Empfindung fest: das wirst du nie können, das haben die Frauen dir voraus« (S. 89).

Aber nicht nur das »Mehr«, auch das »Anders« erzeugt Minderwertigkeitsgefühle und Neid:

»Es ist so oft betont worden, und jede Analyse einer Frau beweist es von neuem, wie das kleine Mädchen darauf neidisch ist, daß der Knabe in einem geschlossenen Strahl, weiter und in höherem Bogen urinieren kann. Viele Männer aber erinnern sich an ein Erlebnis in der Kinderstube: ihre kleinen Schwestern konnten in einem breiteren Strahl urinieren und riefen dabei im Töpfchen ein ganz anderes, dumpferes Geräusch hervor. Ein Patient von mir erinnert sich deutlich, wie quälend und beschämend es für ihn war, daß er dieses Geräusch nicht auch erzielen konnte. Im späteren Leben war sein Ideal ein Gartenschlauch, mit dem er abwechselnd mit einem geschlossenen und mit einem feinverteilten Strahl spritzen konnte« (S. 89).

»Wenn ich onaniere, koitiere ich meine Mutter, welche ich mir einverleibt habe, damit sie von niemandem koitiert werde und niemand bei ihr ›fingern‹ kann. – In den Leib meiner Mutter bin ich von meinem Vater zwangsweise gesetzt worden, meine Mutter habe ich mir aus eigener Machtvollkommenheit einverleibt.

Seit meiner frühesten Kindheit bin ich unfähig, Milch zu trinken; insbesondere kann ich die Haut von derselben nicht in den Mund nehmen. – In den letzten Tagen habe ich an den Brüsten meiner Freundin gesogen und dabei an deren Erregung konstatiert, daß die Brüste Sexualorgane der Frau sind. – Wenn ich mir meine Mutter einverleibe, kann sie niemand mehr stillen, wie sie meine Geschwister gestillt hat« ... In seinen Phantasien ist kein Unterschied zwischen Mutter und ihm, seine Mutter besitzt auch einen Penis. Durch die Einverleibung seiner Mutter (mit ihrem Penis), und zwar auf oralem Wege, ist seine Mutter sein Penis, der größte der Welt geworden. Wenn er onaniert, ›fingert‹ er an dem Penis seiner Mutter. Gleichzeitig hat er sich die Genialität seiner immer von ihm als weise empfundenen Mutter einverleibt und hat seitdem Hemmungen, diese Genialität der Welt zu zeigen« (S. 92).

»›Ich hatte heute nacht deutlich ein körperliches Gefühl, als Frau koitiert zu werden, und zwar zwischen After und Genitalien.‹ – Dieser Patient lag in den ersten anderthalb Jahren seiner Analyse fast immer mit gespreizten Beinen da, trotzdem ich ihn wiederholt auf dieses Symptom aufmerksam machte« (S. 86).

»Infolge der Verdrängung der Wünsche, eine Frau zu sein, entsteht die Abneigung mancher Männer gegen alles Weibliche. So verabscheut der eine ein breites Becken, ein kräftiges Gesäß oder schlaffe Brüste, weil das weibliche Attribute sind. Hinter dem Haß gegen weibliche Eigenheiten der Frau steckt der Wunsch, selbst diese Eigenheiten zu haben; dahinter auch ein Neid auf den vermeintlich größeren Penis der Frauen. Die hängende Brust der Frau hat im Unbewußten der Männer die Bedeutung eines größeren weiblichen Penis« (S. 87).

Der Haß gegen die Mutter, besonders gegen eine schwangere Mutter, äußert sich oft schon beim Kinde in eindeutiger Weise. Während einer Spielerei mit einer Halskette, welche die hochschwangere Mutter am Hals trug, wurde von einem fast dreijährigen Knaben der Versuch gemacht, der Mutter den Hals zuzuschnüren, indem er die Schnalle auf- und niederschob, so daß er die Mutter hätte erwürgen können, d. h., er hatte Tötungs- bzw. Kastrationswünsche gegen die schwangere Mutter; wie die Analyse ergab, nicht bloß aus Wut auf den kommenden Rivalen, sondern auch aus Neid auf die Schwangerschaft der Mutter« (S. 87).

»Ein Kind geboren zu haben, glaubte auch ein fast dreijähriger Knabe, der immer, wenn er auf dem Topf gewesen war, sagte: ›Mutter, komm schnell, ich hab was Schönes gebort‹ « (S. 86).

»Wir empfinden es als ein Zeichen besonderer Männlichkeit, wenn ein Mann eine große, schwere Zigarre raucht, und sind gewohnt, die Zigarre als Symbol des Penis anzusprechen; wir vergessen dabei aber, daß auch der Raucher sich die Zigarre immer wieder in den Mund steckt und dabei seinen Mund als aufnehmendes erogenes Organ verwendet« (S. 85).

»Als Knabe und wohl auch noch als Jüngling habe ich in der Wanne meine Genitalien zwischen den Beinen eingeklemmt, meine Oberarme zusammengedrückt, und auf diese Weise einen Busen vorgetäuscht und mir dabei gedacht: Wenn jetzt jemand hereinkommt, kann er nicht wissen, ob er einen Mann oder eine Frau vor sich hat« (S. 82).

Bei einem erwachsenen Mann sind in der Regel zumeist nur noch Abkömmlinge dieses kindlichen Neides zu finden und entsprechend werden sie dann auch rationalisiert:

Ein Patient z. B. drückte dies einmal folgendermaßen aus: »Ich beginne allmählich, Frauen immer mehr zu hassen. Sie sind überall bevorzugt. Männer reißen sich um sie, machen ihnen den Hof. Sie brauchen nur zu lächeln, und schon springt der Mann. Wenn eine Frau einigermaßen gut aussieht, kann sie im Leben alles erreichen. Sie braucht nur mit ihrem Hintern zu wackeln oder den Saum ihres Rockes über ihre Knie rutschen zu lassen, und schon werden Männer verrückt nach ihr. Dabei braucht sie keine weitere Aktivität zu zeigen, ihre bloße Existenz reicht schon aus. Ich hingegen muß mich anstrengen, werben, aktiv sein, wie verrückt schuften, eine Erektion haben, auf Frauen zugehen und mir dabei Körbe holen. Ich möchte es einmal im Leben auch so gut wie eine Frau haben.«

Deutsch (1969, S. 54) hat darauf aufmerksam gemacht, daß in der griechischen Mythologie häufig vom Wunsch und von der Fähigkeit des Mannes die Rede sei, Kinder parthenogenetisch (ohne eine Mutter) zu erzeugen: »Athene .. die aus Zeus' Kopf – parthenogenetisch – geboren wurde, hatte keine Mutter; hier hatte sich der Traum des Mannes, die reproduktiven Leistungen der Frau zu übernehmen, erfüllt. In der griechischen Mythologie finden wir mehr Gebärmutterneid von Männern als Penisneid von Frauen.«

Im biblischen Schöpfungsmythos wird der erste Mensch aus Lehm = Dreck = Kot gemacht, worin man die Phantasie erblicken könnte, daß Väter (Gottvater) ihre Söhne auf anale Weise erschaffen, was eine homosexuelle Omnipotenzphantasie darstellt, in der die tatsächlichen Macht- und Gebärverhältnisse verleugnet werden (vgl. Modena, 1986).

Das Differenzierungsmodell von Fast (1984) stellt eine plausible Erklärung dafür bereit, daß, beginnend mit dem Gewahrwerden des anatomischen Geschlechtsunterschiedes – und das heißt auch mit zunehmenden kognitiven Fähigkeiten zur Realitätsprüfung –, der Junge allmählich realisieren muß, daß seine in primären Identifizierungen mit der Mutter erworbenen Teilhabe-Phantasien an den mütterlichen oral spendenden und Leben schenkenden Fähigkeiten eine Illusion darstellen. Es kann nicht ausbleiben, daß Gefühle von Enttäuschung und Neid entstehen, die dann häufig auch zu einer reaktiven Forcierung der Phallizität und einer entsprechenden Entwertung nahezu aller weiblichen Fähigkeiten führen können. Auch homosexuelle Partnerorientierungen können auf diese Weise entstehen, wenn sich der Junge von der Mutter neidisch abwendet und sich ausmalt, zusammen mit dem in der Phantasie inkorporierten Penis des Vaters ein Kind zu erschaffen, das größer und stärker ist als alle Kinder, die die Mutter jemals gebären können wird (vgl. Jacobson 1950).

Dabei darf man sich den von Fast (1984) beschriebenen Differenzierungsprozeß nicht als ein totales Aufgeben geschlechtlicher Omnipotenz-Phantasien vorstellen. In dem von Freud für den Fetischisten beschriebenen Vorgang der Ich-Spaltung können ohne das Erleben einer logischen Inkonsistenz widersprüchliche Vorstellungen nebeneinander existieren. Und von daher können bei Jungen – und bei Mädchen entsprechend – lange Zeit Phantasien bestehen bleiben, sich doch noch weiblich zu entwickeln. Kubie (1974) hat mit klinischen Beispielen belegt, wie diese Wünsche zu Arbeitsstörungen, neurotischer Partnerwahl u. a. m. führen können.

In der Psychoanalyse wird stillschweigend davon ausgegangen, daß es im Lauf einer als normal geltenden Entwicklung zu einer relativ unkomplizierten Umwandlung und Sublimierung der Neidaffekte beim Jungen kommt. Man kann sich aber zu Recht fragen, wie dies in unserer Sozialisation geschieht, welche Idealisierungen des Phallischen (Trumps Tower als Paradigma für den idolatrisierten, analen Geldphallus) diesen Neid für Jungen und Männer erträglicher werden lassen.

Aufschlußreich ist dabei der Blick in andere Kulturen, in denen bestimmte Affekt- und Triebsozialisierungen noch nicht in dem Umfang stattgefunden haben wie in unserer Zivilisation. So dienen nach Bettelheim (1975) Beschneidungsriten (z. T. mit Subinzision des Penis) oder z. B. die Couvade, das Männer-Kindbett, dazu, den Menstruations- und Gebärneid bewältigen zu helfen. Bei der Subinzision wird an der Unterseite des Penis die Harnröhre einige Zentimeter aufgeschlitzt, um eine ähnlich klaffende Wunde wie die weibliche menstruierende Vulva und das Privileg, im Sitzen mit einem breiten Harnstrahl urinieren zu können, zu erhalten.

In den stärker »zivilisierten« Ländern wurden zum Ausgleich für das männliche Unvermögen seit Jahrhunderten die Frauen vom geistigen, wissenschaftlichen und künstlerischen Gebären abgehalten, das die Männer für sich als Vorrecht betrachten. Noch gegen Ende des zwanzigsten Jahrhunderts gelten Universitäten und das Top-Management von Wirtschafts-Unternehmen als Trutz- und Hochburgen männlicher Kreativität und Schaffenskraft, in denen der Zutritt nur einer kleinen auserwählten Schar von Frauen gestattet wird.

Rituale der Gebärpotenz zeigen sich im akademischen Bereich z. B. auch in den seitenlangen Publikationslisten der Professoren oder in der Anzahl von – für die Alma Mater – eingeworbenen Drittmittel-Projekten. Nach dem Motto »je zahlreicher, desto potenter« (häufig rationalisiert durch den Schlachtruf »to publish or to perish«) werden diese Erzeugnisse in Jahresberichten, Jubiläumsreden oder bei Emeritierungen wie heilige Produkte eingeschätzt, die von der Gebärfähigkeit des Betreffenden Zeugnis ablegen. Immerhin hat der »homo faber« aber – im Unterschied zum kriegerischen Phallokraten – seinen Gebärneid sublimiert und kulturell wertvolle Leistungen geschaffen. Ob die hauptsächlich von Männern erfundene Gentechnologie mit ihrer Möglichkeit der Erzeugung von Retortenbabys den letzten Akt prometheischen Schöpfungswillens darstellt?

Die zwar nicht häufigste, aber doch sinnvollste Möglichkeit zur Sublimierung des Gebärneides und zur Realisierung der in der frühen Identifizierung erworbenen mütterlich pflegenden Einstellungen und Verhaltensweisen ist natürlich die liebevolle und engagierte Vaterschaft, die vor allem von modernen progressiven Männern wahrgenommen wird. Daß sich in dem Kult des »neuen Vaters«, der Kinderwagen schiebend seine Andersartigkeit demonstriert, auch wiederum Relikte nur mühsam verhohlener Rivalität mit den Müttern Ausdruck verschaffen *können*, hat Bopp (1984, S. 64 f.) mit der Formel vom »Mappi« ironisierend aufgezeigt: »Nicht nur die androgynen Mütter haben Allmachtswünsche, wollen ein Supergeschlecht verkörpern, sondern auch neue Väter. Ihre männlichen Größenphantasien müssen sie darüber hinwegtrösten, daß sie Männer mit begrenzten Funktionen und Fähigkeiten sind . . . Die Mappis neigen dazu, sich als Männer zu desexualisieren und zu depotenzieren. Sie verstekken ihren realen Penis und schielen nach imaginären Brüsten. Als Entschädigung für diese Unterwerfungsgesten pflegen sie Träume von der eigenen Omnipotenz, indem sie sich insgeheim als Vertreter des Supergeschlechts phantasieren . . . Sie hofieren dem weiblichen Narzißmus, um sich vor der mütterlichen Aggression zu schützen. Die Psychoanalyse definiert dieses Abwehrverhalten als ›Identifikation mit dem Aggressor‹ «.

Wenn Neid und Rivalität von Vätern reflektiert werden können, muß engagierte Vaterschaft aber nicht in Mappi-Tun entarten. So gesehen ist der sich zu seinen mütterlichen und weiblichen Identifizierungen bekennenkönnende Mann und Vater »der Revolutionär des Alltags« (Modena, 1986, S. 47) und wohl einer der wichtigsten Hoffnungsträger für eine Veränderung im Umgang der Geschlechter und für eine kulturelle Evolution.

5.2.12 Die Geburt der Heterosexualität in der ödipalen Phase

Freuds Rede vom »Triebschicksal« beinhaltete im Prinzip die Verabschiedung einer biologischen Auffassung der Triebimpulse im Sinne von festgelegten Instinkten mit z. B. eng umrissenen Auslösebedingungen und einem definierten Triebziel. Für Freud durchläuft und erfährt der Sexualtrieb ein kompliziertes Schicksal, das bereits in der Kindheit beginnt. Damit war theoretisch die Möglichkeit geschaffen, der sozialisationsbedingten Formung des kindlichen Trieblebens genügend Gewicht einzuräumen. In Freuds Gesamtwerk gibt es dennoch zwei unterschiedliche Konzeptualisierungen menschlicher Sexualität (vgl. G. S. Klein, 1976). In der metapsychologischen Theorie suchte Freud nach einer naturwissenschaftlichen Begründung und definierte die Sexualität als eine Energieform, die nach Entladung drängt und dementsprechend auch unter quantitativen Aspekten, wie z. B. der »Besetzungsintensität«, erforscht werden und als Universalie aufgefaßt werden kann. In der klinischen Theorie interessierte er sich für die komplizierten Sinnzusammenhänge, die mit dem Schicksal menschlicher Sexualität verwoben sind. Diese Konzeptualisierung erlaubt es auch, nach den soziokulturellen Einflüssen auf menschliches Erleben in einer bestimmten Sozialisationsumwelt zu fragen.

In der Praxis aber gab es nur wenige Psychoanalytiker, die sich mit den soziokulturellen Einflüssen auf die Psychosexualität inhaltlich (und nicht nur programmatisch) auseinandergesetzt haben, so daß eine tendenziell biologistische Argumentation in den Arbeiten vieler Psychoanalytiker zur Organisation menschlicher Sexualität anzutreffen ist. Und weil es bislang den verschiedenen Varianten der Objektbeziehungstheorie, geschweige denn den selbstpsychologischen Ansätzen, nicht gelungen ist, die psychosexuelle Dimension in ihre Theorie zufriedenstellend zu integrieren, fristet der Sexualtrieb in der modernen Psychoanalyse ein eher kümmerliches Schicksal, denn an seine metapsychologische Begründung mag auch niemand mehr so recht glauben. Dieser Konzeptualisierungsmangel verdunkelt auch, wie Stein (1989, S. 5) in ihrer Kritik am Freudschen Triebmodell feststellt, die Bedeutung der Entwicklung der Psychosexualität im späteren, erwachsenen Leben, unterschätzt den Einfluß des sozialen Milieus, das diese Erfahrungen prägt, und impliziert eine Zielbestimmung von normaler sexueller Entwicklung, auch wenn die Psychoanalyse die Bedeutung von Sexualität auf Psychosexualität ausgeweitet hat. Obgleich Freud den Grundstein für ein zwischenmenschliches Verständnis sexuellen Begehrens gelegt hat, führt doch das Fehlen einer Theorie der sozialen Strukturen außerhalb der Familie zu einer tendenziell psychologistischen Betrachtungsweise, wie vor allem Soziologen (wie z. B. Beck und Beck-Gernsheim, 1990) an der Psychoanalyse trotz aller Wertschätzung kritisiert haben.

Immanent klingt auch noch bei Freud in der Rede vom Objektwechsel trotz seiner Vermeidung einer biologistischen Argumentation (Heterosexualität als das in der Biologie des Menschen Angelegte) eine normative Orientierung an.

Und obwohl für ihn die Objektwahl das »Variabelste am Trieb« zu sein scheint und sein Konzept der Bisexualität (das freilich auch manche begriffliche Verwirrung enthält) die Frage der Festgelegtheit der geschlechtlichen Partnerorientierung in der Kindheit offenläßt, klammert er doch die Myriaden von familiär und soziokulturell vermittelten Sinnerfahrungen, die das »Triebschicksal« konstituieren, aus und geht statt dessen von einer (naturwissenschaftlich geprägten) quantitativen, ökonomischen Betrachtungsweise aus, bei der die »Besetzungsmenge« den Ausschlag für die letztendliche Orientierung gibt. Aber nach heutigen Erkenntnissen müssen wir uns eine Vorstellung von Sexualität erarbeiten, bei der die Entstehung von Heterosexualität, Bisexualität und Homosexualität eine vielschichtige Thematik ist, über die wir wahrscheinlich insgesamt noch sehr wenig wissen. Wovon wir jedoch mit Sicherheit ausgehen können, ist, daß die gesellschaftlichen Normvorstellungen einen größeren Einfluß auf die Durchsetzung von Heterosexualität haben, als wir aufgrund einer naiven Auffassung von einem als inneren Dämon gedachten Triebimpuls glauben, der sich zielsicher und imperativ seine heterosexuelle (oder wenn homosexuelle Forscher biologistisch argumentieren, seine homosexuelle) Befriedigung verschafft. Denn die klinische Erfahrung – aber nicht nur diese – lehrt, daß sich in der auf den ersten Blick so natürlich erscheinenden heterosexuellen Beziehung eine Fülle von Ängsten, Abwehrformen, Konflikten, Neid- und Haßgefühlen verbergen kann und manchmal auch ganz offen manifestiert, die alles andere als leidenschaftliches Hingezogensein zum anderen Geschlecht verkörpert, welche aufgrund einer natürlichen Trieborientiertheit erwächst. »Aber die geschlechtliche Liebe zu einer Frau ist doch mein Leben, ohne Sexualität zu einer Frau könnte ich mir ein Leben nicht vorstellen«, sagt ein männlicher Patient. »Liebemachen brauche ich wie die Luft zum Atmen.« Auch wenn die Heterosexualität subjektiv wie ein vorherbestimmter Drang erlebt werden mag, so ist sie doch bei genauerer Betrachtung von der Art einer Kompromißbildung.

Chodorow (1992) hat darauf hingewiesen, daß in der psychoanalytischen Literatur eine Vielzahl an Arbeiten existiert, die sich mit den Perversionsformen der Sexualität und auch mit männlicher und weiblicher Homosexualität befassen, aber daß es so gut wie keine Autoren oder Autorinnen gibt – abgesehen von Kernberg (1976 a, b, 1988) und in jüngster Zeit Person (1990) –, die die Entstehung und die Eigenart der sog. normalen heterosexuellen Liebe aus psychoanalytischer Sicht genauer erforscht haben. Beschreibungen perverser Sexualitätsformen betonen z. B. das Getriebensein, die Fixierung auf ein eng umschriebenes Triebziel und die Notwendigkeit, die perverse Handlung nach kurzer Zeit zu wiederholen. Daraus ließe sich die Schlußfolgerung ziehen, daß die heterosexuelle Liebe diese Attribute nicht aufweist. Aber verhält es sich wirklich so? Finden sich nicht auch in der heterosexuellen Liebe das süchtige Verlangen, die verzehrende Leidenschaft und das ausschließliche Konzentriertsein auf den Körper des anderen? Wenn man die sogenannten perversen Elemente von der normalen Liebe abzieht – so Chodorow (1992) –, was bleibt dann zurück? Lauwarme Milch und Langeweile? Wie aber läßt sich das Leidenschaftliche in der »normalen« Sexualität erklären, ohne bei Perversionstheorien Anleihen machen zu müssen? Die herkömmliche Psychoanalyse habe zu diesem Punkt wenig zu sagen.

Nach Chodorow (1992) scheint hingegen die Annahme plausibel zu sein, daß es ein breites Spektrum unterschiedlicher Beziehungsfähigkeiten gibt, unterschiedlicher Grade der Erotisierung, des Getriebenseins, der Kastrationsangst und des Penisneides, der Verleugnung und Abwehr u. a. m., die sich sowohl bei heterosexueller als auch bei homosexueller Objektwahl antreffen lassen. Und so, wie es viele Homosexualitäten und viele heterosexuelle Perversionen gibt, existieren vermutlich auch viele Formen von Heterosexualität, die bislang noch viel zu wenig beschrieben und erforscht sind. Diese Erkenntnis kann uns auch dafür sensibilisieren, wie komplex die Entstehung der heterosexuellen Liebe ist und auch wie unterschiedlich dies sich für Junge und Mädchen wiederum darstellt. Die Psychodynamik des heterosexuellen Begehrens hat viele Facetten. In der entwicklungspsychologischen Verallgemeinerung lassen sich die Faktoren und Einflüsse (wie biologische Reifungsfaktoren, soziokulturelle Prägungen, Familienerfahrungen, Identifizierungsschicksale und intrapsychische Konfliktlösungen) nur global benennen; erst in der klinischen Rekonstruktion wird die Vielschichtigkeit des Individuellen ersichtlich. Nichts spricht deshalb dagegen, die tiefenhermeneutische Forschungsmethodik der Psychoanalyse, die uns bislang so wertvolle Einblicke in das menschliche Seelenleben gestattet hat, noch gezielter für die Erforschung heterosexueller Phantasien, sexueller Vorlieben und einer heterosexuellen Partnerorientierung zu verwenden. Dazu ist es aber wichtig, daß wir nicht aufgrund theoretischer Voreingenommenheiten immer nur das wiederfinden, was wir ohnehin schon kennen oder zu kennen meinen.

Wenn wir diese Forschungsthematik berücksichtigen, wird uns die Frage nach dem Entstehen eines ödipalen Begehrens (in der sogenannten positiven Konstellation: Junge liebt Mutter; Mädchen liebt Vater) nicht mehr so selbstverständlich beantwortbar sein wie unter Zugrundelegung einer reifungsbedingten Naturwüchsigkeit (nach dem Motto: eines Tages entdecken Jungen oder Mädchen ihre sexuelle Liebe für den andersgeschlechtlichen Elternteil).

Wie manifestiert sich überhaupt das ödipale Begehren beim Kind? Läßt sich dies immer anhand von Äußerungen oder gar Handlungen feststellen oder nur auf der Ebene von Phantasien, die eines Tages auftauchen und unterschiedlich lange im Bewußtsein verweilen (vgl. Kap. 5.2.3)? Wie läßt sich die ödipale Liebe von einer Identifizierungsliebe unterscheiden (z. B. des Mädchens für seinen Vater), die für beide Geschlechter von wesentlicher Bedeutung ist (vgl. Benjamin, 1992)? Muß die Identifizierungsliebe zwangsläufig von einer ödipalen Liebe abgelöst werden? Welche Voraussetzungen müssen hierzu gegeben sein, nicht nur im Hinblick auf die Entwicklung der Psychosexualität und der Geschlechtsidentität, sondern auch bei Berücksichtigung der gesamten Persönlichkeitsentwicklung? Wie schafft das Mädchen den sogenannten »Objektwechsel«, d. h. die (teilweise) Verlagerung seiner bisherigen intensiven Liebesbeziehung zur Mutter auf eine sinnliche und sexuell getönte Liebesbeziehung zum Vater? Und wie schafft der kleine Junge den gewaltigen Sprung von der bedürfnisbefriedigenden Kleinkind-Mutter hin zur ödipalen Mutter, die als »ödipale Frau des Vaters« nicht mehr nur Selbstobjekt-Funktionen für ihren Jungen ausüben kann, die aber doch vor allem bei einer intensiven Beziehung immer noch an die Möglichkeit erinnert, von einer phantasierten omnipotenten Mutter-Imago total vereinnahmt oder kontrolliert zu werden, aber natürlich auch

Wünsche nach einer sogenannten archaischen Liebe des Kindes unter völligem Ausschluß des Vaters, der Geschwister, wie der Realität überhaupt, weckt (vgl. Chasseguet-Smirgel, 1988)? All dies sind Fragen, für die erst einige hypothetische Antworten vorliegen, die im folgenden Kapitel behandelt werden.

5.3 Entwicklungsdaten

5.3.1 Die Entwicklung beim Mädchen (ein Rückblick auf die präödipal genitale Phase)

Wie in Band 1, Kap. 4.3.3, anhand der Überlegungen von Glover und Mendell (1982) ausgeführt, gibt es für das Mädchen in jenem Zeitraum, der in der klassischen psychoanalytischen Literatur als »phallische Phase des Mädchens« bezeichnet wurde, eine Fülle von Entwicklungsaufgaben in dem nunmehr als präödipal genitale Phase zu nennenden Lebensabschnitt. Diese Entwicklungsschritte beziehen sich vor allem auf die gründliche Entdeckung des Körpers und seiner genitalen und innergenitalen Welt, in einem dornröschenhaften Rückzug auf sich selbst, und auf die neugierige Erforschung des Vaters als eines sexuellen Wesens und das Vertrautwerden mit ihm. Viele psychoanalytisch orientierte Eltern verwechseln diese Neugierde mit den ersten Anzeichen der ödipalen Phase, aber es geht hierbei noch nicht darum, den Vater für sich (weg von der Mutter) zu gewinnen, sondern vielmehr mit der geschlechtlich komplementären Person des Vaters erst einmal vertraut zu werden und eine weibliche sexuelle Identität gegenüber seiner Männlichkeit zu entwickeln. Die Scheu und das ängstliche Beeindrucktsein vor dem als mächtig und verletzenkönnend erlebten Penis des Vaters werden mit amazonenhaften Verhaltensweisen zu meistern versucht. Das Mädchen setzt sich in dieser Phase mit Kastrationsangst und Penetrationsangst auseinander. Die partielle Identifikation mit dem phallischen Vater kann ihm schließlich dazu verhelfen, sich mit den Ängsten vor eigener sexueller Erregung zu konfrontieren und sich schrittweise an der väterlichen Kraft und auch an seiner eigenen sirenenhaften Verführungsmacht zu erfreuen. Auf diese Weise erfährt es eine wichtige Unterstützung für seine Weiblichkeit. Ein weiterer, dritter Entwicklungsschritt besteht in der Auseinandersetzung mit der Weiblichkeit und Sexualität der Mutter.

Idealtypisch macht in dieser Subphase der Loslösungs- und Individuationsprozeß auch in geschlechtlicher Hinsicht kräftige Fortschritte. Die Entwicklungsaufgabe besteht für das Mädchen darin zu erfahren, daß ihm sein eigener Körper gehört. Dazu ist vor allem die Anerkennung der autoerotischen Tätigkeiten seitens der Mutter notwendig und vielleicht erst zu einem späteren Zeitpunkt auch die Anerkennung von homoerotischen Annäherungen, die das Mädchen gegenüber seiner Mutter vornimmt (wobei es bei der Homoerotik zu einer tendenziellen Aufhebung der Grenzen kommen kann, deren Aufrechterhaltung für die Autoerotik so bedeutend ist). Wie schon in den ersten Lebensjahren (vgl. Bd. 1, Kap. 2.2.2 und 3.3.3) ist die Anerkennung der Autoerotik für das kindliche Selbstbewußtsein so wichtig, weil es Autonomie in der Beziehung erlaubt:

»Die Tochter kann dann auch in jenen Bestrebungen bestätigt werden, mit denen sie sich von der Mutter trennt, indem sie sich selbst und unabhängig von ihr Lust verschafft. Beides ist dann aufgehoben in der Mutter-Tochter-Beziehung: Verbundenheit und innere Trennung, Gemeinsamkeit und die Anerkennung von Unterschieden. Auf dieser Basis kann die Botschaft der Mutter an die Tochter lauten: Dein Körper, der wie meiner weiblich ist, ist gut und wertvoll, und du darfst mit diesem Körper eine von mir unabhängige Lust und Sexualität haben. Damit kann das Mädchen seine Weiblichkeit als eigenständige Quelle von Lust und Kreativität erfahren und sich mit diesem Fundament selbstbewußt dem anderen Geschlecht zuwenden, weil seine Bestätigung als sexuelles Subjekt nunmehr nicht nur abhängig von männlichen Wertschätzungen ist« (Flaake, 1992, S. 649).

Bei gelingender Loslösung und Individuation von der genitalen Mutter werden Trennungsangst, Schuldgefühl und Angst vor Vergeltung seitens der Mutter in Form von körperlicher Beschädigung (Kastration) nicht allzu stark sein. Wichtig ist, daß der Vater in dieser Zeit der Trennung als Verbündeter und als Identifikationsfigur erlebt und benützt werden kann.

Der vierte Entwicklungsschritt (in der Dimension der Triebentwicklung) als Voraussetzung für das Erlebenkönnen der ödipalen Konstellation ist schließlich die genital-narzißtische Phase (die der herkömmlich als phallisch bezeichneten Phase am nächsten kommt), in der es idealiter um eine Integration der verschiedenen Triebkomponenten in den genitalen Trieb geht: exhibitionistische, voyeuristische, phallische und aggressiv wetteifernde und sadistische Triebimpulse müssen erlebt werden dürfen, um anschließend auf angepaßtere Weise sublimiert werden zu können. Die Auseinandersetzung mit Unter- und Überlegenheit gegenüber dem Körper und den Genitalien des Jungen und des Mannes festigen das weibliche Körperselbst und das Selbstwertgefühl. In der Konzentration auf die innergenitale Welt findet nun bereits eine Einbeziehung der Eltern statt. Schwangerschafts- und Gebärphantasien haben jedoch noch keinen ödipalen Bezug, sondern stellen gleichsam die Voraussetzung für das Erlebenkönnen ödipaler Tagträume dar.

Diese Auflistung von Entwicklungsvoraussetzungen für das Erlebenkönnen ödipaler Strebungen zeigt noch einmal die Entwicklungshürden an, die das Mädchen in dieser idealtypischen Abfolge bewältigen können muß (zum Jungen siehe Kap. 5.3.2). Es ist hier nicht der Platz gegeben, die sozialisatorischen Leistungen auch im Hinblick darauf zu würdigen, welche Haltung Mutter und Vater des Mädchens jeweils dazu einnehmen müssen, welche eigenen Konflikte Eltern entsprechend dem Entwicklungsstand ihrer Tochter selbst gelöst haben müssen, damit es zu einem geglückten Zusammenspiel dieser Entwicklungsschritte kommen kann. Nur ausschnitthaft könnte man z. B. fragen, wie es ein Vater erlebt, wenn seine kleine Tochter in der von Glover und Mendell (1982) skizzierten Subphase der präödipal genitalen Phase als »kleine Amazone« seine phallische Sexualität und Aggressivität spielerisch in Frage zu stellen versucht, ihn neckisch zu »kastrieren« oder ihn mit ihren weiblichen Reizen zu erregen versucht. Wird es zu einer ärgerlichen Zurückweisung, zu einer Sprachverwirrung im Sinne einer Sexualisierung von seiten des Vaters kommen oder zu einem humorvollen und toleranten Umgang mit diesen Strebungen? Oder: Wie wird eine Mutter reagieren, die realisieren muß, daß ihr vor kurzem noch als Schoßkind wahrgenommenes Töchterchen nun schon alle Anzeichen einer kleinen Frau zeigt, deren exhibitionistisch-narzißtische Äußerungen Erstaunen, Trennungsschmerz, Über-Ich-Reaktionen und Schamgefühle in der Mutter auslösen? Es gibt bislang nur sehr wenige Arbeiten, die sich mit den elterlichen Reaktionen auf diesen Entwicklungsprozeß etwas eingehender beschäftigt haben (siehe z. B. Steffens, 1986; Schmauch, 1987 a, b).

Aber noch eine andere, wichtige Frage taucht in diesem Zusammenhang auf, die vor allem von zeitgenössischen Psychoanalytikerinnen in letzter Zeit immer häufiger gestellt worden ist: Wie fragmentarisch bleiben die ödipalen Erfahrungen von Mädchen in unserer Gesellschaft? Kann unter den gegebenen Verhältnissen überhaupt ein vollständiges und reifes Erleben des Ödipuskomplexes stattfinden? Oder sind viele Frauen z. B. im Dornröschen-, Amazonen- und Sirenenstatus steckengeblieben, in ihrer psychosexuellen, Objektbeziehungs- und Ich-Entwicklung beeinträchtigt (dazu noch häufig von schwachen und perversen Vätern verführt und mißbraucht) und bleiben deshalb ein Leben lang sehnsüchtige Töchter (vgl. Machleidt, 1992)?

Wenn wir z. B. den dritten Entwicklungsschritt betrachten, der für die Subjektwerdung des kleinen Mädchens als Voraussetzung für kraftvoll ödipales Begehrenkönnen und Sich-als-begehrenswert-erleben-Können so wichtig ist, dann gilt vermutlich, was Flaake (1992, S. 650) in dieser Hinsicht anmerkt:

»Unter den bestehenden gesellschaftlichen Verhältnissen sind wohl nur wenige Frauen mit Müttern aufgewachsen, die ihr Leben auch außerhalb der Beziehung zur Tochter so befriedigend gestalten und ihre körperliche Weiblichkeit so positiv besetzen können, daß sie ihrer Tochter eine Wertschätzung des Weiblichen bei gleichzeitiger Erlaubnis, sie unabhängig von ihr zu verwirklichen, vermitteln.«

Und ohne an dieser Stelle in eine Dichotomisierung zu verfallen, ob nun allein der Vater für die Anerkennung und Weckung des erotischen Begehrens bei der Tochter verantwortlich ist oder allein die Mutter, läßt sich dennoch davon ausgehen, daß das Kind Gott sei Dank zwei Eltern hat, so daß der eine Elternteil zumindest teilweise das ausgleichen kann, was der andere erschwert (und häufig haben auch Großeltern, Geschwister und andere Verwandte diese kompensierende Funktion). Zum anderen darf nicht vergessen werden, daß das ödipale Erleben vor allem beim Mädchen nicht nur auf die Kindheitsjahre zwischen fünf und sechs bezogen ist, sondern sich auch in den nachfolgenden Jahren (vgl. Kap. 6 über Latenz) und vor allem in der Adoleszenz (Kap. 7) ereignet. Besonders der zuletzt genannte Zeitabschnitt bietet die Möglichkeit, mißglückte Sozialisationsprozesse in der Kindheit zu überarbeiten (und diese Berücksichtigung läßt den sich aufgrund klinischer Eindrücke ergebenden Hang zum Defätismus doch wieder etwas geringer werden).

5.3.2 Die Entwicklung beim Jungen (ein Rückblick auf die phallisch narzißtische Phase)

Wie in Band 1, Kap. 4.3.4, bereits ausgeführt, ist es für den Jungen in der phallisch narzißtischen Phase (die der phallisch ödipalen Phase vorausgeht) wichtig, die folgenden Entwicklungsschritte zu meistern: eine Identifikation mit dem bewunderten und idealisierten Vater (oder einem Vaterersatz), eine zumindest partielle Entidentifizierung mit der Geschlechtsrolle der Mutter und eine ausreichende Loslösung und Individuierung von ihr, die beginnende Auseinandersetzung mit der Geschlechts-Differenzierung, mit Kastrationsangst und Gebär- und Vaginalneid, eine beginnende Integration der verschiedenen Partialtriebe in den genitalen Trieb.

Der phallische Exhibitionismus des Jungen während der phallisch narzißtischen Phase dient überwiegend der Sicherung des Selbstwertgefühls, nachdem nunmehr anale und urethrale Triebstrebungen durch genitale Wünsche abgelöst werden und es zunächst zu einer Labilisierung des kindlichen Selbstverständnisses gekommen ist. In der phallisch narzißtischen Phase muß deshalb der Junge sein narzißtisch hoch prekäres männliches Körperbild konsolidieren und sich allmählich mit der männlichen Geschlechtsrolle anfreunden. Es ist für die Eltern zu diesem Zeitpunkt nicht mehr so wichtig, dem Jungen zu bestätigen, was für ein unerhörter Tausendsassa er ist (z. B. wie toll seine von ihm gebauten Türme sind), sondern wie männlich dieses kleine Kerlchen jetzt schon ist. Die Identifikation mit dem idealisierten Vater hilft ihm, aggressive und sexuelle Triebimpulse besser kontrollieren zu können (»Nimm dir ein Vorbild an Vati, er schlägt auch nicht einfach zu, wenn ihm etwas nicht paßt«).

»Eine mangelhafte Bewältigung dieser beiden Hauptaufgaben der phallisch-narzißtischen Phase, nämlich der Konsolidierung eines narzißtisch und sexuell differenzierten und intakten Körperbildes und der Übernahme einer männlichen Geschlechtsrolle, verhindert das vollständige Sich-Einlassen auf den ödipalen Konflikt und führt zu einer Reihe von Störungen, die sich in der Kindheit manifestieren, aber ebenso als Störungen des Erwachsenen sichtbar werden« (Tyson, 1991, S. 10).

Solche Störungen können sich beim erwachsenen Mann z. B. darin äußern, daß andere Menschen hauptsächlich zur narzißtischen Befriedigung benötigt werden oder daß das ständig Sich-Vergleichen und Miteinander-Messen im Mittelpunkt der Wahrnehmung eines anderen Menschen stehen. »Mit wieviel Jahren war er bereits Abteilungsleiter, wann werde ich dies sein? Wieviel verdient er, wieviel ich? Welches Auto kann er sich leisten, welches ich? Welche schulischen Leistungen haben seine Kinder, welche meine? Was verdient seine Frau, was verdient meine?« usf. Von diesen Männern gehen eine Atmosphäre untergründiger oder auch offener Rivalität und ein ständiges Eintaxieren der Leistungen anderer aus; als Gegenüber und in der Gegenübertragung als Therapeut fühlt man sich einerseits sehr schnell unter Leistungs- oder Bewährungsdruck, andererseits spürt man recht bald die Fragilität des Selbstwertgefühls, die kompensatorisch das aufgeblähte, phallisch narzißtische Gehabe zur Folge hat, und/oder eine rasche narzißtische Gekränktheit; weder ein freundschaftliches Verweilen unter Männern, noch liebevolle Einfühlung oder konstruktives Rivalisieren sind dann möglich. Frauen sind überwiegend dazu da, um diese Männer wegen ihrer phallischen Leistungen (im Beruf, im Sport und im Bett) zu bewundern oder sie bei Niederlagen zu trösten und wieder aufzubauen. Männer werden herbeigesehnt, wenn sie sich aufgrund ihrer herausragenden (phallisch narzißtischen) Position zur idealisierenden Verschmelzung eignen.

Meissner (1989, S. 69) beschrieb einen Fall von phallisch narzißtischer Persönlichkeit, bei dem er neben dem empfindlichen Selbstwertgefühl »eine drängende und ungezügelte Ansprüchlichkeit, den Wunsch, etwas Besonderes und Bewundernswertes zu sein, Verletztheit und Enttäuschungswut bei Nichterfüllung narzißtischer Erwartungen, ein konstantes und durchdringendes Gefühl von Benachteiligung und Überlastung durch die Anforderungen des Lebens, das Gefühl des Patienten, eine ›Ausnahme‹ darzustellen ... und schließlich die Anfälligkeit für Depressionen« hervorhob. Auch andere Autoren (wie z. B. Forman, 1981) haben den Versuch unternommen, die von Kohut beschriebene narzißtische Persönlichkeitsstörung als mißglückte Verarbeitung der ödipal phallischen Entwicklung, d. h. als phallisch narzißtisches Erleben, zu beschreiben und somit die narzißtische Pathologie im Bezugsrahmen der psychosexuellen Entwicklung zu konzeptualisieren.

Die stärkere Identifizierung mit dem ödipalen Vater wird im Jungen hingegen auch ein Ich-Ideal erstarken lassen, kraft dessen fürsorgliche und verantwortliche Haltungen Frauen gegenüber zum Tragen kommen und das phallische Bewundert- und narzißtische Gespiegelt-Werden-Wollen in den Hintergrund treten lassen.

Aber auch hier könnte man – ähnlich wie bei der Schilderung der Entwicklungsvoraussetzungen des Mädchens – die Frage stellen, wie Mütter und Väter aufgrund ihrer eigenen Konflikte, aber auch ihrer Beziehung zueinander es ihrem Sohn erleichtern oder erschweren, die phallisch narzißtische Phase bewältigen zu können.

»Ist ihre Beziehung durch Ambivalenz oder durch eine Entwertung des Vaters durch die Mutter gekennzeichnet oder aber ist der Vater unerreichbar, unzuverlässig, unvorhersehbar aggressiv oder insgesamt abwesend, so muß der kleine Junge befürchten, daß er als ein Mann ebenso von der Mutter entwertet und verkleinert wird, und riskiert somit die Beziehung zu ihr. Er wird entweder seine passive, abhängige und infantile Rolle beibehalten oder den Wunsch danach empfinden, ein Mädchen zu sein« (Tyson, 1991, S. 10).

5.3.3 Körperempfindungen und psychosexuelle Erfahrungen in der phallisch ödipalen (Junge) und genital ödipalen Phase (Mädchen)

Im vorausgegangenen Abschnitt wurde zwischen den Entwicklungsvoraussetzungen, die sich in der phallisch narzißtischen Phase einstellen, und der eigentlich phallischen Phase, in der sexuelle Wünsche innerhalb einer triangulären Beziehung auftreten (wobei der Dritte nun deutlich als sexueller Rivale erlebt wird), unterschieden.

Wie manifestieren sich nun phallische Triebimpulse, die über die zuvor genannten der phallisch narzißtischen Phase (Exhibitionismus, Schaulust) hinausgehen?

Für Jungen in diesem Alter ist oft beschrieben worden, wie jeder längliche Gegenstand zur sadistischen und penetrierenden Waffe wird und ein vielleicht etwas drastisches, aber in seiner Komprimiertheit weitere Ausführungen ersparendes Bild liefert (Bornemann, 1981, S. 177/8):

»Spielzeug wird zerstört, Tiere werden gequält, es wird viel gerauft und mit Feuer gespielt. Auch sexuelle Spielereien mit Haustieren sind nicht selten.Die Knaben versuchen Rüden und Kater zu masturbieren, stecken ihr Glied zwischen die Beine der Katzen und Hündinnen, versuchen zu penetrieren und geraten dabei manchmal in den Anus der Tiere. Wenn Knaben in diesem Lebensalter mit Biß- und Kratzwunden nach Hause kommen, ist das oft das Resultat fehlgeschlagener Koitusversuche mit Haustieren.«

In weniger sexueller Form manifestieren sich phallische Triebimpulse im Raufen und Rempeln, im Ballspiel, mit dem Bestreben ins Tor zu treffen, im spielerischen Zusammenstoßenlassen von Autos und Eisenbahnzügen, im Werfen von Speeren und im Pfeil- und Bogenspiel, im Erobern von Burgen und Laubhütten u. a. m.

Kann man auch bei Mädchen von phallisch ödipalen Triebimpulsen sprechen? Und: auch wenn der Begriff des Phallischen von manchen Psychoanalytikern ebenso für das Mädchen verwendet wird – der anatomische Penis und der symbolische Phallus werden bekanntlich unterschieden –, das Phallische von manchen Psychoanalytikern gleichgesetzt wird mit sexueller Potenz, einem sinnlich In-der-Welt-Sein und einem zeugenden und gebärenden Verhalten, muß doch noch einmal gefragt werden, ob dem männlichen Wunsch nach phallischem Penetrieren nicht auch der Wunsch nach dem genitalen Penetriertwerden beim Mädchen entspricht.

»Die phallische Phase zeichnet sich für die Kinder beiderlei Geschlechts dadurch aus, daß sie den eigenen Körper als Zentrum von Kraft, Lust, Aktivität erfahren. Die Erprobung ihrer Körperlichkeit ist nun nicht mehr wie zuvor in der analen Entwicklung Aspekt der Grenzbestimmung: Was ist dein – was ist mein? Was ist gut – was ist schlecht? Wer ist stark – wer ist schwach? Dieser definitiv eigene Körper wird jetzt vielmehr in seiner Wirkung auf die Menschen und Dinge der Umgebung erprobt. Natürlich geht es dabei nicht nur um den Körper, die körperliche Lust, die Körperkraft, die eigene Erscheinung, die Attraktivität, sondern um die Gesamtwirkung der eigenen Person. Während das Kind zur Zeit der analen Entwicklung vor allem danach strebte, sich des Objekts zu bemächtigen, geht es ihm jetzt darum, das Objekt zu gewinnen, es für sich einzunehmen. Das ist sowohl beim Jungen wie auch beim Mädchen der Fall« (Heigl-Evers und Weidenhammer, 1988, S. 133).

Ob man nun auch beim Mädchen von einer phallischen Phase und von phallischen Impulsen sprechen kann, hängt in erster Linie wohl davon ab, wie man phallisch definiert.

Wenn man sich noch einmal den phallischen Monismus der Freudschen Theorie in Erinnerung ruft, so bedeutet diese Position, daß Kinder beiderlei Geschlechts nicht von zwei anatomischen Realitäten ausgehen, sondern nur von einem einzigen genitalen Organ, dem Penis. Daß die Existenz einer Vagina (der Schamlippen und der Klitoris) nicht von einem kleinen Jungen angenommen wird, weil er die Vorstellung hat, daß alle Menschen einen Penis wie er haben müssen, ist unmittelbar einleuchtend; daß aber auch das Mädchen trotz eigener genitaler Körperempfindungen von der Phantasie ausgeht, entweder einen Penis besessen zu haben oder noch einen zu bekommen, wurde in Band 1 bereits ausführlich problematisiert.

In Übereinstimmung mit neueren Befunden der weiblichen psychosexuellen Entwicklung hat deshalb z. B. Parens (1990) aufgrund seiner Beobachtungsstudien an Kindern vorgeschlagen, beim Mädchen statt von einer phallisch ödipalen Phase von einer kindlich (oder ödipal) genitalen Phase zu sprechen (vgl. auch Bd. 1, Abb. 2, S. 83). Für die von Freud aufgestellte Behauptung, daß die Entdeckung der Kastration den Ödipuskomplex des Mädchens einleite, konnte Parens keine Anzeichen in seinen Längsschnittbeobachtungen finden. Bezüglich der ödipalen Aggression, die aus Rivalität und Eifersucht gegenüber der Mutter, als der ödipalen Rivalin entsteht, ist es angezeigt, von einer selbstbehauptenden, zielerreichenden Aggressionsform auszugehen, die primär keinen destruktiven Charakter hat.

Diese ist bei Mädchen keineswegs schwächer ausgeprägt als bei Jungen, wird aber weniger kräftig und unnachgiebig ausgedrückt als bei diesen. Die Aggression bei Mädchen ist somit weniger phallisch, »machohaft« (z. B. körperliches Stoßen und Schlagen), sondern eher weiblich (z. B. Kratzen, an den Haaren ziehen). Aufgrund dieser Befunde taucht für Parens (1990) der klinisch interessante Befund auf, warum bei vielen erwachsenen Frauen die konstruktive Selbstbehauptung eingeschränkt ist.

Besteht nun der phallische Impuls aus dem bemächtigenden Eindringen, dem kraftvollen Penetrieren? Aus dem Bestreben, den anderen Menschen für sich zu gewinnen und einzunehmen, wie Heigl-Evers und Weidenhammer (1988) dies nahelegen? Ist eine phallische Frau eine Person, die männlich dominant auftritt, im übertragenen Sinn eindringt, zergliedert, strukturiert? Die Fußball spielt, boxt und Gewichte hebt? Warum soll dies aber männlich sein und nicht zugleich auch weiblich? Ist eine Frau als phallisch zu bezeichnen, die sich nahezu ausschließlich mit männlichen Rollenattributen identifiziert und Weibliches verleugnet oder auf ein Minimum reduziert? Oder sollte eine Frau nur dann als phallisch bezeichnet werden, wenn sie ihr reales anatomisches Geschlecht verleugnet und an der kindlichen Phantasie festhält, über ein anatomisch männliches Geschlecht zu verfügen? Existiert das Bild der phallischen Frau nur in den angstgetönten und entwertenden Phantasien von Männern? Schon diese wenigen Fragen verdeutlichen, daß der Ausdruck phallisch auf dem Hintergrund der Begrifflichkeit einer Geschlechtsidentität neu zu definieren ist.

Die in Band 1 zitierten Befunde lassen mit großer Wahrscheinlichkeit den Schluß zu, daß der von Freud postulierte phallische Monismus bei kleinen Mädchen nicht generell existiert. Die Grundlagen für die weibliche Kern-Geschlechtsidentität werden bereits in der vorsprachlichen Phase gelegt. Bezüglich der anatomischen Phantasie gehen alle Kinder zunächst vermutlich von einer anatomischen Zweigeschlechtlichkeit aus; eine eindeutige Zuordnung der sozialisatorisch von außen nahegelegten Geschlechtsrolle mit dem eigenen anatomischen Geschlecht erfolgt erst nach und nach. Dabei kann es durchaus vorkommen, daß sich z. B. ein Mädchen vorübergehend das Vorhandensein eines Penis phantasiert, ohne sich deshalb als kastriert erleben zu müssen; genau so wenig ist allerdings ausgeschlossen, daß sich manche Mädchen – vor allem wenn sie mit Jungen aufwachsen – manchmal vorstellen können, daß ihnen der Penis fehlt, daß sie mit anderen Worten kastriert sind. Solche Phantasien beschäftigen Kinder lange vor der sogenannten phallischen Phase. Haben Mädchen nun auch phallische Impulse? Wie an vielen Stellen dieses Buches ausgeführt worden ist, identifiziert sich ein Mädchen nicht nur mit seiner Mutter und deren weiblichen Zügen, sondern auch mit den sogenannten männlichen Eigenschaften seines Vaters und anderer Männer und übernimmt damit auch phallische Attribute. Ist nun bei phallischen Impulsen immer nur an deren symbolische Form zu denken? Vor kurzem hat Wilkinson (1993) die interessante und einleuchtende Hypothese aufgestellt, daß Mädchen sich während der Selbstbefriedigung mit Hilfe eines oder mehrerer Finger Empfindungen verschaffen, die sowohl im konkreten Sinn penetrierend als auch aufnehmend sind, phallisch und vaginal, aggressiv und sexuell, väterlich und mütterlich. Damit inszenieren sie auch die Rolle beider Eltern in der Urszene, sie sind gleichzeitig Teilnehmer und Beobachter. Die phallische Identifizierung verhilft den Mädchen somit paradoxerweise zum ersten Erleben seiner genitalen Weiblichkeit.

Im weiteren Entwicklungsverlauf ermöglichen die bereits in der frühen genitalen Phase entstandene weibliche Kern-Geschlechtsidentität und Geschlechtsrolle dem Mädchen ein positives Erleben seiner Weiblichkeit und lassen Wünsche entstehen, sich seinem Vater auf zärtliche und erotische Weise zuzuwenden. Damit probiert es eine neue Art der sinnlichen Bezogenheit aus, die sich deutlich von früheren Beziehungserfahrungen mit seiner Mutter unterscheidet. Die liebevolle Zuwendung des Vaters kräftigt die Bestrebungen des ödipalen Mädchens, erfüllt es mit Stolz und gibt ihm den Ansporn, von ihm als kleine attraktive Frau gesehen zu werden. Vorübergehend vergißt es seine

Liebe zur Mutter und phantasiert sich in Hochzeitskleidern Arm in Arm mit seinem Vater und entwickelt auch den Wunsch, mit ihm ein Kind – so wie die Mutter – zu zeugen.

Dieses ideale Bild wird aber nicht selten getrübt durch die nahezu ubiquitären Spannungen und Konflikte mit der Mutter aus der Zeit der Trennung und Individuation; die ödipale Rivalität wird deshalb leicht vermengt mit präödipalen aggressiven Gefühlen, und die rasch entstehenden Schuldgefühle können dem Mädchen die Freude am ödipalen Werben und Rivalisieren nehmen. Die häufige Konsequenz ist dann eine regressive Flucht zu der präödipalen Mutter-Tochter-Beziehung, in der sich das Mädchen zwar wieder der Zuwendung seiner Mutter versichern kann, wo aber auch ständige Ambivalenzkonflikte, trotzige Auflehnung, Enttäuschtsein und masochistische Unterwerfung vorherrschen (im klinischen Alltag hysterische Konfliktverarbeitung und Neurosenstruktur). Im positiven Fall kann das Mädchen seine ödipale Zuneigung bis zur Adoleszenz aufrechterhalten, sofern seine sexuell inzestuösen Wünsche nicht bewußt werden (vgl. Tyson und Tyson, 1990).

Neuere psychoanalytische Forschungsergebnisse haben eine geschlechtsspezifische Über-Ich-Entwicklung für das Mädchen postuliert (z. B. Schafer, 1974; Bernstein, 1983; Tyson und Tyson, 1990). Während Freud annahm, daß das Über-Ich bei Frauen eher schwach ausgeprägt sei, weil aus Gründen mangelnder Kastrationsangst die Notwendigkeit einer Identifizierung mit dem Vater entfalle, muß heutzutage angenommen werden, daß das Mädchen schon früh beginnt, die moralischen Ge- und Verbote seiner Mutter zu verinnerlichen, weil es sich die Liebe der idealisierten Mutter bewahren möchte. Die heftigen Kämpfe um Autonomie und Kontrolle in der Wiederannäherungszeit (häufig ohne die Möglichkeit, sich mit dem Vater identifizieren zu können) führen zu starken Ängsten, die Mutter zu verlieren. Die präödipalen Über-Ich-Strukturen helfen deshalb dem Mädchen, diese Angst einzudämmen. Je stärker dieses präödipale Über-Ich allerdings ist, desto eher werden als gefährlich erscheinende ödipale Wünsche unterdrückt. Die im Vergleich zum Jungen intensivere Über-Ich-Entwicklung kann somit beim Mädchen die Entstehung eines ödipalen Begehrens tendenziell verhindern (siehe hierzu auch Kap. 6.2.4).

Sind Mädchen also als phallisch *und* genital rezeptiv zu betrachten? In Band 1 wurde anhand der Thesen von Chasseguet-Smirgel (1974) ausgeführt, wie rasch beim Mädchen aufgrund einer zu rigiden Unterdrückung von selbstbehauptenden Handlungen die sexuelle Einverleibungsfunktion der Vagina und die zupackende Rezeptionsfähigkeit abgewehrt werden müssen. Die Abwehr dieser umschließenden, zupackenden und einsaugenden Fähigkeiten und die neurotische Angst, als gierig und aggressiv zu erscheinen und den Penis des Mannes im Geschlechtsakt zu zerstören oder ihn der Mutter auf ödipale Weise zu rauben, führen unweigerlich zu Störungen des sexuellen Lustempfindens und vielleicht auch zu einer Beeinträchtigung der weiblichen Geschlechtsidentität. Aber nicht nur diese zupackende Komponente, sondern auch die Lust, penetriert zu werden und sich dem penetrierenden Mann hinzugeben, sind in der psychoanalytischen Literatur erstaunlich wenig untersucht worden. Vielleicht war der Ärger über Freuds patriarchalische Lehrmeinung, daß die Mädchen die Erregung an der Klitoris zugunsten derjenigen in der Vagina aufgeben müssen und daß ein reifer Orgasmus ausschließlich in einem vaginalen Orgasmus bestünde, ein Grund dafür, daß nur wenige fortschrittliche weibliche Psychoanalytiker sich mit dem Wunsch des Mädchens – vor allem dann der Adoleszentin –, penetriert zu werden, beschäftigt haben (z. B. Horney, 1932; Luquet-Parat, 1974; Kestenberg, 1975). So gibt es bis zum heutigen Tag keine ausgearbeitete Entwicklungslinie des Wunsches nach dem Penetriertwerden, und die bei manchen Feministinnen mitschwingende Verachtung alles Phallischen hat dazu beigetragen, allein schon diese Redewendungen als etwas Verpöntes, auf das man sich allenfalls ironisch beziehen kann, zu betrachten. Hier sind also, nicht nur durch Freuds Haltung bedingt, deutliche Forschungslücken zu schließen.

Evert (1991) hat in einer Interpretation einiger Aufzeichnungen aus dem Tagebuch der Anne Frank herausgearbeitet, wie diese adoleszente junge Frau mit ihren verführerischen Impulsen experimentierte, wie sie die männlichen Freunde auf sich aufmerksam zu machen versuchte, mit welcher Sicherheit sie davon ausging, daß aufgrund ihres Charmes und ihrer Anziehungskraft sich die Jungen in sie verlieben würden (siehe auch Dalsimer, 1993).

5.3.4 Der Differenzierungsprozeß (sensu Fast) unterstützt das ödipale Begehren

Die überwiegend biologisch bestimmte Reifungsdimension wird durch die kognitive Entwicklung unterstützt und ergänzt, die unter anderem die Geschlechterdifferenzierung vorantreibt.

Schon im dritten und vierten Lebensjahr setzt deshalb mit zunehmender kognitiver Entwicklung und wachsender Realitätsprüfung eine realitätsbezogene Wahrnehmung der anatomischen Geschlechtsunterschiede ein (vgl. Bd. 1, 4.2.2); aber gegen Ende der präödipalen Phase erreicht diese Differenzierung einen vorläufigen Höhepunkt. Damit geht auch eine übertrieben starke Vorstellung der Polarität von männlich und weiblich und eine Ablehnung des anderen Geschlechts einher.

Barth (1990, S. 72 f.) schildert ein aufschlußreiches Beispiel eines vierjährigen Jungen, der soeben ein kleines Brüderchen bekommen hat und mit sichtlicher Bedrückung seiner Mutter beim Stillen zuschaut. Wohl auch aufgrund der Enttäuschung greift er regressiv auf bisexuelle Omnipotenzphantasien zurück, denn: »Plötzlich fängt er an, sich die Hosen auszuziehen. Die Mutter sagt: ›Was soll das?‹ Er antwortet: ›Du bist ja auch ausgezogen.‹ Sie erwidert ärgerlich: ›Das ist doch etwas ganz anderes.‹ Worauf er seinen Penis ergreift, hochhält und mit strahlendem Lächeln sagt: ›Aber nein, der Dietmar kann doch jetzt eine Weile von mir trinken.‹ Worauf ihn die Mutter anschreit: ›Du bist doch ein kleines Ferkel. Mach, daß du rauskommst!‹ «

Urinmilch kann in diesem Beispiel die Mutter entsetzen, und pathologisch wird die im Erleben erfolgte Gleichung zwischen Milch und Urin, Brust und Penis vermutlich erst dann, wenn sie über die Kindheit hinaus andauert und es nicht zu dem von Fast (1991) beschriebenen Differenzierungsprozeß kommt, in dessen Verlauf ein (tendenzielles) Aufgebenkönnen der Phantasie stattfindet, über die unbegrenzten Möglichkeiten der anatomischen Bisexualität zu verfügen. Wobei es die Reaktion der Mutter in dem von Barth (1990) zitierten Beispiel dem Jungen möglicherweise auch erschwert, seine Phantasie durch eine realitätsadäquatere zu ersetzen.

Die Enttäuschung über das Aufgebenmüssen der bisexuellen Omnipotenz kann zu einer reaktiven Überbesetzung der eigenen Genitalien führen, und aus diesem Grund stellt diese Zeit wohl auch den Höhepunkt männlicher und weiblicher Ängste wegen des Verlusts der Genitalien dar (siehe Kap. 5.2.10). Diese übertrieben starke Vorstellung der Geschlechtspolarisierung läßt nach Benjamin (1992) aber auch das heteroerotische Begehren nach dem idealisierten Anderen besonders intensiv werden. Im Fall der weiblichen Entwicklung muß dieses heteroerotische Begehren des ödipalen Mädchens von der Identifizierungsliebe des zwei- bis dreijährigen Mädchens unterschieden werden: »Nur zu häufig wurde nämlich angenommen, das präödipale Interesse des Mädchens für den Vater sei heterosexuell, weil es erotisch ist. Das Interesse für den Penis ist in dieser Phase jedoch kein heterosexuelles; es dreht sich nicht um die (Wieder-)Vereinigung mit dem Vater oder der Mutter, sondern bezieht sich auf homoerotische Einverleibung, darauf, etwas zu besitzen, das mit der machtvollen Brust konkurrieren kann. Es handelt sich um einen homoerotischen Wunsch, um einen Wunsch nach dem Gleichsein, der häufig im Wunsch der Latenzzeit wieder auftaucht, ein guter Kumpel zu sein. Verdunkelt wurde die komplexe Eigenart der Beziehung zwischen Vater und Tochter häufig durch die analytische Übernahme des Fehlurteils, alle gegengeschlechtliche Liebe sei heterosexuell ... Der Vater kann für das Mädchen somit ein Objekt der homoerotischen Liebe sein. Angetrieben von der entwicklungsbedingten Kraft der Loslösung kann die homoerotische Liebe tatsächlich den Weg zu einer späteren Heterosexualität ebnen. Zu Beginn der ödipalen Phase, wenn das Mädchen mit der Ausschließlichkeit des genitalen Unterschieds konfrontiert wird und erkennt, daß es weder alles sein, noch alles haben kann, kann es von der homoerotischen zur heteroerotischen Liebe überwechseln. Es wird sich möglicherweise dafür entscheiden, an den Männern jene Männlichkeit zu lieben, die es früher einmal selbst besitzen wollte. Diese Liebe wird aber in dem Maße, wie seine identifizierende Liebe anerkannt worden ist, weniger durch Unterwerfung und Schuld gekennzeichnet sein: Es muß ihm seine Männlichkeit nicht stehlen oder neiden« (S. 833/4).

In Band 1 wurden die Grundgedanken des geschlechtlichen Differenzierungsparadigmas von Fast (1991) bereits ausgeführt. Für die Betrachtung der Voraussetzungen ödipaler Strebungen und entsprechender Konflikte ist vor allem jene Hypothese der Autorin wichtig, daß sich für Jungen und Mädchen nunmehr die Erfahrung festigt, daß es etwas körperlich Geschlechtliches gibt, was ihnen selbst nicht zugänglich ist. »Die Kinder empfinden diese Grenzen als Verlust« (S. 74), wobei die Kastrationserfahrung des Jungen, nämlich der Möglichkeit weiblicher genitaler Fähigkeiten und Attribute beraubt worden zu sein, sich von der späteren Kastrationsangst vor dem väterlichen Rivalen deutlich unterscheidet.

Bei dieser allmählichen Differenzierung der subjektiven Vorstellungen von dem, was weiblich und was männlich ist, geschieht die Zuordnung bei beiden Geschlechtern vermutlich nach und nach. So kann ein Junge »vorübergehend Vorstellungen von einer in seinem Penis zentrierten Männlichkeit und einer im analen Bereich zentrierten Weiblichkeit« entwickeln. Wenn diese Vorstellungen im Fall einer unvollkommenen oder gestörten Geschlechterdifferenzierung von ihm beibehalten werden, kann daraus ein unsicheres Gefühl für seine genitale Männlichkeit resultieren.

Die zu Beginn der geschlechtlichen Differenzierung noch strikt zweigeteilten Vorstellungen von männlich und weiblich – wozu z. B. auch die Bemühungen des Jungen um eine Entidentifizierung von seiner Mutter gehören (vgl. Bd. 1, Kap. 4.3.5) – werden im Lauf der normalen Entwicklung jedoch gemildert. »Aufgrund dieser Milderung werden die Vorstellungen des Kindes über das, worauf es selbst als ausschließliches Privileg des anderen Geschlechts verzichten muß, realistischer. Auch hier schaffen die Eltern den Rahmen für weniger dichotome und eher zutreffende subjektive Geschlechtsdefinitionen. Beispielsweise können Väter durch ihre Rolle als fürsorgliche Ernährer und Lehrer ihren Söhnen die Möglichkeit geben, solche Fähigkeiten in ihre Männlichkeitsdefinition aufzunehmen, die sie zunächst in der Identifikation mit ihrer Mutter kennengelernt haben« (Fast, 1991, S. 87).

Aufgrund dieses Differenzierungsparadigmas ist nun davon auszugehen, daß sich mit dem Erlernen der subjektiven Geschlechtsdefinitionen (»ich bin ein Junge, der keine Kinder bekommen kann und dem keine Brüste wachsen« – »ich bin ein Mädchen, das keinen Penis und keine Hoden hat«) und den daraus resultierenden Generalisierungen auf Mutter und Vater auch die jeweilige Beziehung des männlichen und weiblichen Kindes zu seinen gleich- und gegengeschlechtlichen Eltern verändert.

»Ihre lebenslange Kenntnis der Eltern und die komplexen Beziehungen, die sie mittlerweile zu ihnen entwickelt haben, müssen nun in ihre Wahrnehmung des Vaters als männlicher, der Mutter als weiblicher Person integriert werden« (S. 86). Irene Fast verdeutlicht, daß diese Rekategorisierung im Zuge des Bewußtwerdens der Geschlechterdifferenz eine wichtige Aufgabe darstellt und im Falle eines unvollständigen Gelingens zu konträren und unvereinbaren Repräsentationen des einen oder anderen Elternteils führen kann, z. B. der Mutter als keuscher Heiliger *vor* der Erkenntnis des Geschlechtsunterschieds und *danach* als Hure, wenn die Mutter als sexuelle Frau wahrgenommen worden ist.

Die Eltern haben zu ihren Kindern in den ersten Lebensjahren eine Beziehung unterhalten, die sie je nach der objektiven Geschlechtszugehörigkeit ihres Kindes als gleich- oder gegengeschlechtlich wahrgenommen und definiert haben (ein viel zitiertes und mittlerweile auch viel kritisiertes Beispiel sind jene Väter, die im Lächeln und in den Zuwendungsgesten ihrer wenige Wochen alten Töchter bereits ein heterosexuelles Begehren meinen feststellen zu können). »Mit dem Bewußtwerden des Geschlechtsunterschieds müssen diese objektiv identifikatorischen, gleichgeschlechtlichen und gegengeschlechtlichen Beziehungen subjektiv geschlechtsbezogen definiert werden« (S. 88). Die mit dem Bewußtwerden von Grenzen und damit auch mit narzißtischen Kränkungen einhergehende geschlechtliche Differenzierung aktiviert nun auch Neid und Eifersucht gegenüber dem gegengeschlechtlichen Elternteil. Nach Fast kann sich deshalb bei manchen Kindern eine pathologische Entwicklung dahingehend einstellen, daß die gegengeschlechtlichen Eigenschaften auf narzißtische Weise und nicht in der Beziehung genossen werden. »Bleibt dieses Gefühl unvermindert bestehen, wird das Kind sich möglicherweise von der interpersonellen auf die narzißtische Weiterentwicklung gegengeschlechtlicher Eigenschaften und Merkmale zurückziehen. Oder es entwickelt im Erwachsenenalter eine Haltung gegenüber dem Sexualpartner, die von dem Eindruck geprägt ist, der Partner wolle ihm etwas wegnehmen, oder von dem Gefühl, man müsse in heterosexuellen Beziehungen zu viel vom eigenen Selbst aufgeben; Neid und rachsüchtige Wünsche gegenüber dem anderen charakterisieren dann die Beziehung« (S. 89).

5.3.5 Interaktion und Identifizierung mit Mutter und Vater

Zwar kamen auch schon in den vorangegangenen Abschnitten Prozesse der Interaktion und Identifikation mit den Eltern zur Sprache, doch soll aus systematischen Gründen in diesem Kapitel noch einmal etwas gründlicher deren Einfluß beleuchtet werden. Es kann kein Zweifel daran bestehen, daß Einstellung und Verhalten der Eltern gegenüber ihrem ödipalen Kind von großer Bedeutung sind. Die liebevolle und bejahende, gleichwohl auch die Generationsgrenzen wahrende Haltung der Eltern setzt bei jedem Elternteil die Lösung eigener ödipaler Konflikte voraus. Sind die Beziehungen zwischen Eltern und Kind konflikthaft, werden selektive Identifizierungsprozesse und damit auch der weitere Aufbau der Geschlechtsidentität beim Kind unterbrochen.

Am Rande sei erwähnt, daß in dieser Abhandlung die Einschränkung auf die Eltern aus pragmatischen Gründen erfolgt ist; selbstverständlich haben Geschwister, Großeltern und andere Bezugspersonen ebenfalls einen Einfluß auf die sich entwickelnde Geschlechtsidentität und Psychosexualität. In der Regel sind bekanntlich Geschwister die ersten Verführer oder Verführerinnen, und Inzestwünsche werden nicht selten unter Geschwistern agiert.

In den letzten Jahren haben sich vor allem Bauriedl (1988) aus psychoanalytisch familiendynamischer Sicht und Rohde-Dachser (1987) aus ichpsychologischer, objektbeziehungstheoretischer und soziologisch rollentheoretischer Perspektive mit dem Einfluß des familiären Beziehungsgefüges ausgiebig beschäftigt. Ogden (1987, 1989) verweist auf die Bedeutung der Beziehung der Mutter zu ihrem eigenen Vater, dem Großvater des Mädchens (oder des Jungen), die für das Entstehen eines kraftvollen ödipalen Erlebens nach seiner Auffassung von zentraler Bedeutung ist.

Bauriedl (1988) betont die Wichtigkeit der Betrachtung des gesamten Familiensystems und hierbei vor allem der unbewußten Phantasien aller Familienmitglieder. Bei Eltern, deren Paarbeziehung unbefriedigend ist, werden häufig die Kinder zu Ersatzpartnern gemacht.

»Ich verstehe unter ›Ersatzpartnerschaft‹ eine Beziehungskategorie, die nicht nur die Rolle des einen Beziehungspartners, des Kindes, beschreibt, sondern vor allem die Art der Beziehung charakterisiert, die sich ergibt, wenn und soweit ein Kind in der Familienphantasie an die Stelle eines Elternteils rückt. Das Wort Ersatzpartnerschaft weist zunächst darauf hin, daß diese Beziehungsqualität beim Individuum in der Beziehung zu den Eltern entsteht und somit eine ›innere Szene‹ ist, die das Kind dann später auf alle weiteren Bezugspersonen, insbesondere auf seine Ehe- oder Lebenspartner, auf seine Kinder und natürlich auch auf seinen Analytiker bzw. auf seine Analysanden überträgt« (S. 7).

Die Ersatzpartnerschaft beinhaltet eine Idealisierung des jeweiligen Paares (z. B. Mutter und Sohn) bei gleichzeitiger Entwertung des Dritten (z. B. Vater).

Mit dieser Konzeptualisierung postuliert Bauriedl – wie vor ihr andere Autoren – auch eine Verbindung von selbstpsychologischer und triebtheoretischer Betrachtungsweise. Der von der Mutter idealisierte und narzißtisch hofierte Sohn erfährt zugleich auch eine inzestuöse Beziehung zu seiner ihn verführenden Mutter, die den Vater indirekt oder auch offen vor dem Sohn entwertet und den Sohn als ödipalen Sieger mit einem narzißtischen Triumph hervorgehen läßt.

Bauriedl vertritt die These, daß der Ausschluß des Kindes aus der Urszene – ein Thema, das Psychoanalytiker seit vielen Jahrzehnten in Atem hält – nicht per se eine narzißtische Kränkung darstellen muß, sondern nur in solchen Fällen, wo eine Ersatzpartnerschaft vorliegt, also das Kind von einem Elternteil narzißtisch inzestuös mißbraucht worden ist. Der Sturz von der Grandiosität in die Depression ergibt sich immer dann, wenn – um im obigen Beispiel zu bleiben – die Mutter sich dem Vater annähert oder wenn im späteren Leben die mütterlichen Leistungserwartungen in Form des Ich-Ideals nicht hundertprozentig erfüllt werden können. Da aber ein kleiner Junge nicht die narzißtischen und sexuellen Ansprüche seiner Mutter erfüllen kann, wird er auch als Erwachsener nie seinen Erwartungen gerecht werden können. Überforderung und ständige Enttäuschung, hektisches Getriebensein und doch das Unvermögen, sich mit allen Erfolgen, die narzißtischen Ruhm und Anerkennung endlich dauerhaft sichern sollen, zufrieden zu fühlen, sind der Preis für das frühe Mißbrauchtwordensein.

»Ödipus wird unglücklich, weil er glaubt, die Mutter vom Vater erlösen und vielleicht auch den Vater von der Mutter erlösen zu müssen. Er versucht vergeblich, seiner Mutter der bessere Partner zu sein, um selbst herrschen zu können, um nicht der überflüssige Dritte, das Kind sein zu müssen« (S. 13).

Nach Rohde-Dachser (1987, S. 780 f.) kann sich das ödipale Erleben nur innerhalb einer vollständigen Triade entwickeln. Eine Dreieckskonstellation ist idealtypisch betrachtet dann vollständig und in einem Gleichgewichtszustand, wenn »1. die drei Pole der Struktur klar voneinander differenziert sind (d. h. Vater, Mutter und Kind müssen sich als voneinander getrennte Individuen wahrnehmen und erleben), 2. zwischen allen drei Polen (Vater, Mutter und Kind) reziproke Beziehungen bestehen, 3. alle Beteiligten diese Situation billigen, 4. alle drei Relationen des Dreiecks überwiegend positiv getönt sind oder doch zu diesem Zustand hin tendieren und 5. jede der drei Relationen bei allen Beteiligten mental repräsentiert ist (d. h., A macht sich eine Phantasie über die ihn temporär ausschließende Teilbeziehung von B und C, ebenso B zu A/C und C zu A/B). Nach unserer Definition erfüllt eine solche Triade die Definition eines reifen »Ödipuskomplexes«, wenn das Kind die Beziehung zwischen den Eltern (also den gegenüberliegenden Polen des Dreiecks) wahrnimmt und in der Weise sexuell thematisiert, daß es sie mit dem Geschlechts- und Generationsunterschied in Verbindung bringt (sogenannte ›Urszenenphantasie‹)«.

Wenn z. B. die Verinnerlichung einer liebevollen und stabilen Beziehung zwischen den Eltern fehlt (Punkt 4 und 5 – siehe auch die spezifische familiendynamische Konstellation der Bauriedlschen Ersatzpartnerschaft, die zu dem narzißtischen Typus des ödipalen (Schein-)Siegers führt), fällt es dem Kind leichter, die Urszenenphantasie zu verleugnen und in seinem narzißtischen Universum zu verbleiben, ohne sich ödipalen Erfahrungen stellen zu können.

Wenn das Kind nicht das sichere Gefühl haben kann, daß die Mutter den Vater liebt und umgekehrt, gerät dem Kind eine duale Teilbeziehung nach Rohde-Dachser (S. 782) zwangsläufig zum »Verrat«; »das Dreieck zerfällt in miteinander konkurrierende Dyaden, die einen Dritten ständig mit Ausschluß bedrohen«.

Beim sogenannten Triangulierungsverbot, das von einem der beiden Elternteile ausgeht, wird das Kind in seiner narzißtischen Anwartschaft auf eine exklusive dyadische Beziehung bestärkt. »Nicht selten handelt es sich dabei um Eltern, die einen erbitterten Kampf um ihr Kind austragen und es mit manipulativen Mitteln zur Parteinahme zwingen« (S. 783).

Anders als Bauriedl spezifiziert Rohde-Dachser (1987) die ichstrukturellen Voraussetzungen beim Kind, die neben den erwähnten familienstrukturellen Faktoren gegeben sein müssen, wie z. B. das Niveau der Objektbeziehungen. Daß diese keiner naturwüchsigen Reifungslogik folgen, sondern sozialisationstheoretisch vermittelt sind, braucht nicht eigens erwähnt zu werden.

5.3.5.1 Gelungene Identifizierungsliebe mit dem Vater als weitere Voraussetzung für das Erlebenkönnen eines ödipalen Verliebtseins beim Mädchen

In Band 1 wurde bereits ausgeführt, wie wichtig aus neuerer psychoanalytischer Sicht die Identifizierung des Mädchens mit seinem Vater ist (vgl. Kap. 3.6). Dabei ist der Vater nicht wegen seiner anderen Geschlechtsrolle so bedeutsam, sondern wegen seiner Andersartigkeit im familiären Szenario, denn mit Fast (1991) muß bezweifelt werden, ob Kinder beiderlei Geschlechts in den ersten Lebensjahren aufgrund bisexueller Vorstellungen und Phantasien ihren Vater schon als eindeutig anatomisch männlich erkennen können. Er verkörpert bei der weit verbreiteten, familiären Rollenverteilung (aber vielleicht nicht nur deshalb, sondern er lebt als zweiter Erwachsener außerhalb der Mutter-Kind Symbiose dem Kind eine vom ersten Erwachsenen unabhängige Existenz vor) Ungebundenheit und Freiheit. Er ist in den Augen des Kindes nicht wie dieses von der Mutter auf beschämende Weise abhängig, er braucht keine Angst zu haben, ob ihm die Mutter ihre Liebe entzieht, sondern er genießt (zumindest in den Augen des Kindes) ungeheure Privilegien, vieles von dem tun zu dürfen, was dem Kind von seiner Mutter strengstens verboten ist.

Spätestens seit Abelin (1971) wird in der Psychoanalyse davon ausgegangen, daß die Beziehung zum Vater und die Identifizierung mit ihm es dem Kind ermöglichen, sich von der Mutter zu lösen und zu individuieren. In der psychoanalytischen Literatur scheiden sich aber die Geister hinsichtlich der Einschätzung darüber, ob eine Identifizierung des Mädchens mit seinem Vater für die Selbstachtung des Mädchens ausschließlich positiv ist.

> »So hilft es der Tochter in ihrer Flucht vor mütterlicher Kontrolle, sich mit der Distanz des Vaters zu identifizieren, mit seinem häuslichen Herrschaftsgebaren und den Phantasien über seine (außerhäusliche) Macht. Auch die imaginierte Aneignung seiner Aggressivität sowie begehrter Attribute seines Körpers, seiner Kraft, seiner Andersartigkeit und seines Penis dient ihr zur Abgrenzung gegen die Mutter, ebenso wie die identifikatorische Übernahme seiner Entwertung weiblicher Tätigkeiten. So notwendig diese partiellen Identifikationen in ihrer Abwehr- und Abgrenzungsfunktion sind, so fragwürdig erscheinen sie andererseits in ihrer Auswirkung auf die Selbstachtung des kleinen Mädchens« (Schmauch, 1987 a, S. 97).

Von der Autorin werden väterliches Macht- und Herrschaftsgebaren betont, die das kleine Mädchen zur Abgrenzung gegenüber seiner Mutter benötigt. Gibt es keine anderen Eigenschaften und Fähigkeiten von Vätern, mit denen sich Töchter identifizieren können, die aber nicht notwendig *gegen* die Mutter und die Weiblichkeit gerichtet sein müssen? Es fällt nicht schwer, diese Frage zu bejahen, es sei denn, man sieht in Männern nur phallische Kraftprotze, die unablässig ihre Macht und Herrschaft demonstrieren müssen. Die Frage scheint vielmehr die zu sein, ob Väter diese Identifizierung mit ihren »männlichen« Eigenschaften ermöglichen.

Denn während Väter ihren Söhnen schon früh eine rivalisierende und gleichzeitig kameradschaftliche Beziehung – häufig vor allem im Erleben der Gemeinsamkeit gegen die Mutter – anbieten, sind sie ihren Töchtern gegenüber wenig bereit, sich diesen zur Identifizierung zur Verfügung zu stellen. Vor allem werden solche Männer Schwierigkeiten haben, sich ihren Töchtern als Identifikationsobjekt anzubieten, die sich ihrer Geschlechtsidentität nicht sicher sind und deshalb fürchten müssen, diese in der identifikatorischen Beziehung ihrer Töchter zu verlieren. Je mehr es Männer und Väter nötig haben, ihr Anderssein zu behaupten, um ihre Autonomie nicht zu gefährden, desto schwerer wird es ihnen fallen, ihre kleine Tochter in ihre Fußstapfen treten zu lassen.

Verschiedene Psychoanalytiker gehen davon aus, daß im zweiten und dritten Lebensjahr die Mutter zunehmend als schwach und abhängig erlebt wird. War die Mutter für das Kleinkind zunächst omnipotent, so setzt nun eine traumatische Desillusionierung ein. Dadurch kann, so schlußfolgert Lang (1984) im selbstpsychologischen Bezugsrahmen, die Konsolidierung des Selbst beim Mädchen stark beeinträchtigt werden. Die Enttäuschung über die Schwäche der Mutter beeinflußt die Einstellung der Tochter gegenüber ihrer sich entwickelnden Geschlechtsidentität. Versuche, den Vater zu idealisieren, werden von diesem häufig ambivalent beantwortet. Es ist, als ob er auf die Idealisierungsversuche seiner Tochter antworten würde: »Ja, sieh nur auf zu mir und bewundere meine Stärke. Aber versuche nicht, mich nachzuahmen, denn du bist nur ein Mädchen und wirst nie so sein können wie ich« (Lang, 1984, S. 67). Das Mädchen sieht sich also mehr oder weniger dem Verbot ausgesetzt, das idealisierte Vaterbild zu verinnerlichen, um sich auf diese Weise selbst als stark, tatkräftig usw. erleben zu können. So als ob Väter fürchten würden, daß dadurch die idealisierende Bewunderung ihrer Töchter (und implizit aller Frauen) verloren gehen könnte.

Wenn eine Identifizierung mit den begehrten väterlich-männlichen und als phallisch geltenden Eigenschaften nicht möglich ist und zudem die Weiblichkeit der Mutter stark entwertet ist, kann es zu aggressiven Rachetendenzen kommen, die sich vielfältig manifestieren, z. B. wenn eine Frau, immer nachdem sie ei-nen Mann in sich verliebt gemacht und ihn »erobert« hat, nichts mehr für ihn empfinden kann oder sich von vornherein lesbisch orientiert, Männer ausschließt, ihnen jegliche Kompetenz in »Frauenangelegenheiten« abspricht usf.

Bernstein (1983) berichtet von Frauen, die sich darüber beklagten, daß ihre Väter zunächst ihre intellektuelle Entwicklung unterstützen, dann aber plötzlich das Gefühl bekamen, damit die Weiblichkeit ihrer Töchter zu gefährden. Sie warfen ihnen schließlich vor, »zu weit gegangen zu sein« und drängten sie schließlich dazu, ihre Leistungsansprüche aufzugeben und sich auf traditionelle Weise weiblich und mütterlich zu verhalten.

Lax (1977) dokumentierte drei Fälle, in denen Väter ihre Töchter intellektuell ermutigten, obgleich sie Frauen generell abwerteten. Jede dieser Frauen war zwar dazu in der Lage, intellektuell hervorragend zu funktionieren, fühlte sich aber dennoch trotz aller intellektuellen Fähigkeiten und Erfolge leer und minderwertig, weil sie die tiefergehenden Identifikationen mit der Weiblichkeit ihrer Mütter zurückgedrängt hatte, um den Ansprüchen und Ängsten ihres Vaters zu genügen. »Wenn du intellektuell sein willst, darfst du nicht weiblich sein und vice versa«, so lautet quasi das Motto vieler Väter.

In diesem Zusammenhang verweist Bernstein (1983) auch auf die irrtümliche Auffassung vieler männlicher Psychotherapeuten, welche die Annäherung ihrer Patientinnen als eine erotische mißverstehen, wo es tatsächlich aber um ein Bedürfnis nach Identifizierung geht.

Der Fall von Jane (vgl. Lachmann und Stolorow, 1976; Stolorow und Lachmann, 1980) beleuchtet zwei Themen: zum einen die bestehenbleibende Abhängigkeit von der Mutter als Selbstobjekt und zum anderen den fehlgeschlagenen Versuch, die idealisierten Eigenschaften des Vaters zu teilen oder per Identifizierung zu erwerben.

»Jane suchte eine psychoanalytische Behandlung wegen einer Schreibhemmung auf. Sie brachte eine Anzahl von Beschwerden vor (so fühlte sie sich tranceähnlichen Traumzuständen ausgeliefert, hatte ein exzessives Bedürfnis nach Anerkennung und Akzeptiertwerden), was insgesamt auf die Verletzlichkeit ihres Selbst und ihre Abhängigkeit von Selbstobjekten hinwies.

Die Patientin hatte von früher Kindheit an eine enge Verbindung zu ihrer Mutter, ließ alle Entscheidungen von ihr absegnen und holte sich ständig Ratschläge bei ihr. Ereignisse wurden erst dann ›real‹ für sie, wenn sie sie ihrer Mutter erzählt hatte. Die Anwesenheit der Mutter war nötig, um ihre Erfahrungen als richtig und gut beurteilen zu lassen.

Janes Vater war stolz auf seine Rolle als der starke, finanzielle Versorger der Familie. Er ließ implizit und bei gewissen Gelegenheiten explizit durchscheinen, daß er glaube, Jane, ihr jüngerer Bruder und die Mutter seien für diese Welt des Konkurrenzkampfes nicht geschaffen.

Ein Ereignis, das zum Schlüsselerlebnis in Janes Psychopathologie wurde, fand statt, als sie sieben Jahre alt war und zur Ballettschule geschickt wurde, damit sie von ihrem ›Übergewicht kuriert‹ würde und mehr ›Grazie‹ lernen sollte. Eines Tages kam Jane nach Hause und wollte ihrem Vater in ihren Ballettschuhen zeigen, wie leichtfüßig sie durch das Wohnzimmer tänzeln konnte. Als ihr Vater nun nach Hause kam, freute sie sich, ihm vortanzen zu können. Dem Vater aber rutschte nur der Kommentar heraus: ›Da hilft wohl gar nichts!‹.

Die Auswirkungen dieser Erfahrung waren für Jane sehr schlimm. Sie zog sich zurück und flüchtete sich in tranceähnliche Phantasiezustände, die sie als einen Puffer sowohl gegen realistischen Erfolg als auch gegen antizipiertes Versagen einsetzte. Ihre exhibitionistischen Impulse waren wegen der traumatisierenden Erfahrung abgeschnitten, was ihre Selbstwertregulation störte, während sie grandiose Erwartungen und Wünsche nach Anerkennung unterdrücken mußte. Diese Erfahrung diente dazu, die regressive Bindung an die Mutter zu festigen, während ein impliziter ›Vertrag‹ mit dem Vater abgeschlossen wurde: Sie wollte jedes Anzeichen von Ärger, Enttäuschung, Kritik oder Unwillen über ihn unterdrücken, wenn er nicht mehr zum Ausdruck brachte, wie enttäuscht er über ihr Äußeres war« (Lachmann und Stolorow 1976, S. 68/9).

Das Resultat dieses Vertrags mit dem Vater war, daß seine idealisierten Eigenschaften nie angezweifelt werden durften. Darüber hinaus mußten sie *sein* Eigentum bleiben. Janes Bindung an ihre Mutter verkörperte das (regressive)

Bedürfnis, die Mutter als Selbstobjekt aufrechtzuerhalten und ein Gefühl von Selbstkohäsion und Selbstwert zu behalten. Versuche, einen »Glanz im Auge« des Vaters zu finden, der ihr signalisieren würde, daß er sie akzeptieren und ihr eine entschädigende Alternative anbieten würde, wurden mit Zurückweisung beantwortet. Dies führte bei dieser Patientin zu einem Gefühl der Leere und Hoffnungslosigkeit, jemals selbst unabhängige Initiativen ergreifen zu können. Archaische Größenphantasien blieben ohne Modifizierung erhalten.

Die Herstellung einer spezifischen narzißtischen Übertragung in der Analyse befähigte Jane, einen entscheidenden Aspekt ihrer Schreibhemmung durchzuarbeiten. In dieser Phase der Analyse

»erzählte sie von einem Ereignis in ihrem Beruf als Lehrerin: Sie habe mit zwei ihrer Schüler gesprochen, die beide wegen ihrer miserablen Arbeiten sehr beunruhigt waren. Auf dem Hintergrund ihrer Klagen, daß sie nicht genug Unterstützung in ihrer Analyse bekommen würde, beschrieb sie, wie *sie* ihren Schülern in nur einer halben (!) Stunde geholfen hatte. Die Reaktion des Analytikers erforderte in dieser Situation eine richtige Einschätzung darüber, in welchem Ausmaß noch eine narzißtische Übertragung vorherrschte, weil ein empathischer Fehler das ›Ballett-Trauma‹ in der Behandlungssituation hätte wiederholen können. Der Analytiker spiegelte deshalb den Stolz seiner Patientin und die Freude, die sie darüber empfand, den Schülern geholfen zu haben – sonst sagte er nichts dazu. Zu einem späteren Zeitpunkt der Analyse war die Patientin in der Lage, auf dieses Ereignis zurückzukommen und sich mit den impliziten Konkurrenzaspekten auseinanderzusetzen.

Die Gelegenheit, an den idealisierten Eigenschaften des Analytikers teilzuhaben, und die spätere Anerkennung von Janes Konkurrenz mit ihm führte zu einer spezifischen Identifikation mit dem Analytiker. Mehr und mehr gelang es Jane, den Analyseprozeß als ein Modell für Arbeitenkönnen zu benutzen. Nach und nach war sie in der Lage, sich auf sich selbst zu verlassen und ihre Erfahrungen zu beurteilen und richtig einzuschätzen. Diese Entwicklungen kamen durch die Aufrechterhaltung einer stabilen Übertragung zustande, die das Bedürfnis nach Spiegelung, die Nichtstörung des Teilhabens an den idealisierten Eigenschaften des Analytikers und die Anerkennung von Konkurrenzstrebungen beinhaltete, die Janes Bereitschaft zeigte, die bislang idealisierten Eigenschaften ihres Analytikers nunmehr zu verinnerlichen« (Lachmann und Stolorow 1976, S. 73 f.).

So wie die Söhne (vgl. Bd. 1, Kap. 3.6) haben deshalb auch die Töchter ein großes Verlangen und ein entwicklungspsychologisch völlig adäquates Bedürfnis, sich während der Subphasen der Loslösung und Indiviuation, aber natürlich auch in späteren Jahren, dem Vater zuzuwenden mit dem Wunsch, ihm gleich zu sein. Viele Väter verwechseln vermutlich diese (homoerotische) Identifizierungsliebe bei ihrer zwei-, drei- oder vierjährigen Tochter mit der heteroerotischen Liebe der ödipalen Phase. Aber letztere gelingt vermutlich nur dann zufriedenstellend, wenn zuvor die Identifizierungsliebe in ausreichendem Maß erfahren werden durfte.

»Im günstigen Fall macht die Identifikation mit beiden Eltern es dem Kind möglich, manches von dem zu übernehmen, was dem anderen Geschlecht zugeordnet ist, denn die Identifikationsmöglichkeit ist noch nicht durch die eigene feste Identität begrenzt. In dieser Phase ist die geschlechtliche Identität viel weniger starr als in der späteren ödipalen Organisation: Die gegengeschlechtliche Identifikation kann mit der gleichgeschlechtlichen Identifikation koexistieren, beide sind noch nicht in der Geschlechter-Polarität erstarrt« (Benjamin, 1990, S. 111).

Nach Auffassung dieser Autorin ist es für das Mädchen so wichtig, eine Identifizierungsliebe erfahren zu können und darin nicht enttäuscht zu werden, weil dieser Vorgang nicht nur die Überzeugung des Mädchens festigt, Macht wie der Vater zu haben und sich von der Mutter lösen zu können, sondern vor allem auch die Erfahrung vermittelt, Subjekt des Begehrens zu sein. Daß dieser Wunsch von Vätern, aber auch von Analytikern in der Vergangenheit so oft übersehen wurde, liegt nach Benjamin (1992, S. 839) in dem beschränkten Verständnis dessen, was Eros bedeutet: »Als ob ›erotisch‹ lediglich ›ödipal-genitale Bestrebungen‹ bedeuten würde oder Liebe zu dem, was anders ist; als ob Eros nicht das Begehren durchdringen würde, gleich zu sein.«

Verdeutlichen wir uns abschließend noch einmal, was ein Mädchen von seinem Vater an psychischen Unterstützungen benötigt, um einige Zeit später sicher die ödipale Phase erleben zu können:

- Bei Schwierigkeiten mit dem Vater in den ersten drei bis vier Lebensjahren wird sich das kleine Mädchen einen Phantasievater erschaffen, der weit bis ins Erwachsenenalter hinein für Konstellationen bei der Partnerwahl, beim Beziehungserleben und bei Konflikten in der Partnerschaft steuernde Bedeutung haben wird. Ein Mädchen braucht einen Vater, dem es seine Liebe schenken kann. Wenn dieser Vater nicht vorhanden ist, wird es sich einen in der Phantasie erschaffen (vgl. Spieler 1984); und dieser Phantasievater wird lange Zeit das Maß aller Dinge bleiben.

- Die Qualität der väterlichen Anteilnahme ist – wie schon Leonard (1966) feststellte – von großer Bedeutung. Mädchen, deren Väter wenig Anteil an ihrer Entwicklung nehmen, haben oftmals Schwierigkeiten bei der Verinnerlichung väterlicher Eigenschaften und sind daher in ihrem Selbstwertgefühl beeinträchtigt, was wiederum das ödipale Erleben erschweren kann.

- Wenn es am Anreiz fehlt, präödipale Bindungen aufzugeben, wird die Tochter den nicht anteilnehmenden Vater wie einen bösen Eindringling erleben und verzerrte und angsterregende Vorstellungen über ihn ausbilden. Diese Angst kann sie daran hindern, ihre auftauchenden erotischen Gefühle ihm gegenüber mitzuteilen. Statt dessen verhält sie sich ihm gegenüber scheu, zurückgezogen, ängstlich und gehemmt.

- Wenn ein Vater zuverlässig anwesend ist und sich mit seiner kleinen Tochter beschäftigt, kann sie die verschiedenen Erfahrungen mit ihm besser zu einer ganzheitlichen Vaterrepräsentanz integrieren. Ist die Vaterbeziehung hingegen unbefriedigend, wird sie sich auf der einen Seite ungeliebt und von ihm verlassen vorkommen, während sie sich andererseits verzweifelt an ein idealisiertes Bild von ihm klammern wird.

- Die präödipale väterliche Zurückweisung der Tochter trägt zu gestörten heterosexuellen Beziehungen bei. Väter, die deutlich spürbar ihre Söhne bevorzugen, erschweren die Bildung eines guten Selbstwertgefühls und konsolidierter, ganzheitlich erlebter väterlicher Objektrepräsentanzen. Tiefgreifende Auswirkungen väterlicher Zurückweisung auf Selbstwertgefühl, Beziehungsfähigkeit und psychosexuelle Entwicklung sind von einer Anzahl von Autoren nachgewiesen worden.

5.3.5.2 Der Einfluß des Vaters in der Mutter: Die ödipale Übergangsbeziehung des Mädchens

Die Konzentration auf das körperliche Erleben darf nicht übersehen lassen, wie wichtig die Einstellung, die unbewußten Phantasien und das manifeste Verhalten der Eltern für ihr ödipales Kind sind.

Es gilt heutzutage fast schon als psychoanalytische Binsenweisheit, daß die Mutter hinsichtlich des ödipalen Begehrens ihrer Tochter eine wichtige Mittlerposition einnimmt. Die Akzeptanz und Förderung der kindlichen Liebesstrebungen, die nun nicht mehr ausschließlich ihr selbst, sondern auch ihrem Mann, dem Vater ihrer Tochter, gelten, sind wichtige Voraussetzungen für das Erlebenkönnen ödipaler Wünsche und Annäherungen.

Weniger bekannt ist aber, welche Entwicklungsschritte aus ich- und objektbeziehungstheoretischer Sicht erforderlich sind, um die heterosexuelle Zuwendung zum Vater leben zu können.

Ogden (1987) entwickelte das Konzept einer »ödipalen Übergangsbeziehung«, die die Bedeutung »der Entdeckung des Vaters in der Mutter« anzeigt. Nach dieser Vorstellung wird die erste ödipale trianguläre Objektbeziehung des Mädchens *in der Beziehung zur Mutter* entdeckt. M. a. W. geht es diesem Autor um die Beschreibung der großen Bedeutung der mütterlichen Vaterrepräsentanzen für die ödipale Tochter. In der Morgendämmerung des ödipalen Erwachens entdeckt und entwickelt die Tochter ihre erste ödipal getönte heterosexuelle Beziehung in – was auf den ersten Blick paradox anmutet – der Beziehung zur Mutter, und zwar aufgrund ihres Erlebens, wie die Mutter ihren eigenen Vater in sich aufbewahrt hat. Der Eintritt in die ödipale Position wird durch die Qualität dieser ödipalen Übergangsbeziehung entscheidend beeinflußt. Die ödipale Übergangsbeziehung wird von Ogden (1987) deutlich von dem negativ ödipalen Erleben unterschieden, bei dem der real existierende Vater vorübergehend oder auch für längere Zeit als Eindringling in die Mutter-Tochter-Dyade erlebt wird und das Mädchen eine deutlich erotische – und nicht mehr nur symbiotische – Beziehung zu ihrer Mutter einnimmt. Ausgehend von Winnicotts (1951) Beschreibung des Übergangsobjekts, dessen Dialektik darin besteht, Realität und Phantasieprodukt, Ich und Nicht-Ich zu sein, bestimmt Ogden auch die ödipale Übergangsbeziehung als einen dialektischen Prozeß, in dessen Verlauf in der Mutter – vermittelt über deren unbewußte Identifikation mit ihrem eigenen Vater – der ödipale Vater des Mädchens entdeckt wird.

Was bedeutet es genau betrachtet, wenn sich das kleine Mädchen von der präödipalen, überwiegend noch als bedürfnisbefriedigend wahrgenommenen Mutter zum ödipalen Vater hin bewegt? Schon der erste Blick läßt erkennen, daß es hierbei nicht nur um einen einfachen »Wechsel des Objekts« geht, sondern es sich dabei um gravierende Unterschiede in der Beziehungswahrnehmung und -gestaltung zu Mutter und Vater handelt. Das mütterliche Objekt wird noch weitgehend wie ein inneres Objekt erlebt, das noch nicht gänzlich vom kindlichen Selbst getrennt ist, während der ödipale Vater eher als äußeres Objekt außerhalb der kindlichen Kontrolle wahrgenommen wird. Und ebenso stellt auch die *ödipale* Mutter eine Person dar, die Interessen und Begierden hat, die nicht auf ihr Kind, sondern auf den ödipalen Vater bezogen sind. Das

Realisierenkönnen, daß Vater und Mutter eine sexuell erfüllte Beziehung zueinander haben, in der das Kind nicht im Mittelpunkt steht und die es auch nicht kontrollieren kann, stellt aus psychoanalytischer Sicht deshalb auch das konstituierendste Merkmal der ödipalen Triangulierung dar und die größte Herausforderung für das Kind.

Anhand der von Winnicott (1963) stammenden Unterscheidung einer Umweltmutter und einer Objektmutter verdeutlicht Ogden (1987) zwei nebeneinander bestehende Modalitäten der Bezogenheit des Kindes auf seine Mutter, wobei zu Beginn des Lebens stark die Umweltmutter-Bezogenheit überwiegt. In dieser Beziehungsmodalität verschwimmen die Grenzen zwischen Innen und Außen, es gibt keinen deutlichen Unterschied zwischen Ich und Nicht-Ich. Die Fähigkeit einer Mutter, die Bedürfnisse ihres Kindes so unaufdringlich zu befriedigen, daß das Kind gar nichts davon bemerkt, wird von Winnicott auch mit dem Terminus des »subjektiven Objekts« beschrieben, das vom Kind so erlebt wird, als hätte es dieses entsprechend seinen Bedürfnissen erschaffen. Die entscheidende Frage ist nun natürlich, wie es dem Kind auf nicht traumatische Weise gelingen kann, von der illusionären, aber für seine Entwicklung doch auch so notwendigen Erfahrung des Zurverfügungstehens eines subjektiven Objekts abzurücken und die Fähigkeit zu entwickeln, andere Menschen, vor allem seine Eltern, als von ihm getrennte Objekte erfahren zu können.

Winnicotts Konzept des Übergangsobjekts stellt eine Erfahrung dar, die dem Kind den Übergang zwischen diesen beiden Modalitäten erleichtert. Das Übergangsobjekt wird vom Kind entdeckt und erzeugt, es ist Realität und Phantasieprodukt zugleich, Ich und Nicht-Ich, innere beschützende Objekt-Mutter und äußeres Objekt-Ding.

Beim Übergang in die ödipale Objektbezogenheit hilft dem Kind nun eine »ödipale Übergangsbeziehung«, die Neuorganisierung seiner Beziehungserfahrungen vorzunehmen. Dadurch wird ihm der Schritt erleichtert, entdecken zu können, daß die Eltern nicht seiner omnipotenten Kontrolle unterliegen. Dies stellt eine Erfahrung dar, die zwar kontinuierlich die bisherige Entwicklung des Kindes begleitet hat (z. B. in jenen Momenten, wo das Kind keinen Einfluß auf seine Eltern ausüben konnte), nun aber eine neue und für das Zustandekommen des Ödipuskomplexes entscheidende Dimension erhält.

Nach Ogden kann dieser schwierige Schritt für das Mädchen abgemildert werden, wenn dieses die internalisierte Vater-Repräsentanz der Mutter als libidinös besetztes Vater-Objekt wahrnehmen und wertschätzen kann. Das kleine Mädchen verliebt sich hierzu in die (noch nicht gänzlich äußere) Mutter, die sich in einer unbewußten Identifikation mit ihrem eigenen Vater in ihrem inneren Beziehungsgefüge ödipaler Objektbeziehungen befindet. Dabei taucht niemals die Frage auf, ob sich nun das Kind in die Mutter-als-Vater verliebt oder in ihren Vater-als-Mutter.

Die Mutter in ihrer Rolle als ödipales Übergangsobjekt erlaubt es sich selbst, als Mann entsprechend ihrer unbewußten Identifikation mit ihrem eigenen Vater geliebt zu werden. Es ist, als ob sie zu ihrer kleinen Tochter sagen würde: »Wenn ich ein Mann wäre, wäre ich in dich verliebt, fände dich hübsch und würde vieles darum geben, dich heiraten zu können.«

Die Konstruktion von Ogden greift hierbei auf die Erfahrung zurück, daß es niemals nur die Dyade Mutter-Tochter gibt, weil der Vater als Dritter immer schon im unbewußten Erleben der Mutter repräsentiert ist.

Wenn die Beziehung der Mutter zu ihrem eigenen ödipalen Vater konflikthaft war und ist, dann wird die Fähigkeit der Mutter, eine Übergangsrolle für ihre Tochter einzunehmen, mehr oder weniger beeinträchtigt sein.

Wie erlebt das Mädchen vor dem Eintritt in das ödipale Erleben seinen Vater? Im ersten Band wurde unter Verwendung der Argumentation von Glover und Mendell (1982) ausgeführt, wie sich das drei- bis vierjährige Mädchen in psychosexueller Hinsicht allmählich mit seinem Vater als sexuellem Wesen vertraut macht. Ogdens Überlegungen sind vor allem deshalb bedeutsam, weil sie auf einen in der älteren psychoanalytischen Literatur vernachlässigten oder überhaupt nicht thematisierten Aspekt hinweisen. Denn bei der Erörterung des Objektwechsels wurde zumeist in einer sehr pauschalen Betrachtungsweise davon ausgegangen, daß sich das Mädchen überwiegend aus Enttäuschung von der Mutter abwendet und seinem Vater in eindeutig heterosexueller Weise seine Zuneigung schenkt. Dabei wurde aber – ganz zu schweigen von der Vernachlässigung kognitiver Entwicklungsprozesse – die Erörterung des Objektbeziehungsniveaus bzw. der Beziehungsfähigkeit aus objektbeziehungstheoretischer Sicht (die natürlich auch von der Reifung und Entwicklung kognitiver Fähigkeiten, wie z. B. der Transformierung des egozentrischen Denkens, abhängt) außer acht gelassen.

Denn die präödipale Beziehung des Mädchens zu seiner Mutter steht in den ersten Lebensjahren weitgehend im Zeichen einer dyadischen, bedürfnisbefriedigenden Beziehung (i. S. v. Hartmann, 1964/65) oder einer noch relativ archaischen Selbst-Selbstobjekt-Beziehung (i. S. v. Kohut, 1973). Mütter stellen sich auf dieses Objektbeziehungsniveau ihrer Kinder ein, fördern allenfalls schrittweise – bei einer geglückten Mutter-Kind-Beziehung – die allmählich zunehmende Fähigkeit ihrer Kinder zur Selbst-Objekt-Differenzierung, zum Rollen- und Perspektivenwechsel und zur in Ansätzen sich bereits entwickelnden Empathie.

Gegenüber dem in der Regel – aufgrund seiner wesentlich geringeren Beteiligung an der frühkindlichen Sozialisation – als von außen kommend erlebten Vater kann das Kind kaum die Erwartung einer ausschließlich auf sich konzentrierten Bedürfnisbefriedigung erwarten; die Welt des Vaters außerhalb der familiären Sozialisation bleibt ihm weitgehend verschlossen, und Väter – zumindest in der Vergangenheit – haben Schwierigkeiten, sich auf das bedürfnisbefriedigende Niveau ihrer kleinen Kinder einzustellen und einzulassen. So erfordert die Zuwendung zum Vater im beginnenden ödipalen Erleben eine Höherentwicklung des Objektbeziehungsniveaus vom Mädchen. Die klassische Redeweise vom Objektwechsel hat also unberücksichtigt gelassen, daß der Status des »mütterlichen Objekts« nicht mit dem des »väterlichen Objekts« gleichgesetzt werden kann. Das mütterliche Objekt unterliegt nach Ogden (1987) im Erleben des Mädchens seiner omnipotenten Kontrolle; der Vater stellt hingegen ein äußeres Objekt dar, das ein eigenes Leben außerhalb der Omnipotenzphantasien des Mädchens führt.

Wenn die Mutter sich mit ihrem eigenen (ödipalen) Vater – als Resultat ihrer Beziehungserlebnisse mit ihm – identifizieren konnte, hat sie die Beziehung zu einem Dritten außerhalb der Mutter-Kind-Dyade verinnerlicht. Diese Erfahrung ermöglicht ihr, nicht mit Neid und Eifersucht zu reagieren, wenn ihre Tochter sich immer stärker ihrem Mann als ödipalem Liebespartner zuzuwenden beginnt. Die Mutter gestattet es sich selbst, in der Rolle als ödipales Übergangsobjekt aufgrund ihrer unbewußten Identifikation mit ihrem eigenen Vater als Mann geliebt zu werden.

War die Beziehung der Mutter zu ihrem ödipalen Vater konflikthaft gestört, dann wird es ihr in unterschiedlichem Ausmaß nicht möglich sein, diese Rolle für ihre Tochter in der ödipalen Übergangsbeziehung einzunehmen.

Bei der klassischen Annahme, daß es für das Mädchen notwendig sei, die Mutter zurückzuweisen, um sich seinem Vater mit heterosexuellen Wünschen zuwenden zu können, blieb neben anderem die unbewußte (und bewußte) Objektbeziehungswelt der Mutter unberücksichtigt; für den heutigen psychoanalytischen Kliniker ist es nahezu eine Selbstverständlichkeit, die Auswirkungen der unbewußten elterlichen Objektbeziehungen auf das Erleben des Analysanden zu erforschen und zu thematisieren. Aufgrund dieser Betrachtung ist es dann primär gar nicht mehr so sehr entscheidend, wie zugänglich und aufgeschlossen ein Vater für das ödipale Werben seiner kleinen Tochter ist, sondern mehr noch, wie sich die Mutter auf ihre ödipale Tochter einstellen kann. Und sie kann ihrer Tochter den gewaltigen Entwicklungssprung von der dyadischen, bedürfnisbefriedigenden Beziehung zum äußeren, nicht mehr der eigenen Omnipotenz unterstellten, ödipalen Vater entscheidend erleichtern bzw. überhaupt erst ermöglichen, wenn sie für ihre Tochter in die Rolle des ödipalen Vaters schlüpft und damit gleichsam antizipatorisch im Rollenspiel und im vertrauten Kontext der präödipalen Mutter-Kind-Dyade die ödipale Beziehung zum Vater probt.

In der Latenz und Adoleszenz wiederholt sich nach Ogden die ödipale Übergangsbeziehung in einer Vielzahl von Formen, deren bekannteste vermutlich das »gemeinsame Kleiderkaufengehen« darstellt. Die von der Tochter anprobierten Kleider werden von der Mutter begutachtet, die sich in die Rolle eines männlichen Liebhabers versetzt – was wiederum einer unbewußten Identifikation dieser Mutter mit ihrem Vater gegenüber seiner ödipalen Tochter darstellt. Und wenn alles gut geht, kann die Mutter als Mann ihre Tochter bewundern.

Ogden weist darauf hin, daß sich die von ihm beschriebene ödipale Übergangsbeziehung von der Freude und Anteilnahme unterscheidet, die eine Mutter angesichts des ödipalen Verliebtseins ihrer Tochter empfindet. Diese Erfahrung ist sicherlich für die Tochter eine wichtige Unterstützung und hilft ihr, ihre Schuldgefühle gegenüber der Mutter zu verringern. Aber die ödipale Übergangsbeziehung geht diesem Wiederaufleben des Wohlbehagens, das die Mutter einst als kleines ödipales Mädchen ihrem Vater gegenüber erfuhr und das sie nun in der stellvertretenden Identifizierung mit ihrer kleinen Tochter erlebt (die nun auch schon die ödipale Beziehung zu ihrem Vater aufgenommen hat) voraus, ja scheint sogar eine notwendige Bedingung für das Zustandekommen eines vollständigen ödipalen Erlebens zu sein.

Bei einem Scheitern der ödipalen Übergangsbeziehung, d. h. wenn die Mutter unbewußt nicht ihren Segen zur ödipalen Beziehung ihrer Tochter erteilt, kommt es entweder zu einem Stillstand und Abbruch des ödipalen Interesses oder zu massiven Schuldgefühlen bei der Tochter, wenn diese weiterhin ödipale Gefühle für ihren Vater empfindet.

Ogden (1987) weist aber noch auf einen weiteren Aspekt hin, der vielleicht noch gravierender ist als das Sich-anfreunden-Müssen mit dem äußeren Objektstatus des Vates und der seiner Meinung nach ganz wesentlich zum konstituierenden Merkmal der ödipalen Triangulierung gehört, die zum größten Teil den Ödipuskomplex definiert (und mit der Redeweise von der Wahrnehmung der ödipalen Urszene nicht gänzlich abgedeckt wird). Was für die Anerkennung des äußeren Objektstatus des Vaters gilt, trifft ebenso für den der Mutter zu. Die Mutter als ödipale Mutter anzuerkennen, die eine sexuelle Beziehung zu ihrem Mann – dem Vater des Mädchens – hat, heißt, die präödipale Beziehungsdimension, bei der die Mutter ausschließlich und überwiegend für die Bedürfnisbefriedigung ihres Kindes da zu sein hat, zumindest vorübergehend aufgeben zu können. Die ödipale Mutter ist im Erleben des Kindes nunmehr eine Person mit eigenen, vom Kind unabhängigen Interessen, ihr Erleben kreist nicht mehr ausschließlich um das Wohlergehen ihres Kindes, und sie bezieht ihre körperliche und psychische Lust nicht mehr allein aus dem Zusammensein mit ihrem Kind. Auch der bisherige Glaube des Kindes, daß es selbst für die Lust der Mutter zuständig ist, erleidet eine arge Enttäuschung.

So ließ sich bei einer Patientin rekonstruieren, daß sie im Alter von fünf oder sechs Jahren eine Reihe von wechselnden Liebhabern ihrer Mutter miterlebte, während der Vater von diesen Affären nach Ansicht der Patientin offensichtlich nichts ahnte. Die Enttäuschung über die sich abwendende Mutter, zu der die Beziehung bislang sehr eng gewesen war, war so stark, daß die Patientin diese Erfahrungen verleugnete und ihre negativ ödipale Beziehung zur Mutter intensivierte. Dies führte im späteren Leben immer wieder zu lesbischen Beziehungsepisoden, die sich aber alle nach einiger Zeit in eine aggressive und quälende Streitbeziehung verwandelten. Sie agierte in den aggressiven Auseinandersetzungen, derentwegen sie auch einen Therapeuten aufgesucht hatte, die als Kind nur in Ansätzen erlebte, alsbald aber verleugnete und verdrängte Enttäuschungswut über die Mutter. Diese hatte sich von ihrer Tochter zu abrupt und zu wenig einfühlsam – vor allem nach einer vorangegangenen intensiven Beziehung mit ihr – abgewandt.

Die Entdeckung der ödipalen Mutter wird von der Tochter wie ein Verrat wahrgenommen, so als würde sie gleichsam sagen: »Bislang war ich davon ausgegangen, daß wir beide vereinbart hatten, daß deines auch meines ist und das, was mir gehört, auch dir gehört. Warum muß ich jetzt an der Türe des Schlafzimmers anklopfen, bevor ich hereinkommen darf? Früher brauchte ich dies doch nicht zu tun!« (Ogden, 1987, S. 488). Weil es die Mutter ist, die ganz offensichtlich die früher getroffenen Vereinbarungen nicht mehr einhält, gelten ihr Empörung und Zorn des ödipalen Mädchens. Gleichwohl bleibt neben dieser Beziehung zur ödipalen Mutter immer auch die frühere Beziehung zur bedürfnisbefriedigenden, inneren Mutter, qua Selbstobjekt, bestehen.

Das Wahrnehmenkönnen, daß beide Eltern, Vater wie Mutter, unabhängige Personen sind, über die das Kind nicht mehr omnipotent verfügen kann und die ihm nicht mehr wie ein jederzeit kontrollierbares Selbstobjekt zu Diensten sind und zur Verfügung stehen, und daß darüber hinaus Vater und Mutter offensichtlich etwas sehr Lustvolles miteinander erleben, von dem das Kind aber total ausgeschlossen bleibt, stellt entsprechend dieser Sichtweise eine eminente Herausforderung für ein Kind dar. Es ist einfacher, sich vor der Wahrnehmung dieser Realität zu drücken.

Ein schizoider Rückzug von den äußeren Objekten, das Entwickeln narzißtischer Phantasien von absoluter Kontrolle über die Eltern und andere Menschen als innere Objekte oder der phantasierte ödipale Scheinsieg (und im späteren Leben der inszenierte strategische Ödipuskomplex) sind dann häufige Maßnahmen, um mit dieser massiven Erschütterung des Selbstwertgefühls umzugehen.

Warum, so hat schon manche Studentin gefragt, sprechen Sie als Psychoanalytiker immer davon, daß der Ödipuskomplex bei jedem Kind auftritt und damit universelle Gültigkeit besitzt? Ich z. B. habe nie meinen Vater begehrt, ich habe ihn eher abgelehnt, er hat meine

Mutter geschlagen, das Geld durchgebracht, und er war überhaupt kein liebevoller Vater zu mir; ich kann mich nicht erinnern, jemals ein stärkeres Gefühl für ihn empfunden zu haben.

Es ist richtig, daß die These von der Universalität des Ödipuskomplexes zu differenzieren ist, und insofern könnte diese Frage tatsächlich berechtigt sein. Denn es läßt sich durchaus vorstellen, daß die ödipale Liebe des kleinen Mädchens aufgrund des mütterlichen Verbots im Sinne einer Nichtermöglichung der ödipalen Übergangsbeziehung zurückgenommen und schließlich verleugnet werden mußte, was letztendlich auch zu der Überzeugung führen kann, daß der Vater der Tochter nichts zu bieten hat. Die Tatsache, daß eine erwachsene Frau die obige Erinnerung an ihren Vater hat, läßt allerdings noch keine gültigen Rückschlüsse auf ihr damaliges Erleben in der Kindheit zu; auch einen gewalttätigen und Alkoholiker-Vater kann man heiß und innig ödipal begehren und lieben, wenn nur die Mutter via unbewußter Identifikation mit ihrem ödipalen Vater die Erlaubnis dazu erteilt hat. Die spätere Zurückweisung der ödipalen Liebe seitens des Mädchens kann viele Gründe haben, wie z. B. die Identifizierung mit der Sichtweise der Mutter in der Adoleszenz, um ödipale Schuldgefühle damit abzuwehren.

Anders geartet ist jenes Schicksal von Mädchen, deren Mütter den Segen erteilt haben, aber wo die Väter ein deutliches Desinteresse an ihren verliebten Töchtern bekundeten. Weil ihre romantischen und verliebten Gefühle keine Resonanz erfuhren, verleugneten sie über kurz oder lang ihre Verliebtheit und können sich im späteren Leben nicht als romantisch Verliebte akzeptieren und sich allenfalls mit Spott bei anderen darauf beziehen. Eine sachliche und nüchterne Einstellung zum Leben und zu Beziehungen, in denen leidenschaftliches Verliebtsein keinen allzu großen Raum einnehmen darf, wird wohl in vielen Fällen die Folge sein. Das Thema des ödipalen Begehrens ist längst aufgrund leidvoller Erfahrungen verleugnet und kann bei diesen Frauen nur noch ein ungläubiges Staunen auslösen. Aber im Ansatz hat jedes Mädchen zunächst dieses Begehren erlebt, weshalb die These von der Universalität – wenn man verschiedene Phasen und Verarbeitungen des Ödipuskomplexes berücksichtigt – durchaus berechtigt ist.

5.3.5.3 Die ödipale Übergangsobjektbeziehung beim Jungen

Eines Tages – so lautet eine gängige psychoanalytische Annahme – entdeckt der vier- oder fünfjährige Junge in psychosexueller Hinsicht, nachdem er die Entwicklungsaufgaben der präödipal phallisch-narzißtischen Phase (i. S. v. Edgcumbe und Burgner, 1975) durchgearbeitet hat (vgl. Band 1, Kap. 4.2.1, 4.3.1 und 4.3.4), daß er seinen Penis vor seiner Mutter nicht mehr nur exhibitionieren und sie damit beeindrucken möchte, sondern daß er die Mutter in einer heterosexuellen Weise begehrt und dabei den Vater, zumindest in diesen Augenblicken des Begehrens, zunehmend als Störenfried und Rivalen erlebt. Der Beginn dieses im eigentlichen Sinn ödipalen Erlebens schließt natürlich nicht aus, daß phallisch-narzißtische Triebimpulse, z. B. wegen des Penis weiterhin bewundert werden zu wollen, neben den ödipalen Triebimpulsen bestehen bleiben. Aber dennoch läßt sich ein deutlicher Unterschied im psychosexuellen Erleben und in der Organisation der Geschlechtsidentität gegenüber dem drei- oder vierjährigen Jungen feststellen, so daß nun von der phallisch-ödipalen Phase im eigentlichen Sinn gesprochen werden kann. Aber wie in Band 1 bereits ausgeführt wurde, vollzieht sich diese Höherentwicklung nicht als naturwüchsiger Prozeß, wie die obige Schilderung nahelegen könnte; Trieb- und Ich-Entwicklung sind nicht automatisch miteinander korreliert. Und deshalb hängt es von einer Vielzahl von sozialisationsvermittelten Fähigkeiten i. S. v. Ich-Funktionen ab, welche Qualität des phallisch-ödipalen Niveaus (das z. B. bei narzißtischen Störungen erheblich beeinträchtigt ist) erreicht werden kann.

Wie auch schon beim Eintritt des Mädchens in das Erleben der ödipalen Phase beschrieben, haben frühere Betrachtungen dieses Entwicklungsgeschehens wohl wegen der ausschließlichen Fixierung auf biologisch triebhafte Prozesse die Komplexität dieses Entwicklungsschrittes nicht genügend gewürdigt, sicherlich auch aus dem Grund, weil noch kein differenziertes Wissen über die Objektbeziehungen und die Qualität der Beziehungsfähigkeit bestand. Freud, der zwar oft wegen seines androzentrischen Denkens kritisiert worden ist, hat sich zudem mehr Gedanken über den Eintritt des Mädchens in den Ödipuskomplex gemacht als über den des Jungen. Beim Jungen hat er z. B. auch nicht die Bedeutung der präödipalen Mutterbeziehung in die Theoriebildung miteinbezogen.

Der vier- oder fünfjährige Junge fängt deshalb auch nicht eines Tages an, seine Mutter als ödipales Wesen zu begehren, sondern er muß hierzu in seiner inneren Objektbeziehungswelt Ängste und Konflikte bewältigt haben, damit ihm dieses Begehren und die entsprechende Beziehungsfähigkeit in einem triangulären Kontext überhaupt möglich werden.

Auch für den Eintritt des Jungen in die ödipale Situation ist deshalb die bereits für das Mädchen beschriebene Ausarbeitung einer ödipalen Übergangsbeziehung von großer Bedeutung. Der wichtige Unterschied zum Mädchen ist hierbei der folgende (vgl. Ogden, 1989, S. 141 f.): Die präödipale Mutter, die ihren Jungen in den zurückliegenden Jahren gestillt, umsorgt, gepflegt, gewaschen und gepudert hat und mit der sich der kleine Junge zunächst in einer globalen Identifikation und mit nur geringer Selbst-Objekt-Differenzierung verbunden fühlte, die er herbeigesehnt und geliebt hat, die er als omnipotent und als allwissend erlebte, von der er sich aber auch zurückgewiesen, verfolgt und bedroht fühlte – diese präödipale Mutterrepräsentanz weist eine große Nähe zur ödipalen Mutter auf, auch wenn diese – wie beim Mädchen – als ödipale Mutter zu einem äußeren Objekt wird, das nun nicht mehr der omnipotenten Kontrolle des Kindes unterliegt. Im Erleben des Jungen wird die Repräsentanz der äußeren, ödipalen Mutter sehr leicht vermengt mit der Imago der bedürfnisbefriedigenden, präödipalen Mutter. Es geht nun aber nicht um eine Zurückweisung des präödipalen Muttererlebens und der damit verknüpften Wünsche, sondern um die Errichtung einer dialektischen Spannung zwischen der präödipalen und ödipalen Liebesbeziehung mit der Mutter, wobei nach Ogden die Rolle, die die Primärszenenphantasie als unbewußter Organisator für das geschlechtliche Erleben und die Identität spielt, dabei eine ausschlaggebende Größe wird.

Wie schafft es der Junge, mit seiner Mutter in eine ödipale Liebesbeziehung zu treten, was keineswegs eine Selbstverständichkeit ist? Welche Konflikte muß er – neben der Rivalitätsaggression mit dem doch auch geliebten und bewunderten Vater und der Angst vor Bestrafung wegen dieser Rivalität und der Verletzung des Inzesttabus – in sich bewältigen, um nun jene Frau begehren zu können, die er kurze Zeit zuvor noch als omnipotent, allmächtig, lebensspendend und vernichtend zugleich lieben und hassen gelernt und aus deren Abhängigkeit er sich gerade erst zu befreien begonnen hat? Der Eintritt in die erotische und romantische ödipale Beziehung mit der Mutter ist deshalb für einen kleinen Jungen alles andere als eine harmlose Beziehungsepisode in seinem Leben, die sich nach dem Schema von oral, anal und phallisch zwangsläufig im vierten, fünften oder sechsten Lebensjahr nach immer dem gleichen Ablauf ereignet. Man könnte sogar zu der Auffassung gelangen, daß der Eintritt in das ödipale Erleben für das Mädchen weniger angstvoll erfolgt und sich von daher eher ein natürlicher Entwicklungsprozeß Bahn brechen kann. Der konflikthafte und angstauslösende Aspekt beim Eintritt in das ödipale Erleben ist beim Jungen nach Ogden (1989) nicht nur darin zu sehen, daß sich die ödipale Mutter zu einer außerhalb der eigenen Kontrolle stehenden Person entwickelt, die auch zur Frau des Vaters wird und deshalb nicht mehr ausschließlich auf ihr Kind bezogen ist, sondern auch und vor allem darin, daß es dem Jungen gelingen muß, Distanz zu seiner präödipalen Liebesbeziehung zu schaffen, während er die ödipale Mutter begehrt. Mit anderen Worten muß der Junge einen Durchgang finden zwischen der Scylla der äußeren, ödipalen Objektmutter und der Charybdis der omnipotenten, präödipalen Mutter. Nach Auffassung von Ogden (1989) wird diese aufregende Reise nun teilweise von der Macht der Primärszenenphantasien gesteuert. Diese stellen nicht nur eine Kombination sexueller und aggressiver Vorstellungen über den Geschlechtsverkehr der Eltern dar, sondern sind grundlegende Organisatoren von inneren und äußeren Objektbeziehungen. Sie enthalten von Anfang an vor allem das Element einer Dreiheit, z. B. die Eltern und den kindlichen Beobachter, das die Ausarbeitung der ödipalen Triangulierung vorbereiten hilft. Die psychisch höher entwickelten Urszenenphantasien des ödipalen Jungen enthalten Vater und Mutter, die als getrennt erlebt und in der Urszene zusammengeführt werden. Der Junge kann dann akzeptieren, daß die Eltern unterschiedlichen Geschlechts sind, die als getrennte und ganze Personen aufeinander bezogen sind und sich in einer sexuellen Szene begegnen, an der der Junge als äußerer Beobachter teilnimmt. In weniger entwickelten Urszenenphantasien erlebt sich der Junge hingegen als Verkörperung einer sexuellen Erregung in einer Welt von Teilobjekten, die noch nicht voneinander differenziert sind, was in unterschiedlichem Ausmaß Angst bereiten kann.

In einem weiteren Argumentationsschritt führt Ogden nun wie auch bei der weiblichen Entwicklung das Konzept der ödipalen Übergangsbeziehung ein. Durch diese Beziehung wird das Paradoxon ermöglicht, daß der Junge in der Beziehung zur Mutter seine phallische Bedeutung erfährt. In der Beziehung zu einer Frau nehmen die ödipale männliche Identifikation und die väterliche ödipale Idealisierung ihren Anfang. Wie auch schon bei der Schilderung der ödipalen Übergangsbeziehung beim Mädchen verweist Ogden auf die Bedeutung, die die phallische Identifikation der Mutter mit ihrem eigenen Vater in diesem Prozeß hat.

Ogden (1989) macht deutlich, daß eine eingeschränkte Identifikation einer Mutter mit ihrem eigenen Vater zu dem Erleben des Fehlens eines Dritten (d. h. des fehlenden Vaters-in-der-Mutter) beim Jungen führt. Wenn sich der Junge gleichsam allein mit seiner ödipalen Mutter fühlt, werden entsprechend dieser

Auffassung wesentliche Aspekte seiner Entwicklung davon berührt. Es fehlt zunächst das Gefühl einer phallischen Präsenz in der Mutter, mit der sich der Junge identifizieren könnte (nach Ogden ist es überwiegend die Mutter und nicht so sehr die Identifizierung mit dem Vater, die dem Penis des Jungen eine phallische Bedeutung verleiht). Zweitens wird der Junge nicht durch das schützende Verbot des phallischen Dritten (des Vaters-in-der-Mutter) von der inzestuös bedrohlichen Mutter bewahrt, der die Mutter des Jungen als die Person, der seine (väterliche) Liebe und sein sexuelles Begehren gelten, zu erkennen gibt und damit hilft, eine Generationsschranke zwischen den Eltern und dem Sohn zu etablieren. Ohne diese Schranke bekommen die Primärszenen-Phantasien des Jungen eine erschreckende Dimension, weil sie die Gefahr eines realen Inzests als möglich erscheinen lassen. Zudem bekommt die weibliche Sexualität ohne die Identifikation der Mutter mit ihrem eigenen Vater, ohne den Phallus in ihrer Vagina, eine abschreckende und zerstörerische Fremdheit. In das sexuelle Begehren mischt sich dann auch das Phantasma, daß die Mutter den phallischen Vater zerstört hat, und diese Vorstellung verhindert nahezu das Erreichen einer reifen männlichen Geschlechtsidentität. Der an die präödipale Mutter gebundene Sohn bleibt ewig das narzißtische Kind, das vergeblich hofft, mit Hilfe der Teilhabe an der magischen Omnipotenz seiner Mutter selbst einmal auf illusionäre Weise omnipotent werden zu können.

McDougall (1986) hat auf Patienten aufmerksam gemacht, die der Ausbildung einer phallisch-ödipalen Kastrationsangst ausgewichen sind und suchtartig benötigte, sexuell innovative Handlungen zur Regulierung ihres Selbstwertgefühls ausgebildet haben. Sie hatten Mütter, die von dem Wunsch beseelt waren, den Vater sowohl faktisch als auch in seiner symbolischen Rolle auszuschließen. Die von diesen Patienten verwendeten erotischen Szenarios dienen nicht nur zur Bewahrung eines Gefühls von sexueller Identität, sondern sie erweisen sich häufig auch »als Techniken psychischen Überlebens, insofern sie das Gefühl der *subjektiven Identität* aufrechterhalten sollen« (S. 1009).

Manche Fragen bleiben bei diesem genuin psychoanalytischen Ansatz von Ogden (der dem Denken von M. Klein nahesteht, gleichzeitig aber deren Gedanken mit dem Mainstream der amerikanischen Objektbeziehungstheorien zu vermitteln versucht) über die präödipale Übergangsbeziehung und ihre Bedeutung für beide Geschlechter offen. So könnte z. B. Verwunderung darüber entstehen, ob in dieser psychoanalytisch mehrgenerationellen Perspektive den mütterlichen Strukturen nicht eine zu große Bedeutung beigemessen wird und die tatsächlichen Identifikationsprozesse zwischen Sohn und Vater eher stiefmütterlich behandelt werden. Dennoch ist der Beitrag von Ogden sehr wertvoll, weil er noch einmal aufzeigt, wie komplex die Vorgänge hinsichtlich des Eintritts in den Ödipuskomplex aus einer modernen psychoanalytischen Perspektive sind; wie wichtig die Einbeziehung der unbewußten Phantasien und Identifikationen der Mutter im ödipalen Geschehen für Junge und Mädchen ist; wie sehr heutige Psychoanalytiker nicht mehr vom »reifenden Triebgeschehen« ausgehen, sondern die Vorgänge der ödipalen Phase als komplizierte Organisation betrachten, in der der Grad der elterlichen Bewältigung des Ödipuskomplexes, ihre Haltung zur Generationsschranke u. a. m. eine bedeutsame Rolle spielen. Deutlich wird aber auch, daß die stärkere Berücksichtigung der Objektbeziehungsebene, die ganz entscheidend dazu beiträgt, ob und in welcher Weise das Kind den Entwicklungsschritt von einer kleinkindhaften, bedürfnisbefriedigenden Beziehungsform zu einer »reiferen« Beziehungsqualität (in der die Eltern als abgegrenzte, sexuelle Personen in eigenem Recht erlebt werden) vollziehen kann, ebenfalls noch einer genaueren Bestimmung und Erforschung bedarf. Denn die bisherige psychoanalytische Terminologie ist zwar für genetisch rekonstruktive Zwecke in dieser Hinsicht ausreichend gewesen, aber für eine differenziertere entwicklungspsychologische Betrachtungsweise zu global. Bestimmungen wie z. B. vom Teil-Objekt zum Ganz-Objekt, von ungenügender Selbst-Objekt-Differenzierung zu stärkerer Selbst-Objekt-Differenzierung, von der Bedürfnisbefriedigung zur Objektkonstanz, vom archaischen Selbstobjekt (i. S. v. Kohut) zum reiferen Selbstobjekt usw. können die Entwicklungsprozesse, die im affektiven und kognitiven Bereich stattfinden, noch nicht präzise genug erfassen. Wie entwickeln sich z. B. die Genauigkeit der sozialen Wahrnehmung, die Fähigkeit zum Perspektivenwechsel, die Empathie, die Überwindung des egozentrischen Denkens, die Affektregulierung, die Moralentwicklung? Das Konzept der Objektbeziehungen bzw. der Beziehungsfähigkeit besteht nicht aus einer einzigen Dimension, sondern aus verschiedenen kognitiven und affektiven Strukturen und Prozessen, die aus psychoanalytischer Sicht noch durch Abwehrvorgänge, unbewußte Phantasien und affektive und triebmäßige Abkömmlinge unbewußter Konflikte mehr oder weniger neurotisch beeinträchtigt sein können. Wie jüngere Forschungsarbeiten zu diesem Gebiet aufgezeigt haben (vgl. z. B. Westen, 1989, 1990) muß ebenfalls die herkömmliche psychoanalytische Annahme problematisiert werden, ob die (auch für die Betrachtung psychopathologischer Phänomene) relevanten Entwicklungsdimensionen tatsächlich schon mit vier oder fünf Jahren ihren endgültigen Zenit erreicht haben (z. B. sollten nach traditioneller Lehrmeinung mit drei Jahren Ambivalenztoleranz und Objektkonstanz erreicht sein), so daß dann ein problemloses Durchlaufen der ödipalen Zeit möglich ist. Oder verhält es sich nicht vielmehr so, daß wichtige Enwicklungsschritte erst im Verlauf der Adoleszenz oder manche sogar erst im Erwachsenenalter abgeschlossen werden? Haben doch die Forschungen Kohlbergs gezeigt, daß sehr viele Erwachsene wahrscheinlich in ihrem ganzen Leben die höchste Stufe des moralischen Empfindens niemals erreichen werden. Läuft die klassische Psychoanalyse deshalb nicht Gefahr, ihre normativen Entwicklungskriterien schon in der ödipalen Phase enden zu lassen, wenn man etwas überspitzt argumentiert? Wenn dies auch nur annähernd so ist, dann würde daraus folgen, daß die Überwindung und tendenzielle Auflösung des Ödipuskomplexes nicht im zarten Kindesalter vonstatten gehen, sondern einen langandauernden Prozeß darstellen, der sich zumindest über die gesamte Adoleszenz erstreckt.

5.3.5.4 Die Anerkennung von Grenzen – Die allmähliche Bewältigung der ödipalen Konflikte

Die Lehre vom Ödipuskomplex ist vermutlich bei Laien auch deshalb auf Widerstand gestoßen, weil geahnt wurde, daß die Abarbeitung des Ödipuskomplexes einen ganz wichtigen strukturbildenden Einfluß auf das psychische Leben des einzelnen ausübt. Die Anerkennung von Grenzen, die das Durcharbeiten des Ödipuskomplexes erfordert, wurde oft als Ausgeburt konservativer und scheinheiliger Psychoanalytiker betrachtet, die den Jüngeren den Verzicht diktieren wollen, während sie selbst alle Privilegien genießen. Was heißt zudem Anerkennung von Grenzen, wo doch die Kulturentwicklung auch davon lebt, daß ständig Grenzen transzendiert werden? Es ist auf den ersten Blick sicherlich nicht immer ganz einfach zu entscheiden, was eine sinnvolle Auflehnung gegen destruktive Tendenzen in einer Gesellschaft ist und was eine überwiegend ödipale Revolte gegen vermeintlich überflüssig erscheinende Hierarchien und Ungleichheiten darstellt. Den Ödipuskomplex abzuarbeiten heißt, die verschiedenen Konflikte, die ihn ausmachen, im einzelnen zu bewältigen. Prototypisch stellen sich diese Konflikte (für das männliche Kind) wie folgt dar:

- Anerkennen können, daß es zwei unterschiedliche Geschlechter gibt und die Auseinandersetzung mit Gebärneid und Kastrationsangst;
- lernen, daß die phallisch-ödipalen Impulse in bezug auf die Mutter aufzugeben sind;
- aggressive Gefühle auf die Mutter, die sich (vorübergehend) vom Kind ab- und dem Vater zuwendet, tolerieren lernen;
- ertragen können, daß die Beziehungsmodalität zur Mutter eine reifere Einstellung zur Voraussetzung hat, z. B. eine Einfühlung in ihr Bedürfnis, glücklich zu sein (und nicht nur das imperative Verlangen nach Befriedigung von seiten der Mutter);
- Aggressionsrivalität gegenüber dem Vater wahrnehmen können, ohne die Angst zu haben, die Liebe zum Vater dadurch zu zerstören oder von ihm kastriert zu werden;
- ebenfalls lernen können, daß die Beziehungsmodalität zum Vater eine reifere Einstellung vom Jungen verlangt, daß auch der Vater sein Glück nicht nur aus der Beziehung mit seinem Sohn erfährt;
- Neid und Gefühle des Ausgeschlossenseins überwinden lernen, wenn die Eltern als Paar erlebt werden und das Kind ahnt, daß die Eltern in der Urszene sinnliche Freuden genießen, die ihm (vorerst) verschlossen bleiben;
- Anerkennung der Generationsgrenzen: lernen, daß einem als Kind nicht alles das möglich und zugänglich ist, was den Erwachsenen zusteht; d. h. auch die Privilegien der Erwachsenen achten und sie nicht entwerten und zerstören (wie dies häufig vor allem in der frühen und mittleren Adoleszenz bei Jungen geschieht).

Aber wird hier nicht ein sehr entsagungsvolles Bild gezeichnet? Kann das Kind sich nicht viel freier entwickeln und entfalten, wenn ihm keine Grenzen seitens der Eltern gesetzt werden? Gibt nicht ein Kind von selbst seine sinnlichen und aggressiven Strebungen eines Tages auf, wenn nur die Eltern genügend verständnisvoll und antiautoritär mit ihrem ödipalen Kind umgehen? Kann nur auf diesem Wege ein neuer Menschentypus entstehen, der sich nicht länger als verprügeltes und eingeschüchtertes Kind auf vielfältige Weise als Erwachsener rächen muß und die erlittene Schmach an die nächste Generation weitergibt? Diese vor allem in den zurückliegenden Jahren in sozialwissenschaftlichen und pädagogischen Schriften teilweise verbreitete Haltung übersah (vermutlich aus eigenen ungelösten ödipalen Problemen), daß das Setzen von Grenzen keine Unterdrückung bedeutet, sondern ein konstruktiver pädagogischer Akt ist, der von dem grenzenlos sinnlichen Kind auch als hilfreiche und unterstützende Konfrontation erfahren wird. Von Psychoanalytikern ist viel darüber nachgedacht worden, ob die »vaterlose Gesellschaft«, deren Ursache in einem drastischen Rückgang der väterlichen Autorität zu suchen ist, nicht auch ein maßloses Anspruchsdenken in einem narzißtischen Kosmos (der hoch industrialisierten Länder) und einen Verfall öffentlicher Moral und politischer Kultur zur Folge hat. Die mangelhafte Bewältigung ödipaler Konflikte könnte deshalb mehr Auswirkungen auf unser privates und öffentliches Leben und auf unseren Umgang mit der Natur haben, als wir uns bislang klar gemacht haben. Dennoch muß an dieser Stelle vermerkt werden, daß die »Rettung der Menschheit« nicht in einer Rückkehr zu patriarchalen Werten zu suchen ist. Wenn Eltern Grenzen setzen und den Mut zur Autorität haben müssen, ist in Übereinstimmung mit den grundlegenden Argumentationen dieser Abhandlung immer im Auge zu behalten, daß auch die Eltern ihre eigenen recht und schlecht bewältigten ödipalen Konflikte viel stärker reflektieren müssen, als dies in der Vergangenheit der Fall gewesen ist. Der Ruf nach der »starken Hand« darf die Notwendigkeit der Selbstreflexion und der ständigen kritischen Überprüfung von Autorität nicht aus den Augen verlieren.

Finden nun alle oben angegebenen Lernschritte im fünften oder sechsten Lebensjahr statt, so daß das sechs- oder siebenjährige Kind sich in Ruhe dem schulischen Lernen widmen kann, wie Pädagogen dies gern unterstellen? Der Terminus »Untergang des Ödipuskomplexes« könnte ja die Auffassung nahelegen, daß beim Jungen spätestens mit dem Erreichen der Latenzphase alle ödipalen Impulse verdrängt und aufgegeben sind (siehe hierzu Kap. 6). Aus heutiger Sicht ist aber davon auszugehen, daß die Bewältigung dieser ödipalen Konfliktdimensionen, wie die Anerkennung des Geschlechtsunterschiedes und der Generationsgrenzen, die Zähmung von Neid und Eifersucht, das immer wieder erneute Bemühen, von der eigenen bedürfnisbefriedigenden Perspektive absehen und dezentrieren zu können, keineswegs im Kindesalter vonstatten geht, selten in der Adoleszenz schon wirklich geleistet werden kann, sondern realistischerweise wahrscheinlich erst im Erwachsenenalter zustande kommt. Nicht weniger wichtig als die inzestuösen Impulse und elternmörderischen Aggressionen scheinen diejenigen Dimensionen zu sein, die mit der Anerkennung der Realität und der realistischen Begrenzungen im Generationskonflikt zu tun haben. Im Kapitel 9 werden in einem Exkurs die Auswirkungen einiger unbewältigter ödipaler Konfliktaspekte dargestellt, womit auch zum Ausdruck kommen soll, daß die zuletzt genannten Problembereiche zumeist erst im späteren Leben, nicht aber vom fünf- oder sechsjährigen Kind bereits bewältigt werden.

Wenn der kleinianischen Schulrichtung nahestehende Autoren (wie z. B. Britton, 1989; Ogden 1986; Steiner, 1990) davon ausgehen, daß der Ödipuskomplex nicht im Zustand des paranoid schizoiden Erlebens gelöst werden kann, sondern erst im depressiven Erlebensmodus und dieser eine im Verlauf des Lebens immer wieder zu erringende Position darstellt, dann wird damit eine ähnliche Auffassung ausgedrückt.

5.3.6 Einige Dimensionen unbewältigter ödipaler Konflikte bei Mädchen und Jungen

Das volle Erleben der ödipalen Konflikte ist aus heutiger Sicht so etwas wie ein Nadelöhr, durch das ein Kind hindurchkommen kann oder nicht.

Die geschilderten familiendynamischen Konstellationen, die ichstrukturellen Fähigkeiten des Kindes, Art und Ausmaß seiner Identifikationen, der Grad der erreichten Geschlechtsidentität, die unbewußten Phantasien und die mehr oder weniger bewältigten ödipalen Konflikte der Eltern u. a. m., all diese Faktoren entscheiden darüber, wie der ödipale Komplex, bestehend aus den verschiedenen Konflikten, erlebt und schließlich auch bewältigt werden kann. Prototypisch für viele Schicksale, in der die ödipalen Regungen des Mädchens für den Vater nur unvollständig und mit viel Schuldgefühlen erlebt werden dürfen, wird zunächst eine hierfür typische Konstellation geschildert. Erinnert werden soll aber auch daran, daß der Ödipuskomplex des Mädchens vermutlich erst mit den körperlichen Veränderungen in der Pubertät seinen Höhepunkt erreicht und in den anschließenden Jahren verarbeitet werden muß.

5.3.6.1 »Wenn ich mich lustvollen Phantasien hingebe, wird Mutter traurig«

Von psychoanalytischen Autorinnen (z. B. Levinson, 1984; Bergman, 1987; Sloate, 1987) ist – ausgehend von der These Nancy Chodorows (1978) – beschrieben worden, daß die Tatsache der Geschlechtsgleichheit von Mutter und Tochter die Loslösung und Individuation für die Tochter erschwert (vgl. Bd. 1, Kap. 2.3.2 und 3.3.1). Nach den von M. Mahler und ihrem Team (1978) erforschten Subphasen der Differenzierung und der Übung entscheidet vor allem die erfolgreiche Bewältigung der Wiederannäherungsphase darüber, inwieweit ein Kind sich in den ersten zarten Ansätzen als unabhängig und selbständig erleben kann.

In den Subphasen der Übung, der Wiederannäherung und der beginnenden Selbst- und Objektkonstanz lernt ein Kind den Umgang mit Trennung, Alleinsein, selbständigem Handeln, Trauer, Verlust, Wiedervereinigung und Wiederversöhnung. Diese mehr oder weniger konflikthaften Erfahrungen bezüglich des autonomen Funktionierenkönnens sind mit dem Erreichen des vierten Lebensjahres keineswegs abgeschlossen, sondern färben zumeist auf spezifische Weise das Erleben der ödipalen Konflikte. Die ödipale Hinwendung zum Vater, das Erleben von Begeisterung und Lust im Umgang mit ihm bringen für Mädchen, deren Individuationsentwicklung in den ersten Lebensjahren nicht optimal verlaufen ist, eine unterschiedlich große Bedrohung mit sich: Inwieweit ist dieses innerliche Abrücken von der Mutter überhaupt erlaubt? Wird die Mutter dies alles nicht mit grenzenlosem Enttäuschtsein und Traurigkeit erleben (wobei das nur mangelhaft individuierte Mädchen seine eigene Unabgegrenztheit und Enttäuschung bei Trennungen zusätzlich noch auf seine Mutter projiziert)?

Die klinische Erfahrung spricht dafür, daß für Mädchen (die im ersten und zweiten Lebensjahr eine große Nähe und Verbundenheit zu ihrer Mutter erlebt haben, häufig aber nicht als kleine Persönlichkeiten im eigenen Recht behandelt wurden) der Trennungs- und Individuationsprozeß schwieriger ist als für Jungen, deren Individuationsideal nicht selten in der tendenziellen Leugnung der Abhängigkeit besteht, wobei ihnen die Identifizierung mit dem Vater entgegenkommt (vgl. Bd. 1, Kap. 3.6).

Bell (1991, S. 123) berichtet von einer Patientin, deren erstes sexuelles Erlebnis wenig befriedigend war: »Es habe sich um einen jungen Mann gehandelt, an dem sich auch die Mutter interessiert gezeigt habe. Ihr Bericht mutet zunächst wie ödipale Rivalität an, weitere Einfälle der Patientin zeigen jedoch, daß es sich hier um einen Versuch handelte, sich von ihrer Mutter, ›die überall um mich herum war‹, zu lösen. Gleichzeitig hatte sie das unangenehme Gefühl, etwas zu tun, was sie für sich persönlich nicht wollte, und damit auf eine verzwickte Art doch wiederum genau den – negativen – Erwartungen ihrer Mutter zu entsprechen.«

Die Loslösung der Tochter von der Mutter ist für viele Mütter ein viel schmerzlicherer Prozeß als die Loslösung des Sohnes, weil z. B. die Tochter die Verheißung eines neuen besseren Selbst darstellen soll und nur die ständige Kontrolle dies in den Augen der Mutter gewährleisten kann. Mädchen bekommen deshalb auch oftmals die Enttäuschung der Mutter zu spüren, wenn sie sich von ihr zu lösen beginnen.

Beim Jungen werden die Loslösung und Ent-Identifizierung von der Mutter seitens beider Eltern unterstützt. Wenn es dem Jungen nicht gelingt, sich von der Mutter zu trennen, resultiert daraus eine ernsthaftere Pathologie. Jungen wird dabei geholfen, sich männlich zu identifizieren, indem man ihnen z. B. Jungenspielzeug schenkt. Wenn Mädchen hingegen eng bei ihren Müttern bis hinein in die Adoleszenz oder ins Erwachsenenalter bleiben, wird dies viel stärker sozial akzeptiert. Für die Entwicklungsaufgabe des Mädchens, sich in geschlechtlicher Hinsicht mit der Mutter zu identifizieren bzw. identifiziert zu bleiben und sich gleichzeitig von ihr zu lösen, um eine getrennte Identität aufzubauen, ist deshalb auch die Identifikation mit dem präödipalen Vater so wichtig. Wie das Mädchen die Wiederannäherungskrise löst und wie es mit dem Erkennen der anatomischen Differenz umgeht, hängt natürlich ganz stark davon ab, wie Vater und Mutter auf die Weiblichkeit des kleinen Mädchens reagieren. Das kleine Mädchen kann von seiner Mutter als eine beginnende Rivalin betrachtet werden, aber auch als eine narzißtische Erweiterung, die eigene unerfüllte Wünsche der Mutter leben soll.

Bergman (1987) berichtet z. B. von einer Mutter, die auf ihre eigene Kleidung überhaupt keinen Wert zu legen schien, die aber ihre Tochter sehr sorgfältig und hübsch kleidete. An diesem Mädchen fiel den Kinderbeobachtern auf, daß es von der Beobachtung des anatomischen Geschlechtsunterschiedes im Alter von 13 Monaten besonders schwer getroffen schien und eine ganz deutliche Kastrationsreaktion zeigte. Es war, als ob es damit zum Ausdruck zu bringen schien, daß es von seiner Mutter her so vollkommen sein soll, sich tatsächlich jedoch als sehr unvollkommen fühlte.

Eine andere Mutter wirkte immer sehr hübsch hergerichtet, während ihre kleine Tochter schäbig angezogen daherkam. Es schien, als ob die Mutter ihre Tochter in einen abgewerteten Teil von sich selbst verwandelt hatte.

Eine andere Mutter wiederum kleidete ihr Kind derart, daß die beiden sich von der Kleidung her äußerst ähnlich waren. Sie delegierte damit weder ihre narzißtischen Wünsche noch ihre abgewehrten Seiten auf ihre Tochter; vielmehr schien sie zum Ausdruck bringen zu wollen, daß die Tochter eine Fortsetzung ihres eigenen Körpers sei.

Während der Junge wohl von Geburt an nicht diese enorme Verbundenheit zu seiner Mutter, dem primären Selbst- und Liebesobjekt, erlebt wie das Mädchen (und die Mutter nicht für ihren Sohn wie für ihre Tochter) und für ihn die Aufgabe im zweiten und dritten Lebensjahr ansteht, sich von seiner primären Identifizierung mit seiner Mutter tendenziell zu lösen und sich statt dessen mit seinem Vater und männlichen Attributen zu identifizieren, wird vom Mädchen also der schwierige Entwicklungsschritt verlangt, einerseits mit dem Geschlecht der Mutter in enger Verbundenheit zu bleiben, sich aber andererseits von ihr doch loszulösen und zu individuieren.

Der Ausgang der Wiederannäherungsphase und -krise entscheidet teilweise darüber, wie das Kind den Herausforderungen, Gefahren und Konflikten der ödipalen Zeit begegnen kann. Während der Junge in der Identifizierung mit seinem Vater eine verläßliche Stütze findet und die Kastrationsangst dafür sorgt, daß er inzestuöse Impulse unterdrückt und schließlich verdrängt, so daß er in der Latenz (siehe Kap. 6.3) seine autonomen Ich-Funktionen weiter entwickeln kann, beinhaltet der Weg für das Mädchen andere Voraussetzungen. Auf dem Höhepunkt der Wiederannäherungskrise entdeckt es, daß es in geschlechtlicher Hinsicht keine Differenz zwischen ihm und der Mutter gibt, was zu den immer wieder von Kinderbeobachtern berichteten depressiven Stimmungslagen in der zweiten Hälfte des zweiten Lebensjahres führen kann.

Im gelungenen Entwicklungsverlauf bezieht das Mädchen aus der Tatsache der Gleichgeschlechtlichkeit allerdings einen Entwicklungsvorsprung gegenüber dem Jungen (vgl. Günzel, 1989). So bewerkstelligen kleine Mädchen früher als kleine Jungen und auch schneller entsprechende Reifeschritte; vor allem in der ödipalen Phase, mit der Forderung nach Triebaufschub, macht sich dieser Entwicklungsvorsprung bemerkbar; er gelingt dem Mädchen leichter, zumal ja auch nicht die Notwendigkeit besteht, alle sinnlichen Impulse gegenüber dem Vater zu verdrängen. Bei einer nicht allzu ambivalenten Beziehung zur Mutter kann das Mädchen sich mit der frühen Mutter identifizieren und daraus eine sichere Geschlechtsidentität und Autonomie von Ichfunktionen beziehen.

Was aber, wenn dieser bilderbuchartige Entwicklungsverlauf nicht ganz so ideal verläuft? Wenn es, wie oben ausgeführt, zu Spannungen und Konflikten in der Mutter-Tochter-Beziehung kommt? Wenn Mütter ihre kleinen Töchter nicht selbständig werden lassen können, sie als Selbstobjekte mißbrauchen?

Eine klinisch recht häufig antreffbare Störung der weiblichen Geschlechtsidentität, bei der präödipale Konflikte die Bewältigung der ödipalen Konflikte massiv beeinträchtigen, geht auf eine nur mangelhaft geglückte Individuation der Tochter von ihrer Mutter zurück.

Im späteren Leben dieser Töchter zeigten sich immer dann massive Konflikte, wenn es darum ging, zu heiraten oder eine Familie zu gründen. Sie erlebten diesen Schritt in ihrer Phantasie als eine Handlung, die die Mutter zerstören, sie in Verzweiflung und Trauer stürzen würde. Ihre Verselbständigung würde von der Mutter, die in ihrer unbewußten Phantasie allein den Phallus, den Mann und das Baby besitzen darf, streng bestraft werden. Nach Bergman (1987) ist es diesen Frauen nicht gelungen, selektive Ich-Identifikationen aufzubauen. Statt dessen haben sie sich auf globale Weise mit ihrer frühen, die Loslösung erschwerenden und Autonomie einschränkenden Mutter identifiziert, was in ihrer Repräsentanzenwelt zum Introjektcharakter des Mutterbildes führt; d. h., daß noch wenig Trennung zwischen Selbst- und Objektrepräsentanz erreicht ist, eigene Affekte auf die Mutter-Imago projiziert werden, wodurch diese noch bedrohlicher wird.

In der Biographie dieser Frauen ließ sich rekonstruieren, daß ihre Mütter schon bald das Interesse an ihren Töchtern verloren, entweder weil sie depressiv waren oder weil sie ihre Aufmerksamkeit im zweiten Lebensjahr einem neuen Geschwister zugewandt hatten. Die Väter konnten, selbst wenn sie gefühlsmäßig erreichbar waren, den Mutter-Tochter Konflikt nicht ausreichend kompensieren. Die Mütter schienen ihre Töchter zur Lösung ihrer eigenen

Probleme zu mißbrauchen, und diese wurden zu Sklavinnen der mütterlichen Wünsche und Delegationen.

In der analytischen Behandlung dieser Frauen werden das Aufgeben und Abtrauern der symbiotischen Verbundenheit mit der Mutter, der Verzicht auf die Omnipotenzphantasien aufgrund der globalen Identifikation mit ihr zu einem zentralen Anliegen. Es ist, als ob diese Frauen erkennen müssen, daß sie nicht die omnipotente Mutter-Magierin und den Mann zugleich für sich haben dürfen. Dafür erarbeiten sie sich aber das Recht, ihr eigenes Leben leben zu können.

Dieser Exkurs macht für die vorliegende Thematik deutlich, daß vermutlich nur dann vom Mädchen bzw. von der späteren Frau eine ödipale Geschlechtsidentität erreicht werden kann, wenn sie die globale Identifikation mit der präödipalen Mutter aufgeben und abtrauern kann, so daß sie dann im Mann nicht länger einerseits die sehnsuchtsvoll herbeigewünschte, symbiotische Mutter suchen muß und andererseits auch nicht mehr die immer wieder als abwesende, uninteressierte oder narzißtisch manipulierende Mutter im Mann fürchten muß. Diese Entwicklung beinhaltet eine Reihe von Veränderungen bezüglich der Identifikationen, des Niveaus der Objektbeziehungen, der kognitiven Operationen, der emotionalen Differenzierung u. a. m.

5.3.6.2 »Alle Türen haben mir offenzustehen«

In der Literatur sind für das weibliche Kind vor allem zwei idealtypische Scheinlösungen mit massiv neurotisierenden Folgen beschrieben worden (vgl. Rohde-Dachser, 1987): zum einen die regressive Flucht vor den das Kind überfordernden ödipalen Konflikten in die präödipale, dyadische Beziehung auf einem niedrigeren Objektbeziehungsniveau bzw. in eine Selbst-Selbstobjekt-Beziehung niedrigerer Reife, zum anderen die Flucht nach vorn im Sinne einer Ödipalisierung. Bei dieser kommt es zu einer – vom Entwicklungsstand des Kindes aus betrachteten – frühreifen Progression in ein Erleben, das das Kind permanent überfordert. Entweder wird es sich als siegreicher Rivale gegenüber dem gleichgeschlechtlichen Elternteil fühlen, dabei ständig von paranoiden Ängsten bedroht und von Schuldgefühlen zerrissen, oder es wird in einer parentifizierten Position von einem Elternteil narzißtisch mißbraucht und ausgebeutet. Die sogenannte Ödipalisierung wurde vor allem als eine narzißtische Reparationsfunktion beschrieben, d. h., sie soll auch für bisher erlittene Enttäuschungen der präödipalen Zeit entschädigen. Dies ist die vor allem für narzißtische und Borderline-Persönlichkeiten charakteristische Situation.

Rohde-Dachser (1987) lehnt den geläufigen Ausdruck »Pseudo-Ödipus« ab, weil er dazu verführt, die Ernsthaftigkeit der ödipalen Konflikte dieser Patienten zu verharmlosen und vorschnell als »präödipal« umzudeuten. Es handelt sich aber um keine Dichotomie, sondern um eine komplexe Verschränkung von ödipaler und präödipaler Dynamik.

Gegenüber dieser Idealtypologie gilt es jedoch festzuhalten, daß es unzählige Varianten der jeweils unterschiedlich erlebten Konfliktdimensionen dieses Komplexes gibt: So läßt sich bei einem Mädchen z. B. fragen, wie stark das Ausmaß der erreichten Individuation und Loslösung von der Mutter ist, wie sicher die Geschlechtsidentität ausgebildet ist, wie sehr sich das Mädchen in seinem ödipalen Begehren von seiner Mutter unterstützt fühlt, welches Ausmaß der

Rivalitätsaggression zugelassen werden kann, wie gut die Mutter als ödipale Frau des Vaters erlebt werden kann, ohne Verlassenheitsreaktionen, depressiven und neidvollen Gefühlen ausgeliefert zu sein; inwieweit die Angst vor dem Vater als geschlechtlichem Wesen überwunden ist und das Mädchen sich damit gefahrlos dem Vater annähern kann, inwieweit die erotische und sexuelle Hinwendung zum Vater Schuldgefühle bereitet u. v. m.

Bei dem zuletzt genannten und wohl am häufigsten in der klinischen Literatur beschriebenen Konflikttypus bleiben die Schuldgefühle häufig jedoch bis zur Pubertät zunächst im Verborgenen (vgl. Bell, 1991) – wie überhaupt die ödipalen Erlebniskonstellationen des Mädchens nicht so rasch der Verdrängung unterliegen wie beim Jungen. Erst dann brechen sie z. B. in Form frauenspezifischer Eßstörungen hervor. Eine (neurotische) Lösung, mit diesen Schuldgefühlen umzugehen, besteht in der Entidealisierung der Mutter, in der Hoffnung, sich somit besser von ihr abgrenzen zu können. »Eine andere Möglichkeit, diesen abgrenzungsbedingten Schuldgefühlen auszuweichen, ist die zu beobachtende Idealisierung von Frauenbeziehungen, die an Selbstobjektbeziehungen zu einem omnipotenten Objekt ohne Differenzierungsmöglichkeiten erinnern und wo Differenzierungsversuche zu einer schnellen haßerfüllten Abwertung führen« (Bell, 1991, S. 123).

Der Wunsch, sich der als allmächtig und überwältigend phantasierten, abhängig machenden und doch wieder enttäuschenden, nie wirklich erreichbaren und doch sehnsuchtsvoll herbeigewünschten Mutter zu entziehen, kann oftmals zu einer forcierten Hinwendung zum Vater führen.

Während der Junge in seinem Penis etwas entdeckt, was die Mutter nicht hat, er sich somit – im günstigen Fall – aus der Abhängigkeit von seiner Mutter befreien und eine intensive dyadische Beziehung zu seinem Vater erleben kann (vgl. Blos, 1990), bleibt dem Mädchen dieser Weg – aus klinischer Perspektive – oftmals verschlossen. Für Chasseguet-Smirgel (1974) stellt der Peniswunsch des Mädchens nicht den Wunsch nach größerer oder ungehemmterer Lustmöglichkeit dar, wiewohl dies ja durchaus ein Autonomieaspekt sein kann, sondern die Chance, sich mit Hilfe eines nicht-mütterlichen Organs aus der mütterlichen Abhängigkeit zu befreien.

Unter dem Eindruck dyadischer Konflikte mit der Mutter kann eine vorzeitige Entwicklung ödipaler Konflikte schon im dritten Lebensjahr geschehen (vgl. Kernberg, 1976 a, b). Frühe orale Traumata lösen beim Kind starke Enttäuschungsaggressionen aus, unter deren Druck es zu einer frühzeitigen Aktualisierung des ödipalen Konflikts kommt (bei dem allerdings noch die inneren, ichstrukturellen Voraussetzungen fehlen, vgl. Rohde-Dachser, 1987). Das Kind wendet sich vorzeitig einem Dritten, in der Regel dem Vater, mit sinnlich sexuellen Angeboten zu. Auf den Vater können zudem auch die Enttäuschungsaggressionen umgelenkt werden, damit die Beziehung zur Mutter entlastet wird. Er erbt die schwierige und konfliktreiche Mutterbeziehung (entsprechend groß fällt dann oftmals die defensive Idealisierung aus) und soll seine Tochter für all die enttäuschten Wünsche nach Kontakt, Austausch, Spiegelung usw. entschädigen.

Nach Ogden (1987) läßt sich deshalb auch die Freudsche Hypothese, daß sich das kleine Mädchen enttäuscht und beschämt wegen seines Penismangels von seiner Mutter ab und dem Vater zuwendet, als eine häufig zu beobachtende *pathologische Variante* des normalen ödipalen Erlebens auffassen. Wenn eine Mutter z. B. bewußt oder unbewußt der Auffassung ist, daß Weiblichkeit einen Mangelzustand beinhaltet, dessen man sich schämen muß, ist zu erwarten, daß sich ihre Tochter nicht nur mit dem mütterlichen Schamerleben und dem Gefühl eines Mangels identifiziert, sondern sich auch durch ihre Mutter narzißtisch verletzt fühlt. Wenn sich z. B. ein anorektisches Mädchen in der Pubertät immer wieder vornimmt, auf keinen Fall so werden zu wollen wie seine Mutter (häufig rationalisiert: ich will nicht solch ein unglückliches Hausfrauendasein wie meine Mutter führen), dann könnte die unbewußte Phantasie lauten: »Ich will dem Zustand der Penislosigkeit entkommen, indem ich allem, was mich an Weiblichkeit erinnert, abschwöre, z. B. keine Brüste entwickele, keine weiblichen Formen, keine Menstruation. So kann ich an dem Glauben festhalten, meinem weiblichen Schicksal zu entkommen.« Die Folge davon wird sein, daß sich das Mädchen verärgert und enttäuscht von der Mutter abwendet und dem Vater oder der männlichen Welt mit ihren oftmals einseitig intellektuellen und technischen Interessen zuwendet, in der Hoffnung, daß der Vater – oder die Beschäftigung mit männlichen Tätigkeiten – dieses narzißtische Defizit reparieren und auffüllen wird. Die narzißtische Wunde wird in der Phantasie als eine körperliche Wunde oder Beschädigung konkretisiert. Die liebevolle Zuwendung und Anerkennung vom Vater werden sehnsüchtig gebraucht, um das Selbstwertgefühl des Mädchens wieder einigermaßen herzustellen. Das Mädchen wird auf diese Weise ganz stark abhängig von der Liebe des Vaters und später von der Liebe anderer Männer, um eine narzißtische Balance zu finden. Als unbewußte Phantasie ausgedrückt, könnte dies heißen, daß der Penis des Vaters im Geschlechtsverkehr oder das Kind mit dem Vater als etwas betrachtet wird, das das Selbst des Mädchens oder der Frau vervollständigt.

Für die Tochter besteht im günstigen Fall aber auch die Chance, durch die Erwiderung ihrer romantischen und liebevollen Gefühle von seiten des Vaters die Erfahrung zu machen, daß es jemanden gibt, der sie aufrichtig liebt und nicht der Ansicht ist, daß ihr körperlich etwas fehlt, wodurch sich ihr Selbstwertgefühl und ihr weibliches Identitätsgefühl doch noch festigen können.

Im weniger günstigen Fall macht die Tochter die Erfahrung, daß ihr Selbstwertgefühl von der äußeren Anerkennung und Liebe ihres Vaters abhängig bleibt, so daß ihr Selbstwertgefühl nicht in der inneren Überzeugung, eine wertvolle und liebenswerte Frau zu sein, gründet. Das führt dann in der Adoleszenz und im Erwachsenenalter zu der suchtartigen Suche nach Männern, die für das eigene Selbstwertgefühl unbedingt benötigt werden. Solche Frauen können ihre eigenen Fähigkeiten nicht wertschätzen, sondern brauchen dazu immer die bewundernde Anerkennung der Männer.

Bei noch stärker gestörten Frauen mit einer Borderline-Pathologie können häufig sehr unverblümt ödipale Phantasien geäußert werden; sie haben auch die Funktion, die extreme Abhängigkeit von der Mutter abzuwehren. So berichten Paz und Olmos de Paz (1992) z. B. von einer vierzehnjährigen Adoleszentin mit einer Borderline-Störung, die vor allem in der ödipalen Dimension unfähig ist, zwischen sich und ihrer Mutter zu unterscheiden, und dem Analytiker erzählt, daß ihr Vater sie wie eine erwachsene Frau behandelt habe. Sie habe sich vorgestellt, daß er sich von ihr angezogen fühle, und Angst bekommen, daß er sie verführen werde. In ihrer Not ruft sie ihre Mutter an, und diese taucht auf, bevor es zu der Verführung kommt. Bei einer anderen Gelegenheit wünscht sie, daß die Mutter sterben möge, weil sie sich dann mit dem Vater sicherer fühlen und sich von ihrer Abhängigkeit von der Mutter befreien könne.

In dem folgenden Überblick wird eine Konstellation abgebildet, in der die unbewältigten Konflikte aus der präödipalen Zeit zu einer Sexualisierung der Beziehung zum Vater führen, wobei von der Problematik abgesehen wird, in welchem Umfang der Vater zu dieser Sexualisierung, z. B. durch eine narzißtische Bündnisbildung, beigetragen hat. Die möglichen Auswirkungen im späteren Leben sind in der rechten Spalte aufgeführt.

stark inzestuöse Bindung an den Vater	sexuelle Störung
Vater als Person im eigenen Recht wird nicht gesehen	ständige Beziehungskonflikte
Vater soll mütterliches Selbstobjekt ersetzen	Versorgungsanspruch an Männer und Partner
egozentrische Sichtweise bleibt erhalten	Mangel an Empathie und Perspektivenwechsel in Beziehungen zu Männern und Frauen
Ödipale Grandiosität bleibt erhalten	narzißtische Anspruchshaltung (»Männer sollen auf mich abfahren, ohne daß ich mich dafür anstrengen muß«; »alle Türen [bzw. Betten] haben mir offenzustehen«)
Hybris und Selbstüberschätzung aufgrund des ödipalen Scheinsiegs	Arroganz, Lebensunzufriedenheit, starke Diskrepanz zwischen Ideal und Wirklichkeit
vordergründige Sexualisierung Männern gegenüber	starke Angst vor dem Mann und seiner Sexualität
Unterlegenheits-/Überlegenheitsgefühle gegenüber Mutter und anderen Frauen	starke Rivalität vs Sich-klein-Fühlen
ständige Mißgunst und Ressentiments gegenüber Mutter und anderen Frauen	Selbstbestrafungsbedürfnisse; Scheitern und Mißerfolge in Partnerschaft und Beruf
Neid auf die Urszene der Eltern wird nicht abgearbeitet	überstarke Neidgefühle und Entwertung von anderen Menschen: Projektion von Neid und Vergeltungsängsten
Identifikation mit dem Aggressor bleibt unreflektiert	eigene Kinder oder Abhängige werden wiederum verführt oder inzestuös gebunden

Abb. 2: Unbewältigte präödipale und ödipale Konflikte und ihre Auswirkungen (Mädchen)

5.3.6.3 *»Ich bin der Größte«*

In der klassischen Psychoanalyse war der Ödipuskomplex des Jungen überwiegend am Vater orientiert, auch wenn Freud in der negativen Konstellation die konflikthafte Beziehung zur Mutter erwähnte. Heutzutage werden nunmehr die Erfahrungen mit Mutter und Vater, die dem ödipalen Erleben vorausgehen, in einem sehr viel stärkeren Umfang, als Freud dies je geahnt hatte, betont. Deshalb muß – wie ausgeführt – die gesamte Geschlechtsidentitäts-Entwicklung des Jungen betrachtet werden, und aus diesem Grund kann auch der Schwerpunkt nicht mehr auf der psychosexuellen Entwicklung allein liegen, sondern die Entwicklung der Objektbeziehungen, der Aggression, der Ich- und Über-Ich-Entwicklung und des Selbstwertgefühls sind zentrale Themen für die Einschätzung, auf welchem Entwicklungsniveau sich ein Kind mit dem ödipalen Erleben konfrontiert und wie es die ödipalen Konflikte verarbeiten kann.

Im Hinblick auf den Jungen muß also gefragt werden, inwieweit es ihm in den ersten Lebensjahren gelungen ist, eine männliche Kerngeschlechtsidentität und eine männliche Geschlechtsrollenidentität zu erwerben. Diese hängen – wie ausgeführt wurde – von mannigfachen Interaktions- und Identifikationserfahrungen und kognitiven Lernschritten, z. B. hinsichtlich des zunehmenden Wissens um Geschlechtsrollenmerkmale und Geschlechtsrollenpräferenzen, ab; sie erfordern einen tendenziellen Ent-Identifizierungsprozeß von der Mutter, setzen einen einigermaßen erfolgreichen Umgang mit Kastrationsangst voraus, was zu einer Stabilisierung des Körperbildes führt u. a. m. Die zuletzt genannten Faktoren hängen wiederum stark davon ab, wie sehr es dem Jungen vor allem in der Wiederannäherungsphase gelungen ist, aggressive Affekte, die mit Selbständig-sein- und Willen-durchsetzen-Wollen zu tun haben, integrieren konnte oder inwieweit diese als »böse« Über-Ich-Introjekte die Autonomie seines Ichs und seine Beziehungs- und Bindungsfähigkeit gefährden. Im zuletzt genannten Fall überwiegen Spaltungsprozesse zwischen guten und bösen Selbst- und Objektrepräsentanzen, es besteht eine große narzißtische Empfindlichkeit mit Wutausbrüchen oder schizoiden Rückzügen und Kontaktabbrüchen, eine gesteigerte Kastrationsangst, starke Neid- und Haßempfindungen gegenüber der Mutter, und sexuelle Impulse sind häufig mit sadistischen und grausamen Affekten verbunden. Wichtig ist natürlich wiederum, inwieweit der Vater seinem Jungen helfen konnte, eine sichere männliche Geschlechtsidentität aufzubauen und seine Aggression zu modulieren (vgl. Herzog, 1982 a). Passive, gefühlsmäßig zu wenig engagierte Väter, zu raschen Wutausbrüchen und zu Ungeduld neigende Väter, aber auch solche, die von klein auf in ihrem Sohn einen Rivalen sehen, den sie glauben rechtzeitig das Fürchten lehren zu müssen, versagen bei dieser Aufgabe und sind für den Jungen keine Hilfe, seine präödipalen Konflikte zu lösen. Konträr zu Freuds Auffassung, daß das ödipale Begehren und die Rivalität mit dem Vater beim Jungen Kastrationsangst auslösen, muß die Kastrationsangst bewältigt und ein einigermaßen intaktes Körperbild ausgebildet sein, damit der Junge überhaupt die ödipalen Konflikte auf sich nehmen kann. Wenn die Beeinträchtigung des Selbstwertgefühls zu stark und das Geschlechtsidentitätserleben zu schwach sind, flüchtet sich der Junge in phallisch-exhibitionistische oder anal-sadistische Vorstellungen und in Tagträume von unerhörter Größe und Macht, die ihn – je länger diese Phantasien aufrechterhalten werden – in der Realität davon abhalten, sich den ödipalen Herausforderungen stellen zu können. Das Vorherrschen realitätsadäquater Größenphantasien verhindert in unterschiedlichem Ausmaß die Motivation für eine Entwicklung der Beziehungsfähigkeit: Der Junge verbleibt überwiegend in der Phase der Bedürfnisbefriedigung; er ist weiterhin das Kleinkind, das imperativ die Mutter in der Funktion eines (wenig reifen) narzißtischen Selbstobjekts benötigt. Der Anreiz, seine Mutter auf einem höheren Beziehungsniveau, nämlich als sexuelle Frau des Vaters, vis-à-vis einem kleinen Liebhaber (und nicht einem Babyjungen) zu sehen, kann sich nur einstellen, wenn sich der Junge als genügend männlich erlebt und sich mit einem liebevoll unterstützenden Vater identifizieren kann. Nur dann kann er den kränkenden und konflikthaften Entwicklungssprung in seinem Beziehungsniveau vollbringen. Natürlich muß ihm hierzu auch die Mutter entgegenkommen und sich über seine erwachende Männlichkeit freuen können.

In der folgenden Abbildung werden Aspekte einer Konstellation abgebildet, in der die unbewältigten Konflikte aus der präödipalen Zeit aufgrund einer narzißtischen Gebundenheit an die Mutter zu einer starken Ablehnung und Entwertung des Vaters führen, in der rechten Spalte sind die möglichen Auswirkungen dieser Konstellation im späteren Leben dieser Männer, häufig als narzißtische Störung beschrieben, aufgeführt.

narzißtisches Gebundensein an die Mutter	Angst vor Nähe und vor Ausgenütztwerden; Beziehungsstörungen
unaufgelöste inzestuöse Impulse	gestörte Sexualität; Perversionen; Verachtung des Weiblichen
kein männliches Vorbild	gestörte Geschlechtsidentität; hyperphallisches Verhalten; Sehnsucht nach männlichem Vorbild; Männerkumpanei; Extremsportarten
Rivalisieren mit Vaterfiguren (wie z. B. männlichen Vorgesetzten)	häufige Auseinandersetzungen oder ängstliches Vermeiden
ödipaler Scheinsieg	Streben nach raschen Erfolgen; Mangel an Frustrationstoleranz; Erfolgssucht; keine wirkliche Auseinandersetzung mit der Tradition oder mit dem Vater; keine Akzeptierung von Grenzen
paranoide Ängste	starke Kastrationsangst; Aufbau von Feindbildern; »am Erfolg scheitern«; ödipaler Scheinsieg verdeckt die Enttäuschung an beiden Eltern
Über-Ich-Lücken	Neigung zu Betrug und Hochstapelei
defizientes Ich-Ideal	es fehlt die Kraft der väterlichen Ideale; statt dessen archaischer Narzißmus; narzißtischer Ausnahme-Anspruch (nicht abgetrauertes Größenselbst)

Abb. 3: Unbewältige präödipale und ödipale Konflikte und ihre Auswirkungen (Jungen)

Bei Männern wurden in der herkömmlichen psychoanalytischen Literatur die Auswirkungen eines unverarbeiteten Ödipuskomplexes in idealtypischer Weise hauptsächlich in zwei Konstellationen beschrieben, die sich auch wieder als Ausweichen vor der Rivalität oder als eine Flucht in überstarke Rivalität mit der männlichen (väterlichen) Welt bezeichnen lassen. Bei der Einstellung »*zu wenig Rivalität*« findet man die folgenden Haltungen und neurotischen Einschränkungen: schnelles Klein-Beigeben, unterwürfiges Verhalten Männern gegenüber, Mangel an konstruktiver Rivalität und Kreativität, ein rasches Sich-minderwertig-Fühlen, eine vordergründige Ergebenheit bei gleichzeitiger hintergründiger Auflehnung und Sabotage, z. B. in Form von Trödeln, mangelnder Mitarbeit usw., ein übermäßiges Beschäftigtsein mit den Erwartungen und Bedürfnissen anderer, ein Angezogenfühlen von starken, dominanten Frauen; ein Mangel an sexueller Appetenz (analretentive Tendenzen); in der Erziehung: wenig Grenzen-ziehen-Können gegenüber den kindlichen, v. a. ödipalen Wünschen; Verführbarkeit; eine eher depressive und pessimistische Lebenseinstellung; Erfolge werden nicht dem eigenen Können, sondern eher dem Fleiß oder glücklichen Umständen zugeschrieben.

Bei »*überstarker Rivalität*« findet man ein generelles Platzhirsch-Verhalten, eine Überschätzung der eigenen (phallisch-narzißtischen) Ausstrahlung und der vermuteten Wirkung auf andere; Erfolge werden der eigenen Begabung und Potenz attributiert, die Zuarbeit anderer wird geleugnet; Mißtrauen über die Gefolgschaft ist häufig, ebenso wie paranoide Vorstellungen über Entmachtetwerden und Intrigantentum; Scheitern am Erfolg aufgrund unbewußter Schuldgefühle; Sexualität wird gegenüber Frauen als Disziplinierungs- und Machtinstrument (analsadistisches Verhalten) eingesetzt, Frauen sollen unterworfen und beherrscht werden; gegenüber Frauen und Kindern besteht eine geringe Einfühlung; von den Kindern werden exhibitionistische, narzißtische und phallische Höchstleistungen vor allem auch zur Kompensation des Selbstwertgefühls erwartet.

Beiden Konstellationen gemeinsam ist auch ein Schwanken zwischen diesen Positionen von zu stark überschießender Rivalität und Aggressivität bis hin zu einer ängstlichen Zurücknahme mit paranoiden Befürchtungen.

5.3.6.4 Die ödipale Mutter wird vom Jungen nicht nur begehrt

Der Ödipuskomplex des Jungen geht an der Kastrationsdrohung zugrunde (vgl. Freud, 1924 d, S. 399), so lautete viele Jahre die prägnante Formel für den Jungen.

Und viele Jahre lang wurde die »Zertrümmerung des Ödipuskomplexes« des ödipalen Jungen nur mit dem Vater in Zusammenhang gebracht und die Ambivalenz des Jungen gegenüber seiner ödipalen Mutter übersehen.

Das Erleben, daß sich die Mutter dem stärkeren und potenteren Rivalen, ihrem Mann, dem Vater des Jungen zuwendet, den er sowieso schon glühend beneidet, aktualisiert und verstärkt die ohnehin schon vorhandene konflikthafte Zwiespältigkeit des Sohnes gegenüber seiner Mutter. Die vielen Kämpfe im Verlauf des Loslösungs- und Individuationsprozesses im zweiten und dritten Lebensjahr, projizierte Aggressionen des Sohnes auf seine Mutter, deren Vergeltung als Kastration gefürchtet wird, die im Verlauf der geschlechtlichen Differenzierung (vgl. Fast, 1991) sich festigende Wahrnehmung, daß die Mutter keine männlichen Genitalien besitzt, dafür aber über die Möglichkeit des Gebärens verfügt, was wiederum Neid und Wutreaktionen hervorruft: All diese Umstände lassen im ödipalen Jungen neben seiner Verliebtheit in seine Mutter auch starke Haß- und Neidgefühle entstehen.

Ein männlicher Patient, der sich seit seiner Pubertät in unerreichbare Frauen verliebt hatte, kam eines Tages auf die Idee, sich an den Frauen zu rächen. Fortan verzichtete er darauf, Frauen zu begehren, die entweder sozial oder intellektuell über ihm standen, und flirtete statt dessen nur mehr mit Frauen, von denen er annehmen konnte, daß sie sich in ihn verlieben würden. Nun war er für diese Frauen der Unerreichbare, der es genoß, wenn er verliebten Frauen eine Absage erteilen konnte, auch wenn er dabei von heftigen Schuldgefühlen geplagt wurde. In der Analyse mußten die starken Neid- und Wutgefühle der mächtigen potenten Mutter gegenüber, die ihn, wie er es einmal ausdrückte, »ins Leben hineingelockt hatte, um ihn dann zu enttäuschen und ihn mit einem anderen Mann zu betrügen«, durchgearbeitet werden und die ödipale Enttäuschung abgetrauert werden, denn in seinen ödipalen Phantasien war er der grandiose Liebhaber geblieben, der den Vaterrivalen und später alle anderen Männer vor allem kraft seiner körperlichen Geschicklichkeit und Musikalität beeindrucken und letztlich auch besiegen konnte.

5.3.6.5 Der Ödipuskomplex geht nicht nur am Kastrationskomplex zugrunde

Das Erleben von ödipalen Triebimpulsen, die auf die Mutter gerichtet sind, werden vom Jungen über kurz oder lang nicht nur deshalb als gefahrvoll erlebt, weil der Verlust oder die Beschädigung seines als äußerst wertvoll erfahrenen Penis von seiten des Vaters befürchtet wird oder weil das übermäßige Rivalisieren mit seinem Vater ihn um die gleichzeitig vorhandene Zuneigung und Liebe zu diesem fürchten läßt, sondern weil eine narzißtische Kränkung ganz besonderer Art zu verkraften ist. Diese Kränkung des Selbstwertgefühls, die zumindest in der populärpsychologischen Literatur überhaupt keine Erwähnung findet, geht darauf zurück, daß der ödipale Junge – sofern seine Realitätsprüfung einigermaßen intakt und nicht durch Größenphantasien verzerrt ist – realisieren muß, daß er vis-à-vis seiner Mutter keine genitale Potenz besitzt. Sein kleiner Penis kann die große Mutter nicht wie der Vater zufriedenstellen. Die narzißtische Erschütterung wird entsprechend dieser Auffassung nicht dadurch ausgelöst, daß der Junge das penislose weibliche Genitale erblickt, was seine Kastrationsangst heraufbeschwört, sondern dadurch, daß der Anblick der mütterlichen Vagina ihn mit der Erkenntnis konfrontiert, daß nur der väterliche Penis im Vollzug der Urszene die Mutter erfüllen kann und nicht sein kleiner Penis. Wie gelingt es dem Jungen, mit dieser Enttäuschung angesichts der Diskrepanz zwischen seinen sexuell inzestuösen Wünschen und seiner genitalen Ausstattung umzugehen?

Eine Bewältigungsmöglichkeit besteht darin, daß nun frühere prägenitale Erfahrungen, wie z. B. oralerotischer und -sadistischer, analerotischer und -sadistischer sowie phallisch-exhibitionistischer Art regressiv in der Phantasie und in konkreter Handlung wieder aktualisiert werden, um mit dieser enttäuschenden Realität umzugehen. Nach Grunberger (1974, S. 105) muß der Junge »diese Kränkung radikal verdrängen, indem er sich auf die Prägenitalität und eine zu frühe Sexualität, in der allerdings die prägenitalen Züge vorherrschen, ausrichtet«. Die Genitalisierung von Prägenitalität kann somit dazu dienen, die narzißtischen Traumatisierungen zu kompensieren, und prägenitale polymorph-perverse Sexualität würde dadurch in Phantasie und Handlung jene Plombenfunktion erhalten, wie sie von Morgenthaler (1974) beschrieben worden ist.

Weniger pervers ist phallischer Exhibitionismus in sublimierter Form, wie z. B. die von vielen Männern nahezu suchtartig benötigte Erfahrung, etwas bewirken zu können und die Produkte männlichen Schaffensdranges von der Nachwelt bewundern zu lassen. Auf diese Weise kann das durch die ödipalen Erfahrungen (aber natürlich auch durch deren präödipale Vorgeschichte) verletzte männliche Selbstwertgefühl anhand einer reaktiven Verstärkung des phallischen Narzißmus wieder hergestellt werden.

Wichtig ist auch, daß die phallischen Impulse des Mannes mit sadistischen Strebungen kontaminiert werden können, die sich aus prägenitalen Fixierungen und früheren Enttäuschungen an der Mutter ergeben. Aus klinischer Erfahrung ist bekannt, daß männliche Potenzstörungen, wie z. B. Erektionsschwäche oder frühzeitiger Samenerguß, häufig auf diese unbewußte Aggressivierung phallischer Impulse gegenüber der Mutter zurückgehen.

»Denn viele Menschen sahen auch in Träumen schon
Sich zugesellt der Mutter: Doch wer alles dies
Für nichtig achtet, trägt die Last des Lebens leicht.«
(Sophokles, König Ödipus, S. 43)

5.3.6.6 »Hauptsache, Mama hat dich lieb!«

Auf eine anders geartete Komplikation hat Kernberg (1988) im Anschluß an Braunschweig und Fain (1971) hingewiesen: Wenn es von seiten einer verführerischen Mutter (»Iokaste-Komplex«) zu einer übermäßigen Stimulierung des narzißtischen Interesses am Penis des kleinen Jungen kommt, kann in diesem die Größenphantasie entstehen, daß sein Penis vollkommen ausreichend sei und die Mutter optimal befriedigen könne. Dies führt im weiteren Verlauf zu einer Leugnung des Unterschieds, der zwischen dem eigenen Penis und dem großen und mächtigen Penis des Vaters besteht. »Unter solchen Bedingungen kann die narzißtische Fixierung später zu einer infantilen und verspielten Verführerhaltung gegenüber Frauen führen, ohne daß eine vollständige Identifizierung mit der ›Penetrationskraft‹ des väterlichen Penis erreicht wird. Eine solche Fixierung beeinträchtigt die vollständige genitale Identität und die Verinnerlichung des Vaters ins Ichideal, und sie fördert auch die Verdrängung übergroßer Kastrationsangst. Der ungelöste Konkurrenzkampf mit dem Vater und die abwehrende Verleugnung der Kastrationsangst drücken sich im narzißtischen Genuß an infantilen Abhängigkeitsbeziehungen gegenüber Frauen aus, die eine Mutterimago repräsentieren« (Kernberg, 1988, S. 324). Die Auflösung des Ödipuskomplexes beim Jungen wird vor allem auch deshalb erschwert, weil derartige Mütter, die solche narzißtischen Bündnisbildungen mit ihren kleinen Söhnen eingehen, letztlich eine tiefe Angst vor dem männlichen Phallus haben, weshalb sie auch »gegen die ›Dominanz‹ des väterlichen Penis und gegen das ›väterliche Gesetz‹ im allgemeinen rebellieren. Somit besteht eine unbewußte Kollusion zwischen den ›ewig jungen Knaben‹ – den Don Juans –

und verführerischen mütterlichen Frauen, die die rebellische Haltung der Don Juans gegen ›Gesetz und Ordnung‹ des Vaters ausnützen, um den eigenen Konkurrenzkampf mit dem Vater und die Rebellion gegen ihn auszudrücken« (S. 325). Aus diesen Ausführungen wird deutlich, wie wichtig es für die gesunde Entwicklung des Jungen ist, sich mit den Enttäuschungen und Schmerzen des ödipalen Konflikts zu konfrontieren, um aber letztlich daran zu wachsen. Mütter, die aus den beschriebenen Gründen die Haltung vertreten, ihren Sohn in dieser Hinsicht nicht verletzen zu dürfen, und sich deshalb als Frau des Vaters nicht zu erkennen geben, stimulieren in ihren Söhnen keine schrittweise Enttäuschung narzißtischer Phantasien. Dies führt ja im gelungenen Fall dazu, sich aufgrund der vorübergehenden Enttäuschung von der Mutter abzuwenden und sich konkurrierend mit dem Vater zu identifizieren. Aufgrund dieser narzißtischen Bündnisbildung und des mehr oder minder starken Wegfalls konkurrierender Identifizierungen mit dem Vater kommt es im späteren Leben dieser Männer zu einer Ungeübtheit mit Konkurrenzimpulsen, einer starken Angst davor und/oder einer ziemlich ungekonnten und unmodulierten Aggressivität im Sinne einer »Hoppla-jetzt-komm-ich-Haltung«. Solche Männer halten sich auch nicht selten für unbesiegbar, obwohl sie ständig von dem Mißtrauen heimgesucht werden, daß ihr Sieg auf äußerst schütterem Boden steht.

Die dumpfe Ahnung, von den Müttern letztlich narzißtisch im Kampf gegen die Väter ausgebeutet worden zu sein, führt bei diesen Männern im späteren Leben nicht selten zu einer untergründigen Aggression gegenüber Frauen, die sich unerkannt und unbewußt in Beziehungsstörungen ihren Ausdruck verschafft.

5.3.6.7 Bedeutet der Verzicht auf die sinnliche Liebe auch ein Ende aller Identifikationen mit der Mutter?

Während in der präödipalen Zeit das Ich-Ideal des Jungen noch Identifikationen mit der Mutter einschließt, verändert sich diese in der ödipalen Phase drastisch. »In der ödipalen Realität wird der körperliche Geschlechtsunterschied zur Grenze, die nicht mehr übertreten werden kann« (Benjamin 1990, S. 156). Während der präödipale Junge noch davon träumen kann, ein Baby wie seine Mutter zu bekommen, wird nun diese Undifferenziertheit der Geschlechtsidentität zugunsten einer eindeutig männlichen Geschlechtsidentität und eines männlich väterlichen Ideals aufgegeben, »das den Jungen befähigt, der mächtige Vater zu sein, der die Mutter verlassen, aber sie auch begehren und sich mit ihr vereinigen kann« (Benjamin 1990, S. 156). Wenn der Junge seine ödipalen Impulse aufgrund der Kastrationsangst aufgibt, verzichtet er nicht nur auf die sinnliche Liebe zur Mutter, sondern – wie Benjamin (1990) deutlich macht – auch auf die Identifikation mit ihr. Dadurch wird die Mutter jetzt auch außerhalb des eigenen Selbst lokalisiert und als Objekt-Liebe externalisiert. »Vielleicht hat sie noch ideale Züge, aber sie gehört nicht mehr zum Ich-Ideal des Jungen. Die gute Mutter ist nicht mehr innen. Sie ist etwas Verlorenes . . ., das durch Liebe draußen wiedergefunden werden muß« (S. 157). Während sich in der ödipalen Phase in der Beziehung des Sohnes zu seinem Vater eine homoerotische Liebe einstellt, die stark identifikatorische Züge trägt, verwandelt sich die ödipale Mutter in ein vom Jungen unabhängiges »Liebesobjekt«. Nicht nur die Unterdrückung, Verdrängung und Überwindung der inzestuösen Impulse, die auf die Mutter gerichtet waren, ist das, was den ödipalen Jungen am meisten beschäftigt, sondern auch die endgültige Ablehnung der Weiblichkeit. »Weiblich zu sein wie sie wäre ein Rückfall in die präödipale Dyade, eine gefährliche Regression. Die ganze Erfahrung der Mutter-Kind-Dyade wird retrospektiv mit Weiblichkeit gleichgesetzt und vice versa. Nachdem der Junge gelernt hat, daß er keine Babys haben kann wie die Mutter und auch nicht ihre Rolle spielen kann, kann er nur noch als Säugling zu ihr zurückkehren, mit aller Abhängigkeit und Verletzlichkeit eines Säuglings. Ihre Fürsorglichkeit droht ihn nun wiederzuverschlingen, da sie an Hilflosigkeit und Abhängigkeit erinnert. Dies muß er bekämpfen, indem er seine Verschiedenheit und Überlegenheit behauptet. In dem Maß, wie die Identifizierung blockiert wird, bleibt dem Jungen nichts anderes übrig, als seine Kindheit durch Ablehnung seiner Abhängigkeit zu überwinden. Dies ist der Grund, warum das ödipale Ideal der Unverletzlichkeit jegliche Abhängigkeit aus der Definition von Autonomie ausschließt« (S. 157). Diese Verachtung und Geringschätzung alles Weiblichen, das für den durchschnittlichen ödipalen Jungen ein starkes Anliegen wird, läßt sich bei männlichen Kindern leicht beobachten, z. B. an der forcierten Distanzhaltung gegenüber Mädchen, vor allem wenn Jungen in Gruppen auftreten.

Nach Benjamin (1990) sind die Implikationen dieser Beendigung der Identifizierung noch nicht ausreichend in der bisherigen Psychoanalyse erkannt worden. Dinnerstein (1976) zitierend, weist sie darauf hin, daß die Beendigung der Identifzierung mit der Mutter für den Jungen auch bedeutet, von einer lebenswichtigen Quelle des Guten abgeschnitten und ausgeschlossen worden zu sein, eine Erfahrung, die auch eine wichtige Komponente der Kastrationsangst darstellen kann. Mit diesem Verlust verliert der Junge auch sein Zutrauen zu seinem »Inneren«, mit der Folge, daß fortan Frauen übermäßig idealisiert werden und er als erwachsener Mann sein eigenes inneres Begehren angesichts des Fasziniertseins von außen nicht mehr wahrnehmen kann. Aber die idealisierte Frau, nach der sich seine Sehnsucht hin orientiert, hat überdies keinen Subjektstatus: Die Loslösung von der Mutter erzwingt auch ihre Abwertung.

5.3.6.8 Unverarbeiteter ödipaler Neid

Penisneid in seiner ursprünglichen anatomischen Bedeutung gibt es nicht nur beim Mädchen (obwohl er hier recht bald von anderen Bedeutungen überlagert wird, vgl. Kap. 5.2.9), sondern natürlich auch bei Jungen und Männern. Auch wenn das Fixiertsein an die konkreten Sinneseindrücke beim Kind der präoperationalen Phase im sechsten und siebten Lebensjahr allmählich durch die operationale Logik abgelöst wird, provoziert doch der in den Augen des Jungen gewaltige und machtvolle Penis des Vaters, vor allem im erigierten Zustand, nicht nur ehrfürchtiges Erstaunen, sondern auch quälenden Neid. Im neidvollen Vergleichen von Spielzeugen, von Körpergröße, körperlicher Kraft und Geschicklichkeit, des Umfangs des Bizeps und in der Adoleszenz auch der Penisse (bei pubertierenden Mädchen ist dies oft der Vergleich ihres Brustwachstums) sind Abkömmlinge dieses frühen körperbezogenen Neides, der auch im Erwachsenenalter immer noch in Spuren vorhanden sein kann (und sich z. B. im Taxieren des Verdienstes oder der verfügbaren Freizeit äußert). Der Neid kann aber noch tiefere Quellen haben, wie z. B. den oben erwähnten Neid auf die omnipotente, gebärenkönnende Mutter. Der ödipale Neid des Jungen erfährt eine zusätzliche Verstärkung, wenn ein nur mäßig liebevoller Vater, der seine eigenen Neidgefühle und ödipalen Aggressionen wenig durchgearbeitet und sublimiert hat, auf seinen heranwachsenden Sohn übermäßig neidisch ist.

In der psychoanalytischen Literatur wurde diese affektive Konstellation als Laioskomplex beschrieben, und mit großer Wahrscheinlichkeit findet man sie nicht nur bei Vätern mit einer gravierenden narzißtischen Störung und unsicherer Geschlechtsidentität, sondern in mehr oder weniger starkem Ausmaß bei vermutlich vielen Vätern.

Nach Ross (1982) existiert bei nahezu allen Männern, die Väter werden, ein regressives Potential an aggressiven und pathologischen Phantasien und Handlungsbereitschaften, die sich vor allem dem männlichen Kind gegenüber in direktem Verhalten, im besonderen auch auf passive Weise, wie in dem nahezu allgegenwärtigen Problem der väterlichen Abwesenheit, äußern.

Laios ist der Prototyp des schlechten Vaters: Als Kleinkind wurde Laios selbst verlassen. Labdakos, sein Vater und König von Theben, starb, als Laios ein Jahr alt war. Als sein Onkel den Thron für sich beanspruchte, wurde Laios ausgesetzt und gezwungen, durch Griechenland zu wandern, bevor er nach Theben zurückkehren durfte, um König zu werden. Laios zeigte – so Ross (1982) – die gleiche Konstellation von Charaktereigenschaften, die moderne psychoanalytische Forscher mit Vater-Abwesenheit in Zusammenhang gebracht haben: Störungen der Geschlechtsidentität, Probleme mit der Impulskontrolle, unmodulierte Aggressivität, kognitive Beeinträchtigungen und pathologischen Narzißmus.

Ohne die Zurkenntnisnahme der Vorgeschichte muß das Drama des Ödipus geheimnisvoll und offensichtlich auch unmotiviert wirken. Letztlich steht aber entsprechend dieser Lesart hinter Ödipus eine Geschichte von Generationen, in der eine unheilvolle Konvergenz von enttäuschenden und verletzenden Handlungen und Fehlwahrnehmungen zwischen Vater und Sohn zum Ausdruck kommt, die schließlich in einem tragischen Desaster endet. Aufgrund der unterschiedlichen Machtverteilung und Reflexionsmöglichkeiten in der Eltern-Kind-Beziehung müssen die Taten des Laios aber stärker gewichtet werden. Als eine analytische Allegorie betrachtet, stellt der Ödipus-Mythos deshalb nicht nur die phantasmatische Fiktion eines vier- bis sechsjährigen Knaben dar, sondern auch das Ergebnis einer schlechten Vaterschaft über Generationen hinweg.

Nach Chasseguet-Smirgel (1988) manifestiert sich die Anerkennung der Realität – als Realität des Unterschiedes zwischen den Generationen – in der schmerzhaften Erkenntnis, »daß nur der Vater und sein befruchtender Penis in der Lage sind, die Mutter zu befriedigen, was für den unreifen und unfruchtbaren Penis des kleinen Knaben nicht zutrifft, in welcher Illusion die Mutter ihn auch gewiegt haben mag« (S. 98). Noch einen Schritt weiter führt die Überlegung, daß die Realität überhaupt aus Unterschieden besteht. So läßt sich z. B. die Zeit als eine Spanne betrachten, die zwischen dem Wunsch und seiner Befriedigung liegt. Nach Chasseguet-Smirgel (1988) findet sich eine »archaische Matrix des Ödipuskomplexes«, die in dem primitiven Wunsch gipfelt, »eine Welt ohne Hindernisse, ohne Unebenheiten und ohne Unterschiede wiederzuentdecken, eine völlig glatte Welt, die mit einem seines Inhalts entleerten Mutterleib identifiziert wird, einem Innenraum, zu dem man freien Zugang hat. Hinter der Phantasie, den Penis des Vaters, die Kinder und die Exkremente im Mutterleib zu zerstören oder sich anzueignen – einer Phantasie, die Melanie Klein herausgearbeitet hat und die ihr zufolge für die frühen Stadien des Ödipuskonflikts spezifisch ist –, läßt sich ein noch grundlegenderer und archaischerer Wunsch feststellen, dessen Repräsentanz die Rückkehr in den Mutterleib ist . . . Der Vater, sein Penis, die Kinder repräsentieren die Realität.

Sie müssen zerstört werden, damit die dem Lustprinzip eigene Art des psychischen Geschehens wiedererlangt werden kann« (S. 91/2).

Ein von dieser Autorin in einer Vignette beschriebener Patient empfindet sexuelle Erregung, »wenn er sich sexuelle Beziehungen mit einer Frau vorstellt, die ein glattrasiertes Geschlechtsteil hat, was ihn an dasjenige kleiner Mädchen und an das seiner Schwester erinnert, mit der er in seiner Kindheit sexuelle Spiele spielte. Den Rasen mähen (dieses Bild taucht in einem Traum dieses Analysanden auf, W. M.) heißt also in diesem Fall, das Geschlechtsteil der Mutter glatt machen und sie ihrer sekundären Geschlechtsmerkmale berauben, den Zeugnissen ihrer Fähigkeit, Kinder in sich zu tragen und zu gebären. Das glatte Geschlecht der Mutter verweist also auf den Wunsch, ihren Schoß zugänglich zu machen« (S. 93/4).

5.4 Zusammenfassung

Der Übergang von einer präödipalen Objektbeziehung zu einer ödipalen Objektbeziehung macht weitere intensive Entwicklungsschritte erforderlich. Das Abschiednehmen von den kindlichen Formen der präoperationalen Welterfassung und des entsprechenden Selbstverständnisses bringt einen bedeutsamen Bruch in der kognitiven und emotionalen Organisation mit sich und ist wohl bislang im Zusammenhang mit der ödipalen Phase noch zu wenig gewürdigt worden. Das präoperationale Denken ist an die Wahrnehmungseindrücke gebunden und nicht konzeptuell orientiert.

Mit Fast (1991) wurden die kognitiven Differenzierungsvorgänge skizziert, die im Anschluß an die Wahrnehmung des Geschlechtsunterschieds zu einer geschlechtsbezogenen Wahrnehmung und Zuordnung führen und die ödipale Beziehung zum gegengeschlechtlichen Elternteil auch kognitiv neu organisieren. Die sich aufgrund der Differenzierung festigenden Geschlechtsrollenkonzepte lassen sich aus kognitiver Sicht als wichtige Attribuierungsleistungen des Kindes auffassen, die aufgrund eines Strebens nach Konsistenz auch zu ziemlich rigiden Geschlechtsrollen-Präferenzen und -Typisierungen führen können.

Neben diesen kognitiven Konstruktionsleistungen müssen aus psychoanalytischer Perspektive die phallischen Impulse beim Jungen und die genuin weiblichen Impulse beim Mädchen, vor allem aber auch die sozialisatorischen Faktoren, das Ausmaß der Konfliktbewältigung und der unbewußten Phantasien der Eltern betrachtet werden. Wie in Band 1 bereits ausgeführt, können weder die biologischen Faktoren allein noch die kognitiven Konstruktionsleistungen und auch nicht die unbewußten Phantasien und Delegationswünsche der Eltern den komplexen Prozeß der Entstehung von Geschlechtsidentität hinreichend erklären, sondern das vermutlich nur klinisch jeweils rekonstruierbare Schicksal des betreffenden Menschen. Dennoch ist die paradigmatische Betrachtung der elterlichen Voraussetzungen aufschlußreich, die es dem Kind ermöglichen, den Ödipuskomplex mit einer sicheren Geschlechtsrollen-Identität zu erleben.

Wenn sich das kleine Mädchen von der präödipalen, überwiegend noch als bedürfnisbefriedigend wahrgenommenen Mutter zum ödipalen Vater hin bewegt, geht hierbei nicht nur ein einfacher »Wechsel des Objekts« vonstatten, sondern es handelt sich um gravierende Unterschiede in der Beziehungswahrnehmung und -gestaltung zu Mutter und Vater. Das mütterliche Objekt ist in den ersten Lebensjahren noch weitgehend ein inneres Objekt, das noch nicht gänzlich vom kindlichen Selbst getrennt ist, während der ödipale Vater eher als äußeres Objekt außerhalb der kindlichen Kontrolle wahrgenommen wird. Und ebenso stellt auch die *ödipale* Mutter eine Person dar, die Interessen und Begierden hat, die nicht auf ihr Kind, sondern auf den ödipalen Vater bezogen sind. Das Realisierenkönnen, daß Vater und Mutter eine sexuell erfüllte Beziehung zueinander haben, in der das Kind nicht im Mittelpunkt steht und die es auch nicht kontrollieren kann, stellt aus psychoanalytischer Sicht deshalb auch das konstituierendste Merkmal der ödipalen Triangulierung dar und die größte Herausforderung für das Kind. Beim Übergang in die ödipale Objektbezogenheit hilft dem Kind, eine »ödipale Übergangsbeziehung«, die Neuorganisierung seiner Beziehungserfahrungen, vorzunehmen. Dabei entdeckt es schrittweise den »äußeren Objektstatus« der Eltern.

Die Bewältigung der verschiedenen ödipalen Konflikte setzt in aller Regel beim Jungen wie auch beim Mädchen eine gelungene ödipale Triangulierung sowie die vielen Entwicklungsschritte, die während der präödipalen Entwicklung anfallen und die in unterschiedlichem Ausmaß konflikthaft erfahren werden können, voraus. Wie weit kann das Kind (oder der Adoleszente) die Rechte der Eltern auf eine eigene Beziehung anerkennen, wie weit fühlt es sich ausgeschlossen, bedroht, wütend, depressiv, haßerfüllt, neidisch u. a. m.? Wie weit kann es sich trotz des Ausschlusses wertvoll fühlen und braucht nicht sich selbst und das Elternpaar zu entwerten? In welchem Ausmaß lösen die Haß- und Neidgefühle noch archaische Vergeltungsängste aus, die wiederum zu archaischen Sühne- und Wiedergutmachungsopfern zwingen, z. B. in Form von Selbstbestrafung, masochistischer Einstellung u. a. m. Inwieweit nimmt die durch den Ausschluß angefachte Rivalität noch zerstörerische Ausmaße an? In einem kurzen Abschnitt wurden einige klinisch häufig antreffbare Konstellationen geschildert, bei denen der Ödipuskomplex nur unvollständig erlebt oder die diversen Konflikte nur unzureichend gelöst werden konnten. Für den praktizierenden Psychoanalytiker stehen natürlich die unbewußten Phantasien und ihre Abkömmlinge im Vordergrund der Betrachtung: Inwieweit werden z. B. von Patientinnen Männer als brutale Unholde, übermäßig idealisierte Väter, beziehungsflüchtige Schwächlinge oder sexuell verführerische Kumpane erlebt? In welchem Umfang konstituieren, fördern oder beeinträchtigen derartige Erfahrungen sexuelle Phantasien, Liebes- und Beziehungsfähigkeit? Entwicklungspsychologisch läßt sich sicherlich festhalten, daß die einigermaßen gelungene Bewältigung des Ödipuskomplexes mit der in späteren Jahren erreichten Geschlechtsidentität hoch korreliert, d. h. in welchem Ausmaß jemand sich in seiner Grundorientierung als Mann oder als Frau wohl fühlen, stereotype Geschlechtsrollenzuordnungen – aufgrund seiner als sicher erlebten Männlichkeit oder Weiblichkeit – reflektieren kann und das jeweils andere Geschlecht weder übermäßig zu idealisieren noch zu entwerten braucht. Eine unzureichende Bewältigung ödipaler Konflikte korreliert vermutlich eher hoch mit dem rigiden Festhalten an den Stereotypen der Geschlechtsrollen, wie es für Kinder des in diesem Kapitel beschriebenen Alters charakteristisch ist.

Angesichts so vieler Hindernisse auf dem Weg zum ödipalen Erleben kann man sich nur wundern, daß der Ödipuskomplex überhaupt noch erreicht wird. Aber diese Verwunderung demonstriert auch die veränderte Sichtweise, die der Ödipuskomplex in der neueren psychoanalytischen Literatur erfährt. Die mit ihm verbundenen Konfliktdimensionen, bei deren Bewältigung ein Kind (und ein Heranwachsender) wichtige Reifungsschritte vollzieht, werden von manchen Individuen nur noch mit gebrochener Kraft erreicht, so daß für das Austragen der Konflikte gleichsam die Voraussetzungen fehlen.

Dennoch ist die Entwicklung nicht mit dem sechsten Lebensjahr zu Ende, und im Hinblick auf die weibliche Entwicklung sprechen viele Anzeichen dafür, daß der Höhepunkt des Ödipuskomplexes erst in der Adoleszenz erfolgt.

5.5 Empfohlene Literatur

Zum Ödipuskomplex (hauptsächlich der Frau) aus neuerer Sicht

Alpert, J. (1991) Psychoanalyse der Frau jenseits von Freud. Berlin: Springer

Bell, K. (1991) Aspekte weiblicher Entwicklung. Forum der Psychoanalyse, 7: 111–126

Benjamin, J. (1990) Die Fesseln der Liebe. Frankfurt/M., Stroemfeld/Roter Stern

Benjamin, J. (1992) Vater und Tochter: Identifizierung mit Differenz. Ein Beitrag zur Geschlechter-Heterodoxie. Psyche, 46: 821–846

Bergman, A. (1987) On the development of female identity: Issues of mother-daughter interaction during the separation-individuation process. Psychoanalytic Inquiry, 7: 381–396

Bernstein, D. (1991) The female oedipus complex. In Hartocollis, P./Graham, I. D. (Eds.) The personal myth in psychoanalytic theory (pp. 183-219). Madison, Conn.: Univ. Press

Boothe, B. (1990) Trennung – Alleinsein – Aufbruch. Zeitschrift für Psychosomatische Medizin und Psychoanalyse, 36: 316–331

Dahl, K. E. (1989) Daughters and mothers: Oedipal aspects of the witch-mother. Psychoanalytic Study of the Child, 44: 267–280

Fast, I. (1991) Von der Einheit zur Differenz. Psychoanalyse der Geschlechtsidentität. Berlin: Springer

Herman, J. L./Lewis, H. B. (1986) Anger in the mother-daughter relationship. In Bernay, T./ Cantor D. W. (Eds.) The psychology of today's woman. New psychoanalytic visions (pp. 139–163). Hillsdale, NJ: Analytic Press

Kaplan, L. J. (1991) Weibliche Perversionen. Von befleckter Unschuld und verweigerter Unterwerfung. Hamburg: Hoffmann & Campe

Ogden, T. H. (1987) The transitional oedipal relationship in female development. International Journal of Psycho-Analysis, 68: 485–498

Ogden, T. H. (1989) The primitive role of experience. Northvale NJ: Jason Aronson

Olivier, C. (1984) Jokastes Kinder. Die Psyche der Frau im Schatten der Mutter. Düsseldorf: Claassen

Rohde-Dachser, C. (1990) Über töchterliche Existenz. Offene Fragen zum weiblichen Ödipuskomplex. Zeitschrift für Psychosomatische Medizin und Psychoanalyse, 36: 303–315

Rohde-Dachser, C. (1991) Expedition in den dunklen Kontinent. Weiblichkeit im Diskurs der Psychoanalyse. Berlin: Springer

Sloate, P. L. (1987) On the wish to leave with love. Psychoanalytic Inquiry, 7: 397–414

Tyson, P./Tyson, R. L. (1990) Psychoanalytic theories of development: An integration. New Haven: Yale University Press

Zum Penisneid

Award, G. A. (1992) A fantasy penis: its development, multiple meanings and resolution. International Journal of Psycho-Analysis, 73: 661–674

Fast, I. (1991) Von der Einheit zur Differenz. Psychoanalyse der Geschlechtsidentität. Berlin: Springer

Grossman, W. I./Stewart, W. A. (1976) Penis envy: from childhood wish to developmental metaphor. Journal of the American Psychoanalytic Association, 24: 193–212

Karme, L. (1981) A clinical report on penis envy: its multiple meanings and defensive functions. Journal of the American Psychoanalytic Association, 29: 427–447

Lerner, H. E. (1980 a) Elterliche Fehlbenennung der weiblichen Genitalien als Faktor bei der Erzeugung von »Penisneid« und Lernhemmungen. Psyche, 34: 1092–1104

Lerner, E. H. (1980 b) Penis envy: underlying conceptual issues. Bulletin of the Menninger Clinic, 44: 39–48

Montgrain, N. (1983) On the vicissitudes of female sexuality, the difficult path from »anatomical destiny« to psychic representation. International Journal of Psycho-Analysis, 64: 169–187

Satow, R. (1985) A question of bedrock: is penis envy the bottom line? Psychoanalytic Review, 72: 265–275

Tyson, Ph. (1989) Infantile sexuality, gender identity, and obstacles to oedipal progression. Journal of the American Psychoanalytic Association, 37: 1051–1069

Zur nicht phallischen, genuin weiblichen Genitalität

Bernstein, D. (1990) Female genital anxieties, conflicts and typical mastery modes. International Journal of Psycho-Analysis, 71: 151–165

Hägglund, T.-B./Piha, H. (1980) The inner space of the body image. Psychoanalytic Quarterly, 49: 256–283

Kalinich, L. J. (1993) On the sense of absence: A perspective on womanly issues. Psychoanalytic Quarterly, 62: 206-228

Kestenberg, J. S. (1975) Children and parents. New York: Jason Aronson

Kestenberg, J. (1982) The inner-genital phase – pre-phallic and pre-oedipal. In D. Mendell (Ed.) Early female development: Current psychoanalytic views (pp. 81–125). New York: SP Medical and Scientific Books

Kulish, N. M. (1991) The mental representation of the clitoris: the fear of female sexuality. Psychoanalytic Inquiry, 11: 511–536

Mayer, E. L. (1985) »Everybody must be just like me«: Observations on female castration anxiety. International Journal of Psycho-Analysis, 66: 331–347

Mayer, E. L. (1991) Towers and enclosed spaces. A preliminary report on gender differences in children's reactions to block structures. Psychoanalytic Inquiry, 11: 480–510

Montgrain, N. (1983) On the vicissitudes of female sexuality: The difficult path from anatomical destiny to psychic representation. International Journal of Psycho-Analysis, 65: 169–186

Zum Gebär- und Vaginalneid der Männer

Barth, B. (1990) Die Darstellung der weiblichen Sexualität als Ausdruck männlichen Uterusneides und dessen Abwehr. Jahrbuch der Psychoanalyse, 26: 64–101

Benz, A. (1984) Der Gebärneid der Männer. Psyche, 38: 307–328

Bettelheim, B. (1954) Symbolic wounds. Glencoe Ill.: Free Press. (Deutsch, Die symbolischen Wunden, Pubertätsriten und der Neid des Mannes. München: Fischer 1975)

Gerlach, A. (1995) Kastrationsangst und oraler Neid im Geschlechterverhältnis. Analytisches Arbeiten mit einer ethnologischen Beobachtung. Psyche, 49, 965-988

Gottschalch, W. (1984) Geschlechterneid. Berlin: Ästhetik und Kommunikation

Jaffe, D. S. (1968) The masculine envy of women's procreative functions. Journal of the American Psychoanalytic Association, 16: 521–548

Kubie, L. S. (1974) The drive to become both sexes. Psychoanalytic Quarterly, 43: 349–426

Modena, E. (1986) Der Gebärneid des Mannes. Psychologie heute. 13, Heft 12: 40–47

Reiche, R. (1990) Geschlechterspannung. Eine psychoanalytische Untersuchung. Frankfurt/M.: Fischer
Ziolko, H. U. und Hückel, V. (1980) Umbilicophilie. Psyche, 34: 1105–1122

Zum abwesenden Vater

Burgner, M. (1985) The oedipal experience: effects on development of an absent father. International Journal of Psycho-Analysis, 66: 311–320
Herzog, J. M. (1980) Sleep disturbance and father hunger in 18- to 28-month-olf-boys. Psychonalytic Study of the Child, 35: 219-323
Kirshner, L. A. (1992) The absence of the father. Journal of the American Psychoanalytic Association, 40: 1117-1138
Limentani, A. (1991) Neglected fathers in the aetiology and treatment of sexual deviations. International Journal of Psycho-Analysis, 72, 773-584
Mancia, M. (1993) The absent father; his role in sexual deviations and in transference. International Journal of Psycho-Analysis, 74, 941-950
McDougall, J. (1989) The dead father. International Journal of Psycho-Analysis, 70, 205-219
Neubauer, P. B. (1960) The one-parent child and his oedipal development. Psychoanalytic Study of the Child, 15: 286-309
Ross, J. M. (1979) Fathering: a review of some psychoanalytic contributions on paternity. International Journal of Psycho-Analysis, 60: 317-328
Schon, L. (1995) Entwicklung des Beziehungsdreiecks Vater-Mutter-Kind. Stuttgart: Kohlhammer

6 Die Jahre von sieben bis zehn (Latenz)

6.1 Kurze Charakterisierung der Jahre von sieben bis zehn aus psychoanalytischer Sicht

Die Latenzperiode galt in der herkömmlichen Psychoanalyse als ein Lebensabschnitt zwischen dem 6. bis 7. und dem 10. bis 11. Lebensjahr, in dem das ständige Beschäftigtsein mit sexuellen Phantasien und Onanieimpulsen zurücktritt, als eine Zeit der Ruhe vor den Stürmen der Pubertät. Die Sexualisierung der Beziehung, wie sie bei vier- und fünfjährigen Kindern anzutreffen ist, verringert sich deutlich, und zärtliche Impulse gewinnen die Oberhand. Gefühle wie Scham und Ekel werden stärker, moralische Einstellungen nehmen zu. Erikson (1950) bezeichnete die Latenzzeit deshalb auch als »psychosexuelles Moratorium« oder als Schule des Lebens. Um diese Aufgabe erfüllen zu können, verfügt das Kind über stabile Identifizierungen, Sicherungen und Abwehrformationen, die ihm helfen, innere Konflikte mitsamt ihren Abkömmlingen und Erscheinungsformen vom Bewußtsein fernzuhalten: Das Kind hat die vorübergehend stabile Identität des Latenzalters erreicht. Reifung und Entwicklung haben beim normalen Kind im Alter von 7 (+/– 1 Jahr) zu größerer Selbständigkeit und Autonomie geführt. Seine kognitiven Fähigkeiten ermöglichen neue Anpassungsvorgänge und erlauben auch die Unterdrückung und Kontrolle von Triebimpulsen sowie die Aufschiebung von triebhaften Handlungen; nach herkömmlicher Auffassung ersetzen sekundärprozeßhaftes Denken und Handeln immer stärker das primärprozeßhafte, animistische und assoziative Vorstellen und Phantasieren (nach neuerer Auffassung gibt es allerdings auch eine Entwicklung innerhalb des Primärprozesses, vgl. z. B. Noy, 1979). Diese Ersetzung bedingt auch die infantile Amnesie und begünstigt die Unterdrückung und Verdrängung ödipal-inzestuöser Strebungen beim Jungen (vgl. Shapiro und Perry, 1976). Die Bedeutung familiärer Objektbeziehungen wird zugunsten von Identifizierungen mit Personen außerhalb der Familie abgeschwächt, und manche Eltern müssen zum ersten Mal mit traurigen Gefühlen feststellen, daß das, was »die Lehrerin gesagt hat«, für das Kind nunmehr wichtiger wird als die elterlichen Gebote und Anregungen. Eine beginnende Autonomie von früheren Über-Ich-Ängsten manifestiert sich in der Entstehung eines Gewissens, dessen Inhalte aber immer noch ziemlich abhängig von den jeweiligen Autoritäten und der Bezugsgruppe sind. Vor allem auch Lehrer wissen beim Schulkind zu schätzen, daß sich nunmehr eine Erweiterung der Ich-Interessen und der Intelligenz sowie ein zunehmendes Einfühlungsvermögen, die Fähigkeit zur Perspektivenübernahme und zu verstärkten Sublimierungen schrittweise einstellen (vgl. Jacobson, 1973). Schulschwierigkeiten, Leistungsstörungen und soziale Phobien verweisen in der Regel auf neurotische Konflikte und Auswirkungen kindlicher Traumatisierungen in der primären Sozialisation.

Im Hinblick auf die kognitive Entwicklung beginnt nach Piaget in diesem Altersabschnitt die Phase der konkreten Operationen. Im Vergleich zum präoperationalen Kind ist das Denken nicht mehr ausschließlich an einem Aspekt (oder wenigen Aspekten) orientiert, es ist weniger an die konkrete Anschauung gebunden, und Handlungen können gedanklich rückgängig gemacht werden. Es sind vor allem die folgenden vier Merkmale, die das Denken des Kindes in diesen Jahren auszeichnen: die Relativierung der Erscheinungsform und das Erschließen der Wirklichkeit, die Dezentrierung der Aufmerksamkeit, die Berücksichtigung von Transformationen und die Fähigkeit zur Reversibilität (vgl. Flavell, 1979).

Das Kind in diesem Alter bildet Konstanzbegriffe, d. h., es kann erkennen, daß manche Eigenschaften der äußeren Welt sich nicht verändern, wie z. B. das Volumen einer Flüssigkeit trotz Umfüllens in ein Gefäß anderer Höhe oder Breite konstant bleibt; es kann Seriationen bilden, d. h. Dinge sinnvoll ordnen, z. B. nach dem Modell einer Zahlenreihe. Es kann den Begriff der Reversibilität verstehen und damit erkennen, daß gewisse logische Operationen in zwei Richtungen möglich sind (was in kognitiver Hinsicht die Einfühlung in einen anderen Menschen überhaupt erst ermöglicht). Es kann Klassifikationen bilden und damit Gegenstände aufgrund gemeinsamer Eigenschaften in Kategorien einteilen. Die magische Weltauffassung wird durch eine immer stärker realitätsbezogene Auffassung ersetzt. Während das vier- und fünfjährige Kind noch in einem Wortrealismus befangen ist, so daß es Worte leicht mit den Dingen verwechseln kann, die sie bezeichnen, kommt es nun zu einer zunehmenden Beherrschung der Symbolik. Das Kind in der mittleren Kindheit erwirbt damit auch eine größere intrapsychische und interpersonelle Autonomie (was z. B. auch das Zur-Schule-Gehen und schulisches Lernen ermöglicht).

6.2 Theoretische Überlegungen

6.2.1 Latenz – Unterdrückung der infantilen Sexualität?

In den »Drei Abhandlungen zur Sexualtheorie« bezeichnete Freud (1905 d, S. 79) die von W. Fließ übernommene Bezeichnung der sexuellen Latenzperiode als eine Zeit, in der die Energie der infantilen Sexualregungen »ganz oder zum größten Teil – von der sexuellen Verwendung abgeleitet und anderen Zwecken zugeführt wird«, und führte aus, daß die dadurch erfolgte Sublimierung und Reaktionsbildung kulturelle Leistungen ermöglichen. Aber realistisch merkte Freud sogleich auch an: »Ohne uns über die hypothetische Natur und die mangelhafte Klarheit unserer Einsichten in die Vorgänge der kindlichen Latenz- oder Aufschubperiode zu täuschen, wollen wir zur Wirklichkeit zurückkehren, um anzugeben, daß solche Verwendung der infantilen Sexualität ein Erziehungsideal darstellt, von dem die Entwicklung der einzelnen meist an irgendeiner Stelle und oft in erheblichem Maße abweicht. Es bricht zeitweise ein Stück Sexualäußerung durch, das sich der Sublimierung entzogen hat, oder es erhält sich eine sexuelle Betätigung durch die ganze Dauer der Latenzperiode bis zum verstärkten Hervorbrechen des Sexualtriebes in der Pubertät. Die

Erzieher benehmen sich, insofern sie überhaupt der Kindersexualität Aufmerksamkeit schenken, genau so, als teilten sie unsere Ansichten über die Bildung der moralischen Abwehrmächte auf Kosten der Sexualität und als wüßten sie, daß sexuelle Betätigung das Kind unerziehbar macht, denn sie verfolgen alle sexuellen Äußerungen des Kindes als ›Laster‹, ohne viel gegen sie ausrichten zu können. Wir aber haben allen Grund, diesen von der Erziehung gefürchteten Phänomenen Interesse zuzuwenden, denn wir erwarten von ihnen den Aufschluß über die ursprüngliche Gestaltung des Geschlechtstriebs« (S. 79/80).

An mehreren Stellen seines Werkes versuchte Freud, das Einsetzen der sexuellen Latenzperiode und die damit zusammenhängende Auflösung des Ödipuskomplexes biologisch zu begründen, z. B., wenn er eine Analogie zum Ausfallen der Milchzähne zog (vgl. Freud, 1924 d). Verschiedene Psychoanalytiker haben vorgeschlagen, die Latenz – in Analogie zur Adoleszenz – in zwei oder drei Abschnitte zu unterteilen, z. B. in die frühe, mittlere und späte Latenz (z. B. Bornstein, 1951; Kaplan, 1965; Williams, 1972).

Und wie schon Freud betont auch Helene Deutsch (1948, S. 8) in ihrem monumentalen Werk über »Die Psychologie der Frau«, daß die Triebfreiheit der Latenz nur eine relative ist. »Während der Latenzperiode treten die Interessen des Kindes an sexuellen Dingen zurück, ohne dabei gänzlich zu verschwinden ... Die Erziehung stärkt das Ich in seinem Befreiungskampf von den infantilen Triebkräften und hilft ihm, sich der Wirklichkeit und der Umwelt anzupassen ... Zärtlichkeit soll an Stelle von Triebbedürfnissen treten, Aktivität an Stelle von infantilen Aggressionen usw. Diese Aufgaben zu bewältigen, ist der Zweck der erzieherischen Maßnahmen.«

Auch neuerdings bezweifeln Kinderanalytiker die Existenz einer Latenzphase, wobei Latenz freilich auch eine Frage des Kriteriums ist: Gegenüber den ständigen und aufregenden Neuentdeckungen, den stürmischen Eroberungen und Enttäuschungen, den intensiven Wutgefühlen und Ängsten der ödipalen Hochblüte sind die Jahre zwischen sechs und zehn tatsächlich um vieles ruhiger und weniger triebhaft aufregend (vgl. Sandler und Freud, 1989). In Ottomeyers (1989) psychoanalytisch sozialpsychologischer Betrachtungsweise der »Sinnlichkeitsmodellierung« innerhalb moderner Industriegesellschaften ist die Latenzzeit ein Ausdruck westlichen Zivilisationszwanges; ethnopsychoanalytische Untersuchungen zeigen nämlich auf, daß in anderen Kulturen Liebesspiele bei den sechs-, sieben- oder achtjährigen Kindern eine beliebte Hauptbeschäftigung sind und von der Unterdrückung des Sexualtriebes keine Rede sein kann. Das hatte freilich auch schon Freud (1925 d, S. 64) in einer Fußnote zu seiner Autobiographie eingeräumt, als er schrieb, daß die Latenzperiode wohl nur in jenen Gesellschaften auftrete, in denen eine Unterdrückung der infantilen Sexualität eine Rolle spiele. Dies sei aber »bei den meisten Primitiven nicht der Fall«.

Wenn Kinder sich in unserer Gesellschaft nahezu ausschließlich mit sexuellen Doktorspielen beschäftigen, kann dies darauf zurückzuführen sein, daß das Kind sexuellen Überstimulationen (z. B. Nacktheit der Eltern vor dem Kind, Miterleben des elterlichen Geschlechtsverkehrs, sexuelle Verführung durch ein älteres Geschwister oder gar durch einen Elternteil oder einen anderen Erwachsenen) in seiner Familie ausgesetzt war. Kinder wiederholen dann das passiv

Erlittene, indem sie es auf aktive Weise in Spiel oder allein in exzessiver Onanie wiederholen. Eine andere Möglichkeit, mit derartigen überfordernden bis hin zu traumatisierenden Erfahrungen umzugehen, besteht in der völligen Verdrängung aller sinnlich sexuellen Impulse. Fraiberg (1972 a) glaubte, bei frigiden Frauen derartige Erlebniskonstellationen rekonstruieren zu können.

6.2.2 Zertrümmerung des Ödipus in der Latenz?

Nach herkömmlicher Auffassung wird die ödipale Aggression des Jungen in der Latenz schwächer (um in der frühen und mittleren Adoleszenz um so heftiger wieder aufzuflammen). Der Wunsch, den Vater zu beseitigen, ihn seines Penis und seiner imaginierten phallischen Macht zu berauben, führt zu mehr oder weniger starken Befürchtungen, daß der Vater sich an ihm in gleicher Weise rächen werde; die wichtigen altersspezifischen Herausforderungen, wie z. B. das schulische Lernen, der sich erweiternde soziale Horizont und die Existenz von Freunden und Cliquen, lassen es hingegen als sinnvoll erscheinen, sich von der ödipalen Aggression und den dadurch zu einem Großteil ausgelösten ödipal paranoiden Vorstellungen zu distanzieren. Die ödipalen Enttäuschungen an der Mutter, das Sich-vernachlässigt- und Sich-ausgeschlossen-Fühlen bilden ebenfalls einen kräftigen Entwicklungsschub, und mit Hilfe einer Zunahme von Spaltungsvorgängen in der Phantasie gelingt es dem Jungen, sich die Illusion von einer nur guten und bedürfnisbefriedigenden Mutter-Imago (die ja wollte, wenn sie nur vom Vater gelassen werden würde) aufrechtzuerhalten. Aber auch beim sieben- und achtjährigen Jungen bricht oft genug Enttäuschungsaggression in seinem Verhalten durch, die viel mit dem Erleben des wohl endgültigen Ausgeschlossenseins von allem Lustvollen und von den erwachsenen Privilegien seitens der Mutter zu tun hat. Dann wird die Mutter als nur böse erlebt, die die Liebe und die sinnliche Beziehung zu ihrem Sohn verraten hat. Dadurch kann der Wunsch, sich an allen weiblichen Geschöpfen dafür jetzt oder in der Zukunft zu rächen, entstehen. Wie auch schon bei den Trennungs- und Autonomiekämpfen im zweiten und dritten Lebensjahr kann dann die liebevolle und idealisierende Hinwendung zum Vater und zum Männlichen (die gleichgeschlechtliche dyadische und triadische Liebe des Sohnes zum Vater) mit der oftmals damit einhergehenden Verachtung alles Weiblichen ein Schutz- und Trutzbündnis gegenüber der ödipal enttäuschenden und verbietenden Mutter aufbauen helfen, das freilich häufig vom Zerfall bedroht sein kann, wenn sich der Junge über seinen Vater ärgert oder sich von diesem bedroht fühlt. Das Ausweichen in die sogenannte negativ ödipale Situation kann deshalb nur *ein* Weg sein, um mit diesen aufwühlenden Affekten und leidenschaftlichen Triebimpulsen umzugehen. Aus diesem Grund entsteht wohl in der Latenz eine spezifische Abwehrkonstellation, die Sarnoff (1976) als die »Struktur der Latenz« bezeichnet hat und die sich vor allem auf die Sublimierung, die Reaktionsbildung, die Verdrängung und die regressive Verwendung der Phantasie bezieht. Die Festigung von Über-Ich-Normen auch aufgrund weiterer Internalisierung und die kognitive Entwicklung verhelfen ebenfalls dazu, diese »gefährlichen« ödipalen Impulse einigermaßen in Schach zu halten. So trägt z. B. die gesteigerte Fähigkeit, logisch denken zu können, dazu bei, daß die ödipalen Phantasien weniger magischen Inhalt aufweisen, sondern statt dessen stärker realitätsorientiert sind. Kämpfte er als Fünf- oder Sechsjähriger in seiner Phantasie noch mit überdimensionalen Monstern, so schlägt der Junge in der Latenzzeit nunmehr Einbrecher in die Flucht, und anstatt Felswände versetzen zu können, ist er nun in seiner Phantasie fähig, ein Flugzeug zu führen. Ja, er beginnt zunehmend Phantasien in die Tat umzusetzen und dank wachsender feinmotorischer Geschicklichkeit aus einem Modellbogen oder aus Holz ein Flugzeug zu basteln (vgl. Buxbaum, 1991). Aus dem ödipalen Wunsch, den Vater zu besiegen, ist somit eine kreative Handlung geworden, die nur noch Abkömmlinge der ursprünglichen ödipalen Impulse verrät.

Verschiedene psychoanalytische Autoren haben – wie schon an mehreren Stellen dieses Buches erwähnt – postuliert, daß der Ödipuskomplex des Mädchens komplizierter ist und eine andere Verlaufsstruktur habe als derjenige des Jungen (z. B. Silverman, 1982). Die phantasierte Möglichkeit, vom Vater ein Kind zu bekommen, die Bedeutung der Phallizität des Vaters und der damit einhergehenden Individuationsmöglichkeit, die Chance, für all die Enttäuschungen in der Mutter-Kind-Beziehung (vor allem, wenn diese unbefriedigend ausgefallen ist) entschädigt zu werden, lassen die Notwendigkeit vorerst wenig einsichtig erscheinen, auf die ödipale Liebe zum Vater verzichten zu sollen. Entsprechend dieser Auffassung ist die Entwicklung des Mädchens deutlich unterschieden von der des Jungen, dessen Kastrationsangst zu einer massiven Verdrängung der inzestuösen Impulse führt.

Jungen, die im Alter zwischen sechs und acht Jahren mit ihren Müttern in Beratungsstellen und bei Kindertherapeuten auftauchen, leiden zumeist unter Verhaltensauffälligkeiten und Lernstörungen. Mädchen dieses Alters hingegen weisen häufig depressive Verstimmungen in Form von Bedrücktsein, niedrigem Selbstwertgefühl und Rückzug auf. In dieser vom Jungen unterschiedenen Leidensform spiegelt sich vermutlich für diese Mädchen die schwierige ödipale Situation wider: Die Hoffnung, vom Vater narzißtisch entschädigt zu werden, muß unerfüllt bleiben; die ödipalen Phantasien erzeugen angesichts der Mutter Schuldgefühle und Ängste vor endgültigem Liebesverlust.

Masochistische Phantasien sind ebenfalls ein Anzeichen für das Fortbestehen ödipaler Impulse bei einigen Mädchen in der Latenz. Die dabei auftretenden Phantasien von einem Räuber, der das Mädchen mit einem Messer bedroht oder gar ersticht, können häufig auf die folgende Kombination von ödipalen Themen zurückgeführt werden: zum einen auf den Wunsch, vom riesigen Phallus des Vaters penetriert und geschwängert zu werden, zum anderen lassen die ängstliche Scheu vor dem väterlichen Penis und die Befürchtung, die sexuelle Erregung nicht mehr kontrollieren zu können, diesen Wunsch als sehr bedrohlich erscheinen. Eine weitere ödipale Thematik zeigt sich in dem Wunsch, bestraft zu werden, weil das Mädchen einerseits seine Mutter beseitigen, ihr den Vater und die sexuelle Liebe, die er der Mutter gibt, stehlen möchte, zum anderen auch den Vater und möglicherweise auch Brüder und andere Geschwister kastrieren und beseitigen möchte. Märchen ermöglichen es, diese sadistischen und masochistischen Themen, z. B. in Gestalt der bösen Stiefmutter, zu externalisieren und mitteilbar zu machen.

Während es für Jungen notwendig erscheint, ihre inzestuösen Impulse zu unterdrücken und zu verdrängen, gestaltet sich für Mädchen die Entwicklung anders. Die Kastrationsangst des Jungen stellt eine Gefahr für seine männliche

Geschlechtsrollen-Identität dar und beschwört die Gefahr herauf, zur prä-ödipalen Bisexualität und in die kleinkindhafte Beziehung zur Mutter zurückkehren zu müssen. Das Mädchen fühlt sich durch die Entdeckung der anatomischen Differenz und durch den Penisneid in seinem Körperbild und in seiner Geschlechtsrolle (vor allem weil diese sich ja als Kern-Geschlechtsidentität schon ab der Geburt als weiblich entwickelt) bei weitem nicht so bedroht wie der Junge durch die Möglichkeit der körperlichen Bestrafung seitens des Vaters. Für das Mädchen kommt es erst mit der Pubertät, am deutlichsten markiert durch den Beginn der Menarche, zu einschneidenden Veränderungen (siehe Kap. 7.2.7). Die psychischen und physiologischen Veränderungen beim Mädchen in der Pubertät werden deshalb aus heutiger Sicht als analoger Angstinhalt zur Kastration beim Jungen in der ödipalen Phase betrachtet (z. B. Plaut und Hutchinson, 1986).

Die Auffassung, daß der Ödipuskomplex zu einem bestimmten Zeitpunkt aufgegeben wird oder »untergeht«, kann also nicht mehr und schon gar nicht für das Mädchen aufrechterhalten werden. Vielmehr kommt Loewald (1986, S. 399) dem komplizierten Entwicklungsverlauf am nächsten, wenn er schreibt, daß der Ödipuskomplex »ein Bestandteil des normalen Seelenlebens des Erwachsenen und als solcher immer wieder aktiv« (ist).

6.2.3 »Ein Kind wird geschlagen«

Freud (1933 a, S. 135) ging bekanntlich von der irrigen Vorstellung aus, daß das Mädchen nur dann seine klitoridale Masturbation aufgeben könne, wenn es nach und nach auf seine kindlichen Wünsche nach einem Penis verzichten lerne.

> »Die Entdeckung seiner Kastration ist ein Wendepunkt in der Entwicklung des Mädchens. Drei Entwicklungsrichtungen gehen von ihr aus ... Der wesentliche Inhalt der ersten ist, daß das kleine Mädchen, welches bisher männlich gelebt hatte, sich durch Erregung seiner Klitoris Lust zu verschaffen wußte ..., sich durch den Einfluß des Penisneides den Genuß seiner phallischen Sexualität verderben läßt. Durch den Vergleich mit dem so viel besser ausgestatteten Knaben in seiner Selbstliebe gekränkt, verzichtet es auf die masturbatorische Befriedigung an der Klitoris, verwirft seine Liebe zur Mutter und verdrängt dabei nicht selten ein gutes Stück seiner Sexualstrebungen überhaupt.«

Aber die klinische Erfahrung hat gezeigt, daß weder die kindliche Onanie noch die Fähigkeit, genitale Erregung zu verspüren, während der Latenz abnehmen (vgl. z. B. Fraiberg, 1972 a; Clower 1976 a, b).

Aufgrund der klinischen Untersuchungsergebnisse zum vorliegenden Thema muß nach Clower (1976 a) vielmehr davon ausgegangen werden, daß es keineswegs zu einer Unterdrückung sexueller Triebimpulse beim Mädchen im Latenzalter kommt. Die Stimulierung der Klitoris geschieht häufig mit indirekten Methoden, wie z. B. dem Pressen der Puppe gegen die Genitalregion, dem Zusammendrücken der Beine oder rhythmischem Schaukeln, dem bei Mädchen in diesem Alter beliebten Reiten auf einem Pferd usw. In den von Clower (1976 a) berichteten Fällen, wo Selbstbefriedigungsimpulse in der Latenz unterdrückt wurden, waren massive Konflikte mit der Mutter rekonstruierbar. Die Onanieimpulse tauchen häufig in verschobener Form als Stimulierung anderer Körperteile wieder auf. Die völlige Unterbrechung der Autoerotik ist deshalb wohl immer ein Anzeichen für eine massive Störung der psychosexuellen Entwicklung, und eine Persistenz von Penisneid in der Latenz ist entgegen Freuds Auffassung keine entwicklungspsychologische Notwendigkeit, sondern weist auf eine ernsthafte neurotische Entwicklungsstörung hin.

Die Selbstbefriedigung kann allerdings auch in unterschiedlichem Ausmaß zu Schuldgefühlen Anlaß geben und Bestrafungsphantasien zur Folge haben. Phantasien, z. B. in Form von körperlicher Bestrafung, lassen sich in der klinischen Psychoanalyse häufig antreffen und werden seit vielen Jahren von Psychoanalytikern diskutiert.

In seinem Aufsatz »Ein Kind wird geschlagen« führte Freud (1919 e) aus, daß in den tagtraumähnlichen Phantasien von Mädchen, ein Kind werde geschlagen, drei Phasen unterschieden werden können, von denen die erste und die dritte bewußt sind bzw. erinnert werden können, während die mittlere Phase unbewußt ist und (re-)konstruiert werden muß. In der ersten Phase wird irgendein Kind, zumeist ein Geschwister, von einem Erwachsenen geschlagen. In der dritten Phase tritt das Mädchen als Zuschauer auf, und der schlagende Vater wird zumeist durch Lehrer ersetzt. Der Inhalt der zu rekonstruierenden mittleren Phase besteht aus der Schlagephantasie als Strafe für die verbotene inzestuöse Liebe, hat deutlich erotischen Charakter und stellt eine Regression auf anale Triebwünsche dar. Der Koituswunsch wird also durch das Geschlagenwerden auf das Gesäß ersetzt, ist Lustbefriedigung und Strafe in einem. Gelegentlich, aber nicht immer, knüpft dieser Tagtraum aus heutiger, stärker die Beziehung zwischen Eltern und Kind betonender Sicht an die kaschierten sexuellen Triebwünsche von Eltern an, die auf diese Weise ihre inzestuösen Impulse entweder tatkräftig agieren oder sie als Wunsch, z. B. in Form einer verbalen Androhung, erkennbar werden lassen (vgl. Mitscherlich, 1965).

Benjamin (1992) hat das Thema der Schlagephantasien mit der Suche nach Identifizierungsliebe in Zusammenhang gebracht, die immer dann besonders stark bei Frauen ausgeprägt ist und zu Unterwürfigkeitsbeziehungen mit Männern führen kann, wenn der Wunsch, sich mit der Macht und Andersartigkeit des Vaters zu identifizieren, in den ersten Lebensjahren nicht geglückt ist. »Mangelnde Anerkennung und Verweigerung der Identifikationsbindung beeinträchtigen ... das Gefühl, ein sexuelles Subjekt zu sein, und veranlassen die Frau dazu, über einen Mann nach ihrem eigenen Begehren zu suchen – und häufig auch nach masochistischen Phantasien der Unterwerfung unter die Macht des idealen Mannes« (S. 835).

Nach Benjamin (1992) muß das in den Schlagephantasien auftretende Kind deshalb ein Knabe sein, »weil die Phantasievorstellung, Vaters Sohn zu sein, im Grunde der zentrale enttäuschte Wunsch war. Die mit der Versagung dieses Wunsches verbundene Demütigung kam in der sexuell erregenden Bestrafung zum Ausdruck« (S. 836).

Ausgehend von Young-Bruehls (1988) Hypothese, Freud habe die Ideen zu der Arbeit über die Schlagephantasien der Analyse mit seiner Tochter Anna entnommen, stellt Benjamin (1992) die Hypothese auf, daß der Wunsch Annas, »ihres Vaters Sohn zu sein – eine verbotene homoerotische Liebe –, jener Sexualphantasie zugrunde liegen könnte«.

Der auch bereits im Band 1 schon öfters erwähnte Identifizierungswunsch des Mädchens mit seinem Vater wird nach Benjamin (1992) deshalb häufig übersehen, weil dieser erotische Wunsch oftmals als ödipal-genitale Annäherung mißverstanden wird.

Gegenüber der These von Benjamin, daß der Masturbationsphantasie »ein Kind wird geschlagen« eine *homoerotische Liebe* der Mädchen zu ihren Vätern zugrunde liegt, nimmt Lax (1992) eine andere Position ein. Bei den von dieser Psychoanalytikerin behandelten Patientinnen ließ sich rekonstruieren, daß die schlagende Person die Rache der ödipalen Mutter für die inzestuösen Wünsche des Mädchens verkörperte; anders als in der androzentrischen Konstruktion Freuds, nach der die Errichtung des (ödipalen) Über-Ichs immer auf das Gesetz des Vaters zurückgeht, vertritt Lax (1992) – hierin in Übereinstimmung mit anderen psychoanalytischen Forschern (z. B. Bernstein, 1983) – die Auffassung, daß vor allem für das Mädchen die Mutter die erste Gesetzgeberin verkörpert. Die beim Mädchen entstehende Phantasie, eine erfolgreiche Verführerin gegenüber ihrem ödipalen Vater zu sein, ruft unweigerlich Schuldgefühle hervor, von seiner Mutter dafür streng bestraft zu werden. Wenn die Verdrängung dieser Wünsche nur unvollkommen gelingt und die ödipal-inzestuösen Impulse in der Latenz und auch noch in der Adoleszenz fortbestehen, kommt es nach Lax (1992) zum Fortbestehen dieser ödipal determinierten Schlagephantasien, und diese können bei der Onanie oder beim Liebesakt mit dem männlichen Partner eingesetzt werden. Vieles von dem ominösen und angeblich typisch weiblichen Masochismus läßt sich somit in der modernen Psychoanalyse auf die präödipale Mutter-Tochter-Interaktion und die daraus entstehenden Phantasien zurückführen.

6.2.4 Ist das Über-Ich bei Mädchen weniger streng?

Freud postulierte zunächst, daß die Über-Ich-Entwicklung beim Mädchen – nicht wie beim Jungen – durch die Kastrationsdrohung seitens des Vaters bestimmt und von daher auch im späteren Leben bei weitem nicht so streng sei wie bei diesem. Der deutliche Nachteil, der sich daraus für das Mädchen und die spätere Frau ergibt, ist der einer geringeren Moralität und kulturschaffenden Potenz, die nach Freud zu einem guten Teil in der Über-Ich-Angst und der Verdrängung inzestuöser Strebungen gründet. Erst später erkannte Freud (1933 a), daß die Psychodynamik der Kastrationsangst für die Entstehung von psychischen Störungen beim Mädchen nicht diese Bedeutung hat, sondern daß die Angst vor Liebesverlust viel wichtiger ist und zur Unterdrückung ödipal inzestuöser Strebungen führen kann. Abgesehen davon, daß die Über-Ich-Entwicklung nicht mit der Moralentwicklung schlechthin gleichzusetzen ist (schließlich ist die tendenzielle Erlangung einer intrapsychischen Autonomie von Über-Ich-Inhalten ein wichtiges Postulat in der Psychoanalyse), ist in der heutigen Betrachtungsweise von präödipalen Über-Ich-Vorläufern auszugehen, die lange vor der ödipalen Phase entstehen, was aber auch dem späten Freud in Ansätzen bereits als Argumentation zugänglich war. Schon in den ersten Lebensjahren zeigen Kinder z. B. auch schon Ansätze prosozialen Verhaltens und eines moralischen Regelverständnisses (siehe z. B. Buchsbaum und Emde, 1990; Schore, 1991). Eine Neueinschätzung der weiblichen Über-Ich-Entwicklung muß das ebenso zur Kenntnis nehmen wie auch die Tatsache, daß sich das Über-Ich des Mädchens – allerdings aus anderen Gründen, als Freud dies angenommen hatte – unterschiedlich von dem des Jungen entwickelt (siehe hierzu z. B. Bernstein, 1983; Blum, 1976, 1985; Parens, 1990; Schafer, 1974).

Mit Parens (1990) lassen sich zwei grundsätzliche Ambivalenzkonflikte unterscheiden. Bereits in der Übungs- und Wiederannäherungsphase – und nicht erst in der ödipalen Konstellation – findet sich der Ambivalenzkonflikt, jemanden zu hassen, den man zugleich auch innig liebt. Anlässe dafür sind z. B. der Wunsch nach Nähe, der nicht erfüllt wird, das Bestreben nach Loslösung, das verhindert wird, der Drang nach Selbständig-sein-Wollen, der unterbunden wird: frustrane Konstellationen, auf die ein Kind mit reaktiver Aggression reagiert. Wenn die Äußerungen von Wut allzu große Bestrafungsangst auslösen, werden diese unterdrückt, und ein Kind erlebt in diesem Alter bereits Ambivalenz als intrapsychischen Konflikt. Dieser erste Ambivalenzkonflikt ereignet sich hierbei (auf der Verhaltensebene) als dyadischer Konflikt: Ein Kind ist wütend auf die Mutter oder auf den Vater.

Der ödipale Ambivalenzkonflikt ereignet sich hingegen in einem triangulären Beziehungskontext und hat zumeist genital ödipale Konfliktinhalte. Aber durch ihn werden die früheren dyadischen Ambivalenzkonflikte wiederbelebt, und die Art und Weise der ödipalen Ambivalenzkonflikte ist natürlich auch von den früheren Konflikten ganz stark geprägt. So können beim Mädchen die aus den ersten Lebensjahren, vor allem aus der Übungs- und Wiederannäherungsphase entstandenen, intensiven Haßempfindungen und destruktiven Phantasien die ödipale Rivalität und die Vorstellungen der massiv Vergeltung übenden Mutter intensiv beeinflussen. Bei sehr starken primären Ambivalenzkonflikten kann deshalb die ödipale Rivalität des Mädchens seiner Mutter gegenüber schon im Ansatz unterdrückt werden, weil die entstehende Ambivalenz aufgrund der dann sehr schnell aktivierten destruktiven Phantasien, die um Eifersucht, Neid und Rivalität kreisen, zu einem zu starken Schuldgefühl und entsprechenden Bestrafungsängsten führen würde.

Auch für den Jungen ist in der Regel die Mutter die erste Person, die Grenzen setzt, straft und mit Liebesentzug droht. Aber im ödipalen Ambivalenzkonflikt ist es in der positiven Konstellation der Vater, der den hauptsächlichen Ausschlag für den Konflikt von Lieben und Hassen gibt. Dennoch müssen aus moderner Sicht auch beim Jungen die primären Ambivalenzkonflikte und deren Auswirkungen stärker berücksichtigt werden.

Können die ödipalen Ambivalenzkonflikte jemals aufgelöst werden? Bedeutet die Unterdrückung der ödipal-inzestuösen Liebesansprüche an die Mutter aufgrund der Kastrationsangst des Jungen tatsächlich schon eine reife Konfliktlösung? Oder bleiben nicht vielmehr bei nahezu jedem Menschen die verschiedenen Konfliktdimensionen noch eine Reihe von Jahren virulent und wiederholen sich in der Adoleszenz mit den körperlichen Möglichkeiten, den gegengeschlechtlichen Elternteil tatsächlich lieben und den Rivalen mit körperlicher Kraft oder auch mit Tücke aus dem Weg räumen zu können? Oder verzichtet ein Junge im Alter von sechs oder sieben Jahren brav auf sein sexuelles Begehren, sublimiert seinen Neid auf die miteinander eine sexuelle Beziehung genießenden Eltern, gönnt seiner Mutter den sexuellen Rivalen und söhnt sich mit seinem Vater, der über alle sexuellen Privilegien verfügt, aus? Zwar wird das Kind in der ödipalen Phase und in der Zeit danach stärker mit den moralischen Forderungen der Eltern konfrontiert, tatsächlich wird es aber viele

Jahre dauern, bis die ordnende Kraft, die durch die Abarbeitung und Überwindung des Ödipuskomplexes mit seinen vielen affektiven Facetten entsteht, erreicht worden ist. Neid, Eifersucht, Rivalität, Begehren eines bereits gebundenen Menschen, Gefühle des Ausgeschlossenseins und des Zu-kurz-Kommens werden im Lauf des Lebens in vielen Variationen und Abkömmlingen auftreten und im günstigen Fall jedes Mal erneut eine »reife« Konfliktlösung erfahren. Gänzlich aufgelöst aber werden sie wohl nie.

»Freunde sind das Wichtigste auf der Welt. Ohne einen Freund ist man so gut wie tot. Ohne einen Freund macht nichts Spaß«
(ein zehnjähriges Mädchen zitiert nach E. B. Kaplan, 1976, S. 65).

6.3 Entwicklungsdaten

In der Latenz werden frühere Entwicklungsthemen, so auch die Geschlechtsrolle, überarbeitet; anatomische Gegebenheiten und soziale Rollenmerkmale können besser zueinander in Beziehung gesetzt und letztere bereits hinsichtlich ihrer Stereotypie und Übergeneralisierung zumindest ansatzweise hinterfragt werden. Das zunehmende Alter, die schulischen Freundschaften und die sich verstärkende Ablösung lassen neue Kontakte zu Gleichaltrigen, aber auch zu Erwachsenen, wie z. B. den in diesen Jahren heftig idealisierten Lehrerinnen und Lehrern, entstehen. Die im Umgang mit der peer group entstehenden Selbstwertschwankungen führen bei Mädchen dieses Alters häufig zu einer Verstärkung primär weiblich stereotyper Verhaltensweisen und Erscheinungsformen. Andererseits läßt sich aber auch bei Mädchen in der Latenz ein jungenhaftes Auftreten, auch als Wildfang-Verhalten beschrieben (vgl. Kap. 7.3.1), beobachten. Dieses weist keineswegs nur auf Unsicherheiten in der weiblichen Geschlechtsrolle hin (wie in Fallberichten oftmals vorschnell unterstellt wird), z. B. aufgrund des Fehlens eines überzeugenden mütterlichen Identifikationsangebots oder auf väterliche Wünsche nach einem jungenhaften Mädchen, mit dem man zusammen Fußball spielen und Äpfel stehlen gehen kann, sondern ist in erster Linie das Ergebnis einer größeren Unbefangenheit im Umgang mit weiblichen und männlichen Geschlechtsrollen.

Nach herkömmlicher Auffassung gibt das Mädchen in der Latenz seine ödipalen Triebimpulse aus verschiedenen Gründen ein gutes Stück auf: weil es vor dem Verlust der mütterlichen Liebe Angst hat, weil es sich vor dem Eindringen des großen väterlichen Penis fürchtet, weil es in seinem Wunsch, ein ödipales Kind zu gebären, enttäuscht worden ist und weil die Beziehungen zu Gleichaltrigen nun wichtiger werden als die zu den Eltern. Während die zuerst genannten Gründe in der neueren Literatur umstritten sind, kann an dem zuletzt genannten kein Zweifel bestehen.

In den Spielen von Mädchen während dieser Altersphase (wie z. B. dem Seilhüpfen und anderen rhythmischen Spielen und gymnastischen Körperübungen) kommt nach psychoanalytischer Auffassung eine konstruktive Legierung von libidinösen und aggressiven Impulsen zustande (Golding, 1974; Kaplan, 1965, 1976).

In einem von E. B. Kaplan (1976) berichteten Fallbeispiel schwärmte ein Mädchen namens Susan für die russische Turnerin und Olympiasiegerin Olga Korbut. Susan und ihre Freundin eiferten dieser Turnerin nach, gründeten einen Fanclub, turnten und arbeiteten hart, um bestimmte Bodenübungen zu erlernen. Die Begeisterung für Olga erfüllte bei Susan und ihrer Freundin aus psychoanalytischer Sicht mehrere Funktionen: Die Mädchen sublimierten aggressive und sexuelle Impulse, erwarben sich eine hervorragende Körperkontrolle, was wiederum zu einer Erhöhung ihres Selbstwertgefühls beitrug. Die intensive Konzentration und auch die Lustempfindungen anhand dieser Turnübungen halfen ihnen, regressive Tendenzen abzuwehren.

Sind mehr als zwei Mädchen zusammen, verbünden sich zumeist zwei gegen das dritte, das in die Rolle eines Außenseiters oder Sündenbocks gerät. Auf die Dritte werden eigene ungeliebte und abgelehnte Selbstanteile externalisiert und aggressive Gefühle aus präödipalen und ödipalen Konflikten gegenüber der Mutter verschoben (z. B. »sie will immer gewinnen«; »sie will immer im Mittelpunkt stehen«; »sie spannt einem die Freunde aus« usf.). Diese Vorgänge kommen wohl vor allem aufgrund des strengen Über-Ichs der Latenzzeit und der dadurch ausgelösten Schuldgefühle zustande und finden sich kaum bei Jungen.

Die starken unbewußten Schuldgefühle entstehen beim Mädchen in erster Linie wegen seiner tendenziellen und vorübergehenden Wegwendung von seinem ersten Liebespartner, der Mutter. Die Angst, vom Vater abgewiesen und enttäuscht zu werden, verstärken die regressiven Abhängigkeitswünsche und Sehnsüchte nach der frühen Mutter. Vielleicht ist dies der Hauptgrund dafür, daß bei Mädchen in der Latenz häufig eine Grundstimmung von Bedrücktsein und Selbstentwertung anzutreffen ist (vgl. E. B. Kaplan, 1976).

Die Geschlechtsrolle erfährt während dieser Jahre eine kräftige Konsolidierung. In ihren Spielen verkörpern Mädchen verschiedene weibliche Rollen als Mütter, Lehrerinnen, Tänzerinnen, Verkäuferinnen, Hostessen, Stewardessen usf. und üben entsprechendes Rollenverhalten ein.

Die sogenannte Geschlechtspartner-Orientierung bleibt während der Latenz noch weitgehend bisexuell: Ein achtjähriges Mädchen z. B. kann heftig in den kleinen Nachbarsjungen verliebt sein, aber zur gleichen Zeit ist es auch voller Liebe und Bewunderung für seine Freundin (zur Bisexualität der Geschlechtsrolle in der Präadoleszenz siehe Kap. 7.3.1).

Auch der *Junge* erlebt während der Latenz im Idealfall eine Konsolidierung seiner Geschlechtsrolle, vor allem wenn er sich mit dem ödipalen Vater ausreichend identifizieren konnte.

Gleichwohl müssen sich Jungen in diesem Alter ihres phallischen Narzißmus wegen sporadisch auftretender Kastrationsängste immer wieder versichern, was sich in Form von phallisch exhibitionistischem Protzen, aber auch im Vermeiden von Mädchen oder im Quälen und Foppen äußert. Auch für den Jungen stellen Identifikationen mit Gleichaltrigen und männlichen Erwachsenen eine Möglichkeit dar, seine männliche Geschlechtsrolle zu festigen und ein überwiegend männlich getöntes Ich-Ideal aufzubauen. In den Kontakten zu anderen männlichen Kindern und Erwachsenen finden sich häufig Widerspiegelungen der ursprünglichen, phallisch narzißtisch idealisierten Vater-Sohn-Beziehung, mit deren Hilfe es gelingt, Anklänge an weibliche Identifizierungen zurückzuweisen und zu unterdrücken.

In dem gegenseitigen Sich-Versichern, wie unzulänglich und schwach Mädchen und Frauen sind und wie omnipotent und strahlend Jungen und Männer dastehen, können Kastrationsängste und narzißtische Verunsicherungen kompensierend bewältigt werden. Wenn dies bei Mädchen der gleichen Altersphase weniger auftritt, so ist dies wahrscheinlich auf die stärkere Sicherheit in der Kern-Geschlechtsidentität und Geschlechtsrollen-Identität zurückzuführen. Dabei gilt für den Jungen sicherlich auch, was Poluda-Korte (1992 a, S. 103) anmerkt: »Je stabiler . . . die erotische Vater-Sohn-Bindung war, um so geringer wird die Kastrationsangst und die daraus resultierende sexuelle Hemmung des Sohnes, um so tragender wird sich seine männliche Identifizierung entwickeln. So kann das Ausmaß der männlichen Kastrationsangst auch als eine Funktion des Mangels in seiner Vater-Beziehung betrachtet werden.«

Jungen müssen sich nicht nur mit der Tatsache der Penislosigkeit bei allen weiblichen Geschöpfen und damit erneut mit ihrer Kastrationsangst auseinandersetzen, sondern auch mit dem in der Schule nicht zu übersehenden Sachverhalt, daß Mädchen zumeist sprachlich gewandter sind, sich besser ausdrücken können und damit den Jungen überlegen sind. Das hat bei diesen wiederum einen Rückzug auf die motorische Expressivität zur Folge und eine verächtliche Einschätzung der »ewig quasselnden Weiber«.

6.4 Zusammenfassung

Die Identifizierung mit dem Vater, so wie er werden zu wollen und damit auch eine Frau wie die Mutter für sich finden zu können, die ihm von diesem nicht streitig gemacht werden kann, erfährt beim Jungen in der Latenzphase eine Festigung. Neid und Rivalitätsgefühle beiden Eltern gegenüber finden bei einer einigermaßen gelungenen Entwicklung Möglichkeiten weiterer Sublimierung. Die bisherige eher bedürfnisbefriedigende und selbstobjekthafte Beziehung zur Mutter weicht einem Beziehungserleben, wo beiden Eltern eine vom Kind unabhängige Existenz zumindest vorübergehend zugestanden werden kann, auch wenn die sexuell sinnlichen Implikationen der elterlichen Beziehung wohl eher verleugnet werden müssen. Gleichwohl erfordert die Anerkennung der Mutter als sexueller Frau des Vaters eine Höherentwicklung des Objektbeziehungsniveaus und der Affektregulierung. Gefühle der Ohnmacht und rivalisierender Wut angesichts des Aufgebenmüssens eines Ausschließlichkeitsanspruchs und der erfahrenen Privilegien der Eltern können in der Latenz vor allem aufgrund eines massiven Verdrängungsschubs beim Jungen besser bewältigt werden als in der frühen und mittleren Adoleszenz. Die kognitive Entwicklung begünstigt zusätzlich die Unterdrückung und Verdrängung ödipal-inzestuöser Strebungen beim Jungen.

Beim Mädchen besteht wegen einer stärker konsolidierten Kerngeschlechts- und Geschlechtsrollen-Identität und wegen des Wegfallens einer spezifisch ödipalen Kastrationsangst längst nicht in dem Ausmaß wie beim Jungen die Notwendigkeit zum Verzicht auf ödipale Strebungen. An der Liebe zum Vater kann deshalb in der Phantasie und Realität weiterhin festgehalten werden, sofern das Mädchen einen liebevollen und psychisch präsenten Vater antrifft, der die erotische Ausstrahlung seiner Tochter anerkennt, ohne sie sexualisieren zu müssen. Auch das Mädchen muß die Mutter als Frau des Vaters anerkennen und Neid und Rivalität sublimieren lernen. Die gegenüber der Mutter stärker ausgeprägte Liebesverlustangst führt wegen der ödipalen Wünsche und Phantasien bei einigen Mädchen in diesem Lebensabschnitt zu starken Schuldgefühlen, Verstimmungen und Bestrafungsphantasien.

6.5 Empfohlene Literatur

Zur Latenz aus psychoanalytischer Sicht

Buxbaum, E. (1991) Between the oedipus complex and adolescence: The »quiet« time. In Greenspan, S. J./Pollock, G. H. (eds.) The course of life. Vol. 3 (pp. 333–354). Madison, Conn.: International Universities Press

Etchegoyen, A. (1993) Latency – A reappraisal. International Journal of Psycho-Analysis, 74: 347–357

Gavshon, A. (1990) The analysis of a latency boy: The developmental impact of separation, divorce, and remarriage. Psychoanalytic Study of the Child, 45: 217– 233

Ottomeyer, K. (1989) Zur Sozialisation der Sinnlichkeit. In Psychoanalytisches Seminar Zürich (Hrsg.), Psychoanalyse als sozialwissenschaftliche Methode (S. 71–105). Frankfurt/M.: Athenäum

Palmer, A. J. (1988) Heidi's metaphoric appeal to latency. A journey through the oedipus complex. Psychoanalytic Study of the Child, 43: 387–397

Sarnoff, C. (1976) Latency. New York: Aronson

Shapiro, T./Perry, R. (1976) Latency revisited. The age 7 plus or minus 1. Psychoanalytic Study of the Child, 31: 63–78

Silverman, M. A. (1982) The latency period. In Mendell, D. (ed.) Early female development. Current psychoanalytic views (pp. 203–226). New York: Spectrum Publications

7 Adoleszenz

7.1 Kurze Charakterisierung der Adoleszenz aus psychoanalytischer Sicht

Die Einbeziehung der Jugendzeit oder Adoleszenz in den Themenkreis der Sozialisation erfolgte in der Psychoanalyse, von einzelnen Arbeiten abgesehen, erst ab den 50er Jahren (z. B. Spiegel, 1951; A. Freud, 1960; Blos, 1954, 1962, 1973, 1979, 1980; Erikson, 1959, 1963; A. Mitscherlich, 1963; Laufer, 1965, 1980; Laufer und Laufer, 1984; Barglow und Schaefer, 1979; Greenspan und Pollock, 1980; Bohleber, 1982; Erdheim, 1982; Brockman, 1984; Seiffge-Krenke, 1986; Kaplan, 1988). Die von verschiedenen Autoren thematisierten Problembereiche beziehen sich vor allem auf die schrittweise Integration des sich rapide verändernden Körperbildes einschließlich der Genitalien, die tendenzielle Auflösung der kindlichen Bindungen an die elterlichen Bezugspersonen, die Entidealisierung der elterlichen Werte und Ideale, das Finden eines Liebespartners, die Integration der aus verschiedenen Entwicklungsphasen stammenden Selbstaspekte in eine stabile Identität und damit einhergehend auch die graduelle Anerkennung von Realitätsgrenzen. Die Suche nach dem Sinn des Lebens und nach neuen Wertvorstellungen, die denen der Erwachsenen oftmals diametral entgegengesetzt sein können, fördert vor allem bei Adoleszenten mit einem langen psychosozialen Moratorium (Erikson 1950) eine kritische Einstellung zu etablierten Rollen- und Wertvorstellungen. Nach Erdheim (1982) machen Kulturen, denen an einem schnellen Kulturwandel gelegen ist (im Zeitalter ökologischer Krisen eine Überlebensnotwendigkeit), von dem Veränderungspotential der Adoleszenz Gebrauch, indem sie Initiationsrituale weitgehend abbauen. In unserer Gesellschaft existieren entsprechend der Einschätzung kritischer Sozialwissenschaftler jedoch versteckte Initiationen (wie sie teilweise zumindest Schule und Militär darstellen), und statt familiäre Abhängigkeiten aufzulösen, werden diese auf die Gesellschaft übertragen, die wie eine gute Mutter oder wie ein Vater gegenüber ihren Bürgern auftritt (vgl. Mitscherlich, 1963), aber mit ihrem »Versorgungsbonapartismus« (Horn, 1972) auch kritisches Nachdenken tendenziell mundtot macht.

Für die Betrachtung der psychosexuellen Entwicklung und der Geschlechtsidentität hat gerade die Adoleszenz eine große Bedeutung; vielleicht besteht wegen der heftigeren ödipalen Konflikte und der sich daraus ergeben könnenden psychischen Störungen eine noch größere Bedeutung für das Mädchen. Vor allem die folgenden Konstellationen sind in dieser Hinsicht bedeutsam: Der Adoleszente wird mit dem Verlust des (weiblichen und männlichen) kindlichen Körpers angesichts des Wachstums und der Entwicklung sekundärer männlicher und weiblicher Geschlechtsmerkmale konfrontiert; Menstruation beim Mädchen und die Produktion von Samen beim Jungen sind aufwühlende

Ereignisse, die das Körpererleben zutiefst betreffen und frühe körperliche Verlustängste aktivieren; und schließlich sieht sich der Jugendliche unweigerlich vor die Aufgabe gestellt, die (tendenzielle) Ablösung von seinen Eltern mit den tief verinnerlichten Beziehungsgefühlen und Identifikationslinien psychisch vorzunehmen und eine eigene (Geschlechts-)Identität zu entwickeln.

Viele Psychoanalytiker der Gegenwart (z. B. Fast, 1978, 1979; Plaut und Hutchinson, 1986) stimmen darin überein, daß der Beginn der Pubertät als eine Periode der biologisch fundierten körperlichen Reifungsvorgänge, die sich von der Präadoleszenz über die frühe Adoleszenz bis hin zur eigentlichen Adoleszenz erstrecken kann, für das heranwachsende Mädchen einen massiven Verdrängungsschub mit entsprechenden psychischen Konsequenzen mit sich bringt. Dieser psychische Vorgang ist stärker als beim Jungen gleichen Alters und annähernd gleich stark wie beim Jungen in der ödipalen Phase. Die Pubertät oder die beginnende Adoleszenz wird somit für das Mädchen zu einer konflikthaften Herausforderung und zum Ausgangspunkt psychischer Störungen, z. B. von Eßstörungen. Tendenziell verklärende Darstellungen der weiblichen Entwicklung (wie z. B. bei Günzel 1989), die diese mit der ödipalen Phase enden lassen, übersehen häufig dieses massive Konfliktpotential bei pubertierenden Mädchen.

Zwar ist es richtig, wenn Günzel (1989) anmerkt, daß der vom Mädchen während der ödipalen Phase zu leistende Triebaufschub – in Form der Ablösung ihrer libidinösen Besetzung vom Vater – wesentlich geringer ist als beim Jungen. Dieser muß ja aufgrund seiner frühen, oftmals zu stark ausfallenden Ent-Identifizierung, seiner Geschlechtsidentitäts- und massiven Kastrationsängste das beginnende sexuelle Interesse an seiner Mutter stark verdrängen. Dies kann eine kompliziertere Art der männlichen Triebsublimierung zur Folge haben und zu häufigen Aufspaltungstendenzen in sexuelle Sehnsüchte nach einer »hurenhaften« Freundin und dem kleinkindhaften Wunsch nach Verwöhntwerden von einer liebevollen, »heiligen« Mutti, sprich Ehefrau, in reiferen Jahren führen. Aber diese Autorin übersieht, daß das Mädchen in der Adoleszenz nun mit den seit der ödipalen Phase schlummernden und ungelösten Konflikten massiv konfrontiert wird. Dies findet seinen Ausdruck auch darin, daß psychische Störungen bei Mädchen häufig mit dem Beginn der Pubertät und der Adoleszenz einsetzen (Kestenberg, 1961). Während der Junge im fünften und sechsten Lebensjahr mit intensiven Unterdrückungs- und Verdrängungsaufgaben konfrontiert wird, erlebt das Mädchen dies erst mit dem Einsetzen der Pubertät, die ihm angesichts der Menstruation schlagartig vor Augen führt, daß es nun eine Frau geworden ist, d. h. wie eine Frau »funktioniert« und damit auch in ihrer Anatomie festgelegt ist.

In kognitiver Hinsicht bringt die einsetzende Fähigkeit zu formalen Denkoperationen (sensu Piaget) die Möglichkeit zur stärkeren Abstraktion, zur Berücksichtigung und Koordinierung verschiedener Standpunkte und Perspektiven, zum hypothetischen Vorstellen und zur Introspektion mit sich. Elkind (1967) hat zwei Formen des egozentrischen Denkens (das nach Piaget in den verschiedenen Phasen der von ihm beschriebenen Denkoperationen jeweils charakteristische Änderungen und damit entsprechende Dezentrierungen erfährt) in der Adoleszenz benannt: die Vorstellung von einem immer präsenten, imaginären Publikum und von der persönlichen Einzigartigkeit.

Die zunehmende Fähigkeit, über sich selbst nachdenken zu können, die massiven körperlichen Veränderungen und die sexuellen und erotischen Wünsche führen zu einem ständigen Beschäftigtsein mit dem eigenen Aussehen und zu einer ängstlichen Befangenheit gegenüber den Mitmenschen. Diese Befangenheit wird durch die egozentrische Annahme, daß man andauernd von seinen Mitmenschen beobachtet, taxiert, eingeschätzt und kritisiert wird, immens gesteigert. Man steht sozusagen permanent im Mittelpunkt der Aufmerksamkeit anderer Menschen. Egozentrisch wird diese Vorstellung deshalb genannt, weil die eigene Aufmerksamkeitsfokussierung anderen Menschen unterstellt wird, also in der Dimension des Sich-seiner-selbst-Bewußtwerdens nur eine ungenügende Selbst-Objekt-Differenzierung entwickelt ist.

Das Bewußtsein persönlicher Einzigartigkeit in der Adoleszenz (»nur ich kenne diese starke Liebessehnsucht«; »nur ich bin absolut unbestechlich und von moralischer Größe«) als zweites Merkmal egozentrischen Denkens scheint den Mangel in der zuvor genannten Selbst-Objekt-Differenzierungsfähigkeit zu kompensieren: Adoleszente können sich nur schwer vorstellen, daß ihre eigenen Eltern, andere Jugendliche, andere Menschen zu anderen Zeiten ganz ähnliche intensive Gefühle, Leidenschaften und Konflikte erlebt haben wie sie selbst. Das in der Adoleszenz – zumindest bei Jugendlichen aus wohlsituierten Elternhäusern und mit entsprechender Schulbildung – beliebte Tagebuchschreiben steht ganz im Zeichen dieses zweiten Merkmals egozentrischen Vorstellens und Denkens. Beim Schreiben eines jeden Satzes denkt der Jugendliche daran, was wohl die Leserschaft dazu sagen wird; ob der fiktive Leser ihn bewundern, ablehnen, kritisieren, beneiden wird usf.

Die Fähigkeit zum formallogischen Denken ermöglicht es dem Jugendlichen, von der realen Anschaulichkeit zu abstrahieren und komplizierte symbolische Relationen, komplexe Zusammenhänge und Hypothesenbildungen und schließlich auch das Denken über das Denken vorzunehmen. In bezug auf die vorliegende psychoanalytische Betrachtungsweise bedeutet dies vor allem, daß sich differenziertere Selbst- und Objektvorstellungen in geschlechtlicher Hinsicht bilden und daß zum ersten Mal auch über die kultur- und gesellschaftsspezifischen Begrenzungen der jeweiligen Geschlechtsrolle nachgedacht werden kann.

Die Regulierung des Selbstwertgefühls erlebt in der Adoleszenz nie zuvor gekannte Schwankungen und Einbrüche vor allem wegen der körperlichen, emotionalen und kognitiven Veränderungen in diesem Lebensabschnitt. In körperlicher Hinsicht muß das (oftmals als harmonisch erlebte) Körperbild der Kindheit mit dem zunächst unvertrauten (und oft als häßlich, ungelenk oder schmächtig erlebten) Körperbild des pubertierenden Adoleszenten in Verbindung gebracht werden. Jugendliche mit beschleunigter körperlicher Entwicklung (wie z. B. beginnendem Bartwuchs, Überwindung des Stimmbruchs bei Jungen) haben ein besseres Selbstwertgefühl als Pubertierende mit verspätet einsetzender körperlicher Entwicklung. Das Bewußtsein, von den Mitmenschen auf Schritt und Tritt beobachtet zu werden, führt zu einer massiven Koppelung des Selbstwertgefühls mit äußeren Attributen im Verlauf der frühen und mittleren Adoleszenz, während die Innenwelt (z. B. in Form nicht akzeptierbarer Triebimpulse und Affekte) erst gegen Ende der Adoleszenz für die Regulierung des Selbstwertgefühls besonders bedeutsam wird. Die Eltern verlieren bezüglich ihrer narzißtischen und normativen Konditionierungsfunktion nahezu gänzlich an Gewicht, und das Urteil der Gleichaltrigen, aber auch außerfamiliärer Erwachsener wird für das narzißtische Erleben besonders wichtig. In der Spätadoleszenz gibt es gegenüber den frühen Phasen der Adoleszenz eine deutliche Zunahme des Selbstwertgefühls. In seinem Selbstbild kann sich der Adoleszente auf die Zukunft entwerfen und ideale und idealistische Bilder von sich und seinem zukünftigen Leben entwerfen. Mit Sartre (1977, S. 145) kann er davon überzeugt sein und sich damit trösten, »daß der Mensch immer etwas aus dem machen kann, was man aus ihm macht«. Zukunftsoptimismus und Freiheitsgefühl können im günstigsten Fall nie geahnte Dimensionen annehmen, ebenso wie das Selbsterleben und -empfinden eine »Phase der Konsolidierung« (vgl. Erikson, 1959) durchmacht. Nach und nach werden dann auch das Ich-Ideal und die Pläne bezüglich des zukünftigen Lebens realistischer.

Ein Überblick über die einzelnen Phasen der Adoleszenz und des Erwachsenenalters kann die Orientierung erleichtern; geschlechtsspezifische Unterschiede werden in den einzelnen Abschnitten erläutert:

Präadoleszenz	10/11–12/13 Jahre
Frühe Adoleszenz	12/13–14/15 Jahre
Mittlere Adoleszenz	14/15–16/17 Jahre
Spätadoleszenz	16/17–19/20 Jahre
Postadoleszenz	19/20–ca. 25 Jahre
Frühes Erwachsenenalter	25–40 Jahre
Mittleres Erwachsenenalter	40–60 Jahre
Späteres Erwachsenenalter	60–80 Jahre
Sehr spätes Erwachsenenalter	80 Jahre und älter

Abb. 4: Überblick über die Phasen der Adoleszenz und des Erwachsenenalters

7.2 Theoretische Kontroversen

»Einsamer nie als im August:
Erfüllungsstunde – im Gelände
die roten und die goldenen Brände,
doch wo ist deiner Gärten Lust?
(Gottfried Benn, 1960, S. 140)

7.2.1 Trauer und Depression in der Adoleszenz

Viele Autoren haben immer wieder auf die Bedeutung des Trauerns in der Adoleszenz aufmerksam gemacht, ja in der Adoleszenz sogar den Prototyp eines Trauerprozesses erblickt, denn in keiner anderen Lebenszeit gibt es vermutlich derartig viel abzutrauern. Nur ein einigermaßen gelungener Trauerprozeß führt zu einer wirklich gefestigten Erwachsenenidentität. Auch die Eltern haben ohne Zweifel eine schwierige Zeit vor sich, aber auch die Chance, eigene ungelöste Ablösungsprobleme in der Konfrontation mit ihren Kindern noch einmal zu bearbeiten.

In Therapien ist es oftmals erschütternd mitzuerleben oder zu erfahren, wie wenig Verständnis Eltern für die depressiven, manischen und traurigen Phasen ihrer heranwachsenden Kinder aufbringen können. Häufig fühlen sie sich selbst unverstanden und angegriffen, wenn ihre Kinder sie entwerten, um schmerzliche Verlustgefühle zu vermeiden, oder nach anderen Personen Ausschau halten, um diese lieben und idealisieren zu können.

»Du und deine Rolling Stones«, herrschte ein Vater seinen Sohn an, wobei er gekränkt war und seine Traurigkeit darüber verleugnete, daß sein Sohn sich nicht länger mit dem väterlichen Bürstenhaarschnitt identifizieren wollte,»vielleicht läßt du dir die Haare gleich bis zum Arsch runterwachsen!«

Dabei gilt ein Großteil des Schmerzes, der manischen Aufschwünge und der verzweifelten Abstürze der Jugendlichen dem Abschied von den Eltern. Während es in den Kindheitsjahren zu qualitativen Veränderungen der Liebe zu den Eltern gekommen ist – z. B. von einer oral habenwollenden hin zu einer zärtlichen und idealisierenden Liebe – geht es nun um das (partielle) Aufgeben dieser Liebe selbst, was sich entsprechend dem von Freud (1916–17 g) in *Trauer und Melancholie* beschriebenen Paradigma eines Trauervorganges als Besetzungsabzug beschreiben läßt. In einem langwierigen und schmerzhaften Prozeß muß der Jugendliche seine liebevollen Gefühle für seine Eltern von den inneren Interaktionsrepräsentanzen abziehen und sie auf eine ungewisse, vorerst nur in Tagträumen existierende Beziehungsrealität projizieren. In diesem vorläufigen Niemandsland kommt es zu ungeheuren Idealisierungen, aber auch zu Phasen intensiver Einsamkeit. Aber der sexuelle Reifungsprozeß fordert seinen Tribut, denn trotz anhaltender Schmusereien vieler Jugendlicher mit ihren Eltern sind die sexuellen Unterströmungen nicht mehr zu verleugnen. Diese drängen danach, ein außerfamiliales, nicht-inzestuöses Liebesobjekt zu finden. Freilich gibt es verschiedene Wege, diesen Prozeß aufzuhalten oder stillstellen zu wollen, so z. B. die Magersucht pubertierender Mädchen oder die schon von A. Freud (1936) beschriebene Pubertätsaskese und Intellektualisierung, die den sexuellen Reifungsprozeß zu kontrollieren und zu unterdrükken versuchen, womit auch eine verlängerte Bindung an die Eltern und ein Konservieren der Kindheit erreicht werden sollen. Oftmals manifestiert sich in solchen Abwehrmanövern – die gelegentlich weit über die Jugendzeit hinaus andauern können – auch eine Unfähigkeit, depressive Affekte zu ertragen, wütende Gefühle und Ängste wegen dieser Wut zuzulassen und zu verarbeiten. Die Ablösung von den Eltern ist in der Regel auch deshalb so langwierig, weil die neu eingegangenen Beziehungen zwar mit stürmischer Idealisierung beginnen, aber häufig auch schon nach Wochen oder Monaten mit heftigem Enttäuschtsein enden. »Ich habe heute Schluß gemacht mit ihm/ihr« als typischer Ausspruch Jugendlicher zeugt zwar von der Leichtigkeit des Sich-trennen-Könnens, weil die im Hintergrund existierenden Bindungen zu den Eltern immer noch sehr stark sind; dennoch darf dieses »scheinbar affektlose Schlußmachen« nicht darüber hinwegtäuschen, daß dieses ebenfalls enttäuschte und depressive Gefühle bereitet, die wiederum vorübergehend das Angewiesensein auf die elterliche Liebe verstärken. Aber in diesem Verlieben und Sich-Trennen wird auch der Umgang mit den eigenen Affekten der Depression und Trauer erprobt, die sich im tieferen Erleben vor allem auf die existentiell um so vieles wichtigere Loslösung und Individuation von den eigenen Eltern*repräsentanzen*, von den verinnerlichten, hochgradig gefühlsmäßig besetzten Bindungserfahrungen, beziehen. Mit der Zeit gelingt es dem Jugendlichen im idealen Fall immer besser, mit diesen schmerzlichen Affekten umzugehen, und dies erleichtert ihm wiederum, den Prozeß der Trauer um seine Eltern durchzustehen. Dabei geht es nicht nur um das Aufgeben liebe- und sehnsuchtsvoller Gefühle Vater und Mutter gegenüber, sondern auch um das schmerzliche Gewahrwerden, daß die eigene, in den Kindheitsjahren so intensiv erfahrene und lebendig und liebenswürdig machende Liebesfähigkeit – das Selbstbild eines liebevollen Kindes – zu schwinden scheint und oftmals zu der ängstlichen und depressiv getönten Frage führen kann: »Bin ich überhaupt noch liebesfähig oder nur ein egozentrisches, um sein eigenes, armseliges Ich permanent kreisendes Wesen, das lediglich sein Tagebuch mit schwärmerischen oder melancholischen Gefühlen beglücken kann? Wo bleibt die frühere Liebesfähigkeit, wohin sind all die liebevollen Gefühle entschwunden? Wo bleibt der neue Mensch, mit dem man den früheren Selbstzustand von Liebenkönnen und Geliebtwerden wieder erfahren kann?«

Baker (1989, S. 54) weist auch auf die nicht zu übersehenden Unterschiede zwischen dem Adoleszenten und dem Trauernden nach einem wirklichen Objektverlust hin:

> »Vielleicht ist der wichtigste der, daß dem Adoleszenten der Verzicht aufgrund eines inneren Konfliktes und nicht wegen eines äußeren Ereignisses aufgenötigt wird. Der Adoleszent ist sich auch möglicherweise nicht bewußt, daß seine Depression oder Traurigkeit vielleicht auf den Verlust der Liebesfähigkeit seinen Eltern gegenüber zurückzuführen ist. Während der Trauernde idealisierend an das verlorene Objekt denkt, befindet sich der Adoleszent im Prozeß einer Entwertung der zuvor idealisierten Eltern.«

Diese heftigen inneren Gefühlsbewegungen stellen einen längerdauernden Prozeß im Leben eines Heranwachsenden dar, der bei manchen Jugendlichen schon mit 12, 13 Jahren einsetzt, bei anderen, wohlbehüteten oder auch stark von den Eltern gebundenen erst einige Zeit später und dementsprechend auch länger dauern kann. Bei psychisch gestörten Adoleszenten kommt es zu einer Umgehung oder Verleugnung dieses Trauerprozesses, und aufgrund der Unfähigkeit, mit depressiven Affekten umzugehen (vgl. Zetzel, 1974 a), zu abgewehrten oder larvierten depressiven Erscheinungsformen (wie z. B. zu ungewollter oder verfrühter Schwangerschaft, Überaktivität, übertriebenem sozialen Engagement, phobischer Flucht aus dem Elternhaus, Umzug in eine möglichst entfernt gelegene Stadt oder ins Ausland usf.). Beziehungsschwierigkeiten im Erwachsenenalter sind unter anderem die nahezu unausweichliche Folge dieser Unfähigkeit, Trauerarbeit in der Adoleszenz zu leisten.

Der normale Adoleszente braucht deswegen auch Zeiten, in denen er allein ist, um sich in seine innere Welt zurückzuziehen, und natürlich ist es wichtig, daß die Eltern diese Rückzüge ihrer heranwachsenden Kinder respektieren. Außerdem darf nicht übersehen werden, daß auch die Eltern in unterschiedlichem Ausmaß die Ablösung ihrer Kinder mit traurigen und schmerzvollen Gefühlen begleiten. Familiendynamisch betrachtet ist deshalb in problematischen Familien die Berücksichtigung der Unfähigkeit von Eltern, ihre Kinder loslassen zu können, nicht minder wichtig als die Betrachtung der Ablösungsversuche und -fehlschläge der Jugendlichen (vgl. z. B. Stierlin, 1975; Steffens, 1986).

»Wer allein ist, ist auch im Geheimnis,
immer steht er in der Bilder Flut,
ihrer Zeugung, ihrer Keimnis,
selbst die Schatten tragen ihre Glut.«
(Gottfried Benn, 1960, S. 135)

7.2.2 Adoleszenz – zwischen Wahnsinn und Normalität?

Die Adoleszenz (vor allem die frühe und Teile der mittleren) ist nach herkömmlicher psychoanalytischer Auffassung eine ungemein aufrüttelnde, turbulente und ereignisreiche Entwicklungszeit, in der herkömmliche Einteilungen von Normalität und Pathologie ihre ohnehin nicht große Trennschärfe nahezu vollends verlieren. Sie kann natürlich nicht losgelöst von soziokulturellen und -ökonomischen Faktoren eingehend dargestellt werden; insofern sind die folgenden Ausführungen nur eine sehr eingeschränkte Perspektive. Aber es gibt vielleicht trotzdem Erfahrungen, die so allgemein sind, daß sie nahezu jeden Heranwachsenden betreffen. Dazu gehört z. B. auch, daß bestimmte Erfahrungen der Kindheit im Lichte adoleszenter Eindrücke und Erlebnisse neu überarbeitet werden, daß darüber hinaus aber auch ganz neue Bedeutungen erworben werden können, von denen sich das Kind noch nichts träumen ließ. Die vehement einsetzenden Ent-Identifizierungsprozesse, an deren gelungenem Ende neue Ich-Ideale entstehen, schaffen über einen Zeitraum von mehreren Jahren eine massive innere Leere, aber auch ein kreatives Vakuum, in dem die Kindheits-Ideale eingeschmolzen werden und neue Lebensentwürfe entstehen, die vorerst – fast vergleichbar einer multiplen Persönlichkeitsstörung – mehr oder weniger unverbunden nebeneinander stehen. Die damit einhergehenden Affektzustände – einmal ist es narzißtischer Überschwang, der einen zu zerreißen droht, ein anderes Mal ist es eine bedrohliche Schwärze, die einen zu Boden drückt – machen bestimmte Zeiträume der Adoleszenz zu einer Phase intensiver Gefühlseindrücke, der gegenüber das Erwachsenenalter wie ein langweiliges Rentnerdasein wirken kann. Die körperlichen Veränderungen können Entfremdung und Depersonalisierungszustände zur Folge haben; das Wiederaufleben der pubertär verstärkten ödipalen Impulse bewirkt massive Kastrations- und Trennungsängste. Adoleszente Größenphantasien müssen herhalten, um bedrohliche Fragmentierungszustände und Leeregefühle in Schach zu halten. Die in dieser Abhandlung entscheidende Frage ist natürlich die, wie sich diese Turbulenzen auf die Entwicklung der Psychosexualität und der Geschlechtsidentität auswirken.

Eine junge Erwachsene schreibt im Rückblick auf ihre Adoleszenz:

»Die Adoleszenz als Ganzes betrachtet war für mich ein überraschendes Erlebnis, welches immer noch andauert; sie war wie eine zweite Geburt, wie ein Tor zu einem neuen Welterleben, und ich finde es immer noch schwer, mich mit ihren Auswirkungen zurechtzufinden: Meine Weltsicht schwankt bis heute zwischen den Polen einer tiefen, ganzheitlich erlebten kindlichen Welt und der weniger faßbaren, relativistischen Anschauung, die sich aus der Adoleszenz ergibt.

Ganz abgesehen von körperlichen und sozialen Veränderungen war die bemerkenswerteste und einschneidendste Wirkung die, die sich aus den sogenannten kognitiven Kapazitäten ergab, bzw. eine Veränderung in meinem Wissensverständnis, begleitet von einer andersartigen Erlebnisweise. Schleichend zuerst, doch dann mit voller Wucht taten sich in meinem bisherigen Alltag gähnende Löcher auf; mein altbekannter Lebensstil erwies sich als unvollständig, als eindimensional. Immer häufiger fiel ich aus den vertrauten Situationen heraus, rutschte von der ersten in die dritte Person und wurde zu einer Art U.F.O. – ein unidentifiziertes, fliegendes bzw. schwebendes Objekt. Während ich in diesem Dritten-Person-Zustand verweilte, befaßte ich mich mit den grundlegendsten Fragen nach Bedeutung und Sinn verschiedener Situationen, des menschlichen Lebens überhaupt – oder genauer ausgedrückt, die Fragen befaßten sich mit mir, denn ich wäre lieber von ihnen in Ruhe gelassen worden.

Die Einheit meiner Welt wurde in tausend Stücke zersplittert, und nur durch angestrengtes Nachdenken schien es mir möglich, verlorenes Festland wiederzuerobern – nur war dieses Denken häufig ein Herumirren, denn ich war mir nicht so recht sicher, was da eigentlich vor sich ging, woran ich mich orientieren sollte oder was überhaupt zu bekämpfen war. Dies war aber keineswegs beunruhigend oder ein rein negatives Erlebnis; im Gegenteil: Ungeahnte Welten taten sich auf, vor allem die Möglichkeiten verschiedener Lebensführungen; auch rührten sich in mir allerlei religiöse und mystische Bedürfnisse, Bedürfnisse nach abstrakten Begriffen, wie Existenz, Liebe, Sein etc.

Vor der Adoleszenz – als Kind – hatte ich mich als zufrieden eingeschätzt; nun wuchs die Unzufriedenheit mit der Erweiterung meines Bewußtseins. Nichts war mehr sicher, alles erschien relativ, alles bekam eine neue Bedeutung.

Nach Auffassung zeitgenössischer Psychoanalytiker, die nicht so sehr triebtheoretisch, sondern eher selbstpsychologisch argumentieren, wurden in der »herkömmlichen Literatur« über die Adoleszenz (gemeint ist die Literatur der 50er, 60er und frühen 70er Jahre) die Auswirkungen der körperlichen Veränderungen auf das psychische Erleben übertrieben dargestellt. Klinische Beispiele stark gestörten Erlebens wurden häufig als normale Entwicklung ausgegeben. Viele Erfahrungen sprechen aber dafür, daß es zu keiner massiven Fragmentierung und Identitätsstörung in der Adoleszenz kommen muß, wenn am Ende der Kindheit ein einigermaßen solides und kohäsives Selbst-System entstanden ist (vgl. z. B. Barglow und Schaefer, 1979). Dennoch: Aufregend ist diese Zeit allemal.

7.2.3 Das allmähliche Aufgebenkönnen des Ödipuskomplexes in der Adoleszenz – Hat es das Mädchen schwerer?

Nach Auffassung von Rohde-Dachser (1990, S. 312) ist die wichtige Thematik der Überwindung des Ödipuskomplexes für das Mädchen in der bisherigen psychoanalytischen Literatur zu wenig kritisch bedacht worden. »Die zentrale Frage ... scheint mir deshalb nicht nur zu sein, ob Vater *und* Mutter dem Mädchen erlauben, in den ›Hafen‹ des Ödipuskomplexes einzulaufen, wie dies im Zentrum psychoanalytischer Triangulierungstheorien steht. Mindestens ebenso entscheidend dürfte sein, ob sie ihm erlauben, diesen Hafen wieder zu verlassen.« Beim Mädchen kommt es dieser Autorin (1990, S. 312) zufolge aber allzu häufig zu einer »Fixierung der töchterlichen Existenz«. Väter würden oftmals an ihre Tochter eine Doppelbotschaft richten: »›Sei wie ich!‹, ›Sei stärker, klüger, tüchtiger als ich!‹ und ›Bleibe immer eine Tochter! Verzichte auf eigene Lebensziele! Werde nie wie ein Sohn!‹ «. Dadurch werden Töchter in ihrer Rolle und Existenz als Tochter und töchterliches Selbstobjekt des Vaters fixiert. Vor allem aufgrund einer zu massiven Enttäuschung am Vater kann es zu einer Aufrechterhaltung des kindlichen internalisierten Vaterbildes kommen und nicht zu einem phasengerechten schrittweisen Abtrauern der kindlichen Idealisierung des Vaters. Diese Pathologie macht z. B. erwachsene Frauen dann dafür anfällig, Selbstobjekt für eine väterliche Ersatzperson zu werden oder die geschlechtslose Abgeschiedenheit töchterlicher Existenz als Daseinsmodus zu wählen. Neben der von Rohde-Dachser (1990) thematisierten narzißtischen Dimension, die Tochter als Selbstobjekt des Vaters, läßt sich auch die triebhafte Dimension rekonstruieren. Relativ häufig dürfte das Schicksal jener Töchter sein, denen eine Ablösung von ihren Vätern in der Adoleszenz aus psychosexuellen Gründen erschwert wird. »Er hat einige Wochen lang nicht mit mir gesprochen, als ich meinen ersten Freund hatte«; »er hat gedroht, er würde meinen Freund an seinen Haaren vom Zimmer bis zum Gartentor hinausschleifen, wenn er mich mit ihm beim Küssen erwischen würde«; »ich sollte meinem Vater immer alles klitzeklein berichten«; »er beschimpfte mich immer als Hure und drohte, mich hinauszuwerfen, wenn ich mit einem Kind nach Hause käme«; »er verbot mir strikt, mich zu schminken« – so oder ähnlich lauten die Aussagen vieler Frauen über ihre Erlebnisse in der Adoleszenz mit ihren Vätern. Viel stärker, als dies Mütter von ihren Söhnen erwarten, haben nicht wenige Väter die Vorstellung, daß ihre Tochter ihr sexueller Besitz sei. Manchmal gelingt es ihnen nur, sie an einen jungen Mann abzutreten, wenn sie ihn zuvor stark entwertet haben. Ein Vater muß deshalb seine inzestuöse Liebesbindung an seine Tochter durcharbeiten, um ihr eine autonome sexuelle Existenz zu ermöglichen, und er wird dazu nur in der Lage sein, wenn er seine inzestuöse Liebesbindung abzutrauern bereit ist. Daß es nicht leicht ist, das zunehmende Autonomiebegehren der adoleszenten Tochter, ihren Wunsch nach sexueller Betätigung mit einem Freund zu akzeptieren, hängt damit zusammen, daß dieser Verzicht im Vater alte ödipale Wut reaktiviert, die Mutter als sexuelle Frau des Vaters anerkennen zu müssen (vgl. Poluda-Korte, 1992 a).

Ist dies eine verallgemeinerungsfähige Besonderheit der Vater-Tochter-Beziehung oder eher eine pathologische Variante? Und trifft diese Verzichtsarbeit für die Mutter-Sohn-Beziehung nicht ebenfalls zu? Wenn man die klinische Erfahrung bemüht, fallen einem unschwer Söhne von Müttern ein, die noch als Dreißig- oder Vierzigjährige unter dem Druck der unbewußten (und manchmal auch ganz offen ausgesprochenen) Botschaft ihrer Mütter, z. B. der bessere und liebevollere Mann als Vater für die Mutter zu sein, stehen und ihr Leben entsprechend gestalten müssen. Sie sind dann mindestens genauso in ihrer Existenz als ödipaler Sohn der Mutter fixiert wie die oben erwähnten Frauen in ihrer töchterlichen Existenz. Trotzdem ist die Selbstverständlichkeit von Vätern, ihre adoleszente Tochter als ihren sexuellen Besitz zu reklamieren, ungleich größer als bei Müttern, bei denen dieses Verhalten doch sehr viel schneller als pathologisch eingestuft wird.

Die ausschließliche Konzentration auf die Triebwünsche des Kindes bzw. der Adoleszenten und die patriarchatsbedingte Skotomisierung väterlicher Unfähigkeiten, die im Erziehungsprozeß wie ein selbstverständliches Schicksal akzeptiert werden mußten, haben in der klassischen Betrachtung übersehen lassen, wie sich der Ödipuskomplex des Mädchens entwicklungsbedingt vermutlich viel rascher auflösen würde, wenn dies von den Eltern, vor allem vom Vater, entsprechend gefördert wird. Freilich ist es für Väter aufgrund der jahrhundertealten Selbstverständlichkeiten nicht einfach, mit der Liebe und schließlichen Ablösung ihrer Töchter unbefangen umzugehen. Nicht minder häufig als die intensive Verstrickung ist die abrupte Abwendung des Vaters von seiner adoleszenten Tochter. »Als ich in die Pubertät kam, hat sich mein Vater nicht mehr um mich gekümmert«; »ab diesem Zeitpunkt haben wir uns nur noch gestritten, meistens über politische Themen«. Nicht selten kompensieren Väter das Loslassenmüssen ihrer Tochter mit einer Geliebten und stürzen, wenn dies eines Tages entdeckt wird, ihre Töchter in heftige und verzweifelte Gefühle. »Wie konnte er nur so gemein sein, Mami und mich zu verraten?« Je weniger aufgelöst die ödipale Liebe der Tochter zu ihrem Vater zu diesem Zeitpunkt noch ist, desto heftiger wird ihre Enttäuschung über den Vater angesichts dessen Verhaltens ausfallen. Vielleicht ist dies jedoch für manche Väter oftmals die einzige Möglichkeit, der inzestuösen Verstrickung mit ihrer Tochter zu entfliehen.

Anknüpfend an ihre These von der »Fixierung der töchterlichen Existenz« und der damit einhergehenden Erschwerung der tendenziellen Auflösung des weiblichen Ödipuskomplexes fordert Rohde-Dachser (1990, S. 313) eine Ausweitung der psychoanalytischen Perspektive auf sozialpsychologische und soziologische Gegebenheiten. Denn diese Erschwerung hängt nach ihrer Meinung auch damit zusammen, daß dem adoleszenten Mädchen geringere Möglichkeiten zur Ausweitung seines Lebensradius und damit auch eines sozialen Beziehungsnetzes zur Verfügung stünden als dem Jungen. Aus diesem Grund müsse die Psychoanalyse »ihren Blick ausweiten auf das weitgespannte Netz von Sozialisationsagenten (z. B. Medien), die auf die Formierung der weiblichen Geschlechtsidentität einwirken, lange vor dem Ödipuskomplex und weit über ihn hinaus«.

Nach Auffassung von Rohde-Dachser (1990, S. 310) existiert ein wichtiger Unterschied zwischen Jungen und Mädchen hinsichtlich traumatisierender Familienkonstellationen, die zu dem Phänomen des ödipalen Scheinsieges führen. Anders als z. B. der von seiner Mutter als Gattensubstitut narzißtisch mißbrauchte Sohn, der in seiner Phantasie der ödipale Sieger ist, sind die durch den Vater-Tochter-Inzest verursachten Konflikte eher »extrem schuld-, scham- und angstbelastet«. Bei dieser Argumentation darf wohl aber nicht übersehen werden, daß der männliche ödipale Sieger diesen scheinbaren Sieg in seinem späteren Leben mit anderen Symptomen bezahlen muß, wie z. B. einer tiefsitzenden Unsicherheit gegenüber männlichen Rivalen im Berufsleben, und daß bei der sexuell und narzißtisch mißbrauchten Tochter vordergründig und sicherlich auch zur Schamabwehr in der Regel erhebliche Größenphantasien – z. B. nahezu jeden Mann, bei massiver Überschätzung der eigenen Fähigkeiten, verführen zu können – ausgebildet sind.

Steffens (1986, S. 218) hat sehr einfühlsam und realitätsnah beschrieben, wie an dem Prozeß der Ablösung Vater *und* Tochter mit z. T. ähnlichen Aufgaben beteiligt sind. In der Tochter gibt es einerseits den entwicklungsadäquaten Wunsch, sich von ihrem Vater abzulösen; andererseits ist es auch verlockend, sich mit ihren kindlichen Abhängigkeitswünschen weiterhin an ihn wenden zu können. Im Vater ringt der Wunsch, seine Tochter in die Autonomie zu entlassen, mit dem Wunsch, in ihr weiterhin seine kleine Geliebte zu sehen. »Je genauer der Vater das Wechselspiel regressiver und progressiver Beziehungswünsche bei der Tochter zu erfassen vermag, je flexibler er sich auf den verschiedenen Niveaus der dualen und triadischen Beziehungen zu bewegen vermag, um so mehr kann er ihr als Identifikationsobjekt zur Seite stehen, damit die Tochter sich an ihm orientieren und mit den Grenzen, für die er einsteht, auseinandersetzen kann. Der Umformung des interpersonellen Clinchs in einen intrapsychischen Konflikt setzt die Tochter freilich Widerstand entgegen. Sie benutzt die regressiven Schwankungen ihrer Beziehungswünsche gerade dazu, um die Beziehung zum Vater in ihrem Sinne zu regulieren. Einmal mag sie am präkonflikthaften Vorbild der frühen Kindheit festhalten, weil ihr die Komplikationen der ödipalen Auseinandersetzungen zu angstbesetzt erscheinen, dann wieder versucht sie ihn mit inzestuösen Provokationen auf die Probe zu stellen. Die Aufgabe des Vaters in der Adoleszenz ist also aus äußeren wie inneren Gründen schwierig, verlangt eine große Flexibilität. Nicht nur die Tochter, auch der Vater muß bereit sein, sich dem ödipalen Konflikt zu stellen, anstatt ihn mit der Tochter auszuagieren, ihn zu vermeiden oder andere interpersonale Abwehrstrategien zu verwenden, wie sie als Delegations-, Bindungsmanöver und Rollenzuschreibungen von der Familientherapie beschrieben werden (Richter, 1963; Stierlin, 1975). Wenn der Vater einen heimlichen Gefallen an dem Werben der Tochter findet, die optimale Distanz zu ihr nicht findet und durch sein Verhalten inzestuöse Phantasien der Tochter bestärkt, kann sich eine Konstellation der gegenseitigen Verstrickung ergeben, die ich ›pseudoinzestuös‹ nennen . . . möchte.«

Eine andere Konstellation ergibt sich nach Steffens (1986, S. 218), »wenn sich der Vater überhaupt nicht vorstellen darf, daß ihn die Tochter als inzestuöses Objekt phantasiert, und wenn er jedes erotische Vorhaben durch Desinteresse oder Verleugnung unterminiert. Der Prozeß der Ablösung in der Adoleszenz wird dann von narzißtischen Kränkungen und Verlustängsten begleitet und nicht durch die Hoffnung, außerhalb der Familie ein neues Objekt finden zu können, erträglicher. Es manifestieren sich Störungen der psychosexuellen Identitätsbildung. Es handelt sich hierbei um eine Form der ›Vaterentbehrung‹ trotz physischer Präsenz des Vaters.«

Häufig läßt sich rekonstruieren, daß die mangelhafte Präsenz des Vaters durch ein überhöhtes Vaterbild kompensiert wird mit der Folge, daß diese Mädchen als erwachsene Frauen Schwierigkeiten und Enttäuschungen in ihren realen Beziehungen zu Männern erleben.

»Unser Material wird hier – unverständlicherweise
weit dunkler und lückenhafter« (Freud, 1924 d, S. 400).
»A girl is a girl from birth« (Fischer, 1991, S. 460).

7.2.4 Persistenz des Freudschen Defizitmodells auch in der Adoleszenz?

Flaake und King (1992 b) kritisieren das Festhalten an einem von Freud vorgegebenen Defizitmodell auch bei solchen Autoren, die sich ansonsten kenntnisreich mit der weiblichen Adoleszenz auseinandergesetzt haben.

So haben Adoleszenzforscher wie zum Beispiel Blos (1962) in Anlehnung an Freud die Auffassung vertreten, daß die Konsolidierung der heterosexuellen Geschlechtspartnerorientierung beim Mädchen in der (mittleren) Adoleszenz ein Aufgeben des mehr oder weniger unbewußten Festhaltens an einem illusorischen Penis und damit auch ein Aufgeben der Illusion, in anatomischer Hinsicht wie ein Mann sein zu können, und der damit einhergehenden phallischen Strebungen erfordern würde (1980 hat Blos diese Auffassung allerdings angesichts der neueren Befunde zur Entwicklung der weiblichen Geschlechts-Identität revidiert). Heterosexuelle Liebe kann entsprechend dieser Argumentation nur gelingen, wenn »das Mädchen jenen Teil der narzißtischen Libido, der an das bisexuelle Image gebunden war, auf ihren ganzen Körper abzulenken und nicht mehr Erfüllung in sich selbst, sondern in heterosexueller Liebe sucht« (Blos, 1962, S. 103).

Nach Flaake und King (1992 b, S. 27) ist insbesondere die Freudsche Vorstellung, daß die libidinöse Besetzung des ganzen Körpers beim heranwachsenden Mädchen und der erwachsenen Frau – sichtbar an der narzißtischen Freude der Zurschaustellung des ganzen Körpers und der mit Hilfe von Kosmetik unterstützten Präsentation des Gesichtes – als Kompensationsvorgang für den Penismangel zu verstehen sei, »während die eigenen weiblichen Genitalien dabei eine Art narzißtischer bzw. libidinöser ›Leerstelle‹ bleiben«, eine sich hartnäkkig durch die Schriften von Psychoanalytikern bis zur Gegenwart durchziehende Argumentation.

Die Autorinnen bemängeln vor allem, daß die psychoanalytische Betrachtung »auf der Ebene der Phänomenologien und Abwehrbewegungen verbleibt« und nicht ausreichend oder überhaupt nicht reflektiert werde, warum Frauen aufgrund bestimmter soziokultureller Bedingungen Schwierigkeiten haben, ihre Genitalien als wertvoll und dem Penis gleichwertig zu erleben.

An Heigl-Evers und Weidenhammer (1988) kritisieren die Autorinnen, daß weibliches »Begehren und Macht, Verführungskraft und Sinnlichkeit, Exhibitionslust, Schönheit und Selbstwertgefühl, Expressivität etc. unter der Rubrik des Phallischen bzw. der ›Phallizität‹ subsumiert werden« (S. 28) und damit eine genuin weibliche Genitalität und Sexualität begrifflich verhindert werden.

Flaake und King (1992) ist sicherlich darin Recht zu geben, daß die unter den gegebenen gesellschaftlichen Verhältnissen eher geringere Bewertung der weiblichen Genitalien noch allzu selbstverständlich als ontologisches Faktum betrachtet wird und nicht die androzentrischen Vorurteile ideologiekritisch reflektiert werden. Darüber hinaus haben die Ausführungen in Band 1 über eine genuin weibliche Erfahrung und Wertschätzung der Genitalien von klein auf deutlich gemacht, daß eine phalluszentrierte Sichtweise nicht länger aufrechterhalten werden kann. Dennoch ist auch in einer modernen, ideologiekritisch reflektierten Psychoanalyse Neid wohl nicht allein durch Ideologiekritik zu beseitigen. Unter Hinzuziehung der Argumentation von Fast (vgl. auch Bd. 1) muß davon ausgegangen werden, daß Kinder und Heranwachsende beiderlei Geschlechts an (anatomisch) bisexuellen Phantasien, die sich manchmal nur noch in Form von Abkömmlingen manifestieren, festhalten. D. h., daß der Gedankengang Freuds über die Zurschaustellung des ganzen Körpers als narzißtische Kompensation für den Penismangel nicht generell zu verwerfen ist; erst eine sehr sorgfältige Prüfung und Rekonstruktion kann im Einzelfall ergeben, inwieweit die Art und Weise der weiblichen Exhibitionslust und Expressivität ausschließlich auf eine Freude über den genuin weiblichen Körper ohne alle anderen Beimengungen von Affekten und Abwehrbewegungen zurückgehen.

Sicherlich verhält es sich aber so, daß sich das Mädchen zu Beginn der Adoleszenz nicht automatisch minderwertig, zurückgesetzt und zu kurz gekommen fühlt. Es braucht auch nicht den Wunsch nach einem Penis aufzugeben und ihn durch einen Wunsch nach einem Baby zu ersetzen. Es braucht auch nicht auf den Wunsch zu verzichten, doch noch männlich werden zu können, es braucht nicht die Lustbefriedigung, die es anhand der klitoridalen Onanie bislang erfahren hat, zu unterdrücken und sich auf eine vaginale Befriedigung durch einen Mann vorzubereiten. Denn nach moderner psychoanalytischer Auffassung kann die Aufgabe nicht darin bestehen, Männlichkeit aufzugeben und eine weibliche Identität anzunehmen. Das (prä)adoleszente Mädchen besitzt vielmehr von klein auf eine weibliche Kerngeschlechts-Identität und eine weibliche Geschlechtsrollen-Identität (vgl. Band 1). Selbstverständlich muß es aber das männliche Identifikationspotential in seine bisherige weibliche Identität integrieren, was mit dem Anerkennen von Grenzen, nicht anatomisch männlich und weiblich zugleich sein zu können, einhergeht (vgl. Fast, 1991). Der Wunsch nach einem Kind stellt nach heutiger Auffassung keine Kompensation des fehlenden Penis dar, sondern ist ein grundlegender weiblicher Wunsch, der sich aus der Anatomie der Frau, ihrem Körpererleben und ihren Objektbeziehungen und Identifikationen ergibt (vgl. Parens et al., 1976).

In ihrer Neueinschätzung der Entwicklung der weiblichen Psychosexualität in der Adoleszenz kommt Dalsimer (1993) zu dem Schluß, daß die bisherige Psychoanalyse die Freude über das künftige Frausein und über die erwachende Sexualität des Mädchens sehr stark vernachlässigt habe. Anhand der Betrachtung von literarischen Beispielen (aber natürlich auch gestützt von einem breiten klinischen Wissen) zeigt Dalsimer auf, wie intensiv sich adoleszente Mädchen mit der Sexualität beschäftigen: »Das Thema beschäftigt sie pausenlos und bleibt ihnen doch ein Rätsel, so daß sie ohne Ende Antworten auf Fragen zu finden versuchen, die zu stellen einem Jungen überhaupt nie in den Sinn kämen« (S. 139).

7.2.5 Adoleszenz als zweite Chance? – Die Adoleszenz ist keine bloße Wiederholung der frühen Kindheit

Einer derjenigen Autoren, die sich vehement gegen die Vernachlässigung der Adoleszenz bei der Betrachtung psychischer Konflikte bei Erwachsenen gewehrt und die deterministische Sicht, alle psychischen Erscheinungsformen unlinear auf die (frühe) Kindheit zurückführen zu können, ohne die späteren Lebensjahre, vor allem die Adoleszenz (und die gegenwärtigen gesellschaftlichen Einflüsse), zu berücksichtigen, ist Mario Erdheim (z. B. 1982).

Mit seiner Auffassung befindet sich Erdheim in guter Übereinstimmung mit denjenigen psychoanalytischen Adoleszenzforschern, die von der Adoleszenz als »der zweiten Chance« und dem »zweiten Individuationsprozeß« gesprochen haben (z. B. Eissler, 1958; Blos, 1967), aber auch mit den modernen Säuglingsforschern, welche die Plastizität und dynamische Natur der Selbstentwicklung gemäß einem epigenetischen Prinzip betonen und Phasen- und Prägungstheorien tendenziell skeptisch gegenüberstehen.

Erdheim (1982) weist aus psychohistorischer Sicht darauf hin, daß die europäische Kultur vermutlich schon längst ausgestorben wäre, wenn man von einer ausschließlichen Determinierung durch die frühe Kindheit auszugehen hätte. Denn die starken Traumatisierungen, die der Psychohistoriker Lloyd DeMause (1974) in seinen Forschungen über die frühe Kindheit vor allem in Europa herausgefunden hat, hätten nur wenige Kinder überhaupt überleben lassen, und wenn, dann nur als psychisch schwer traumatisierte Menschen. »Wenn das nicht der Fall war, so deshalb, weil die Erfahrungen der frühen Kindheit nicht so ausschlaggebend sind, wie man glaubte, und die Dynamik der Adoleszenz einen entscheidenden Beitrag zur Möglichkeit des Kulturwandels liefert« (Erdheim, 1982, S. 76).

Damit knüpft Erdheim auch an Thesen von Eissler (1958) und Blos (1967) an, die von der Adoleszenz als der Möglichkeit einer zweiten Chance der Individuation gesprochen haben.

Während es bei dem ersten auch als »psychische Geburt« beschriebenen Loslösungs- und Individuationsprozeß (vgl. Mahler et al., 1978) um eine Verinnerlichung der Mutter mit der daraus entstehenden konstanten Repräsentierung im »psychischen Innenraum« geht, was dem zwei- und dreijährigen Kind erst allmählich die Trennung und die (relative) Unabhängigkeit von der körperlichen Verfügbarkeit seiner Mutter ermöglicht, besteht die adoleszente Entwicklungsaufgabe aus dem (tendenziellen) Aufgebenkönnen dieser verinnerlichten Objektrepräsentanzen bzw. der damit verbundenen Wünsche nach Präsentsein, narzißtischer Spiegelung, gefühlsmäßigem Austausch, erotischer Anerkennung oder sinnlicher Erfüllung.

> »Erst wenn dieser Prozeß abgeschlossen ist, kann die Kindheit überwunden werden: der Weg ins Erwachsenenleben ist frei. Dieser innere Wandel kommt durch normative adoleszente Regression zustande, die nicht-defensiv ist; ich habe sie daher als Regression im Dienste der Entwicklung bezeichnet. In keinem anderen Entwicklungsstadium ist Regression eine obligatorische Vorbedingung für Wachstum. Es ist die nicht-defensive Regression, die den Jugendlichen mit schwelenden infantilen Abhängigkeiten, Ängsten und Bedürfnissen in Berührung bringt. Diesen wird nun mit einer Ich-Ausstattung begegnet, die unendlich phantasievoller, beständiger und vielseitiger ist als jene, die dem kleinen Kind zur Verfügung stand, als es sich seinerzeit mit solchen beunruhigenden und belastenden Bedingungen auseinandersetzen mußte. Außerdem ist das Ich in diesem fortgeschrittenen Stadium in der Regel hinreichend realitätsbewußt, um einem regressiven Versinken in einen undifferenzierten Zustand, d. h. einen Zustand des Ich-Verlustes oder der Psychose zuvorzukommen« (Blos, 1990, S. 216).

Die Adoleszenz stellt also keine bloße Wiederholung oder Verlängerung der frühen Kindheit dar, und es gibt somit auch keine direkte Verbindung zwischen der Kindheitsneurose und der Erwachsenenneurose, was gelegentlich bei psychoanalytischen Rekonstruktionen übersehen wird (wenn z. B. nach wenigen Stunden Analyse oberflächliche Analogien zwischen dem Erleben eines 30jährigen und dem postulierten Seelenzustand eines ein- oder zweijährigen Kindes vorschnell unterstellt und damit auf deterministische und reduktionistische Art genetische Interpretationen vorgenommen werden).

Erdheim (1982) spricht in Anlehnung an Lévi-Strauss (1960) von kalten Kulturen, die bemüht sind, den historischen Wandel einzufrieren, und mit Hilfe komplexer Sozialmechanismen Wiederholung statt Fortschritt erzwingen. Sie zeichnen sich somit durch starkes Traditionsbewußtsein und Stabilität aus und versuchen auf diese Weise, mit den sich von den Elternrepräsentanzen lösenden aggressiven, libidinösen und narzißtischen Triebwünschen und Phantasien von Adoleszenten umzugehen.

Die freiwerdenden adoleszenten Größenphantasien führen zu einer Überbesetzung und Überschätzung des Selbst, was in der Argumentationslinie von Erdheim (1982) aber auch notwendig ist, um die Infragestellung der äußeren Welt wagen und die dadurch bedingte Verunsicherung ertragen zu können. Industrielle Gesellschaften als sogenannte heiße Kulturen machen sich auf die eine oder andere Weise die Dynamik und das Kreativitätspotential der Adoleszenz zunutze und sichern damit die kulturelle Evolution. Folgerichtig wird in diesem Lebensabschnitt auch die Unvollkommenheit sozialer und politischer Institutionen (Schule, Staat, Politiker) zur Zielscheibe von Aggression. Die notwendig werdende Ent-Idealisierung führt zu einer Externalisierung der entwerteten, inneren Elternrepräsentanzen auf äußere Institutionen. Diese werden als seelenlose, gleichgültige, ausbeuterische, unterdrückende, nur an ihren eigenen Vorteil denkende Instanzen erlebt. Das als grandios erlebte Selbst muß in einem regressiven Spaltungsprozeß die eigenen als aggressiv, minderwertig und unmoralisch erlebten Selbstanteile projizieren, was die Gesellschaft bzw. deren Repräsentanten wie z. B. Lehrer, Politiker, Unternehmer als unfähig, tatenlos, egoistisch, selbstsüchtig und ausbeuterisch erscheinen läßt. Blos (1979) hat verschiedene Ausgänge dieses adoleszenten Revolutionsprozesses skizziert: Eine Möglichkeit besteht in einer defätistischen und dumpfen Resignation, die sich auch als passive Aggression äußert (»der militärisch-industrielle Komplex macht unsere Welt kaputt, und wir müssen hilflos zuschauen«); eine andere in einer psychotischen Regression (»ich werde die Welt wie Christus von allen Übeln erlösen«) und schließlich in einer kämpferischen Haltung, eine neue und perfekte Welt zu gestalten (»nur mit Gewalt läßt sich der Kapitalismus in die Knie zwingen« oder »Deutschland den Deutschen«). Ein Kriterium für die Beendigung der Adoleszenz besteht deshalb auch (unabhängig vom tatsächlichen Lebensalter) im allmählichen Aufgebenkönnen dieses omnipotenten Selbsterlebens. Die zurückbleibenden reformerischen Impulse sind dann ein sinnvolles Korrektiv für die tatsächlich bestehenden Ungerechtigkeiten, Machtmißbräuche und Korrumpierbarkeiten der Elterngeneration und der von ihnen geschaffenen Institutionen. Die Überwindung der adoleszenten Spaltung in die nur Guten und in die ausschließlich Bösen führt zu einer strukturellen Etablierung einer reifen Ambivalenztoleranz, die auch eine andauernde erwachsene Liebesbeziehung überhaupt erst ermöglicht. Je massiver die kindlichen Spaltungsvorgänge zur Sicherung des Selbstwertgefühls ausgefallen sind, desto heftiger werden diese in der Adoleszenz auch wiederbelebt, was sich bei rechtsradikalen Jugendlichen rekonstruieren läßt.

Nur als Randbemerkung sei hier noch angefügt, daß sich im späten Erwachsenenalter eine Tendenz ergeben kann, adoleszente rebellische Impulse in sich wieder zu aktualisieren. Dann kann sich der Großvater mit dem Anliegen des adoleszenten Enkels auf erstaunliche Weise identifizieren. Manche Institutionenkritik alternder Männer erscheint vor diesem Hintergrund in einem nachvollziehbaren Licht. Die Wiederbelebung adoleszenter Größenphantasien mit ihren potentiell zukunftsweisenden, häufig aber auch zu wenig differenzierenden Argumentationen hat nicht nur die Funktion einer Verbrüderung mit der Jugend und damit die eines Jungbrunnens, sondern stellt auch ein tendenzielles Ausweichen vor der Schmerzlichkeit des eigenen Alterungsprozesses und der Erkenntnis des nachlassenden Bewirken- und Einflußnehmenkönnens dar.

»Ich war ja schon niedergedrückt durch Deine bloße Körperlichkeit. Ich erinnere mich zum Beispiel daran, wie wir uns öfters zusammen in einer Kabine auszogen. Ich mager, schwach, schmal, Du stark, groß, breit. Schon in der Kabine kam ich mir jämmerlich vor, und zwar nicht nur vor Dir, sondern vor der ganzen Welt, denn Du warst für mich das Maß aller Dinge«
(Kafka, »Brief an den Vater«, 1987, S. 12)

7.2.6 Adoleszenz und negativer Ödipuskomplex

Was geschieht mit dem dyadischen und triadischen gleichgeschlechtlichen Komplex (dem negativen Ödipuskomplex), d. h. der intensiven idealisierenden und sinnlichen Liebe des präödipalen und ödipalen Jungen zum Vater in der Adoleszenz? Dies ist eine Frage, mit der sich der bekannte Adoleszenzforscher Blos (1990) in den letzten Jahren eingehend beschäftigt hat. Während der triadische gegengeschlechtliche Komplex (positiver Ödipuskomplex) seiner Meinung nach beim Jungen zumindest tendenziell mit dem Erreichen der Latenz aufgelöst wird und deren Beginn dadurch überhaupt erst ermöglicht, kann nach den Forschungsergebnissen dieses Autors die gleichgeschlechtliche Komponente erst in der späten Adoleszenz aufgelöst werden und ermöglicht dann den Eintritt in das Erwachsenenalter (was gelegentlich auch erst mit 30 oder 35 Jahren der Fall sein kann).

Blos vertritt deshalb auch die Auffassung, daß heterosexuelle Betätigungen beim männlichen Jugendlichen überwiegend eine Abwehrfunktion gegenüber dem regressiven Sog zum dyadischen Vater haben.

So wünschte sich ein 18jähriger Patient, daß sein Freund immer dabei sein sollte, wenn er mit einer Frau schlafe, und arrangierte das gelegentlich auch so. ›Ob ihn das nicht irritiere, wenn er nie allein sein könne, und ob sein Freund nicht auch eifersüchtig werde und sich ausgeschlossen fühle‹, sei er schon häufig von anderen, mit denen er darüber gesprochen habe, gefragt worden. ›Nein‹, habe er dann geantwortet, ›ganz im Gegenteil, er fühle sich eher sicher und könne dann die Sexualität erst richtig genießen.‹ Das Problem bestehe für ihn eher darin, die jeweiligen Frauen soweit zu bringen, das auch zu akzeptieren. Gelegentlich sei es auch schon vorgekommen, daß anschließend die beiden miteinander geschlafen hätten, was ihn ebenfalls befriedigt habe.

»Diese besondere Betrachtung der männlichen Sexualität in der Adoleszenz gewann für mich noch an Klarheit und Wahrscheinlichkeit aufgrund der analytischen Beobachtung, daß unmäßige, zwanghafte heterosexuelle Aktivität oder, umgekehrt, Angstgefühle infolge heterosexueller Inaktivität oder Passivität mit der Auflösung des gleichgeschlechtlichen (›negativen‹) Komplexes merklich nachläßt. Ich habe festgestellt, daß das Verschwinden dieses Komplexes eine Art heterosexuellen Bindungsverhaltens andersartiger Qualität einleitet. Wir nennen dies eine reife (oder reifere) Liebesbeziehung, bei der der defensive Charakter der Bindung weggefallen ist und der Partner als ganze

Person anerkannt und gewürdigt werden kann, den man um seine einzigartige Persönlichkeit nicht deshalb beneidet, weil er eine vollkommene Bedürfnisbefriedigung bietet, sondern beiderseitige Anpassung als kreativen Akt fordert« (Blos, 1990, S. 33/4).

Es kommt beim männlichen Jugendlichen zu einem erneuten starken Sich-hingezogen-Fühlen zum Vater, der ihn vor dem unheimlichen Sog schützen soll, den er einst in seiner Kindheit im Zusammenhang mit der als wiederverschlingend phantasierten präödipalen Mutter erlebt hat. Diese Angst vor dem Verschlungenwerden tritt nun aufgrund der sexuellen Reifung mit dem Beginn der Pubertät angesichts von adoleszenten Mädchen und Frauen erneut wieder stark auf. Die Sehnsucht nach dem Vater wird häufig von negativistischen Haltungen und aggressiven Äußerungen überdeckt und abgewehrt. Es wäre falsch, dieses Hingezogensein und die Abwehr dagegen als Ausdruck latenter homosexueller Triebregungen zu betrachten. Und auch die häufig beobachtbaren gleichgeschlechtlichen Aktivitäten männlicher Jugendlicher in ihrer peer group, wie z. B. gegenseitige Masturbation, stellen nach Blos lediglich ein pseudo-homosexuelles Übergangsstadium ohne stabile homosexuelle Orientierung dar.

Ein Analysand von Blos erinnerte sich an folgenden Traum: »Ich ringe mit meinem Vater – ich kämpfe nicht, ringe nur. Plötzlich fühle ich, daß ich komme – ich kann es nicht beherrschen. Ich gerate in Panik und schreie: ›Nein, nein, ich will mich nicht mit dir vertragen.‹ Ich wiederhole diese Worte ständig und werde immer aufgeregter. Ich kann den Orgasmus nicht aufhalten. Ich habe ihn.« Die Einfälle des Analysanden dazu: »Ich spielte fast nie mit meinem Vater. Er war nicht da – besonders, wenn ich Angst vor meiner Mutter hatte. Ich bekam gerade so viel von ihm zu sehen – oder vielleicht mehr als genug von meiner Mutter –, um zu begreifen, wie sehr er mir fehlte.« Nach Blos (1990, S. 40) spiegelt dieser Traum »den gegenwärtigen Kampf des Sohnes wider zwischen mörderischer Abwehr gegen Unterwerfung und dem leidenschaftlichen Verlangen, daß der Vater seine Männlichkeit anerkennen möge«.

Blos (1990) ist davon überzeugt, daß die herkömmliche Formel von der Wiederbelebung des Ödipus in der Adoleszenz beim Jungen dahingehend zu präzisieren ist, daß sich dies überwiegend auf die gleichgeschlechtliche Komponente bezieht und vor allem dyadischen Ursprungs ist. Die Sehnsucht nach dem starken, schützenden, dyadischen Vater birgt somit Erfahrungen in sich, die auf den Vater als Retter vor der Imago der (wieder-)verschlingenden Mutter zurückgehen und das Kind vor dem Sog einer rückgängig gemachten Individuation schützen sollen. Bei der gleichgeschlechtlichen Komponente triadischen Ursprungs wird die Hinwendung des Vaters dann schon durch sexuelle Eifersucht, Vatermordkonflikte und Vergeltungsangst belastet.

Die rebellischen Auflehnungsversuche des adoleszenten Sohnes gegen seinen Vater, die wütenden und rivalitätsgeladenen Attacken sind also nach Blos (1990) nicht nur Ausdruck des wiederbelebten positiven Ödipuskomplexes in der Adoleszenz – wie lange Zeit als Lehrmeinung vertreten wurde –, sondern auch Ausdruck eines Ankämpfens gegen die Sehnsucht nach dem idealisierten, dyadischen (und triadischen) Vater der Kindheit.

Die vorrangige Entwicklungsaufgabe unter psychosexuellem Aspekt besteht für den adoleszenten Jungen deshalb vor allem darin, die zweite Phase des vollständigen Ödipuskomplexes in der Adoleszenz aufzulösen, und das heißt, die Sehnsucht nach dem dyadischen (und triadischen), starken Vater aufzugeben, abzutrauern und diesen Vater zu entidealisieren. Dabei darf man sich von dem vordergründigen Verhalten des Jugendlichen nicht täuschen lassen: Zynisches, arrogantes Auftreten und die Entlarvungspsychologie mancher Jugendlicher vis-à-vis der großen Bosse, Bonzen und »Mercedesfahrer« verweisen in vielen Fällen nur auf die untergründig fortbestehende Idealisierung des starken Vaters. Die wirkliche Ent-Idealisierung besteht deshalb auch nicht aus einem Vorgang der zynischen Entlarvung, sondern aus einem Prozeß des allmählichen Abtrauerns der idealisierten Eigenschaften des väterlichen Giganten.

Auch wenn die sinnlichen Zuwendungs- und Idealisierungsimpulse aufgrund des pubertären Triebschubs beim Sohn in Gefahr geraten, in offene homosexuelle Impulse überzugehen, kommt es doch zu einer allmählichen Schwächung der gleichgeschlechtlichen dyadischen Bindung an den Vater und zu einer reifen Ich-Ideal-Bildung.

Je weniger schützend sich der Vater in den Kindheitsjahren gegenüber seinem Sohn verhalten hat, desto stärker wird vermutlich die Idealisierung ausfallen. Aber auch Väter, die überwiegend aus narzißtischen Gründen das allmähliche Selbständigwerden ihrer Söhne nicht vertragen können und deshalb eine Ent-Idealisierung mit zu viel verwöhnender und bindender Vater-Sohn-Allianz zu verhindern suchen – dabei nicht selten ihren eigenen ungestillten Vaterhunger zu befriedigen trachten – erschweren den Ablösungs- und Ent-Idealisierungsprozeß ihres adoleszenten Sohnes.

Blos (1990, S. 80) schildert den Fall eines Analysanden, dem als Vater die Pflege seines kleinen Sohnes ein sehr starkes Vergnügen bereitete, was auch mit einem großen Bedürfnis nach körperlicher Nähe einherging. Der Sohn reagierte auf das Bedürfnis seines Vaters, indem er allnächtlich in dessen Bett kam. »Das nächtliche Pendeln zu Vaters Bett hörte auf, als dem Patienten zunehmend bewußt wurde, daß er seinen eigenen dyadischen ›Vaterhunger‹ durch die körperliche Nähe seines kleinen Sohnes befriedigte . . . Die lebenslange emotionale Distanz zwischen Vater und Sohn ließ die Sehnsucht nach dem Kontakt zum Vater niemals erlöschen. Weinend und schluchzend begann er zu erkennen, wie sehr und wie hoffnungslos er seinen Vater liebte. Die Analyse des Patienten in seiner Rolle als Sohn und als Vater brachte verspätet ein befriedigendes Maß an Harmonie in diese gestörte Beziehung dreier Generationen, die in ihm ein Gefühl persönlicher Unvollkommenheit und Unzufriedenheit ausgelöst und zur Kompromiß(Symptom)bildung geführt hatte.«

Anhand von Interpretationen des Briefes von Kafka an seinen Vater, einer Betrachtung des Falles Schreber und Shakespeares Hamlet (alle drei Themen sind seit vielen Jahren Gegenstand psychoanalytischer Interpretationen) kommt Blos (1990) zu dem Schluß, daß es weder Kafka, Schreber noch Hamlet gelungen ist, die Idealisierung ihres Vaters in der Adoleszenz aufzugeben.

Bei Kafkas Brief an den Vater identifiziert Blos (1990, S. 102 f.) vier Seelenzustände als Leitmotiv der Sohn-Vater-Beziehung: 1. eine fanatische Idealisierung des Vaters mit einer damit einhergehenden Selbstentwertung, 2. eine durch nichts zu erschütternde zentrale Stellung des Vaters im Leben des Sohnes, 3. die ständige psychische Wachsamkeit des Sohnes, sich nicht von dem Mann überwältigen zu lassen, den er aller Vernunft zum Trotz liebt und 4. die Bitte um Waffenruhe und die Beschwörung, den Kampf zu beenden und einander nicht länger wehzutun.

Diese unaufgelösten Vater-Sohn-Konflikte führten bei Kafka zu einer gestörten Realitätsprüfung, einer mangelhaft ausgebildeten Ambivalenztoleranz, einem kindlich gebliebenen

Ich-Ideal mit starken Polarisierungen, heftigen Stimmungsschwankungen und paranoiden Vorstellungen.

Den gleichgeschlechtlichen Vaterkomplex konnte Kafka nach Blos (1990, S. 157) in der Adoleszenz nur unvollständig oder nur defensiv bewältigen. Ein wirkliches Abtrauern des idealisierten Vaters gelang somit kaum. Bei Kafka verschmolz seine Trauer »mit seiner lebenslangen Hingabe an das Schreiben . . . von dem er sagt: ›Es war ein absichtlich in die Länge gezogener Abschied von Dir‹ (S. 41)«.

Wie läßt sich der Versuch von Blos (1990), eine Neubewertung des Stellenwertes des Ödipuskomplexes in seinen gegen- und gleichgeschlechtlichen Komponenten durchzuführen, einschätzen? Er hat – hierin sicherlich beeinflußt von Loewald (1951), Mahler und Gosliner (1955), Abelin (1971), Ross (1977, 1979) oder Herzog (1980) – die Bedeutung des Vaters für den kindlichen Entwicklungsprozeß betont, hat aber mehr noch als die genannten Autoren die ungeheure Innigkeit der idealisierenden Beziehungen des kleinen Sohnes zu seinem Vater herausgearbeitet. War man bislang gewohnt, von der nahezu ausschließlichen Mutter-Kind-Symbiose auszugehen und den Vater nur in seiner wichtigen, aber letztlich – im Vergleich zur Mutter – doch randständigen Bedeutung als triangulierende Person wahrzunehmen, so bekommt er nun einen ganz starken Stellenwert für den kleinen Jungen. Eine ähnliche Aufwertung des Vaters in seiner Bedeutung als Identifikationsfigur für das Mädchen findet man in den Arbeiten von Benjamin (1990, 1992). Alle klinischen Erfahrungen sprechen sicherlich dafür, daß ein liebevoller, unterstützender Vater für die Festigung eines positiven Selbstwertgefühls und für die Beziehungs- und Liebesfähigkeit bei Sohn und Tochter ungemein wichtig ist. Aber mit Judith Fingert Chused (1991) ist zu fragen, ob Blos (1990) den Abwehrcharakter der Vater-Idealisierung als eine Komponente der Idealisierung ausreichend berücksichtigt hat. Für Fingert Chused stellen z. B. die Hypochondrie und der Masochismus von Franz Kafka Kompromißbildungen dar, die sowohl gegengeschlechtliche wie gleichgeschlechtliche, triadische und dyadische Wünsche und Ängste umfassen. Neigt Blos (in seinem Alterswerk) nicht auch dazu, die aggressiv rivalisierenden Impulse des Sohnes gegenüber dem Vater zu unterschätzen, ebenso wie seinen Neid und seine Eifersucht auf beide Eltern? Diese Psychoanalytikerin bezweifelt auch, ob das Ich-Ideal des adoleszenten Sohnes nur ein Abkömmling der dyadischen Beziehung zum Vater und nicht auch der Mutter ist. Trotz dieser Einwände wirft die Forschungsarbeit von Blos (1990) ein neues Licht auf die Psychodynamik adoleszenter männlicher Jugendlicher und macht deutlich, wie eine unaufgelöst idealisierte und defensiv entwertete Vaterrepräsentanz das Erreichen einer männlichen Geschlechtsidentität am Ende der Adoleszenz erschweren oder gar verhindern kann.

Wie verhält es sich mit der gleichgeschlechtlichen Komponente beim adoleszenten Mädchen? Auch für das Mädchen gilt, daß es einen mächtigen Drang zur präödipalen Mutter gibt, der bei weiblichen Jugendlichen häufig zu Eßproblemen in Form von Bulimie und Anorexie führt (siehe z. B. Plaut und Hutchinson, 1986; Schneider-Henn, 1988). Heterosexuelles Verhalten weiblicher Jugendlicher dient zunächst überwiegend der Befriedigung ihres kindlichen Kontakthungers, der Abwehr fortbestehender homoerotischer Neigungen und dem Vertrautwerden mit Sexualität. Erst nach und nach gelingt das wirkliche Sich-Einlassen auf heterosexuelle Impulse, wobei adoleszente Mädchen aufgrund der Tatsache, daß Väter und Männer ein anderes Geschlecht haben als ihre primäre Bezugsperson, es in dieser Hinsicht schwieriger haben als Jungen. Vermutlich ist es für Mädchen nicht minder wichtig, die homoerotisch idealisierende Beziehung zur eigenen Mutter durchzuarbeiten, um eine größere Autonomie in ihrem eigenen Ich-Ideal zu erreichen (vgl. Nagera, 1975).

7.2.7 Menstruation – immer noch ein Tabu?

»Auch für ein Mädchen heute ist die Menarche noch ein Moment, in dem die Knie zittern, ein Augenblick, in dem die Zeit stille steht und in dem sich im Lebensgefühl ein Abgrund eröffnet. Mit der Entdeckung des ersten Blutstropfens ist das Leben in seinem gewohnten Gang schlagartig unterbrochen; die Kindheit steht plötzlich als eine in scharfem Schnitt abgetrennte Lebensphase da, sie ist unwiederbringlich verloren ... Die Menarche ist immer ein tief bewegendes Erlebnis; es ist in seiner schnittartigen Intensität wohl nur der Geburt eines Kindes oder dem Tod einer geliebten Person vergleichbar« (Waldeck, 1988 b, S. 341/2).

Obwohl sich nahezu alle Forschungsarbeiten über weibliche Sexualität und Adoleszenz auch mit der Bedeutung der Menstruation für das pubertierende Mädchen befaßt haben, konnten Menarche und Menstruation in der psychoanalytischen Literatur nicht (noch viel weniger allerdings in der psychologischen und sozialwissenschaftlichen Literatur) die Beachtung finden, die ihnen anhand ihrer einschneidenden Bedeutung für die weibliche Identitätsbildung, das Körperselbst-Erleben und die Psychosexualität des adoleszenten Mädchens zukommt. In den letzten Jahren ist aber doch eine Zunahme der gründlichen Beschäftigung mit diesem Thema zu verzeichnen (vgl. z. B. Flaake und King, 1992 a; Hart und Sarnoff, 1971; Plaut und Hutchinson, 1986; Ritvo, 1976; Shopper, 1979; Waldeck, 1988 a, b; Whisnant et al., 1979).

Der Beginn der Menarche ist das eindeutigste biologische Kennzeichen für den Eintritt in die Adoleszenz und den Abschied von der Kindheit. Er bringt in aller Regel eine Entwicklungskrise mit sich, von deren Ausgang es abhängt, wie sich die weitere weibliche Geschlechtsidentität entwickelt (vgl. Ritvo, 1976). Das in dieser Zeit sich auch beschleunigende Brustwachstum zusammen mit weiteren körperlichen Vorgängen (wie z. B. Schamhaarwachstum) führt zu einer fundamentalen Veränderung des bisherigen kindlichen Körperbildes. Plaut und Hutchinson (1986) setzen die mit diesem Prozeß einhergehenden Ängste und narzißtischen Verunsicherungen beim 12-/13- oder 14jährigen Mädchen mit der Kastrationsangst des fünf- oder sechsjährigen Jungen gleich, die den möglichen Verlust der männlichen Geschlechtsrolle signalisiert. Während das Mädchen von solchen Erschütterungen seiner körperlichen Integrität bislang nicht heimgesucht wurde (und deshalb auch seine ödipalen Strebungen weniger als der Junge zu verdrängen brauchte), wird es nun mit psychischen und physiologischen Veränderungen konfrontiert, die starke narzißtische Ängste auslösen und die zum Sammelbecken für alle früher erlebten Benachteiligungen und Zurücksetzungen werden können. Diese Auffassung schließt selbstverständlich nicht aus, daß die Menarche auch eine entwicklungsorganisierende Funktion hat. So hilft sie z. B., eine klarere Repräsentanz von Vagina und Gebärmutter zu schaffen. Der Beginn der Pubertät weist nun auch unmiß verständlich darauf hin, daß das Mädchen eine junge Frau mit Sexualität geworden ist. Im positiven Fall führt das zu einer Kräftigung der weiblichen Geschlechtsrollen-Identität, zum tendenziellen Aufgeben bisexueller Orientierungen. Diese körperlichen Veränderungen lassen nun natürlich auch die ödipale Beziehung zum Vater in einem neuen Licht erscheinen und werden von der adoleszenten Tochter zum Anlaß genommen, ihre inzestuösen Wünsche nun allmählich aufzugeben und sich mit der Weiblichkeit der Mutter stärker zu identifizieren. Das körperliche Weiblichwerden macht aber auch deshalb Angst, weil sich das Mädchen bewußt wird, daß es kein Kind mehr ist und daß symbiotische Bedürfnisse und Sehnsüchte nun offensichtlich nicht mehr so leicht befriedigt werden können. Die Entwicklung einer Pubertätsmagersucht kann deshalb einen Versuch darstellen, zur präödipalen Mutter und auf ein prägenitales Niveau der Geschlechtsidentität mit einer bisexuellen Orientierung zurückzukehren und der ödipalen Rivalität mit der Mutter aus dem Weg zu gehen. Wegen der stärkeren Belastung, die die Menarche für das adoleszente Mädchen bedeutet, neigen Mädchen in diesem Alter stärker zu Regressionen, die ihre adaptive Funktion rasch verlieren können und neurotisch werden.

Schwartz (1986) hat darauf hingewiesen, daß mit dem Vorgang der Menstruation eine kulturell tief verankerte Furcht und Abwertung einhergehen. So bedeutet in vielen Gesellschaften der Beginn der Menstruation den Ausschluß oder die Isolation aus der Familie oder dem Stamm für einige Tage, Monate oder gar Jahre; die Klitorisbeschneidung und die Infibulation sind neben der Kontrolle der Sexualität vermutlich auch eine Folge dieser Abwertung (Lightfoot-Klein, 1989).

Die Atmosphäre von »Lieber-nicht-darüber-Sprechen«, Vermeidung und Verleugnung kann nach Schwartz (1986) frühere Fehlwahrnehmungen des Körperbildes bekräftigen und mit frühen Über-Ich-Introjekten vermengt werden. Es kommt nicht selten vor, daß die derart regressiv wiederbelebten Körpererfahrungen die Verwechslung von analen und genitalen Ausscheidungen zur Folge haben. Gelegentlich erfährt man in Therapien, daß die Mutter ihre Tochter anläßlich deren erster Menstruation fragte, ob sie Durchfall habe. Damit wird unweigerlich die beschämende Erfahrung analer Inkontinenz auf das Menstruieren übertragen. Die Periodizität und die Intensität des Blutes innerhalb des Körpers, über das die Adoleszente keine Kontrolle hat, können Gefühle der ängstigenden Passivität und Hilflosigkeit auslösen und frühere konflikthafte Erfahrungen aktivieren. Während das Wachsen der Brüste und das Weiblicherwerden des gesamten Körpers eher zum Gegenstand gezielter und positiver Aufmerksamkeit werden, bleibt die Erfahrung des Menstruierens eher ein schamhafter und unerfreulicher Vorgang, obgleich in den letzten Jahren sicherlich eine größere Unbefangenheit eingetreten ist.

Bei einer Durchsicht der Arbeiten aus den 40er, 50er und 60er Jahren stellt man fest, daß diese noch recht stark vom Primat des Penisneides für die Konstituierung der weiblichen Idealität beeinflußt waren und dementsprechend das Erleben der monatlichen Blutung in engem Zusammenhang mit dem endgültigen Verlust des Penis gesehen wurde (so z. B. bei H. Deutsch, 1925, 1948, die auch die bei manchen Frauen mit der Regelblutung einhergehenden Kopfschmerzen und depressiven Verstimmungen als unbewußten Ausdruck des Ärgers und der Wut über die erlittene Kastration eingeschätzt hat). Für eine

Untergruppe neurotischer Frauen läßt sich diese Erlebniskonstellation aus klinischer Sicht wahrscheinlich bewahrheiten, aber sie darf nicht zur allgemeingültigen Entwicklung generalisiert werden.

Eine andere Kritik ist an der Auffassung von K. Horney anzubringen: Ihrer Meinung nach bringe die Menstruation nicht ein Aufleben des Kastrationskomplexes, sondern eine Erneuerung der spezifisch weiblichen Angst vor der Verletzung des Körperinneren mit sich. Zwar nahm Horney (1924) damit moderne Auffassungen über eine genuin weibliche Körperwahrnehmung vorweg, die sich nicht am imaginären Phallus, sondern am tatsächlichen Geschlecht des Mädchens orientiert (vgl. Kap. 5.2.8), aber auch sie kann die soziokulturelle Entwertung der Menstruation noch nicht hinterfragen. Denn die von Horney beobachtete Angst bei pubertierenden Mädchen vor der Beschädigung des Körperinneren angesichts des Menstruationsblutes und die damit oftmals einhergehende Abwehr der Weiblichkeit und der Wunsch nach einem männlichen Körper, einschließlich des Penis, vernachlässigen die jahrhundertealte Entfremdung des weiblichen Körpers. So hat jüngst die Anthropologin Martin (1989) in einer medizinkritischen Analyse aufgezeigt, daß das Menstruationsblut im herkömmlichen medizinischen Diskurs zumeist als überflüssige Ausscheidung, nicht aber als erwünschtes Produkt des weiblichen Zyklus betrachtet wird. Ruth Waldeck (1988 a, S. 197) geht noch einen Schritt weiter: Sie erblickt in dem »Tabu der Menstruation« ein »Unterdrückungsinstrument, das in unvergleichlicher Weise in die weibliche Adoleszenz und damit ins gesamte Leben der Frau eingreift«.

Aber kann man über Menstruation heutzutage nicht in aller Öffentlichkeit sprechen, gehört nicht die Werbung für Tampons und Slipeinlagen genauso zum Konsumalltag wie die Werbung für Haarwaschmittel oder Hundefutter? Tabuisiert werden nach Waldeck aber nicht die medizinischen, hygienischen oder psychosomatischen Aspekte der Menstruation, sondern ihre erotische Seite. Die sexuelle Erregung und die erotische Faszination, die vom Blutfluß der Frau ausgehen, sind verdrängt. »Zwar ist der Gegenstand des Tabus, der Blutfluß, weitgehend vom Berührungsverbot befreit, aber die Gefühle, die einst das Tabu begründeten, sind nicht befreit, erlöst, sondern so tief gefesselt, daß sie sich angesichts des Menstruationsblutes nicht mehr regen. Die Gesellschaft, die diesen Zivilisierungsprozeß vorantreibt, muß den abgedrängten Gefühlen andere Wege anbieten, sich auszuleben, und wo das geschieht, wird man der Kehrseite der Zivilisation ansichtig, nämlich einer Explosion von Gewalt und Brutalität« (1988 a, S. 203/4).

Olbricht (1990) sieht die Menstruation auch als eine Form der natürlichen *Schwangerschaftsverhütung* und damit auch als eine Möglichkeit zur Autonomieentwicklung. Sexualität kann während dieses Zeitraums ohne Angst vor Schwangerschaft erlebt werden, was eine menschliche Errungenschaft darstellt (Blutungen bei weiblichen Tieren gehen mit erhöhter Fruchtbarkeit einher). Die Menstruation bedeutet im Prinzip nicht nur eine Phase erhöhter sexueller Erlebnismöglichkeit, sondern sie bindet die Frau auch stark in das rhythmische Geschehen der Lebensläufe ein. »Sie erfährt den Wechsel des ›Stirb und Werde‹ am eigenen Leib, in der eigenen Körperlichkeit – und sieht ihn im Wechsel der Mondphasen widergespiegelt, eine Körpererfahrung und eine spirituelle und damit anrührende und prägende Erfahrung zugleich« (S. 114).

Aber das Menstruationstabu reduziert nach Waldeck nicht nur einen wichtigen Teil sexueller Erfahrungsmöglichkeiten und des weiblichen Körperstolzes, sondern »auch die pubertären Größenphantasien, der Motor der Lebensentwürfe, (werden) gleichsam geködert und gefesselt durch die Vorstellung, daß das Blut eine gefährliche, zerstörerische Macht habe. Die Kraft der Größenphantasien richtet sich nur gegen die Frau selbst: Sie muß sich Beschränkungen und Qualen auferlegen, um die krankmachenden und verunreinigenden Kräfte des Blutes im Zaum zu halten . . .« (1988 b, S. 341).

Auch Shopper (1979) hat darauf aufmerksam gemacht, daß die Benützung eines Tampons und die (Wieder-)Entdeckung der Vagina zu einer (Wieder-) Besetzung der Vagina nach der ersten Menarche des pubertierenden Mädchens führen könnte, wenn nicht die Mütter, im Grunde aber die gesamte – von Männern maßgeblich beeinflußte – kulturelle Einstellung zur Menstruation, die Wertschätzung der Vagina und des monatlichen Blutens verhindern und bewirken, daß bei vielen, wenn nicht bei den meisten pubertierenden Mädchen der Eindruck eines unappetitlichen Bildes von einem kloakenähnlichen Ausfluß entsteht.

Es geht in der Pubertät um die *Wieder*entdeckung der Vagina, weil ja, dem heutigen Forschungsstand entsprechend, angenommen werden muß, daß kleine Mädchen schon recht bald körperliche Empfindungen und damit ein wenngleich auch recht vages Körperbild ihrer Vagina aufweisen (siehe Bd. 1, Kap. 2 und 3). Schon M. Klein (1932) z. B. ging – wie auch Muller (1932) und Horney (1933) – davon aus, daß kleine Mädchen ein frühes, wenigstens unbewußtes Wissen von ihrer Vagina besitzen. Da die Vagina jedoch mit all den Ängsten befrachtet ist, die das Körperinnere betreffen, werden ihre Wahrnehmungen zugunsten der Klitoris verdrängt. Auch Barnett (1966) nahm an, daß die Klitoris vor allem deshalb im Erleben eine stärkere Rolle spiele, weil sie eine bessere Kontrolle der Erregung ermögliche. Weil die vaginale Körperhöhle über keine muskuläre Kontrolle verfüge, sei das Penetriertwerden eine ständige Gefahr für die körperliche Integrität. Nach Kestenberg (1968) kommt das ödipale Mädchen in eine starke Nähe zu der Entdeckung vaginaler Empfindungen, wenn es sich seinem Vater zuwendet und erste Phantasien darüber entwickelt, daß sein Vater mit seinem Glied in es eindringt. Die Fehlbenennung weiblicher Genitalien, die von Kleemann (1976) und Lerner (1976) beschrieben worden sind (vgl. Bd. 1, Kap. 2.3.4), kann zu einem Mangel an Differenzierung der weiblichen Genitalien und häufig zu einem »Kloakenkonzept« führen, d. h., statt der drei Körperöffnungen mit verschiedenen und getrennten Funktionen nimmt das Mädchen nur eine Öffnung wahr, die allen drei Funktionen dient.

»Meistens wird ›das da unten‹ allenfalls mit dem Hinweis erwähnt, daß es reinigungsbedürftig sei; das suggeriert zugleich, daß es schmutzig sei« (Olbricht, 1990, S. 113).

Nach Avello (1990) machen die Menstruation beim Mädchen und die Produktion von Samen beim Jungen eine neue Geschlechtsdefinition erforderlich und damit ein erneutes Durcharbeiten der Phantasie, die (anatomischen) Möglichkeiten beider Geschlechter zu haben (anatomische Bisexualität). Sie geht davon aus, daß die intensive Selbstbefriedigung in der Adoleszenz nicht nur dazu dient, starke genitale Spannungen zu befriedigen, sondern auch zu verleugnen, daß der Adoleszente nur noch ein Geschlecht aufweist und für die sexuelle

Vereinigung einen anderen Körper benötigt. Adoleszente Selbstbefriedigung mit Phantasien über eine Vereinigung mit dem anderen Geschlecht hat deshalb auch eine bessere Prognose, weil sie weniger Verleugnung impliziert. Im Ausmaß, in dem es möglich wird, diese traurigen Verlustsituationen durchzuarbeiten, gelingt die Entwicklung einer zunehmend konsolidierten, erwachsenen Geschlechtsidentität. In Worte gefaßt würde dieser Vorgang folgendermaßen lauten: »Ich bin nicht länger ein Kind. Ich habe meinen kindlichen Körper verloren. Meine Eltern sind nicht länger die Eltern eines Kindes, sondern eines Heranwachsenden. Ich habe mich wie ein Erwachsener zu benehmen, weil mein Körper der eines Erwachsenen ist.«

Während in der späten Kindheit für viele Mädchen eine relative Freiheit bestand, sich nicht nur entsprechend der Geschlechtsrollen-Normen verhalten zu müssen, werden Mütter und Väter bei ihren adoleszenten Töchtern beunruhigt und fühlen sich schuldig, wenn sie feststellen, daß diese immer noch am liebsten auf Bäume klettern oder sich wie Jungen anziehen wollen.

Mütter können die Identifizierungen ihrer Töchter mit sich aus Angst vor Rivalität zu unterbinden versuchen; sie werden auf jeden Fall mit eigenen psychosexuellen und Rollen-Konflikten bezüglich ihrer Geschlechtsidentität konfrontiert (vgl. Schwartz 1968).

Väter können nicht umhin, ihre Töchter in der Adoleszenz als sexuelle und geschlechtsfähige Frauen anzuerkennen, und misogyne Tendenzen, die bislang versteckt oder verleugnet waren, kommen nun unweigerlich zum Vorschein (»du mit deinem dicken Hintern, schau dich mal im Spiegel an, wie fett du aussiehst«), werden vor allem aber auch zur Abwehr der eigenen sexuellen Wünsche eingesetzt. Wenn Väter die Auffassung verbreiten, daß Frauen nur wegen der sexuellen Sehnsüchte, die sie auslösen, schätzens- und anziehenswert sind, kann dies dazu führen, daß die Adoleszente die Sexualität und die Möglichkeiten ihrer sexuellen und erotischen Ausstrahlung überschätzt. Wenn hingegen Väter das wachsende sexuelle Interesse ihrer Töchter taktvoll anerkennen und die körperlichen Manifestationen ihres Frauwerdens zur Kenntnis nehmen und wertschätzen, werden sie einen eminent wichtigen Beitrag zur Konsolidierung der Geschlechtsrollen-Identität ihrer Töchter vollbringen (vgl. Schwartz 1986).

»Um sich vorstellen zu können,
was eine Frau ist, muß das Mädchen zunächst
den eigenen Körper begreifen.
Denn der weibliche Körper
ist die Basis der Identität als Frau«
(Waldeck, 1992, S. 187).

7.2.8 Die Zukunft der Frauen liegt in ihren Händen

Waldeck (1992, S. 192 f.) hat auf einen weiteren Gedanken hingewiesen: Damit sich adoleszente Mädchen als Subjekte ihres eigenen Begehrens und ihrer eigenen Lust wahrnehmen können, ist eine Selbstbefriedigung gerade während des Menstruierens notwendig. Denn die Menstruation eröffnet die Chance, das

Körperbild zu ergänzen, indem die unsichtbaren inneren Geschlechtsorgane, aber auch die Vagina auf neue Weise gespürt und Grenzziehungen zwischen Innen und Außen gefestigt werden. Weil sie eine stärkere Durchblutung des Beckens und der Genitalien und damit eine stärkere sexuelle Erregbarkeit mit sich bringt, ist die Menstruation ein »entscheidender Körpervorgang für den Übergang vom Mädchen zur Frau«. Obwohl nun Äußerungen über ein stärkeres Verlangen nach intimer Nähe und Geschlechtsverkehr während der Blutungsphase von Frauen in den letzten Jahren immer häufiger bekannt werden, fehlt nach Waldeck jedoch das Erwähnen der Selbstbefriedigung.

»Die erregenden Wogen, die in der Pubertät aus dem Körper aufsteigen, verlangen nach sexueller Befriedigung – und das heißt für ein junges Mädchen zunächst: nach Selbstbefriedigung. Denn den eigenen Körper zu kennen, ehe man ›angefaßt‹ wird, ist wesentliche Voraussetzung für eine stabile Identität und damit auch für die Gleichheit in zukünftigen Beziehungen.«

Waldeck (1992) macht klar, daß es dabei auch ganz entscheidend auf den Inhalt der Onaniephantasien ankommt. Denn nur allzu häufig werden in den Phantasien Macht und Kontrolle an einen Mann delegiert, was sich psychodynamisch als eine Verschiebung derjenigen Macht und Kontrolle erklären läßt, die die Mutter einst gegenüber ihrer kleinen Tochter ausübte. Die Weigerung, sich selbst als aktiv begehrende, sexuelle Frau zu erleben, die Verantwortung für ihre sexuellen und erotischen Wünsche übernimmt, geht letztlich auf eine nicht gelöste Bindung an die Mutter zurück; eigene sexuelle Empfindungen und Lust zuzulassen heißt zunächst, sich von der Mutter abzugrenzen und in einem zweiten Schritt mit ihr zu rivalisieren.

»Wenn es nicht ihre eigene Hand ist, sondern die Hand eines – phantasierten – Mannes, die ihr Verlangen weckt und die sie zu einer sexuell attraktiven und genußfähigen Frau macht, dann wäre sie auch nicht verantwortlich dafür, wenn sie die Mutter von ihrem Platz vertriebe oder gar ins Grab brächte« (S. 196).

Masochistische Onaniephantasien, in denen sich ein Mädchen oder eine Frau lustvoll einem starken und gebieterischen Mann hingeben muß, umgehen somit die notwendige – überwiegend ödipale – Auseinandersetzung zwischen dem adoleszenten Mädchen und seiner Mutter und lassen nur geringe Möglichkeiten der Aneignung seines sexuellen Körpers, seiner aggressiven, rivalisierenden, selbstbehauptenden Strebungen und seines sexuellen Begehrens entstehen.

Vielleicht zeigt sich eine dumpfe Ahnung von der Bedeutung der Menstruation, nicht nur im sexuellen, sondern auch im lebenserhaltenden Sinn bei vielen Männern, wenn man noch einmal an die Initiationsriten der Subinzision (vgl. Bettelheim, 1954/1975, 1975) erinnert, die Olbricht (1990, S. 114) folgendermaßen interpretiert: »Hier wird als religiöser Akt eine Blutung des männlichen Genitales herbeigeführt, die auf natürliche Weise, ohne Verletzung, niemals eintreten könnte. Die Menstruation hingegen ist das einzige Ereignis einer Blutung ohne Verletzung, also ohne aggressiven Akt. Durch die Menstruation fließt also Lebensblut, das zudem noch die Eigenschaft hat, ungerinnbar zu sein, zum Zeichen der Fähigkeit zu Regeneration und Reproduktion (Voss, 1988). Hinter der Abwertung dieser nur der Frau eigenen Vorgänge steht ursprünglich der Menstruationsneid.«

7.2.9 Konflikte der Mütter angesichts menstruierender Töchter

Sicherlich ist für die menstruierende Jugendliche nicht nur die Haltung der Mutter zu ihrer eigenen Menstruation wichtig (»das war die Zeit, in der meine Mutter sich zurückzog und mir den Eindruck vermittelte, sie würde mit ihrem Schicksal als Frau hadern«, sagt z. B. eine Analysandin), sondern auch, ob und wie die Mutter zu diesem – vielleicht einschneidendsten – Ereignis ihrer Tochter Stellung bezogen hat.

Die Zahl derjenigen Frauen, die berichten können, daß sie als Jugendliche von ihrer Mutter hinsichtlich der Menarche und Menstruation aufgeklärt worden sind (und daß ihre Mütter z. B. anteilnehmend, aber letztlich wortlos Binden oder Tampons ins Bad gelegt haben), nimmt in der Gegenwart deutlich zu, auch wenn es noch genügend Frauen zwischen 25 und 40 Jahren gibt, die in der Analyse erzählen, daß sie irgendwie zu diesem Wissen gelangt seien, z. B. durch Hörensagen oder von Freundinnen und gelegentlich auch vom Vater.

Dennoch war dieses Thema zu Freuds Zeiten sicherlich mit einer noch viel größeren Tabuisierung und Schamhaftigkeit besetzt. Aber wie ist heutzutage die Interaktion zwischen einer Mutter und ihrer menstruierenden Tochter, wenn es im günstigen Fall dazu kommt, eigentlich genau beschaffen? Die Formel »ich wurde von meiner Mutter darüber aufgeklärt« verbirgt eine Fülle von ausgesprochenen und unausgesprochenen Bedeutungen, und meistens hatten in der Vergangenheit Patientinnen wie Analytikerinnen und Analytiker keine Sprache und Phantasie, um diese für die Weiblichkeit des adoleszenten Mädchens entscheidenden Vorgänge zwischen Mutter und Tochter genauer zu erforschen. Statt dessen müssen – so könnte man mit ein wenig Polemik behaupten – unpräzise analytische Rekonstruktionen, die auf den Mangel an mütterlicher Empathie abzielen, der irgendwo in den ersten zwei Lebensjahren angesiedelt wird, häufig dafür herhalten, diese terra incognita der adoleszenten Interaktionen zwischen Mutter und Tochter abzudecken. Aber es gilt auch zu berücksichtigen, daß Psychoanalytiker erst nach und nach die wichtige Bedeutung der Adoleszenz entdecken (vgl. z. B. Erdheim, 1982; Goettsche, 1986).

Mit Hilfe einer tiefenhermeneutischen Interpretationsmethode hat Haase (1992) die Erzählungen einer 45jährigen Mutter, wie diese die Menarche und die nachfolgenden Menstruationen ihrer knapp 13jährigen Tochter erlebte, interpretiert und daraus die »leise, latente Seite des Menstruationstabus« geschlußfolgert. (Unter der »lauten, manifesten Seite« versteht sie die entsinnlichte, öffentliche Verwaltung des menstruierenden Frauenkörpers in Form von Reinlichkeit und zyklischem Funktionieren.) Auf sehr schlüssige Weise gelingt ihr der Nachweis, daß die Tochter (jede Tochter?) sich wünscht, die Mutter möge das Weibliche und Erotische ihres Körpers, den genuinen Ort ihrer Weiblichkeit, als existent bestätigen, so als würde sie gleichsam sagen:

»Weil Du meine Sexualität übersiehst, fordere ich Dich dazu heraus, meinen sinnlichen Ort, – in Worten, mit den Augen, mit den Fingern? – zu berühren. ›Guck mal‹, schau mein ›zusätzliches Loch‹ an, damit ich die darin enthaltenen Erregungen als zu meinem ›normalen . . . Frauwerden‹ zugehörig ansehen kann. Du sollst mir bestätigen, daß ich diese Erregungen haben darf und als meine Sinnlichkeit und Lust in mein Selbstverständnis als Frau integrieren kann« (S. 179).

Aber die Mutter (jede Mutter?) fühlt sich von dem Anspruch ihrer Tochter nach erotischer Nähe bedrängt, spürt Angst vor der homoerotischen inzestuösen Wunschphantasie, ängstigt sich vor einer autoerotischen Erregung und grenzverwischenden Erfahrung, appelliert an heterosexuelle Ordnungsauffassungen (indem in der Mutter der Wunsch entsteht, den Vater mit einzubeziehen) und an die Reinheit eines heterosexuellen Frauenbildes. Aber die Wiederkehr des Verdrängten läßt nicht lange auf sich warten: »Auch wenn die zum Grausen gewordene inzestuöse homo-autoerotische Wunschphantasie sich fortan dem Bewußtsein entzieht, so ist sie dennoch nicht ganz verschwunden. Verwandelt und unkenntlich gemacht, bleibt die verbotene inzestuöse homo–autoerotische Lust erhalten. Sie verschiebt sich just auf die Sache, die die gefährliche Lust zum Vorschein gebracht hat: auf das Menstruationsblut. Die mütterlich-töchterliche Erotik materialisiert sich als Verbot an diesem blutigen weiblichen Körperprodukt und bleibt, als ›stinkiger, ekliger, lästiger‹ Blutfluß unkenntlich gemacht, in verwandelter Form erhalten. Allmonatlich, mit jedem Blut zwischen den Schenkeln, erlebt die in Schweigen gehüllte inzestuöse homo–autoerotische Lust eine bedrohliche Erneuerung« (S. 182).

Es klingt vorerst noch wie eine Utopie, wenn die Autorin anmerkt, daß auch andere Mutter-Tochter-Interaktionen denkbar sind, wie z. B. eine Beziehung, bei der die Mutter angesichts ihrer menstruierenden Tochter sich mit ihren homoerotischen Wünschen auseinandersetzt und wohl auch, so wäre hinzuzufügen, mit Rivalität und Neid, die oftmals verhindern, der Tochter eine gelungenere weibliche Identität und eine befriedigendere Sexualität zu ermöglichen.

Denn Mütter, deren eigene Weiblichkeit und Lust so wenig in ihrer eigenen Pubertät anerkannt und bestätigt worden sind, haben aus verständlichen Gründen die größten Schwierigkeiten, ihrer Tochter eine weibliche Identität und ein lustvolles Begehren zuzugestehen. Und selbst da, wo heutzutage progressive Mütter an ihren Töchtern nicht die Fehler ihrer eigenen Mütter wiederholen wollen, kann es nicht ausbleiben, daß in einer bemüht liberalen Haltung dennoch ein Bodensatz an generationsübergreifenden Konflikten und Einschränkungen transportiert wird, ganz zu schweigen davon, daß die reparativen Phantasien dieser Mütter oftmals schon den narzißtischen Mißbrauch ihrer Töchter in sich bergen. Das soll aber die grundsätzliche Idee der Möglichkeit einer kulturellen Evolution der Mutter-Tochter-Beziehung auf keinen Fall ausschließen; nur ist es aus psychoanalytischer Sicht und Erfahrung wichtig, im scheinbar Progressiven nicht die unbewußte Ambivalenz zu übersehen.

7.2.10 Die ersten Ejakulationen des Jungen

Wenn Waldeck (1988 b, S. 324) schreibt: »Jede andere Leistung, jeden Erfolg darf sie zeigen, die Binde aber hat zu verschwinden. Die Mutter mag erste Haarlocken und Milchzähne aufbewahrt haben, vom ersten Menstruationsblut wird nichts mehr aufgehoben«, so kann man natürlich fragen, welche Bedeutung der erste Samenerguß für einen Jungen hat, der sich meistens als nächtliche Pollution oder anhand von Onanie einstellt. Wird dieses Ereignis entsprechend gewürdigt? Wird sein Samen getrocknet und aufbewahrt? Oder ist der unwillkürliche oder heimlich herbeigeführte Erguß nicht auch überwiegend mit Scham, Heimlichkeit, Schuldgefühlen neben all den stolzen Gefühlen, nun auch endlich ein Mann zu sein, verbunden? Es ist wichtig, trotz ausgiebiger Würdigung der weiblichen Psyche nun nicht in den umgekehrten Fehler zu verfallen und den Jungen als ein Geschöpf zu charakterisieren, der entweder alle Entwicklungsaufgaben souverän meistert, oder als jemanden, den dies alles psychisch gar nicht berührt.

Kaplan (1991, S. 51) merkt an, daß vom Jungen die Klebrigkeit der Ejakulationen mit dem Kleinkindalter in Zusammenhang gebracht wird und diese Erfahrungen deshalb für ihn überwältigend und ängstigend sein können. Die körperlichen Veränderungen, das Erwachen und das Wachstum der sogenannten inneren Geschlechtsorgane – der Hoden und des Hodensacks, der Samenbläschen, der Prostata und der Cowperschen Drüsen – erinnern nach Kaplan den Jungen »nur allzuoft an die Weiblichkeit, Passivität und Schwäche . . ., die er mit der phallisch-narzißtischen Forschheit seiner vorpubertären Jahre überspielen konnte . . . Häufig betrachten Jungen die Hoden als weibliche Organe, wie Brüste oder Eierstöcke, die Bezeichnung ›Eier‹ weist darauf hin. Auch die Flaumigkeit des ersten Schamhaars droht, die unbewußten Phantasien des Jungen, in eine Frau verwandelt zu werden, ins Bewußtsein gelangen zu lassen.« Welche Freude, welcher Festgesang erhebt sich von seiten der Erwachsenen angesichts der ersten Samenergüsse? Wären hier nicht auch seitens der Väter tiefgreifende homoerotische und -sexuelle Ängste zu verkraften und zu verarbeiten, würde in manchen Fällen vielleicht noch mehr väterlicher Neid, als er sich in einer Laios-Ödipus-Konstellation ohnehin schon ergibt, entstehen? Ist es vielleicht dem Jungen ganz recht, daß er nun ein wichtiges Geheimnis für sich hat? Immerhin können sich pubertierende Jungen ihrer sexuellen Leistungen häufig aber doch recht bald in einer Gruppe gleichaltriger Freunde erfreuen, wo anhand gegenseitigen Onanierens die Menge des Samens und die »Spritzstärke« neugierig und staunend verglichen werden. Trotzdem bleibt bei vielen Jugendlichen sicherlich auch die Scham über die ersten Pollutionsflecken im Bettlaken, die von den Müttern wortlos konstatiert werden.

7.3 Entwicklungsdaten

Bei der Beschreibung der verschiedenen Phasen der Adoleszenz ist zu berücksichtigen, daß die phasenspezifischen Aufgaben und Entwicklungseigentümlichkeiten keine ganz genaue Zeiteinteilung zulassen und natürlich auch keine historische und gesellschaftliche Invarianz aufweisen. Die Adoleszenz in den Favelas von Rio de Janeiro z. B. verläuft sicherlich anders als die eines in Mittelschicht-Verhältnissen aufwachsenden und gut behüteten westeuropäischen Jugendlichen. Und die Adoleszenz in Deutschland des 18. Jahrhunderts unterscheidet sich von derjenigen am Ende des 20. Jahrhunderts. Trotz dieser verschiedenen Sozialisationsumwelten lassen sich aber auch gesellschafts- und zeitinvariante Gemeinsamkeiten feststellen.

Viele Psychoanalytiker führen die Probleme ihrer erwachsenen Patienten zumeist auf unerledigte Kindheitskonflikte zurück. Dies hat verschiedene Gründe: Zum einen sind die Ereignisse und Erlebnisse der Kindheit, vor allem auch diejenigen der ersten Lebensjahre, tatsächlich von herausragender Bedeutung; zum anderen haben sich Entwicklungstheorien – die dann auch als Erklärungsfolien herhalten müssen – bevorzugt mit der Kindheit beschäftigt (z. B. die Arbeiten von René Spitz und Margret Mahler) und die Adoleszenz eher vernachlässigt. Goettsche (1986) hat den stillschweigenden reduktiven Bias, den viele klinische Rekonstruktionen und Konstruktionen aufweisen (wenn z. B. anläßlich der Arbeitsstörung eines dreißigjährigen Patienten mit großer Selbstverständlichkeit auf anale Größenphantasien eines ein- bis zweijährigen Kindes rekurriert wird), darauf zurückgeführt, daß manche Psychoanalytiker mit dem zweijährigen Kind auf der Couch – das sie mit ihren Interpretationen von Übertragungsreaktionen schaffen – besser zu Rande kommen als mit Wut und sexuellem Begehren eines ausgewachsenen Adoleszenten. Größenphantasien, reaktivierte prägenitale und sadistische Triebimpulse, schwärmerische Liebe, abgrundtiefer Haß und jubelnder Überschwang des Adoleszenten sind dem Erwachsenen näher als die kaum mehr erinnerbaren Erlebnisse der Kleinkindzeit, und aus diesem Grund löst die Beschäftigung mit den adoleszenten Phänomenen möglicherweise auch mehr Scham- und Schuldgefühle bei vielen PsychoanalytikerInnen aus.

Bei der Diskussion der verschiedenen Phasen der Adoleszenz und ihrer Entwicklungsaufgaben wird für manchen die Frage auftauchen, ob nicht bestimmte klinische Störungen angemessener aus einem konfliktbedingten Entwicklungsstillstand in einigen Entwicklungslinien adoleszenter Phasen erklärbar sind als durch den Rekurs auf die ersten Kindheitsjahre. Narzißtische Größenphantasien z. B. sind nach den Schlußfolgerungen von Kleinkindforschern beim ein- oder zweijährigen Kind nicht anzutreffen; wohl aber sind sie ein nahezu ubiquitäres Erleben in der Adoleszenz. Dennoch können nach psychoanalytischer Auffassung bereits schon in frühen Jahren die Fundamente für spätere Fehlentwicklungen gelegt werden, und aus diesem Grund darf die der Adoleszenz vorausgehende Zeit natürlich nicht vernachlässigt werden.

Betrachten wir nun die einzelnen, idealtypisch voneinander abgegrenzten Phasen der Adoleszenz noch einmal etwas genauer.

7.3.1 Präadoleszenz (11 bis 12 Jahre)

Kam es in der Latenzphase zu einer Konsolidierung der Ich-Funktionen, zu einer Erweiterung der »konfliktfreien Sphäre des Ichs«, der sozialen Fähigkeiten und ermöglichten die kognitive Entwicklung und eine zunehmende intrapsychische Autonomie von Triebimpulsen und Affekten die Antizipation zukünftiger Belohnungen und Freuden, so geraten in der Präadoleszenz diese konstruktiven Anpassungsleistungen ins Wanken. Die körperlich sexuelle Entwicklung bringt eine Zunahme der Triebaktivität mit sich und frühere prägenitale Triebimpulse tauchen erneut auf. Beim Jungen kommt es nach Blos (1962, S. 71) häufig zu »einer wahllosen Besetzung aller libidinösen und aggressiven, infantilen Befriedigungsmodalitäten.«

Aus einem braven Volksschüler, der mit besten Noten die Aufnahme ins Gymnasium schaffte, wurde mit 11, 12 Jahren ein »wilder« Junge, der im Sommer seinen Spaß daran fand, im abgetrennten Frauen-FKK-Areal des Freibads zusammen mit seinem Freund Löcher in den Schilfmattenzaun zu bohren und mit Luftpistolen vorübergehende Passanten in den Hintern zu schießen, und der zusammen mit seinen Freunden begann, sich für die Möglichkeit einer Demontage von Zigarettenautomaten zu interessieren.

Psychoanalytisch betrachtet kamen hierbei in unsublimierter Form prägenitale Triebimpulse voyeuristischer, anal- und oralsadistischer Art zum Durchbruch.

Da die bereits in früheren Lebensjahren erworbene moralische Orientierung auch in der Prä- (und Früh-)Adoleszenz nicht ungestraft suspendiert werden kann, kommt es zu massiven Abwehrvorgängen und zu dem Phänomen der »Sozialisierung der Schuld«. Hierunter versteht Blos (1962), daß eigene Schuldgefühle erträglicher werden, wenn der Präadoleszente sich auf die Gruppe beziehen kann, in der schließlich »alle daran mitgewirkt haben, daß die Wandhalterungen des Zigarettenautomats den wuchtigen Schlägen nachgegeben haben«.

Das sich aus prägenitalen Triebimpulsen speisende Kraftgefühl hat jedoch auch seinen Preis: Unweigerlich tauchen mit den prägenitalen Impulsen auch frühere Befriedigungserfahrungen aus der Mutter-Kind-Beziehung wieder auf, und wiedererstarkende Ängste vor dem Verschlungen- und Kastriertwerden seitens einer phallisch omnipotenten Mutter haben eine Herabsetzung alles Weiblichen und verstärkt homoerotische Zusammenschlüsse zu Jugendbanden (den Vorläufern der späteren Männerbünde) zur Folge.

Nach neueren Untersuchungen setzt die Pubertät immer früher ein, und beim Mädchen vollzieht sie sich durchschnittlich zwei Jahre früher als beim Jungen. Der sogenannte puberale Wachstumsschub, der plötzliche und zunehmend beschleunigte Anstieg des Körperwachstums beginnt bei Jungen zwischen 9½ und 13 Jahren, bei Mädchen bereits zwischen 7½ und 11½ Jahren, was manche Psychoanalytiker (wie z. B. Kaplan, 1988) veranlaßt hat, beim Mädchen von einer »Vorpubertät« zu sprechen. Im Sinne einer geschlechtsspezifischen Differenzierung gilt es nach Hagemann-White (1992, S. 66), auch zu beachten, daß »die Abfolge der analogen Ereignisse bei den Geschlechtern verschieden« ist. Dies aus dem folgenden Grund: »Die Pubertät beginnt bei männlichen Jugendlichen mit der potentiellen Fortpflanzungsfähigkeit, der ersten Ejakulation; der Beginn steht daher erlebnismäßig mit der eigenen Sexualität in Zusammenhang. Erst danach beginnt die Verwandlung des Körpers durch schnelles Wachstum, Körperbehaarung und Gestaltveränderung. Für das Mädchen ist die Fruchtbarkeit der Endpunkt einer Entwicklung, und der erste Eisprung wird zudem nicht unbedingt bewußt wahrgenommen.«

Heutige Psychoanalytiker gehen nicht mehr von der Annahme aus, daß der erneut aktualisierte Penisneid den zentralen Konflikt dieser Entwicklungsphase darstellt, wie Blos (1962) in Bekräftigung der Auffassung von Helene Deutsch (1944) noch feststellte. Von der Menstruation wurde angenommen, daß sie den Wunsch nach einem Penis intensiviert, weil sie den Kastrationskomplex aus den Kindheitsjahren erneut zum Leben erweckt. Kein Wunder, daß in dieser Argumentationslinie der Penisneid mit der Entwicklung einer weiblichen Geschlechtsidentität kollidiert. Wenn manche Mädchen in der Präadoleszenz daran festhalten, einen kindlichen Körper behalten zu wollen, oder Jungen um ihren Körper beneiden, war dies für klassische Psychoanalytiker ein Indiz für den in der Präadoleszenz aktivierten Penisneid. Pathologische Entwicklungsverläufe dürfen aber nicht zur generellen Entwicklungslogik verallgemeinert werden. Berücksichtigt man jedoch die ungleich komplexeren Interpretationsmöglichkeiten des Penisneides bei kleinen Mädchen aus heutiger Sicht (vgl. Penisneid als Metapher in Kap. 5.2.9), so wird deutlich, daß die bisherigen Adoleszenzforscher von zu vereinfachten Prämissen in bezug auf den Penisneid, der in der Präadoleszenz erneut auftauchen kann, ausgegangen sind. »Allzuoft«, schreiben Barglow und Schaefer (1976, S. 344), »wurde der Penisneid zu einer überverdichteten, übermäßig strapazierten und zu vereinfachenden Erklärung eines komplexen psychischen Phänomens.« Wenn das Mädchen in die Pubertät kommt, hat es bereits ein grundlegend weibliches Identitätsgefühl. Die Umwelt reagiert auf das Mädchen als Mädchen, und es hat innere körperliche Empfindungen, die es als weibliche interpretiert. Ein im Verlauf der Adoleszenz fortbestehender Penisneid ist deshalb auch nicht die Norm, sondern eine neurotische Erscheinungsform. Gesunde adoleszente Mädchen empfinden oft Freude und Selbstvertrauen darüber, daß sie ein Mädchen sind und ihre Weiblichkeit erwacht. Und ebenso wird deshalb die Menarche häufig auch nicht als Beschädigung erlebt, sondern mit Stolz erfahren (vgl. Hart und Sarnoff, 1971).

Was konnte Freud – bis hin zu Blos in den 60er Jahren – zu der irrigen Auffassung gelangen lassen, daß das präadoleszente Mädchen ein Wiederaufflackern der Kastrationsangst und des Penisneides erfährt? Wie kam Freud dazu, für das Mädchen zu fordern, es müsse seine Männlichkeit aufgeben?

Während Jungen in diesem Alter ausschließlich Jungen sein wollen und heftig ausgelacht werden, wenn sie eine Mädchenrolle z. B. im Spiel verkörpern wollen, ergibt das Studium präadoleszenter Mädchen, daß es tatsächlich weibliche und männliche Rollen ausprobiert.

Carson McCullers (1946) hat diesen häufig antreffbaren Zug bei präadoleszenten Mädchen in ihrem Roman Frankie (»The Member of the Wedding«) geschildert. Frankie will kein Kind mehr sein, aber auch noch keine Frau, sie gibt sich einerseits jungenhaft, fühlt sich aber nicht wie ein Junge; sie will sich nicht länger mit ihrer Mutter identifizieren, erlebt sich im nächsten Moment dennoch schon als sehr weiblich.

»Die Mühelosigkeit, mit der sie sich selbst zu diesem Zeitpunkt abwechselnd als weiblich oder männlich begreifen kann, wird darin deutlich, daß sie sich entweder in einen spanischen Schal hüllt oder ein Fußballtrikot anzieht, wenn sie in die Stadt geht – während ihre Freundin mit der gleichen Selbstverständlichkeit die andere Tracht anlegt« (Dalsimer, 1993, S. 15).

Dieses Rollenspiel und die Möglichkeit in der Phantasie anatomisch weder Mann noch Frau zu sein, werden vom präadoleszenten Mädchen sehr genossen. Diese Ambiguität hinsichtlich der Geschlechtsrolle war für Freud und die ihm in dieser Hinsicht folgenden Psychoanalytiker sicher ein wesentlicher Grund für die Annahme, daß das Mädchen Schwierigkeiten erlebe, seine aktiven männlichen Strebungen aufzugeben und seine weibliche Geschlechtsrolle zu akzeptieren.

Heutige Psychoanalytiker erblicken nun in dem häufig bei Mädchen dieses Alters zu beobachtenden sog. »Wildfang«-Verhalten (das erstmals von Helene Deutsch [1944] erwähnt worden ist) nicht mehr wie noch Freud den Ausdruck von Kastrationsangst und Penisneid, nicht mehr, wie noch Blos (1962), eine Abwehr gegen den regressiven Wunsch, zur präödipalen Mutter zurückzukehren, sondern betrachten es als Ausdruck einer vorübergehend intensiver werdenden Identifizierung mit dem Vater, um einerseits die zunehmend stärker werdenden Gefahren eines ödipalen Sich-hingezogen-Fühlens zum Vater, andererseits die Verunsicherungen des sich rapide verändernden Körperbildes und -erlebens abzuwehren (z. B. Barglow und Schaefer, 1979; Dalsimer, 1979). Die inneren genitalen Erregungen, die schwer zu lokalisieren sind, werden häufig externalisiert und in wilden, jungenhaften Spielen abreagiert. Mit dem Beginn der Menstruation ändert sich dies jedoch nach Kestenberg (1975), weil nunmehr die inneren Organe geortet werden können und die Blutungen für deren Funktionstüchtigkeit sprechen. Die Identifikation mit männlichen Aspekten des Vaters hilft dem heranwachsenden Mädchen, seine Angst vor dem Verletztwerden – die durch die heterosexuellen Bedürfnisse und Phantasien geweckt werden – zu bewältigen. Eine ähnliche Funktion der Identifikation mit dem väterlichen »Aggressor« wurde bereits für das drei- bis vierjährige Mädchen beschrieben, das kurz vor dem ödipalen Erleben steht (siehe Bd. 1, Kap. 4.3.3). Das jungenhafte Auftreten in Haartracht, Kleidung und Benehmen stellt deshalb mit großer Wahrscheinlichkeit auch keine »Verleugnung der Weiblichkeit« (Blos, 1962) dar, die durch den Penisneid ausgelöst wird, obwohl es natürlich Mädchen gibt, die die ersten Anzeichen ihrer Weiblichkeit zu verleugnen versuchen, was häufig auf ambivalente und feindselige Identifikationen mit der mütterlichen Rolle zurückgeht (vgl. Benedek, 1959). Sondern viel eher signalisiert es ein Auftanken mit dem das Selbstwertgefühl stärkenden bisexuellen Rollenspiel, in dem die Endgültigkeit des Frauwerdens, das in einigen Monaten anhand der Menarche angezeigt wird, noch hinausgezögert werden kann (vgl. Fischer, 1991).

Ein weiteres wichtiges Phänomen in der Präadoleszenz des Mädchens ist die sogenannte beste Freundin. Sie stellt eine der Möglichkeiten dar, die immer noch stark vorhandenen Bindungen an die Mutter etwas zu lockern und der regressiven Versuchung zu widerstehen, wie einst als jüngeres Mädchen alles mit der Mutter zu besprechen. Auch hinsichtlich dieses Verhaltens gibt es einen bedeutsamen Unterschied zum Jungen, der zwar in diesem Alter auch Freunde zum Spielen hat, für den es aber bei weitem nicht so wichtig ist, sich mit diesen über alles auszutauschen.

Nicht weniger bedeutsam als die beste Freundin ist das Schwärmen für eine ältere Jugendliche oder eine erwachsene Frau, z. B. eine idealisierte Lehrerin (Deutsch, 1944), bei dem die einstmals der Mutter geltende Idealisierung nunmehr auf eine Frau außerhalb der familiären Beziehungen verlagert wird.

Schließlich muß in diesem Lebensabschnitt auch noch die Menstruation Erwähnung finden (vgl. ausführlich Kap. 7.2.7). Auf dem Hintergrund einer modernen psychoanalytischen Sichtweise von einer primären Weiblichkeit ist die Annahme nicht mehr notwendig, daß sich die präadoleszente Tochter enttäuscht von ihrer Mutter abwendet, weil sie ihre Vagina als blutende, penislose Wunde annimmt. Das Gegenteil ist eher der Fall: Wenn die Beziehung zur Mutter einigermaßen gut ist, wird das Mädchen mit der Menstruation nun auch wieder eine stärkere Abhängigkeit von der Mutter zulassen und sich mit der reproduktiven Fähigkeit identifizieren können. Einige Psychoanalytiker (wie z. B. Ritvo, 1976) weisen der Menarche den Stellenwert einer Entwicklungskrise zu, deren Ausgang darüber entscheidet, ob sich das Menstruieren als entwicklungsförderlich oder eher als Hemmnis herausstellen wird. Die vom Mädchen akzeptierte Menstruation bewirkt eine Reifung des Weiblichkeitserlebens und festigt deshalb sicherlich auch die weibliche Geschlechtsrollen-Identität (»ich funktioniere nun so, wie man es von einer Frau erwartet« – »ich bin anatomisch nun eindeutig eine Frau«; dies schließt natürlich nicht aus, daß bewußte und unbewußte [anatomisch] bisexuelle Phantasien fortbestehen können) und die Geschlechtspartner-Orientierung (»ich kann nun ein Kind wie meine Mutter bekommen und könnte deshalb auch mit meinem Vater oder einem anderen Mann ein Kind auf die Welt bringen«). Das sich verändernde

Körperwachstum und die hormonellen Prozesse erzwingen eine Veränderung des Körperbildes: gestern noch ein Kind, heute nun schon eine junge Frau. Für manche prä- und frühadoleszente Mädchen geht diese Entwicklung viel zu schnell, und sie schämen sich für diese rapiden und auch sehr sichtbaren Veränderungen ihrer körperlichen Erscheinungen und entsprechender Funktionen, vor allem weil auch alte Konflikte bezüglich der Geschlechtsrollen-Identität und der psychosexuellen Entwicklung – häufig aus dem analen Bereich (vgl. Bd. 1, Kap. 3.3) – wiederbelebt werden können. Nicht selten tauchen in diesem Alter zum ersten Mal Eßstörungen auf.

Es gibt viele psychodynamische Erklärungen von Eßstörungen, wie z. B. der Magersucht, so z. B., daß das adoleszente Mädchen sich nicht mit den weiblichen Rundungen seiner Mutter oder mit deren unglücklichen Rolle identifizieren mag, daß unbewußte inzestuöse Triebimpulse damit in Schach gehalten werden, daß diese extreme Form der Askese gegen die Triebstärke überhaupt gerichtet ist, daß damit eine Enttäuschung am erotisch zurückweisenden Vater zum Ausdruck kommt oder daß das Mädchen zum Symptomträger einer gestörten Familie wird (vgl. auch Bd. 1, Kap. 3.3.4).

Entgegen der landläufigen Hypothese, daß Eßstörungen bei weiblichen Jugendlichen immer auf einen mißlingenden Loslösungs- und Individuationsprozeß zurückzuführen seien, hat Steiner-Adair (1992, S. 245) die provozierende These zu überprüfen versucht, daß die Häufigkeit von Eßstörungen in unserer Gesellschaft damit zusammenhängt, »weil Frauen in gesundheitsschädlicher und unangemessener Weise zu Autonomie gedrängt werden«. Auf die Frage nach gesellschaftlichen und kulturellen Weiblichkeitsidealen antworteten etwa 60 % der befragten 14- bis 18jährigen Schülerinnen mit der Vorstellung der sogenannten »klugen Frau«, die das gängige ideale Weiblichkeitsbild mit Hilfe von Selbstreflexion und Distanzierung relativieren kann und neben den Werten der Unabhängigkeit und Selbständigkeit auf die Wichtigkeit zwischenmenschlicher Beziehungen verweist. Die Bildung der eigenen Persönlichkeit und die Ausarbeitung einer von gesellschaftlichen Normen unabhängigen, eigenen Geschlechtsidentität waren die wichtigste Zukunftsvision. Die Vorstellung der sogenannten »Superfrau«, von 40 % der Adoleszenten als Weiblichkeitsideal aufgestellt, betont hingegen den Erfolg, die Unabhängigkeit und vor allem die Fähigkeit, den eigenen Körper einem unerbittlichen Schönheitsideal anzugleichen. Diesen Mädchen mangelt es sehr stark an einem reflektiven Blick und damit auch an der Distanzierung von gegenwärtigen sozialen Norm- und Leistungsvorstellungen. Das Ideal der Unabhängigkeit und des außergewöhnlichen beruflichen Erfolgs war die wichtigste Zukunftsvision, aber es fehlte nahezu vollständig die Vorstellung einer erfüllenden Beziehung zu anderen Menschen. Weil das Heranwachsen für diese Mädchen zu einem Prozeß wird, bei dem sie viel an menschlicher Potenz zu verlieren haben – von einer beziehungsorientierten Lebensweise in den Kindheitsjahren hin zu einem autarken Stil als junge Erwachsene –, erstaunt es nicht, daß in dieser Untersuchung Eßstörungen nahezu ausschließlich bei den adoleszenten Mädchen mit dem Weiblichkeitsideal der Superfrau gefunden wurden. »Möglicherweise ist Anorexia nervosa also das ›natürliche‹ Produkt einer Kultur, die viele weibliche Belange ausschließt, indem sie die ganz schlanke Frau als Vorbild darstellt. Gleichzeitig ist die Magersucht eine Form des Protests, durch den junge Mädchen ausdrücken, daß sie, aus welchen Gründen auch immer, zum Verstummen gebracht worden sind« (Steiner-Adair, 1992, S. 249).

Die klassische Adoleszenzliteratur betonte sehr stark, daß das Mädchen in der Prä- und Frühadoleszenz die Bindung an die Mutter überwinden muß, wozu ihm die Enttäuschungen über sein eigenes Kastriertsein und das der Mutter auch verhelfen; in Blos (1980) revidierter Konzeption weiblicher Adoleszenz steht nunmehr die Ambivalenz der Tochter - einerseits der Wunsch nach Beibehaltung der vertrauten engen Beziehung, andererseits zunehmende Enttäuschungsaggressionen - im Mittelpunkt. Es kommt beim Mädchen zum Beginn einer erneuten Auseinandersetzung mit der Mutter über Loslösung und

Selbständigsein, über die Fragen, wann ein Zuwenig an Kontrolle die Angst mütterlicher Gleichgültigkeit heraufbeschwört oder ein Zuviel an Einflußnahme als ständige kontrollierende Einmischung erlebt wird.

Der Junge erfährt – wie bereits angedeutet – während der Präadoleszenz aufgrund der Zunahme des Triebdruckes eine starke Sexualisierung verschiedener Erlebnisbereiche und Tätigkeiten. Die Erregung in den Genitalien stellt aber noch eine eher unspezifische Spannungsabfuhr dar, die noch nicht mit heterosexuellen oder gleichgeschlechtlichen Phantasien einhergeht. Prägenitale (orale und anale) Triebimpulse dienen häufig zur Entlastung von den noch nicht in das adoleszente Selbst integrierten Triebimpulsen. Das Wiederauftauchen der Kastrationsangst, starke Neid- und Rivalitätsgefühle gegenüber Frauen und Mädchen führen bei ihm zu einer starken Abwendung von »weiblichen Geschöpfen« in diesem Lebensalter.

Als Hauptaufgabe dieses Altersabschnittes wird für den präadoleszenten Jungen vor allem der beginnende Ablösungsprozeß von der Mutter beschrieben (z. B. Blos, 1962), und dies scheint für ihn bedeutsamer zu sein als für das Mädchen, das eine ungleich stärkere Bindung an seine Mutter während der Adoleszenz aufrechterhalten kann. Aber auch beim präadoleszenten Jungen geschehen die zunehmenden Eigenständigkeitswünsche auf der Folie des Erlebens einer noch starken Verbundenheit mit seiner Mutter. Inwieweit die Hinwendung und Bindung zum Vater das Erleben des Jungen in diesem Altersabschnitt bestimmen können, wurde in Kap. 7.2.6 bereits ausgeführt.

7.3.2 Frühe Adoleszenz (13 bis 14 Jahre)

Die frühe Adoleszenz beginnt bei Mädchen etwas früher (mit 11, 12 Jahren) und endet etwas früher (mit 14 Jahren) als beim Jungen (vgl. Schave und Schave, 1989).

Wodurch ist es gerechtfertigt, die frühe Adoleszenz von der eigentlichen (oder mittleren) Adoleszenz abzugrenzen? Nach Einschätzung von neueren Adoleszenzforschern, die das Schwergewicht ihrer Betrachtung nicht mehr ausschließlich auf die körperlichen und triebmäßigen Veränderungen legen, kündigt sich diese Phase durch eine starke Stimmungslabilität an. Diese wiederum läßt sich durch ein dramatisches kognitives Ungleichgewicht erklären, das nun in dieser Lebenszeit auftritt. In der Terminologie von Piaget (1966) wird die Phase des konkreten operationalen Denkens durch den Beginn des formalen operationalen Denkens allmählich abgelöst. Diese Veränderung im Denkvermögen hat mehr Konsequenzen für das psychische und emotionale Erleben, als sich Psychoanalytiker gemeinhin vorgestellt haben.

Nach triebpsychologischer Auffassung geschieht in der Frühadoleszenz eine qualitative Veränderung der sexuellen Triebimpulse. Bei der bereits in der Präadoleszenz aufgrund der körperlichen Reifung stark aktivierten Prägenitalität erfolgt nun eine Weiterentwicklung zu genitalen Triebimpulsen. Dadurch kommt es zu einer verstärkten Inzestgefahr, was wiederum den Besetzungsabzug der Libido von den elterlichen Repräsentanzen und auch von den elterlich vermittelten Über-Ich-Inhalten erforderlich macht, weil deren Befolgung zu stark an die Liebesbedürfnisse gegenüber den Eltern erinnern würde.

»Ist mir doch völlig wurscht, was der Alte dazu sagt, wenn ich ohne Führerschein mit dem Moped von meinem Freund herumfahre. Laß' mich in Ruhe mit deinen Ermahnungen«, herrschte ein Dreizehnjähriger seine Mutter an. Weggeschoben und verdrängt wurden dabei von ihm freilich nicht nur die Über-Ich-Gebote, sondern auch seine immer noch starken negativ ödipalen Wünsche, vom Vater wegen seiner Geschicklichkeit anerkannt und bewundert zu werden.

Die herkömmliche Literatur betonte sehr stark Verschiebungsvorgänge im Bereich der Libidoverteilung. Starkes Mit-sich-selbst-Beschäftigtsein, vor allem mit dem äußeren Erscheinungsbild des Körpers, Perioden des Rückzugs und der Entfremdung, die mit Zeiten romantischen Schwärmens und intensiven Verliebtseins abwechseln, sind als herausragende Verhaltens- und Erlebnisweisen dieser Zeit beschrieben worden. Blos (1962) sah die narzißtische Qualität der adoleszenten Persönlichkeit in einem Rückzug der Objektbesetzung begründet, der zu einer Überschätzung, Selbstzentriertheit und zu einem Von-sich-selbst-absorbiert-Sein führt. Die Umzentrierung der liebevollen Beschäftigung mit den Eltern zu neuen, häufig nur in der Phantasie existierenden, nichtinzestuösen Liebespartnern führt auch zu einem Schwächerwerden elterlicher Moral- und Wertvorstellungen, was wiederum eine Schwächung des Über-Ichs und damit auch des Identitätsgefühls zur Folge hat. Amoralische und asoziale Phantasien existieren Seite an Seite mit höchst idealistischen Vorstellungen von Gerechtigkeit, Gleichheit und Abschaffung aller Unterschiede zwischen den Menschen. Eine Abwehrmaßnahme gegen diesen oft als innere Leere und geringes Selbstwertgefühl empfundenen Zustand sind die Projektion eigener Idealvorstellungen auf idealisierte andere.

Barglow und Schaefer (1979) haben aber an dieser herkömmlichen Sichtweise den übermäßigen Gebrauch der Amöbenmetapher Freuds kritisiert, die folgende Modellvorstellung enthält: Je stärker die eigene Selbstrepräsentanz mit psychischer Energie besetzt wird, desto geringer wird die Besetzung der Objektrepräsentanz. Wie Kohut (1973 a) jedoch herausgearbeitet hat, geht eine intensive Liebe zu einem anderen Menschen häufig mit einem erhöhten Selbstgefühl einher. Es ist deshalb angemessener, wenn man davon ausgeht, daß bei einigen adoleszenten Erlebnisweisen, die mit grandiosen Phantasien verbunden sind, zwar einige Ich-Funktionen (wie z. B. Realitätsprüfung, Einfühlung in den anderen u. a. m.) vorübergehend beeinträchtigt sein können, daß es deswegen aber nicht grundsätzlich zu einem narzißtischen Rückzug auf sich selbst kommen muß.

Des weiteren machen die Autoren darauf aufmerksam, daß die pejorative Konnotierung des adoleszenten »Narzißmus«, die der wirklichen »Objektliebe« entgegensteht, übersehen läßt, daß das starke Mit-sich-selbst-beschäftigt-Sein auch einen altersangemessenen Schutz der gefühlsmäßig verletzbaren und regressionsanfälligen Mädchen und Jungen der frühen Adoleszenz und sicherlich auch noch später darstellt. Das Aufschieben sexueller Aktivitäten ist, solange bis die weibliche und der männliche Jugendliche größere Fähigkeiten zur erwachsenen Intimität und Verantwortung füreinander erworben haben, sicherlich ein positiver Schritt, auch wenn dieser oberflächlich betrachtet als narzißtisch imponiert.

Als »Quantensprung« wurde die kognitive Orientierung von der Gegenwart zur Zukunft beschrieben (vgl. Schave und Schave, 1989). Diese Autoren, die vor allem die veränderte Selbstauffassung des Dreizehn- bis Vierzehnjährigen in ihrer Abhandlung über die frühe Adoleszenz fokussieren, betonen die »Suche nach dem Selbst« und das heißt vor allem nach einem Selbst, das anders ist als jenes Bild, das sich bislang die Eltern von ihrem Kind gemacht haben und das der Heranwachsende zu einem Großteil als sein eigenes Selbstbild betrachtet hat.

So konnte sich z. B. ein Patient erinnern, wie er mit 13 oder 14 Jahren zum ersten Mal den Film *Giganten* gesehen hatte, in dem James Dean die Rolle des armen Farmergehilfen Jett Rink spielt, der gegen den Ranchbesitzer Bick Benedikt aufbegehrt und sich in dessen Frau verliebt. Auf einem kleinen Stückchen Land, das er von der Schwester des Bick Benedikt erbt, findet er eines Tages Öl, und ein amerikanischer Traum geht in Erfüllung. Aber die »Giganten« in diesem Film scheitern allesamt: Die Kinder von Bick Benedikt wollen mit der Ranch ihres Vaters nichts zu tun haben, und der alternde Ölmillionär Jett Rink ist Alkoholiker geworden, und all sein Reichtum hat ihm nicht dazu verholfen, seine Sehnsucht nach Liebe zu befriedigen.

Für den Patienten wurde der »gescheiterte Gigant« zum Anlaß, sein bisheriges, von beiden Eltern bestimmtes Selbstverständnis als eines mit guten Schulleistungen aufwartenden Gymnasiasten und eines vom Elternhaus noch nicht abgelösten Kindes drastisch zu verändern: Aus dem eher braven Präadoleszenten wurde nun ein eher rebellischer (Früh-)Adoleszenter, dessen Identitätsbildung völlig offen war, der lediglich wußte, daß er sich von Eltern und Lehrern nichts mehr vorschreiben lassen wollte. James Dean wurde für diesen Patienten – wie für so viele Jugendliche in den 60er Jahren – zu seinem glühenden Idol, denn dieser verkörperte in den verschiedenen Rollen seiner drei Filme für ihn bewußt die Rebellion und Auflehnung des adoleszenten Sohnes gegen die Eltern, aber auch die Haltgebung und Sinnfindung mit Hilfe der peer group. Unbewußt stellten die Themen der Dean-Filme aber auch die erneute Suche nach der präödipalen Mutter (»Jenseits von Eden«), die unaufgelöste negativ ödipale Bindung an den Vater (»Jenseits von Eden« und »Denn sie wissen nicht was sie tun«) und die adoleszente Auseinandersetzung mit dem positiven Ödipus-Komplex (»Giganten«) dar. Das Scheitern der Elternfiguren spiegelte aber auch deren Ent-Idealisierung mitsamt dem dazugehörigen Ablösungs- und Trauerprozeß wider und verwies auf die notwendig werdende Auseinandersetzung mit einem durch die körperlichen Reifungsvorgänge regressiv wieder besetzten analen Größen-Selbst (»das schwarze Gold, das aus dem Boden sprudelt«) und einem Ich-Ideal, das sich aus sublimierteren Quellen speist (der Wert der Freundschaft und der Anerkennung Andersdenkender).

Die kognitive Reorganisation des Selbst führt zu einer enormen Labilisierung der Selbstwertregulation (vgl. Schave und Schave, 1989). Schon der bloße Blick eines Elternteils kann ausreichen, um intensive Wutgefühle beim Jugendlichen auszulösen. Rückzug in beleidigtes Schweigen oder ein Tränenausbruch können die unmittelbare Folge sein. Die daraus resultierende Schamanfälligkeit hat Abwehrvorgänge, wie z. B. die der Verleugnung, zur Folge. Die Ereignisse werden zwar wahrgenommen, aber die Erlebnisse lassen einen – zumindest vis-à-vis den Eltern – völlig cool, die Gefühlsregungen werden verleugnet. Nur in der Gruppe der Gleichaltrigen kann man sich diese zum Teil erlauben und z. B. im gemeinsamen Musikhören erleben. Bei einer alleinigen kognitiven und selbstpsychologischen Betrachtung scheint aber übersehen zu werden, daß die Empfindlichkeit von präadoleszenten Jugendlichen vermutlich auch auf das allmähliche Wiedererstarken der ödipalen Situation angesichts der genitalen Triebreifung zurückgeht. Der Jugendliche spürt, daß er aus der geschlechtlichen Beziehung seiner Eltern endgültig ausgeschlossen ist, daß ihm jetzt aber weder die kompensierenden Größenphantasien des Vier- oder Fünfjährigen noch die per Verdrängung und Sublimierung erreichte Sicherheit des Latenzkindes zur Verfügung stehen. Vielmehr befindet er sich auf dem äußerst prekären Weg der allmählichen Loslösung und Individuation von seinen Eltern als Liebesobjekten, ohne Liebe und Geliebtwerden bereits von einem Menschen außerhalb der Familie erfahren zu können. Seine schwärmerischen und erotischen Phantasien sind Luftschlösser, mit denen er der gelebten und gestandenen Liebe seiner Eltern nichts entgegenhalten kann. Sein körperlicher Niemands-Status, weder liebliches Kind noch kräftiger Erwachsener, sondern ein schmächtiger »Halbwüchsiger«, läßt ihn auch deshalb jegliche Andeutung von Kritik als äußerst empfindlich erleben. Derbe Zoten können bei Jungen die Verletzlichkeit ihres körperlichen und erotischen Erlebens überdecken, und von daher erstaunt es nicht, wenn Dalsimer (1993) angesichts der psychoanalytischen Betrachtung des Romans »Die Blütezeit der Miss Jean Brodie« feststellt, in welchem Ausmaß in der frühen Adoleszenz »die erotischen Wunder des Lebens« bewußt werden, aber wie sehr sich auch die erwachende weibliche Sexualität von der Sexualität des Jungen gleichen Alters unterscheidet.

> Immer muß ich wie der Sturm will,
> Bin ein Meer ohne Strand.
>
> Aber seit du meine Muscheln suchst,
> Leuchtet mein Herz.
>
> Das liegt auf meinem Grund
> Verzaubert.
>
> Vielleicht ist mein Herz die Welt,
> Pocht –
>
> Und sucht nur noch dich –
> Wie soll ich Dich rufen?
>
> (Else Lasker-Schüler, 1966, S. 129)

7.3.3 Eigentliche Adoleszenz (15–16 Jahre)

Dieser Abschnitt der Adoleszenz ist von einigen Autoren als die turbulenteste, heftigste und gefährlichste Zeit beschrieben worden, weil die Regression auf kindliche Erlebnisweisen und das Wiederaufleben ödipaler Wünsche und entsprechender Konflikte am intensivsten sind. Ritvo (1976) z. B. äußert sein Beeindrucktsein von der Intensität sexueller, aggressiver, verschlingender und zerstörender Wünsche, die auf kindliche Liebesobjekte gerichtet werden, und andere Autoren haben nicht gezögert, die regressiven Vorgänge dieser Zeit mit einem »vulkanischen Prozeß« (Geleerd, 1957) zu vergleichen.

Blos (1962) hat darauf aufmerksam gemacht, daß in der Phase der eigentlichen Adoleszenz bisexuelle Wünsche abnehmen und statt dessen erneut negativ und positiv ödipale und phallische Strebungen auftreten, die sich auf Jugendliche des gleichen und des anderen Geschlechts richten. Die intensive Depressivität und die Leeregefühle der zurückliegenden Jahre nehmen an Stärke ab. Aber unmißverständlich macht Blos auch deutlich, daß in der Adoleszenz wieder auflebende, gefährliche und überwältigende ödipale Konflikte auftreten können.

Barglow und Schaefer (1979) weisen mit Kohut (1977) darauf hin, daß es auch viele positive Aspekte des ödipalen Erlebens gibt und nicht nur feindseliges Rivalisieren, Verletzungsangst und narzißtische Kränkungen. Es gibt ebenfalls die Freude des Heranwachsenden über diesen eminent wichtigen Entwicklungsschritt, der von wohlwollenden Eltern, die sich über die selbstbehauptenden und auf gesunde Weise rivalisierenden Tendenzen ihrer Söhne und Töchter ebenfalls erfreut zeigen können, noch verstärkt wird. Das Wiederaufflackern ödipaler Strebungen in der Adoleszenz kann deshalb auch mit einem deutlichen Kraftgefühl erlebt werden.

Wieder läßt sich also auch für diesen Zeitabschnitt feststellen, daß die in der psychoanalytischen Literatur beschriebenen Symptome (wie z. B. gefährliches delinquentes, sexuelles oder aggressives Ausagieren, massive Selbstschädigungstendenzen u. a. m.) eher psychopathologische Erscheinungen darstellen – die es freilich häufig genug gibt –, aber nicht die normale Entwicklung des Jugendlichen im allgemeinen charakterisieren.

In der mittleren Adoleszenz weicht beim Mädchen die frühere Bisexualität in Aspekten der Geschlechtsrolle und in der Geschlechtspartner-Orientierung allmählich einer eindeutigeren Festlegung hinsichtlich Geschlechtsrollen-Attributen, z. B. in der Kleidung und einer in der Regel heterosexuellen Orientierung auf den Jungen. Wenn die heterosexuellen Wünsche zu stark inzestuöse Impulse mobilisieren, können die Angst vor der sexuellen Impulsivität und die dadurch ausgelösten Schuldgefühle und Verlustängste der Mutter gegenüber zu einer mehr oder weniger massiven Verdrängung erotischer und sexueller Phantasien und Handlungen führen. Gleichaltrige, miteinander befreundete Mädchen malen sich intensive romantische und erotische Phantasien mit Jungen aus, und manchmal führt dieses träumende Miteinander auch zu homosexuellen Eskapaden, in denen adoleszente Mädchen ihre nach wie vor starken gleichgeschlechtlichen Wünsche erleben können.

Bei weiblichen Adoleszenten in diesem Alter hat der Freund zumeist noch ganz stark die Rolle eines Muttterersatzes, und dementsprechend enthält das oft stundenlange Schmusen viel an prägenitaler Triebbefriedigung aus dem frühen Mutter-Kind-Kontakt (vgl. Bd. 1, Kap. 2.2). Bei einem Kinderwunsch oder bei einer unerwünschten Schwangerschaft läßt sich oft der Wunsch rekonstruieren, als Schwangere zur Mutter zurückkehren zu können, wobei die Tochter sich aber jetzt nicht mehr wie ein Kleinkind fühlen muß, sondern sich wie ein ebenbürtiger Partner erleben kann.

Wenn der Junge nach und nach (wie auch dann in der Spätadoleszenz und im jungen Erwachsenenalter) mehr wegen seiner Männlichkeit und wegen einer genuin erotischen und sexuellen Lustbefriedigung, die man nur mit ihm auf diese Weise haben kann, begehrt und herbeigesehnt wird, hängt es vom Ausmaß der noch vorhandenen ödipal inzestuösen Impulse ab, inwieweit er das Mädchen an den eigenen Vater erinnern darf. Häufig ist der erste auch sexuell erlebte Lover ein Ausländer, der möglichst wenig Gemeinsamkeiten mit dem eigenen Vater aufweist. Manchmal wird es viele Jahre dauern, bis eine Frau die Sexualität mit einem Mann wirklich genießen kann, ohne sich nach ausschließlich prägenitaler Befriedigung sehnen zu müssen oder sich aus ödipalen Schuldgefühlen die sexuelle Lust nicht gestatten zu dürfen. Weil beim Mädchen in der Latenz und Adoleszenz die Notwendigkeit zur Verdrängung ödipaler Wünsche längst nicht so stark ist wie beim Jungen, was allerdings zu einer Verschärfung der ödipalen Spannungen in der Pubertät beiträgt, bringt doch das zärtliche Schwärmen für den Vater beim Mädchen den Vorteil mit sich, daß es zur Bereicherung und Vertiefung des Innenlebens beiträgt. »Das Mädchen erscheint also in der eigentlichen Adoleszenz mit einem weiten emotionalen Hintergrund, der sich in Phantasie, Intuition und Mitgefühl äußert . . . Diese reichen Quellen des Innenlebens ermöglichen dem Mädchen, den Aufschub der genitalen Befriedigung zu ertragen« (Blos, 1973, S. 127).

Auch beim Jungen liegen Wünsche nach früher Bemutterung mit einer aktiv männlichen Identifizierung im Widerstreit; inzestuöse Wünsche werden trotz der massiven Verdrängung im 5., 6. oder 7. Lebensjahr ebenfalls unweigerlich neu belebt; die Genitalien einer Frau lösen erneut Kastrationsängste aus und verstärken vorübergehend homosexuelle Wünsche gegenüber Gleichaltrigen, während die an den Vater adressierten intensiv verdrängt werden müssen. Vielleicht aufgrund der Geschlechtsungleichheit mit der Mutter, der partiellen Ent-Identifizierung mit ihr, der Möglichkeit zur stärkeren Identifizierung mit dem Vater auch zur Bewältigung der Wiederannäherungskrise (vgl. Bd. 1, Kap. 4.3.5 und 4.3.6) und dem kulturell vorgegebenen stärkeren Zwang zur Trennung von der Mutter (was natürlich nicht zwangsläufig eine Individuation oder gar eine reife Autonomie ermöglicht, sondern eher eine beziehungsängstliche Autarkie zur Folge hat) können sexuelle Triebimpulse anders als beim Mädchen mit weniger prägenitaler Beimengung erlebt werden; aber natürlich sind auch adoleszente Jungen noch ziemlich weit davon entfernt, in ihrem sexuellen Partner, der jungen adoleszenten Frau, eine Person im eigenen Recht zu erkennen, und natürlich suchen auch sie noch oft nach ihrer Mutter. Verfrühte und forcierte heterosexuelle Betätigung bei Jungen in diesem Alter kann oftmals die Notwendigkeit anzeigen, die intensive gleichgeschlechtliche Liebe dyadischen und triadischen Ursprungs zum Vater abwehren zu müssen. Manche Jugendliche erleben ganz deutlich, daß ihnen beim Zusammensein mit ihrer weiblichen Partnerin etwas fehlt, so als ob ein Dritter im Bunde sich hinzugesellen müsse. Dieses Erleben signalisiert dann häufig den Wunsch nach der Liebe zum Vater, dessen Abtrauern wie auch der Verzicht auf eine homo- und bisexuelle Geschlechtspartner-Orientierung mit zur vorrangigen Entwicklungsaufgabe in diesem Lebensabschnitt für den Jungen gehören. Es wird freilich noch einige Jahre dauern, bis dann der (heterosexuelle) Mann – zumeist im Erwachsenenalter – diese homosexuellen Wünsche so weit integriert hat, daß er sich seiner Partnerin als sexueller Frau zuwenden kann und diese Sexualität ohne Beimengung von Traurigkeit und dem Gefühl eines Mangels wird erleben können. Und ebenso wird es noch einige Zeit dauern, bis er in seine männliche Geschlechtsidentität seine viele Jahre lang abgespaltene Identifizierung mit seiner Mutter wieder aufnehmen und zusammen mit den männlichen Zügen und Geschlechtsrollen-Aspekten integrieren kann.

Trauer und Verliebtsein stehen im Mittelpunkt der eigentlichen Adoleszenz; tiefe Leeregefühle wechseln mit einem ekstatischen Lebensgefühl ab. Das Verliebtsein läßt die eigene Geschlechtsidentität deutlicher hervortreten, und dieser Umstand bedeutet auch, »daß die geschlechtsfremden Tendenzen nun dem anderen Geschlecht eingeräumt worden sind und nun im gegenseitigen Besitzen der Partner geteilt werden können« (Blos, 1978, S. 119).

7.3.4 Spätadoleszenz (17 bis 20 Jahre)

Am Ende der Adoleszenz werden bei der heranwachsenden Frau die ersten Anzeichen grundlegender Charakteristika der erwachsenen Weiblichkeit deutlich. Die Frage ist nur, worin diese bestehen. Während noch Benedek (1976), hierin weitgehend den Auffassungen von Deutsch (1944) folgend, diese in einer – im Vergleich zu Männern – eher größeren Tendenz zu introvertiertem, passivem und masochistischem Verhalten erblickt und darin biologische Korrelate von Schwangerschaft und Ovulation sieht, bezweifeln Barglow und Schaefer (1979) diese anthropologischen Festschreibungen und weisen auf den Einfluß soziokultureller Normen und Geschlechtsstereotypen hin. Ist es z. B. nicht eher so, daß die Attraktivität des Kinderkriegens für viele Frauen stark gesunken ist, nicht nur angesichts einer weltweiten Bevölkerungsexplosion und der damit einhergehenden Notwendigkeit zur Geburtenkontrolle, sondern vielleicht viel stärker noch wegen der Notwendigkeit, sich die ohnehin bei Frauen eingeschränkteren beruflichen Entfaltungsmöglichkeiten nicht durch eine zu früh erfolgte und ungewollte Schwangerschaft gänzlich zu verbauen?

Viel stärker als bei männlichen Jugendlichen taucht für weibliche Jugendliche deshalb immer wieder die Frage auf: Wie will ich leben? Wer will ich später sein? Selbständig und erfolgreich im Beruf oder doch recht bald verheiratet und Mutter? Oder beides? Wegen der gedanklichen Auseinandersetzung mit erwachsenen Lebensrollen hat man die Spätadoleszenz auch als eine Zeit der beginnenden Identitätsbildung bezeichnet. Die in der mittleren Adoleszenz noch relativ frei flottierenden Lebensentwürfe – mal träumt man sich als Schriftstellerin auf einer griechischen Insel, mal als Sportlehrerin in einem Mädchengymnasium oder als Ärztin in einem Entwicklungsland, dann wiederum als romantische Liebhaberin und zärtliche Mutter, vielleicht auch als Tramperin on the road oder als verführerischer Vamp – werden in zunehmendem Maß realistischer und fokussierter. Die Zeit der Probeidentifikationen geht allmählich zu Ende.

»Es geht in der Spätadoleszenz um die Anerkennung von Realitätsgrenzen, um die Erkenntnis, daß nicht alles, was man sich in der Adoleszenz vorstellte, möglich ist. Es kommt zu einer Auseinandersetzung mit alten infantilen Omnipotenzvorstellungen. Notwendig ist eine ›Deidealisierung von Selbst und Objekt‹ ... Im Laufe dieser Deidealisierung muß der Spätadoleszente dazu kommen, die Unvollkommenheit seiner Liebesobjekte und auch seines eigenen Selbst tolerieren zu können. Er sollte das erreichen, was Blos (1973) eine ›reife Ambivalenz‹ nennt« (Bohleber 1982, S. 18/19).

Lassen sich gesellschaftlich bedingte Veränderungen in der weiblichen spätadoleszenten Idealitätsbildung ausfindig machen, die als typische weibliche Lebensläufe generalisiert werden können? Oder muß man von einem breiten Spektrum weiblicher Identitätsentwürfe und -konflikte bei jungen Frauen in diesem Lebensabschnitt ausgehen, das von noch traditionell verankerten Frauen- und Mutterbildern bis hin zu modernen Weiblichkeitsentwürfen reicht?

Ohne Anspruch auf statistische Repräsentativität haben Leuzinger-Bohleber und Dumschat (1993, S. 137 f.) bei Frauen der 68er Generation (der »zweiten« Generation der nationalsozialistischen Täter) unbewußte pathologische Überzeugungen identifizieren können, »kein Recht auf ein eigenes Leben zu haben« und »das ganze Elend dieser Welt auf ihren Schultern tragen zu müssen«, während bei den Frauen der »dritten« Generation diese Schuldgefühlskonstellationen nur noch in Spuren vorhanden sind und spätadoleszente Identitätsbildungsprozesse nur noch marginal bestimmen. Heutige Studentinnen können aus diesem Grund vermutlich auch das psychosoziale Moratorium der Spätadoleszenz beim Übergang ins Erwachsenenalter für ihre weibliche Identitätsbildung kreativer nutzen als viele Frauen, die der 68er Generation angehörten. Bei der Bewältigung ödipaler Konflikte ist sicherlich auch zu berücksichtigen, daß heutzutage viele weibliche Identifizierungsfiguren existieren, die, ohne an ihrem Erfolg scheitern zu müssen, schuldfrei weibliche Kreativität im beruflichen Raum vorleben; sie helfen somit jungen Frauen, ihre ödipalen Konflikte, erfolgreicher als ihre Mutter zu sein, auf progressive Weise zu lösen.

Für das »Anders-sein-Dürfen« als die Mutter ist es wichtig, daß die adoleszente Tochter frühere Autonomiekonflikte einigermaßen gut gelöst hat, daß es ihr trotz Gleichgeschlechtlichkeit und weiterem Sich-verbunden-Fühlen mit der Mutter gelungen ist, eine eigenständige Lebensplanung und einen von mütterlichen Erwartungen unabhängigen Identitätsentwurf aufbauen zu können, ohne hierbei Schuldgefühle zu empfinden oder sich mit Hilfe neurotischer Arrangements zu bestrafen. Auch in dieser Lebensphase können Väter ihren Töchtern – wie schon in der Kindheit – enorm helfen, wenn sie ihnen ermöglichen, sich mit ihnen zu identifizieren.

Auch beim männlichen Spätadoleszenten kommt es – ähnlich wie schon in der Latenzphase – zu einem Konsolidierungsprozeß hinsichtlich der psychosexuellen Entwicklung und der Geschlechtsidentität einschließlich der Geschlechtspartner-Orientierung, d. h. auch, daß männliche Homosexuelle sich zum ersten Mal eindeutig als homosexuell wahrnehmen und begreifen lernen.

Wohin denn ich? Es leben die Sterblichen
Von Lohn und Arbeit; wechselnd in Müh und Ruh
Ist alles freudig; warum schläft denn
Nimmer nur mir in der Brust der Stachel?
(Hölderlin, F., 1957, S. 25)

7.3.5 Postadoleszenz und verlängerte Adoleszenz

In den westlichen Industriegesellschaften vollzieht sich der Übergang von der Spätadoleszenz zum frühen Erwachsenenalter in den letzten Jahren nicht mehr bruchlos, sondern soziologisch betrachtet kann man von einer neuen Phase ausgehen, die häufig das gesamte dritte Lebensjahrzehnt bestimmt. Nach Bohleber (1987, S. 60) sind es vor allem die folgenden drei Lebenskonstellationen, die für das Auftreten der Postadoleszenz verantwortlich gemacht werden können: »1. Der Weg über lange Ausbildungsgänge an privilegierenden Bildungseinrichtungen; 2. über die Arbeitslosigkeit als erzwungener Notsituation; 3. über das Leben in der sich verselbständigenden Szene der Großstädte. Wer will, kann von sich aus darauf verzichten, in die Erwachsenenexistenz einzusteigen. die Voraussetzung dafür ist durch die Infrastruktur der Szene geschaffen, in der Überlebenstechniken und -möglichkeiten jenseits des Arbeitsprozesses bereitstehen.«

Wie schmal dabei der Grat zwischen kritikloser Einfügung in die Erwachsenenwelt und rebellischer Verweigerung gegenüber fragwürdig erscheinenden

Normen einer tendenziell sich selbst zerstörenden Industriegesellschaft ist, zeigte eine vor einigen Jahren erfolgte (und nicht unbedingt generalisierbare) Einschätzung von Parin (1980, S. 1063) über die Jugendlichen aus Zürich, einer jener Städte mit dem größten Wohlstand, aber auch der höchsten Selbstmord- (und vor einigen Jahren auch der höchsten Aids-)rate der Westlichen Welt:

»Kein Jüngling und kein Mädchen, von den Teens bis weit hinein in die Twenties weiß, was in ihrem Leben geschehen soll, welcher Beruf mit Freude auszuüben, welche Ziele, Ideale, Utopien zu verwirklichen wären ... Diese Unmöglichkeit, eine Erwachsenen-Identität zu finden, ist nicht die Folge ungenügender Besetzung des Selbst. Die Identität wird verweigert, weil die angebotene Zukunft, die möglichen sozialen Rollen bewußt abgelehnt werden ... Ein verwalteter, zeitlich verplanter Alltag, die in technische und institutionelle Zwänge gefaßte entfremdete Arbeitswelt, das Dickicht der Städte, die Konsumgesellschaft mit ihrer repressiven Toleranz und den in der Verführung versteckten Zwängen, die Ausbeutung und Unterdrückung der Machtlosen, hier und anderswo, die Schädigung der Umwelt, die drohende Verarmung und endgültige Zerstörung unseres Planeten. Die Zukunft ist nicht mehr attraktiv, bietet keinen Anlaß mehr für libidinöse Besetzung. Für diese bewegte Jugend gibt es keine vernünftig erfüllbaren Wünsche mehr und darum keine richtige Identität.«

Schmal ist der Grat aber wohl auch deshalb, weil die Einschätzung der Erwachsenenwelt, die als verfremdet und verplant angesehen wird und in der es anscheinend keinen Raum für sinnvolle Selbstverwirklichung, für Utopien und Träume mehr gibt, auch zur bequemen Ausrede vor den konflikthaften Auseinandersetzungen mit sich selbst und mit anderen führen kann. Die Haltung des postadoleszenten Rebellen, der vor jeglicher eigener Anstrengung zurückschreckt und sich mit gesellschaftskritischen Attitüden und soziologischen Floskeln ein um weitere Jahre verlängertes Moratorium verschafft, ist deshalb nicht weniger problematisch als der adrette, aufstiegsorientierte junge Mann, der zielstrebig seine Karriere für Jahre vorausgeplant hat. In einem gesellschaftlichen Umfeld, in dem verschiedene Identitätsentwürfe möglich und auch notwendig sind, werden Identitätsbildungen komplizierter. Identitätsstörungen sind aus diesem Grund auch schwieriger zu diagnostizieren.

Für Blos (1973) stellt die Postadoleszenz die Phase des Übergangs von der Adoleszenz zum Erwachsensein dar, in der es vor allem zu einer Harmonisierung der in der Spätadoleszenz bereits erfolgten Konsolidierung von sozialen Rollen und Ich-Interessen kommt. Psychosexuell determinierte Charaktereinstellungen und Ich-Interessen sollten in ein harmonisches Gleichgewicht gebracht werden. Bislang ungelöste psychosexuelle Konflikte werden in Vorstellungen über zukünftige Lebensaufgaben integriert.

Während die Spätadoleszenz bereits eine Begrenzung der in die Zukunft entworfenen Berufsrollen und Ambitionen mit sich bringt, kommt es in der Postadoleszenz zu einem konsistenten Verfolgen der nun als realistisch eingeschätzten Vornahmen.

»In jenen Tagen wurde mir klar, daß man mit zwanzig Jahren unmöglich seine Liebe zu den späteren Werken und Aufgaben klar erkennen kann. Daß alles nur verschwommen und nebelhaft vor einem steht. Ich ahnte, daß es wichtiger ist, eine Sache ganz und ehrlich zu machen, als sich im Vielerlei und in großen Ideen zu verlieren.«

Diese Sätze aus dem Tagebuch eines Spätadoleszenten verdeutlichen die Aufgaben und Möglichkeiten der Postadoleszenz.

In dem Privileg des von Erikson beschriebenen psychosozialen Moratoriums – das freilich nicht für alle Jugendliche zugänglich ist – kann es dem Postadoleszenten gelingen, einen Platz in der Gesellschaft zu finden und sich an die Verwirklichung eines Lebensentwurfes zu machen, in dem frühere traumatisierende Erfahrungen und neurotische Konflikte tendenziell aufgehoben sind, was ihm ein Gefühl innerer Kontinuität und sozialer Identität verleiht. Die postadoleszente Persönlichkeitsorganisation wird indessen nicht erreicht, wenn die Integrationsanforderungen aufgrund ungelöster Konflikte den betreffenden jungen Menschen überfordern und er für sich zu der Einstellung gelangt, sich weiterhin für alle möglichen Lebensformen offen halten zu müssen. Dies kann z. B. der Fall sein, wenn Größenphantasien zur Kompensierung der Auswirkungen früherer Traumatisierungen beibehalten werden müssen, was dann zu dem Symptom der verlängerten Adoleszenz führen kann.

Im positiven Fall gelingt es jedoch dem Postadoleszenten, frühere Konfliktresiduen in seine beruflichen und privaten Lebensentwürfe zu integrieren, wie an dem folgenden Beispiel deutlich wird:

Ein Patient, von Beruf Physiker, war schon immer davon fasziniert zu erfahren, »was die Welt im Innersten zusammenhält«. Eines Tages erinnerte er sich an einen Ausspruch seines Vaters, der ihm als Kind durch Mark und Bein ging: »Man muß einen Menschen erst zerbrechen, um ihn dann wieder aufzubauen.« In der Adoleszenz träumte er oft davon, Priester zu werden, um den Menschen verkünden zu können, daß sie erlöst werden und nicht dem Verderben anheimfallen. Dieser Wunsch wechselte ab mit dem Bestreben, Politiker zu werden und sich vor allem für die Armen einzusetzen. Zeitweilig tauchte auch der Wunsch auf, Pirat zu werden, Schiffe zu kapern und den Kapitän als Sklaven für sich unter Deck arbeiten zu lassen, während er die Mannschaft an Land aussetzt und laufen läßt.

Aber die Lektüre von Goethes Faust in seinen Gymnasialjahren und vor allem die Tatsache, daß der Bruder der Mutter, sein Onkel, Ingenieur war, von dem er spürte, daß die Mutter ihn – ganz im Gegensatz zu ihrem eigenen Mann, dem Vater des Patienten – vor allem wegen seiner beruflichen Erfolge sehr schätzte und achtete, führten dazu, daß er sich zu einem Physikstudium entschloß. Während des Studiums wandte er sich der Kernphysik zu.

Im Laufe seiner Analyse wurde diesem Patienten klar, wie die Beschäftigung mit der Atomspaltung (und -zertrümmerung) mit seiner kindlichen Angst vor »dem Zerbrochenwerden« zusammenhing, aber wie es ihm offensichtlich gelungen war, seine kindliche Traumatisierung in seine Ich-Interessen und beruflichen Ambitionen zu integrieren. Zunehmend mehr erkannte er, daß die Kernenergie eine äußerst riskante Form der Energiegewinnung vor allem wegen der ungeklärten Entsorgungsprobleme darstellt. Nach seiner Pensionierung setzte er sich für eine soziale Hilfsaktion ein und organisierte Treffen und Ausflüge. In einem realitätsbezogenen Rahmen führte er damit die grandiosen Phantasien der Adoleszenz (»allen Armen in dieser Welt zu helfen«), die eine Antwort auf die Erfahrung des Vernichtet-werden-Könnens in seiner Kindheit war, weiter aus, dieses Mal wiederum integriert in seine Ich-Interessen.

Blos (1973) erwähnt als neurotische Manifestation dieser Lebensphase, die das Erreichen der postadoleszenten Persönlichkeitsorganisation erschweren oder verhindern kann, die sogenannte Rettungsphantasie. Statt einer aktiven Bewältigung der anstehenden Aufgaben, wie konsequentes Lernen, Berufsfindung, intime Beziehung und Partnerschaft, hofft der Betreffende, daß die Umwelt und die Lebensumstände diese Aufgaben für ihn bewerkstelligen mögen. Übertriebene Erwartungen, von den Eltern weiterhin finanziell und moralisch unterstützt und mit Anerkennung und Zuneigung ohne Unterlaß versorgt zu werden, werden auf die Umwelt übertragen: auf die Universität (»alma mater«), den Lehrherrn, Vorgesetzten oder Berufskollegen oder auf den jeweiligen Partner. Nach Blos (1973, S. 179) ist es in diesem Fall dem Betreffenden nicht gelungen, frühere Traumatisierungen zumindest ansatzweise zu verarbeiten und zu integrieren, so daß nun deren Bewältigung »wie eine Art Reparationszahlung von der Außenwelt erwartet« wird. Damit wird auch deutlich, daß in der Postadoleszenz ein weiterer kräftiger Schub an Loslösung von den elterlichen Objektrepräsentanzen erfolgen muß. Vor allem unter dem Aspekt des Ich-Ideals und von Wertvorstellungen wird es des weiteren wichtig werden, eine Integration von Identifizierungen und – aus den früheren Phasen der Adoleszenz stammenden – Gegenidentifizierungen allmählich auszuarbeiten – was manchmal allerdings erst während der eigenen Elternschaft wirklich gelingt. Mit anderen Worten bedeutet dies, daß sich der postadoleszente Mann vor allem mit seinen Vaterbildern, die postadoleszente Frau mit den Mutterbildern in sich einigermaßen ausgesöhnt haben muß. Aussöhnung bedeutet dabei freilich nicht, daß man sich bruchlos mit den Erwartungen der Erwachsenengeneration identifiziert und die Chance der Überarbeitung und Modifizierung elterlicher Ich-Ideale und Wertvorstellungen damit verspielt, sondern daß man das Überkommene kritisch reflektierend sich aneignet, um es dann wirklich zu besitzen. Denn die klinische Erfahrung weist oft genug darauf hin, wie überkommene Identifizierungen und Aspekte von Eltern-Imagines unversöhnt nebeneinander stehen können und es dem Betreffenden massiv erschweren, eine männliche oder weibliche Identität auszuarbeiten. Das Bild des als skrupellos erfahrenen Machos z. B. steht dann unvermittelt neben dem idealistischen Wahrheitssucher, das teilweise auch beim Vater bewunderte Draufgängertum kann mit der Vorstellung eines einfühlsamen Mannes und Vaters nicht in Übereinklang gebracht werden. Unweigerlich werden solche Diskrepanzen spätestens im Kontakt mit den eigenen Kindern wieder aktualisiert. Die oftmals nur soziologisch erklärte sogenannte »patchwork-Identität« der heutigen Jugendlichen hat somit auch eminente intra- und familiendynamische Gründe.

Die Erscheinungsformen der *verlängerten Adoleszenz,* eine aus äußeren wie inneren Gründen gewählte Lebensweise, in der das Offenhalten von Identitätsentwürfen, Berufszielen, Partnerschaften und die Ablehnung der Erwachsenenrolle mit ihren entsprechenden Festlegungen vorrangig sind, erinnert auf den ersten Blick oftmals an die Symptomatologie einer Borderline-Persönlichkeitsstörung, muß aber sorgfältig von dieser unterschieden werden (vgl. Krejci und Bohleber, 1982; Bohleber, 1987).

Bohleber (1987) hat anknüpfend an Autoren wie Bernfeld (1923), Erikson (1958), Blos (1954) und Erdheim (1982) das Konzept der »verlängerten Adoleszenz« anhand von klinischen Beispielen veranschaulicht.

Bernfeld (1923) sprach erstmalig von einer »gestreckten Pubertät«, wobei er an junge Menschen aus der Jugendbewegung nach dem 1. Weltkrieg dachte, die sich nicht in die Erwachsenenwelt einordnen wollten. Auch Erikson (1958) erwähnte den Typus des jungen Menschen, der sich durch eine verlängerte Adoleszenz auszeichnet und sich dem erwachsenen Lebensstil widersetzt: »Die Gefahr, deren sie sich bewußt geworden sind, hat sie gezwungen, die Fähigkeit zu entwickeln, auf neue Art zu sehen und zu reden, zu träumen und zu planen, zu entwerfen und zu bauen« (S. 15).

Erdheim (1982) geht aufgrund der soziokulturellen Bedingungen sogar davon aus, daß die verlängerte Adoleszenz in modernen Industriegesellschaften eine notwendige und adäquate Form der Adoleszenz ist.

Pathologisch wird diese *verlängerte Adoleszenz* wohl erst dann, wenn sie nicht vorübergehender Natur ist, sondern zu einem fixierten Zustand wird, zu einem »way of life«, den Blos (1954) an amerikanischen College-Studenten aus der amerikanischen Mittelklasse fand und der eine Schutzmaßnahme gegenüber psychotischen und neurotischen Symtombildungen darstellt und häufig nicht mehr aus eigener Kraft aufgegeben werden kann.

Bohleber (1987) beschreibt Identitätsstörungen im Rahmen einer verlängerten Adoleszenz bei Patienten mit einer narzißtisch strukturierten Neurose, die häufig dann zum Ausbruch kommen, wenn sich der Betreffende mit mehreren Herausforderungen des frühen Erwachsenenalters gleichzeitig konfrontiert sieht (wie z. B. körperliche Intimität, Berufswahl, Auseinandersetzung mit Gleichaltrigen u. a. m.). Bei den von ihm geschilderten Patienten war die Trennung von der Mutter nicht gelungen, grandiose adoleszente Selbstrepräsentanzen konnten nicht zu realistischen Idealen transformiert werden, die Väter eigneten sich nicht zur Triangulierung, weshalb eine massive Abhängigkeit von phallisch-dominanten Müttern bestehen blieb, deren narzißtische Besetzung ihrer Kinder zur Vereitelung von Autonomiebestrebungen und damit auch zu einer labilen Identität führte.

In der soziologischen Literatur zur weiblichen Adoleszenz werden vor allem soziale Kompetenzen, Lebensentwürfe und Handlungsorientierungen zum Thema gemacht und stringent auf die sozialen und gesellschaftlichen Bedingungen bezogen. Die Besonderheit weiblicher Sozialisation bestand in der Vergangenheit (und teilweise auch noch heute) in der stillschweigenden Übereinkunft, daß Frauen immer noch für die private Reproduktionsarbeit in Haushalt und Familie primär zuständig sind, wobei ihnen – jeweils in Abhängigkeit von den konjunkturellen Zyklen – daneben auch noch eine außerhäusliche, berufliche Tätigkeit zugestanden wurde. Auch für eine psychoanalytische Betrachtung muß die Erkenntnis wichtig sein, daß die Möglichkeiten der Lebensgestaltung, von denen adoleszente Jungen und Mädchen träumen können, selbst in der Gegenwart immer noch geschlechtsspezifisch sind, d. h., daß die vorhandenen beruflichen Chancen für Mädchen immer noch geringer sind.

»Zentrales Ergebnis entsprechender Studien ist, daß Mädchen – trotz ihrer im Vergleich zu den Jungen mittlerweile durchschnittlich besseren schulischen Qualifikation – noch immer sehr viel eingeschränktere Möglichkeiten zur Verwirklichung ihrer beruflichen Interessen haben. Der Ausbildungs- und Arbeitsmarkt ist nach wie vor deutlich geschlechtsspezifisch geteilt – mit dem Ergebnis, daß Mädchen und Frauen weiterhin auf den schlechter bezahlten, unsicheren, mit weniger Status, Aufstiegsmöglichkeiten, Entscheidungsmacht und Autonomiespielräumen verbundenen Arbeitsplätzen zu finden sind (Bednarz-Braun 1990; Horstkemper 1990). Das gilt für Tätigkeiten auf allen hierarchischen Ebenen und Qualifikationsniveaus ... Am Beispiel der geschlechtsspezifischen Selektionsmechanismen im Berufsbildungssystem hat Helga Krüger (1988) sehr eindrücklich gezeigt, daß Mädchen nicht wegen fehlender, sondern trotz vorhandener Qualifikationen schlechtere berufliche Chancen haben ... Das bedeutet, daß viele Mädchen nicht den von ihnen gewünschten Beruf ergreifen können ... So sind die gesellschaftlichen Angebote, auf die Mädchen bei der Gestaltung ihrer zukünftigen Perspektiven treffen, so strukturiert, daß eine Orientierung primär an der Verwirklichung beruflicher Interessen von ihnen besondere Energien und Durchsetzungsbereitschaft erfordert. Aufgrund dieser Bedingungen findet indirekt eine Lenkung der Lebensperspektiven in dem Sinn statt, daß zentrale Interessen der Mädchen auf den Bereich der privaten Reproduktionsarbeit gerichtet werden, wodurch sich traditionelle Muster der geschlechtlichen Arbeitsteilung reproduzieren« (Flaake und King, 1992 b, S. 15).

Bei einem Vergleich von psychoanalytischen und soziologischen Arbeiten zur Thematik der Adoleszenz entsteht nicht selten der Eindruck, daß hier zwei völlig verschiedene Welten aufeinanderprallen. Auf der einen Seite die Dramatik der stürmischen Liebes-, Idealisierungs- und Ent-Idealisierungsprozesse samt der dazugehörenden tief bewegenden Gefühle und Stimmungen von Enttäuschung, Trauer, Alleinsein, aber auch manische Verzückung und narzißtische Omnipotenzphantasien – auf der anderen Seite die nüchterne Kalkulation vorhandener Berufschancen und beruflicher Autonomiespielräume, gefolgt von der mehr oder weniger enttäuschenden, weil auch überfordernden Perspektive weiblicher Lebensentwürfe. Aber weder die psychoanalytische noch die soziologische Thematisierung der (weiblichen) Adoleszenz stellen für sich allein betrachtet eine ausreichende Beschreibung der Erlebnisformen von Adoleszenten dar. Wenn bei der psychoanalytischen Betrachtung (zumindest bei einem Großteil der Autoren) die gesellschaftlichen Bedingungen häufig vernachlässigt werden, so ist bei den jugendsoziologischen Arbeiten auffällig, daß es so gut wie zu keiner Einbeziehung der psychosexuellen Entwicklung kommt. (Allenfalls könnte man sagen, daß es bei der soziologischen Perspektive – psychoanalytisch betrachtet – implizit um narzißtische und psychosexuell anale Themen, nämlich der Autonomiefindung, der Selbstverwirklichung, der Gleichverteilung und Durchsetzung von Macht, geht.) So fehlt bis zum heutigen Tag eine konsistente Theorie der Adoleszenz, in der psychoanalytische und soziologische Betrachtungen integriert worden sind. In jüngster Zeit scheint dies allerdings Flaake und King (1992 a, b) und Leuzinger-Bohleber und Mahler (1993) gelungen zu sein, weil sie die psychosexuellen Entwicklungsprozesse in der Spätadoleszenz mit den aktuellen gesellschaftlichen Rahmenbedingungen in Beziehung setzen.

7.4 Zusammenfassung

Die psychische Integration des körperlichen Wachstums und der hormonellen Veränderungen, die weitere Loslösung und Individuation von den Eltern, die Entwicklung der abstrakten Denkfähigkeit, die Herausarbeitung einer einigermaßen konsolidierten Geschlechtsidentität, die Fähigkeit zu einer intimen Beziehung (herkömmlich wurde hierbei zumeist ausschließlich an die heterosexuelle Beziehung gedacht), eine größere Über-Ich-Autonomie in der Gewissensentwicklung, reifere Ich-Ideale und eine Reduzierung kindlicher Größenphantasien wurden und werden immer noch als Entwicklungsaufgaben der Adoleszenz in der psychoanalytischen Literatur benannt. Im Alltagsbewußtsein von Erwachsenen, aber streckenweise auch in der psychoanalytischen Klinik bleiben die Schwierigkeiten und die Entwicklungschancen der Adoleszenz häufig unerwähnt. Eltern im mittleren Erwachsenenalter beginnen sich damit abzufinden, daß ihre sexuellen Leidenschaften nicht mehr so stark und imperativ sind wie früher, und deshalb mag es schwer fallen, sich mit der eiwachenden Sexualität ihrer Kinder anzufreunden; Körperkraft und Vitalität lassen allmählich nach, während Siebzehn- oder Achtzehnjährige in jugendlichem Saft stehen; Alltag und Geschäft haben zu manchen Kompromissen gezwungen, und die hehren Ideale von Wahrhaftigkeit und ewiger Treue, Unbestechlichkeit und Geradlinigkeit, die das Denken und Streben der adoleszenten Seele (zumindest dem Anspruch nach) bestimmten, sind einer oftmals nüchternen Pragmatik gewichen. Wen wundert es da, daß viele Erwachsene von den eigentlichen Nöten ihrer adoleszenten Kinder wenig mitbekommen wollen, weil der Blick durch Neid und Ressentiments verstellt ist. Und doch sind die gewaltigen Veränderungen, die sich zwischen dem Kindsein und dem Erwachsenenalter ereignen, alles andere als nur ein Honigschlecken; für viele Heranwachsende ist dies sogar die traurigste und schwierigste Zeit ihres Lebens. Dabei kann der Auffassung, daß in der klassisch psychoanalytischen Literatur der innere Aufruhr und die Turbulenz der adoleszenten Jahre übertrieben, weil auch häufig aufgrund der Kenntnis pathologischer Jugendlicher zu schnell verallgemeinert, dargestellt wurden, durchaus zugestimmt werden. Dennoch bleibt genügend an psychischen Erschütterungen und Entwicklungskrisen zu bewältigen, was es rechtfertigt, die Adoleszenz als eigenen wichtigen Entwicklungsabschnitt zu betrachten. Vor allem im Hinblick auf das vorliegende Thema der Entwicklung der Psychosexualität und der Geschlechtsidentität werden vom männlichen und weiblichen Jugendlichen bedeutsame körperliche Herausforderungen und psychische Entwicklungsschritte gemeistert, die in ihrer Geschlechtsspezifik und entsprechend den einzelnen Phasen der Adoleszenz erörtert wurden. Für die weibliche Entwicklung wurde betont, daß die heftigeren ödipalen Konflikte eine größere psychische Belastung für das adoleszente Mädchen mit sich bringen können.

Das Ende der Adoleszenz scheint heutzutage schwer auszumachen zu sein, weil die komplizierten gesellschaftlichen Verhältnisse oftmals auch den Eintritt in das Erwachsenenalter für sensible und reflektierte Spätadoleszente als nicht sehr verlockend erscheinen lassen. Konzepte wie die der verlängerten Adoleszenz und der Postadoleszenz tragen auf unterschiedliche Weise diesem Phänomen Rechnung.

7.5 Empfohlene Literatur

Adoleszenz allgemein

Anzieu, A. (1995) Beunruhigende Weiblichkeit. Zum Thema Adoleszenz. Psyche, 49, 886–902

Blos, Pl (1973) Adoleszenz. Eine psychoanalytische Interpretation. Stuttgart: Klett

Blos, P. (1979) The adolescent passage. Developmental issues. New York: International Universities Press

Bohleber, W. (1982) Spätadoleszente Entwicklungsprozesse. Ihre Bedeutung für die Diagnostik und psychotherapeutische Behandlung von Studenten. In: Krejci, E./Bohleber, W. (Hrsg.) Spätadoleszente Konflikte. Indikation und Anwendung psychoanalytischer Verfahren bei Studenten (S. 11–52). Göttingen: Vandenhoeck und Ruprecht

Bohleber, W. (1987) Die verlängerte Adoleszenz. Identitätsbildung und Identitätsstörungen im jungen Erwachsenenalter. Jahrbuch der Psychoanalyse, 21: 58–84

Bopp, J. (1985) Jugend. Umworben und doch unverstanden. Frankfurt/M.: Fischer
Erdheim, M. (1982) Die gesellschaftliche Produktion von Unbewußtsein. Eine Einführung in den ethnopsychoanalytischen Prozeß. Frankfurt: Suhrkamp
Erdheim, M. (1993) Psychoanalyse, Adoleszenz und Nachträglichkeit. Psyche, 47, 934-950
Erikson, E. H. (1958) Der junge Mann Martin Luther. Eine psychoanalytische und historische Studie. München: Szczesny
Flaake, K./King, V. (1992) Weibliche Adoleszenz. Beiträge zur Sozialisation junger Frauen. Frankfurt/M.: Campus
Greenspan, S. I./Pollock, G. H. (eds.) (1993) The course of life. Vol. IV: Adolescence. Madison, CT: International Universities Press
Kaplan, L. J. (1988) Abschied von der Kindheit. Eine Studie über die Adoleszenz. Stuttgart Klett
King, V. (1995) Die Urszene der Psychoanalyse. Adoleszenz und Geschlechterspannung im Fall Dora. Stuttgart: Verlag Internationale Psychoanalyse
Leuzinger-Bohleber, M./Mahler, E. (Hrsg.) (1993) Phantasie und Realität in der Spätadoleszenz. Gesellschaftliche Veränderungen und Entwicklungsprozesse bei Studierenden. Opladen: Westdeutscher Verlag
Streeck-Fischer, A. (1994) Entwicklungslinien der Adoleszenz. Narzißmus und Übergangsphänomene. Psyche, 48, 509-528

Körper- und Sexualerleben in der Adoleszenz

Barglow, P./Schaefer, M. (1979) The fate of the femine self in normative adolescent regression. In: Sugar, M. (ed.) Female adolescent development (pp. 201–213). New York: Bruner
Bois, du R./Lempp, R. (1989) Sexualängste und Triebbewältigung in der Pubertät. Untersuchungen an gesunden und schizophren erkrankten Jugendlichen. Zeitschrift für Sexualforschung, 2: 29–41
Evert, E. C. (1991) Sexual integration in female adolescence. Anne Frank's diary as a study in healthy development. Psychoanalytic Study of the Child, 46: 109–124
Fischer, R. M. S. (1991) Pubescence: A psychoanalytic study of one girl's experience of puberty. Psychoanalytic Inquiry, 11: 457–479
Laufer, M. E. (1982) Female masturbation in adolescence and the development of the relationship to the body. International Journal of Psycho-Analysis, 63: 295–302
Plaut, E. A./Hutchinson, L. (1986) The role of puberty in female psychosexual development. International Review of Psycho-Analysis, 13: 417–432
Rosenbaum, M. B. (1979) The changing body image of the adolescent girl. In: Sugar, M. (ed.) Female adolescent development (pp. 234–252). New York: Bruner
Zauner, J. (1987) Phantasie – Masturbation – Körperschema. In: Massing, A./Weber, I. (Hrsg.) Lust und Leid (S. 243–259). Berlin: Springer

Vater-Tochter-Beziehung in der Adoleszenz

Benjamin, J. (1992) Vater und Tochter: Identifizierung mit Differenz. Ein Beitrag zur Geschlechter-Heterodoxie. Psyche, 46: 821–846
Cath, S. H./Gurwitt, A./Gunsberg, L. (eds.) (1989) Fathers and their families. Hillsdale, NJ: Analytic Press
Dalsimer, K. (1993) Vom Mädchen zur Frau. Literarische Darstellungen – psychoanalytisch betrachtet. Berlin: Springer
Grunberger, B. (1977) Beitrag zur Untersuchung des Narzißmus in der weiblichen Sexualität. In: Chasseguet-Smirgel, J. (Hrsg.) Psychoanalyse der weiblichen Sexualität (S. 67–119). Frankfurt/M.: Suhrkamp
Leonard, M. (1966) Fathers and daughters. International Journal of Psycho-Analysis, 47: 325–334
Machleidt, W. (1992) Vater und Tochter. Affekttypologie einer Beziehung. Weinheim: Deutscher Studien Verlag
Rohde-Dachser, Ch. (1990) Über töchterliche Existenz. Offene Fragen zum weiblichen Ödipuskomplex. Zeitschrift für Psychosomatische Medizin und Psychoanalyse, 36: 303–315

Steffens, W. (1986) Zur Psychodynamik der Vater-Tochter-Beziehung in der Adoleszenz. Psychotherapie, Psychosomatik, Medizinische Psychologie, 36: 215–220

Mutter-Tochter-Beziehung in der Adoleszenz

Apter, T. (1990) Altered loves. Mothers and daughters during adolescence. New York: Harvester Wheatsheef Pr.

Burger, A./Seidenspinner, G. (1988) Töchter und Mütter. Ablösung als Konflikt und Chance. Opladen: Budrich & Leske

Dalsimer, K. (1993) Vom Mädchen zur Frau. Literarische Darstellungen – psychoanalytisch betrachtet. Berlin: Springer

Flaake, K./King, V. (1992) Weibliche Adoleszenz. Beiträge zur Sozialisation junger Frauen. Frankfurt/M.: Campus

Hettlage-Varjas, A. (1987) Frauen zwischen Wunsch, Angst und Tröstungen. Neuere psychoanalytische Aspekte zur weiblichen Emanzipation und Sexualität. In: Simmel, M. (Hrsg.) Weibliche Sexualität. Von den Grenzen der Aufklärung und der Suche nach weiblicher Identität (S. 18–30). Braunschweig: G. J. Holztmeyer

Vater-Sohn-Verhältnis in der Adoleszenz

Atkins, R. N. (1989) The fate of the father representation in adolescent sons. Journal of the American Academy of Psychoanalysis, 17: 271–291

Blos, P. (1990) Sohn und Vater. Diesseits und jenseits des Ödipuskomplexes. Stuttgart: Klett

Esman, A. H. (1982) Fathers and adolescent sons. In: Cath, S./Gurwitt, A./Ross, J. M. (eds.) Father and child: Developmental and clinical perspectives (pp. 265–273). Boston: Little Brown

Friedman, R. M./Lerner, L. (Hrsg.) (1991) Zur Psychoanalyse des Mannes. Berlin: Springer

Krohn, A. (1988) The source of manhood in Death of a Salesman. International Review of Psycho-Analysis, 15: 455–463

Menstruation

Haase, H. (1992) Die Preisgabe: Überlegungen zur Bedeutung der Menstruation in der Mutter-Tochter-Beziehung. In: Flaake, K./King, V. (Hrsg.) Weibliche Adoleszenz. Zur Sozialisation junger Frauen (S. 166–185). Frankfurt/M.: Campus

Jansen, M. M./Jockenhövel-Poth (1992) Trennung und Bindung bei adoleszenten Mädchen aus psychoanalytischer Sicht. In: Flaake, K./King, V. (Hrsg.) Weibliche Adoleszenz. Zur Sozialisation junger Frauen (S. 266–278). Frankfurt/M.: Campus

Martin, E. (1989) Die Frau im Körper. Weibliches Bewußtsein, Gynäkologie und die Reproduktion des Lebens. Frankfurt/M.: Campus

Olbricht, I. (1990) Frauen sind häufiger psychosomatisch krank – Warum eigentlich? Praxis der Psychotherapie und Psychosomatik, 35: 111–120

Poluda-Korte, E. S. (1992) Identität im Fluß. Zur Psychoanalyse weiblicher Adoleszenz im Spiegel des Menstruationserlebens. In: Flaake, K./King, V. (Hrsg.) Weibliche Adoleszenz. Zur Sozialisation junger Frauen (S. 147–165). Frankfurt/M.: Campus

Waldeck, R. (1988 a) Der rote Fleck im dunklen Kontinent. Teil 1: Das Tabu der Menstruation. Zeitschrift für Sexualforschung, 1: 189–205

Waldeck, R. (1988 b) Der rote Fleck im dunklen Kontinent. Teil II: Die Verletzung der Frau. Das Tabu der Menstruation. Zeitschrift für Sexualforschung, 1: 337–350

Waldeck, R. (1992) Die Frau ohne Hände. Über Sexualität und Selbständigkeit. In: Flaake, K./ King, V. (Hrsg.) Weibliche Adoleszenz. Zur Sozialisation junger Frauen (S. 186–198). Frankfurt/M.: Campus

Shorter, E. (1984) Der weibliche Körper als Schicksal. Zur Sozialgeschichte der Frau. München: Piper

8 Frühes Erwachsenenalter: Ein Ausblick

8.1 Kurze Charakterisierung des frühen Erwachsenenalters

Nach der Spät- und Postadoleszenz beginnt das Erwachsenenalter, das idealtypisch wie folgt unterteilt wird: frühes Erwachsenenalter 25 bis 40 Jahre, mittleres Erwachsenenalter 40 bis 60 Jahre, späteres Erwachsenenalter 60 bis 80 Jahre, sehr spätes Erwachsenenalter 80 Jahre und älter.

In jeder Phase gibt es – wie in der Kindheit und in der Adoleszenz – bestimmte Entwicklungsaufgaben zu lösen, so z. B. im mittleren Erwachsenenalter die Herausforderung des »Älterwerdens von Ehen« (vgl. z. B. Jaeggi und Hollstein, 1985), des Größerwerdens und der schließlichen Ablösung der Kinder, der Bilanzierung des beruflichen Erfolgs u. a. m. Psychoanalytiker, die sich mit der lebenslangen Entwicklung des Erwachsenen beschäftigt haben (wie in jüngster Zeit Nemiroff und Colarusso, 1985, 1990) betonen, daß die erwachsene Persönlichkeitsstruktur keineswegs nur durch die Entwicklungsanreize und Konflikte der Kindheit geprägt ist, sondern nicht minder durch die Lebenserfahrungen und Konflikte im Erwachsenenalter. Dieses ist deshalb nicht eine Zeit, in der ausschließlich frühe unbewußt gebliebene Konflikte wieder aktuell und reinszeniert werden, sondern ein Lebensabschnitt, in dem (auch) eine weitere Entwicklung stattfindet. Diese Erkenntnis hat mittlerweile zu einem neuen Forschungsthema, der psychoanalytischen Lebenslaufforschung geführt, die vor allem von Autoren wie Erikson (1959, 1963, 1988) initiiert worden ist.

Nach Erikson (1959) werden an den jungen Erwachsenen (und zum Teil auch schon an den Spätadoleszenten) gleichzeitig folgende Anforderungen gestellt: das Eingehen körperlicher Intimität mit einem Menschen, mit dem man sich eine lange dauernde Verbindung vorstellen kann, die endgültige Berufswahl, das Sich-Behaupten und Durchsetzen in einem Beruf und eine psychosoziale Selbstdefinition.

Colarusso (1990) hat von einem dritten Individuationsprozeß gesprochen, der sich im frühen (20 bis 40 Jahre) und mittleren Erwachsenenalter (40 bis 60 Jahre) ereignet, und dessen Parameter vor allem im Hinblick auf die Elternschaft beschrieben. Insbesondere die Fähigkeit, das eigene Selbst noch stärker von den Repräsentanzen eines anderen Menschen differenzieren zu können – projektive und introjektive Vorgänge zu minimieren und die Realitätsprüfung zu stärken –, den anderen Menschen damit immer mehr als Person in eigenem Recht sehen zu können und ihn nicht einseitig für die eigene Bedürfnisbefriedigung zu mißbrauchen, scheint eine wichtige Errungenschaft dieses Prozesses zu sein. Die innere Einsamkeit des Spätadoleszenten und jungen Erwachsenen läßt in ihm allmählich den Wunsch entstehen, die durch die mehr oder weniger geglückte Loslösung von den kindlichen Liebespartnern bzw. deren Repräsentanzen entstandene Leere mit Hilfe einer dauerhaften Beziehung zu einem anderen Menschen und des Wunsches nach eigenen Kindern zu füllen. In der Identifikation mit dem Kind wird eine regressive Wiederbelebung der kindlichen Wünsche und Beziehungen zu den eigenen Eltern, dieses Mal aber auf höherem Niveau erreicht. Die Einfühlung in die Wünsche des Kindes läßt die eigenen regressiv aktualisierten Wünsche nach einfühlsamer Bemutterung oder Bevaterung zwar wieder bei den Eltern virulent werden, aber dieses Mal gebrochen durch die Notwendigkeit, dem eigenen Kind nunmehr ein guter Vater oder eine gute Mutter zu sein. Auf diese Weise kommt es – im gelungenen Fall – zu einer erneuten schrittweisen Zunahme von Loslösung und Individuation.

Am bekanntesten wurde in der psychoanalytischen und entwicklungspsychologischen Literatur sicherlich die Konzeptualisierung des Lebenszyklus von Erikson (1959/1966), der auf den verschiedenen Altersstufen die typischen Entwicklungsaufgaben, Konflikte und die Resultate der mißglückten Bewältigung in einem Diagramm darstellte.

1. Säuglingsalter	Urvertrauen	versus	Urmißtrauen
2. Frühe Kindheit	Autonomie	versus	Scham, Zweifel
3. Spielalter	Initiative	versus	Schuldgefühl
4. Schulalter	Leistung	versus	Minderwertigkeit
5. Adoleszenz	Identität	versus	Rollenkonfusion
6. Frühes Erwachsenenalter	Intimität	versus	Isolation
7. Mittleres Erwachsenenalter	Generativität	versus	Stagnation
8. Spätes Erwachsenenalter	Ich-Integrität	versus	Verzweiflung

Abb. 5: Eriksons Modell der menschlichen Entwicklung

Benedek (1959) und Anthony und Benedek (1970) z. B. beschrieben den Prozeß der Elternschaft als eine Entwicklungsphase im frühen Erwachsenenalter, und Blanck und Blanck (1968) konzentrierten ihr Interesse auf das Entwicklungspotential, das im Rahmen einer längerdauernden, stabilen Beziehung, wie z. B. der Ehe, aktiviert werden kann (wie z. B. die Höherentwicklung des Objektbeziehungsniveaus, z. B. vom anspruchlich fordernden Verhalten hin zu einer Dialektik von Geben und Nehmen, oder inwieweit Sexualität nicht mehr überwiegend zur Befriedigung der eigenen Person benutzt wird, sondern zum Erleben der Gegenseitigkeit der sexuellen Beziehung). Wenn man diese und andere Entwicklungschancen der Ehe (wie z. B. die weitere Ablösung von den Eltern und Elternrepräsentanzen, aber auch die Integration bislang vom eigenen Selbstverständnis abgespaltener elterlicher Einflüsse und Normen, das Üben des autonomen Alleinseins in der Beziehung) betrachtet, dann wird deutlich, wie das Alleinleben ohne festen Partner zu einer tendenziellen und partiellen Arretierung in der Persönlichkeitsentwicklung führen *kann.* Lieberman (1991) z. B. schilderte die typischen Konflikte in der Behandlung von Frauen über 30, deren Chancen, einen Mann für eine dauerhafte Beziehung zu finden, vor allem aufgrund patriarchalischer Normen bereits drastisch eingeschränkt sind. Das Alleinleben dieser Frauen, das keineswegs immer auf eine Persönlichkeitsstörung zurückzuführen ist, kann – vor allem, wenn es zu einem Dauerzustand wird – von den Betreffenden als eine chronische Traumatisierung mit einer massiven Beeinträchtigung des Selbstwertgefühls erlebt werden und die weitere Entwicklung im frühen Erwachsenenalter beeinträchtigen, weil keine Gelegenheit besteht, die oben angesprochenen Entwicklungspotentiale auszuprobieren und zu üben (das gleiche gilt natürlich auch für alleinlebende Männer).

Nach Levinson (1978, 1980) dauert der Prozeß der Ausbildung einer reifen Männlichkeit ca. vom 17. bis zum 33. Lebensjahr. Dieser als sogenannte »Novizenphase« bezeichnete Lebensabschnitt besteht aus der »Übergangsphase des frühen Erwachenenseins (18 bis 22 Jahre), dem »Eintritt in die Welt der Erwachsenen« (22 bis 28 Jahre) und der »Übergangsphase um die 30«. Vier Entwicklungsthemen finden sich in dieser Zeit:

1. Die Gestaltung eines »Lebenstraumes«, d. h. die einigermaßen realistische Vorstellung von dem eigenen Platz in der Welt der Erwachsenen, was die Sublimierung adoleszenter Größenphantasien erfordert;
2. Der Aufbau von »Mentorbeziehungen«, d. h. von Beziehungen zu etwas älteren Männern, die als Lehrer, Sponsoren, Trainer, Führer in Erscheinung treten und dem jungen Mann helfen, sein adoleszentes Identitätsgefühl als Sohn des Vaters oder als Jüngling gegenüber einem erwachsenen Mann schrittweise aufzugeben und sich als erwachsener Mann mit einem deutlicheren Gefühl für seine eigene Autorität und Autonomie fühlen zu können; die zwischen zwei bis zehn Jahre dauernde Mentorbeziehung ist in ihrem Kern eine Liebesbeziehung, wird allerdings selten abgetrauert, sondern endet häufig in einem inszenierten Zerwürfnis (»er hat mich nur nach seinen Vorstellungen geformt«, »er hat mich psychisch und körperlich ausgebeutet«, »ich konnte die Abhängigkeit von ihm nicht mehr ertragen«) oder sang- und klanglos; vermutlich werden mit der Mentorbeziehung auch Reste der unaufgelösten gleichgeschlechtlichen Beziehung (negativer Ödipus) mit unterschiedlichem Erfolg aufzuarbeiten versucht.
3. Die Berufsaufbauphase: Berufsausbildung oder Studium ermöglichen den Eintritt in die Berufswelt und weisen dem jungen Mann eine Position in der Gesellschaft und Arbeitswelt zu, was für die Selbstdefinition, z. B. als arbeitender Mensch endlich auch über ein eigenes Einkommen zu verfügen und von den Eltern oder staatlichen Förderungen unabhängig zu werden, immens wichtig ist. Die Vorstellungen von Selbstverwirklichung und Autonomie kollidieren häufig mit den beruflichen Anforderungen und Arbeitsbedingungen und lassen in unterschiedlichem Ausmaß ödipale Konfliktdimensionen erneut virulent werden.
4. Der Aufbau von Liebesbeziehungen, Ehe und Familiengründung: Die von Levinson befragten jungen Männer hatten sich zumeist junge Frauen als Partnerin ausgesucht, deren bewußte Anziehungskraft teilweise im Fehlen von Eigenschaften bestand, die sie an ihrer Mutter ablehnten, wobei sich nach einigen Jahren erst herausstellte, wie groß die Ähnlichkeit in einigen Persönlichkeitshaltungen und neurotischen Dimensionen zwischen den Ehefrauen und den Müttern der Männer war. Auch Frauen können für junge Männer die Rolle eines Mentors einnehmen und ihnen helfen, ihren Lebenstraum zu verwirklichen, wobei sie häufig dann eine ähnliche Übergangsfunktion wie die männlichen Mentoren innehaben.

Junge Frauen haben nach einer Berufsausbildung oder einem Studium nur scheinbar die Wahl, sich völlig frei für Ehe und Mutterschaft oder für eine Karriere entscheiden zu können, weil der gesellschaftliche Druck in Richtung Selbstverwirklichung per Erwerbsarbeit heutzutage bereits starke Optionen vorgibt. Ausschließliche Mutterschaft schon zu Beginn des jungen Erwachsenenalters bringt zudem auch oftmals eine Verlagerung der ungelösten Abhängigkeit von der Primärfamilie auf den Ehemann mit sich, und so kann es gerade ein Zeichen von Reife sein, wenn eine Frau sich erst nach einigen Jahren der beruflichen Selbstverwirklichung und Autonomiefindung zur Mutterschaft entschließt. Krisen in der partnerschaftlichen Beziehung treten häufig dann auf, wenn die finanzielle Abhängigkeit vom Ehemann während des Mutter-Status der Frau an eigene ungelöste Abhängigkeits- und Autonomie-Konflikte rührt, vor allem, wenn Männer aufgrund ungelöster ödipaler Konflikte (in Form von Neid auf das Kind, Eifersucht wegen des Sich-ausgeschlossen-Fühlens) anal getönte Kontroll- und Macht-Phantasien gegenüber Frau und Kind auszuspielen versuchen. Die Schwierigkeiten, mit denen Frauen im Erwachsenenalter konfrontiert sind, zeigen sich vielleicht am deutlichsten im Fehlen eines eindeutigen positiv besetzten Frauenbildes in diesem Lebensabschnitt: Eine Frau, die Partnerschaft und Kinderkriegen wegen Berufsausbildung und Karriere einige Jahre zurückstellt, gilt schnell als »schizoide, unweibliche und karrieregeile Emanze«; diejenige Frau aber, die nach Berufsausbildung oder Studium bald heiratet und Kinder bekommt, wird als »dümmliches Hausmütterchen, wo's nur noch nach Milch und Langeweile riecht« eingeschätzt. Vielleicht spiegeln diese Einschätzungen die Auswirkungen männlicher Konflikte wider, deren scheinbare Eindeutigkeit in ihrer Lebensorientierung und Identitätsentwicklung (»erst kommt der Beruf, dann die Beziehung«) zu schmerzlichen Einbußen ihres mitmenschlichen Bezogenseins führt, mit dem Ergebnis, daß sie auch Frauen kein sicheres und wertvolles Identitätsgefühl zugestehen können.

8.2 Partnerschaft, Ehe und Kinderkriegen

Obwohl auch die anderen Themen des jungen Erwachsenenalters, wie z. B. die Weiterentwicklung der Identität (die nur aufgrund einer idealtypischen Sichtweise mit der Spät- und Postadoleszenz als vorläufig abgeschlossen gelten kann), die Aufnahme einer Erwerbstätigkeit mit dem Eintritt in die Berufswelt, wichtige psychosexuelle Implikationen haben, kann aus Platzgründen nur auf den Themenkomplex der Partnerbeziehung und Familiengründung kurz eingegangen werden.

Wie im Kapitel über Spät- und Postadoleszenz bereits ausgeführt, können junge Menschen zunächst überfordert sein, die altersspezifischen und zu einer Normalbiographie als dazugehörig gedachten Aufgaben, wie Festlegung auf eine Berufsrolle, Eingehen einer dauerhaften und intimen Partnerbeziehung bis hin zur Eheschließung und schließlich die Familiengründung, auszuführen, geschweige denn erfolgreich zu bewältigen. Neben einer psychischen Problematik, zurückgehend z. B. auf Bindungsunsicherheit und -angst, die wiederum aufgrund unterschiedlicher Traumatisierungen entstanden sind, kann z. B. die Ablehnung, sich einer Normalbiographie anzupassen (d. h. als Mann z. B. schon mit 25 Jahren ein behäbiger Familienvater zu werden oder als Frau die von vielen jungen Frauen zunächst als aversiv empfundene Rolle der Hausfrau und Mutter einzunehmen), eine Rolle dabei spielen, diese Aufgaben auszuführen. Aber auch depressiv getönte Ängste, durch zuviel Verwirklichung eigenen Lebensglückes den Einstieg in und den Anschluß an die Berufswelt zu verlieren (was vor allem aufgrund der schlechteren Arbeitsbedingungen für Frauen zutrifft), und eigene familiäre Sozialisationserfahrungen (wie z. B. die gescheiterte Ehe der Eltern und das beim Kind daraufhin entstandene Ich-Ideal, eine neurotische Partnerwahl zu vermeiden) sind aus psychoanalytischer Sicht wichtige Motive. Sicherlich sind bei all diesen Fragen und Themenkomplexen auch gesellschaftliche Faktoren zu berücksichtigen, wie z. B. die ausgesprochene Kinderfeindlichkeit, das Prestige weiblicher Erwerbstätigkeit und die partielle Diskriminierung der »Nur-Mutter«, die realistische Antizipation der weiblichen Doppelbelastung, die Attraktivität einer Wohlstands- und Konsumorientierung u. a. m. Aber wenn diese äußere Realität in Form der genannten gesellschaftlichen Einflüsse allein ausschlaggebend wäre, könnte nicht erklärt werden, warum sich nach wie vor ein Großteil aller jungen Paare ein Kind über kurz oder lang wünscht. Auch wenn die durchschnittliche Kinderzahl pro Paar in Deutschland gegenwärtig nur noch 1,3 beträgt, so ist der Kinderwunsch bei den meisten Eltern dennoch ungebrochen, selbst wenn viele Männer heutzutage aufgrund ihrer Karriereplanung (und unbewußter psychodynamischer Motive) dazu neigen, die Verwirklichung des Kinderwunsches ihrer Partnerinnen hinauszuzögern. Ist dieser intensive Wunsch nach einem Kind nun eine biologische Gesetzmäßigkeit in Form eines Überlebenstriebes, die sich bei jedem Paar nach einiger Zeit des Zusammenlebens manifestiert? Oder wirken hierbei die Identifikationen mit den eigenen Eltern, es ihnen hinsichtlich Zeugen und Gebären gleich zu tun, die Überzeugung, mit dem Kind die Liebe, die man füreinander empfindet, aufbewahren zu können? Geht es beim Kinderwunsch auch um rivalisierende Impulse, die eigenen Kinder besser, als es die Eltern vermochten, aufzuziehen? Spielen unbewußt infantile Wünsche nach omnipotentem Zeugen- und Gebärenkönnen, narzißtische Gratifikationen, unterentwickelte oder verschüttete Fähigkeiten bei den eigenen Kindern (wieder) zu entdecken und zu fördern, eine Rolle? Inwieweit ist das »Projekt« Kinderwunsch auch dadurch mit beeinflußt, der häufig nach einigen Jahren des Zusammenseins sich einstellenden Monotonie der Zweierbeziehung zu begegnen und den allgegenwärtigen Trennungsängsten zuvorzukommen? Aus psychoanalytischer Sicht reicht es nicht aus, lediglich den Einfluß der äußeren Realität in einer sozialpsychologischen bzw. soziologischen Perspektive zu thematisieren, so wichtig dieser für die spezifische Färbung und Ausgestaltung der jeweiligen Lebensthemen auch immer sein mag. Noch bedeutsamer erscheint deshalb die Welt der Phantasien und inneren Vorstellungsbilder, die in dieser Abhandlung überwiegend unter dem Gesichtspunkt der Entwicklung der Psychosexualität und der Geschlechtsidentität eine Berücksichtigung finden und in diesem Kapitel überwiegend für den Mann ausgeführt werden, da die Psychodynamik der Vaterschaft immer noch eine terra incognita darstellt. Und gegenüber einer eher normativ und idealistisch klingenden entwicklungspsychoanalytischen Betrachtungsweise scheinen die aus den klinischen Erfahrungen gewonnenen Befunde (sofern man den Schweregrad der Pathologie bei der Generalisierung berücksichtigt) eine realistische Sichtweise zu liefern.

8.3 Ehe als neurotische Vermeidung

Verheiratetsein und Kinderhaben sagt nicht unbedingt etwas über die psychosexuelle und -soziale Reife des betreffenden Elternpaares aus. Obwohl diese Erscheinungen als Aufgaben des jungen Erwachsenenalters definiert worden sind, muß aus klinischer Sicht berücksichtigt werden, daß es bei jungen Paaren nicht selten zu einer Flucht in die Ehe kommt, ohne daß die psychischen Voraussetzungen dazu wirklich gegeben sind. Unter der Thematik »Ehe als neurotische Vermeidung« können die folgenden Problemkreise betrachtet werden (vgl. Ach, 1974): Die neurotische Partnerwahl und deren Festlegung im Rahmen einer Ehe als Bestrafung für unbewußte ödipale Schuldgefühle; die Illusion, Kontakt- und Beziehungsstörungen könnten durch eine andauernde Verbindung gleichsam von allein gelöst werden; die irrige Annahme, eine Identitätsstörung mit drohenden Leeregefühlen und Vereinsamungstendenzen könnte durch eine eheliche Beziehung geheilt werden; der Glaube, von der eigenen Sexualstörung ablenken zu können, indem man sie dem ehelichen Partner anlastet; als Ausweichen vor der Einsamkeit, vor Eigeninitiative und vor der als bedrohlich erlebten Berufswelt; als Wunsch zur Absicherung, Risikovermeidung und Umgehen der Ablösung von den Elternfiguren; die Suche nach einem Schutzraum aus Angst und zur Abwehr homosexueller und perverser Neigungen und anderes mehr, wie z. B. die ungewollte Schwangerschaft, die aber ebenfalls wiederum auf die genannten Motive zurückgehen kann.

8.4 Wenn Paare Eltern werden

Die Geburt eines Kindes und die damit einhergehende Veränderung der Paardynamik ist in den letzten Jahren zum Gegenstand ausführlicher Betrachtungen geworden (vgl. z. B. Bullinger, 1986). Traditionell wurde hierbei eher auf den Ausschluß des Vaters aus der Mutter-Kind-Dyade hingewiesen. In einer Untersuchung von Vätern mit einer Borderline-Persönlichkeits-Organisation fand Lansky (1987) z. B., daß diese Männer bei der Geburt ihres Kindes dekompensierten; der von ihnen so wahrgenommene Ausschluß aus der ehelichen Dyade führte zu einem enormen Zuwachs an Eifersucht und Neid, zu einer Destabilisierung ihrer Abwehr und zu einem daraus resultierenden massiven Ausagieren ihrer Konflikte in Form von Wutausbrüchen und Gewaltanwendungen, Alkoholismus und Suizidhandlungen.

Aber auch für die Mutter bedeuten Schwangerschaft und Geburt eines Kindes eine Unterbrechung ihrer vorher oftmals ausschließlichen Beziehung zu ihrem Mann. Nicht nur Väter sind eifersüchtig auf den neu hinzukommenden Dritten und aktualisieren unbewußt Erfahrungen mit Geschwisterrivalität und ödipalem Ausschluß. Auch Mütter können in unterschiedlichem Ausmaß mit Eifersucht auf die vermutete oder tatsächlich erlebte zärtliche Zuwendung ihres Mannes auf das Kind – vor allem, wenn dies eine Tochter ist – reagieren. Bei den von Bernstein (1991) behandelten Patientinnen fiel vor allem der durchdringende Wunsch auf, diejenige Person zu sein, der sich das Baby am meisten zuwendete, auch wenn sie gleichzeitig die Forderung an ihren Mann stellten, daß er sich an der Kindererziehung aktiv beteiligen möge.

Unbewußte Aktualisierungen von Affekten des Ausgeschlossenwerdens durch den neu hinzukommenden Dritten können bei den Eltern vor allem dann entstehen, wenn frühe Traumatisierungen in Form von Verlusterlebnissen, Geschwisterrivalität und unverarbeiteten ödipalen Neid- und Eifersuchtsgefühlen ausgeprägt sind. Eigene nicht bewältigte ödipal-narzißtische Anspruchshaltungen können in den Neuankömmling (häufig bereits während der Schwangerschaft als narzißtisch depressive Verstimmung manifestiert) projiziert werden und unbewußten Haß und Ablehnung auslösen.

Wie in Kap. 5.3.5 ausgeführt entstehen ödipal-narzißtische Phantasien und Erwartungshaltungen bei Kindern im Übermaß vor allem dann, wenn sie als Ersatzpartner fungieren müssen, was angesichts des Ausmaßes an Scheidungsfamilien gegenwärtig in einem hohen Prozentsatz große Aktualität besitzt. Solche Kinder erleben sich dann als liebenswerter, zärtlicher, einfühlsamer, potenter, wichtiger als der jeweilig andere Elternteil, was natürlich immer zu entsprechenden Bündnisbildungen mit dazugehörigen Loyalitätskonflikten führt. Passagere Bündnisbildungen sind sicherlich ubiquitär (z. B. in der Wiederannäherungsphase zwischen Vater und Kind), werden aber dann pathogen, wenn sie sich über längere Zeit hin erstrecken.

Das Kind in der ihm zugedachten Rolle eines Ersatzpartners ist aber nur eine mögliche Phantasie und phantasmatische Interaktion unter vielen. Denn im Grunde ist die Zahl elterlicher Phantasien unbegrenzt, obwohl einige idealtypische Formationen bevorzugt in der Literatur beschrieben worden sind.

Verschiedene psychoanalytische Autoren haben ausgeführt, welche traumatisierenden Situationen für ein Kind entstehen, wenn seine Eltern die individuellen, entwicklungsbedingten und sich auch in Veränderungen befindlichen Erwartungen und Bedürfnisse nicht genügend einfühlsam wahrnehmen und sich an diese mit ihrem Erwartungskontext anpassen können. So können z. B. Kinder ein »falsches Selbst« (Winnicott, 1965) zu Abwehrzwecken entwickeln, ein »Identitätsthema« (Lichtenstein, 1961) ausarbeiten, das den archaischen Selbstobjekt-Bedürfnissen eines oder beider Eltern entgegenkommt. Wenn das Kind gezwungen wird, narzißtische Funktionen zu übernehmen, hat es keinen Raum, seine eigenen Gefühle und Bedürfnisse zu leben. Statt dessen werden diese aus der Kommunikation ausgeschlossen und existieren in der Phantasie auf archaische Weise weiter (vgl. Miller, 1979). Es sind nicht wenige Menschen, die ihrem Leben noch ihre Phantasien schulden.

»Es ist das spezifische unbewußte Bedürfnis der Mutter, das von den zahllosen Möglichkeiten des Kindes eben jene aktiviert, die für jede Mutter ›das

Kind‹ schaffen, das ihre einzigartigen und individuellen Bedürfnisse widerspiegelt ...« (Mahler, 1972, S. 25). Diese phantasmatischen Konstruktionen bleiben vermutlich so lange für ein Kind erträglich, wie es sich mit den bewußten und unbewußten Erwartungen seiner Eltern einigermaßen arrangieren und kompromißhafte Lösungen im Hinblick auf seine eigenen Erwartungen und Bedürfnisse finden kann. Erst wenn ein gewisser Toleranzbereich im Aufeinander-eingestimmt-Sein überschritten wird, muß sich das Kind durch Abwehr seiner eigenen Bedürfnisse, schizoiden Rückzug oder Entwicklung von Symptomen, in denen ein Teil seiner ureigensten Bedürfnisse einen entstellten Ausdruck finden kann, vor überwältigender Enttäuschung und Angst schützen.

Die phantasmatische Interaktion zwischen Mutter und Kind beginnt lange vor der Geburt eines Kindes im pränatalen Leben, sobald die Mutter um ihre Schwangerschaft weiß. Und natürlich vermitteln sich die Äußerungen, Verhaltensweisen und Erwartungen des werdenden Vaters auf indirekte Weise seiner Frau: ob er sich freuen kann oder ängstlich auf die Zukunft blickt, ob er Neid und Eifersucht erkennen läßt, Ärger über sein Ausgeschlossensein empfindet, Gebärneid und Angst vor seiner schwangeren Frau erlebt und sie mit sexuellem Rückzug bestraft, andere Frauen kennenlernt u. a. m.

Die Phantasien der werdenden Mutter, ihr regressiver psychodynamischer Gesamtstatus, ihre besondere Liebesbedürftigkeit und ihr gelegentlicher sexueller Heißhunger sind von vielen Psychoanalytikern beschrieben worden (z. B. Gambaroff, 1984; Kestenberg, 1975). Dabei konnte immer wieder aufgezeigt werden, daß Schwangerschaft eine adaptive Regression der Mutter mit sich bringt, wobei auch sehr angstmachende Phantasien auftreten können, die frühere konflikthafte Themen der eigenen psychosexuellen Identität und Geschlechtsidentität, vor allem auch des körperlichen Selbstbildes zum Ausdruck bringen.

Was kann es für eine werdende Mutter bedeuten, ein kleines Lebewesen in ihrem Bauch heranwachsen zu spüren?

Ist es ein Kind der Liebe? Oder soll es Ersatz sein für das bislang ungelebte Leben? Verkörpert es eine narzißtische Wiedergeburt des eigenen Selbst, das sich nun endlich rund und ganz anfühlen soll? Ist es ein Kind, das heimlich mit dem Vater gezeugt wurde? Trägt die phallische Bedeutung des Kindes möglicherweise zur Individuation und Abgrenzung von der eigenen Mutter bei? Wird das Kind als böses Introjekt erlebt, das einen von innen her parasitär auffrißt? Wird schon dem Embryo geneidet, daß es sich warm und geborgen fühlen darf, daß seine Existenz nicht verdient werden mußte? Erlebt die Mutter Loyalitätskonflikte gegenüber ihrem eifersüchtigen Mann, auf den sie möglicherweise eigene Gefühle des Ausgeschlossenseins projiziert? Oder fühlt sie sich zum ersten Mal mit dem Kind im Bauch in ihrem Leben potent und ihrem Mann überlegen? Soll sie das Kind überhaupt noch hergeben? Wird sie sich jemals in ihrem Leben wieder so gut fühlen können? Wird sie dieses Wohlgefühl nach der Geburt ihres Kindes beibehalten können? Wie wird das Kind sein? Gesund? Häßlich? Behindert? Wird es überleben? Wird es ihrem Mann gefallen? Was wird passieren, wenn ihr Mann sich innig dem Kind zuwendet und sie selbst weniger wichtig wird? Ist ihr Kind nicht auch ein Eindringling in die Beziehung zu ihrem Mann? Soll sie es dafür hassen? Es von klein auf kontrollieren, besonders wenn es ein Mädchen ist?

Eine schwangere Patientin, über die Gambaroff (1984, S. 195 f.) berichtet, beschreibt ihr Schwangersein mit den folgenden Bildern: »Hat sich der Mann in ihr verankert oder gefährlich verkrallt? Wenn sie in sich hineinhorcht, wird ihr schwindelig. Ganz tief in ihr, abgrundtief, rührt sich, verändert sich etwas. Hat sie sich selbst zu wenig geschützt, ist der Mann nicht doch zu weit in sie hineingefahren, hat dort etwas Unheimliches bewirkt, das nicht mehr rückgängig zu machen ist? Sitzt jetzt ein ungewollter Eindringling in ihr, oder ist es wirklich das Kind, das sie sich so sehnlich gewünscht hat? Sie mag mit ihrem Mann nicht mehr schlafen. Dadurch könne sie wenigstens sicher sein, daß der Abgrund nicht wieder aufgerissen würde. Dann wäre es ihr Kind ganz allein, und es schwände die Erinnerung daran, in welcher Tiefe es entstanden sei.«

Bei verschiedenen pathologischen Phänomenen im Leben der Mutter oder des Kindes kurze Zeit nach der Geburt, wie z. B. bei der Post-partum-Depression oder dem plötzlichen Kindstod, wurde versucht, spezifische Phantasien bei der Mutter ausfindig zu machen. Weil diese in der Regel zunächst nicht bewußt sind, können sie nur mit Hilfe eines analytischen Erstinterviews oder im Verlauf einer längeren analytischen Therapie entdeckt werden, weswegen die herkömmliche Medizin bislang vergeblich nach den organischen Ursachen dieser vor allem im Fall des plötzlichen Kindstods erschütternden Phänomene sucht (dessen Häufigkeit in Deutschland zwischen 2000 bis 4000 Kindern liegt). Stork (1986) hat anhand eines ausführlichen Fallbeispiels die Hypothese aufgestellt, daß bei der von ihm untersuchten Mutter tiefe unbewußte Haßgefühle mit Hilfe einer Reaktionsbildung abgewehrt wurden, die sich auf den ersten Blick als übermäßige Besorgtheit, bei genauerem Hinsehen jedoch als lebensbedrohliche und erstickende Autonomieeinschränkung äußerten.

Wie erlebt ein werdender Vater die Schwangerschaft seiner Frau? Kann er sich als Erzeuger und Ernährer fühlen und sich in seine schwangere Frau einfühlen, obwohl er von den körperlichen Empfindungen ausgeschlossen bleibt, die zum Schwangerschaftserleben der Frau gehören? War die in seiner Kindheit durchgeführte Rückgängigmachung seiner ursprünglichen Identifizierung mit seiner Mutter dermaßen stark, daß er gegen Abhängigkeit und Bemutterung in späteren Jahren starke Reaktionsbildungen errichten mußte, so daß ihn jetzt die Abhängigkeit seiner schwangeren Frau und die des Fötus ärgerlich und irritiert machen? Neidet er dem noch Ungeborenen insgeheim die Fürsorge und Zuwendung, die es bald von seiner Frau erfahren wird?

Während Freud überwiegend die ödipalen Motive des Jungen zum Thema machte, vernachlässigte er die Phantasien der Väter gegenüber ihren Söhnen (obwohl er selbst mutig genug war, seine Todeswünsche gegenüber einem seiner Söhne zuzugeben). Laios, der Vater des Ödipus, war selbst schon ein von seinem eigenen Vater mißhandeltes Kind, so daß die Phantasie, sein Sohn Ödipus werde ihn später umbringen, auch als Projektion des väterlichen Sadismus betrachtet werden kann. Im Vergleich zur psychoanalytischen Literatur über die ödipalen Phantasien und Bedürfnisse des Sohnes gibt es vergleichsweise so gut wie keine Literatur über die haßerfüllten Phantasien des Laios. Ross (1982) ist einer der wenigen Autoren, die darauf aufmerksam gemacht haben, daß das Insistieren auf der Analyse ödipaler Phantasien die Abwehr eines männlichen Analysanden dahingehend verstärken kann, daß das viel grauenvollere Erleben, dem eigenen bis dato zwar gefürchteten, aber auch als Patriarch verehrten Vater mörderische Phantasien gegenüber dem Sohn zuzugestehen, nicht bewußt zu werden braucht (obgleich z. B. in Träumen, die weniger von Abwehr entstellt sind, dieses Erleben immer wiederkehrt).

8.5 »Wenn die Seele nein sagt«

Aufgrund einer systemischen und familiendynamischen Betrachtungsweise scheint es mittlerweile als Selbstverständlichkeit zu gelten, daß die Unfruchtbarkeit eines Paares immer auf eine Kollusion zurückgeht. Beide lehnen aus unbewußten intrapsychischen und paardynamischen Gründen ein Kind ab, obwohl sie sich bewußt nichts sehnlicher wünschen und die Frauen sich häufig aufwendigen und demütigenden Prozeduren (wie z. B. der In-vitro-Fertilisation) unterziehen. Gegenüber dieser Sichtweise gilt es jedoch festzuhalten, daß Unfruchtbarkeit häufig nur bei einem Partner vorzukommen braucht, und während früher meistens allein die Frauen der Sterilität bezichtigt wurden, wird diese heutzutage zunehmend mehr bei Männern diagnostiziert. Dabei scheinen vor allem durchsetzungsfähige und beruflich erfolgreiche Männer davon betroffen zu sein, was herkömmlich mit dem Vorhandensein starker Spannungen im vegetativen Nervensystem und den entsprechenden physiologischen Folgen erklärt wird. Auffallend bleibt aber, daß die Beeinträchtigung der Samenqualität nahezu ausschließlich mit »objektiven« Faktoren (wie z. B. Streß, Luftverschmutzung) erklärt wird. Hängt dies mit der stärkeren psychodynamischen Verankerung des weiblichen Kinderwunsches zusammen oder mit der nach wie vor bestehenden Verleugnung der Psychodynamik des männlichen Kinderwunsches im medizinischen Diskurs?

Langer (1988, zit. nach Auhagen-Stephanos, 1991, S. 233) z. B. zeigte anhand von fünf vor bereits vierzig Jahren geschriebenen Fallgeschichten von sterilen Frauen auf, »daß Angst vor Strafe und Schuldgefühle bei diesen eine Befruchtung verhindert haben. Sie identifizierte drei Ursachen von Verschulden, dessen sich die sterile Frau unbewußt anklagt. Diese sind der Haß auf die schwangere oder gebärfähige Mutter, der Wunsch, das verwöhnte Kind zu bleiben, sowie die unbewußte erotische Fixierung an diese. Die dadurch erzeugten Schuldgefühle – so meint sie – stehen dem Erwachsenwerden im Wege und verhindern, daß eine solche Frau Mutter wird.« Nach Auhagen-Stephanos (1991, S. 234 f.) sind die Ursachen von Sterilität bei heutigen Frauen nur angemessen zu begreifen, wenn die jeweiligen Geschichten der Eltern und Großeltern miteinbezogen werden, somit eine transgenerationelle Perspektive eingenommen wird:

> »Oftmals sind die betroffenen Frauen als Kinder nicht um ihrer selbst willen geboren worden, sondern als ein Objekt ihrer Mutter, quasi zu deren Gebrauch. Die Mutter benötigte dieses Kind für ihr eigenes Gleichgewicht. Sie ließ es zur Welt kommen, ohne ihm sein eigenes Selbst zuzugestehen. Das bedeutet, daß diese Kinder etwas tun mußten, um geliebt zu werden. Sie können nicht einfach sein, wie sie sind. Die Unfruchtbarkeit der zu Frauen Heranwachsenden könnte also darauf beruhen, daß sie spüren: Niemand nimmt sie als eigenständige Personen mit eigenen Rechten und Bedürfnissen wahr. Anscheinend möchten solche Frauen zunächst herausfinden, was sie selbst wirklich wollen, bevor sie ein eigenes Kind zur Welt bringen. Wenn ein Kind zu bekommen, ausschließlich dazu dient, seiner Mutter eine Freude zu machen, so ist das nicht Anreiz genug, Leben zu schenken, denn dieses hieße: Nicht nur sich selbst, sondern ein anderes Leben zu lieben, bereit sein zu spielen und des anderen Entwicklung nicht zu behindern ... So werden sie sehr früh mit der Hilflosigkeit ihrer eigenen Eltern konfrontiert, und es geht ihnen ein wichtiger Teil der primären Mütterlichkeit ihrer eigenen Mutter verloren, nämlich daß diese ihr Kind in seiner Hilflosigkeit akzeptiert. Die Kinder, die eigentlich Hilflosen, müssen rettende Funktionen für

ihre hilflosen Eltern ausüben. So wird ein basales Vertrauen in das Leben und in die Welt unterentwickelt bleiben.«

In einer Sichtweise, die dem psychoanalytischen Axiom einer »mehrfachen Determinierung« entspricht, vermuten Leuzinger-Bohleber und Dumschat (1993) bei unfruchtbaren Frauen ein Ursachen-Bündel, das sie in Anlehnung an die antike Tragödie »Medea-Komplex« nennen. Schon die frühen Interaktionen zwischen Mutter und Tochter scheinen bei diesen Frauen unglücklich verlaufen zu sein, selektive Identifizierungen kommen aufgrund hochgradiger Ambivalenzkonflikte nur partiell zustande, der Vater versagt überwiegend in seiner triangulierenden und kompensierenden Funktion, und ödipale Schuldgefühle sind immens. Eine Durcharbeitung dieser Themen in der Adoleszenz gelingt aus unterschiedlichen Gründen nicht.

8.6 Zur Psychoanalyse des männlichen Kinderwunsches und des Vaterwerdens

Der männliche Kinderwunsch war viele Jahre in der Psychoanalyse eher ein randständiges Thema und wurde eher pauschal mit dem männlichen Gebärneid des kleinen Jungen in Zusammenhang gebracht.

Wie Kühler (1989) aufzeigt, galt der Kinderwunsch lange Zeit stets nur als ein genuin weibliches Motiv. »Männer mit explizitem Kinderwunsch werden als weiblich identifiziert verstanden oder als in ödipale Situationen regrediert interpretiert« (S. 107). Kühler identifiziert zwei unbewußte Ansatzstellen für den männlichen Kinderwunsch: zum einen den noch im Zeichen der Bisexualität stehenden Wunsch des zwei- bis dreijährigen Jungen, ebenfalls wie seine Mutter ein Kind gebären zu können, und zum anderen den ödipalen Wunsch, mit der Mutter ein Kind zu machen. Aus dieser Sichtweise geht hervor, welche enorme Verzichtsleistung in narzißtischer und ödipal-inzestuöser Hinsicht dem Jungen abverlangt wird, wenn er auf eigene Gebärwünsche verzichten muß, und vielleicht auch, warum das technische, wissenschaftliche und künstlerische Produktiv-sein-Wollen für das männliche Selbstwertgefühl bei vielen Männern so wichtig ist.

Aus psychosexueller Sicht interessieren vor allem die zumeist unbewußt bleibenden Wünsche, die »hinter« dem manifesten Kinderwunsch eines Mannes stehen können. Diamond (1991, S. 48 f.) hat bezüglich der Motivation eines Mannes zur Vaterschaft noch die folgenden Wünsche beschrieben, deren Bewußtmachung die psychosexuelle Identität des Vaters stärken und konflikthafte Einstellungen, die sich in mannigfachen Abkömmlingen äußern, lindern können: sublimierte Abhängigkeitswünsche (in der Identifikation mit dem Kind kann ein Mann seine eigenen Abhängigkeitswünsche befriedigen; die Identifikation mit der Väterlichkeit des eigenen Vaters dient der Versicherung der eigenen Männlichkeit); generative Wünsche nach der Kontinuität des Selbst (Generativität ist für Erikson [1963] eine wichtige psychosexuelle und psychosoziale Aufgabe, und der narzißtische Wunsch, durch die eigenen Kinder, speziell durch die des gleichen Geschlechts, zu überleben, stellt ein wichtiges

Motiv dar); Wünsche nach der Erweiterung des Selbst (die Herausforderungen, die durch ein Kind entstehen, führen zu einer Zunahme an Verantwortlichkeit, Rücksichtnahme, Einfühlung u. a. m. beim Mann); Wünsche nach der Erweiterung der Partnerschaft durch zunehmende Wechselseitigkeit (der Kinderwunsch kann einen erlebten Mangel an Sinnerfüllung in der Partnerschaft lindern oder gar aufheben); reparative und identifikatorische Wünsche mit dem Ziel, die eigenen Eltern wiederzubeleben (ein Kind soll den Eltern als Enkelkind das zurückgeben, was man ihnen selbst aufgrund der Loslösung von ihnen »weggenommen« hat).

Jahrzehntelang wurde auch die Untersuchung des werdenden Vaters, seiner Wünsche, Ängste und Konflikte vernachlässigt, was um so paradoxer ist, als der Druck auf Männer nach einer aktiveren Beteiligung an der Schwangerschaft, Geburt und Pflege des Kindes und stärkerer väterlicher Präsenz in der Gegenwart immer stärker wird. Lediglich der »mit seinen Leistungen des Gezeugthabens« prahlende Mann war lange Zeit das Stereotyp des werdenden Vaters, über den seine Umwelt schmunzelte und dem man nun den Status des jungen Erwachsenen und nicht mehr den des Jünglings zuerkannte. Erst in den letzten Jahren hat sich die psychologische und psychoanalytische Forschung mit den Themen der Vaterschaft und des Vaterseins beschäftigt (z. B. Burlingham, 1975; Gurwitt, 1976; Cath et al. 1982, 1989; Fthenakis, 1985 a, b; Diamond, 1991; Cath, 1991).

Diamond (1991) z. B. unterscheidet im Anschluß an Herzog (1982 b) und andere Autoren verschiedene Phasen des werdenden Vaters, seiner prospektiven Vaterschaft: »Im Begriff sein«, »Zeugung«, »das erste Trimester«, »mittlere Schwangerschaft«, »die Hinwendung zum eigenen Vater und zur Vaterschaft«, »gegen Ende des zweiten Trimesters« und »das letzte Trimester«. Diese sieben Entwicklungsphasen machen auf ergreifende Weise deutlich, wie sehr auch Männer normalerweise mit dem Schwangersein ihrer Frau und mit dem eigenen Vaterwerden befaßt sind.

8.7 Ein Ausblick auf das mittlere Erwachsenenalter

Häufige Gründe, warum Menschen im mittleren Erwachsenenalter, zwischen 40 und 60 Jahren, um therapeutische Hilfe nachsuchen, sind z. B. die folgenden (vgl. Jaques, 1970; King, 1980; Levinson, 1978; Kernberg, 1988):

- Oftmals besteht (bei männlichen Patienten) die Befürchtung, daß die sexuelle Potenz nachlassen und dies die Beziehung zum Partner beeinträchtigen könnte. Frühe Verlustängste und Kastrationsängste werden reaktiviert, und je nachdem, wie eng das sinnliche und sexuelle Potentsein mit dem Selbstwertgefühl des Betreffenden verbunden ist, kommt es zu leichten bis zu massiven Beeinträchtigungen der narzißtischen Balance. Bei weiblichen Patienten besteht die Befürchtung nicht so sehr im Nachlassen der Potenz, sondern eher in der Sorge, daß die körperliche Attraktivität mehr und mehr schwinden könnte und sich der männliche Partner in eine jüngere Frau verliebt.

In beiden Fällen kommt es zu einem Wiederaufleben laios- und iokastehafter Neid-, Rivalitäts- und Haßgefühle auf die jüngere Generation, die entsprechende Konfliktdimensionen reaktivieren.

- Mit zunehmendem Alter taucht die Befürchtung auf, von den jüngeren Mitarbeitern und Kollegen überrundet, ausgebootet und ersetzt werden zu können, mit dem Wissen und neuen technologischen Möglichkeiten (wie Computerisierung, elektronischer Kommunikation, Wissensdiversifizierung u. a. m.) nicht Schritt halten zu können. Solche Befürchtungen können sich bis zu einer massiv ängstigenden Vorstellung, nicht nur den Beruf, sondern damit auch die eigene Identität zu verlieren, steigern und depressive Reaktionen auslösen.
  Die bei vielen Menschen in dem Arbeitsplatzverlust oder mit dem Ausscheiden aus dem Erwerbsleben einhergehenden finanziellen Einbußen können ebenfalls Neid auf die jüngere Generation entstehen lassen und erneut laioshafte Impulse auslösen.
- Das Älterwerden der Kinder, ihr Auszug aus dem Elternhaus und ihre immer größer werdende Verselbständigung konfrontieren das zurückgelassene Elternpaar mit seinen eigenen Problemen, und zwar auch mit solchen, die schon vor der Geburt der Kinder bestanden und nun erneut virulent werden. Konflikte, die sich um Autonomie und psychosexuelle Themen drehen, waren durch die Beschäftigung mit den Kindern jahrelang kaschiert (wobei natürlich die Erziehung von Kindern oftmals eine eigene Nachreifung der Eltern und eine Aussöhnung ihrer eigenen Konflikte ermöglichen kann). Reaktive Depressionen – häufig psychiatrischerseits als Altersdepression falsch diagnostiziert und behandelt – sind nicht selten die Folge einer derartigen familiendynamischen »Neukalibrierung«.
- Das nicht mehr zu verdrängende Bewußtsein vom Alterungsprozeß, erstmals auftretende Krankheiten bei Menschen, die vorher einen Großteil ihres Selbstwertgefühls aus ihrer Gesundheit, Sportlichkeit und Kraft erfahren haben, die Befürchtung, vom Partner eines Tages völlig abhängig zu werden, reaktivieren ebenfalls alte Ängste aus dem Umkreis präödipalen und ödipalen Erlebens.
- Schließlich führen das zunehmende Realisieren der eigenen Sterblichkeit, die Unvermeidbarkeit des Todes, die Unerreichbarkeit weiterer expansiver und narzißtischer Lebensziele, die Begrenztheit von sinnlichem Genuß und Freude aufgrund von nachlassender Kraft, Gesundheit und Energie zu Gefühlen des Verlustes und des Ausschlusses.

Aufgrund dieser skizzenhaften Betrachtung wird deutlich, in welchem Umfang ungelöste narzißtische und ödipale Konflikte in jeder Lebensphase erneut auftreten und gegen Ende des Lebens zu Unzufriedenheit, Groll, Ressentiments und Hadern mit dem eigenen Leben – und mit der jüngeren Generation – führen können. Nur aufgrund einer zumindest partiellen Lösung dieser Konflikte wird es dem einzelnen möglich sein, zu einer Haltung der Ausgeglichenheit und Gelassenheit angesichts der Vergänglichkeit alles Lebendigen hinfinden zu können.

8.8 Zusammenfassung

In einem kurzen Abriß wurden die wichtigsten Entwicklungsaufgaben des frühen Erwachsenenalters skizziert, und vor allem auf die psychosexuellen Implikationen des Themas »Paare werden Eltern« wurde eingegangen. Die Entwicklungsaufgaben des frühen Erwachsenenalters, wie das Eingehen einer dauerhaften Partnerbeziehung oder die Findung und Ausfüllung einer Berufsrolle, lassen erneut kindliche und adoleszente Konflikte mit der Geschlechtsrolle virulent werden. Gesellschaftlich erzeugte Widersprüche zwischen der Mutterrolle und der weiblichen Berufsrolle erschweren es Frauen, eine eindeutig weibliche Geschlechtsidentität für sich zu finden, in der Mutterschaft und berufliche Selbstverwirklichung aufgehoben sind. Ein Ausblick auf das mittlere und späte Erwachsenenalter rundet dieses Kapitel ab und zeigt auf, wie ödipale Themen im weitesten Sinn in diesem Lebensabschnitt vor allem gegenüber der jüngeren Generation wieder aktualisiert werden können.

8.9 Empfohlene Literatur

Junges Erwachsenenalter

Kapfhammer, H.-P. (1993) Zur psychosozialen Entwicklung und Problematik im jungen Erwachsenenalter: Entwicklungspsychologische Charakterisierung eines bedeutsamen Abschnitts im Lebenszyklus. Fortschritte der Neurologie und Psychiatrie, 61, 338-353

Kapfhammer, H.-P. (1995) Psychosoziale Entwicklung im jungen Erwachsenenalter. Entwicklungspsychopathologische Vergleichstudien an psychiatrischen Patienten und seelisch gesunden Probanden. Berlin: Springer. München

Hauser, S. T./Greene, W. M. (1991) Passages from late adolescence to early adulthood. In Greenspan, S. E./Pollock, E. H. (Eds.) The course of life, Vol. 4, Adolescence. (pp. 377-405).Madison, Conn.: Internat. Univ. Press

Psychoanalytische Lebenslauf-Forschung

Barwinski Fäh, R. (1992) Arbeitslosigkeit. Trauma oder Konfliktreaktivierung? Forum der Psychoanalyse, 8: 311–326

Blatt, S. J./Blass, R. B. (1990) Attachment and separateness: A dialectic model of the products and processes of development throughout the life cycle. Psychoanalytic Study of the Child, 45: 107–127

Colarusso, C. A. (1990) The third individuation: The effect of biological parenthood on separation-individuation processes in adulthood. Psychoanalytic Study of the Child, 45: 179–194

Colarusso, C. E. A./Nemiroff, R. A. (1981) Adult development. New York: Plenum Press

Erikson, E. H. (1959) Identity and the Life Cycle. New York: International Universities Press (Deutsch: Identität und Lebenszyklus, Frankfurt: Suhrkamp 1966)

Greenspan, S. I./Pollock, G. H. (Eds.) (1980) The course of life. Vol. 3: Adulthood and the aging process. Adelphi, MD: Mental Health Study Center, U.S. Department of Health and Human Services

Hettlage-Varjas, A. & Kurz, C. (1995) Von der Schwierigkeit, Frau zu werden und Frau zu bleiben. Zur Problematik weiblicher Identität in den Wechseljahren. Psyche, 49, 903-937

Hinze, E. (1987) Übertragung und Gegenübertragung in der psychoanalytischen Behandlung älterer Patienten. Psyche, 41: 238–253

Jacobs, D. H. (1992) A critical review of psychoanalytic adult developmental psychology. Psychoanalysis and Contemporary Thought, 15: 523–547

King, P. (1980) The life cycle as indicated by the nature of the transference in the psychoanalysis of the middle-aged and elderly. International Journal of Psycho-Analysis, 61: 153–160
Lieberman, J. S. (1991) Issues in the psychoanalytic treatment of single females over thirty. Psychoanalytic Review, 78: 177-198
Nemiroff, R. A./Colarusso, C. A. (eds.) (1990) New dimensions in adult development. New York: Basic Books
Radebold, H. (1986) Formen und Möglichkeiten der Psychotherapie im Alter. Psychotherapie, Psychosomatik. Medizinische Psychologie, 36: 337–343
Raguse-Stauffer, B. (1990) Psychoanalytische Überlegungen zu Klimakterium und Menopause. Zeitschrift für psychoanalytische Theorie und Praxis, 5, 322-335
Settlage, C. F. (1992) Psychoanalytic observations on adult development in life and in the therapeutic relationship. Psychoanalysis and Contemporary Thought, 15: 349-374
Sies, C. & Nesteler, V. (1992) Soll und Haben. Die Wechseljährige zwischen Illusion und Wirklichkeit. Psyche 47, 366-387
Wylie, H. W. (1987) The older analysand: Countertransference issues in psychoanalysis. International Journal of Psycho-Analysis, 68: 343-352

Zu Liebe und Partnerschaft im Erwachsenenalter

Beck, U./Beck-Gernsheim, E. (1990) Das ganz normale Chaos der Liebe. Frankfurt/M.: Suhrkamp
Blanck, R./Blanck, G. (1978) Ehe und seelische Entwicklung. Stuttgart: Klett
Brähler, E./Meyer, A. E. (Hrsg.) (1987) Partnerschaft – Sexualität – Reproduktion. Berlin: Springer
Buchholz, M. B. (Hrsg.) (1989) Intimität. Über die Veränderung des Privaten. Beltz: Psychologie heute – Sachbuch
Kernberg, O. F. (1988) Die Liebe, das Paar und die Gruppe. In: ders.: Innere Welt und äußere Realität. Anwendungen der Objektbeziehungstheorie (S. 315–378). München: Verlag Internationale Psychoanalyse
König, K./Tischtau-Schröter R. (1982) Der interaktionelle Anteil bei Partnerwahl und Partnerveränderung. Zeitschrift für Psychosomatische Medizin und Psychoanalyse, 28: 266–279
Kriebel, A./Tress, W. (1987) Liebe und Partnerschaft im Erwachsenenalter: Fortbestehen oder Korrektur frühkindlicher Erfahrungen? Zeitschrift für Psychosomatische Medizin und Psychoanalyse, 33: 276–293
Lemaire, J. G. (1980) Leben als Paar. Strukturen, Krisen. Therapeutische Hilfen. Olten: Walter
Maltas, C. (1991) The dynamics of narcissism in marriage. Psychoanalytic Review, 78: 567–581
Person, E. S. (1991) Lust auf Liebe. Reinbek: Rowohlt
Willi, J. (1985) Die Koevolution. Reinbek: Rowohlt

9 Beispiele für mehr oder weniger bewältigte ödipale Konflikte

Man sieht es dem Material nicht an der Nasenspitze an, ob es ödipalen oder präödipalen Ursprungs ist. Die manifesten Äußerungen eines Patienten können zunächst den Anschein erwecken, als ob die dargestellten Probleme auf Konflikte aus den Subphasen der Loslösung und Wiederannäherung zurückgehen, obwohl sich einige Zeit später herausstellt, daß diese Patienten sehr wohl eine ausreichende Selbst-Objekt-Differenzierung erreicht haben (vgl. Pine, 1979).

Bei den hier vorgestellten Beispielen kommt es auch nicht auf die Demonstration einer präzisen Diagnostik an. Sie sollen vielmehr die Bandbreite ödipaler Themen und Konfliktbereiche deutlich werden lassen. Wäre man zu einer genauen Diagnostik veranlaßt, müßte man selbstverständlich sehr viel mehr über den betreffenden Menschen erfahren und Übertragungs- und Gegenübertragungsphänomene genau studiert haben. Diese Beispiele eignen sich deshalb auch nicht zur Verallgemeinerung. Nicht jeder, dessen Berufswunsch es ist, Journalist zu werden, sinnt wegen seiner gekränkten phallisch-narzißtischen Triebimpulse auf Rache an seinen Mitmenschen. Und nicht jeder Vater, der von seinem Sohn Leistungen fordert, ist deshalb schon ein verkappter Laios.

Wer sublimiert, dem kann nichts passieren

»Sie haben ihr ganzes Leben lang gern gearbeitet?
Das ist zu einfach ausgedrückt, denn das Arbeiten zu lernen ist harte Arbeit. Ich bringe mich zum Arbeiten, es war und ist ein schwerer Kampf, nichts, was von alleine kommt. Ich mußte immer wieder darum kämpfen, muß es heute noch.

Ich wünschte mir sehr, daß es leichter ginge. Oft muß ich dieselbe Sache achtmal neu schreiben.
Und was ist die Befriedigung dabei?

Daß es gut wird. Ich weiß dann, es ist wirklich gut, und das ist das einzige, was die Mühe lohnt« (Elias, 1990, S. 96)

Enttäuschung über die treulose Mutter
Jemand erzählt, daß es ihn als Heranwachsenden ungemein enttäuscht und gekränkt habe, als er eines Nachts entdecken mußte, daß seine Mutter, die über seinen Vater tagsüber schimpfte und ihn herabsetzte, mit seinem Vater schlief. Damals sei eine Welt für ihn zusammengebrochen, er habe dies als einen ungeheuren Verrat erlebt und konnte es nicht begreifen, welch doppeltes Spiel die Mutter mit ihm offensichtlich getrieben habe. Noch heute, als erwachsener Mann, ist er der Auffassung, daß alle Frauen falsch seien und daß ihm dieser Betrug von seiten einer Frau jederzeit wieder passieren könne.

Narzißmus und Selbstgerechtigkeit oder subtile Rache

Ein junger Mann schimpft über die »Scheißbürokraten und Bullen«, die ihm öfters Strafzettel verpassen, einige Male sogar schon sein Auto haben abschleppen lassen, wenn er es falsch geparkt hat. Er wirft aber meistens die Strafzettel sofort weg und läßt seine Mutter, an deren Adresse die Mahnungen gerichtet werden, die Mahngebühren bezahlen.

Jemand träumt davon, einmal Journalist zu werden. Neben dem Gefühl, am Puls der Zeit sein und auch in ferne Länder reisen zu können, stellt er sich vor allem vor, daß er es dann all jenen heimzahlen können wird, die ihn einmal in irgendeiner Weise gekränkt haben. »Dann werden die gnadenlos bloßgestellt«, phantasiert er sich, »dann müssen die die Hosen runterlassen.«

Rivalität – intellektuell oder »gruppendynamisch« verpackt

Eine kritische junge Frau, die sich als politisch links versteht, verurteilt in voller Schärfe das politische Mitläufertum ihrer Eltern und auch vieler Psychoanalytiker während der Zeit des Nationalsozialismus. Sie setzt sich vehement für ökologische Belange und Probleme der Dritten Welt ein, um »das beschissene Leben ihrer Eltern nicht zu wiederholen«, wie sie sich ausdrückt. Auf Bekannte und Freunde macht sie den Eindruck von moralischer Besserwisserei und Rechthaberei.

Ein bekanntes Phänomen, das vor allem Dozenten sozialwissenschaftlicher Fächer in den 70er Jahren zu Beginn ihrer Laufbahn ereilt hat:

»Wird einem die Diskussion zu anstrengend oder ärgert er (der Student) sich, daß ihm selbst nichts einfällt, fordert er, die Diskutanten sollten doch ›von sich‹ reden oder man müsse jetzt über den Gruppenprozeß diskutieren. Wird eine Diskussion heftig, beschweren sich die Schweiger, sie werde ›zu aggressiv‹. Hat man sich für die Diskussion nicht vorbereitet, erklärt man sie für ›zu abgehoben‹. Ist man zu bequem, sich durch eigene Beiträge der Kritik auszusetzen, erklärt man, wie ›unheimlich unwohl‹ man sich fühle« (Bopp, 1985 b, S. 119).

Diese Äußerungen und Umgangsweisen einiger Studenten lassen sich aus psychoanalytischer Sicht als ödipale Rivalität verstehen. Der Problem-Narzißmus und die Psychologisierung der Sprache (»laß es raus«, »steig ein«, »laß dich ein«, »ich kann dich nicht spüren«, »das ist mir zu kopfig«, »sei authentisch«), die ihre Herkunft hauptsächlich dem amerikanischen Psychoboom mit unzähligen Varianten erlebnis- und körpertherapeutischer Vorgehensweisen verdankt, kaschieren »mit sensibel und offen emotional klingenden Formulierungen« Feindseligkeit und Selbstgerechtigkeit, wie Bopp (1985 b, S. 119) als intimer Kenner der Jugend- und Psychoszene dies ausdrückt.

Sehnsucht nach dem starken und erotisch anziehenden Vater

Ein Patient spricht immer wieder von seiner Sehnsucht nach muskulösen Männern. Früher hat er sich für Herkulesfilme interessiert. Beim Anblick eines starken Männerkörpers erlebt er für Augenblicke ein Glücksgefühl und eine Stärkung seines Selbstwertgefühls.

Verbotene Triebwünsche
Eine Frau träumt seit ihrer Kindheit, daß sich Schlangen unter ihrem Bett befinden. Als Kind konnte sie erst einschlafen, wenn einer der beiden Eltern unter dem Bett nachgeschaut hatte und ihr versicherte, daß bestimmt keine Schlange unter ihrem Bett sei.

Eine Patientin kann sich erinnern, bis in die Pubertät hinein bei ihren Eltern im Ehebett geschlafen zu haben. In letzter Zeit hat sie öfters Träume, in denen eine ältere Frau von einem Balkon fällt und auf dem Pflaster mit zerschmettertem Gesicht liegen bleibt. Sie kann sich diesen aggressiven Traum von ihren bewußten Lebensumständen her nicht erklären. Ihr einziger Einfall: Eine Kollegin, die sich immer bei den Männern, vor allem beim Vorgesetzten, so liebedienerisch anbiedern würde, gehe ihr allmählich auf die Nerven.

Mißbrauch oder Jus primae noctis
Eine Patientin erzählt unter großem Schamgefühl, daß sie ihrem badenden Vater als Kind, aber auch noch bis zu ihrem 12. Lebensjahr, den Rücken mit einer Wurzelbürste schrubben mußte, was der Vater damit begründete, daß die Mutter dafür zu schwach sei. »Mein Schrubbi«, habe der Vater zu ihr gesagt, »niemand kann das so gut wie Du. Deine späteren Liebhaber müssen mir dankbar sein, daß Du bei Deinem Vater das Schrubben gelernt hast.«

Eine andere Patientin erzählt, daß ihre Eltern begeisterte FKK-Anhänger gewesen seien; kein Urlaub ohne FKK-Strand. Als kleines Kind habe sie wohl nichts dabei empfunden, aber als sie in die Pubertät kam, habe sie sich fürchterlich geschämt, nicht nur vor ihrem Vater, sondern auch angesichts ihrer Mutter, vor der sie sich klein und mickrig vorgekommen sei. Ihren zwei Jahre jüngeren Bruder habe sie am allermeisten bedauert, weil der immer eine Badehose anlassen wollte, worüber sich beide Eltern aber lustig gemacht hätten.

»Es guckt Dir doch keiner was weg«, habe der Vater dann zu ihm gesagt und, »hier sind alle gleich.«

Ein sich als moderner körperenergetisch ausgebender Therapeut macht zu Beginn der Therapie Fotoaufnahmen von seinen Patientinnen mit der Begründung, daß er zum Beweis der Wirksamkeit der Therapie einen Vorher-Nachher-Vergleich vorlegen könne bezüglich der körperlichen Haltung und der Energieströme des Körpers, die man aber nur am unbekleideten Körper wahrnehmen könne.

Ödipale Rivalität, die die Überlegenheit des gleichgeschlechtlichen Elternteils nur mit Hilfe von Entwertung ertragen kann
Ein Analysand kann nach einigem Zögern aussprechen, daß er sich gewaltig darüber ärgert, daß sein Analytiker nur mit Zuhören und Reden so viel Geld verdient. Er müsse mindestens doppelt so viel arbeiten, um das Stundenhonorar zu verdienen, und das sei äußerst ungerecht, denn seine Arbeit sei mindestens genauso qualifiziert, wenn nicht sogar dem Analysieren überlegen, denn er müsse für seine Klienten auch ganz konkrete Entscheidungen treffen, für sie Wohnungen suchen, Gutachten für das Gericht schreiben, u. a. m.

Wer ist neidischer?
»Das Büchlein, das Sie da wieder produziert haben«, sagt eine Patientin, »hätte ich auch schreiben können, aber ich hab halt nicht so viel Zeit wie Sie. Wahrscheinlich haben Sie's auch nötiger als ich, dauernd was zu produzieren. Vielleicht leiden Sie unter Gebärneid. Haben Sie das eigentlich in ihrer eigenen Analyse genügend bearbeitet?

Folgen einer unaufgelösten Vater-Idealisierung
Eine Frau verliebt sich immer wieder in wesentlich ältere Männer, die aber alle schon gebunden sind. Mit jüngeren Männern könne sie nichts anfangen, finde sie doof und unerfahren, kurzum: unreife Jüngelchen.

Ödipal determinierter sexueller Sadomasochismus in Phantasie und Tat
Selbst jeder körperlichen und auch verbalen Gewalt abhold, berichtet eine Patientin unter starken Schamgefühlen, wie erregend sie es fand, als sie als Heranwachsende zum ersten Mal Onkel Toms Hütte las, und zwar diejenigen Stellen, wo Neger ausgepeitscht wurden. Später habe sie derartige Passagen immer wieder in Büchern gesucht und diese sich dann noch weiter in der Phantasie ausgemalt.

Eine Frau kann nur dann einen sexuellen Höhepunkt erleben, wenn sie sich vorstellt, daß ihr Liebhaber ihr nach dem Lieben den Po versohlt. Eine andere erlebt es als höchsten Genuß, wenn ihr Freund sie vorher mit einem Stock oder einem Gürtel schlägt.

Minderwertigkeitsgefühle als Folge erotischer Enttäuschungen mit dem ödipalen Vater
Eine Frau muß sich auf fast süchtige Weise immer wieder beweisen, daß sie auf Männer anziehend wirkt, indem sie sich aufreizend anzieht, sich in Pose setzt, geschickt ihre weiblichen Reize spielen läßt. Reagiert ein Mann, dessen Reaktion ihr besonders wichtig wäre, nicht entsprechend, fühlt sie sich klein und minderwertig. Ist sie zuhause angekommen, muß sie sofort onanieren, um die narzißtische Spannung abzureagieren.

Leidenschaftliche Sexualität erinnert an unterdrückte inzestuöse Wünsche und wird schuldhaft verarbeitet
In einem Brief an seine Verlobte Martha Bernays aus dem Jahr 1883 schreibt Freud (1960 a, S. 56 f.): »Es fällt mir ein, was ich bei der Carmenvorstellung gedacht habe: Das Gesindel lebt sich aus, und wir entbehren. Wir entbehren, um unsere Integrität zu erhalten, wir sparen mit unserer Gesundheit, unserer Genußfähigkeit, unseren Erregungen, wir heben uns für etwas auf . . . und diese Gewohnheit der beständigen Unterdrückung natürlicher Triebe gibt uns den Charakter der Verfeinerung.«

Ein sehr korrekter und pflichtbewußter Mann »vergißt sich« auf einem Betriebsausflug und läßt sich von seiner Kollegin zum Geschlechtsakt verführen. Obwohl er sich zunächst vom Temperament seiner Kollegin mitreißen läßt und die Sexualität genießen kann, empfindet er später starke Schuldgefühle. Am nächsten Tag hat er ein starkes Brennen in seiner Harnröhre, das einige Tage anhält. Ihn plagen Gedanken, ob er sich mit einer Geschlechtskrankheit angesteckt haben könne.

Das ödipale Kind ist ein verbotenes Kind
Eine verheiratete Frau hat Angst, beim Schmusen mit einem um einige Jahre älteren Kollegen, ihrem Vorgesetzten, geschwängert worden zu sein und ein Kind zu bekommen; es könnte sein, daß doch etwas vom Samen des Mannes in ihre Scheide gelangt sei. Seit Tagen erleidet sie Höllenqualen, weil ihr Ehemann dies nie verzeihen würde.

Ödipale Minderwertigkeit
Jemand erlebt sich in einer Gruppe immer als letztes Rad am Wagen: klein, unscheinbar, unwichtig; die anderen erscheinen ihm klüger, schlagfertiger, strahlender, einfallsreicher, potenter. Wachsam beobachtet er die anderen, ob sie sich vielleicht nicht doch eine Blöße geben. Manchmal fühlt er sich dann insgeheim überlegen, wenn er feststellen kann, wie arrogant und selbstzufrieden manche Mitglieder sind und wie vollkommen sie sich dünken.

Eine Frau erzählt unter starken Schamgefühlen: »Ich habe mich mein ganzes Leben lang immer zehn Nummern zu klein gefühlt, zu dumm, zu unscheinbar, zu wenig attraktiv als Frau, wenn ich mit anderen Menschen zusammen bin. Wenn ich hingegen allein bin, bin ich durchaus mit mir zufrieden.«

Angst vor ödipaler Rivalität und ödipalem Neid
Ein Patient ist ständig ängstlich darum bemüht, seine großen beruflichen Erfolge vor seinen Bekannten und Freunden herunterzuspielen; er fürchtet den Neid der anderen und glaubt, wenn er sich klein macht, mögen ihn die anderen immer noch und können ihm nichts Böses anhaben. Zuhause hat er in einem abschließbaren Schrank seine ganzen Zeugnisse, sportlichen Auszeichnungen, beruflichen Beförderungen wie Trophäen aufgestellt.

Eine Frau hat große Angst vor dem Lob ihres Chefs in Gegenwart von Dritten. Ihr Chef neige dazu, manchmal lautstark Lobeshymnen loszulassen, und immer sei sie das Opfer. Sie fürchtet sehr die neidischen Reaktionen vor allem ihrer Kolleginnen. Am liebsten wäre es ihr deshalb, wenn ihre Leistungen überhaupt nicht erwähnt werden würden.

Ein Vorgesetzter findet ein besonderes Vergnügen daran, die Leistungen eines Mitarbeiters vor den anderen über den grünen Klee zu loben, und weidet sich an dem intensiven Unbehagen, das diesen Mitarbeiter in besonders auffallender Weise befällt. Bei anderen, deren Leistungen ebenfalls beachtlich sind, hält er sich jedoch eher mit Lob und Anerkennung zurück.

Angeberisches Verhalten wegen des Unvermögens, konstruktiv rivalisieren zu können
Jemand prahlt ständig mit seinen Leistungen, so daß seine Bekannten denken: »Mein Gott, der hat es aber nötig!« Erzählt jemand von eigenen Erfolgen, muß der Betreffende sogleich das Wort ergreifen und in wichtigtuerischem Ton aufzählen, in welchen Gremien er überall mitarbeitet, welche Auszeichnungen

er bereits erhalten habe, welche Länder er bereist und welche Städte er schon gesehen habe usf.

Mutter-Tochter-Rivalität
Mutter und Tochter sitzen in einem Café. Die Mutter, herausgeputzt, jugendlich wirkend, mit Schmuck behangen, eine auffallende und auf den ersten Blick imposante Erscheinung; die Tochter, unscheinbar, blaß, alt aussehend, bemüht sich in auffallender Weise um ihre Mutter.

Unterdrückte Rivalität wird delegiert
Eine Frau stachelt ständig ihren Mann an, daß er sich seinem Chef und seinen Mitarbeitern gegenüber stärker durchsetzen solle, daß er sich nichts gefallen lassen solle, daß er um Gehaltserhöhung nachfragen solle; sie vergleicht ihn oft mit anderen Männern, mäkelt an seiner Kleidung herum, an seinem Äußeren; er sei zu wenig sportlich, sähe aus wie ein »Krischperl«, trinke zu viel Bier und bewege sich zu wenig.

Rivalitätsspannungen führen zu Konzentrationsstörungen
Während eines Vortrags erlebt jemand, daß er gar nicht richtig den Ausführungen des Redners folgen kann, weil er dauernd von dem Gedanken bewegt wird: »Das ist doch nichts Neues, das habe ich doch auch schon gelesen, das hat doch XY bereits gesagt, und zwar viel besser. Warum erkennen das die Zuhörenden nicht und lauschen statt dessen ganz verzückt?«

Keine Verantwortung, keine Schuld
Eine Patientin erzählt, daß sie einen Mann kennengelernt habe und auch mit ihm ins Bett gegangen sei, daß sie damit aber eigentlich nur dem Drängen des Mannes nachgegeben habe. Sie selber wisse nicht, ob sie das gewollt habe, es falle ihr ohnehin schwer zu erkennen, was ihre eigentlichen Bedürfnisse seien. Sie kenne das gut von sich. Wenn man sie fragt, was sie möchte, würde sie häufig antworten: Ich weiß es nicht. Was willst Du? Entscheide Du doch!

Auch Männer wollen gebären können
Boehm (1930) zitiert das Beispiel eines Patienten, in dessen Verhalten Schlaffheit und Passivität mit der Fähigkeit wechseln, sich aufzuraffen und viel zu leisten, und zwar bedeutend mehr, als die anderen erwartet hätten. »Ich erscheine häufig zimperlich, imponiere aber plötzlich durch eine unerwartete Männlichkeit. Es gefällt mir, in meinem Verhalten Kollegen gegenüber längere Zeit hindurch unintelligent zu erscheinen, um sie dann durch eine gänzlich unerwartete geistige Leistung zu überraschen« (S. 39). Boehms Intervention:

»Wie eine Frau längere Zeit einen unsichtbaren Embryo in sich trägt und die Umwelt durch das plötzliche Erscheinen eines laut schreienden Kindes überrascht« (S. 40).

Eines Tages wird es gelingen
Ein Adoleszenter hat regelmäßig wiederkehrende Tagträume: Er ist identifiziert mit dem Boxstar Rocky, der immer wieder eine gehörige Tracht Prügel von seinen Kontrahenten bezieht, jedoch nie aufgibt, immer weiter eisern trainiert,

auf alle Freuden und Lustbarkeiten verzichtet. Eines Tages kommt der entscheidende Kampf: Ein Zweieinhalbzentner-Mann steht ihm gegenüber, er scheint keine Chance zu haben. Freunde und Bekannte machen besorgte Gesichter; die Anhänger des Gegners verhöhnen ihn . . . Es ist klar, wer gewinnt.

Leistungsmotivation aus zurückgewiesener Liebe
Ein Mann, der von sich den Eindruck hat, daß ihm gutaussehende und erfolgreiche Frauen bislang immer die kalte Schulter gezeigt haben, hat folgende Tagtraumphantasie, die auf den Roman eines englischen Schriftstellers zurückgeht, den er als Jugendlicher gelesen hat: Auf einem englischen Landschloß verliebt sich ein gutaussehender Stallbursche in die jugendliche Tochter des Grafen. Sie spielen oft im Freien miteinander und reiten zusammen aus. Als die adelige Tochter in das heiratsfähige Alter kommt, wird sie mit einem anderen Grafensohn verehelicht. Der über alle Maßen enttäuschte Stallknecht, der seine Zurückweisung mit seiner niederen Herkunft in Zusammenhang bringt, schwört auf Rache. Er fährt mit dem Schiff nach Amerika, und dort im Land der unbegrenzten Möglichkeiten erarbeitet er sich in wenigen Jahren ein riesiges Vermögen. Mittlerweile ist der Ehemann seiner Kinder- und Jugendliebe alkoholsüchtig geworden, hat sein Vermögen verpraßt, und das Schloß befindet sich in einem heruntergekommenen Zustand. Der ehemalige Stallbursche kehrt als vielfacher Millionär in seine Heimat zurück, kauft das gräfliche Schloß und heiratet die Schwester der Gräfin, und die Gräfin muß nun voller Eifersucht und Gram sein Liebesglück aus der Ferne miterleben.

Scheitern am Erfolg oder nicht der Erste sein dürfen
»Es muß so sein, daß sich an die Befriedigung, es so weit gebracht zu haben, ein Schuldgefühl knüpft; es ist etwas dabei, was unrecht, was von alters her verboten ist. Das hat mit der kindlichen Kritik am Vater zu tun, mit der Geringschätzung, welche die frühkindliche Überschätzung seiner Person abgelöst hatte« (Freud [1936 a, S. 256] in einem Brief an Romain Rolland, in dem er über seinen Zweifel, sich wirklich auf der Akropolis in Athen zu befinden, über eine Erinnerungsstörung und ein Entfremdungsgefühl reflektiert angesichts eines seit vielen Jahren geplanten, dann endlich verwirklichten Athen-Besuchs [zu dem es der eigene Vater nie gebracht hat]).

Jemand erzählt im analytischen Erstgespräch, daß ihm seine Doktorarbeit, an der er vier Jahre gearbeitet habe, aus dem nicht abgeschlossenen Auto gestohlen worden ist. Es sei sein einziges Exemplar. Nun sei alles futsch. Irgendwie macht er dabei aber einen erleichterten und heiteren Eindruck.

Ein sehr erfolgreicher Mann steht auf dem Höhepunkt seiner Karriere. Er ist geschätzt und beliebt bei seinen Mitarbeitern. Eines Tages aber verstrickt er sich in eine sexuelle Affäre, die seinen bislang unbescholtenen Ruf gefährdet und bei der Firmenspitze Überlegungen entstehen läßt, sich von diesem Mitarbeiter zu trennen.

Sexuelle Beweise zur Sicherung des Selbstwertgefühls
Ein 52jähriger Mann verspürt in sich immer stärker den Drang, seine Frau, mit der er seit fast 25 Jahren zusammenlebt, wegen einer 18 Jahre jüngeren Frau zu

verlassen. Obwohl ihm durchaus bewußt ist, was er an seiner Frau verliert, hat er das ganz starke Bedürfnis, sich zu beweisen, daß er als Mann immer noch für eine jüngere Frau attraktiv und auch sexuell potent ist.

Regression auf Voyeurismus – die Faszination der Urszene
Ein seit kurzem verheirateter Mann steht jede Nacht aus dem Ehebett auf, schleicht sich ins Nebenzimmer, geht ans Fenster und sucht mit einem Fernglas die Fenster des gegenüberstehenden Hochhauses ab; vor zwei Jahren hat er einmal beobachten können, wie sich ein Pärchen liebte. Seitdem ist es für ihn wie ein unwiderstehlicher Drang, wieder eine ähnliche Szene miterleben zu können.

Nicht alles, was auf den ersten Blick als Resultat eines ödipalen Konfliktes erscheint, muß darauf zurückgehen
»Eine junge Frau hatte im ersten Jahr ihrer Beziehung zu ihrem Mann, in dem sie ihre große Liebe sah, keinen Orgasmus. Sie hatte keine generellen Orgasmusschwierigkeiten, wie sie aus früheren Beziehungen wußte. Gerade darum war sie besonders unglücklich darüber, daß es nun bei diesem Mann, in dem sie den Mann ihres Lebens gefunden zu haben glaubte, nicht so recht klappen wollte. Es waren die besten Voraussetzungen vorhanden, das Vorspiel war für beide extrem lustvoll, und doch blieb stets der Orgasmus aus. Beide hatten vor zusammenzubleiben, machten Pläne für eine gemeinsame Zukunft . . . Im Laufe einiger Gespräche stellte sich heraus, daß der ausbleibende Orgasmus als Schutzmaßnahme zu verstehen war. Vor allem die junge Frau, aber wie sich später zeigte, auch der Mann waren von ihrer Begegnung so überwältigt, ja erschrocken über die Heftigkeit der Gefühle füreinander, daß ein Orgasmus, womöglich noch ein gemeinsamer, zu große Ängste vor einem Selbstverlust ausgelöst hätte. Versteht man den Orgasmus als eine – wenn auch passagere – Fusion mit dem anderen, dann wird klar, daß die Angst vor einem irreversiblen symbiotischen Ich-Verlust bei diesem Paar zu groß war, als daß es zu einem orgastischen Höhepunkt bei der Frau hätte kommen können. Sie hatte die Aufgabe übernommen, diese Ängste für das Paar abzuwehren. Interessanterweise fiel die Wiedererlangung ihrer vollen Orgasmusfähigkeit mit dem Abschluß ihres Studiums zusammen. Dieser Schritt in eine größere Autonomie stabilisierte ihr Selbst so weit, daß ein Selbstverlust nicht mehr so bedrohlich war und im Orgasmus zugelassen werden konnte« (Gambaroff, 1984, S. 126).

Einfühlung statt Körperkraft
Jemand denkt über seine »männlichen Waffen« nach: Wenn ich mit den Waffen meines Vaters kämpfen müßte, würde ich unterliegen, aber mit Einfühlung wäre ich ihm haushoch überlegen. Aber die männlichen Waffen – wie z. B. archaische Körperkraft – sind das Fundamentale, die Einfühlung stellt nur eine Nische dar. Ich lebe in einer günstigen Zeit. Ich fühle mich Woody Allen näher als Parzival.

Die Nöte des Laios
Ein Vater blickt auf die Geburt seines Kindes zurück:
»Ich war so neidisch auf dieses junge Leben, dachte, es hat alles, bekommt alles und muß dafür nichts tun. Und bei mir ist die Hälfte des Lebens fast

vorüber. Es hat mich fast zerrissen vor Neid. Und nachts konnte ich vor lauter Angst wegen meiner heftigen Affekte nicht einschlafen.«

Ein Vater hat Angst vor der Rache seines neugeborenen Sohnes. Wenn sein Kind z. B. schreit und der Vater ihn zunächst mit beruhigenden, dann immer stärker zurechtweisenden und ärgerlichen Kommentaren zum Aufhören des Schreiens bewegen will, wird er den Eindruck nicht los, daß in den Augen und in der Mimik seines wenige Wochen alten Sohnes Wut- und Rachegefühle deutlich werden.

Ein Patient berichtet einen Traum, in dem kleine Kinder gefesselt und anschließend ins Meer geworfen werden, um ertränkt zu werden. Er sei sich dabei wie ein Zuschauer vorgekommen, einerseits mit einem starken Miterleben, wie unendlich grausam man mit diesen Kindern verfahre, andererseits mit einem stark voyeuristischen Gefühl und einer Faszination für das Grauen. Wie Opfer und Täter zugleich sei er sich vorgekommen, ist sein erster Kommentar zu diesem Traum.

»Der Neid beispielsweise auf des Kindes oder Jugendlichen mögliche bessere Zukunft, verglichen mit der Realität, die sich für das eigene Leben ergab, muß ein wesentlicher Impuls gewesen sein, der Generäle beispielsweise 1945 bei der Kapitulation Berlins 20 000 Sechzehnjährige das Olympiastadion ›verteidigen ließ‹, die dann in dieser Arena ihr Leben ließen« (Eckstaedt, 1991, S. 32).

Es ist schwer, den Söhnen eine Chance zu geben

Ein Firmeninhaber steht kurz vor seinem Rücktritt; auf der einen Seite möchte er, daß der Betrieb weiter wie bisher floriert, auf der anderen Seite hat er in den letzten Monaten immer wieder folgende Gedanken, die sich flüchtig bei ihm einstellen: Was ist, wenn sein jüngerer Nachfolger besser ist als er? Wird man dann noch an ihn denken? Oder ist sein Ruhm schnell verblaßt? Ihm fällt Herrhausen ein, der Chef der Deutschen Bank, eine machtvolle, charismatische Führungsfigur, der von vielen Menschen aus der Wirtschaft verehrt wurde. Wenige Monate nach seinem Tod aufgrund eines Attentats sprach jedoch so gut wie niemand mehr von ihm. Wird ihn ein ähnliches Schicksal ereilen? Wäre es deshalb nicht besser, seinen Leuten eine Pflaume vorzusetzen? Was aber wird dann aus dem Erfolg des Unternehmens?

Jemand kann nicht vom Amt des ersten Vorsitzenden zurücktreten, weil er der Meinung ist, keinen würdigen Nachfolger zu finden. Niemand ist ihm in seiner Phantasie ebenbürtig.

Dem Sohn wird eine Chance gegeben, aber es werden ihm massive Initiationsriten abverlangt. So muß er z. B. erst für einige Zeit in eine ausländische Tochterfirma gehen, ein Auftrag, von dem aber bekannt ist, daß er ein Himmelfahrtskommando darstellt.

Das als Pensionierungsschock beschriebene depressive Erleben geht aus psychoanalytischer Sicht oftmals auf den Umstand zurück, die machtvolle patriarchalische Position nunmehr aufgegeben zu haben; es fällt schwer, den

Kindern, den Söhnen, den Frauen eine Chance zu geben, von den phallisch-narzißtischen Höchstleistungen Abschied zu nehmen.

Das alles tue ich für dich
Helene Deutsch (1944) beschrieb eine besondere Form von Mutter-Sohn-Identifizierung, bei der der Sohn im Zusammenwirken mit der Mutter den zwischen ihnen existierenden ödipalen Konflikt dadurch löst, daß er einer asexuellen und asketischen Idealvorstellung zu entsprechen versucht. Dies kann sich in katholischen Familien dergestalt vollziehen, daß der Sohn davon träumt, ein Heiliger zu werden, dadurch daß er den Priesterberuf ergreift – eine Phantasie, die »eine idealistische Vereinigung von Mutter und Sohn« bedeutet, wobei die Mutter in ihrer Suche nach Selbstverwirklichung ihren Sohn zum Idol erhebt.
Hierzu Auszüge aus dem Spiegel-Interview mit Eugen Drewermann vom 23. Dezember 1991:
Drewermann wird gefragt, was sich im Leben der Priester ändern würde, wenn sie nicht mehr zum Zölibat verpflichtet wären:
Spiegel:
»Nicht mehr ein Drittel lebte heimlich mit Frauen zusammen, wie Sie in ihrem Buch ›Kleriker‹ vermuten, sondern fast alle wären verheiratet.«
Drewermann:
»Nicht nur deshalb würden die Priester anders leben als bisher. Sie würden diesen Beruf nicht mehr wählen, weil sie das Leben fürchten, sondern weil sie Mut zum Leben haben. Sie würden Priester, nicht um ihr Leben aufzuopfern, sondern um es mit dem Recht auf Glück zu führen. Sie kapselten sich nicht in ihrer Gemeinde ab, sondern suchten den Kontakt vor allem mit denen, die der Kirche fernstehen. Sie duckten sich nicht vor ihren Bischöfen, sondern arbeiteten selbstbewußt mit ihnen zusammen.«
Spiegel:
»Und die Frauen, vor denen man unbewußt starke Angst hat, bräuchte man nicht mehr vom Priesteramt auszuschließen?«
Drewermann:
»Dann wären sie sogar die besseren Priester, denn dann ginge es nicht mehr um Triebunterdrückung und Opfer, nicht mehr um Macht und Herrschaft. Priesterinnen würden der katholischen Kirche helfen, die richtige Einstellung zu den Frauen zu finden. Das ist ihr nun schon zweitausend Jahre lang nicht geglückt.«

Muttis Augenstern
Ein Mann hat in gruppentherapeutischen Sitzungen das Gefühl, daß Frauen allein aufgrund seiner Gegenwart aufblühen, er darf deswegen auch keine Sitzung versäumen, weil die Frauen seine Präsenz brauchen würden. Eines Tages erlebt er eine niederschmetternde Enttäuschung, als seine eher schweigsame Art von mehreren Frauen in der Gruppe kritisiert wird.

Spaltung zwischen Heiliger und Hure
In ihrer Kafka Interpretation aus dem Jahr 1977 sieht Margarete Mitscherlich die Ursache von Franz Kafkas masochistischer Triebentwicklung in »dessen spezifi-

scher Verarbeitung des ödipalen Konflikts. Kafka litt unter der typischen Trennung von Liebe und Sexualität, die Freud als Abwehr einer ungelösten Bindung an die Mutter beschrieben hat. Immer wenn sich bei Kafka eine sowohl psychisch wie sexuell intime Beziehung zu einer Frau anbahnte, wurde er von den Symptomen einer agitierten Depression überwältigt; Angstzustände und Schlaflosigkeit machten sein Leben dann zunehmend unerträglich. Alles, was auch nur symbolisch eine solche Beziehung repräsentierte, konnte diese depressiven Ängste auslösen.

In seinen Gesprächen mit Janouch (1951, S. 110) äußerte Kafka: ›Die Liebe schlägt immer Wunden, die eigentlich nie richtig heilen, da die Liebe immer in Begleitung von Schmutz erscheint‹. Trotz dieser negativen Äußerung waren seine sexuellen Bedürfnisse zeitweilig sehr stark. Wir wissen von häufigen Besuchen in Bordellen, bei Prostituierten. Mit Max Brod besuchte er häufig Nachtlokale (Chantants), wo sich solche Beziehungen zu halbprostituierten Mädchen der Unterschicht anbahnten. Manchmal zöge ihn der Körper fast jeden Mädchens an, schreibt er an Max Brod, dann wieder berichtete er von seinen Gängen durch die Straßen eines Prostituiertenviertels und erwähnte, daß ihn gerade ältere Prostituierte anzögen, die am Tage, wenn er sie bei ihrer alltäglichen Arbeit beobachtete, ohne jede sexuelle Attraktion seien« (S. 73/74).

Vatis Argumente

Mit einer Regelmäßigkeit, die nahezu Gesetzescharakter trägt, werden von den Unternehmern und deren Funktionären pessimistische Szenarios für Deutschlands Zukunft gezeichnet: Es müsse in diesem und im kommenden Jahr mit einer noch viel stärkeren Rezession als erwartet gerechnet werden, die Lohnkosten und Lohnnebenkosten seien im Vergleich zu anderen (Billiglohn-) Ländern zu hoch, die Arbeitnehmer würden zu viel verlangen und seien nicht mehr bereit, Opfer dafür zu bringen, wie z. B. die Japaner, daß der hohe Lebensstandard auch noch in fünf bis zehn Jahren vorhanden sein wird. Der Industriestandort Deutschland verlöre an Attraktivität. Immer mehr Firmen verlagerten bereits ihre Produktion ins Ausland.

Altbekanntes Lamentieren darüber, daß die Kinder immer nur die offene Hand ausstrecken, ohne dafür entsprechend leisten zu wollen, und darüber hinaus auch noch die Unverschämtheit besitzen, einen Blick ins Portemonnaie der Eltern, d. h. der Unternehmergewinne, werfen zu wollen?

Intellektuelle Überforderung oder Laios' Argumente

Kognitive Psychologen sehen in der globalen Klimaveränderung und in der unaufhaltsamen Zerstörung menschlicher Lebensgrundlagen das Resultat einer Überforderung ökologiebezogener Denk- und Entscheidungsmuster, was zu einem kurzsichtigen Umgang mit der Natur führt. Natürlich übersehen sie nicht, daß dabei auch Machtfaktoren eine erhebliche Rolle spielen, aber die emotionale Bedeutung des Generationenkrieges kommt dabei überhaupt nicht zur Sprache: Manche Vertreter der älteren Generation argumentieren aber insgeheim oder auch ganz offen folgendermaßen:

»Nach uns die Sintflut, warum sollen es unsere Kinder besser haben als wir, die wir Krieg, Nachkriegszeit, Hunger und Entbehrung miterlebt haben?« »Die Welt wird nicht am Ozonloch zugrundegehen, eher an einer zu großen

Wehleidigkeit, die immer nur schwarz sieht. Ärmel aufkrempeln, zupacken, arbeiten, dieses Weltuntergangsgefasele der jüngeren Generation geht mir immer mehr auf die Nerven.«

Ödipus schlägt zurück
»Wir wollen nicht schuften, daß Ihr es Euch auf unsere Kosten gut gehen laßt. Ihr wart es doch, die dieses Land zubetoniert habt. Ihr habt es mit Atombomben und Chemiewaffen vollgestopft. Ihr habt den Wald kaputt gemacht. Ihr habt die Flüsse vergiftet. Ihr habt unsere Atemluft verpestet. Ihr habt unsere Lebensmittel verseucht. Ihr habt Atomkraftwerke gebaut und uns den strahlenden Müll hinterlassen. Ihr habt unsere Welt ruiniert und uns die Zukunft genommen.« (Aus: Krieg der Alten, In: Wiener, März 3/1989)

Laios und Ödipus kommen nicht zusammen
Ein heranwachsender Junge hat seinen Vater zum ersten Mal im Tennis geschlagen. Er hatte diesem Tag entgegengefiebert, an dem es ihm endlich gelingen würde, seinen viele Jahre lang bewunderten Vater zu besiegen. Seine Enttäuschung ist groß, als sein Vater auf dem Nachhauseweg die Leistung seines Sohnes mit keinem Wort würdigt. Statt auf seinen Sohn stolz sein zu können und die Niederlage mit sportlicher und väterlicher Gelassenheit hinzunehmen, kann der Vater unablässig nur an eines denken: »Ich muß zukünftig mehr trainieren, viel öfters spielen, z. B. am Sonntagnachmittag. Kaffee und Kuchen mit der Familie müssen dann eben ausfallen.« Nachdem die Mutter vom Sieg des Sohnes erfahren hat, bittet sie ihn, den Vater in seiner Gekränktheit zu verstehen, vor allem weil sie darum weiß, wie schwer es für diesen ist, eine Niederlage hinzunehmen. Aber dem adoleszenten Sohn ist es in seiner Enttäuschung nicht möglich, sich in seinen Vater hineinzuversetzen.

Iokaste und Sphinx
Anläßlich der Psychodynamik der Post-partum-Neurose wird an die Angst mancher Frauen erinnert, von ihrem neugeborenen Kind aufgefressen zu werden. Ethnologen haben von primitiven Kulturen berichtet, deren Frauen ganz offen die Tendenz zu erkennen gaben, ihre Kinder gleich nach der Geburt zu töten. »Werden sie über diesen Punkt befragt, dann erklären die Frauen gelegentlich, daß das Stillen und die Pflege der Kinder ihre Schönheit vermindere und sie sexuell weniger anziehend mache. Das erwies sich aber als bloßer Vorwand. Bei genauerer Befragung . . . erklärten viele der Frauen: ›Wenn man ihn nicht schnell tötet, dann wird der böse Geist, der in dem Kind wohnt, die Mutter fressen‹ « (Wassermann, 1957, S. 146).

»In den Sagen und Märchen der ganzen Welt finden wir Spuren dieser destruktiven Reaktion. In Grimms Märchen wird die mörderische Mutter durch die böse Stiefmutter personifiziert; eine Ausnahme – die Geschichte von Hänsel und Gretel, wo die Mutter selbst tödliche Absichten gegen die Kinder hegt – mutet wie ein verräterisches Sich-Versprechen an. Die Hexe des Märchens trägt noch grausamere Züge der bösen Mutter; das kannibalische Motiv tritt hier unverhüllt zutage.

Die große Mutter-Göttin Indiens, Kali, bietet einen schreckenerregenden Aspekt von Blut und Mord; in einer Person stellt sie die Trägerin des Lebens und seiner Zerstörerin dar: die Mutter Erde und den vaginalen Schlund des Grabes« (Wassermann, 1957, S. 147).

Meine Tochter gehört mir

Eine Frau glaubt sich erinnern zu können, daß seit dem Tag, an dem sie als junges Mädchen ihren ersten Freund kennenlernte und den Eltern davon erzählte, sich das Wesen des Vaters schlagartig veränderte. Aus dem vorher eher zugewandten Vater wurde nun ein ziemlich mürrischer Mann, der oft seinen Zorn an ihr ausließ. Sie konnte sich sein Verhalten niemals erklären und war oft unglücklich und traurig darüber.

Ein anderer Vater läßt sich die Treffen seiner Tochter mit ihrem Freund immer sehr im Detail schildern. Manchmal sitzt sie dabei auf den Knien des Vaters und spürt, wie sein Atem schneller wird. Erst Jahre später kann sie rekonstruierend feststellen, daß ihr Vater offensichtlich durch ihre Schilderung erregt wurde.

Die Kastration als psychoanalytische Erfindung?

Die im letzten Jahrhundert in den USA eingeführte Beschneidung der Klitoris sollte die Masturbation verhindern. Nach Wallerstein (1989) wurden dieses Denkmodell und die Vorgehensweise bereits ab 1870 auf die Beschneidung von Jungen übertragen. Während nun aber die Klitorisbeschneidung Ende der 1930er Jahre aufgegeben wurde, nahm hingegen die Verbreitung der aus medizinisch angeblich wohlbegründeter Sicht (z. B. Verhinderung von Penis- und Prostatakrebs, Geschlechtskrankheiten, AIDS) vorgenommenen Beschneidung immer stärker zu, so daß gegenwärtig in den USA fast 60 % aller neugeborenen Jungen in der Mehrzahl von Gynäkologen und Geburtshelfern beschnitten werden. Ist diese Beschneidungspraxis aber nur als »eine atavistische Erscheinung im technisch fortgeschrittensten Medizinsystem der Welt« (Wallerstein, 1989, S. 160) zu deuten?

Familienkonflikte unterm Skalpell

Eine Appendektomie, die operative Entfernung des Blinddarms, ist immer dann angezeigt, wenn eine akute Entzündung besteht. Untersuchungen in der BRD zeigen nach Hontschik (1988) auf, daß auch ohne Verdacht auf das Vorliegen einer akuten Entzündung häufig trotzdem appendektomiert wird, wobei diese Operation entgegen weitverbreiteter Annahmen sehr hohe operative Fertigkeiten verlangt und keineswegs ein harmloser Eingriff ist. (Nach unnötigen Appendektomien, d. h. bei den Fehldiagnosen tritt eine Sterblichkeit von 1 : 400 auf, und Komplikationen mit stationärer Behandlungsnotwendigkeit sind etwa in jedem 20. Fall gegeben.)

Angesichts des nachweisbaren Faktums von fehlindizierten Appendektomien vor allem bei jungen Frauen (Anteil von über 70 %) fragt nun Hontschik (1988, S. 323), ob sich nicht Chirurgen mit dem Problem auseinandersetzen müssen, daß sie zur Familientherapie mißbraucht werden, denn: »Diese Form der unnötigen Appendektomie bei Mädchen und jungen Frauen imponiert quasi als mechanische Psychotherapie mit dem Skalpell. Der Chirurg muß sich auch fragen, wie es denn möglich ist, daß ihn ein Elternteil einer Patientin zu einer Resektion eines Darmabschnittes zwingen kann . . . Die Symbolik des Eingriffs, die unbewußt einer sexuellen Handlung wie Defloration mit Geschlechts- und Schwangerschaftskontrolle oder einer sühnenden Strafe wie Kastration mit unsichtbarer Verstümmelung und sichtbarer Narbe nahekommt, dürfte das aggressive Element in der Mutter verraten, die nach dem stattgehabten Eingriff eine Beruhigung erfährt: Diese Mütter befinden sich ja genau in der Lebensphase, in der ihnen das Erfüllen des allgemein angestrebten Frauenbildideals (jung, schlank, sexuell ansprechend usw.) immer weniger möglich ist. Die . . . immer schweigenden Töchter sind an einer Art Absolution für die mit ihrem sexuellen Erwachen ausgelöste Familienkrise ›interessiert‹.«

Etwa die Hälfte der Frauen ist nach der Operation vermeintlich beschwerdefrei, während die andere Hälfte postoperativ über die gleichen Beschwerden klagt wie vor der Operation. Während im ersten Fall eher ein konversionshysterisches Reaktionsmuster vermutet werden kann und das Operierenlassen zu einer Konfliktvermeidungsstrategie werden kann, handelt es sich bei der zweiten Gruppe um Patienten, die ihre Depressionen als Bauchschmerzen larvieren.

Mit dem Federkiel statt mit dem Schwert

Ein Wissenschaftler kann nur kreativ arbeiten, wenn er gegen andere Autoren polemisieren kann. »Entwicklung in der Wissenschaft findet nur statt«, so argumentiert er, »wenn jemand den Mut hat, andere Lehrmeinungen auseinanderzunehmen oder durch Nichterwähnung den Gegner von vornherein auszuschalten. Ängstliche Geister mögen die Thesen der anderen zitieren, ich hingegen bin ein schöpferischer Mensch, der dies nicht nötig hat.« Gelegentlich überkommt ihn aber eine starke Arbeitsunlust, und er fragt sich, ob nicht seine ganze Arbeit sinnlos ist. Aus solchen resignativen Phasen könne er sich nur befreien, wenn er »einen anderen Autor in der Luft zerreißen kann«.

Reaktionsbildungen zahlen sich nicht aus

Ein Doktorand erlebt die starke Verpflichtung, jedes Argument anhand der Lehrmeinung nicht nur eines, sondern mehrerer Autoren belegen zu müssen. Da ihm die Quellen in seiner privaten Bibliothek oft nicht zur Verfügung stehen, werden nahezu jeden Tag mehrere Gänge zur Fakultätsbibliothek notwendig. Bei seinen ausgedehnten Recherchen stößt er auf immer neue Fragestellungen, die er berücksichtigen zu müssen glaubt. Kein Wunder, daß er bereits seit fünf Jahren über seiner Arbeit sitzt und mittlerweile das Gefühl hat, nicht mehr vom Fleck zu kommen.

Voyeurismus und Sublimierung

Anläßlich der Reflexion über Gegenübertragungseindrücke vis-à-vis den Ölgemälden von Degas hat Küchenhoff (1990) die Hypothese aufgestellt, daß die voyeuristische Perspektive, in der Degas seine Gemälde malte, nicht als Ausdruck der individuellen Psychopathologie dieses Malers betrachtet werden darf, sondern eher einen überindividuellen Ausdruck »der voyeuristischen Veränderungen der optischen Wahrnehmungswelt durch das neue Medium Photographie, die Degas in seinen Bildern reflektiert« (S. 741), darstellt.

Küchenhoff führt aus, wie Degas nach seinen Aktstudien immer wieder Ballettänzerinnen malte, und zwar »in ungewöhnlichen Posen, in kleinen Gesten, die nicht für das Publikum bestimmt waren: zwischen den Auftritten, davor und danach, beim Zurechtrücken des Kleides, beim Kämmen des Haars und beim Baden. Nicht dort, wo sie sich den Blicken stellen, sieht sie der Blick des Malers, er wohnt den kleinen Augenblicken der Intimität bei, in denen sich die Tänzerinnen unbeobachtet wissen, er schaut hinter die Kulissen. Dort sieht er die Frauen, wie sie ganz für sich bleiben, ohne Verbindung zu anderen Menschen, nur mit sich selbst beschäftigt. Der Maler ist in diesem Moment mit ihnen allein – er dringt in die arkanen Bereiche der Privatheit ein. Aber er bleibt – kleiner Junge, der die Mutter bei ihrer Garderobe hinter dem Vorhang beobachtet – ihren Blicken verborgen, keine schaut auf, keine erwidert den Blick. Dennoch: Die Nähe ist beängstigend und wird nur durch einen zweiten Schritt der Distanzierung ausgehalten, der mit der Form der Darstellung der scheinbar unbeobachteten Frauen zu tun hat. Denn auch hinter den Kulissen bewegen sich die Tänzerinnen mit einer Geschicklichkeit und Eleganz, die selbst Garderobe und Bad zu einer Bühne werden lassen, sie tanzen im persönlichen Bereich weiter, die kleinsten Gesten, Handlungen und Haltungen sind dem hinter dem Vorhang stehenden Maler Vorführungen und werden deshalb nicht als Verführungen erlebt. Das Auge kann sich an den Bewegungen erfreuen, so weit und so tief der Blick reicht, und die Eleganz bewundern; nie entsteht das Bedürfnis, die Hand nach diesen Frauen auszustrecken, die sich vor ihm entblößen. Da die Ästhetik über das Begehren gesiegt hat, darf das Auge des Künstlers nun überall hinschauen – und auffallend (eben nicht: aufreizend) oft spreizen die Tänzerinnen die Beine, zeichnen sich die Konturen der Schenkel unter dem Taftrock ab. Fluchtpunkt der Perspektive ist der Unterleib der Tänzerinnen, als ihr Dreh- und Angelpunkt, der aber immer verhüllt bleibt, nur das Spiel der Gliedmaßen und Gewänder verweist auf ihn« (S. 742).

Es wäre nach Küchenhoff nicht allzu schwer, aus der Biographie von Degas eine ungelöste Mutterbindung und eine starke Kastrationsangst herauszulesen, die ihn zur Regression auf den Schautrieb gezwungen haben; sein im späteren Leben eintretendes Augenleiden, das nach und nach zu seiner Erblindung führte, könnte als Somatisierung seiner Über-Ich-Impulse, als Strafe für seinen Voyeurismus aufgefaßt werden: Degas teilt mit seiner allmählichen Selbstblendung das Schicksal des Ödipus.

Aber anders als der Voyeur, der schaut, statt zu handeln, hat Degas »seinen Schautrieb in einer besonders künstlerischen Produktivität sublimiert« (S. 746).

Urszene

Ein Patient erzählt, wie sehr er sich geniert, wenn seine Frau in der Öffentlichkeit so laut spricht, daß andere Menschen zuhören können. Er setze dann eine strenge und abweisende Miene auf, was seine Frau aber dann zu noch heftigeren Äußerungen veranlaßt. In der darauffolgenden Nacht träumt er, daß aus einem Nebenzimmer laute, ihn ängstigende Geräusche an sein Ohr dringen, deren er sich nicht erwehren kann.

»Der Voyeur kann sich als Inszenierungskünstler der Urszene fühlen, so als hätte er das vereinigte Elternpaar in einem Schauspiel vor sich, dessen Bühne er jederzeit öffnen oder schließen kann. So erlebt er den Ausschluß aus der Urszene nicht mehr als schmerzlich« (Küchenhoff, 1990, S. 753).

Ödipale Verlockungen als das Salz in der Suppe oder strikt vermieden
Eine Frau bezeichnet es als ihr »Schicksal«, daß sie sich immer wieder in Männer verliebt, die bereits verheiratet sind. Ob sie hiermit wiederholt, daß sie ihren Vater sehr geliebt hat oder es nicht verwinden konnte, daß dieser trotz Bewunderung für seine Tochter letztlich doch immer zu seiner Frau, ihrer Mutter, gehalten hat, fragt sie sich in letzter Zeit häufig. Und ob sie sich für ihre Kühnheit selbst bestrafen muß, denn die bisherigen Beziehungen endeten in der Regel so, daß die Männer trotz anfänglichen Verliebtseins in sie letztlich dann doch wieder zu ihrer Frau zurückkehrten und sie allein zurückblieb, was für sie immer sehr schmerzlich war.

Ein Mann vermeidet es tunlichst, mit einer irgendwie gebundenen Frau auch nur den harmlosesten Flirt zu beginnen. »Ich merke sofort, wenn eine Frau einen festen Partner hat«, sagt er, »und es ist für mich eine Selbstverständlichkeit, daß ich diese Bindung respektiere.« Sein Verhalten wirkt auf Außenstehende jedoch eine Spur zu korrekt und tugendhaft.

Literatur

Abelin, E. (1971) The role of the father in the separation-individuation process. In: McDevitt, J. B./Settlage, C. F. (eds.) Separation-individuation: Essays in honor of Margaret S. Mahler. New York: Inter. Univ. Press, 229–252

Ablon, S. L. (1990) Developmental aspects of self-esteem in the analysis of an 11-year-old boy. Psychoanalytic Study of the Child, 45: 337–356

Ach, B. (1974) Ehe als neurotische Vermeidung. Zeitschrift für Psychosomatische Medizin und Psychoanalyse, 20: 363–377

Alpert, J. L. (1986) Psychoanalysis and Women. Contemporary Reappraisals. Hillsdale NJ.: Analytic Press. (Deutsch: Psychoanalyse der Frau jenseits von Freud. Berlin: Springer, 1992)

Anthony, E. J./Benedek, T. (eds) (1970) Parenthood: Its psychology and psychopathology. Boston: Little, Brown

Applegarth, A. (1988) Origins of feminity and the wish for a child. Psychoanalytic Inquiry, 8: 160–176

Apter, T. (1990) Altered loves. Mothers and daughters during adolescence. New York: Harvester Wheatsheef Pr.

Atkins, R. N. (1989) The fate of the father representation in adolescent sons. Journal of the American Academy of Psychoanalysis, 17: 271–291

Auhagen-Stephanos, U. (1991) Wenn die Seele nein sagt. Vom Mythos der Unfruchtbarkeit. Reinbek: Rowohlt

Awad, G. A. (1992). A fantasy penis: its development, multiple meanings and resolution. International Journal of Psycho-Analysis, 73: 661-674

Baker, R. (1989) Der Entwicklungsschritt von der Spätadoleszenz zum frühen Erwachsenenleben und das Problem des Durcharbeitens. Psychoanalyse in Europa, Bulletin 32: 42–57

Barglow, P./Schaefer, M. (1976) A new female psychology? Journal of the American Psychoanalytic Association, 24 (Suppl.): 305–350

Barglow, P./Schaefer, M. (1979) The fate of the feminine self in normative adolescent regression. In: Sugar, M. (ed.) Female adolescent development. New York: Bruner, 201–213

Barnett, M. C. (1966) Vaginal awareness in the infancy and childhood of girls. Journal of the American Psychoanalytic Association, 14: 129–141

Barth, B. (1990) Die Darstellung der weiblichen Sexualität als Ausdruck männlichen Uterusneides. Jahrbuch der Psychoanalyse, 26: 64–101

Barwinski Fäh, R. (1992) Arbeitslosigkeit. Trauma oder Konfliktreaktivierung? Forum der Psychoanalyse, 8: 311-326

Bauriedl, T. (1988) Ödipuskomplex oder Triangulierung. Die Bedeutung der Sexualität in der Familie. (Unveröffentlichtes Manuskript)

Beck, U./Beck-Gernsheim, E. (1990) Das ganz normale Chaos der Liebe. Frankfurt/M.: Suhrkamp

Bednarz-Braun, I. (1990) Ausbildungs- und Berufswege für Mädchen und junge Frauen – Eine Bestandsaufnahme zur aktuellen Situation. DJI-Arbeitspapier 4-024. München

Bell, A. I. (1961) Some observations on the role of the scrotal sac and testicles. Journal of the American Psychoanalytic Association, 9: 261–286

Bell, A. I. (1964) Bowel training difficulties in boys. Journal of the American Academy of Child Psychiatry, 3: 577–590

Bell, A. I. (1965) The significance of scrotal sac and testicles for the prepuberty male. Psychoanalytic Quaterly, 34: 182–206

Bell, A. I. (1968) Additional aspects of passivity and feminine identification in the male. International Journal of Psycho-Analysis, 49: 640–647

Bell, K. (1991) Aspekte weiblicher Entwicklung. Forum der Psychoanalyse, 7: 111–126

Benedek, T. (1959) Parenthood as a developmental phase. Journal of the American Psychoanalytic Association, 7: 389–417. Wieder abgedruckt in Benedek, T. (ed.) Psychoanalytic

Investigations. New York: Quadrangle Books 1973, 377–407 (Deutsch: Elternschaft als Entwicklungsphase. Jahrbuch der Psychoanalyse, 1: 35–61 1960)
Benedek, T. (1970) Fatherhood and providing. In: Anthony, E. J./Benedek, T. (eds.) Parenthood. Boston: Little Brown, 167–183
Benedek, T. (1970). The psychobiology of pregnancy. In J. Anthony/T. Benedek (eds.) Parenthood (pp. 137–151). Boston: Little, Brown.
Benjamin, J. (1990) Die Fesseln der Liebe. Psychoanalyse, Feminismus und das Problem der Macht. Frankfurt/M.: Stroemfeld/Roter Stern
Benjamin, J. (1992) Vater und Tochter: Identifizierung mit Differenz. Ein Beitrag zur Geschlechter-Heterodoxie. Psyche, 46: 821–846
Benn, G. (1960) Gesammelte Werke. Gedichte. Wiesbaden: Limes
Benz, A. (1984) Der Gebärneid der Männer. Psyche, 38: 307–328
Benz, A. (Hrsg.) (1989) Sex-Appeal und männliche Ohnmacht. Freiburg i. Br.: Kore
Bergler, E./Eidelberg, L. (1933) Der Mammakomplex des Mannes. Internationale Zeitschrift für Psychoanalyse, 1966, XIX: 547–583; wieder abgedruckt in Psyche, 20: 670–699, 1966
Bergman, A. (1987) On the development of female identity: Issues of mother-daughter interaction during the separation-individuation process. Psychoanalytic Inquiry, 7: 381–396
Bergmann, M. V. (1982) The female oedipus complex: Its antecedents and evolution. In: Mendell, D. (ed.) Early female development. Current psychoanalytic views. New York: Spectrum, 175–201
Bergmann, M. (1990) Im Schatten des Molochs. Wie das Opfern von Kindern die westlichen Religionen beeinflußt hat. Praxis der Psychotherapie und Psychosomatik, 35: 57–70
Bernfeld, S. (1923) Über eine typische Form der männlichen Pubertät. In: Bernfeld, S. (1974) Antiautoritäre Erziehung und Psychoanalyse. Ausgewählte Schriften Bd. 3, Frankfurt: Ullstein, 64–81
Bernstein, D. (1983) The female superego: A different perspective. International Journal of Psycho-Analysis, 64: 187–201
Bernstein, D. (1990) Female genital anxieties, conflicts and typical mastery modes. International Journal of Psycho-Analysis, 71: 151–165
Bernstein, D. (1991) The female oedipus complex. In: Hartocollis, P./Graham, I. D. (eds.) The personal myth in psychoanalytic theory. Madison, Conn: Inter. Univ. Press, 183–219
Bernstein, I. (1974) Panel on Psychology of Women: Latency and early adolescence. Presented at the meeting of American Psychoanalytic Association, Fall 1974. Rep. by E. Galenson. Journal of the American Psychoanalytic Association, 24: 141–160
Bettelheim, B. (1954) Symbolic wounds. Glencoe Ill.: Free Press. (Deutsch: Die symbolischen Wunden. Pubertätsriten und der Neid des Mannes. Frankfurt/M. Fischer, 2. Aufl. 1990)
Bischof, N. (1985) Das Rätsel Ödipus. München: Piper
Blanck, G. (1984) The complete oedipus complex. International Journal of Psycho-Analysis, 65: 331–339
Blanck, R./Blanck, G. (1968) Marriage and personal development. New York: Columbia University Press. (Deutsch: Ehe und seelische Entwicklung. Stuttgart: Klett, 1978)
Blos, P. (1954) Prolonged adolescence. American Journal of Orthopsychiatry, 24: 733–742
Blos, P. (1960) Comments on the psychological consequences of cryptorchism. Psychoanalytic Study of the Child, 15: 395–429
Blos, P. (1962) On adolescence: A psychoanalytic interpretation. New York: Free press. (Deutsch: Adoleszenz. Eine psychoanalytische Interpretation, Stuttgart: Klett 2. Auflage, 1978; 3. Auflage, 1983)
Blos, P. (1967) The second individuation process of adolescence. Psychoanalytic Study of the Child, 22: 162–186
Blos, P. (1973) Adoleszenz. Eine psychoanalytische Interpretation. Stuttgart: Klett, 2. Auflage, 1978
Blos, P. (1979) The adolescent passage. Developmental issues. New York: Int. Univ. Press
Blos, P. (1980) Modifications in the traditional psychoanalytic theory of female adolescent development. Adolescent Psychiatry, 8: 8–24
Blos, P. (1987) Freud and the father complex. Psychoanalytic Study of the Child, 42: 425–441

Blos, P. (1989) The place of the adolescent process in the analysis of the adult. Psychoanalytic Study of the Child, 44: 3–18
Blos, P. (1990) Sohn und Vater. Diesseits und Jenseits des Ödipuskomplexes. Stuttgart: Klett-Cotta
Blum, H. P. (1974) The borderline childhood of the Wolf Man. Journal of the American Psychoanalytic Association, 22: 721–743
Blum, H. P. (1976) Masochism, the ego ideal, and the psychology of women. Journal of the American Psychoanalytic Association, 24 (Suppl.): 157–192
Blum, H. P. (1985) Superego formation, adolescent transformation, and the adult neurosis. Journal of the American Psychoanalytic Association, 33: 887–910
Boehm, F. (1930) Über den Weiblichkeitskomplex des Mannes. Internationale Zeitschrift für Psychoanalyse, 16: 193–211. Wieder abgedruckt in Psyche, 14: 38–59, 1960/61 und ders. Schriften zur Psychoanalyse. München: Ölschläger, 80–99
Bohleber, W. (1982) Spätadoleszente Entwicklungsprozesse. Ihre Bedeutung für Diagnostik und psychotherapeutische Behandlung von Studenten. In: Krejci, E./Bohleber, W. (Hrsg.) Spätadoleszente Konflikte. Indikation und Anwendung psychoanalytischer Verfahren bei Studenten (S. 11–52). Göttingen: Vandenhoeck und Ruprecht
Bohleber, W. (1987) Die verlängerte Adoleszenz. Identitätsbildung und Identitätsstörungen im jungen Erwachsenenalter. Jahrbuch der Psychoanalyse, 21: 58–84
Bois, du R. und Lempp, R. (1989) Sexualängste und Triebbewältigung in der Pubertät. Untersuchungen an gesunden und schizophren erkrankten Jugendlichen. Zeitschrift für Sexualforschung, 2: 29–41
Boothe, B. (1993) Selbstentwurf als »fremdes Mädchen«: Vorüberlegungen zum weiblichen Objektwechsel. In: Streeck, U. (Hrsg.) Das Fremde in der Psychoanalyse. Erkundungen über das »Andere« in Seele, Körper und Kultur. München: Pfeiffer, 293–308
Bopp, J. (1984) Die Mamis und die Mappis. Zur Abschaffung der Vaterrolle. Kursbuch, 76: 53-74
Bopp, J. (1985 a) Jugend. Umworben und doch unverstanden. Frankfurt a. M.: Fischer
Bopp, J. (1985 b) Vor uns die Sintflut. Streitschriften zur Jugend- und Psycho-Szene. Reinbek bei Hamburg: Rowohlt
Bornemann, E. (1981) Reifungsphasen der Kindheit. Sexuelle Entwicklungspsychologie. Band 1. Frankfurt/M.: Diesterweg
Bornstein, B. (1951) On latency. Psychoanalytic Study of the Child, 6: 279–285
Boyer, L. B./Boyer, R. M. (1967) Some influences of acculturation and personality traits of the old people of the Mescalero and Chiracahua Apache. In: Muensterberger, W./Axelrod, S. (eds.) The Psychoanalytic Study of Society, 4: 170–184
Brainin, E./Ligeti, V./Teicher, S. (1989) Antisemitismus in Psychoanalysen. Zur Identität österreichischer Psychoanalytiker heute. Psyche, 43: 1–19
Braunschweig, D./Fain, M. (1971) Eros et anteros. Paris: Payot
Bräutigam, W. (1976) Gebärneid. Psyche, 30: 217–227
Brinich, P. M. (1990) Book Review. International Review of Psycho-Analysis, 17: 374–376
Britton, R. (1989) The missing link: parental sexuality in the oedipus complex. In: Britton, R. et al. (eds.) The oedipus complex today. London: Karnac, 83–101
Brockman, D. D. (1984) Late adolescence: psychoanalytic studies. New York: International Universities Press
Brunswick, R. M. (1940) The preoedipal phase of the libido development. In: Fließ, R. (ed.) The Psychoanalytic Reader. New York: Inter. Univ. Press, 1948, 261–283
Buchsbaum, H. K./Emde, R. N. (1990) Play narratives in 36-month-old-children: Early moral development and family relationships. Psychoanalytic Study of the Child, 45: 129–155
Bullinger, H. (1986) Wenn Paare Eltern werden. Die Beziehung zwischen Frau und Mann nach der Geburt ihres Kindes. Reinbek: Rowohlt
Burger, A./Seidenspinner, G. (1988) Töchter und Mütter. Ablösung als Konflikt und Chance. Opladen: Budrich & Leske
Burlingham, D. (1975) The preoedipal infant-father-relationship. Psychoanalytic Study of the Child, 28: 23–47
Busch, H.-J. (1993) Was heißt »Unbehagen in der Kultur« heute bzw. was kann es im Rahmen einer kritischen Politischen Psychologie heißen? Psyche, 47: 303–324

Buxbaum, E. (1991) Between the oedipus complex and adolescence. The »quiet« time. In: Greenspan, S./Pollock, G. (eds.) The course of life. Vol. 3. Madison: International Universities Press, 333-354

Cath, S. H. (1991) Vatersein von der Kindheit bis ins Alter. Ein Abriß neuerer psychoanalytischer Konzepte. In: Friedman, R. M./Lerner, L. (Hrsg.) Zur Psychoanalyse des Mannes. Berlin: Springer, 65–75

Cath, S. H./Gurwitt, A. R./Ross, J. M. (1982) Father and child. Developmental and clinical perspectives. Boston: Little, Brown & Company

Cath, S. H./Gurwitt, A. R./Gunsberg, L. (eds.) (1989) Fathers and their families. Hillsdale, NJ.: Analytic Press

Chasseguet-Smirgel, J. (1974) Die weiblichen Schuldgefühle. In: dies. (Hrsg.) Psychoanalyse der weiblichen Sexualität. Frankfurt/M.: Suhrkamp, 134–191

Chasseguet-Smirgel, J. (Hrsg.) (1986 a) Wege des Anti-Ödipus. Frankfurt/M.: Syndikat

Chasseguet-Smirgel, J. (1986 b) Die Bedeutung der Introjektion des väterlichen Penis. Grundlage der Identifizierung und des Erwerbs der männlichen Identität. In: Stork, J. (Hrsg.) Das Vaterbild in Kontinuität und Wandlung. Zur Rolle und Bedeutung des Vaters aus psychoanalytischer Betrachtung und in psychoanalytischer Reflexion. Stuttgart, Bad Cannstatt: Frommann-Holzboog, 93–110

Chasseguet-Smirgel, J. (1988) Zwei Bäume im Garten. Zur psychischen Bedeutung der Vater- und Mutterbilder. München: Verlag Internationale Psychoanalyse

Cherazi, S. (1988) Zur Psychologie der Weiblichkeit. Ein kritischer Überblick. Psyche, 42: 307–327

Chodorow, N. (1978) The reproduction of mothering. Psychoanalysis and the sociology of gender. California; University of California. (Deutsch: Das Erbe der Mütter. Psychoanalyse und Soziologie der Geschlechter. München: Frauenoffensive, 1985)

Chodorow, N. J. (1992) Heterosexuality as a compromise formation: Reflections on the psychoanalytic theory of sexual development. Psychoanalysis and Contemporary Thought, 15: 267–304

Clower, V. (1976 a) In: Galenson, E. (Rep.) Scientific proceedings – Panel reports. Psychology of women: 1. Infancy and early childhood; 2. Latency and early adolescence. Journal of the American Psychoanalytic Association, 24: 141–160

Clower, V. (1976 b) Theoretical implications in current views of masturbation in latency girls. Journal of the American Psychoanalytic Association, Supplement-Female Psychology, 24: 109–126

Colarusso, C. A. (1990) The third individuation: The effect of bilogical parenthood on separation-individuation processes in adulthood. Psychoanalytic Study of the Child, 45: 179–194

Colarusso, C. E. A./Nemiroff, R. A. (1981) Adult development. New York: Plenum Press

Cooper, A. M. (1986) What men fear: The facade of castration anxiety. In: Fogel, G. I./Lane, F. M./Liebert, R. S. (eds.) The psychology of men. New psychoanalytic perspectives. New York. Basic Books, 113-130

Cremerius, J. (1968) Die Reaktionsbildung im Leben Philipps II. und ihre Bedeutung für das Schicksal Spaniens. Psyche, 22: 118–142

Cutter Evert, E. (1991) Sexual integration in female adolescence. Anne Frank's diary as a study in healthy development. Psychoanalytic Study of the Child, 46: 109–124

Cytrin, L./Cytryn, E./Reiger, R. E. (1967) Psychological implications of cryptorchism. Journal of the American Academy of Child Psychiatry, 6: 131–165

Dahl, K. E. (1989) Daughters and mothers: Oedipal aspects of the witch-mother. Psychoanalytic Study of the Child, 44: 267–280

Dalsimer, K. (1979) From preadolescent tomboy to early adolescent girl. Psychoanalytic Study of the Child, 34: 445-461

Dalsimer, K. (1993) Vom Mädchen zur Frau. Literarische Darstellungen – psychoanalytisch betrachtet. Berlin: Springer

Dam, H. van: Ages four to six – the oedipus complex revisited. In: Greenspan, S. J./Pollock, G. H. (eds.) The course of Life. Vol. 1: Infancy and early childhood. Adelphi: National Institute of Mental Health, 573–588

Damon, W./Hart, D. (1982) The development of self-understanding from infancy through adolescence. Child Development, 53: 841–864
DeMause, L. (1974) Hört ihr die Kinder weinen. Frankfurt/M.: Suhrkamp
DeMause, L. (1991) The universality of incest. Journal of Psychohistory, 19: 123–163
Deutsch, H. (1925) Psychologie der Pubertät. In: dies. Psychoanalyse der weiblichen Sexualfunktionen. Wien: Internationaler Psychoanalytischer Verlag, 26–43
Deutsch, H. (1948) The psychology of woman. Vol. I, New York: Grune & Stratton. (Deutsch: Psychologie der Frau. 2 Bd. Frankfurt/M.: Fachbuchhandlung für Psychologie 1988)
Deutsch, H. (1969) Psychoanalytische Studien zum Mythos von Dionysos und Apollo. In: Die Sigmund Freud-Vorlesungen. Frankfurt/M.: Suhrkamp, 7–62
Devereux, G. (1953) Why Oedipus killed Laios. A note on the complementary oedipus complex. International Journal of Psycho-Analysis, 32: 132–141
Devereux, G. (1967) From anxiety to method in the behavioral sciences. Hague and Paris: Mouton. (Deutsch: Angst und Methode in den Verhaltenswissenschaften. München: Hanser)
Diamond, M. D. (1991) Der werdende Vater: Psychoanalytische Ansichten über den vergessenen Elternteil. In: Friedman, R. M./Lerner, L. (Hrsg.) Zur Psychoanalyse des Mannes. Berlin: Springer 39–63
Dinnerstein, D. (1976) The Mermaid and the Minotaur. New York. (Deutsch: Das Arrangement der Geschlechter. Stuttgart: Deutsche Verlagsanstalt, 1979)

Eckstaedt, A. (1991) Die Kunst des Anfangs. Psychoanalytische Erstgespräche. Frankfurt/M.: Suhrkamp
Edgcumbe, R./Lundberg, S./Markowitz, R./Salo, F. (1976) Some comments on the concept of the negative oedipal phase in girls. Psychoanalytic Study of the Child, 31: 35–61
Edgcumbe, R./Burgner, M. (1975) The phallic-narcissistic phase. A differentiation between preoedipal and oedipal aspects of phallic development. Psychoanalytic Study of the Child, 30: 161–179
Edwardes, A./Masters, R. E. L. (1967) Quelle der Erotik. Unbekannte Liebespraktiken. Flensburg: C. Stephenson
Eissler, K. R. (1958) Bemerkungen zur Technik der psychoanalytischen Behandlung Pubertierender nebst einigen Überlegungen zum Problem der Perversion. Psyche, 20: 837–872
Eissler, K. (1968) Zur Notlage unserer Zeit (Ein Schreiben an Herrn Prof. Alexander Mitscherlich anläßlich seines 60. Geburtstages). Psyche, 22: 641–657
Elias, N. (1990) Norbert Elias über sich selbst. Frankfurt a. M.: Suhrkamp
Elkind, D. (1967) Egocentrism in adolescence. Child Development, 38: 1025–1034
Emslie, G. J./Rosenfeld, A. (1983) Incest reported by children and adolescents hospitalized for severe psychiatric problems. American Journal of Psychiatry, 140: 708–711
Erdheim, M. (1982) Die gesellschaftliche Produktion von Unbewußtheit. Eine Einführung in den ethnopsychoanalytischen Prozeß. Frankfurt/M.: Suhrkamp
Erikson, E. H. (1950) Childhood and society. New York: Norton. (Deutsch: Kindheit und Gesellschaft. Stuttgart: Klett, 1968)
Erikson, E. H. (1958) Der junge Mann Martin Luther. Eine psychoanalytische und historische Studie. München: Szczesny
Erikson, E. H. (1959) Identity and the Life Cycle. New York: International Universities Press. (Deutsch: Identität und Lebenszyklus. Frankfurt/M.: Suhrkamp, 1966)
Erikson, E. H. (1988) Der vollständige Lebenszyklus. Frankfurt/M.: Suhrkamp
Esman, A. H. (1982) Fathers and adolescent sons. In: Cath, S./Gurwitt, A./Ross, J. M. (eds.) Father and child: Developmental and clinical perspectives. Boston: Little Brown, 265–273
Evans, W. M. (1972) The mother: image and reality. Psychoanalytic Review, 59: 183–199
Evert, E. C. (1991) Sexual integration in female adolescence. Anna Frank's diary as a study in healthy development. Psychoanalytic Study of the Child, 46: 109–124
Ewens, T. (1976) Female sexuality and the role of the phallus. Psychoanalytic Review, 63: 615–637

Fast, I. (1978) Developments in gender identity: Gender differentiation in girls. International Journal of Psycho-Analysis, 60: 443–453
Fast, I. (1979) Developments in gender identity: The original matrix. International Review of Psycho-Analysis, 5: 265–273
Fast, I. (1991) Von der Einheit zur Differenz. Psychoanalyse der Geschlechtsidentität. Berlin: Springer
Fenichel, O. (1945) The psychoanalytic theory of neurosis. London: Routledge & Kegan Paul
Fingert Chused, J. (1991) Review of Son and father: Before and beyond the oedipus complex. By Peter Blos. New York: Free Press. Journal of the American Psychoanalytic Association, 39: 817–822
Fischer, R. M. S. (1991) Pubescence: A psychoanalytic study of one girl's experience of puberty. Psychoanalytic Inquiry, 11: 457–479
Flaake, K. (1992) Ein Körper für sich allein. Sexuelle Enwicklungen und körperliche Weiblichkeit in der Mutter-Tochter-Beziehung. Psyche, 46: 642–652
Flaake, K./King, V. (1992 a) Weibliche Adoleszenz. Beiträge zur Sozialisation junger Frauen. Frankfurt/M.: Campus
Flaake, K./King, V. (1992 b) Psychosexuelle Entwicklung, Lebenssituation und Lebensentwürfe junger Frauen. Zur weiblichen Adoleszenz in soziologischen und psychoanalytischen Theorien. In: Flaake, K./King, V. (Hrsg.) Weibliche Adoleszenz. Zur Sozialisation junger Frauen. Frankfurt: Campus, 13–39
Flavell, J. H. (1979) Kognitive Entwicklung. Stuttgart: Klett
Flax, J. (1978) The conflict between nurturance and autonomy in mother-daughter relationships and with feminism. Feminist Studies, 4: 171–189
Fliegel, Z. O. (1975) Freuds Theorie der psychosexuellen Entwicklung der Frau. Psyche, 29: 813–834
Forman, M. (1981) Narcissistic personality disorder as a regression to a preoedipal phase of phallic narcissism. Hillside Journal of Clinical Psychiatry, 3: 45–59
Fraiberg, S. (1968) Parallel and divergent patterns in blind and sighted infants. Psychoanalytic Study of the Child, 23: 264–300
Fraiberg, S. (1972 a) Some characteristics of genital arousal and discharge in latency girls. Psychoanalytic Study of the Child, 27: 439–475
Fraiberg, S. (1972 b) Die magischen Jahre in der Persönlichkeitsentwicklung des Vorschulkindes. Reinbek: Rowohlt
Franck, B. (1979) Ich schau in den Spiegel und sehe meine Mutter. Gesprächsprotokolle mit Töchtern. Hamburg: Hoffmann und Campe
Frankel, S./Sherick, I. (1977) Observations on the development of normal envy. Psychoanalytic Study of the Child, 32: 257–281
Frankel, S./Sherick, I. (1979) Observations of the emerging sexual identity of three and four years old children: with emphasis on female sexual identity. International Review of Psycho-Analysis, 6: 297–309
Frankiel, R. V. (1992) Analysed and unanalysed themes in the treatment of Little Hans. International Review of Psycho-Analysis, 19: 323–333
Freud, A. (1936) Das Ich und die Abwehrmechanismen. Wien. Neuausgabe: München: Kindler 1964
Freud, A. (1960) Probleme der Pubertät. Psyche 14: 1–24
Freud, A. (1968) Wege und Irrwege in der Kinderentwicklung. Stuttgart: Huber/Klett
Freud, S. (1905 d) Drei Abhandlungen zur Sexualtheorie. GW V: 33-145
Freud, S. (1909 b) Analyse der Phobie eines fünfjährigen Knaben. GW VII: 241–377
Freud, S. (1910 h) Über einen besonderen Typus der Objektwahl beim Manne. GW 8: 66-77
Freud, S. (1916–17 a) Vorlesungen zur Einführung in die Psychoanalyse. GW XI
Freud, S. (1916–17 c) Eine Beziehung zwischen einem Symbol und einem Symptom. GW X: 393–395
Freud, S. (1916–17 g) Trauer und Melancholie. GW X: 428–446
Freud, S. (1919 e) Ein Kind wird geschlagen. GW XII: 195–226
Freud, S. (1920 a) Über die Psychogenese eines Falles von weiblicher Homosexualität. GW XII: 271–302
Freud, S. (1923 b) Das Ich und das Es. GW 13: 237–289

Freud, S. (1923 e) Die infantile Genitalorganisation. GW XIII: 293–298
Freud, S. (1924 d) Der Untergang des Ödipuskomplexes. GW XIII: 395–402
Freud, S. (1925 d) Selbstdarstellung. GW, XIV: 31–96
Freud, S. (1925 j) Einige psychische Folgen des anatomischen Geschlechtsunterschiedes. GW XIV: 19–30
Freud, S. (1931 b) Über die weibliche Sexualität. GW XIV: 517–537
Freud, S. (1933 a) Neue Folge der Vorlesungen zur Einführung in die Psychoanalyse. GW XV
Freud, S. (1936 a) Brief an Romain Rolland: Eine Erinnerungsstörung auf der Akropolis. GW XVI, 250–257
Freud, S. (1937 c) Die endliche und die unendliche Analyse, GW XVI: 59–99
Freud, S. (1960 a) Briefe 1873–1939. Hrsg. von Ernst Freud und Lucie Freud. Frankfurt/M.: S. Fischer
Freud, S. (1985 c) Briefe an Wilhelm Fließ 1887–1904. Hrsg. von J. M. Masson, Bearb. der deutschen Fassung von Michael Schröter. Frankfurt/M.: S. Fischer
Friedman, R. M./Lerner, L. (Hrsg.) (1991) Zur Psychoanalyse des Mannes. Berlin: Springer
Fthenakis, W. E. (1985 a) Väter. Band 1. Zur Psychologie der Vater-Kind-Beziehung. München: Urban und Schwarzenberg
Fthenakis, W. E. (1985 b) Väter. Band 2. Zur Vater-Kind-Beziehung in verschiedenen Familienstrukturen. München: Urban und Schwarzenberg
Furman, E. (1986) On trauma. When is the death of a parent traumatic?

Galenson, E./Roiphe, H. (1976) Some early suggested revisions concerning early female development. Journal of the American Psychoanalytic Association, 24: 29–57
Gambaroff, M. (1984) Utopie der Treue. Reinbek bei Hamburg: Rowohlt
Gavshon, A. (1990) The analysis of a latency boy: The developmental impact of separation, divorce, and remarriage. Psychoanalytic Study of the Child, 45: 217–233
Geleerd, E. R. (1957) Some aspects of psychoanalytic technique in adolescence. Psychoanalytic Study of the Child, 12: 263–283
Gilligan, C. (1984) Die andere Stimme. Lebenskonflikte und Moral der Frau. München: Piper
Gissrau, B. (1993) Weibliche Homosexualität – Thesen zur Entwicklung. In: Streeck, U. (Hrsg.) Das Fremde in der Psychoanalyse. Erkundungen über das »Andere« in Seele, Körper und Kultur. München: Pfeifer, 309–323
Glenn, J. (1965) Sensory determinants of the symbol three. Journal of the American Psychoanalytic Association, 13: 422–434
Glenn, J. (1969) Testicular and scrotal masturbation. International Journal of Psycho-Analysis, 50: 353–363
Glover, L./Mendell, D. (1982) A suggested developmental sequence for a preoedipal genital phase. In: Mendell, D. (ed.) Early female development. Current psychoanalytic views. New York: Spectrum, 127–174
Goettsche, R. L. (1986) Reconstruction of adolescence in adult analysis. Psychoanalytic Study of the Child, 41: 357–377
Golding, H. J. (1974) Jump-rope rhymes and rhythms of latency development in girls. Psychoanalytic Study of the Child, 29: 431–450
Gottschalch, W. (1984) Geschlechterneid. Berlin: Ästhetik und Kommunikation
Greenacre, P. (1968) Perversions: general consideration regarding their genetic and dynamic background. In: Emotional growth. Vol. I. New York: International Universities Press, 300–314
Greenacre, P. (1953) Penis awe and its relation to penis envy. In: Lowenstein, R. (ed.) Drives, affects and behavior. New York: International Universities Press, 176–190
Greenberg, R. P./Fisher, S. (1983) Freud and the female reproductive process. In: Masling, J. (ed.) Empirical studies of psychoanalytic theories. Vol. I. Hillsdale, N. J.: Analytic Press (pp. 251–281)
Greenson, R. R. (1968) Dis-identification. International Journal of Psycho-Analysis, 49: 370–374. (Wieder abgedruckt in: ders., Psychoanalytische Erkundungen. Stuttgart: Klett, 1982, 257–264)
Greenson, R. R. (1982) Die Beendigung der Identifizierung mit der Mutter und ihre besondere Bedeutung für den Jungen. In: ders. (Hrsg.) Psychoanalytische Erkundungen. Stuttgart: Klett-Cotta, 257–264

Greenspan, S. I./Pollock, G. H. (eds.) (1980) The course of life. Vol. III: Adulthood and the aging process. Adelphi, MD: Mental Health Study Center. U.S. Department of Health and Human Services

Greenspan, S. I./Pollock, G. H. (eds.) (1993) The course of life. Vol. IV: Adolescence. Madison, CT: International Universities Press

Groddeck, G. (1923) Das Buch vom Es. Frankfurt/M.: Fischer

Grossman, W. I./Stewart, W. A. (1976) Penis envy: from childhood wish to developmental metaphor. Journal of the American Psychoanalytic Association, 24: 193–212

Grunberger, B. (1974) Beitrag zur Untersuchung des Narzißmus in der weiblichen Sexualität. In: Chasseguet-Smirgel, J. (Hrsg.) Psychoanalyse der weiblichen Sexualität. Frankfurt: Suhrkamp, 97–119

Grunberger, B. (1988) Von der Analyse des Ödipus zum Ödipus des Analytikers. In: ders.; Narziß und Anubis. Die Psychoanalyse jenseits der Triebtheorie. München: Verlag Internationale Psychoanalyse, 25–53

Günzel, S. (1989) Ava und Edam – Zur Partnerschaft der Geschlechter. Psyche, 43: 219–237

Gurwitt, A. (1976) Aspects of prospective fatherhood: A case report. Psychoanalytic Study of the Child, 31: 237–271

Haase, H. (1992) Die Preisgabe: Überlegungen zur Bedeutung der Menstruation in der Mutter-Tochter-Beziehung. In: Flaake, K./King, V. (Hrsg.) Weibliche Adoleszenz. Zur Sozialisation junger Frauen. Frankfurt/M.: Campus, 166–185

Hagemann-White, C. (1979) Frauenbewegung und Psychoanalyse. Frankfurt/M.: Stroemfeld/ Roter Stern

Hagemann-White, C. (1992) Berufsfindung und Lebensperspektive in der weiblichen Adoleszenz. In: Flaake, K./King, V. (Hrsg.) Weibliche Adoleszenz. Zur Sozialisation junger Frauen. Frankfurt: Campus, 64–83

Harley, M. (1971) Some reflections on identity problems in prepuberty. In: Mc Devitt, J. B./ Settlage, C. F.(ed.): Separation-Individuation. New York: Int. Univ. Press, 385–403

Harrison, A. M. (1990) Adventure in the outdoors: Its importance in the development of an adolescent boy. Psychoanalytic Study of the Child, 45; 317–334

Hart, M./Sarnoff, C. (1971) The impact of the menarche. A study of two stages of organization. Journal of the American Academy of Child Psychiatry, 10: 257-271

Hartmann, H. (1964/65) Bemerkungen zur psychoanalytischen Theorie des Ichs. Psyche, 18: 330–353

Heigl-Evers, A./Weidenhammer, B. (1988) Der Körper als Bedeutungslandschaft. Die unbewußte Organisation der weiblichen Geschlechtsidentität. Bern: Huber

Held, T. (1988) Struktur und Phantasie. Psychotherapie und medizinische Psychologie, 38: 225–231

Herman, J. L./Lewis, H. B. (1986) Anger in the mother-daughter relationship. In: Bernay, T./ Cantor, D. W. (eds.) The psychology of today's woman. New psychoanalytic vision. New York: Analytic Press, 139–163

Herrmann, I. (1949) The giant mother, the phallic mother, obscenity. Psychoanalytic Review, 36: 302–306

Herzog, J. (1980) Sleep disturbance and father hunger in 18–28 month old boys: the Erlkönig syndrome. Psychoanalytic Study of the Child, 35: 219–233

Herzog, J. (1982 a) On father hunger: the father's role in the modulation of aggressive drive and fantasy. In: Cath, S. H./Gurwitt, A. R./Ross, J. M. (eds.) Father and child. Boston: Little, Brown and Co., 163–174

Herzog, J. M. (1982 b) Patterns of expectant fatherhood: A study of the fathers of a group of premature infants. In: Cath, S. H./Gurwitt, A. R./Ross, J. M. (eds.) Father and child. Boston, Little Brown, 301–314

Hettlage-Varjas, A. (1987) Frauen zwischen Wunsch, Angst und Tröstungen. Neuere psychoanalytische Aspekte zur weiblichen Emanzipation und Sexualität. In: Simmel, M. (Hrsg.) Weibliche Sexualität. Von den Grenzen der Aufklärung und der Suche nach weiblicher Identität. Braunschweig. G. J. Holtzmeyer, 18–30

Hinze, E. (1987) Übertragung und Gegenübertragung in der psychoanalytischen Behandlung älterer Patienten. Psyche, 41: 238–253

Hirsch, M. (1987) Realer Inzest. Psychodynamik des sexuellen Mißbrauchs in der Familie. Berlin: Springer

Hirsch, M. (1988) Pseudo-ödipale Dreiecksbeziehungen. Forum der Psychoanalyse, 4: 139–152

Hölderlin, F. (1957) Gedichte, Hyperion. München

Hontschik, B. (1988) Fehlindizierte Appendektomien bei jungen Frauen. Psychosexuelle Krisen und chirurgische Interventionen. Zeitschrift für Sexualforschung, 1: 313–326

Horn, K. (1972) Gruppendynamik und der »subjektive Faktor«. Frankfurt/M.: Suhrkamp

Horney, K. (1924) Zur Genese des weiblichen Kastrationskomplexes. Internationale Zeitschrift für Psychoanalyse, 9: 12–26 (wieder abgedruckt in dies. Die Psychologie der Frau. München: Kindler 1977, 11-33)

Horney, K. (1926) Flucht aus der Weiblichkeit. Der Männlichkeitskomplex der Frau im Spiegel männlicher und weiblicher Betrachtung. In: dies. Die Psychologie der Frau. München: Kindler 1977, 34–56)

Horney, K. (1932) Die Angst vor der Frau. Internationale Zeitschrift für Psychoanalyse, 18: 5–18 (wieder abgedruckt in dies. Die Psychologie der Frau. München: Kindler, 1977, 108-122)

Horney, K. (1933) Die Verleugnung der Vagina. Internationale Zeitschrift für Psychoanalyse, XIX: 372–384 (wieder abgedruckt in dies. Die Psychologie der Frau. München: Kindler, 1977, 128–147).

Horney, K. (1967) Die Psychologie der Frau. Frankfurt/M.: Fischer

Horstkemper, M. (1988) Schule, Geschlecht und Selbstvertrauen. Eine Längsschnittstudie über Mädchensozialisation in der Schule. Weinheim: Beltz

Horstkemper, M. (1990) Zwischen Anspruch und Selbstbescheidung – Berufs- und Lebensentwürfe von Schülerinnen. In: Horstkemper,M./Wagner-Winterhager, L. (Hrsg.), Mädchen und Jungen – Männer und Frauen in der Schule. Die Deutsche Schule, 1, Beiheft

Jacobs, D. H. (1992) A critical review of psychoanalytic adult developmental psychology. Psychoanalysis and Contemporary Thought, 15: 523–547

Jacobson, E. (1950) Development of the wish for a child in boys. Psychoanalytic Study of the Child, 5: 139–152

Jacobson, E. (1964) The self and the object world. New York: International University Press. (Deutsch: Das Selbst und die Welt der Objekte. Frankfurt/M.: Suhrkamp, 1973)

Jacobson, E. (1976) Ways of female superego formation and the female castration conflict. Psychoanalytic Quarterly, 45: 525–538

Jaeggi, E./Hollstein,W. (1985) Wenn Ehen älter werden. Liebe, Krise, Neubeginn. München: Piper

Jaffe, D. S. (1968) The masculine envy of women's procreative functions. Journal of the American Psychoanalytic Association, 16: 531–548

Janouch, G. (1951) Gespräche mit Kafka. Frankfurt/M.: Fischer

Jaques, E. (1970) Work, creativity and social justice. New York: International Universities Press

Joffe, W. G. (1969) A critical review of the status of the envy concept. International Journal of Psycho-Analysis, 50: 533–545

Jones, E. (1933) The phallic phase. International Journal of Psycho-Analysis, 14: 1–33

Jones, E. (1960) Das Leben und Werk von Sigmund Freud, Bd. 1. Die Entwicklung zur Persönlichkeit und die großen Entdeckungen, 1856–1900. Bern: Hans Huber

Kafka, F. (1987) Brief an den Vater (1919). Frankfurt/M.: Fischer

Kaplan, E. B. (1965) Reflections regarding psychomotor activities during the latency period. Psychoanalytic Study of the Child, 20: 220–238

Kaplan, E. B. (1976) Manifestations of aggression in latency and preadolescent girls. Psychoanalytic Study of the Child, 31: 63–78

Kaplan, L. J. (1988) Abschied von der Kindheit. Eine Studie über die Adoleszenz. Stuttgart: Klett

Kaplan, L. J. (1991) Weibliche Perversionen. Von befleckter Unschuld und verweigerter Unterwerfung. Hamburg: Hoffmann & Campe

Karme, L. (1981) A clinical report on penis envy: its multiple meanings and defensive functions. Journal of the American Psychoanalytic Association, 29: 427–447

Kernberg, O. F. (1976 a) Barriers to falling and remaining in love. In: ders. Object relations theory and clinical psychoanalysis. New York: Jason Aronson, 185–213. (Deutsch: Störungen in der Entwicklung der Fähigkeit, sich zu verlieben und zu lieben. In ders. Objektbeziehungen und die Praxis der Psychoanalyse. Stuttgart: Klett-Cotta, 1981, 190–225)

Kernberg, O. F. (1976 b) Mature love: Prerequisities and characteristics. In: Object relations theory and clinical psychoanalysis. New York: Jason Aronson, 215–239. (Deutsch: Reife Liebe: Voraussetzungen und Charakteristika. In ders. Objektbeziehungen und die Praxis der Psychoanalyse. Stuttgart: Klett-Cotta, 1981, 226–255

Kernberg, O. F. (1978) Borderline-Störungen und pathologischer Narzißmus. Frankfurt/M.: Suhrkamp

Kernberg, O. F. (1988) Innere Welt und äußere Realität. Anwendungen der Objektbeziehungstheorie. München: Verlag Internationale Psychoanalyse

Kestenberg, J. (1956) On the development of maternal feeling in early childhood: Observations and reflections. Psychoanalytic Study of the Child, 11: 257–291

Kestenberg, J. S. (1961). Menarche. In: Lorand, S./Schreer, H. (eds.) Adolescence: Psychoanalytic approach to problems and therapy. New York: Harper Brothers, 19–50

Kestenberg, J. S. (1968) Outside and inside, male and female. Journal of the American Psychoanalytic Association, 16: 457–520

Kestenberg, J. S. (1975) Children and parents. Psychoanalytic studies in development. New York: Jason Aronson

Khan, M. M. R. (1979) Entfremdung bei Perversionen. Frankfurt: Suhrkamp

Khan, M. M. R. (1988) Der Groll des Hysterikers. Forum der Psychoanalyse, 4: 169–176

King, P. (1980) The life cycle as indicated by the nature of the transference in the psychoanalysis of the middle-aged and elderly. International Journal of Psycho-Analysis, 61: 153–160

Kleeman, J. A. (1976) Freud's views on early female sexuality in the light of direct child-observation. Journal of The American Psychoanalytic Association, Supplement – Female Psychology, 24: 3–27

Klein, G. S. (1976) Freud's two therories of sexuality. Psychological Issues, 9: 14–70

Klein, M. (1927) Frühstadien des Ödipuskonfliktes. In: dies. Frühstadien des Ödipuskonfliktes. Frühe Schriften 1928–1945 (Hrsg.) Stork, J. Frankfurt/M. 1985, 7–21

Klein, M. (1932) Frühstadien des Ödipuskonflikts und der Über-Ich-Bildung. In: dies. Psychoanalyse des Kindes. Wien: Internationaler Psychoanalytischer Verlag

Klein, M. (1957) Envy and gratitude. In: The writings of Melanie Klein, Vol. 3, London: Hogarth, 176–235

Knopf, M. (1993) Sexuelle Kontakte zwischen Frauen und Kindern. Zeitschrift für Sexualforschung, 6: 23–35

Kohut, H. (1973 a) Narzißmus. Frankfurt a. M.: Suhrkamp

Kohut, H. (1973 b) Überlegungen zum Narzißmus und zur narzißtischen Wut. Psyche, 27: 513–554

Kohut, H. (1977) The restoration of the self. New York: Int. Univ. Press. (Deutsch: Die Heilung des Selbst. Frankfurt/M.: Suhrkamp, 1979)

Kramer, P. (1954) Early capacity for orgastic discharge and character formation. Psychoanalytic Study of the Child, 9: 128–141

Krejci, E./Bohleber, W. (Hrsg.) (1982) Spätadoleszente Konflikte. Indikation und Anwendung psychoanalytischer Verfahren bei Studenten. Göttingen: Vandenhoeck und Ruprecht

Krohn, A. (1988) The source of manhood in Death of a Salesman. International Review of Psycho-Analysis, 15: 455–463

Krüger, H. (1988) Zum Verhältnis von Allgemeinbildung und beruflichen Fähigkeiten von Frauen. In: Institut Frau und Gesellschaft, Frauenforschung, 4/88: 20–27

Kubie, L. S. (1974) The drive to become both sexes. Psychoanalytic Quarterly, 43: 349–426

Küchenhoff, J. (1990) Edgar Degas, die Photographie und der Voyeurismus. Psyche, 44; 741–756

Kühler, T. (1989) Zur Psychologie des männlichen Kinderwunsches. Ein kritischer Literaturbericht. Weinheim: Deutscher Studien Verlag

Kuiper, P. C. (1962) Probleme der psychoanalytischen Technik in bezug auf die passiv-feminine Gefühlseinstellung des Mannes, das Verhältnis der beiden Ödipuskomplexe und die Aggression. Psyche, 16: 321–344

Kuiper, P. C. (1968) Die seelischen Krankheiten des Menschen. Psychoanalytische Neurosenlehre. Stuttgart: Huber/Klett

Kutchinsky, B. (1991) Sexueller Mißbrauch von Kindern: Verbreitung, Phänomenologie und Prävention. Zeitschrift für Sexualforschung, 4: 33–44

Lachmann, F./Stolorow, R. (1976) Idealization and grandiosity: developmental considerations and treatment implications. Psychoanalytic Quarterly, 45: 565–587

Lamb, M. E. (ed.) (1976) The role of the father in child development. New York: John Wiley & Sons

Lampl-de Groot, J. (1927) The evolution of the oedipus complex in women. In: Fließ, R. (ed.) The psychoanalytic reader. New York: Inter. Univ. Press, 180–194

Landauer, K. (1931) Das Menstruationserleben des Knaben. Zeitschrift für psychoanalytische Pädagogik, V: 175–184

Lang, J. A. (1984) Notes toward a psychology of the feminine self. In: Stepansky, P. E./Goldberg, A. (Hrsg.) Kohut's legacy. New York: Inter. Univ. Press, 51–69

Langer, M. (1988) Mutterschaft und Sexus. Freiberg i. Br.: Kore

Lansky, M. R. (1987) The borderline father: reconstructions of young adulthood. Psychoanalytic Inquiry, 7: 77–98

Lasker-Schüler, E. (1966) Sämtliche Gedichte. München: Kösel

Lasky, R. (1984) Dynamics and problems in the treatment of the oedipal winner. Psychoanalytic Review, 71: 351–374

Laufer, M. (1965) Assessment of adolescent disturbances. Psychoanalytic Study of the Child, 20: 99–123

Laufer, M. (1980) Zentrale Onaniephantasie, definitive Sexualorganisation und Adoleszenz. Psyche 34: 365–384

Laufer, M. (1982) Female masturbation in adolescence and the development of the relationship to the body. International Journal of Psycho-Analysis, 63: 295–302

Laufer, M. (1989) Adolescent sexuality: A body/mind continuum. Psychoanalytic Study of the Child, 44: 281–294

Laufer, M./Eglé Laufer, M. (1984) Adolescence and developmental breakdown. New Haven: Yale University Press. (Deutsch: Adoleszenz und Entwicklungskrise, Stuttgart: Klett 1989)

Lax, R. (1977) The role of internalization in the development of certain aspects of female masochism: ego psychological considerations. International Journal of Psycho-Analysis, 58: 289–300

Lax, R. F. (1992) A variation of Freud's theme in »A child is being beaten« – mother's role: Some implications for superego development in women. Journal of the American Psychoanalytic Association, 40: 455–473

Lebovici, S. (1982) The origins and development of the Oedipus complex. International Journal of Psycho-Analysis, 63: 201–215

Leeuwen, K. van (1966) Pregnancy envy in the male. International Journal of Psycho-Analysis, 47: 319–324

Leonard, M. R. (1966) Fathers and daughters: The significance of fathering in the psychosexual development of the girl. International Journal of Psycho-Analysis, 47: 325–334

Lerner, H. E. (1976) Parental mislabeling of female genitals as a determinant of penis envy and learning inhibitions in women. Journal of the American Psychoanalytic Association, 24: 269–283

Lerner, H. E. (1980 a) Elterliche Fehlbenennung der weiblichen Genitalien als Faktor bei der Erzeugung von Penisneid und Lernhemmungen. Psyche, 34: 1092–1104

Lerner, H. E. (1980 b) Penis envy: underlying conceptual issues. Bulletin of the Menninger Clinic, 44: 39–48

Lester, E. P. (1990) Gender and identity issues in the analytic process. International Journal of Psycho-Analysis, 71: 435–444

Leuzinger-Bohleber, M. (1984) Transvestitische Symptombildung. Klinischer Beitrag zur Ätiologie, Psychodynamik und Analysierbarkeit transvestitischer Patienten. Psyche, 38: 817–847

Leuzinger-Bohleber, M./Dumschat, R. (1993) Separation, Autonomie und Trauer. Eine zentrale Dimension spätadoleszenter Identitätsbildung bei heutigen Studentinnen? In: Leuzinger-Bohleber, M./Mahler, E. (Hrsg.) Phantasie und Realität in der Spätadoleszenz. Gesellschaftliche Veränderungen und Entwicklungsprozesse bei Studierenden. Opladen: Westdeutscher Verlag, 162–201

Leuzinger-Bohleber, M./Mahler, E. (Hrsg.) (1993) Phantasie und Realität in der Spätadoleszenz. Gesellschaftliche Veränderungen und Entwicklungsprozesse bei Studierenden. Opladen: Westdeutscher Verlag

LeVine, R. A. (1973) Culture, behavior and personality. Essex, GB: Anchor Press

Levinson, D. J. (1978) The seasons of a man's life. New York: Knopf. (Deutsch: Das Leben des Mannes. Werdenskrisen, Wendepunkte, Entwicklungschancen. Köln: Kiepenheuer & Witsch, 1979)

Levinson, D. J. (1980) Toward a conception of the adult life course. In: Smelser, N./Erikson, E. H. (eds.) Themes of work and love in adulthood. London: GrantMcIntrye, 265–290

Levinson, R. (1984) Intimacy, autonomy and gender: Developmental differences and their reflection in adult relationship. Journal of the American Academy of Psychoanalysis, 12: 529–544

Lévi-Strauss, C. (1960) Das Feld der Anthropologie. In: Strukturale Anthropologie II (S. 11-44). Frankfurt/M.: Suhrkamp

Lichtenberg, J. D. (1989) Psychoanalysis and motivation. Hillsdale, N.J.: Analytic Press

Lichtenstein, H. (1961) Identity and sexuality: A study of their interrelationship in man. Journal of the American Psychoanalytic Association, 9: 179–260

Lidz, R. W./Lidz, T. (1977) Male menstruation: a ritual alternative to the oedipal transition. International Journal of Psycho-Analysis, 58: 17–31

Lieberman, J. S. (1991) Issues in the psychoanalytic treatment of single females over thirty. Psychoanalytic Review, 78: 177–198

Lightfoot-Klein, H. (1989) Über radikale Beschneidung von Frauen im Sudan. Zeitschrift für Sexualforschung, 2: 147–159

Loewald, H. W. (1951) Ego and reality. International Journal of Psycho-Analysis, 32: 10–18

Loewald, H. W. (1985) Oedipus complex and development of self. Psychoanalytic Quarterly, 54: 435–443

Loewald, H. W. (1986) Das Dahinschwinden des Ödipuskomplexes. In: ders. Psychoanalyse. Aufsätze aus den Jahren 1961–1979. Stuttgart: Klett-Cotta, 377–400

Luquet-Parat, C. J. (1974) Der Objektwechsel. In: Chasseguet-Smirgel, J. (Hrsg.) Psychoanalyse der weiblichen Sexualität. Frankfurt: Suhrkamp, 120–133

Machleidt, W. (1992) Vater und Tochter. Affekttypologie einer Beziehung. Weinheim: Deutscher Studien Verlag

Mahler, M. S. (1972) Psychosen im frühen Kindesalter. Stuttgart: Klett

Mahler, M. S./Gosliner, B. J. (1955) On symbiotic child psychosis: genetic, dynamic and restitutive aspects. Psychoanalytic Study of the Child, 10: 195–212

Mahler, M./Pine, F./Bergman, A. (1978) Die psychische Geburt des Menschen. Symbiose und Individuation. Frankfurt/M.: Fischer

Mahon, E. (1991) The »dissolution« of the oedipus complex: A neglected cognitive factor. Psychoanalytic Quarterly, 60: 628–634

Marcus, B. F. (1989) Incest and the borderline syndrome: the mediating role of identity. Psychoanalytic Psychology, 6: 199–215

Martin, E. (1989) Die Frau im Körper. Weibliches Bewußtsein, Gynäkologie und die Reproduktion des Lebens. Frankfurt, New York: Campus

Mayer, E. E. (1985) »Everybody must be just like me«: observations on female castration anxiety. International Journal of Psycho-Analysis, 66: 331-347

McCullers, C. (1946) The member of the wedding. Boston: Houghton Mifflin. (Deutsch: Frankie. Zürich: Diogenes, 1965)

McDougall, J. (1986) Identifizierungen, neuartige Bedürfnisse und neuartige Formen von Sexualität. Psyche, 40: 1007–1029

McLuhan, T. C. (1979) . . . wie der Hauch eines Büffels im Winter. Indianische Selbstzeugnisse. Hamburg: Hoffmann und Campe

Meissner, W. W. (1985) A case of phallic narcissistic personality. Journal of the American Psychoanalytic Association, 33: 437–469. (Deutsch: Ein Fall von phallisch-narzißtischer Persönlichkeit. Psyche, 43: 67–95, 1989)

Melito, R. (1983) Cognitive aspects of splitting and libidinal object constancy. Journal of the American Psychoanalytic Association, 31: 515–534

Mertens, W. (1992) Entwicklung der Psychosexualität und der Geschlechtsidentität. Bd. 1, Stuttgart: Kohlhammer (2. Aufl. 1994)

Meyers, W. A. (1976) The psychological significance of testicular problems. Journal of the American Psychoanalytic Association, 24: 609–629

Miller, A. (1979) Das Drama des begabten Kindes und die Suche nach dem wahren Selbst. Frankfurt/M.: Suhrkamp

Mitscherlich, A. (1963) Auf dem Weg zur vaterlosen Gesellschaft. München: Piper

Mitscherlich-Nielsen, M. (1962) Probleme der psychoanalytischen Technik in bezug auf die passiv-feminine Gefühlseinstellung des Mannes. Psyche, 16: 345–354

Mitscherlich, M. (1965) Über Schlagephantasien und ihr Erscheinen in der Übertragung. Psyche, 19: 24–39

Mitscherlich-Nielsen, M. (1977) Psychoanalytische Bemerkungen zu Franz Kafka. Psyche, 31, 60–83

Mitscherlich-Nielsen, M. (1978) Zur Psychoanalyse der Weiblichkeit. Psyche, 32: 669–694

Mitscherlich, M. (1990) Über die Mühsal der Emanzipation. Frankfurt: Fischer

Modena, E. (1986) Der Gebärneid des Mannes. Psychologie heute. 13, Heft 12: 40–47

Moeller-Gambaroff, M. (1983) Der Einfluß der frühen Mutter-Tochter-Beziehung auf die Entwicklung der weiblichen Sexualität. In: Materialien der Psychoanalyse und analytischen Psychotherapie, 9: 47–69

Montgrain, N. (1983) On the vicissitudes of female sexuality, the difficult path from »anatomical destiny« to psychic representation. International Journal of Psycho-Analysis, 64: 169–187

Morgenthaler, F. (1974) Die Stellung der Perversionen in Metapsychologie und Technik. Psyche, 28: 1077–1098

Moulton, R. (1979) A survey and reevaluation of the concept of penis envy. Contemporary Psychoanalysis, 7: 84–104

Muller, J. (1932) The problem of the libidinal development of the genital phase in girls. International Journal of Psycho-Analysis, 13: 361–368

Müller, Pozzi, H. (1985) Identifikation und Konflikt. Die Angst vor Liebesverlust und der Verzicht auf Individuation. Psyche 39: 877–904

Nagera, H. (1975) Female sexuality and the oedipus complex. New York: Jason Aronson

Nemiroff, R. A./Colarusso, C. A. (1985) The race against time: Psychotherapy and psychoanalysis in the second half of life. New York: Plenum

Nemiroff, R. A./Colarusso, C. A. (eds.) (1990) New dimensions in adult development. New York: Basic Books

Nitzschke, B. (1988) Sexualität und Männlichkeit. Zwischen Symbiosewunsch und Gewalt. Reinbek bei Hamburg: Rowohlt

Novick, K. K. (1988) Childbearing and child rearing. Psychoanalytic Inquiry, 8: 252–260

Noy, P. (1979) The psychoanalytic theory of cognitive development. Psychoanalytic Study of the Child, 34: 169–215

Ogden, T. H. (1986) The matrix of the mind: Object relations and the psychoanalytic dialogue, Northvale, N.J.: Jason Aronson

Ogden, T. H. (1987) The transitional oedipal relationship in female development. International Journal of Psycho-Analysis, 68: 485–498

Ogden, T. H. (1989) The primitive edge of experience. Northvale, N.J.: Jason Aronson

Ohlmeier, D. (1992) Die »vaterlose Gesellschaft«. Heutige Tendenzen der Psychoanalyse des Mannes und des Vaters. Praxis der Psychotherapie und Psychosomatik, 37: 198–206

Olbricht, I. (1990) Frauen sind häufiger psychosomatisch krank – Warum eigentlich? Praxis der Psychotherapie und Psychosomatik 35: 111-120

Olivier, C. (1987) Jokastes Kinder. Die Psyche der Frau im Schatten der Mutter. Düsseldorf: Claassen
Ortigues, M. C./Ortigues, E. (1966) Oedipe africain. Paris: Librairie Plon
Ottomeyer, K. (1989) Zur Sozialisation der Sinnlichkeit. In: Psychoanalytisches Seminar Zürich (Hrsg.) Psychoanalyse als sozialwissenschaftliche Methode. Frankfurt/M.: Athenäum, 71–105

Parens, H. (1990) On the girl's psychosexual development: Reconsiderations suggested from direct observation. Journal of the American Psychoanalytic Association, 38: 743–772
Parens, H. et al. (1976) On the girl's entry into the oedipus complex. Journal of the American Psychoanalytic Association, Supplement – Female Psychology, 24: 79–107
Parin, P. (1980) »Befreit Grönland vom Packeis«. Zur Zürcher Unruhe 1980. Psyche, 34: 1056–1065
Parin, P./Morgenthaler, F./Parin-Matthey, G. (1963) Die Weißen denken zuviel. Psychoanalytische Untersuchungen bei den Dogon in Westafrika. Zürich: Artemis
Parin, P./Morgenthaler, F./Parin-Matthey, G. (1971) Fürchte deinen Nächsten wie dich selbst. Psychoanalyse und Gesellschaft am Modell der Agni in Westafrika. Frankfurt: Suhrkamp
Parsons, a. (1964) Is the oedipus complex universal? The Jones-Malinovsky debate revisited and a South Italy »nuclear complex«. The Psychoanalytic Study of Society, 3: 278-328. (Deutsch: Besitzt der Ödipuskomplex universelle Gültigkeit? Eine kritische Stellungnahme zur Jones-Malinowski-Kontroverse sowie die Darstellung eines süditalienischen Kernkomplexes. In: Muensterberger, W. (Hrsg.) Der Mensch und seine Kultur. Psychoanalytische Ethnologie nach »Totem und Tabu«. München, 1974, 207–259)
Paz, C. A./Olmos de Paz, T. (1992) Adolescence and borderline pathology: characteristics of the relevant psychoanalytic process. International Journal of Psycho-Analysis, 73: 739–755
Person, E. S. (1990) Lust auf Liebe. Hamburg: Rowohlt
Piaget, J. (1966) Psychologie der Intelligenz. Zürich: Rascher
Piaget, J. (1969 a) Das Erwachen der Intelligenz beim Kinde. Stuttgart: Klett
Piaget, J. (1969 b) Nachahmung, Spiel und Traum. Stuttgart: Klett
Piaget, J. (1975) Intellectual development of the adolescent. In: Esman, A. (ed.) The psychology of adolescence. New York: Inter. Univ. Press, 104–108
Pine, F. (1979) On the pathology of the separation-individuation process as manifested in later clinical work. International Journal of Psycho-Analysis, 60: 225–242
Plaut, E. A./Hutchinson, F. L. (1986) The role of puberty in female psychosexual development. International Review of Psycho-Analysis, 13: 417–432
Politzer, H. (1974) Hatte Ödipus einen Ödipuskomplex? München: Piper
Pollock, G. H./Ross, J. M. (Hrsg.) (1988) The Oedipus papers. Classics in psychoanalysis. Monogr. 6, Madison, Conn.: Inter. Univ. Press
Poluda-Korte, E. (1992 a) Freud und die Töchter. Versuch einer Emanzipation von patriarchalen Vorurteilen in der Psychoanalyse. Jahrbuch der Psychoanalyse, 29: 92–139
Podula-Korte, E. S. (1992 b) Identität im Fluß. Zur Psychoanalyse weiblicher Adoleszenz im Spiegel des Menstruationserlebens. In: Flaake, K./King, V. (Hrsg.) Weibliche Adoleszenz. Zur Sozialisation junger Frauen. Frankfurt/M.: Campus, 147–165
Posener, J. A. (1989) A cognitive perspective of object relations drive development and ego structure in the second and third years of life. International Journal of Psycho-Analysis, 70: 627–643

Radebold, H. (1986) Formen und Möglichkeiten der Psychotherapie im Alter. Psychotherapie, Psychosomatik. Medizinische Psychologie, 36: 337–343
Rangell, L. (1955) The role of the parent in the oedipus complex. Bulletin of the Menninger Clinic, 19: 9–15
Rangell, L. (1973) Die Aggression und der Ödipuskomplex. Psyche, 37: 193–204
Rangell, L. (1990) In: Nemiroff, R. A./Colarusso, C. A. (eds.) (1990) New dimensions in adult development. New York: Basic Books
Rangell, L. (1992) Castration. Journal of the American Psychoanalytic Association, 39: 3–23
Reiche, R. (1972) Ist der Ödipuskomplex universell? Kursbuch, 29: 159–176

Reiche, R. (1990) Geschlechterspannung. Eine psychoanalytische Untersuchung. Frankfurt/M.: Fischer
Reinke-Köberer, E. (1978) Zur heutigen Diskussion der weiblichen Sexualität in der psychoanalytischen Bewegung. Psyche, 32: 695–731
Rheingold, J. C. (1964) The fear of being a woman: A theory of maternal destructiveness. New York: Grune & Stratton
Richter, H.-E. (1963) Eltern, Kind und Neurose. Reinbek: Rowohlt
Ritvo, S. (1976) Adolescent to woman. Journal of the American Psychoanalytic Association, 24: 127–138
Rohde-Dachser, C. (1987) Ausformungen der ödipalen Dreieckskonstellation bei narzißtischen und bei Borderline-Störungen. Psyche 41: 773–799
Rohde-Dachser, C. (1990) Über töchterliche Existenz. Offene Fragen zum weiblichen Ödipuskomplex. Zeitschrift für psychosomatische Medizin und Psychoanalyse, 36: 303–315
Rohde-Dachser, C. (1991) Expedition in den dunklen Kontinent. Weiblichkeit im Diskurs der Psychoanalyse. Berlin: Springer
Roheim, G. (1945) Aphrodite or the woman with a penis. Psychoanalytic Quarterly, 14: 350–390
Rosenbaum, M. B. (1979) The changing body image of the adolescent girl. In: Sugar, M. (ed) Female adolescent development. New York: Bruner, 234–252
Ross, J. M. (1977) Toward fatherhood. The epigenesis of paternal identity during a boys first decade. International Review of Psycho-Analysis, 4: 327–347
Ross, J. M. (1979) Fathering: A review of some psychoanalytic contributions on paternity. International Journal of Psycho-Analysis, 60: 317–327
Ross, J. M. (1982) Oedipus revisited. Laius and the »laius complex«. Psychoanalytic Study of the Child, 37: 169–200
Ross, N. (1970) The primacy of genitality in the light of ego psychology. Journal of the American Psychoanalytic Association, 18: 267–284
Roth, S. (1988) A woman's homosexual tranference with a male analyst. Psychoanalytic Quarterly, 62: 28–55
Rothstein, A. (1979) Oedipal conflicts in narcissistic personality disorders. Internatioal Journal of Psycho-Analysis, 60: 189–199
Rotter, L. (1934) Zur Psychologie der weiblichen Sexualität. Internationale Zeitschrift für Psychoanalyse, 20. Wieder abgedruckt in: Benz, A. (1989) a. a. O., 19–31
Rudnitzky, P. L. (1987) Freud and Oedipus. New York: Columbia University Press
Russel, D. (1983) Incidence and prevalence of intrafamilial and extrafamilial sexual abuse of children. Child Abuse Neglected, 7: 133-146
Rutschky, K. (1992) Erregte Aufklärung – Kindsmißbrauch: Fakten und Fiktionen. Hamburg: Klein

Sandler, J. mit Freud, A. (1989) Die Analyse der Abwehr. Stuttgart: Klett
Sarnoff, C. (1971) Ego structure in latency. Psychoanalytic Quarterly, 40: 387–412
Sarnoff, C. (1971) The vicissitudes of projection during the analysis of a girl in a late latency-early adolescence. International Journal of Psycho-Analysis, 53: 515–523
Sarnoff, C. (1976) Latency. New York: Aronson
Sartre, J.-P. (1977). Sartre über Sartre. Hamburg: Rowohlt
Satow, R. (1985) A question of bedrock: is penis envy the bottom line? Psychoanalytic Review, 72: 265–275
Schafer, R. (1974) Problems in Freud's psychology of women. Journal of the American Psychoanalytic Association, 22: 459–485
Schave, D./Schave, B. (1989) Early adolescence and the search for self. A developmental perspective. New York: Praeger
Schmauch, U. (1987 a) Anatomie und Schicksal. Zur Psychoanalyse der frühen Geschlechtersozialisation. Frankfurt: Fischer
Schmauch, U. (1987 b) Frühe Kindheit und Geschlecht. Anmerkungen zur frühkindlichen Sozialisation von Mädchen und Jungen. In: Naumann, B./Böhmer, E. (Hrsg.) Theorien weiblicher Subjektivität. Frankfurt/M.: Verlag Neue Kritik, 92–117
Schmauch, U. (1987 c) Über Frauen und Männer. Eine Entgegnung auf Reimut Reiches »Mann und Frau«. Psyche, 41: 432–447

Schmidt, G./Klusman, D./Zeitzschel, U. (1992) Veränderungen der Jugendsexualität zwischen 1970 und 1990. Zeitschrift für Sexualforschung, 5: 191–218

Schmidt-Honsberg, L. (1989) Gedanken zur weiblichen Homosexualität. Psyche, 43: 238-255

Schneider-Henn, K. (1988) Die hungrigen Töchter. Eßstörungen bei jungen Mädchen. München: Kösel

Schore, A. N. (1991) Early superego development. The emergence of shame and narcissistic affect regulation in the practicing period. Psychoanalysis and Contemporary Thought, 14: 187–250

Schülein, J. A. (1990) Die Geburt der Eltern. Über die Entstehung der modernen Elternposition und den Prozeß ihrer Aneignung und Vermittlung. Opladen: Westdeutscher Verlag

Schwartz, A. E. (1986) Some notes on the development of female gender identity. In: Alpert, J. L. (ed.) Psychoanalysis and women. Contemporary reappraisals. New York: The Analytic Press, 57–79. (Deutsch: Psychoanalyse der Frau jenseits von Freud. Berlin: Springer, 1992: 66-89)

Schweitzer, L./Simons, R. C./Weidenbacher, R. (1970) Cryptorchism and homosexuality. Psychoanalytic Quarterly, 39: 251–269

Seiffge-Krenke, I. (1986) Psychoanalytische Therapie Jugendlicher. Stuttgart: Kohlhammer

Settlage, C. F. (1992) Psychoanalytic observations on adult development in life and in the therapeutic relationship. Psychoanalysis and Contemporary Thought, 15: 349–374

Shapiro, T./Perry, R. (1976) Latency revisited. The age 7 plus or minus 1. Psychoanalytic Study of the Child, 31: 63–78

Shopper, M. (1979) The rediscovery of the vagina and the importance of the menstrual tampon. In: Sugar, M. (ed.) Female Adolescent Development (pp. 214–233). New York: Brunner/Mazel

Shorter, E. (1984) Der weibliche Körper als Schicksal. Zur Sozialgeschichte der Frau. München: Piper

Sivlerman, M. A. (1981) Cognitive development and female psychology. Journal of the American Psychoanalytic Association, 29: 581–605

Sivlerman, M. A. (1982) The latency period. In: Mendell, D. (ed.) Early female development. Current psychoanalytic views. New York: Spectrum Publications, 203–226

Sloate, P. L. (1987) On the wish to leave with love. Psychoanalytic Inquiry, 7: 397–414

Spiegel, L. A. (1951) A review of contributions to a psychoanalytic theory of adolescence. Psychoanalytic Study of the Child, 6: 375–393

Spieler, S. (1984) Preoedipal girls need fathers. Psychoanalytic Review, 71: 63–80

Spiro, M. (1982) Oedipus in the trobriands. Chicago: University Chicago Press

Steffens, W. (1986) Zur Psychodynamik der Vater-Tochter-Beziehung in der Adoleszenz. Psychotherapie, Psychosomatik, Medizinische Psychologie, 36: 215–220

Stein, A. (1989) Three models of sexuality: Drives, identities and practices. Sociological Theory, 7: 1–13

Steiner, J. (1985) Turning a blind eye: the cover up for oedipus. International Review of Psycho-Analysis, 12: 161–172

Steiner, J. (1990) The retreat from truth to omnipotence in Sophocles' Oedipus at Colonus. International Review of Psycho-Analysis, 17: 227–237

Steiner-Adair, C. (1992) Körperstrategien. Weibliche Adoleszenz und die Entwicklung von Eßstörungen. In: Flaake, K./King, V. (Hrsg.) (1992 a) Weibliche Adoleszenz. Beiträge zur Sozialisation junger Frauen. Frankfurt/M.: Campus, 240–253

Stephens, W. N. (1962) The Oedipus complex: Cross-cultural evidence. Glencoe, Ill.: Free Press of Glencoe

Sterren, van der, D. (1952) The king oedipus of Sophocles. The International Journal of Psycho-Analysis, 33: 343–350

Stierlin, H. (1975) Eltern und Kinder im Prozeß der Ablösung. Familienprobleme in der Pubertät. Frankfurt/M.: Suhrkamp

Stolorow, R./Lachmann, F. (1980) Psychoanalysis of developmental arrests. New York: International Universities Press

Stork, J. (1986) Tödliche Verstrickung von Mutter und Kind? – Ein Aspekt des plötzlichen Kindstodes. In: ders. (Hrsg.) Zur Psychologie und Psychopathologie des Säuglings – neue Ergebnisse in der psychoanalytischen Reflexion. Stuttgart: Frommann-Holzboog, 161–184

Torok, M. (1967) Die Bedeutung des »Penisneides« bei der Frau. In: Chasseguet-Smirgel, J. (Hrsg.) Psychoanalyse der weiblichen Sexualität. Frankfurt/M.: Suhrkamp, 192–232, 1974
Tyson, P. (1989) Infantile sexuality, gender identity, and obstacles to oedipal progression. Journal of the American Psychoanalytic Association, 37: 1051–1069
Tyson, P. (1991) Männliche Geschlechtsidentität und ihre Wurzeln in der frühkindlichen Entwicklung. In: Friedman, R. M./Lerner, L. (Hrsg.) Zur Psychoanalyse des Mannes. Berlin, Springer, 1–20
Tyson, Ph./Tyson, R. L. (1990) Psychoanalytic theories of development. An integration. New Haven: Yale University Press

Vogt, R. (1986) Psychoanalyse zwischen Mythos und Aufklärung oder das Rätsel der Sphinx. Frankfurt/M.: Edition Qumran/Campus
Voss, J. (1988) Das Schwarzmond-Tabu. Stuttgart: Kreuz

Waldeck, R. (1988 a) Der rote Fleck im dunklen Kontinent, Teil I: Das Tabu der Menstruation, Zeitschrift für Sexualforschung, 1: 189–205
Waldeck, R. (1988 b) Der rote Fleck im dunklen Kontinent. Teil II: Die Verletzung der Frau. Zeitschrift für Sexualforschung, 1: 337–350
Waldeck, R. (1992) Die Frau ohne Hände. Über Sexualität und Selbständigkeit. In: Flaake, K./ King, V. (Hrsg.) Weibliche Adoleszenz. Zur Sozialisation junger Frauen, Frankfurt/M.: Campus, 186–198
Wallerstein, E. (1989) Säkulare Beschneidung in den USA: Ein medizinischer Skandal. Zeitschrift für Sexualforschung, 2: 160–170
Wassermann, M. (1957) Zur Frage der Post Partum-Neurose. Psyche, 11: 140–155
Wax, M. L. (1990) Malinowski, Freud and oedipus. International Review of Psycho-Analysis, 17: 47–60
Weissman, S./Barglow, P. (1980) Recent contributions to the theory of female adolescent psychological development. Adolescent Psychiatry, 8: 214–230
Westen, D. (1989) Are »primitive« object relations really preoedipal? American Journal of Orthopsychiatry, 59: 331–345
Westen, D. (1990) Towards a revised theory of borderline object relations: contributions of empirical research. International Journal of Psycho-Analysis, 71: 661-693
Whisnant, L./Brett, E. & Zegans, L. (1979) Adolescent girls and menstruation. Adolescent Psychiatry, 7: 157–171
Wilkinson, S. M. (1993) The female genital dress-rehearsal: A prospective process at the oedipal threshold. International Journal of Psycho-Analysis, 74: 313–330
Williams, M. (1972) Problems of technique during latency. Psychoanalytic Study of the Child, 26: 598–617
Winnicott, D. W. (1951) The transitional objects and transitional phenomena. In: ders. Playing and reality. New York: Basic Books, 1–25. (Deutsch: Vom Spiel zur Kreativität. Stuttgart: Klett, 1977)
Winnicott, D. W. (1963) Communicating and not communicating leading to a study of certain opposites. In: ders. The maturational processes and the facilitating environment. New York: Inter. Univ. Press, 179–192. (Deutsch: Reifungsprozesse und fördernde Umwelt. München: Kindler, 1965)
Winnicott, D. W. (1965) Reifungsprozesse und fördernde Umwelt. München: Kindler
Wylie, H. W. (1987) The older analysand: Countertransference issues in psychoanalysis. International Journal of Psycho-Analysis, 68: 343–352

Yazmajian, R. V. (1966 a) The testes and body-image formation in transvestitism. Journal of the American Psychoanalytic Association, 14: 304–312
Yazmajian, R. V. (1966 b) Reactions to differences between prepubertal and adult testes and scrotums. Psychoanalytic Quarterly, 35: 368–376
Young-Bruehl, E. (1988) Anna Freud. New York: Summit Books

Zauner, J. (1975) Psychodynamische und psychoanalytische Aspekte der Adoleszenz. Zeitschrift für Kinder- und Jugendpsychiatrie, 3: 41–54

Zauner, J. (1976) Ablösekonflikte und Elternarbeit in der Adoleszenz. Praxis der Kinderpsychologie, 25: 306–310
Zauner, J. (1987) Phantasie – Masturbation – Körperschema. In: Massing, A./Weber, I. (Hrsg.) Lust und Leid. Berlin: Springer, 243–259
Zetzel, E. (1974 a) Die Fähigkeit zu emotionalem Wachstum. Stuttgart: Klett
Zetzel, E. (1974 b) Der sogenannte gute Hysteriker. In: dies. Die Fähigkeit zu emotionalem Wachstum. Stuttgart: Klett, 230–246
Ziolko, H. U./Hückel, V. (1980) Umbilicophilie. Psyche, 34: 1105–1122

Sachwortverzeichnis

R

S

Namensregister